夜天子 上

山东文艺出版社

目录

第十卷 叶郎天子

第一章 真兄弟 — 003
第二章 打仗亲兄妹，上阵需夫妻 — 008
第三章 无数间 — 012
第四章 纷纷出手 — 016
第五章 戏 凤 — 021
第六章 占风望气 — 026
第七章 掌印发威 — 031
第八章 磨刀霍霍 — 035
第九章 天衣无缝 — 039
第十章 四方云扰 — 043
第十一章 风波乱 — 047
第十二章 杀妻之患 — 053
第十三章 白马将军 — 057
第十四章 女中豪杰 — 061
第十五章 奔 波 — 066
第十六章 征 兵 — 072
第十七章 意外重重 — 076
第十八章 棋高一着 — 080
第十九章 大势已见 — 084
第二十章 会情郎 — 088
第二十一章 兵行险招 — 094
第二十二章 刻不容缓 — 098
第二十三章 正中下怀 — 102
第二十四章 深入虎穴 — 106
第二十五章 疯狂的逃亡 — 110
第二十六章 狼奔豕突 — 114
第二十七章 东郊乱 — 118
第二十八章 赶尽杀绝 — 123

第二十九章 话不投机 128
第三十章 按兵不动 133
第三十一章 千钧一发 138
第三十二章 吉人天相 143
第三十三章 做寓公 147
第三十四章 竹海弈 152
第三十五章 二雌相争 156
第三十六章 风起云涌 160
第三十七章 围城 164
第三十八章 叛逃 168
第三十九章 逃亡路 172
第四十章 女人凶猛 176
第四十一章 绝命杀 180
第四十二章 尘埃定 184

第四十三章 把柄与漏洞 188
第四十四章 按下葫芦起来瓢 192
第四十五章 行险一搏 196
第四十六章 群雄会 200
第四十七章 骚包 205
第四十八章 匕现 209
第四十九章 叶小天VS叶小安 213
第五十章 越描越黑 217
第五十一章 筹备大婚 221
第五十二章 好事多磨 225
第五十三章 枪挑盖头 229
第五十四章 画个圈圈诅咒你 233
第五十五章 一触即发 237
第五十六章 欲与天比高 245

第五十七章 探心 — 249

第五十八章 北上 — 252

第五十九章 大战在即 — 255

第六十章 一将难求 — 258

第六十一章 求贤 — 261

第六十二章 说客 — 264

第六十三章 数管齐下 — 267

第六十四章 摧其心 — 271

第六十五章 碰上粉丝了 — 274

第六十六章 誓师出征 — 277

第六十七章 兵临城下 — 282

第六十八章 利器 — 285

第六十九章 战丁山 — 288

第七十章 成长 — 291

第七十一章 赏罚令 — 294

第七十二章 夺金筑 — 298

第七十三章 虎口夺食 — 301

第七十四章 假道伐虢 — 304

第七十五章 夺城 — 307

第七十六章 易帜 — 310

第七十七章 层层推进 — 313

第七十八章 有备而来 — 316

第七十九章 箭在弦上 — 320

第八十章 诱叶 — 323

第八十一章 都动起来 — 326

第八十二章 破关 — 330

第八十三章 摧心 — 333

第八十四章 墙倒众人推 — 337

第八十五章 娃娃亲 — 340
第八十六章 间之区别 — 343
第八十七章 钩心斗角 — 346
第八十八章 此凤雌凤 — 349
第八十九章 人心散了 — 352
第九十章 有内奸 — 355
第九十一章 谁是内奸 — 358
第九十二章 除　奸 — 361
第九十三章 收获的季节 — 365
第九十四章 活脱脱一个天王 — 368
第九十五章 决战海龙屯 — 371
第九十六章 黑云压城城欲摧 — 374
第九十七章 千里之堤，溃于蚁穴 — 377
第九十八章 我不贪，只要一半 — 380
第九十九章 天王阁上葬天王 — 383

第一〇〇章 风中残烛 — 386
第一〇一章 天心难测 — 390
第一〇二章 真正大赢家 — 394
第一〇三章 坑蒙拐骗 — 397
第一〇四章 犯了『文青病』的女文青 — 400
第一〇五章 家事国事 — 403
第一〇六章 神拆庙 — 406
第一〇七章 姑娘，你又犯嗔戒了 — 409
第一〇八章 我跟你，不死不休！ — 414
第一〇九章 那都不是事儿 — 417
第一一〇章 子弹速度的爱情 — 421
第一一一章 群雌粥粥 — 425
第一一二章 制衡策略 — 428
第一一三章 大人物 — 431

第十卷

叶郎天子

· ※ · ※ · ※ ·

第一章

真兄弟

一

室外很凉。室内虽然不冷，却也因未生炉火，只有地龙散发出淡淡的暖意。刚刚逃跑中惊出一身冷汗的李大状此刻只觉背上凉凉的，但是他的心里却炽热得仿佛有一团火。

那是一种说不出的期待，从叶小天的慎重和所透露的信息中，他能感觉得到，这是一个多么庞大缜密的计划。将计就计、计中计、反间计、连环计，当这一切集中爆发时，将发生摧毁，也将创造新生，而他李大状，则是有幸参与其中的。

这种兴奋，就像他出师以后第一次独立主持一桩诉讼，经过详细查勘，掌握了翻案的关键时那样，李大状热血沸腾。叶小天一笑，道："你这样子可不行，要冷静！"

"是！"李大状长长地吸了口气，当这口气缓缓吐出的时候，他神色已经平静下来，波澜不惊。

叶小天很满意，李大状是他麾下文职之首，但他选中李大状作为知情人，第一条件却是他城府深、够稳重，在获悉秘密后不致露出破绽。如今看来，李大状果然满足这一条件。

叶小天道："你先回去吧，找时间，我叫云飞来谈谈。之后我便与大哥会晤，在我找你之前，你要沉得住气！"

李大状会意，叶小天说的这个"沉得住气"，当然不是让他一派平静，他应该因为被遣出卧牛岭备感失意，纵然不借酒消愁，也得时不时发一发牢骚、发泄不满，那才是"沉得住气"。

李大状颔首道："学生明白，既如此，学生告退。"

叶小天点点头，李大状便起身向土司、掌印夫人长揖一礼告辞。走到外面廊庑下，看到被他踩倒的芭蕉、踢碎的花盆，想到方才亡命而逃的狼狈模样，李大状老脸一红。

他飞快地左右睃了一眼，见无人注意，便用脚把碎盆片往花丛中踢了踢，正一正衣领，施施然向外走去。

李大状出了田妙雯的住处，就见一胖一瘦两人迎面而来，正是罗大亨和华云飞。李大状想到叶小天说过，要找机会和华云飞单独攀谈，急忙迎上前去："啊！云飞，大亨！"

"李先生！"华云飞向李大状施了一礼，"先生刚从掌印夫人那儿出来？"

李大状神色一变，面露恼怒，冷哼一声道："是！"

华云飞道："先生不必气恼，先生为卧牛岭谋划一切，劳苦功高。断无被遣离中枢的道理，却不知掌印夫人怎么说？"

李大状道："掌印夫人说，会找机会与土司大人商量。哎，纵然有掌印夫人出面保下李某，却也……令人心寒哪！"

李大状摇一摇头，刚要举步离开，忽然想起什么似的，道："对了，大亨啊！来年春耕需要大量农具、耕牛、良种，我正要找你商量一下，如今正好，咱们谈谈？"

罗大亨现在哪有心情与他讨论这些问题，气哼哼地一摆手道："这事回头再说，我正要去见大嫂。"

李大状道："若掌印夫人不能说服土司，李某不日就要离开卧牛岭了，旁的事李某不怕耽搁了，这事却不能耽搁，不如咱们……"

罗大亨道："既如此，先生且回去，我见过大嫂，便去与你商议！"说罢也不待李大状回答，便一拉华云飞，快步向前走去。

李大状望着二人背影，心道："可惜，没拦下他。大人只好另找机会把计划透露与华云飞知道了。"

田妙雯房内，田妙雯偎坐在叶小天怀里，夫妻俩正低声叙着话，门外侍卫禀报道："夫人，华云飞、罗大亨求见！"

叶小天呆了一呆，在田妙雯的浑圆翘臀上轻轻拍了拍，田妙雯盈盈站起身来，叶小天道："大亨也一起来了，我倒不便露面，你见他们吧，我去后边暂避。"

叶小天走到屏风后面，脱了靴子，往田妙雯的闺榻上一倒，惬意地枕着双臂，闭目养神。

前面，田妙雯朗声吩咐道："有请！"

片刻工夫，华云飞和罗大亨进了屋，一见田妙雯，便拱手道："大嫂！"

田妙雯嫣然道："两位兄弟来了，快坐！"

田妙雯不动声色地收了李大状的茶杯，又给他们斟了两杯茶，微笑道："两位兄弟，这么晚了，何故来见我？"

罗大亨看了华云飞一眼，沉声道："云飞，你说！"

华云飞也怕罗大亨颠三倒四地说不明白，略一沉吟，道："大嫂，有件事，我们兄弟俩计议良久，觉得还是应该说与你知道。"

田妙雯蛾眉微微一挑，道："哦？什么事呀，瞧你们两个慎重的样子。"

华云飞低头想了想，又扭头看了看，向罗大亨递了个眼色，罗大亨便站起身来，到了门口悄悄打开房门，向外边窥视了一下，又掩上房门，走回来低声道："没人！"

华云飞便一咬牙，向田妙雯道："大嫂，这件事说来可能有些令人难以置信，不过，小弟相信，现在的大哥……也就是现在的土司，并不是真的我大哥！"

"什么？"田妙雯听了顿时脸色一变。

正躺在屏风后面锦榻之上闭目养神的叶小天更是大吃一惊，腾地一下坐了起来。之前洪百川试探叶小安，他并不知情，华云飞和罗大亨赶到卧牛岭后当面试探叶小安的事，他也不知道，所以根本没想到这两人已经发现此叶小天非彼叶小天。

叶小天这一骤然坐起，床榻"吱呀"一声，正要说话的华云飞何等警觉，登时脸色一变，道："后面有人？"

田妙雯有些慌了，正不知该如何解释，华云飞已经倏然站起，绕过田妙雯，扑向屏风后面。华云飞绕过屏风，一眼看见叶小天，登时呆在那里，一张脸唰的一下变成了紫黑色。

罗大亨比他动作慢些，却也飞快地赶过来，一瞧刚从榻边站起、还未穿上靴子的叶小天，不由双目赤红，抬手一指，勃然骂道："畜生！老子宰了你！"

"大亨，你听我……哎哟！"

叶小天一句话没说完，就被大亨一拳打倒，仰摔在榻上。大亨疯了一样扑上来，挥拳就打，怒吼道："你这不知廉耻的畜生！这就是你的忍辱负重，维护叶家？老子今天不生撕了你，从此再不姓罗！"

叶小天举手抵挡着，听他痛骂受他殴打，心中却是暖暖的。大亨激怒，显然是误以为自己是叶小安，假冒了叶小天身份，趁机占弟妹的便宜。如果自己真是叶小安，门外侍卫必然也有叶小安的人。大亨此时叫破他的身份，他没有别的选择，只能杀人灭口，而罗大亨根本不在乎这一点。

田妙雯见叶小天只管招架，双臂护住脸面，任由大亨钵大的拳头直往身上招呼，好不心疼，连忙上前道："大亨，你别打了，快住手！"

大亨面红耳赤，激怒地说道："大嫂，这畜生不是我大哥，他是叶小安，他冒充我大哥，毁你清白！"

华云飞今天与大亨一起过来，是因为二人商议良久，都想不出一个既能维护卧牛岭的平稳，又能防杨应龙阴谋的两全齐美的办法，而且大哥现在肯定是落在杨应龙手中了，是已经死了还是依旧活着，也无法得知。

二人思来想去，决定把此事透露给大嫂知道，大嫂素来精明，说不定能想出办法。谁料口口声声被迫,口口声声为了卧牛岭、为了叶家的叶小安,居然出现在弟妹的闺房之中。

奇耻大辱!

华云飞也红了眼睛,什么小不忍则乱大谋,什么谋而后动,他全然顾不得了。他冷冷地拦住田妙雯,死死地盯着正被大亨殴打的叶小天道:"大嫂,这畜生不是我大哥,他毁你清白,今天必须死!"

田妙雯又好气又好笑,顿足道:"云飞,快拦下大亨!他……他就是你大哥!我知道现在那个土司是假的,但眼前这个,是真的!"

"啊?"华云飞瞪大眼睛,急道,"大嫂,你说真的?他真是我大哥?"

田妙雯用力点头:"对!他就是你大哥!做土司的那个,是叶小安,现在这个,是叶小天!"

华云飞吃惊地看看田妙雯,忽然飞身上前,一把拉住罗大亨:"大亨,先别打了,大嫂说他是真的,是咱们的真大哥!"

"呼——"罗大亨一拳击出一半,陡然凝在空中,胖胖的紫红的一张脸扭过去看看华云飞:"真的?"

华云飞霍然扭头看向哭笑不得的叶小天,道:"当初,我与大哥初相识,是在何处?"

"破山神庙!"

"我送了大哥什么东西?"

"四尾鲜鱼!"

华云飞激动地道:"是真的!是真的!"

"我来问他!"罗大亨一把拨开华云飞,"我来问你,我与大哥初相识时,看的是哪篇圣人文章?"

叶小天道:"唐伯虎的春宫话本。"

罗大亨挠了挠头,又问:"我与大哥初次去吃花酒,叫了几位姑娘陪侍?"

田妙雯顿时瞪起了杏眼,叶小天怒道:"放屁!我什么时候跟你上过青楼?"

罗大亨展颜道:"啊!果然是我真大哥!"

叶小天没好气地道:"起来,你压得我喘不上气来!"

"是是是!"罗大亨赶紧爬起来,看看叶小天,又看看田妙雯,纳罕地道,"这是怎么回事?"

叶小天欲哭无泪:"我刚刚才说了一遍,说得口干舌燥,难道还要再说一遍不成?"

善解人意的田妙雯掩口笑道:"罢了,我来说吧!"

大半个时辰之后，华云飞和罗大亨异口同声地道："原来如此！"

叶小天裸着胸膛，往胸上揉着跌打药酒，没好气地道："可不就是如此了。我没想到，洪老伯居然已经看破了真假。大亨，你得尽快赶回去，告诉你爹少安毋躁。"

叶小天停了停手，长叹一声道："你和你爹知道真相也就够了，这个秘密，可再也不要说与他人知道了。"

罗大亨憨态可掬地问道："于土司那里也不说吗？哚妮那里也不说吗？格哚佬那里也不说吗？冬长老那里也不说吗？伯父伯母那里也不说吗？遥遥那里也不……"

叶小天气得一瓶药酒全洒在了胸上："人人都说，我还瞒个屁天，过个屁海啊！"

第二章

打仗亲兄妹，上阵需夫妻

一

"李秋池去见掌印夫人了，想必是去告我们的黑状！"灯光下，田天佑听田文博耳语了几句，挥手叫他退下，然后冷笑着对田彬霏道。田彬霏没有说话，只是浅浅地酌了一口酒，又把掀开的蒙面巾放下。

过了一阵，田文博进来，又对田天佑耳语了几句，田天佑搁下筷子，蹙眉道："华云飞和罗大胖子也去见掌印夫人了。记得今日叶小安说过，这两人似乎对他产生了疑心，还有过试探的举动。"

田彬霏淡淡地道："证据呢？偶生疑心，毫无证据，他们就敢登堂入室，向掌印夫人直言，说她丈夫是假的？你不必担心，我想，他们只是心里不踏实，去拐弯抹角地探一探掌印夫人的反应。"

田天佑长长地吁了一口气，还是放心不下，冷哼道："叶小天之父母，村夫土妇而已，不足为惧！哚妮，由妾扶正的一个山里丫头罢了，如今土司为兄守制，她若频频接近恐被人骂作不知廉耻，她有此忌惮，也不足惧。其他人在土司面前皆位卑一等，纵然生疑也无法质问，叶小安只要沉得住气，不予理会就好。只有这个田妙雯，人既精明，又是掌印夫人，主掌卧牛内政，就算叶小安以守孝为借口，也无法避免与她接触，太过危险，应该把她除掉才对！"

田彬霏听了夷然一笑，田天佑虽然看不到他笑容，但感觉得到田彬霏微显鄙夷的眼神。田天佑愤然。他讨厌田彬霏这种高高在上，一副比他高明得多的模样。

田彬霏道："说的好像那田氏长女、卧牛岭掌印夫人就是你我囊中之物，想杀就杀似的。你以为那么容易？自从叶小天出道，多少人想杀他结果反被他所杀？直到如今，才被我们侥幸得手。叶小天时常抛头露面行走于外，下手的机会还多些，田妙雯深居简出，你真以为好下手吗？墙上有剑，你现在就往她的居处走一遭试试。"

田彬霏并不怕表现出对田妙雯的维护之意，田雌凤是知道他真实身份的，他这么做合乎情理。况且，田雌凤也希望留下田妙雯，如果卧牛岭势力被剥离了叶氏烙印，也剥离了田氏的控制，田氏复兴之路来日纵然有杨应龙支持，也不过是无根浮萍。

田雌凤和田彬霏不约而同地选中了杨应龙作为田氏复兴的机会，二人殊途同归，目的相同，只是方法截然相反：一个欲助杨应龙成事，倚从龙之功，求裂土封侯；另一个却想挫其阴谋，以大功向朝廷请赏。

田天佑被田彬霏噎了一下，怒道："你……哼！不要以为三夫人对你青睐有加，就敢跟我如此说话，我可是天王的人！"

田彬霏阴阳怪气地道："这么说就没意思了，三夫人的人和天王的人，难道不是一家人？来日天王成就大业，一为天子，一为天后，你我也是同殿称臣的人哪。"

"哼！"田天佑重重地搁下酒杯，没好气地道，"酒少喝，免误事，睡了！"

他实际身份虽比田彬霏还要高些，但此刻扮的却是田彬霏的随从，因此只能睡在外间，这时话不投机，借着几分酒意便拂袖而去，往外间随从卧室去休息了。

田彬霏独自喝了两杯，扬声道："一人独饮无趣，文博，来陪我喝几杯。"

田文博闪了进来，苦笑道："先生醉了，早些睡吧。"

田彬霏笑道："无趣！无趣！无趣之人哪！给我沏壶茶来！"说着推动轮椅，慢慢悠悠地驶向自己的卧室，转过屏风，消失不见……

· ※ · ※ · ※ ·

叶小安躺在榻上，满怀心事，脑子里乱七八糟地思想许久，才不知不觉地睡去。他现在打着守制的名义，粗茶淡饭、不进荤腥，住处也是硬床草席，被褥不着锦绣。但他毕竟是土司的身份，不可能真给他住茅屋草棚，这处卧室也是后宅主卧房群的重要一处。地上也是铺着地龙，温暖宜人，不用烧炭烘炉，空气干燥。

叶小安只盖了薄衾，睡得并不踏实，他已回到卧牛岭好几天了，可还不太适应现在这个身份。迷迷糊糊地睡了好久，忽然感觉房中灯是亮着的，叶小安猛一睁眼……

眼前所见，令叶小安大吃一惊，一声惊呼张口欲出，但他的嘴马上就被一只手捂住了。

"嘘——大哥噤声！"坐在榻边的另一个他，竖指做了个噤声的动作，这才轻轻放开掩住他嘴巴的手。

叶小安像患了疟疾打起了摆子似的："你……你你……小二，你是托梦来看我吗？大哥没做对不起你的事，真的没有……"

……

这一夜，无星、无月，天色阴沉。

风露中宵，一辆轮椅车无声无息地停在门前。门开着，他坐着轮椅，静静地候在那里，仿佛在等待什么。灯从一旁照过来，映着他半边蒙了软巾的脸，只有一双眼睛熠熠放光。

庭院中，忽然出现了一双人影，一前、一后，一个窈窕，一个健硕。坐在轮椅上的田彬霏登时挺拔了腰杆，呼吸粗重起来。院子里那道窈窕的身影站住了，后边那道明显是侍卫的健硕的身影落后一步，也定在那里。

田彬霏胸膛起伏良久，才哑着嗓子道："进来吧，我不让他们醒，他们是醒不过来的。"

田彬霏推着轮椅，退回了房中，滑行到另一盏灯下。灯下无疑是这房中最昏暗的地方，似乎在他潜意识里，总得找到这么一个地方，才觉得心里安稳一些。

那道窈窕得好像春江流水般的身影缓缓走进房中，金色的灯光洒照在她的身上、脸上、发丝上，映得她白玉似的颊上那两颗晶莹的泪珠也变成了透着金色的珍珠。

那对淡金色的"珍珠"无声地溅落在地上，消失。田妙雯轻颤的嗓音就像被微风拨动的丝弦："哥，是你吗？"

轮椅上的田彬霏默默地坐着，默默地看着她，只有一双眼睛流溢着激动的神采，过了许久，他才用依旧有些沙哑的声音道："是我！"

田妙雯轻轻走到他的面前，脚下像踩着柔软的花瓣，一双柔荑轻轻贴上了他的脸颊。田彬霏突然伸出双手，抓住了她的手腕，似乎想阻止她，但是看到田妙雯的眼睛，他突然失去了全身力气似的，手又慢慢垂落在轮椅扶手上。

蒙面巾被摘下来了，露出一张疤痕纵横的、可怖的面孔，田妙雯葱白的手指轻轻抚上去，眼泪像断了线的珍珠，一颗颗地掉下来，再也数不清："哥，你……怎么成了这副样子？"

"伦理，容不下我！天地，容不下我！我是自作孽啊……"田彬霏的声音飘忽得仿佛来自另一个世界，啜泣声低低的，红红的烛泪盈满了烛台。

· ※ · ※ · ※ ·

早起的人发现夜里，竟然悄无声息地下了雪。雪不大，有些地方的雪刚落到地上就化了，有些地方还留有一层浅浅的白雪，看起来呈灰白色，远不及北方雪后的那种琼宫玉树之美。

田天佑起了个大早，正站在门前观望卧牛风景，忽见远处一行数人向这边走来——几名身形矫健的男子，中间却是一个身形曼妙的女子。田天佑呆了一呆，急忙转身向院中跑去。

他认出了那个女子，那是掌印夫人田妙雯，田妙雯一大早过来，必然是要见土司。田天佑急忙返回报信。他远远见了掌印夫人不上前拜见，反而折身就跑，虽然于礼不合，但他现在是山里出来的土包子，这么做倒也正合他所扮的身份。等田妙雯赶到的时候，叶小安已被他先行叮嘱了一番。

"妾身有事与土司商议，你们退下！"田妙雯淡淡地吩咐了一声。人家两口子要叙话，显然是不想旁人与闻。田妙雯带来的几个人立即欠身退下，田彬霏等人无奈，也只得向堂外退去。

田天佑飞快地瞟了叶小安一眼，见他微露惊慌之色，正用求助的眼神望向他们。田天佑迅速回了一个眼神，但是连他也说不清，那是威胁、鼓励，还是别的什么意思。

廊外，田彬霏、田天佑、田文博和田妙雯带来的党延明、李博金、宗华等人自然而然地分成了两群，分别站在廊庑的两侧。田彬霏看了对面一群人一眼，忽然道："记得还有一位吴大牛先生和许胜兄弟，今日怎么没来？"

经田彬霏一说，田天佑再往对面仔细一看，不由暗叫一声惭愧，对面人群中确实少了两位，他竟全无察觉。这种细致入微的功夫，他比起"田再兴"来确实差得太远，难怪他虽是天王亲信，却由田彬霏来主持其事。

党延明淡淡地道："那两位啊，受主母差遣，往江南联系良种、农具去了。现在还不张罗，待到开春还来得及吗？先生既然受土司大人器重，成为卧牛第一幕僚，这些事以后就该时时放在心上，不能总要主母操心哪！"

田彬霏干笑道："这些内务以前都是由李先生负责，田某刚得土司大人任命，还来不及……咳！今后自当小心。"

田彬霏受党延明抢白无言以对的样子，田天佑看在眼里暗生快意。他很讨厌田彬霏一副高高在上、万事皆在掌握的嘴脸，现在看他吃瘪，心里舒坦许多。

不过，他的注意力很快就从田彬霏身上转移到了大厅之内。站在大厅门口两侧的廊庑下，完全看不到厅中情形，田天佑心中不安："田妙雯一早来见叶小安，究竟要谈什么？那个蠢货，不会应付不过去吧？"

第三章

无数间

一

半晌，厅上叶小安朗声说道："你们都进来吧！"

正在门廊左右等候的众人纷纷进入大厅，施礼已毕，左右落座。

叶小安轻咳一声道："方才，我与夫人仔细计议了一番。朝廷对司法归朝是非常重视的，我卧牛岭崛起之速，众土官为之侧目，正需朝廷扶持，我们才能站得稳，这件事需要配合朝廷从快从优地做好，以邀圣宠。所以，原定分赴各地先行主持建立司法衙门的人员，就不要留在卧牛岭过年了，三日之内，务必全部成行。"

田天佑和田文博脸上露出一丝喜色。

叶小安又道："至于李秋池李先生，鉴于卧牛岭诸务杂陈，一时不得头绪，恐田再兴先生一人难以胜任，且田先生不良于行，有些事也不宜要田先生去操办，故而，李先生还是留在卧牛岭，与田先生分执事务。"

叶小安说到这里，似乎有些不太情愿地看了李秋池一眼，又看了田彬霏一眼，道："李先生主要负责案牍、账房、田庄、商铺、牲畜、矿产等事务，田先生主要负责我卧牛岭对新近拥有领地的治理以及按照朝廷安排设立司法衙门等事务。"

他的表情在卧牛岭一众人眼中看来，似乎只是迫于掌印夫人颜面，非常勉强。但是在田天佑等人看来，却是因为忐忑，显然是被田妙雯把话将在那儿，没法拖延下去，只好硬着头皮答应，但又担心会引起他们不满。

"叶小天"此时还系着孝带呢，纵然是他的正牌夫人，也不方便与他私相接触，这样公开的场合谈完了事务，便也起身离开了。田妙雯一走，其他人就卧牛岭上的一些事务又请示了一番，便也纷纷散去。

众人一走，田天佑又沉下脸来："土司大人，把李秋池赶出卧牛岭，是我们原本的计划。你纵不好拒绝掌印夫人，难道连拖延些时日都做不到？谁给你的权利擅自做主！"

叶小安涨红了脸道："当时那般情形,她情理道理都说尽了,我不答应,我有什么理由不答应?要么拒绝,要么答应,我有理由拖延吗?再说,分赴各地建立法司衙门的名单,已经完全照你们说的办了,便留下那个只会耍嘴皮子的讼师,又济得何事?"

田天佑大怒："这才当了几天土司,你就敢顶嘴了!"

"好啦!天佑,这事怪不得土司,你不必说了!"田彬霏不悦地打断了田天佑的话,对叶小安道："土司可以去歇息了,太过熟悉的人,尽量不要见!"

叶小安一副敢怒而不敢言的样子,愤愤地看了田天佑一眼,拂袖而去。田彬霏对田天佑道："天佑,天王并非打算利用完他就算了。他这个土司,要做很久,就算是傀儡,能做一方土司,来日在天王面前,分量怕也未必就比你我低了,不要太过苛刻。"

田天佑不屑地冷笑："就凭他?"

田彬霏道："只要他做着这方土司,在天王眼中的作用就比你我更大,凭他如何?"

田天佑一窒,田彬霏又道："你我最紧要的事,是要确保他卧牛岭土司的身份,要做到这一点,最重要的就是让他自己都把自己当成真的土司。你一再训斥他,他能扮得出叶小天的神韵来?"

田天佑又是一怔,脸上恼怒的神情倒是渐渐平静下来,显然田彬霏这句话他是听进去了。他与田彬霏虽然行事做派不同,常常意见相左,但目的毕竟一样,所以听田彬霏说的确实有道理,倒也不会坚执己见。

· ※ · ※ · ※ ·

陆悠悠,听起来有点像女人的名字,不过他却是一个不折不扣的男人。当然,他眉清目秀的,在这连女人风气也异常彪悍的贵州,瞧着也确实柔弱了一些。

不过,他识文断字,虽然没能成为秀才,却是童生,也是参加过县试和府试的。这样的人前去主持建立司法衙门的事,显然要比一个大老粗要强上许多。所以他投奔卧牛岭不久,就被委以重任了。

陆悠悠当然不是一个人去的,卧牛岭方面还派了些使唤随从给他。这些使唤随从当然是真正属于卧牛岭的人,杨应龙手笔再大,也不至于派出大量人马潜入卧牛岭去充当一般的使唤随从。

这些随从都是真正的山民,在山里时瞧着倒还精明,懂得许多山外人不懂的生存技能,可一旦到了山外,就显得非常蠢笨了,只是有把子力气,没什么特别本领。

不过，陆悠悠也不需要他们有什么本领，只要他们听话就好，这样的话，他们越蠢笨，就越合陆悠悠的心意。不过这一来，所有事情就得陆童生亲力亲为了。

他负责的地方方圆三十余里，相当于一座县城的治理范围，分别属于两个头人、三个吏目。陆悠悠持着贵阳巡抚下发的公函，逐一拜访这些土地爷，又亲自择选建衙地址，请匠师设计图纸，雇用当地百姓建筑衙门，又走访四里八乡的耆老以及有地位有影响的乡绅，忙得不可开交。

不过，他不遗余力地忙碌着，再疲惫也甘之若饴。作为一个内奸，和一个正常派来的人心态是截然不同的。如果他真是卧牛岭的人，恐怕反而不会如此不知疲惫地卖力，恰因为他是内奸，所以做得越多他越开心。

在做这些事时，他没有使丝毫手段，更没有丝毫敷衍。他比任何人都要上心、都要认真，就像一个攒了一辈子钱的人，第一次盖一幢属于他自己的房子。

因为天王交给他的任务，是要把这一带的头人、吏目、耆老、乡绅，全都笼络到他一边。

朝廷派来的官员，会受到这些人本能的抵触，但迫于大势，这些人又无法反抗。这样一来，他这位由卧牛岭派来，联系朝廷司法官员与地方土官和宗族力量的中间人，就可以发挥巨大作用，等来日这里归了天王，他才能保证这里的人因为对他的信服，迅速接纳新的统治者，并成为杨天王的坚实根基。

那时候，他将成为天王派驻于此的首任地方官员，干得好的话还可以世袭罔替，让他的子孙后代一直干下去。这种情况下，他岂能不与这些地方领袖倾心接纳？他岂能不认认真真地建造衙门。

他使尽了浑身解数，充分地发挥了他的光和热，为了卧牛岭的地方建设任劳任怨地努力工作着，不惜一分力，不贪一文钱。是的，为了卧牛岭，因为他现在必须打着卧牛岭的旗子，不能透露出一丝一毫的异样。

· ※ · ※ · ※ ·

像陆悠悠一样的人，还有很多很多，倒不是投奔卧牛岭的人都是内奸，但被田彬霏选拔出来去"支持地方建设"的这些人，理所当然都是内奸。

无数的杨应龙的内奸，为了卧牛岭的政权建设老黄牛般辛苦耕耘着，汇总到叶梦熊手中的消息，都是欣欣向荣、积极向上的。

有些耆老或蛮横的头人，对于这些跑到自己地盘上指手画脚的人还是很不友好的，杀人他们当然不敢，但指使些泼皮流氓暗中下绊子扔黑砖，还是有胆子做的。但是那些可敬的内奸们，哪怕流汗又流血，依旧无怨无悔。

甚至，因为担心上报卧牛岭，卧牛岭方面会另派出人来协助开衙建府，从而影响到他们对自己的辖区施加独家影响，他们对所遭受的一切委屈都守口如瓶，坚决不肯叫叶土司知道。

实在碰上"钉子户"，凭一己之力无法解决，他们宁肯悄悄通知播州方面，由他们来协助解决，也不给卧牛岭添麻烦，这是一群最"可爱"的人，一群大公无私的内奸。

对于这些地方的迅速发展，叶梦熊自然是极为满意的。

武力还掌握在叶小天手中，回头朝廷也会派人来担任司法官，想干掉混杂在其中的一个内奸，易如反掌。甚至就算这个内间死了，叶梦熊也会榨尽他的最后一丝剩余价值：把这笔账算在播州杨应龙的身上。

这个内奸在当地打下的良好基础和人脉关系，将统统由卧牛岭接收，成为卧牛岭宝贵的无形资产。但……仅仅做到这一步，叶小天不满足，叶梦熊也不满足。

因为这些人被迅速清除之日，也就是"叶小天"还是叶小天的真相暴露之时，杨应龙自然会防备他，那时如何还能利用杨应龙误以为卧牛岭尚在他控制之中，给杨应龙来一记重击？

所以，清洗的最好时机，是在决定给予杨应龙一记重击之时，这才能起到一箭双雕的效果。这就需要叶梦熊向杨应龙施加压力，逼其尽早动手，如此一来才能保证两方面的计划同步进行。

"是该老夫动手的时候了啊！"叶梦熊轻轻地吁了口气，从笔山上拈起他的那支紫檀猩毫，亲自动手……写了一封信。

第四章

纷纷出手

一

大明人才济济，而叶梦熊和李化龙在这精英荟萃、人才济济的大明朝廷中也算是佼佼者了。不管是叶梦熊还是李化龙，都是治世名臣，而且两人的经历出奇的相似：文职入仕，武职扬名，曾在辽东执掌军务。

李总督已经得了老花眼，他捧着叶梦熊的来信，在灯下细细看了良久，微微一笑，拿起一个小铜锤，敲了一下一只悬挂在古旧沉重的桌案之上的铜磬，"铛"的一声，悠远传去。

片刻工夫，一个老学究慢慢悠悠地走进了书房，李化龙道："传本督谕令，播州自即日起，向朝廷缴纳税赋，由我四川征收、代缴！"

杨应龙不是李化龙治下土官，而且论级别，比他也低不了多少。更重要的是，杨应龙是土官，应该纳贡而不纳税，就算纳税也该走贵州那条线，实在和他李总督没什么关系，但李化龙吩咐得理直气壮。

更绝的是他那位冬烘先生似的老师爷，听他吩咐了一句，点点头，二话不说转身便走。什么与法度不合，法度这东西，仔细找找总是有漏洞可钻的。你一个小民找出它的漏洞，官府未必承认它是漏洞，但堂堂一省总督想利用这个漏洞，那它不是漏洞也要变成漏洞了。

既然总督大人这么吩咐了，找理由、找借口就是。播州基地近四川而远贵州，双方地盘犬牙交错，杨应龙有着庞大的产业，那是杨应龙的经济命脉，而它的销路主要就是倚靠四川，还怕找不到办法？

这种用熟了的师爷，根本不需要吩咐太多，只消告诉他要做什么，至于这么做合不合理，能否行得通，该如何给自己找出充分合理的理由，师爷自会去想办法，完全不需东翁操心。

……

"李化龙，老匹夫，当真欺人太甚！"李化龙的一句话，到了杨应龙的案头，就变成了一篇洋洋洒洒千余字的公函，上边盖着鲜红的总督关防。杨应龙重重一掌拍在这公函上，怒气勃发。

他的堂弟杨大岐、二弟杨兆龙、一向有权参与其机要大事的田雌凤，大阿牧陈萧，兵马大总管田一鹏、田飞鹏，家政赵文远等人也都怒容满面。

杨应龙气咻咻地骂了几句，道："暂且拖他些时日，若他催促不急，便拖延下去，若逼得急了，老二，你去一趟成都，当面向李化龙陈明情况，希冀宽容，备些厚礼，上下打通。"

杨兆龙应道："是！大哥，我记下了。这事交给我办就是了。"

杨大岐蹙眉道："大哥，李化龙如此要求，实属荒唐，置之不理就是，何必低声下气求他。"

杨应龙叹口气道："话是这么说，可我播州远贵州而近四川，依赖其处甚多，真要不予理会，恐怕会给我们惹来许多麻烦。小不忍，则乱大谋啊！"

田雌凤妩媚的月眉一挑，道："天王也太小心了吧，天王之地，广袤数千里，西北堑山为关，东南附江为池。领黄平、草塘二安抚，真、播、白泥、余庆、重安、容山六长官司，统田、张、袁、卢、谭、罗、吴七姓，世为目把。何所惧也。朱元璋一介草民可成大帝，天王千年基业，难道就不成吗？何必苟且于李化龙老匹夫之下？"

在场的都是杨应龙的绝对心腹，田雌凤说话自然不必顾忌。杨应龙沉默片刻，道："稳中求进吧。卧牛岭那边来信说，若不尽快控制卧牛岭，恐叶小安终会被人识破。我以为，不妨加快那边的进度，雌凤，你抽空再去一趟铜仁，亲自主持其事。"

田雌凤听他虽说"稳中求进"，但随后之言显然是意有所图，播州这边他已经准备十多年了，还要准备多久？现如今天王正当壮年，也正是该大展宏图的时候，难不成要到迟暮之年方才起兵？

看起来，只等卧牛岭那边落入掌握，天王就要发动了！想到这里，田雌凤心中一阵激动，立即答应下来。

杨应龙道："对叶小安，不可一味逼迫，要又拉又打，许他些好处。蛊教根基犹在，许多人对卧牛土司忠心耿耿，依旧是因为叶小天的尊者身份，所以即便我们彻底控制了卧牛岭，要利用他们为我效死力，还是需要叶小天这块招牌，叶小安这个人，始终有用！"

田雌凤嫣然道："不劳天王吩咐，妾身明白其中利害。这个叶小安，逃不出妾身掌心的。"

大阿牧陈萧激动地道："天王，我等是否也该早做准备了？"

田一鹏道:"十年不鸣,一鸣惊人!"

杨应龙听了这话,饶是一向镇定,也不由得心旌一阵摇动,他想到了紫禁城中的那张宝座,那令他无比热望的宝座。杨应龙深深地吸了口气,道:"嗯,有备则无患!"

众人摩拳擦掌,齐齐领命!

· ※ · ※ ·

遵义郡,大悲阁。

这是杨氏先祖捐资建造的一处寺庙。播州统治者杨氏信佛崇道,崇信一切具有大神通者,既修今世,也修来世,所以佛道两家在播州大行其道,和平共处。

但,龙虎山张家的闺女在寺庙中带发修行,传扬开去却未免叫人尴尬,所以杨天王的正牌掌印夫人在大悲阁潜修的事情,知者寥寥。大悲阁寺主是知情人,对外也是秘而不宣,寺中许多高僧上人也只知道有位贵人在本寺修行,而不知她的真实身份。

张氏,容貌其实并不难看,怎么说也算是中上之姿,只是比起田雌凤那种天生狐媚的女子来,少了些撩人的风韵。加之,青灯古卷潜修多年,她的气质也发生了很大变化,看起来淡泊自然,多了几分道气佛光,而女人的风情越发地少了。

她十六岁离开龙虎山,嫁给播州世子杨应龙,如今也不过三十一二岁。田雌凤岁数跟她差不多,但一眼望去,仍是一个花信女子,月貌花容,妖娆妩媚,而张氏沉静内敛的气质,却让她看上去比实际年龄还要老了几岁。

女子如花,少了男人,少了爱情的雨露滋润,又整日浸于佛经道藏之中,终究少了几分鲜活气。

张氏在大悲阁中潜修,平素少有人来打扰,但这两日出入大悲阁求见张氏的人却极多。求见张氏的人都是轻车简从,秘密而来,寻常人根本注意不到,寺中有职司的高僧虽知来访者不俗,却也不知道他们的准确身份。

来访者中,包括播州五司七姓的一些权贵,如果说杨氏是播州之王,他们就是播州之侯,在杨应龙之下,有他们传承沿袭下来的领地、子民,自然称得起一方诸侯。

可惜,这些诸侯实在没有"天高皇帝远"的条件,杨应龙近在咫尺,对他们的控制力自然也就更为强大,比如柳田青山何氏,何氏附庸于杨氏已达七百年之久,简直可以算是"与国同休"了。

而今日跑来向掌印夫人张氏吐槽的人中,居然有一向对杨氏只知服从、从无怨言的青山何氏这一代的家主,播州宣慰司中军何恩。

何恩忧心忡忡地道:"夫人,开春之后,就是农忙时节,但大阿牧传下消息,要大兴土木，要求各方土官出人出物。出人出物，原本也是我等份内之事，可……唉！大阿牧要扩建增修的不仅仅是海龙屯主楼啊，土城、月城、环城、家庙、仓库、兵营、金库、火药库、校场坝、采石场都要加固，桐柱关、铁柱关、飞龙关、朝天关、飞凤关、飞虎关等九道关都要翻修，养马城、海龙屯前喇叭水两侧高山上的海云屯、龙爪屯全部扩建，这是要抽光人力，如何组织春耕……"

播州宋氏的宋世臣愁眉苦脸地道："不仅如此，我播州所属的庄田二百余处，茶田四十余处，蜡崖三十余处，渔潭二十余处，织坊一百余座，明年全部加收一倍税赋，各方是怨声载道，苦不堪言哪。可大阿牧居然说，若是征收不上来，土司大人可另派贤良，这……都是大家传承千百年的基业，那是说换人就换人的吗？"

罗承恩道："夫人，乔氏土司拒绝服从，已被削去土司身份，没收全部家产，各方土官现在是惶恐不安，不从天王之命，自己身家性命不保，服从天王之命，只恐百姓没了活路，大伤我播州元气啊！"

播州城西碧云峰"大报天正一宫"的观主是张氏夫人的本家叔父，名叫张时照。侄女嫁给杨应龙后，他便从龙虎山来了播州，成为"大报天一正宫"的观主，传播龙虎山道统，是当地道家有名有号的人物。

此时他也在场，对张氏愤愤然道："天王宠信田雌凤，据说天王如今种种倒行逆施之举，皆为田雌凤那狐媚子怂恿所致。夫人哪，你才是播州掌印夫人，不能坐视小妾以下犯上，胡作非为啊！"

何恩道："是啊，夫人，夫人贤良，与世无争，那自然是极好的。可现在田雌凤惑主媚上，倒行逆施，有损杨氏千年基业，夫人您可不能再坐视不理了。"

宋世臣道："我最担心的是，田雌凤怂恿天王，如此种种，究竟为的什么？夫人，只怕其中别有内情，一个不慎，就不是有伤杨氏千年根基，而是会招来弥天大祸了！"

张氏夫人古井无波的表情终于波动了一下，听他们所说种种，她也意识到了一种可怕的可能。她是杨氏这一世的掌印夫人，田雌凤再嚣张，也依旧是三夫人，她才是族谱上正宗记载的掌印夫人。

她可以不屑与田雌凤争宠，可以因为杨应龙的冷落，自动放弃掌印夫人的荣光和职权到寺中潜修，但她毕竟把自己当成杨家的一分子，如果丈夫有不轨之心，将给家族带不可挽回的重大伤害，她绝对无法容忍。

张氏夫人长长地吸了口气，道："三夫人，现在海龙屯吗？"

何恩、宋世臣等人喜上眉梢，一听就知道掌印夫人是动了真怒了，别看田雌凤嚣张，那是因为张氏夫人不愿放下身段与她相争，真要拿出掌印夫人的身份，稳稳地能压住那个狐媚子。

一旦整治了田雌凤，田一鹏、田飞鹏等一干党羽也要倒霉，到时候天王折了一半羽翼，再想做什么，恐怕也不得不有所顾忌。何恩马上道："在！当然在，天王现在海龙屯，田雌凤当然也就在，嘿！那个女人，不会放过任何一个邀媚取宠于天王的机会呢。"

张氏沉声吩咐道："你等去准备一下，召集五司七姓各路土官，三日后随本夫人回海龙屯！这个妖言惑主的贱婢，我要请出祖宗家法，清理门户！"

第五章

戏　凤

一

　　田雌凤可不知道早已被她遗忘的那位掌印大夫人在五司七姓诸多土官的请求下已经出山，气势汹汹地返回海龙屯，要修理她这个杨氏家族的罪人了。张夫人风尘仆仆，一路奔波，已经赶到了铜仁。

　　铜仁，七星观。观主长风道人依旧住在观里，依着他比狗还灵敏的趋吉避凶的本能，察觉情形不对，早该逃去贵阳，远离这是非之地才对。但王宁不许他走，他便不能走。

　　在七星观，他是观主；在铜仁，他是道家真人。但，陪伴在他左右、形影不离的道童清风和明月，就是锦衣卫套在他头上的金箍，而看门的那个老道人王宁，就是负责念紧箍咒的人，长风大真人一点办法都没有。

　　田雌凤离开了，那个疑似叶小天据说是叶小安的人也不见了，长风道人大大地松了口气，又开始频频出入豪门大宅，讲经传道，蛊惑那些希冀长生或痴迷养生之术的信徒向他捐献大量银钱。

　　"这才是一个神棍应该做的正业啊！"在王宁和清风、明月的裹挟下，被迫成了半个锦衣卫的长风道人看着满满一盘温润浑圆的明珠、黄澄澄的金子、白花花的银子，惬意地想着。

　　这时候，他的寄名俗家弟子田雌凤再度出现在七星观。"吧嗒"一声，长风真人手中的银锭一下子砸到了脚面上，有理想、有抱负的长风道人欲哭无泪，他觉得，好日子又到头了。

　　挂着巨幅"清静""无为"条幅的静室，本是观主的居室，但是因为田雌凤的频频到来，这里早就辟成了她的专门居处，即便是她不在的日子，这里也只是暂且封闭，而无人占用。

　　此刻，静室中再度亮起了灯光，灯下有美人如玉。

原木雕花清漆的精致门窗，轻罗为帘，瓶纹棱窗，朱红梁柱，室内陈设极尽简单，但一几一案无不用尽匠思，雍容优雅。书阁、鼎座、笔洗、花瓶、盆景，错落有致，不显凌乱，恰到好处地映衬出了屋主的气质。

墙上一面挂墨迹酣畅的"清静""无为"条幅，另一面则挂一琴、一剑。低矮的唐式榻铺，上边置一小几，几上有淡金色的宣德铜炉，升起袅袅青烟，香气氤氲。

硬木精雕的坐榻铺着软硬适中的坐褥、靠枕，白裳如雪的玉人坐在上边，书香道气中，便登时有一股旖旎、柔媚的女人味反客为主，甚嚣尘上了。

轻衣素净如雪，一只莹润无比绿意盎然的碧玉簪子横插在双飞凤的发髻上，如墨青丝整齐得一丝不乱，便衬得那张俏脸明丽照人，灵动妩媚，仿佛二十芳龄佳人，实在叫人想象不出她竟已嫁人十余载。

"夫人，他来了！"帘外传来一个轻轻的声音。田雌凤的唇角不禁浮出浅浅的笑意："有请！"

一只手掀开了珠帘，掀帘人站在侧首。正对着门户的，是一个容貌清逸，但神情略显局促的年轻人。

"呵呵，叶土司，你在抚台大人面前能侃侃而谈，大明天子座下面不改色，如今见了本夫人，怎么畏畏缩缩？"

刚刚进来，施礼落座的年轻英俊男子脸上露出一丝无奈的苦笑，面对田雌凤的调侃，他只能无奈地道："夫人知道，我其实……我……"

田雌凤蛾眉一挑，道："你什么？你就是叶小天！没有任何人能质疑你的身份，你要相信自己，如果你自己都不确定自己的身份，你叫别人如何相信你？"

叶小安沉默片刻，长长地吸一口气，又慢慢吐出，神色渐渐变得肃穆起来。

田雌凤满意地抿嘴一笑，浅浅一笑，腮上便显出两个浅浅的迷人酒窝，狐一般亮丽的眼中笑意盈盈，更增妩媚。叶小安看见她这迷人的美丽，不由得一呆，慌忙垂下头不敢再看。

· ※ · ※ · ※ ·

此时，松江池畔。明月当空，水色如银，水流于石上，银碎于水面，潋滟生辉。江边两人，坐着马扎，各提一杆钓竿，正在夜钓。

白发老人坐在左边，稳稳地提着钓竿，含笑对另一人道："叶土舍在此间住得可还习惯吗？"

右边，那人模样与叶小天一模一样，赫然就是叶小天的孪生兄长叶小安。叶小安道："多谢于二爷款待，小安住得很习惯。"

白发老人正是于家二爷于问舟，他早已不问世事，侄女于珺婷取代铜仁张氏，把于氏家族推上铜仁第一土司的地位后，于问舟更是连最后一些差事也都交接了出去，每日只管悠游山林，逍遥自在。

叶小安被叶小天替换出来，暂且被安置在了这里，由于二爷接待照料，如今在蓼皋镇、松江畔，业已住了几天了。于问舟笑道："若有什么需要，你只管开口，这些事，老夫还是做得了主的。"

"多谢二爷！"叶小安顿了顿，道，"小安想，明日去田庄里住下，跟令公子学学打理田庄，不知二爷可允许吗？"

于问舟一呆，道："这个……自然没什么问题。不过，叶土舍这是……"

叶小安笑了笑，比起以往，透露出几分成熟稳重的气质："小安无一技在身，无一事可成，浑浑噩噩地就活了这许多年。屈指数着，再有几年就三十而立了。呵呵，小安……立得住吗？"

于问舟提了提钓竿，扭头看看叶小安，微笑起来："成！明儿个，老夫亲自陪你住到田庄里去，咱们一块学，怎么侍弄庄稼，怎么打理农庄！"

……

七星观静室内，田雌凤与叶小天各执清茶一杯，不知道的还以为这是一对情侣——一个蛾眉舒展，一个低语浅笑，气氛无比融洽。

田雌凤自然是极会说话的，若不是懂得男人家心理，仅凭容貌，如何能得杨应龙这等绝不缺少美艳妇人的枭雄的宠爱。在她曲意结纳之下，叶小天的紧张局促渐渐消失了，在她不着痕迹地打气吹捧下，虽未饮酒，却也有了三分醉意，醺醺然似乎真把自己当成大权在握的一方诸侯了。

曲意逢迎，自然是有其用意的，当今天下能让田雌凤这等女子放下身段，温言软语，刻意逢迎的男人还着实不多。连杨应龙那般人物在她的小意应承之下都醺醺欲醉，何况是叶小安这般货色？

于是，田雌凤口中的叶小天、眼中的叶小安，在她水一般的眸波荡漾、狐一般媚丽的笑靥奉承下，渐渐有些忘乎所以了。

田雌凤见火候已到，就从翠袖中取出一页纸来，缓缓推到叶小天面前，柔声道："土司大人，这份名单上的人，希望你能大力提拔一下，他们稳了，你的地位也就稳了。到时候，天王和我，都不会亏待了你。"

美人当前，明眸善睐，暗夜灯下，旖旎自生，叶小天神魂皆醉，但是听了田雌凤这句话，他的眼中痴迷之色却是顿时一清。叶小天拿过那份单细细一看，矍然一惊。

于扑满、于家海赫然在列，不仅仅是他们，那份名单上还有蛊教中执事一级的好几个人。叶小天清楚，把蛊教带出山，他们受到外界诱惑的机会就更多，想当初在山中,格格沃、格峒佬那班人都能为了权柄丧心病狂,何况这山外的花花世界。

尽管他早知道蛊教出山后必然有人会经受不住诱惑,可是亲眼看到时,还是触目惊心。蛊教中人本就在山民中拥有极大影响力,再加上他们擅长蛊术,自己虽万蛊不侵,可不代表他的家人、朋友、忠心下属不会中蛊,如果这些人在自己毫无察觉的情况下暗下毒手……叶小天不寒而栗。

幸运的是,这份名单上没有长老一级的人物。但……究竟是没有,还是因为长老一级的人物已经升无可升,不需要再刻意提拔,所以名单上才没有列出来,叶小天不确定。

看着叶小天越来越难看的脸色,田雌凤伸出了她纤细修长的青葱玉指,轻轻勾住了叶小天的下巴,慢慢抬起了他的头:"怕了?你根本不用担心,站在你背后的力量非常强大!只要你照办,你就永远是叶小天,可以拥有叶小天的一切,而这一切,除了我,谁也无法帮你拥有,你说是不是?"

叶小天的眼神明显透着抗拒,或者说是惶恐。田雌凤"哧"地一笑,慢慢探身过来,那红嘟嘟的性感丰满的唇瓣几乎要贴到叶小天脸上了,她呵气如兰地道:"人生一世,草木一秋,就该轰轰烈烈,才不枉到这世上走一遭,你说是吗?"

一张清莹水润、光滑粉嫩的俏脸就在眼前,一个圆润丰腴偏又柔媚纤纤的香喷喷的身子近在咫尺,性感的烈焰红唇一翕一合,叶小天整个身子都僵住了,他闭紧了嘴巴,呼吸却是渐趋急促。

田雌凤很清楚叶小天此刻的身心变化,为自己拥有如此强大的魅力颇感得意,因此举手投足间愈发透出一股异样的性感妩媚来,好似示威一般,她那高挺丰润的一对玉峰挺耸得更加突出了,柔声道:"乖乖听我的话,事成之后,少不了你的好处。"

叶小天颤声道:"夫……夫人是说?"

田雌凤雀舌微吐,轻轻舔了一下嘴唇,声音更加低哑诱惑了:"一切,你想要的一切,全都可以拥有,这……值不值得你为之付出一切?"

她知道自己微舔嘴唇的动作会让她更具魅力,但她显然低估了"叶小安"的胆量,色欲熏心的叶小天从喉中发出一声低沉的嘶吼,忽然纵身跃起,狠狠地把她扑倒在矮榻上,没头没脸地狂亲起来。

在他唇下,那肌肤是如此粉嫩、如此滑润,田雌凤被叶小天惊呆了,被他扑倒后,竟然惊讶地瞪大眼睛,一时来不及反应。叶小天胡亲乱吻着,一双手颤抖着抚上了她饱满浑圆的胸膛,嘴里含糊地叫着:"我要你,我就要你!把你给我!"

叶小天的手用力抓了抓她的饱满玉峰,粗鲁的动作让田雌凤有些痛楚的感觉,她的黛眉刚刚一蹙,叶小天的手又顺着她平坦柔软的小腹滑了下去。

田雌凤心中一惊,急忙一侧身子,叶小天的手失误地抓在了她的大腿上,田雌凤又羞又恼，另一条腿膝盖一抬，狠狠一撞，叶小天闷哼一声，捂着肚子摔到了一边。

"王八蛋！"

田雌凤羞愤交加，爬起身来就去抽壁上的宝剑，返身一指，三尺青锋如一泓秋水，笔直地点在叶小天的鼻尖上。叶小天吓了一跳，登时又变回了先前畏缩拘谨的样子，期期地道："你……你不是答应……答应我的吗？"

田雌凤柳眉倒竖："老娘几时答应……"

田雌凤恨得银牙紧咬，这个混账！本夫人是什么身份，你以为本夫人要以自己身子为酬，陪你这个窝囊废上床不成。若换作他时，叶小安这个混账东西敢轻薄于她，早被她剁成了肉酱，可是眼下这叶小安却宝贝得很，实在是不能杀啊。

田雌凤长长地吸了口气，缓缓收回长剑，似笑非笑地轻嗔道："叶土司，你呀，做别的事没胆子，这色胆呀，却是比谁都大。杨天王的女人，你也敢动歪脑筋！"

叶小天失措了，语无伦次地道："不是！我……不是，刚刚不是夫人，我以为……"

田雌凤瞧他那副蠢样，心里头一阵恶心，她的颜色冷下来，淡淡地道："好了，这件事，我就当没有发生过。你先下去吧！"

"哦哦！是！"

叶小天慌慌张张转身就走，田雌凤冷冷地道："带上那份名单！"

"哦哦！是！"

叶小天慌忙回来，捡起那份名单揣好。田雌凤道："你照我吩咐，好好做事。那样的话，你不但可以永远保有现在的地位，我还会把我的小妹子许配给你，她……可是比我还要美艳三分呢。"

"哦哦！是！"叶小天似乎被她手中的利剑和她冷淡的模样吓着了，只管胡乱答应着。

田雌凤看在眼里，愈发憎恶，摆一摆手，眼看着他慌张退下，忽然扬声道："来人！备香汤！沐浴！"

田雌凤恨不得马上擦净被他亲过的所有地方，不！是泡一个热水澡，洗净所有被他摸过的地方。这个只有在女人肚皮上时才胆大包天的混账王八蛋，真是该杀！可又偏偏不能杀，三夫人好不懊恼。

第六章

占风望气

一

叶小天离开静室，外边自有侍婢候着，一见他出来，马上引着他向外走。叶小天从七星观后观的角门出去，登上车子。车子辘辘启动，叶小天往椅背上软软地一靠，一抹黠笑便绽放在唇角。

手指微动，那种绵软劲挺的销魂感觉似犹在指间流动，啧啧，还真是看不出，这位三夫人不只是模样如二十妙龄，酥胸竟也坚挺结实如同少女，还有那修长丰润的大腿，手感好得很。

尤其是，她可是堂堂的播州杨天王最宠爱的妻子，占她的便宜，那种成就感，嘿嘿……叶小天不是君子，从来都不是，杨应龙与田雌凤对他诸般算计，他又岂会客气。

叶小天眯了眯眼睛，回味似的捻了捻手指，这才探手入怀，取出了那份名单，挑亮灯芯，借着灯光细细地又看一遍，重新揣入怀中，闭上双目，一个个名字便跃入他的脑海。

其实这份名单上的一些人他并不熟悉，甚至没见过。这就是火箭式高升、迅速壮大实力必然的副作用之一，他不可能有时间同这些部属一一打交道。

他是一步登天，成为尊者，不像前任众尊者，都是自幼在蛊教中长大，所以有些执事级人物他不认识很正常。

之后他成为土司，天天奔波在外，与铜仁、石阡乃至贵阳诸地的大人物打交道，对他接纳、被他征服的诸多部下也没时间去沟通、交流，即便没有外人诱惑、策反，那也是一个严重隐患。

可……想要步步高升，除了自身努力，还需外部诸多条件和机遇的配合，并非只靠一己主观愿望；想要停下来巩固基础，停止扩张，同样需要外部因素的配合与影响，并非完全由着一己所愿。

比如，他想停下脚步，可能吗？叶梦熊不会答应，杨应龙也不会答应。他想停下来，必须要承受其中一方的强大压力，甚至是来自他们双方的压力，这样的话，他想巩固基础、消除隐患，就不能用常规手段。

血腥镇压、大清洗、铁腕手段，就是这种情况下最好的选择。但是搞大清洗，几乎无可避免会出现错杀、误杀，甚至错杀的人可能数倍、十数倍于真正的反叛者、有异心者，实是杀敌一百自损一千的不得已行为。

而现在则不然，叶小天有对方主动提供给他的名单，可以有的放矢。叶小天闭着眼睛，细细思量着掌握了这些人的底细后的应对措施，直到车子在东山脚下叶氏别墅门前停下，这才回过神来，举步下车。

叶小天成为土司，迁去卧牛岭后，他原来在铜仁城东山脚下置办的这所宅院就暂且空闲下来。虽说遥遥留在了铜仁城，可她一个小姑娘，哪可能独自守着偌大一所空宅，所以被叶小天托了于珺婷照料，而这宅子里，就只留了十几个家仆奴婢看管。

宅子周围，八大长老亲眷的宅子还在，虽说叶小天不在铜仁了，但叶小天挫败格彩佬等守旧派长老的阴谋之后，还是把他们又派回了铜仁。

卧牛岭虽然已经不是深山，可距山外的世界依旧较远，铜仁就成了他们走出大山看世界的一个窗口，而这八大长老的亲眷，在族人中本就拥有着较高的影响力，把他们留在这里，就成了蛊教放在外面的一双眼睛、一双耳朵、一双手，一个大喇叭，可以把山外世界的信息随时传到族人中去。

此时，这八家的人不管是经商的、做工的、务农的，还是在衙门里当差的，都静静地候在门口，叶小天一下车，他们立即跪伏于地，行五体投地大礼，这是见到土司老爷时要行的礼。

如果是以尊者身份出现，他们各家最有地位的人还要上前亲吻叶小天的靴尖，而那对他们而言，乃是很大的荣耀。但叶小天正在不断弱化蛊教的影响，所以早就撤销了这一规定，叫他们只按土司之礼对自己行礼。

叶小天没有与他们多做攀谈，只是漫不经心地点点头，便昂然进了宅子。土司大人没有吩咐，这些人也就各自散去了，反正就住在左近，如果叶小天有吩咐，随时可以唤他们来。

田彬霏坐着四轮椅，由田文博推着，静静地候在二门处。

至于田天佑则不在这里，他正在七星观。他是杨天王亲自派来的人，自然会有许多事情要面见田雌凤，亲口禀报并领取新的指示。本来这个过程不会太长，叶小天前脚离开，他后脚也该离开七星观了。问题是田雌凤被叶小天亲了一脸口水，又被他袭胸摸腿的，此刻跑去沐浴，消除心理阴影了。而女人沐浴、逛街、梳妆打扮，是最可怕的三件事，如今田雌凤一下子就占去了两件，恐怕最快也得一个时辰才能出来，田天佑只能等在观里，一壶一壶地喝茶，喝得都快"醉茶"了。

田彬霏见了叶小天也不说话，只是点点头，便掉转车头，跟着他一起回了花厅。进了花厅，田彬霏才道："大人见过夫人了？"

叶小天点点头，取出那份名单递给田彬霏："先生看一下，于扑满和于家海也就算了，本就是卧牛岭老人，要提拔他们说得过去，至于其他人，功名不显，贸然提拔，会不会……不太合适？"

旁边还有田文博，两人自然不便说得太明确，但田彬霏心下明白，叶小天这是让他看看名单上都有什么人，以便心中有数，继而也要分析一下，田雌凤是否已经交出了全部的内奸名单。

田彬霏仔细地看了看，名单上排名最靠前的，也是内奸中地位最高、权力最大的，当然就是有造反嗜好的反骨仔于家海、于扑满这对老兄弟，他们果然生性不安分。

田彬霏将名单细细地看了一遍，闭目思索片刻，张开眼睛，缓缓说道："大人只管按夫人的这份名单进行提拔、任命就好，就算有人心生不满又如何？旁的土司之所以要反复斟酌，左右权衡，是因为被提拔者、未被提拔者，都是追随已久的部下，不能寒了人心，不能乱了章法，毕竟这些人以后还是要共事的，而对大人您来说……"

田彬霏凝视着叶小天，一字一句地道："大人您，却是必须要有所取舍的。该舍的，是一定要舍去的，又何必理会他们是否不满？"

叶小天点点头，一副畏难模样，看在田文博眼中，却正符合叶小安一向的性格。田文博忍不住道："田先生所言甚是，有些人，早晚要成为祸患，还是尽早疏离的好。等到卧牛岭上尽是咱们的人，大人的地位才稳若泰山啊！"

田彬霏看了田文博一眼，微笑道："不错！对了，名单上虽然没有文博，但文博做事一向稳重，想必大人也都看在眼中，现在要多用自己人才妥当，大人不妨考虑一下，有合适的职位，可以考虑一下文博。"

田文博一听又惊又喜，在他看来，这是田先生在拉拢他，不过也正合他意。他现在只是一个跑腿的，不比田天佑，实则是天王身边的人。天王身边跑腿的人，熬几年资历也必有大好前程，可他呢？

田文博马上把希冀的目光投向叶小天，叶小天虽是天王手中的一枚棋子，可跟他比起来，照样是高高在上。如果能在卧牛岭谋得一个职务，可比做个跑腿报信儿的跟班有前途。

叶小天看了看田文博，挤出一副笑脸，道："那是自然，那是自然……"

叶小天心中明白，这是田彬霏在想办法支开田文博，把他支开，两人谋划这一局才好细说,不然身边放着一双眼睛,只能通过隐晦的暗示沟通消息,未免有诸多不便。

而田彬霏催他尽快"提拔""重用"这些人,显然是判断这份名单应该是完整的。这个判断与叶小天不谋而合,田雌凤并不知道他此刻已经变回了叶小天,没必要藏着掖着。

再一个,从情理上说,如果真的有保留,难不成等来日这些人被提拔到高位,再拿出一份更高级别的奸细名单?那时怎么安排他们,把刚刚提拔上来的这些人再压下去?

所以,这份名单要么是完整的,要么就是最重要的内奸,纵然还有漏网之鱼,此刻的身份地位也必然极低。无关紧要的小人物,在如此庞大的计划之下,完全可以忽略不计,过度追求完美结果会适得其反。

叶小天长长地吁了口气,微眯双目,悠然地想:"万事俱备,只等杨应龙发动了。得催促叶抚台,尽快逼杨应龙动作,否则……我大肆提拔的这些'内奸',只怕就站稳了脚跟,要弄假成真了!"

·※·※·※·

田雌凤姣美迷人的胴体浸在乳白色的香汤里,一身如雪肌肤,都被浴汤泡成了玫瑰红。叶小天比她年轻,一个比她年轻的男人对她如此的痴迷,田雌凤心中不无得意。

她是杨应龙的妻子,同时也是杨应龙造反的最坚定支持者、最得力助手。早期,她倒多是陪伴杨应龙左右,作为一个妻子。她的儿女多是那时所生,也就是十几岁的时候。

这些年来田雌凤再无所出,实是因为她现在像杨应龙的得力臂助多过像妻子,时常为杨应龙奔波在外,同床共枕共赴巫的机会几乎没有。她这年纪,正是身心发育最成熟、美艳的时候,可是因为夫妻俩都忙于造反大业,云雨之事也不知多久不曾有过了,忽然被一个强壮年轻的男人亲狎,当时固然恼羞,此时静室沐浴,抚摸着她依然美艳迷人的胴体,难免有所遐思。

不过田雌凤心比天高,能让她心甘情愿地雌伏于人、被征服的男人,只能是比她更强大的男人。英俊、年轻,这些东西无法令田雌凤这样的女人着迷,叶小安在她心中就是一个绝对的窝囊废,被他占了便宜,倒底叫田雌凤觉得恶心。

沐浴良久,心里那种不适感渐渐消除,田雌凤这才跨出浴桶,披了浴袍回到卧房,复又梳妆打扮一番,换上一身柔美合身的燕居常服,恢复了雍容华美的姿态。

田雌凤坐下吃了盏茶,这才吩咐人把等候已久的田天佑唤来。田天佑喝茶已经喝

"醉"了，稍沁冷汗，胃里一阵阵的空虚恶心，正琢磨着是不是叫人给他弄点儿点心来填填肚子，听说夫人召见，只好起身赶去。

田雌凤正等田天佑，忽有一个侍婢急急赶来禀报："夫人，大舅老爷派人来了。"

田雌凤矍然一惊，这大舅老爷指的是她大哥田一鹏，她奔波于外时，大哥、二哥几乎从未派人找过她，现在却突然派人来，不问可知必有大事。田雌凤马上吩咐道："叫他进来！"

片刻工夫，一个年轻人被引进了静室，田雌凤一看就认得，这是她白泥田氏本族中人，算起来是她的本家侄子，名叫田起运。田雌凤屏退左右，沉声道："起运，我大哥缘何派你前来，出了什么事？"

田起运焦急地道："姑母，大伯父请你马上回海龙屯，掌印夫人，从大悲寺回山了！"

田雌凤心头一紧："掌印夫人？她回海龙屯做什么？"

田起运道："无人知晓，不但她回来了，五司七姓诸多土司，都去了海龙屯，大伯父觉得有些不妙，所以请姑母速速回山，主持大局。"

如果说在播州还有什么人能对她产生威胁的话，那就只有身份、地位在她之上的张氏夫人了。张氏夫人不倒，就算杨应龙得了天下，母仪天下、统率六宫的也只能是张氏，而轮不到她。

现在杨应龙举兵在即，田雌凤本已经想到了这个在大悲寺里潜心修佛，被她忽略许久的掌印夫人，正想着找个机会永除后患，却不想张氏竟然静极思动，先发制人了。

田雌凤目光闪烁良久，渐渐露出阴狠之色，当机立断地道："马上回播州！"

这时侍婢进来禀报："夫人，田天佑到了。"

田雌凤道："没空，不见！立即回播州！"

第七章

掌印发威

一

从铜仁到播州有六百多里路，这段路上多是山路和水路。山路最难行，谷道平缓的话，一天也只能行六十余里，而水路如果是顺流而下，一天三四百里却算寻常。

从铜仁往西走，先要经过石阡，而石阡府水道纵横，有很多地方可以操舟行船。而且，虽然中国地势西高东低，江河多是往东而流，但那是从整个大地理的情况而言的。局部地区，当然有东高西低的地方，这样的地方，江河就是由东向西流，虽然水流最终还是会蜿蜒向东，或汇入向东的大江大河，但向西的这一段已足以为田雌凤所利用。

田雌凤设计了一条最快的返回路线，她充分利用了一切捷径、一切便利的河道和易走的山路，仅仅三天三夜，她就回到了海龙屯。

田雌凤虽日夜兼程地赶往海龙屯，可是等她真的到了海龙屯却没有即刻上山，而是转向了海龙屯前喇叭水一侧高山上的海云屯，这是她大哥田一鹏的驻地。

田雌凤一路奔波，身子都快颠散架了，素来爱洁的她，整整三天都未沐浴，连睡觉都是在行走不停的车船上的，这时到了海云屯，立即叫人给她准备香汤沐浴。

田雌凤进了汤池，把疲惫不堪的身子浸到乳白色的浴液当中，头枕着叠好的大方巾，懒洋洋地放松了身子，任由侍浴小丫鬟给她搓洗着身子，用梦呓般的声音吩咐池边小婢："请我大哥来！"

田一鹏进了浴房，在八扇连屏的大理石画屏后面停住了。那里摆着两张红木官帽椅，中间还有一张卷耳螭纹小几案桌。田一鹏知道妹子担心什么，他同样担心，在椅上坐了，立即高声对妹妹说起这几天海龙屯上发生的事。

田雌凤只听了一半，就打断了他的话，截口问道："张氏知道天王欲有所作为了？"

田一鹏愤愤然道："不错！想来是何恩、宋世臣等人告诉她的。这几天，张氏一直在劝说天王，说什么不要痴心妄想，给传承千年的杨氏家族带来灭门之灾，还说都是因为你的蛊惑，天王才会利欲熏心……"

田雌凤冷笑一声，道："天王怎么说？"

田一鹏道："天王不胜其扰，初见她归来尚还有几分客气，这两天已经托口公务繁忙，懒得见她了。"

田雌凤心中略安，又道："何恩、宋世臣那班人怎么说？"

田一鹏道："他们还能怎么说？头两日只管跟在张氏身边做应声虫，这两日天王不肯见张氏了，他们就时时会晤，也不知又在想些什么。"

田雌凤一条浑圆如玉柱、粉润光滑没有瑕疵的修长玉腿被一个小婢搬到了自己腿上，另一个就在旁边跪坐着，给她搓洗着大腿，力量不轻不重，恰到好处。

随着搓洗的动作，田雌凤成熟诱人的身子在乳白色的浴汤中轻轻起伏着。她闭着一双妩媚的眼睛，放松得似乎连思想都停止了。

田一鹏见小妹不再说话，便端起杯来，轻轻喝着茶。小妹素来机警，她既已回来，田一鹏就踏实多了，心中的焦躁不安已经消失，只管等着妹妹拿主意。

"大哥不用担心！"许久之后，田雌凤冷静的声音响起，"张氏此举，大违天王之心，如何能够如意？"

田一鹏笑道："小妹你及时赶回，我就放心了，当然不怕。"

田雌凤笑了一声，复又陷入沉默，又过许久，田雌凤缓缓地道："明日一早，我就上山！"

田雌凤沐浴之后，又让推拿高手给她按摩推拿一番，美美地睡了一觉，次日梳妆打扮得容光焕发、鲜妍媚丽，这才往海龙屯赶去。

可是，田雌凤由健卒抬着滑竿，走到半山腰处，刚进海龙屯要塞的第一道正门，张氏就已闻讯迎来，堵住了山门，紧随其后的还有何恩、宋世臣、罗承恩、墨休、易朝夕等土司、头人。

"掌印夫人在此，田雌凤还不觐见！"

张氏身边一个中年婢妇大步上前，厉声呵斥。她是张氏远嫁播州时，从龙虎山带来的贴身婢妇，比张氏大个五六岁，那时也不过是二十许的一位女子，如今已年近四旬。

田雌凤怔了一怔，张氏一向柔弱，或者张氏只是胸中自有一股傲气，不屑为了与她相争宛转蛾眉曲意奉迎，但在她看来就是性情柔弱了，如今突现强势，田雌凤难免惊讶。

后边滑竿上，田一鹏、田飞鹏分别下来，急急赶到她身边，低声道："小妹！"

田雌凤轻轻举起手，向下压了压，打断了他们的话，同时也是示意抬夫将她放下。田雌凤看了眼站在阶上不怒自威的张氏夫人，淡定地整理了一下衣衫，举步上前，盈盈福礼，恭声道："雌凤见过姐姐，姐姐安好！"

张氏沉声道："田雌凤，你可知罪？"

田雌凤一双丹凤眼微微一眯，缓缓地道："姐姐何出此言？小妹实不知身犯何罪。"

张氏冷笑一声，道："你不知道？那本夫人就说与你听，跪下！"

田雌凤倏然色变，道："姐姐！"

张氏身边两个中年婢妇一个举起朝廷敕封正室夫人的金印，一个托起一条从祖祠中请出的暗红色的荆杖，大喝道："田雌凤，跪下！"

田一鹏和田飞鹏大怒，按刀就要上前，何恩等土官同时踏上一步，虽然没有拔刀相向，但威慑的意味十分明显。田雌凤忽然大袖一展，"哗"的一声，仿佛金凤展翅，袖摆飞扬，制止了两个哥哥。

田雌凤款款上前，盈盈跪倒，玉面冷肃，一言不发，只是用带些挑衅的眼神看着张氏夫人。张氏冷冷地道："田雌凤，你是土司三夫人，本该循规蹈矩，相夫教子，却冒领掌印之职，主持内政，是否僭越？"

田雌凤淡淡地道："掌印夫人说是就是喽！"

饶是张氏一向温和宽厚，听她这般说话，也是勃然大怒："你这么说，是心中不服啦？"

田雌凤浅浅一笑："小妹哪敢！只怕是掌印夫人有些误会了。"

张氏沉声道："你为三夫人，虽受土司宠爱，也无权主持内政、驾驭众土官，可你却以播州第二人自居，任用亲信，排斥异己，号令众土官，是否狂悖！"

田雌凤这次没有说话，只把一双妙目向何恩、宋世臣等人盈盈地一扫，仿佛要把他们的样子都牢牢记住似的，威胁意味十分明显。

张氏见了气得发抖，踏前一步，又质问道："杨氏牧守播州逾千载，守成殊为不易。能得长久，全因我杨氏安分守己，素无问鼎天下之野心，故而任由皇朝更迭，王旗变幻，我播州杨氏始终屹立不倒。你怂恿土司，生不臣之心，起贪妄之念，你惑乱于上，一个不慎，就要为我杨家招来灭顶之灾，所作所为，无疑杨氏罪人，今日我请出祖宗家法，列祖列宗在上，你说，可知罪吗？"

田雌凤玉掌一翻，翩然而拜，光洁明媚的额头轻轻触在叠伏于地的双手上，郑重地叩了一礼，这才直起腰身，挺起胸膛："小妹对天王、对杨家，忠肝义胆，绝无二意！"

张氏冷笑："你倚仗土司宠爱，有恃无恐，是料定本夫人奈何不得你了。"

田雌凤道："妹妹问心无愧，自然无惧，却非因为天王宠爱。姐姐若是不信，不妨剖开小妹的胸膛，看一看小妹的心肝，究竟是不是红的！"

田雌凤说着，伸出一双素手，用力一撕衣袍，绣金绲边的素罗锦袍被她一把撕开，露出绯红色大红牡丹的抹胸，酥胸丰隆，抹胸之上、性感的锁骨之下，玉肤晶莹，粉妆玉琢。

张氏被她不软不硬一再顶撞，只气得浑身发抖，愤然吩咐道："来啊！给我用家法！"

田一鹏和田飞鹏大惊失色，"唰"的一声拔出刀来，举步就上。张氏身旁两个婢妇立即举步迎上，一个捧着金印，一个捧着荆杖，往他们面前一挡。

众目睽睽之下，田一鹏和田飞鹏虽然手起刀落就能将这两个婢妇斩于刀下，可他们一旦出刀，斩的可不是两个婢妇，而是传承、规矩、法度、传统，这一刀如山之重，如何举得起，劈得下。

张氏身后又有两个忠心仆妇走出来，将田雌凤恶狠狠摁倒，伸出手去用力一撕，"哧啦"一声，一件云霞雀纹的袍袄长衣就被撕了下来，紧接着双手一扯，一件横竖襕并绣缠枝花纹的及腰长裙也被扯下，露出一身素纱中衣。

后面还有两名粗壮仆妇，手持藤杖，扑上前来，二话不说，便狠狠抽在田雌凤圆滚滚满月一般的美臀上。

"啪"的一记重打，疼得田雌凤双眉一拧，银牙紧咬，只从鼻中发出一声痛哼，双手紧紧攥拳，竟是没有出声讨饶。

"啪——啪——啪——"

可怜田雌凤玉润圆滑、性感迷人的美臀，被两个不知怜香惜玉的粗壮仆妇当成了一只皮鼓，手中大杖成了那敲鼓的槌儿，不管不顾地狠抽着。

田雌凤除了挨第一记打时疼哼一声，此后竟咬紧牙关，极倔强地硬挺着，不肯发出一声痛呼。

田一鹏眼见妹妹臀后那雪白的素纱中衣已被鲜血染红，忽然想起唯有天王才能制止掌印夫人，一跺脚，急急向天王阁上冲去。

第八章

磨刀霍霍

一

杨应龙得知消息大吃一惊,匆匆离开了天王阁。

"住手!"杨应龙赶到山门,厉声大喝。

"土司大人!"众人纷纷向杨应龙施礼,田飞鹏带着哭音儿冲上去,"大人,你可要为我妹子做主啊,掌印夫人她……"

杨应龙一看,田雌凤俯伏于地,臀后殷红一片,脸色惨白,唇无血色,不由惊怒交加,怒视着张氏道:"夫人!你这是做什么?"

张氏夫人冷颜道:"田雌凤狂悖、惑上、僭越,做事越来越不像话,妾身既为正室,岂能坐视,如今请出家法,不过是小小惩戒,叫她悔过罢了。这是妾身职责所在,有何不妥?"

"你……"杨应龙冷哼一声,重重地一拂袍袖,快步走到田雌凤身边蹲下,关切地道,"雌凤。"

田雌凤勉强露出一副笑脸,低声道:"贱妾无碍的,不妨事。"

杨应龙看了看张氏手下几个负责用刑的婢妇,喝道:"滚开!"

那几个婢妇虽对张氏忠心耿耿,可在杨应龙面前却也不敢抗命,连忙退到一边。杨应龙痛惜地看了眼田雌凤血肉模糊的臀部,将她小心地抱起来,举步向山上走去。

张氏眼看杨应龙对田雌凤的维护,心中凄苦,她咬了咬牙,转身就向山下走去。这对夫妻,一个往山上走,一个往山下走,只是看那背影,怀里抱着一个人上山的却比那下山的看起来还要轻松些。

张氏那道背影,凄凄凉凉,仿佛压着一座无形的山,腰杆似乎都有些弯了。杨应龙虽一身武功,可怀里抱着一个百十斤的人,一步步登阶上山,却也不是一件很轻松的事。登上去不过百十层石阶,呼吸就变得急促起来,田一鹏和田飞鹏追在左右,道："大人，我来吧。"

杨应龙摇摇头，只是放慢了登山的速度，低头对怀中的田雌凤道："凤儿，苦了你。"

田雌凤眼见杨应龙如此模样，心中比吃了蜜还甜，轻轻摇摇头，柔声道："凤儿不苦，凤儿开心得很。"

她伸出双手，轻轻揽住杨应龙的脖子，把脸颊贴到他的胸口，唇角漾着一抹甜蜜的微笑。

田雌凤被带到天王阁，敷了最好的金疮药，杨应龙又抚慰良久，这才起身去忙公务。他现在正紧锣密鼓地筹谋造反，多年准备，一朝待发，不知有多少事务都需他来处理，实也是腾不出太多空闲。

杨应龙一走，田一鹏和田飞鹏就凑到了妹妹面前。田一鹏道："张氏愤然下山了，何恩、宋世臣等人居然追着她下山了，根本不把天王和你我看在眼里啊！"

田飞鹏道："别废话了，没看小妹受了伤吗？张氏下手也是真狠。看她平素不甚言语，还在大悲寺中修佛多年，想不到一旦动手，却是如此狠辣，真是咬人的狗不叫啊！"

田雌凤趴在榻上，眸波透着思索的意味，道："此番张氏虽不能如意，但……来日旌旗十万，大展宏图之际，胜胜负负难免成为常事，但有败时张氏便会出来聒噪一番，难说不会有说动天王之时，此人，不可留！"

田一鹏振奋地道："小妹说得对！来日天王取了天下，难不成还让张氏坐享其成，成为六宫之主？这天下，是小妹你帮着天王打的，母仪天下的也只能是你，早该对张氏下手了！"

田雌凤淡淡一笑，眼波微微一垂，思量片刻，道："她是正室掌印，让她靠边站，容易！让她死，不容易！"

田飞鹏道："小妹素来机智，一定有办法吧？"

田雌凤眸波盈盈一转，悠悠地道："她是天王的女人，作为她的男人，高高在上的杨天王，最忌讳的是什么？"

田一鹏和田飞鹏双双一愣，仔细想了一想，田飞鹏率先反应过来，憬然道："你是说……"

田一鹏也猛然明白过来，面露喜色："对啊！就在这件事上大做文章！"

田雌凤见两位兄长明白了，微微一笑，惬意地把下巴搁在枕头上，道："我那位夫君呀，与曹孟德一个德行，最好妇人，可是，他绝对容不得别人打他女人主意，你们知道该怎么做了？"

· ※ · ※ · ※ ·

田雌凤匆匆离开了铜仁，叶小天也就从铜仁又秘密返回卧牛岭了，这个时间他尽量留在卧牛岭，不会轻率离开。将计就计是件很危险的事，一个不慎就有可能弄假成真，他必须坐镇卧牛岭。

车中，只有叶小天和田彬霏两个人，所以两人可以静静攀谈。叶小天的座驾虽然宽敞，也不可能让四个大男人宽松地坐在里面，何况田天佑和田文博对田彬霏是没有丝毫防范的，没理由执意留在车内。

"田雌凤大老远地赶来，却又匆匆离去，想必是出了重大变故。"田彬霏往炉中夹了几粒炭，拨弄着炉火，炉火的红光映着叶小天的脸，仿佛血气氤氲。

叶小天道："她有什么大变故，对你我来说并不重要，重要的是，如果你的判断是真的，这次田雌凤亲手交出的这份名单是完整的内奸名单，那么也就说明，播州方面迫不及待地要动手了。"

田彬霏轻轻颔首："不错！否则，田雌凤实无必要一次交出这么详细的一份名单，逐次给你，逐批提拔，所遭受的阻力才小，风险也最小。"

叶小天微微眯起了眼睛："名单真的已经完整了吗？至少，名单上的人就是全部最重要的内奸了吗？"

田彬霏轻笑一声，扭头看向叶小天，他手中的炉钩前端被炭火烧得通红，眼中的光也像那烧红的钩子，透着很危险的意味："想不到，你叶小天也有瞻前顾后、犹豫不决的时候。你觉得，即便是从你成为蛊教教主时起杨应龙就已开始布局，他又能收买多少人？如果这份名单还不完整，杨应龙收买的人得有多少？你崛起虽速，可手下若有那么多的人早已被他收买，你会有今天？"

叶小天摇头道："我不能不慎重，一旦行差踏错，就是身败人亡！我告诉过你，在很久以前，杨应龙就在图谋蛊教，当时的蛊教三长老格格沃与杨应龙交往甚深……"

叶小天转头望向田彬霏，红红的火光映在他的眸中，仿佛两点篝火："格格沃死了，死得干净利落，所以，他究竟还有多少心腹没来得及暴露出来，我不知道。这些人有没有被杨应龙收买，我也不知道。

"如果说，我们今日能利用杨应龙派来的奸细，帮我们卖力地做事，那么杨应龙从我继任尊者之位时起就开始图谋的话，又何尝不可以让他收买的人不遗余力地为我效命？那样的话，我们真的很难确定，他究竟收买了多少人。"

田彬霏闭上了眼睛，沉思良久，又缓缓张开："我还是判断，这份名单应该就是最完整的了。"

"理由？"

"理由是，从我们收到的消息来看，由于四川总督李化龙的咄咄逼人，早蓄反心的杨应龙已经蠢蠢欲动了。卧牛岭对杨应龙来说，是布局于外与之呼应的一支重要力量，这个时候，他是无法稳下心来一步步攫取的，他……比我们急！"

叶小天沉默下来，田彬霏微微一笑："这不怪你，你是关心则乱。如果你我易位而处，犹豫不决的就该是我，而非是你了。"

叶小天苦笑一声，道："我叶小天如果还是当初方至葫县、孤家寡人的那个叶小天，才不会在意这些，兵来将挡、水来土掩，见招拆招就是了。可如今，牵绊多啊！江湖越老，胆子越小，有时候不是因为江湖混得老了，而是牵绊多了……"

叶小天慢慢转向田彬霏，道："不过，我相信你！论谋略说智慧，我不如你！"两人相视而笑，颇有些惺惺相惜的味道。如果有第三个人在场，见此情景，绝不会相信，这其中一人曾处心积虑地想要干掉另一个。

不过，两人虽然看起来已经尽释前嫌，但有一些话题始终被二人有意地回避着，家庭、女人，尤其是……田妙雯。于叶小天而言，他是不想触动田彬霏的心事，对田彬霏而言呢？

从他变成残疾，相貌丑陋如鬼，他就觉得曾经的自己已经死掉了，在他心目中，世间没有一个女人比他的宝贝妹子田妙雯更美丽、更高贵，如此丑陋的一个残疾，想一想她都对她是莫大的亵渎。

所以，他在心里，自己杀死了自己。他把叶小天当成了另一个自己，他要保护妹妹，他要让妹妹一辈子幸福安乐，这一切责任，他原本不愿让给任何人，这时虽然是不情不愿地，却投影到了叶小天身上。

但，他还是不愿意提起，因为心痛的时候，他会"活过来"，活过来的他，没有勇气正视现在的自己。

叶小天下意识地探手入怀，握住了那张重要的名单："杨应龙既然要动手了，我们也就不宜再观望下去了，静若磐石，动如脱兔，不击则已，一击必中！"

第九章

天衣无缝

一

　　叶小天在大肆扩张之后，本就定下了停止扩张、巩固现有的策略，所以他现在频繁任免部属、派遣人员赴占有之地进行治理，顺理成章。
　　按照杨应龙的名单，叶小天持续任免调动着各路头目，虽然他大肆提拔新人贬抑老人，令许多人心生不满，但叶小天在卧牛岭至高无上的地位和影响力，保证了他的命令得以贯彻实施。
　　被贬的人员当然不能全部采用另调他方的办法，叶小天一共才有多少地方可以安置他们？所以他们大多仍在原地任职，只是头上多了一个尊者刚刚提拔上来的新上司。
　　田天佑也清楚，以能力不济给这些头目们派一个新上司勉强还说得通，若是毫无罪名便罢黜他们就很麻烦，同时他也猜测叶小安留着这些人，有一种自保心态。播州内奸纷纷上位后，杨天王仍旧要在相当程度上依靠他，也不好逼得太紧。
　　卧牛岭旧势力纷纷遭到贬抑，田妙雯带来的人却在一些重要职位上得到了重用，不过田妙雯带来的人都是"技术型人才"，理财的、打理田庄的、操持内务的……与播州内奸所图谋的行政权、领兵权并不冲突。
　　时间一天天过去，卧牛岭也在一天天发生着变化，被提拔上来的这些内奸，其最终目的是鸠占鹊巢，而非破坏消灭，所以他们上位之后倒是没有进行什么破坏举动，反而不遗余力地帮助卧牛岭扩张影响、巩固基础，做得相当出色。
　　卧牛岭越壮大，来日对天王的用处才越大，他们个人也才更有前途。基于这一原因，他们上位之后很卖力气。当然，在这过程中，他们也在不断地拉拢、提拔一些人。
　　施恩于人，建立自己的班底，再有叶小天这个精神与政治领袖罩着，哪怕有朝一日卧牛岭转投杨天王，那也是"尊者的明智选择"，他们再带领自己的班底为之摇旗呐喊，一切都配合得完美。

　　这样的控制手段和过程，哪怕只有一个身居要害的重要头目察觉了叶小天的底细，都是非常危险的，更何况是这么多的人，所以这个"将计就计"计划，其实相当危险，一个不慎就会玩火自焚。

　　叶小天就因为卧牛岭势力的特殊性，才敢大胆地玩这种"冒险游戏"，卧牛岭势力的根基是蛊教，其教权一向高于政权，叶小天虽然正在竭力削弱这种教权凌驾政权之上的统治模式，但这需要时间。

　　如今这两种统治模式正处于此消彼长的过程中，蛊教的影响力依旧相当强大，想彻底抹杀这种影响力，不是这一代人可以完成的，因为这一代人是从完全的教权统治下过渡来的。

　　只因叶小天本人就恰是教权的最高领袖，他的这种改革才会比较顺利，因为对他虔诚的信奉者们来说，他们简单的大脑中根本不会意识到这种改革意味着什么，他们只认为这是尊者为了让他们适应山外生活而设计的一种新模式，要让这种模式彻底取代旧统治模式的影响，至少要等下一代人成长起来。

　　一切，似乎都在按照杨应龙的计划进行着，完美地进行着。接下来，该是叶小天与播州结交的时候了。

　　叶小天结交播州，听起来有点奇怪，实际上却很正常。正如叶小天也曾兵困于珺婷，但转眼间二人又化敌为友。土司们之间打打和和的事太寻常了，哪怕是地位最崇高的四大天王。

　　安家和杨家千百年来也曾无数次离合，甚至曾多次联成姻亲。杨应龙的祖父杨相宠爱庶子杨煦，欲立庶子为嫡。嫡妻张氏和儿子杨烈拥兵造反，杨相逃出播州时就是逃到水西安氏的地盘上避难。

　　至于围绕水银山的四方土司那种时而联姻、时而反目的狗血戏，就更是此起彼伏，不曾间断了。杨应龙安排叶小天与自己接触，是在释放一个讯号，给卧牛岭的人一个缓冲过程。

　　而且杨应龙和叶小天角力，都是隔山打牛式的，双方并没有直接兵戎相见过。日渐强大、需要依附一方霸主的叶小天选择四大天王中风头最劲的播州杨氏为盟友，这也是合乎情理的。

　　之前叶小天更亲近于水西安氏和贵州巡抚叶梦熊，但重新选择新的合作对象也不稀罕。水西安氏和叶梦熊或者会采取反制措施，可在杨应龙看来，现在的叶小天实际上是被他控制的叶小安，叶小安只能乖乖俯首听命于他，当然不在乎什么反制了。

杨应龙控制卧牛岭的整个计划，既大胆又缜密，正在一步步地铺陈完成着，可谓天衣无缝——如果此时的卧牛岭之主真的是叶小安而非叶小天的话。

·※·※·※·

播州，杨应龙。

叶小天与播州之缘，实际上从他送信去湖广道靖州，带走杨遥时就开始了。可是直到今天，他才真正踏上播州的土地。冥冥中，似乎一切都有定数，叶小天与杨应龙的纠葛，也是越来越紧密。

海龙屯，天王阁。

杨应龙亲自接见了"主动拜访，表示亲近"的卧牛岭长官司长官叶小天，并为之大摆宴席。如此惺惺作态，当然是为了表现给天下人看，同时也是给卧牛岭的人看："你瞧，本天王对你们的土司老爷，可是礼遇得很。"

天王阁上，群雄毕集，杨应龙的二弟杨兆龙、堂弟杨大岐、长子杨朝栋、次子杨可栋、大阿牧陈萧、兵马大总管田一鹏、田飞鹏，家政赵文远等人都在，艳光四射的三夫人田雌凤则偎坐在杨天王身旁，巧笑嫣然。

这个尤物，被掌印夫人张氏用家法狠狠教训了一顿，打得屁股开花，此时已经养好了身子。

杨应龙自矜地道："叶土司，你看我这海龙屯如何？"

叶小天一脸钦佩地道："龙盘虎踞，凌驾西南！"

杨应龙放声大笑，在心底里默默地又跟了一句："来日我要凌驾于整个天下！"

不过，这样盛大的欢宴，赴会者并非全都知晓杨应龙的谋反计划，而叶小天这边带来的人也不仅仅是田彬霏、田天佑和田文博三个人，这些话当然也不便说出来。

田雌凤嫣然道："我海龙屯有今日，凭的是天王的大略雄才和杨家千年底蕴。叶土司崛起之速，亦可称得起一世之雄，今后你我两家还要多多亲近，相信这对我海龙屯和你卧牛岭，都有莫大的好处。"

这女人对着叶小天说话，神色从容自然，丝毫看不出两人曾于暗夜静室中有过那么一节故事。叶小天正在扮着自己大哥，想着大哥的秉性脾气，便一边连连点头称是，一边微露不安。

田雌凤看在眼里，知道他是想到了当日对自己的冒犯，心中微微一哂："色胆包天的废物！"再看身边雄踞上座、伟岸俊朗的杨应龙，愈发觉得只有这样的当世枭雄，才配做自己的男人。

她眸波微微一闪，就从叶小天身上收回，趁机向坐在叶小天身边正殷勤劝酒的田飞鹏使了个眼色，田飞鹏会意，又过片刻，便起身离开，佯做去方便，到了外边唤过一人，悄悄耳语一番。

这人正是田雌凤心腹侍卫——出身龙虎山的高手李天雄。李天雄得了田飞鹏授意，点点头便离开了。田飞鹏净了手，重又回到大殿，继续推杯换盏，丝毫不露异样。

龙爪屯，与海云屯隔一条大河，遥遥相对，雾气缭绕于山腰，显得山上建筑仿佛天上宫阙。而在两屯之前，大河尽头，一峰插云，雄伟无比，那便是海龙屯了。

龙爪屯是宋世臣的驻地，此刻张氏夫人就住在龙爪屯上。她还没有回大悲寺，既然已经知道丈夫的野心，而她根本不相信丈夫能够成功，认定此举必会给播州千年基业带来灭顶之灾，她又岂能袖手不顾。

不过，因为她责打田雌凤，激怒了杨应龙，这些天再度求见，杨应龙根本不见。张氏进退两难，与宋世臣等人商量，也商量不出一个办法，如今只好暂且住在这里。

今日，宋世臣下了龙爪屯，按照张氏夫人的命令，与何恩一起去见张时照。张时照是张氏夫人的族叔，又是播州有名道观的主持，而杨应龙最为崇信道教，张氏夫人见丈夫对自己不理不睬，决定迂回一下，由张时照联络几位道家真人，一同上海龙屯，希望能借他们的影响力，打消杨应龙的野心。

不过，丈夫要谋反，这种事实在不宜说出口，所以只有张时照能与闻真相，对其他道家高人究竟如何利用他们的影响力，还不必对他们直言相告，张氏夫人尚没有想好，只能先把他们请来再做打算了。

这时候，龙爪屯下，一片郁郁葱葱的丛林。丛林中一个三旬模样的少妇东张西望，神色惶然，似乎正在等人。树下叶子簌簌一响，李天雄的身影出现了。

"天雄！"那少妇急呼一声，奔过去扑进了他的怀抱。这少妇是张氏夫人的陪嫁丫鬟，李天雄原本是张氏夫人的贴身侍卫。二人年轻时候便有了不同寻常的关系，只是这种关系实不足为外人道，所以谁也不知道他们两人竟然暗中苟且。

"多狸，不要怕！你放心，只要你肯出面，天王一定会赦免你。"李天雄唤着那少妇闺名柔声说着。少妇多狸垂泪道："我不是怕，实在是……夫人心地良善，如此出卖她，我……"

李天雄道："傻狸儿，这是天王想让她死啊，她怎么也逃不过这一劫的，你出不出面，她一样要死！到时候，她身边的人谁也别想活，我也是为了救你，才出此下策！"

"可是……"

"好了好了，不要可是了。你年纪也不小了，难道不想嫁给我，堂堂正正地做我妻子？这可是我们的大好机会啊，走吧！天王还在等着，我们马上上山！"

李天雄一面说，一面挽起多狸，多狸心里挣扎着，半推半就地被李天雄拖向了海龙屯。

第十章

四方云扰

一

天王阁上,酒过三巡,菜过五味。

杨应龙高踞上座,眼看群雄济济,想到这都是自己来日征战四海、问鼎天下的根基,不由志得意满。这里是他的地盘,自然不需有什么顾忌,杨应龙大口喝酒,恣意奔放,已有了七成酒意,玉面飞红。

这时,李天雄扯着多狸到了天王阁前,多狸心中紧张,被李天雄拉着登上三层石阶,举目一看,堂上贵人云集,欢声笑语,酒气扑面,不免胆怯,回望李天雄,怯怯地道:"天雄,我怕……"

李天雄厉声道:"怕什么,事已至此,还能回头么,你我能否相伴一生,就在今日。多狸,不要怕,为了你我,进去吧。"

李天雄用力一推,不待多狸再多说,便把她推进天王阁。天王阁内,两队翠裳舞女刚刚翩然退下,左右飘然而出,恰好把她露在当中。高踞上座的杨天王不由一怔。

杨应龙哪识得手下婢女的模样,虽说这多狸是掌印夫人随身侍婢,可他与掌印夫人貌合神离,虽是夫妻,却本就没有多少接触,偶有来往,以他高傲心性,也懒得多瞧侍婢一眼,自然不认得。

但从多狸服饰,他倒也知道这是一个侍婢,此等人物,不得传唤,怎么敢擅自出现在这里?况且看她神色惴惴不安,杨应龙微微一怔,不觉坐直了身子,沉声道:"什么事?"

事已至今,多狸也没得选择了,一瞧杨应龙动问,多狸心中一慌,"扑通"一声跪了下去,叩头道:"土司老爷,夫人……夫人她……她不守妇道,与人私通,奴婢惶恐,不敢不告……"

天王阁上登时一片寂静,静得一根针掉到地上怕也听得见声音。喝酒的、斟酒的、附耳的、举杯的,一个个就像中了"定身法",全都目瞪口呆地定在那里。

叶小天惊讶地看看那神色慌张的婢女，再看看依旧一脸茫然，似乎还没听明白这婢女所告内容的杨应龙，忽然有点莫名的心虚：这婢子是谁，他说什么夫人，不会是我当日调戏田雌凤的事被她看到了吧？

杨应龙确实没听清多狸说的是什么，他酒喝多了，耳力不那么灵便，隐隐听出一些，但反应比较慢，而且有些不敢置信，是以还未明白过来。他有些茫然地看了一眼多狸，转向田雌凤道："雌凤，她说什么？"

田雌凤粉面铁青，重重地一拍几案，向多狸喝道："你说谁不守妇道，与人私通？说个清楚明白！"

多狸心头一颤，仓皇地抬头看了一眼，却未看见李天雄的身影，只好把心一横，道："回三夫人，是大……大夫人！是掌印夫人与男人私通，败坏名节，辱及土司，婢子不敢隐瞒，故而……来报！"

这一回不用田雌凤说，杨应龙也听明白了。杨应龙一向自视甚高，怎么能容忍得了这样的羞辱？更加叫他无法忍受的是，这事是当着天王阁上所有人说的，而天王阁上的人统统都是他的部属，他的脸面都丢光了。

杨应龙霍地一下站了起来，陪坐一旁的田雌凤急忙站起，扶住他道："天王息怒，此事……"

"滚开！"

杨应龙一把推开田雌凤，摇摇晃晃走到多狸面前，双眸通红，一张英俊的面庞微微扭曲着，显得有些狰狞。他一把揪住多狸的衣领，狞声道："你说清楚，怎么回事？"

多狸至此再也没有回头路可走了，只得硬着头皮道："土司老爷，夫人……夫人身边有几个眉目清秀的小厮侍候，以前……以前婢子也只道他们是寻常奴仆，并未多想。今日夫人醉了酒，召一小厮侍寝，不巧被婢子看到，婢子才知道……婢子也不知道此事该怎么办了。婢子是夫人的贴身丫鬟，本该一切唯主母之命是从，可即便是主母，那也是土司老爷您的女人，她做出这等事来，婢子实在惶恐，思来想去，只得……只得向天王禀报……"

杨应龙的脸色已经发黑了，他凝视着多狸，喝道："你敢胡言乱语，诬告主母？你家主母，此刻不是住在龙爪屯吗？在宋世臣的眼皮子底下，她敢做出如此不知羞耻之事？"

多狸战战兢兢地道："宋……宋大人现在不在龙爪屯。也就是因为住在龙爪屯上，不比大悲寺中奴婢进出不便，这才得窥隐秘，否则……否则奴婢还想不到那几个小厮竟与夫人行苟且之事。"

杨应龙听到这里，只气得浑身发抖，厉声喝道："那贱婢此刻在哪里？"

多狸紧张地道:"奴婢发现夫人不轨行为,恐惧之下,立即上山向天王禀报来了。此刻,此刻夫人与那小厮,想必正在……正在……"

"啊——"

杨应龙胸臆之间一股暴戾之气,几乎要撕裂了他的身躯,他大吼一声,猛地把多狸提了起来,风车一般往空中一抡,不等她呼救,便狠狠一拳击中了她的胸口。

多狸"哇"的一声惨呼,喷出一口鲜血,整个身子被打飞出去,狠狠撞在窗棂上,将窗棂撞得粉碎。那窗棂之外就是千仞峭壁,多狸撞碎窗棂,身子飞出,发出一声绝望的惨叫,就跌下了万丈深渊。

窗棂一碎,窗外狂风扑入,所有的人都是身子一寒,心中一凛,衣袂随着狂风猎猎地发起抖来。

杨应龙猛地扯下美玉"束额",仿佛一头困兽般咻咻地喘息着,满头长发迎风飞扬,仿佛天魔降世。杨应龙瞪起血红的双眸向远处的龙爪屯方向看了一眼,忽然大步走了出去。

"天王……"田雌凤娇呼一声,强抑心头狂喜,快步追了上去。

厅中众人面面相觑,都不知道该如何是好了。掌印夫人偷人,这可是一桩大丑事,天王所至,他们这些部属当然应该追随,可这事……他们能跟上去吗?

杨兆龙和杨大岐是杨应龙的二弟和堂弟,这两人不必忌讳那许多,马上追了上去。杨朝栋和杨可栋却傻了眼,他们两人一个是二夫人所生,一个是田雌凤所出,张氏不是他们的亲生母亲,却是正牌大娘。这种事,他们晚辈岂好参与?

赵文远左右看看,身为家政,眼前这烂摊子虽不好收拾,却也得硬起头皮,起身收拾:"咳!叶土司,天王已为足下安置了住处,请先往客舍歇息吧,回头天王可能还有事情与足下商议!"

赵文远唤过一名管事,领着叶小天一行人离开,看看阁中只剩下自己人了,又苦笑一声,道:"大阿牧,各位大人,就此散了吧。这里的事,交给在下了。"

如此场面,着实尴尬,众人也不好多说什么,纷纷散去,只有大阿牧陈萧淡淡地道:"我在侧厢等候天王。"

大阿牧身份特殊,如果说掌印夫人相当于内相,他就相当于内阁首辅,是外相。赵文远答应一声,忙请陈萧去侧厢坐了,吩咐人上了茶,又赶回天王阁,吩咐人撤去酒席,修补窗棂。

叶小天一行的安置所在是一个单独的院落,环境很安静,客舍很幽雅。但出了房门就是雄峻高峰,走出院门就见深谷临渊,险峻雄奇,与寻常客舍大不相同。

叶小天这次带来的人虽然不只是田彬霏、田天佑等几个播州内奸,但本属于卧牛岭的人却多为从属侍卫,并没有重要人物陪同。在外人看来,这时叶小天正在打压旧人，抬举新人，没理由带许多旧人出访。

而叶小天却是借了这个由头，把他真正信得过的实力人物，都留在了卧牛岭。他正在玩火，真正可信的掌权的部下，他必须得留在卧牛岭，这样一旦出了意外，才能有人出来收拾局面，他是不舍得带这些人出访的。

是以，此刻站在廊下，陪伴在叶小天左右的，就只剩下田彬霏和田天佑、田文博了。叶小天负手而立，眺望如黛远山，喃喃自语道："掌印夫人与人私通，堂堂的天王夫人……也太不可思议了些。田先生以为这会是真的吗？"

田彬霏淡淡地道："如果是真的，那么播州必有翻天覆地之变化。"

这两人关注的点完全不在一个高度上。这个叶小天是什么人？不成大器的叶小安假扮的罢了，此等市井人物，兴趣只在八卦、猎奇，在乎的是堂堂杨天王是不是真的戴了绿帽子。

而田彬霏所在意的事就截然不同了，他第一时间想到的，却是掌印夫人一旦出事，对播州政权将要产生的重大影响。

即便是在中原王朝，即便是在外戚力量极为薄弱、皇后不得干政的朝代，易后也会对政权产生重大影响，何况是贵州的土官政治，这种地方的"第一夫人"是可以直接干政的，是"内相"。

虽说张氏夫人一向不受杨应龙宠爱，张氏夫人也不大干政，连自己的亲信侍卫都有转而投靠三夫人田雌凤的，但这主要是对播州权力中心海龙屯产生的影响大，对于外围势力来说影响小。

而一旦张氏夫人受到罢黜，那对整个播州政权的影响就不可估量了。不提张氏夫人的亲信势力，但凡更亲近张氏的力量，都会受到排挤打压，就算杨应龙本人不去做这样的事，作为杨氏势力重要组成部分的田氏也会去做。

叶小天忽然觉得身上有点冷。他紧了紧衣裳，转身走进了房门。

海龙屯高处，临渊一侧，李天雄背对一方大石，好不容易生着了火，可那纸钱马上就被旋风卷上了半空，撕得粉碎。他伫立片刻，轻轻叹息一声，终于放弃奠祭的举动，悄然离去。

风，愈加地猛了……

第十一章

风波乱

一

海龙屯,山下草茵茵,山上雪皑皑。对播州的土司们来说,此刻的心情也恰如这山下与山下的景致区别,冰火两重天。

掌印夫人张氏去世已经多日了,一些消息才渐渐透露出来,而因为掌印夫人被杀引起的骚乱涟漪般久久不休。

谭启蒙,海龙屯上的一个账房,与另一个账房徐苏卿素来交好。这不,他就到徐苏卿的住处找人聊天来了。

今天下午难得的没有风,天空湛蓝,如同平静的海面。阳光洒在院落里,有一种暖洋洋的感觉。两个人坐在院子里两张藤椅上,中间一张藤几,上边摆着茶水、干果。

谭启蒙道:"听说了吗,天王提剑登上龙爪屯,把掌印夫人和她身边的所有人全都杀了。"

徐苏卿虚心求教:"天王是真喝多了,都不问问夫人是否冤枉?"

"哼!"

谭启蒙的眼睛闪烁着睿智的光芒,以一副洞明其事的口吻对老友道:"你呀,别光会拨拉算盘珠子,那能有多大出息?耳朵,竖起来!眼睛,亮起来!站错队的后果,是很严重的啊!"

谭启蒙屈指轻叩着藤几,教训了老友几句,才道:"张氏夫人出身哪里啊?"

"龙虎山!"

"你我二人都是总屯的大账房,大笔钱粮的收支都为的什么,你知道吧?咱们天王有什么打算,你明白吧?"

"哎,这要再不明白,我不成了白痴?"

"那就是了,你说,如果有朝一日咱们天王举起义旗,问鼎天下,龙虎山张氏会不会响应？"

"怎么可能？那可是国教，而且地盘在朝廷治下呢。敢响应咱们？朝廷弹指间就能把它灭喽。再说啦，龙虎山张家和山东孔家一样，那都是不管皇朝如何变化，都要加官晋爵，万世传承的，他们得多蠢才肯助人造反？一旦有别的立场，他们也就失去了老祖宗给他们创下的超然身份，龙虎山张家怎么可能为了一个女儿葬送这一切？"

"这就是了！"

谭启蒙含笑看了老友一眼，点拨道："天王若是反了，掌印夫人的家族却在那儿拖后腿，这样的掌印夫人，要来何用？更何况天王与掌印夫人本来就相看两生厌，弄不好掌印夫人再替朝廷通风报信什么的。管她冤不冤枉，先宰了她，有这顺理成章的借口，岂非一举两得？欲行大事，先除隐患呐！"

徐苏卿恍然大悟："原来如此！谭兄，高明啊！"

"呵呵……"谭启蒙捋着鼠须，作世外高人状，含笑不语。

……

田天佑是杨应龙的亲信，事发当日随着叶小天去了客舍，未曾亲见龙爪屯血案真相，事后便找到了赵文远："文远兄，听说何恩、宋世臣、张时照等人都逃了？"

赵文远对这好友倒不隐瞒，道："不错，亲近掌印夫人的一派，逃的逃，降的降，天下大乱哪。"

田天佑蹙眉道："张时照那班人，不会惹出什么麻烦吧？"

赵文远道："这可不好说，不过……天王已经下令封堵大小道路，整个播州许进不许出，谅他们也逃不出去。"

田天佑摇头道："路，只是因为易走，才成了路。逃命的时候，高山、沟壑、河流，一切平时不易走、不想走的地方都能变成生路，天王人马虽众，也不可能把整个播州都围了，他们想逃，未必逃不出去。"

赵文远叹了口气，道："这就不是咱们该操心的事啦。哎，掌印夫人也真是的，真要是寂寞难耐，与婢女丫鬟们假凤虚凰一下也就行了，怎么敢找男人，她可是天王的女人啊！"

"噤声！"

田天佑赶紧掩住他的嘴巴，左右看看，紧张道："你不要命了，怎么啥都敢说。就算掌印夫人该死，也轮不到你我调侃。天王正在气头上，传出去让天王知道，怕不一剑砍了你。"

赵文远瞪了他一眼，拉下他的手，不耐烦地道："怕什么，这是我家！上上下下不是我的家人就是我的家奴。出卖我？就算不落得那位多狸姑娘一样的下场，叛主之奴也休想有什么出头之日。"

田天佑叹了口气，眺望远处山河，道："依你所言，如果张时照他们真的逃出播州，恐怕于天王大大的不利。天王的图谋，他们虽未参与其事，可也难免会发现些蛛丝马迹，到时候奏与朝廷……"

赵文远振奋地道："你我所等，不就是今天吗？天王若成就大事，你我最起码也能成为一方封疆大吏吧？到时候，我可不在这儿待着呢，我要去江浙，那等富庶繁华所在！"

田天佑的双眼也放出光来："嘿嘿，我的野心倒没有那么大，到时候，只要把叶小天的地盘铜、石两府都赐给我，我就心满意足了！"

"瞧你这出息！"赵文远不屑地撇撇嘴，"我占江浙，你占湖广，到时你我两家联姻，便是天王座下最具实力的臣子，与国同休，繁荣万代，那才叫志向！"

……

田彬霏推着四轮椅，与田雌凤缓缓行走在廊庑下，至阳光明媚处停下了。

灿烂的阳光映照在田雌凤锦绣的衣裳上，那锦袄上嫩绿的树叶、鲜艳的牡丹呈现出层次分明的立体感，仿佛活过来一般。妖娆动人的身子，就似那花下的水流，曲线迷人。

田彬霏看着田雌凤被阳光斜照的嫩脸，白玉般剔透，如此无瑕、国色天香的一个美人，谁能想得到她的心思竟是那般的恶毒。田彬霏淡淡地道："掌印夫人之死，是夫人之计吧？"

田雌凤嫣然一笑，灿若花开："如果天王不想杀她，纵然我用计，也难杀得了她。如果有人向天王密报，说我田雌凤偷人，天王一定会向我问个明白，而不是提剑就杀。"

"是吗？夫人确定？如果天王破门而入，亲眼见到醉倒的夫人与醉倒的小厮赤身裸体同卧一榻，相拥而眠，不是一剑穿心，把你们刺串在一起，而是先唤醒夫人问个明白？"

田雌凤有些懊恼，一双凤目微微含嗔地瞪了田彬霏一眼："你是在替张氏打抱不平呢？"

田彬霏叹息道："只是有所感慨罢了。"

田雌凤妩媚一笑，抬眼看向伏龙般蔓延到远方的山峦，悠然道："少了张家掣肘，再趁机剪除那些不听话的土司、头人，天王很快就该行动了。天王一旦事成，你我重振田氏的计划就成功了！"

田雌凤欣然转向田彬霏："到时候，你就是为了田氏忍辱负重的大功臣！你就可以恢复真实身份，把思州田氏拉过来，和我们白泥田氏合而为一，重建田氏基业。"

田雌凤慢慢转身，张开双臂，仿佛君临天下的女皇："到时候，我就是皇后！你就是杨氏天下的第一世家家主。你我互为支撑，你助我巩固后位，我助你壮大田氏，你我联手，可以把田家抬举到一个祖先从未企及的高度！"

　　田彬霏微笑着看着她凌绝天下的姿态，心中默默地跟了一句："杨应龙若成大事，田家有你。杨应龙若身败人亡，田家有我。总之，无论如何，我田氏都是要重新崛起的！"

·※·※·※·

　　海龙屯上，因为掌印夫人之死而引起的骚乱还没有平息，客舍之内，叶小天的身子也跟烙饼似的翻来覆去。他跷着二郎腿，枕着双臂躺在榻上，唉声叹气一阵，又趴在那儿，跟死狗似的没精打采。

　　冬长老坐在榻边，依旧是一袭黑袍，秃顶鹰鼻、阴森森的样子，但声音却异常祥和："大人，您有何事如何烦恼啊？"

　　叶小天惊讶地瞪大了眼睛："咦？你看得到？"

　　冬长老啼笑皆非："大人，老夫的眼神是不好，但也不至于这么一个大活人在面前都看不见哪，何况大人您……已经叹气六十二次了，老夫的耳朵又没聋，当然听得见。"

　　冬长老是叶小天此番带上海龙屯的唯一手握重权的绝对心腹，他的眼力太成问题，留在卧牛岭，一旦出事，也帮不上什么忙，所以被叶小天带了来。

　　叶小天叹道："这事，我……"

　　叶小天忽然警觉过来，道："外边有没有人？"

　　冬长老探手入怀，片刻工夫，就有几只小甲虫从他袍下爬出，飞快地四下散去。冬长老道："大人放心，如果有人来，老夫会知道的。"

　　叶小天对冬长老的神通还是很放心的，便叹一口气，道："我……我在担心，会不会留下孽种啊。"说到这里，叶小天情不自禁又想起昨夜旖旎的一幕，不由心中一荡。

　　昨夜沐浴已毕，将要安寝时，海龙屯上负责客舍招待的韦或韦管事忽然笑眯眯地出现了。在他身后，还带着十几位衣裳光鲜、姿容俏丽的袅娜美女，皆青春少艾，貌若仙子。

　　韦管事笑得跟个老鸨子似的，对叶小天只说了几句话："大人，您看中了哪个，便留哪个侍寝，若是都喜欢，您都留下也是可以的。嘿嘿嘿，虽然她们自幼就学习服侍男人，可还都是处子喔，嘿嘿嘿……"

叶小天现在扮的是叶小安，他大哥叶小安的德行他很清楚，如果此时义正词严地拒绝，那无疑会泄露身份。他是男人，又不能忸忸怩怩地说一声："伦（人）家这几天不方便……"

于是，叶小天只好眼花缭乱地选择一番，然后羞羞答答地点了一位姑娘。之后的事就没什么好说的了，解履登榻，玉体横陈，并枕同卧，共赴巫山。

卸簪珥，绾青丝，解其带，宽其衣，少女肌肤紧致润滑，抚之如丝如玉，视之风韵嫣然，像含苞待放水灵灵的花骨朵，绽放着无限的娇媚与羞涩。

此情此景，是个男人就不能忍啊，于是乎叶大将军提枪上马，温柔乡里，一夜销魂。一番荒唐之后，他却忧心忡忡起来："我跟杨应龙是要死磕到底的啊，万一留个孩子在他这里成了人质，老子该如何是好？"

叶大老爷苦恼起来了。

"呵呵……"

冬长老听了叶小天的陈诉，不禁微微一笑："大人若有这般担心，何不早说与老夫知道。老夫一生钻研蛊术与医道，自有办法令那女子不能受孕。"

叶小天与那不知名姑娘有了一夕之缘，难免也就怜香惜玉起来，蹙眉道："也不好，剥夺了一个女子的生育能力，那是何等残忍之事。"

冬长老道："自然是暂时的，呵呵，老夫不是说过么，蛊虫大多寿命不长，能寄生于人体一世，与人体同终的蛊是极少的，老夫这蛊也没有那长寿之命。"

叶小天大喜，一轱辘爬起来，跪趴在榻上，开心地看着冬长老："当真？哈哈！冬长老，你真是我的大救星啊。这么说，我是不会不小心在这儿留下子嗣的？"

冬长老一呆，道："大人昨夜有没有那么巧就留下了子嗣，老夫怎么会知道？"

叶小天也是一呆："不对啊，你刚刚不是说……"

冬长老道："对啊，老夫刚刚说的是，如果老夫在她身上动了手脚的话。"

叶小天呆呆地道："那……怎么办？"

冬长老眯起眼睛，"阴森森"地看了叶小天一眼："要不……大人今晚再召那女子侍寝一回？到时老夫趁机在她身上做些手脚。"

"啊！这个啊……"叶小天挺不好意思。他鼓足了勇气正要回答，冬长老忽然道："有人来了！"

脚步声响，门扉一开，果然走进一个人来，正是田天佑。"大人，恐怕咱们不能回卧牛岭了。"见冬长老坐在叶小天身旁，田天佑忙收敛了傲态，恭敬说道。

叶小天依旧跪趴着，茫然地道："为什么？"

田天佑道："杨土司遇到了一点麻烦，恐怕要请大人您出面，前往成都，做个见证！"

叶小天吃惊道："何事要我做证？几时前往成都？"

田天佑道："做证这事……还是回头由杨天王亲口说与大人知道吧。至于启程时间，当然越快越好。"

叶小天神色一紧："越快越好？明天行不行？"

田天佑奇怪地看着他："为什么要等明天？这还没到晌午呢，今日启程也不迟啊。"

叶小天冲他翻了一个白眼，心道："老子今晚要做的大事，你以为我会告诉你吗？"

第十二章

杀妻之患

一

从播州到成都,一路跋山涉水,曾有人发出过"蜀道难,难于上青天"的感叹,速度可想而知。

叶小天估算了一下,此去成都大约一个月,回来也要一个月,再加上在成都盘桓的日子,按最坏的打算,差不多要三个月时间。为此,叶小天暗中做了一番安排,这才启程。

成都,他不能不去,因为当日在天王阁上,他是唯一的外人,只有他够资格到成都去四川总督李化龙面前为杨应龙作证:"杨应龙杀了妻子,是因为妻子给他戴了绿帽子,无关社稷、无关江山哪!"

杨应龙杀了老婆,本不至于惊动朝廷。但是,有人飞书告变,说杨应龙杀妻,是因为他的妻子察觉了他对朝廷的不轨之心,苦心劝谏,杨应龙不听,这才杀人灭口。

飞书告变的,就是张时照、何恩和宋世臣。何恩和宋世臣陪同张时照请几位上人、真人急急返回龙爪屯的途中,就接到宋世臣心腹十万火急送来的情报:"掌印夫人被杀,身边所有人尽皆被诛。"

何恩、宋世臣、张时照等人骇得魂飞魄散,虽然杨应龙诛杀掌印夫人的理由是不守妇道,与仆私通,可谁知道他真正的想法是什么?田一鹏、田飞鹏趁势排除异己的行为,不用说,肯定也是杨应龙授意。

怎么办?跑呗!难道还能坐以待毙,继续赶往海龙屯,赌杨应龙不会砍他们的脑袋?这可是拿命赌,赌输了就再也没了翻本的机会。于是,三人一溜烟儿地逃到了四川。

一进四川地境,三人马上飞书告变,向朝廷检举杨应龙要谋反。此前杨应龙反迹未显,他们也只是猜测,若非被逼到这个分上,也不敢拿这种尚无凭据的事来告发一方诸侯，眼下实是顾不得了。

杨应龙多年来一直与四川方面来往密切，虽说李化龙到了四川后大肆整顿，也只是把一些重要的职位换上了自己人，他是没办法彻底清洗整个四川官场的，所以何恩等人飞书告变的消息，杨应龙很快就获悉了。

杨应龙闻讯大吃一惊，立即吩咐各路兵马暂且停止活动，随即授意南线土司、头人与水东宋氏再起纠葛，以此掩饰之前调兵遣将的举动，同时也是向朝廷施压：欲求西南太平，不要逼我太紧。

杨应龙虽有心谋反，可准备毕竟还不备充分。先下手为强，后下手遭殃的道理他还是懂的，被逼造反、后发制人尚且能够成功的，数遍古今，也不过就是一个燕王朱棣，杨应龙虽然狂妄，却也没觉得自己比永乐大帝更高明。

如非不得已，他还是希望在准备充分后才动手。所以，为了迷惑朝廷，争取时间，杨应龙也不在乎把自己戴了绿帽子的事宣扬天下了。

他让叶小天前往成都，当面向四川总督李化龙作证，证明他杨应龙杀妻，实是因为妻子不守妇德，被他捉奸捉双，而不是因为掌印夫人发现了他造反的举动，苦谏不听方才被杀。

这样的事，正代替叶小安冒充着他自己的叶小天找不出理由拒绝，所以，他只能硬着头皮踏上了蜀道。

· ※ · ※ · ※ ·

走了近半个月的时间，将至江津。田天佑扭头看看叶小天，见他坐在车上，托着腮一副若有所思的模样，便玩笑道："土司大人若有所思，莫非还在想念那位侍寝舞娘？"

田天佑对叶小天的态度和善了许多，以前只要旁边没有卧牛岭的人，田天佑对叶小天便是一副盛气凌人的模样。

不过，叶小天现在已经拜过杨天王的码头，算是自己人了，再加上杨天王倚重他处甚多，今后的地位很可能也在田天佑之上，田天佑对叶小天便渐渐不以傀儡视之。

叶小天正在琢磨杨应龙接下来的举动。杨应龙费尽心机玩了一出"偷天换日"，目的是借他之手控制卧牛岭，作为杨应龙的一支奇兵。如今既然把他打发到成都去，显然一时半晌还没有作乱的打算。

可何恩等人告变，朝廷会不会利用这个借口抢先下手？如果朝廷觉得此时动手更有利，恐怕不会坐失良机，等着杨应龙把卧牛岭安顿好。而朝廷一旦动手，杨应龙也绝不会坐以待毙，势必立即举旗造反，那时杨应龙也未必在意卧牛岭元气大伤，定会命令潜入卧牛岭的下属强行夺权，那他可就鞭长莫及了。

叶小天忧心忡忡。前方不远便是重庆，若是能进重庆，以重庆府在川中的重要地位，自可打听到详细消息，可他们的目的地是成都，无须进入重庆，实在令叶小天烦恼。

田天佑打趣的话他听到了后半截，却也明白了田天佑在说什么，便顺着他的话音道："那位姑娘温柔可人，谁不动心？只恨我当时碍于脸面，不曾向天王请赐。"

田天佑不以为然道："那种女人，本就是调教来服侍男人的，自然奉迎乖巧，叫人觉得甚是称心如意。偶尔寻欢，逢场作戏，也就觉得清新可人，可若真要留侍身边，反觉得是庸脂俗粉，未必可意了。"

田彬霏的车子突然加速，与叶小天并驾齐驱，恰好听到二人这番对答，接口笑道："古语有云，少不入川，可见这天府之国，实乃温柔之乡，丽人如云哪。大人您到了这里，莫流连忘返，乐不思归就好，还会记得天王阁上一舞娘吗？"

田彬霏笑言了两句，神情便是一肃："大人，学生刚刚收到消息，贵州巡抚叶梦熊得知何恩、宋世臣等人飞书告变后，竟也趁机发难，上疏弹劾杨土司残害人命、贿赂公行、禁锢文字，巡按陈效亦上疏历数杨土司二十四条大罪。"

叶小天听了脸色登时一变，茫然了一阵，脸上忽现惶恐之色，急呼道："停车！停车！"

田天佑蹙眉道："此处左有高山右有深谷，并非歇息之地，大人停车作甚？"

叶小天惶惶然道："先有何恩、宋世臣等播州部属飞书告变，又有贵州叶巡抚、陈巡按告杨土司二十四条大罪，这……我等去了成都，怕也起不了什么用处，不如……就此归去！"

叶小天扮他大哥，倒是比他大哥扮他像足了十分。他和叶小安不仅是手足兄弟，对大哥的脾气秉性也十分了解，而且他曾在葫县做官，葫县知县花晴风那可是忍者神龟级的人物，叶小天学其三分功力，便惟妙惟肖了。

田天佑听他打起退堂鼓，脸色登时一变，不过旁边还有叶小天的侍卫，他呵斥的话到了嘴边又硬生生地咽了回去，只是趁人不注意，冷冷地瞪了叶小天一眼。

田彬霏道："不可！杨土司既然只派人送来消息，而未召回大人，可见杨土司依然寄希望于大人你，希望能通过你的证词，打消朝廷的疑虑。再者，叶梦熊与陈效虽然弹劾了杨土司二十四条大罪，可其中却并无一条是谋反大罪，可见，他们只是趁火打劫，而非出自朝廷授意。这样的话，朝廷未必就会出兵，我们此去成都，还是有机会的。"

这番话田彬霏是说给叶小天听的，更是说给田天佑听的。叶小天半信半疑道："这……有人正告杨土司谋反，我却跑去成都为杨土司做证。不会因此被朝廷认为是杨土司的同党,砍了我的头吧?"

田天佑再也忍不住了,加重语气道:"大人过虑了吧!当日,大人是天王阁上适逢其事的唯一外人,朝廷不听大人你的证词,难道要听信杨土司辖下其他人的证词?就算杨土司真的要反,卧牛岭也跟着反了吗?没有吧?既然没有,朝廷岂会把大人你如何?如果就因为大人你和杨土司同席饮过酒……嘿!和杨土司同席喝过酒的人多了去了,朝廷若因此加罪,就不怕那些本不想反的人也投了杨土司?"

叶小天心道:"老子怕的就是杨应龙狗急跳墙!杀了我,激怒贵州众土官,其效用可不比把卧牛岭掌握在手小啊!"

叶小天一脸惶恐地看向田彬霏,显然是想听听他的说法。田彬霏瞧他装得极像,若非这"偷天换日"后的"鱼目混珠"就是他一手导演,几乎也要信了眼前此人必是叶小安。

田彬霏认真地想了一想,淡淡一笑,道:"天佑所言有理,大人所虑也有道理。不过……我等既然受了杨天王托付,还是应该往成都一行的。若此时匆匆返回,只怕弄巧成拙,不但害了杨天王,还会令朝廷对大人生起疑心。"

田彬霏说到这里,打个哈哈,半真半假地道:"大人不想死,学生等人也不想死啊!如果李化龙真会对大人不利,大人贵为土司,或还可留得一命,倒是我们,才是有死无生呢!"

田天佑和田文博听了这话顿时脸色一变,他们潜意识里总是把自己和叶小天区别开来,倒忘了他们现在是一条绳上的蚂蚱,而且叶小天若真有什么不测,先死的一定是他们。

田天佑放缓了马速想了一阵,越想越觉不安,到了前方一片林子,路窄容不得两车并行,田彬霏的车落在了后面,田天佑立即提马上前,义正词严地对田彬霏道:"田先生,我等护送土司大人去成都,本是为杨天王洗雪冤屈。可若事态有了变化,我等还懵然不知,不免如盲人摸象,恐会误了杨天王、误了我家大人。你看,此处离重庆不远,我等先去重庆稍歇,打听一下近来情形,如何?"

田彬霏就等他这句话呢,听他主动开口,心中暗暗一笑,刚要颔首答应,忽听前方侍卫喝道:"什么人,站住!全员戒备,挡住他们!"

第十三章

白马将军

一

叶小天手下亲兵在山中时就是神殿武士，较之一般山民懂得纪律与配合，出山之后久经战阵，更加具备了几分行伍模样。一闻警讯，他们立即应变，一部分人上前置盾架矛防止冲阵，另有一些人冲上去架住正在溪边洗漱的叶小天，急急奔向座驾。

叶小天的车子是特制的，可防利箭。叶小天被几个魁梧的武士七手八脚塞进车子，放下左右和前挡板，只留一个窥视孔，随后就以座驾为中心，迅速形成一个半圆形防御圈。

与此同时，田彬霏和冬长老的车子也被推至叶小天车子左右，三辆车呈扇形排列，而前方士卒已经架起盾矛大阵，左右武士跃入丛林。正面硬抗，是担心来人直接冲到叶小天身前，跃入丛林的人当然是准备发挥他们最擅长的丛林野战能力。

叶小天车驾的窥视孔是长方形，足以让他看清前方及左右发生的一切，窥视孔上方有一块铁板，只消发现不对，一按卡簧，铁板就会落下。

宝翁持刀站在枪盾阵后，忽然看见前方来人，不像敌人哪？前方冲来四匹马，最前方一匹是白马，马上一个白衣青年，箭袖劲装，挎弓佩剑，头上束发银冠歪歪斜斜，头发散下一绺，被风拂在空中，极是狼狈。

另外三人同样劲装结束，身形雄壮颀长，年轻剽悍，不过他们都是青色劲装，显然是那白衣公子的护卫。他们手中持刀，一边以刀充作鞭子不断拍打马股，一边频频回头神色慌张。

这副样子，哪里会是突如其来的刺客，分明是后有追兵，仓皇逃窜。宝翁虽然判断来者非敌，却也不能任由他们冲撞了大人座驾，马上刀锋前指，厉声喝道："来人止步、下马！"

那箭袖白袍的公子看见前方有人严阵以待，顿时大惊失色，道："不好！此处竟然还有伏兵！"

道路两旁是树林，还有灌木荆棘密布其间，马是没法冲进去的，可前方长矛锋利，明晃晃的杵在那儿，若驱马硬撞上去，就得被串成糖葫芦，白袍公子急勒战马，那马冲至长矛盾阵前不足两尺才堪堪停住，把那白袍公子惊出一身冷汗。

宝翁见来人已经止步，又大喝一声道："来人下马！报上名来！"

白袍公子见后有追兵，前有堵截，左右林中人影绰绰、刀光闪闪，情知再也逃脱不得，翻身下马，将长剑向面前地上狠狠一插，示意放弃抵抗，仰天长叹道："此天亡我也，非战之罪！"

呸！你以为你是楚霸王啊，还非战之罪！叶小天见来者非敌，已经驱了车马迎过来，恰好听见白袍公子这句话。

侍卫们虽然为叶小天让开了道路，但手中锋利的长矛依旧蓄势以待，那白袍公子若稍有异动，登时就能捅他几个窟窿。三个青袍人急急下马，冲过来把那白袍公子护在中间，大喝道："谁敢动手，石柱马家绝不与他善罢甘休！"

叶小天咳嗽一声，道："这位公子姓马？"

白袍公子冷哼一声，扬起下巴，傲然道："明知故问！白马将军不姓马，还姓牛不成？你们有什么伎俩，尽管使来，我白马将军若皱一皱眉头，就不算好汉！"

白马将军？你又没说你是白马将军，另外……白马将军是谁啊？这人是不是有点太自恋了，好像我一看就应该认得你是白马将军似的，谁知道你是谁啊。叶小天哭笑不得，只好说道："马公子，我与足下素不相识……"

白袍公子扬着下巴，用眼角余光不屑地瞟着他："你与本将军自然素不相识，本将军的英姿，是什么阿猫阿狗都能认得的吗？不过，你一定听说过本将军的赫赫威名了……"

叶小天忍俊不禁地道："不好意思，白马将军之名，在下也是头一回听说。"

白袍公子呆了一呆，神色略显尴尬，讪讪地道："你不知本将军之名，那是因为你见识浅薄，本将军不与你一般见识。但石柱马家，想必你是如雷贯耳了。"

叶小天摇头道："石柱马家？在下也是听足下说起方才知道，此前不曾听说。"

白袍公子大怒，指着叶小天喝道："孤陋寡闻、耳目闭塞、鼠目寸光、井底之蛙！本将军不与你这等没见识的人说话！"

叶小天听他口口声声说本将军，心中纳罕，莫非此人所说的白马将军并非绰号，而是一位真将军？想到这里，叶小天倒是不敢怠慢了，便拱手道："原来足下真是一位将军，失敬失敬，却不知足下是什么将军？"

叶小天那位风情万种的情妇于姑娘就是四品广威将军，他倒不信这青年会比于珺婷的品阶更高，不过好奇心起，还是诚心请教。不想那白袍公子听他一问，登时面红耳赤，恼羞成怒道："本将军……本将军就是白马将军！休得啰唆。"

田天佑已经赶到叶小天身旁，将二人这番对答听在耳中，忍不住道："这人别是有病吧？"

白袍公子身边一名青袍侍卫大怒道："我家少将军乃汉朝伏波将军后人，石柱马氏少主，尔等安敢放肆！"

汉朝伏波将军后人？你要只说汉朝荡寇将军而不提具体的名字，那还真不好猜，因为关羽、张辽、张郃、程普等历史名人都曾受封此职。但伏波将军赫赫有名的只有一个，而且他正是姓马。

这个如此自恋的青年竟是马援马伏波的后人？如此说来，所谓的石柱马氏定然也是一方土官了。不过，光贵州一地就有一百多位土司，叶小天现在都记不全三分之一，更不要提贵州以外了。

叶小天道："失敬失敬！原来足下是马伏波的后人，石柱马土司家公子，在下乃贵州卧牛岭土司，叶小天！"

白袍公子下巴一扬，不屑地道："没听说过！"

叶小天叹了口气，道："惭愧，叶某之名的确不甚彰显，便是先祖括苍太守、折冲将军叶公，比起令先祖伏波将军也要逊色一筹啊。"

白袍公子一听大感吃惊，居高临下的目光顿时变成了平视："你家祖上曾任括苍太守、折冲将军？荡寇、折冲、伏波，皆同品武将，如此说来，卧牛叶氏也是源远流长啊，失敬失敬。"

叶小天拱手道："哪里哪里……"

田文博和田天佑听得目瞪口呆，田文博对田天佑低声道："括苍太守、折冲将军？他家祖上曾如此辉煌吗？"

一旁已被人抬下车子坐上轮椅到了近前的田彬霏淡淡地道："咳！学生正帮土司大人修家谱……"

"哦……"田文博和田天佑意味深长地点了点头。

那白袍公子看来是个极重视家世出身的高傲贵族，一听叶小天的家族也有如此悠久绵长、辉煌显赫的历史，顿时亲切起来："在下马千乘，石柱马氏子弟！看起来，叶兄只是路经此地，并非那母老虎的伏兵了？"

叶小天苦笑道："马老弟，为兄确是路经此地，刚刚在此歇息，恰见老弟你驰马冲来，手下人以为是有人欲对为兄不利，这才生起误会，并非什么人的伏兵。不过，你说的母老虎是什么人？似马老弟的身份，谁敢与你兵戎相见？"

马千乘恨恨地道："叶兄有所不知，我石柱并不在此地，我到此地是往一位亲戚家做客的。此地有一悍女，暴戾乖张，性情跋扈。她纠结了几寨人马，抢山霸水，为所欲为。我那亲族的寨子受其欺压太甚，小弟既然知道，岂能坐视不理，是以出头为他做主！谁料那悍女勇不可挡，手下尽皆亡命之徒，小弟纠集寨中丁勇，与其交手，三战三败，算上这次，已经是第四次了，那母老虎说，要来个七擒孟获，叫我俯首称臣……"

说到这里，马千乘昂起头，傲娇地道："想我伏波将军之后、石柱马氏少主，可杀而不可辱，岂能向一雌儿俯首臣服……"

马千乘刚说到这里，远处一阵呐喊叫骂声："莫叫那马家小儿逃了！"

"抓马千乘啊！"

"落花流水大将军，往哪里跑！"

马千乘正自傲然仰视高天流云，仿佛追思祖上无限勇武，忽然听见动静，登时为之变色，惶惶然道："不好，他们追来了！"

马千乘左顾右盼，也不知道是在找他的白马，还是在琢磨一头钻进灌木丛去。

叶小天正想找点事端，以便暂且停下行程，向近在咫尺的重庆府打探朝廷和杨应龙现在的情况。再者一旦杨应龙造反，与播州毗邻的四川也将是平叛的一股重要力量，与这位石柱马家的少土司建立交情，对他是极有利的，登时便起了相助之意。

更何况，他听马千乘一说也就明白了情况，这定然是因为两个寨子抢夺自然资源引起纠纷，与当初捞刀河上下游的李家寨、高家寨情形相仿，不妨先教训教训马千乘口中那只母老虎，再居中调和，结个善缘，那就结下一股人脉了。

只不过，以他兄长相对懦弱的个性，这种话是不方便主动开口的。叶小天向田彬霏悄悄使个眼色，田彬霏会意，开口道："马将军何必惊慌，今有我家土司在，一群土鸡瓦狗，还不是手到擒来？"

马千乘依旧左顾右盼，寻找出路："叶兄你有所不知，那母老虎很厉害的。"

"呵呵……"田彬霏开了口，叶小天接话配合就顺理成章了，"马老弟，我卧牛岭崛起不过四载，四年来，灭铜仁张氏，镇铜仁于氏，除石阡杨氏，降石阡展氏，凭的什么？"

叶小天向手下龙精虎猛、个个剽悍的侍卫们一指："凭的就是这以一当百，所向披靡的卧牛勇士！"

说话间，远处大队人马杀到了，人人赤足短衣，手执白杆钩镰枪，看着凶猛，分明就是一帮村寨百姓。叶小天傲然道："一个女流，何足道哉，贤弟且站在一旁，看为兄弹指间叫她灰飞烟灭！"

第十四章

女中豪杰

一

从前有座山。

山不太高，海拔大概一千来米，山也不算陡，虽然没有路，但是对身手矫健的人来说，要爬上去却也不难。

但，山顶有一块突起的岩石，这块岩石高二十余丈，三面峭立，只有一面稍缓，但也只有一条狭缝似的通道，根本无法行走，只能向上攀爬，有一小部分地方几乎要直立着爬上去。

这样的一块岩石，顶上却很平坦，方圆大小恰能支得起一顶帐篷，不是那种小帐篷，是那种可汗级别的草原部落首领才有资格支起的汗帐。

如今，这块汗帐面积大小的岩石顶上，站着七八个人，看他们的站位，只有两人是首领，其他几人则护拥左右。两个侍卫站在最前方，持刀向下，抵对着向上的这唯一通道，一夫当关，万夫莫开。

那两位首领级的人物，惊魂稍定后，发现敌人根本冲不上来，登时壮起胆来，便居高临下，指点江山。

其中一位白袍青年淡定自若地道："叶兄不必担心，小弟被困的消息，相信很快就会被我亲族部落知晓，他们会派人来救援我们的。"

听这语气，白袍青年就是那位白马将军马千乘了，而被他称为叶兄的，当然就是卧牛长官司长官叶小天。

叶小天直到如今还不明白自己究竟是怎么败的，他一直觉得他从山里带来的那些骁勇山民厉害得一塌糊涂，不说打遍天下无敌手吧，也该是放眼黔中独孤求败了。

但……他们和那些持着白杆简陋怪枪的泥腿子们甫一交手，就落花流水、不堪一击了。

那枪很怪，前有枪尖，可以搠敌，尖刃之下有钩镰，还能放平了钩你的小腿，好不容易持刀冲到他面前，让他的怪异枪尖无法发挥作用了，他把枪杆一扬，枪柄处一个黑乎乎铸铁的大铁环就向你劈面砸过来。

那个铸铁枪环居然还可以当锤头使，而且它是活动的，所以持枪的人虽然是体质并没有什么特殊的普通村民，但他们遭受的反震之力非常轻，所以他们砸过来砸过去，砸得不亦乐乎，力道始终不曾减弱。

如果仅仅如此，叶小天的兵倒还算势均力敌，毕竟叶小天的兵也不是吃素的，那也是野性十足的战兵。问题是，这些农民还懂得合作，三五成群，就合成了一个默契配合的战阵，而小队配合作战，恰是叶小天的部下最薄弱的。

于是，兵败如山倒……

于是，行走不便的田彬霏田大公子做了俘虏。

于是，眼神不济的冬长老一头冲进敌群，"主动"做了俘虏。

于是，叶小天和马千乘仓皇爬上了这块大石头。

底下持白杆钩镰枪堵住唯一下山通道的敌人仰面大呼："顶上的人，快些弃械投降吧！你们逃不了啦！"

"哈！投降？"

曾经被俘三次，又三次被释放的白马将军仰天狂笑："我堂堂新息侯、伏波将军马公之后，石柱马家的少主人，只能站着死，绝不跪着生，投降？想都别想！"

马千乘说罢，对叶小天小声道："叶兄别怕，他们不敢杀人！"

旁边还跟着一个逃上山来的田天佑，叶小天一听，便也"胆气倏壮"，学着马千乘的样子仰天大笑三声："哈！哈！哈！我堂堂括苍太守、折冲将军叶公之后，卧牛岭叶大土司，岂有向尔等俯首称降之理！要杀便杀，休得废话！"

白马将军向叶小天挑了挑大拇指，赞道："叶兄豪勇，不愧乃祖遗风！"

底下白杆枪兵笑骂道："少吹大牛，不怕死，那你们下来！"

马千乘得意扬扬，扬声大叫道："有本事你们上来！"

"你们下来！"

"你们上来！"

双方正对骂不休，后边忽有人道："统统不许动！"

很清脆的声音，悦耳得很，是个女孩子。

叶小天好奇不已，逃上来的一共七个人，全是男的，哪来的小娘皮？

叶小天正要回头看，马千乘一听这声音，却条件反射似的怪叫一声，身子向前一冲，若非叶小天手疾眼快一把捞住，他就一头栽到了山下，当真送死去了。

马千乘体若筛糠地道："那母老虎冲上来了！"

叶小天生怕这货掉下山去，依旧抓着他不放，扭头一看，咦？好一只漂亮的母老虎。在他们身后，不知何时站了七八个人，而后边岩壁边上，还不断地有人攀爬上来。这些人中只有一个女人，所以叶小天第一眼就注意到了她。

绿色茉莉小褂袄，纤纤细细的小蛮腰束着一条蓝色鸟兽花纹的蜀锦带子，发束成马尾，下着裙裤，散着喇叭形的裤管，一双粉色缎子鞋，眉微黛俏似远山，唇一点粉润如妍。

叶小天看看这十七八岁的小姑娘，再看看如见鬼魅的马千乘，这就是令白马将军闻风丧胆的母老虎？明明不像嘛。

那女孩腰带上佩着一把短剑，双手负在身后，亭亭一立，被一身合体装束一裹，婀娜玲珑，小蛮腰只有一揽之细，俏皮里透着妩媚，清纯中更显稳重。

她乜了叶小天一眼，又似笑非笑地看了马千乘一眼，揶揄道："这次又找了什么废物帮手来？还是不堪一击嘛！"

叶小天脸上有点挂不住了，轻咳一声道："在下与马老弟，乃偶然邂逅，并非合谋在此阻击姑娘。呃……不知姑娘尊姓大名？"

"干吗？攀亲家呀！"

姑娘白了他一眼，俏巧地皱了皱鼻子，转身就走："把这对废物绑下山，叫宣家来赎人！"

叶小天贼眼一瞄，瞄的却不是人家小姑娘的身子，而是看那些人究竟是怎么爬上山的。

因为他们已经被制住，岩壁方向的人已经停止向上攀爬，上面的人正在收起攀爬工具，叶小天这才发现，他们是派善于攀缘的人用钩镰枪钩住峭壁上的坑洼处逐步攀爬而上，爬到一定高处，下边的人就用钩镰钩住上边固定住的钩镰枪尾部的铁环，形成可以借力的攀爬工具。

叶小天心中一动："枪是直刺的，钩镰是可以放平了在低矮处袭击下盘的，都适宜在这不方便劈斩的密林中使用，而这枪尾的铁环不仅在敌人攻至近身处时可以自卫反击，居然还有辅助攀爬的妙用。看起来这种怪里怪气的武器，就是为了适应此地环境而特意设计的，却不知它是出自何人之手，若非借助这武器之利，我的人未必会败得这么快……"

·※·※·※·※·

作为一座县城，城墙所围方圆十余里，且城池分内外两城，内城以青砖砌成，外城以条石砌成，厚达四丈，以糯米、石灰、桐油熬制的灰浆粘连勾缝，未免太夸张了些，但松潘县城就是这样的。

因为这里是川西门户，扼岷岭，控江源，左邻河陇，右达康藏，屏蔽天府，锁钥陲，从汉唐以来，就是兵家要地。

门洞厚达十五丈，此时一支杀气充盈的精锐兵马正自城门缓缓入城，中间护着一匹雄骏的战马，马上端坐一位朝廷大员，正是四川总督李化龙。

士兵手中的长枪枪刃锋寒锐利，长一尺半，枪杆有鹅卵粗细，血一般鲜红的枪缨迎着风，突突飞扬。

县城里的风光较之这军伍杀气，却显得平和了许多，小桥流水，古意盎然。一条清澈的河流从松潘古城的东端穿过向西流去，在切过城中大街后，转往南流，从南城门左侧流出松潘古城，沿河两岸多为竹楼，看上去非常写意。

兵马在县驿停下了，李化龙扳鞍下马，在弯腰引路的驿丞陪同下快步进了他的临时专署。

李化龙本来正在成都，何恩、宋世臣、张时照等人飞书告变，贵州巡抚叶梦熊与巡按陈效上疏弹劾杨应龙二十四条大罪后，李化龙立即摩拳擦掌，准备应变。

播州地盘与四川更近，距贵州那边反因一条乌江天险，不便用兵。所以一旦朝廷决意平叛，四川方面将成为平叛主力。但李化龙正秘密安排，调兵遣将之际，宁夏哱拜居然抢在杨应龙前边，先反了！

哱拜本蒙古鞑靼人，嘉靖年间因家族获罪于首领，父兄被杀，他便投了明廷，积功升都指挥，后为游击将军，统标兵家丁千余人，专制宁夏，多蓄亡命之徒，势力渐渐坐大。

如今，哱拜已在副总兵任上致仕，由其子哱承恩袭职，但实际上一切仍由哱拜做主。宁夏巡抚党馨想核查哱拜冒领军饷之罪，这件事成了哱拜造反的导火索。

哱拜自知证据太多，除非不查，一查一个准儿，干脆把心一横，纠合其子哱承恩、义子哱云及土文秀、刘东旸等心腹，杀了巡抚党馨及副使石继芳，纵火焚公署，收符印，发帑释囚，扯旗造反了。

此时，哱拜已占领宁夏镇，出兵连下中卫、广武、玉泉营、灵武等城，唯有平虏卫坚守城池尚未攻下。叛军又转而攻下花马池一带，兵锋霍霍，四方震动。

陕西动荡，为防哱拜兵进四川，李化龙只得暂且放下对杨应龙的计划，仓促赶至松潘县城，亲自主持防御，所以此时他已不在成都城了。

李化龙今日巡视前方数道要隘的兵防归来，未及喘口气，便召集众将，研商哱拜兵进四川的可能，一旦哱拜兵进四川可能采取的方式和进攻路线，以及如何部署防御。忽有一名中军悄悄走进来，到他身边附耳低语几句。

李化龙眉头微微一皱，吩咐众将领道："尔等继续议吧！"说罢起身离开，匆匆赶往小书房。

小书房内，一人负手而立，正看着壁上字画。"他"头戴公子软巾，身着藏青长袍，革带束腰，足蹬软靴，分明男子打扮，可看侧面，雪白清秀的一张瓜子脸，乜着一双长睫弯弯、黑白分明的凤尾杏眼，虽然英气勃勃，却是易钗而弁。

门扉一开，这人立即转身，一见形容威严、不怒自威的李化龙，马上抱拳拜倒，朗声说道："石阡展凝儿，拜见李总督！"

第十五章

奔 波

一

"姑娘请坐!"一见卧牛山来使是一位姑娘,李化龙脸上冷峻僵硬的线条微微柔和了些,他向展凝儿笑了笑,又往客座上一指。展凝儿等他在上位坐了,这才入座。

"是叶土司请姑娘来的?"小厮上了茶,悄然退下,李化龙用茶盖轻轻抹了抹茶叶,又压拢,端起茶杯,抿着缝隙过滤着茶叶轻轻呷了一口,这才缓声问道。

"是!叶小天如今不便动用卧牛岭的人,原因……小女子不说,总督大人您也清楚。所以他便利用向我展家下聘的机会……"

展凝儿说到这里,俏脸微微一红,对一个外人说及自己的婚姻事,总是有些羞涩的,哪怕是个性爽朗如她。展凝儿抿了抿嘴唇,才继续道:"这才悄悄捎来消息,让小女子为他先赴成都一趟,不想到了成都,才知总督到了松潘。"

李化龙微微一讶,抬起花白的眉毛瞟了她一眼,又露出笑意,颔首道:"原来姑娘是叶土司的未婚妻!好!好得很!叶土司忠君爱国,展姑娘为他千里奔走,古有梁红玉桴鼓亲操,展姑娘不让先贤,亦为女中丈夫也!"

展凝儿可没心思听他吹捧自己,虽然这夸赞之语出自一省督抚之口,甚有分量。她毫不客气地打断了李化龙的话,递上叶小天给她的信物,让李化龙正式确认了她的身份,这才道:"总督大人,小女子此来,是想与总督大人确认一下,卧牛岭几时可以发动,以配合朝廷?"

李化龙眉头微蹙,沉吟地道:"事有意外,如今宁夏孛拜造反,松潘风声鹤唳,如果此时逼迫杨应龙,朝廷须得两面开战了,那样的话……"

展凝儿一听就急了,她喜欢舞枪弄棒,读书较少,可不代表她不明白这其中的利害,叶小天将计就计,把杨应龙手下大批奸细都放进了卧牛岭,并委以要职,这可是风险极大的一件事。如果时日久了,难说他们不能广培党羽,扎下根基,那时清洗起来必然更难，说不定还会让卧牛岭大伤元气。展凝儿马上道："大人！卧牛岭门户洞开，迎奸揖盗，只为配合朝廷行事。但此举于卧牛岭而言，无异于玩火，时日久了，恐弄假成真酿成大患。如今朝廷这边却要暂缓动手？那卧牛岭该如何自处？"

李化龙也知道此举自己理屈，但针对杨应龙的计划，本就是他们鹰派一党策划，并非朝廷推动。即便是朝廷推动，事情起了变化，也得有个轻重缓急，为大局牺牲一隅，于朝廷而言是理所当然的选择。

但，叶小天毕竟不是一任流官，不太方便用流官的那一套规则来约束他。况且李化龙常在地方为官，不在中枢，更接地气，所以也更明白讲些冠冕堂皇的大道理，其实说服力非常有限。

李化龙思考了一下，才缓缓说道："展姑娘莫要着急，如今情形，亦非老夫事先所能预料。此间情况，老夫已经飞书报与朝廷，或者朝廷会有个两全其美的办法出来。"

"两全其美？"

展凝儿不是喜欢咄咄逼人的女人，何况对方是一省督抚，但现在争的是叶小天的身家性命，她没法不较真。

"却不知以总督大人估计，宇拜之乱多久可以平息？一年半载？三年五载？十年二十年？也许等朝廷腾出手来，准备对付杨应龙的时候，卧牛岭主人已经换了姓杨的了！"展凝儿一双杏眼透着浓浓的不悦，"朝廷等得起，我卧牛山可等不起！"

李化龙自然明白展凝儿所说的道理。李化龙放下茶盏，徐徐地踱了几步，道："姑娘所担心的，老夫明白。但有一线可能，老夫也不会放弃卧牛岭这个楔进播州的内应，它所能起的作用，可胜于正面作战的五万精兵……"

李化龙停住脚步，转向展凝儿："叶土司正往成都来吧？请找到他，让他尽量拖延些时间，老夫会再修书一封，以八百里快马送往京城，陈述其中利害，促请他们尽快拿出一个两全之策！"

李化龙都说到这个分上了，展凝儿也不好再过于强势，勉强答应一声，便站起身来告辞。

李化龙有些意外地道："姑娘刚来就走？千里奔波，一定劳累了，何不……"

展凝儿带着些不高兴的口吻道："我担心某个白痴太过于相信某些人，一路上走得太快，不知不觉就已到了成都啦！还是立即去拦他较好！"

·※·※·※·

展凝儿口中的某个白痴其实走得并不快，因为他如今已经成了俘虏。

叶小天此刻正在重庆附近的一座寨子，被吊在一处阴凉的大凉棚里，和他吊在一起的还有伏波将军后裔、石柱马家少主马千乘，以及许多腊肉、腊肠。

看来，能和这些腊肉腊肠挂在一起充作腊人，也是他们这两位名人之后才有的特殊待遇。叶小天踮着脚，这样腕上的绳索可以少受些力，不至于勒得太疼："马老弟，那女人究竟是谁？"

马千乘比叶小天略矮，双脚不着地，正挂在棚梁上自由飘荡，听到叶小天的问话，马千乘不屑地撇了撇嘴角，道："你说那母老虎啊？那母老虎是秦家寨的丫头，叫秦良玉，她老爹叫秦葵，是个贡生，书香门第哪！居然出了个舞枪弄棒的丫头，你说丢不丢人！"

叶小天道："她把咱们挂在这儿，究竟打算干吗？"

马千乘再次不屑地撇了撇嘴："还能干吗？等我舅舅交盐当赎金呗！你看那边山头，那就是我舅舅的地盘。我舅舅是本地盐井司的吏目！"

叶小天疑惑地道："你舅舅是盐井司吏目？盐井出了盐，就是要卖的啊，难不成这秦家寨不肯出钱买，所以要与你舅舅家发生争战，专捉战俘换盐？"

马千乘道："那倒不是！这秦家吧，是元朝时候从湖广迁来的，百余年下来，居然成了一方大族……"

马千乘啰里巴唆地解释起来，这秦家是元朝时候从湖北迁过来的，渐渐发展，独成一寨，是为秦家寨。秦家寨是汉寨，而周围几座寨子，都是苗家、土家族的部落。

别看这秦家寨被许多少数民族部落环绕，是一个孤立的汉寨，但是在当地却最为强势。汉人是农耕民族，可相较于周围少数民族也算是掌握着先进文明的民族。能千里跋涉，在其他部族聚居地区定居下来，并且不依附他人而独立建寨的，那更是农耕民族中生存力极强的一群精英。所以，尽管当地土著近水楼台，已经占据了最具地理优势的地盘，且拥有人口数量的优势，但是周围七八个寨子联起手来，不管是文斗武斗，对上秦家寨依旧败多胜少。

本来，作为汉人，在当地是极受尊重的，尤其是苗人，此地的苗人大多都是熟苗，对于中原人普遍友好、尊重。而汉人又一贯不大喜欢惹是生非，崇尚和平，所以大多数时候，各部落间都相处友好。

但是，作为一个农耕民族，对于土地有着一种异常狂热的心态，就算把他们丢到大沙漠里去，他们也会千方百计地用一柄锄头，把那儿变成可以种植庄稼的所在。

秦家寨在此立足后，当然是大力发展农耕，开垦荒地、种植庄稼。可周围宅子里的其他部族百姓，生产生活方式却与之不尽相同，他们更多的是靠山吃山，就算有些简陋的农耕手段，也是种子一撒，听天由命，并不把耕种作为自己的主业。

秦家寨越发展人口繁衍越多，田地也就一路扩展开去，四方寨子既然不以农耕为主，那荒地也就没有明确的归属，你拔光野草、开辟良田，自然就可以在上面耕种。

但是田地的大量开辟，影响着周围的生态环境，哪怕只是一种动物觉得此地已不宜生存，迁往大山更深处，就会造成周围整个生态环境失衡，更多的生物也会随之迁徙。

这种变化，对秦家寨这种以农耕为主的寨子来说，那是求之不得，大量动物迁走，还免得它们对庄稼地破坏了呢，但对那些靠山吃山，以狩猎、采撷为主要生活来源的寨子来说，就是一场灾难了，矛盾就这样一点点积累起来。

马千乘是伏波将军马援后裔，当然也是汉族，但马家世居石柱，早与当地民族融合，现在更准确地说，他土家族血统更多一些。他的舅舅，该地盐井司吏目宣长岭，就是土家族的一个土官。

宣家控制着当地盐井的生产，并不以狩猎、采撷为业，但与其关系密切、具有姻亲关系的几个寨子却不然，他们随着那些勤劳的农民舞动锄头，不断开山垦荒，不可避免地与秦家寨发生了矛盾，而作为他们最大的靠山宣家，当然就会替他们出头。

如此一来，秦家寨和宣家寨的百姓就常常发生纠纷。有明一代，大大小小的土司战争大多都是因为一些小小事端引发的，有时甚至根本就是一些在常人看来啼笑皆非的屁事，可发展来发展去，就能变成一场生灵涂炭、旷日持久的战争。现在他们争夺的可是生存环境，有着更加理直气壮的理由。可当地寨子就算抱起团来，也很少能赢过更具组织力的汉人寨子，更何况这一代秦家出了一个了不起的女汉子：秦良玉。

这小丫头年方十七，从小读典籍、学骑射，文章得风流，兵剑谙神韵，居然是个不输平阳公主的女中豪杰。而且她还因地制宜，发明了一种适合当地环境的武器：白杆钩镰枪，并研究出了与之配套的作战方法。

这一来秦家寨更是了不得，战无不胜、攻无不克，放眼周边，竟是无一合之敌了。宣家为此也没少吃亏，于是宣家发起狠来，拒绝卖盐给秦家寨，还有寨民时不时地去祸害一下秦家寨的庄稼。

两边的关系正拧巴着，马千乘跑舅舅家做客来了。一听宣家被一个小丫头欺负，马千乘马上自告奋勇地要替舅舅出头，于是……这是他第四次被挂成腊肉了。

叶小天听得纳罕不已，这种情况与他在贵州所见的情况截然不同啊。在那儿，汉人更弱一些，怎么到了这儿反过来了？

叶小天忽然想起一事，不禁问道："你说附近有许多苗寨？我听说，苗人会养蛊，蛊术神鬼莫测，十分厉害，怎么还对付不了那小丫头，难道秦家寨还有对付蛊的办法吗？"

"蛊？"马千乘呆了一呆，荡在空中很自然地转了一圈，才道，"你说蛊啊，我倒听说过，不过那玩意儿，在此地苗寨早就失传啦。谁敢养蛊啊，很遭人嫌弃的。"

叶小天听他说了几句便恍然大悟，在这里可不像大腕山区的那些山民聚居区，没有以蛊立教的传承，此地苗人又已接受了外部文明变成了熟苗，即便以前曾经有过那么一个两个蛊术师，现在也消失了。

蛊掌握在极少数的人手里，威力惊人且很神秘，这就使得没有掌握它的普通人感觉恐惧和威胁！敬畏和远离就是必然的选择和结果！学蛊的人也因此受到排斥、忌惮与反感。

试想，你学一门技能，结果不管是同族人还是外族人，人人视你如麻风病人一般唾弃疏离不愿接近，谁还愿学这门手艺？它自然而然也就失传了。同样出于熟化的原因，他们野性渐消，但文明程度、组织能力又不及更先进的族群，战斗力自然大打折扣。

叶小天听马千乘一番解说，知道被俘没有生命危险，心思就放下了一半，马千乘又安慰道："叶兄不必担心的，你是为我助拳才被抓的，我舅舅一定会赎你出去。"

马千乘刚说到这儿，就见远处一群人走来，头前三人，左边一个身躯修长，肌肉精壮结实，并不显得特别的肌肉虬结、雄壮魁梧，但矫健有力，看起来二十多岁。右边一个棱角分明，刚毅硬朗，看相貌也有二十多岁，但脸上的稚气表明，他只是生得老成。

在两人中间，是一个三十多岁的男子，身材肥胖，个头不高，圆滚滚的身子偏偏还缠着一条蜀锦的红腰带，白胖胖的一张脸，走得全是汗。马千乘喜道："我舅舅来了！"

那腰系红腰带的男人一见被吊在棚下的马千乘，立即哭丧起了一张脸："我就说嘛！本命年犯太岁，太岁当头坐，无喜必有祸！阿舅千小心，万小心，就是没想到这个祸应在你头上啊！"

马千乘一脸尴尬："阿舅……"

那红腰带男人打躬作揖地道："千乘啊，阿舅求你了，你千万别帮阿舅打抱不平了，阿舅赎你一回，就是三十担盐巴，阿舅那口井里出的盐，全都拿来赎你了啊！"

马千乘瞪眼道:"阿舅!三十担怎么成!这位叶兄也是为了帮你才被抓的,咱们不能不管哪!叶兄祖上是括苍太守、折冲将军,这身价,怎么也值得三十担盐吧?"

红腰带男人听了,胖脸一阵哆嗦,忍不住仰天悲号起来:"苍天哪——我怎么就摊上这么个败家的外甥,你一个雷,活劈了我吧!"

第十六章

征 兵

一

"啪啪啪啪……"

秦家寨门口在放鞭,一挂挂的"一丈红",炸得声如霹雳,遍地红屑。叶小天、马千乘,还有马千乘的舅舅宣长官等人在呛人的火药味中埋着头急急往前走,一直走出滚滚浓烟,这才长长地喘了口气。

秦家寨放炮仗是在欢庆胜利,叶小天等人行于其间,倒像是正在办喜事似的。叶小天站定脚步,左顾右盼一番,奇道:"咦?我的人呢?"

宣长岭没好气地瞥了他一眼,往远处一指,道:"那些生面孔就是你的人吧?"

叶小天手搭凉棚向远处一看,恰好看见一辆四轮车,不禁又惊又喜:"啊哈!他们已经先被放出来了啊?"

宣盐使哼道:"他们就压根儿没给抓进去!"

叶小天奇道:"为什么?"

马千乘得意扬扬地道:"不值钱啊!我乃堂堂伏波将军后人,你乃堂堂折冲将军后人,像你我这等身世显赫的名门望族才值钱。"

叶小天:"……"

马千乘误会了,以为他没算明白账,又道:"当然啦,他们也不是一个大子儿都不值,可是只要抓了你我,他们就不必抓回去啦,杀又不能杀,还得管饭、还得看守,何苦呢?反正你我被抓,他们打也打不得,算赎金的时候,把他们值多少,折算一下加在你我身上就成了。"

宣盐使恨恨地道:"对!所以你个混账东西又坑了我三十一担盐,你这个姓叶的朋友……"

宣盐使横了叶小天一眼,悲伤地道:"搭进去我四十五担盐啊!"

"什么?"马千乘果然愤怒了,涨红着脸庞质问他舅舅,"凭什么?凭什么叶兄比我值钱得多？足足多出十五担盐巴？"

"是十四担！"宣盐使账算得明白，"你说为什么？因为他被抓的人多，他带了那么多手下，你以为都不算钱的吗？"

"原来如此！"马千乘转嗔为喜，沾沾自喜地道，"我就说呢，还以为比起叶兄来，我马千乘不值钱，原来是他被俘的人多。"

叶小天："……"

宣长岭气不打一处来，在自己外甥屁股上狠狠踢了一脚，这才看向叶小天，不太高兴地道："足下究竟是什么人哪，怎么和我这宝贝外甥搅和到一块儿去了？"

叶小天还没说话，马千乘就抢着道："这位叶兄是晋朝时括苍太守、折冲将军叶公之后，这么久远的事啦，舅舅你又不读书，你不明白的。"

宣长岭："……"

叶小天咳嗽一声，对宣长岭道："宣大人，叶某是贵州铜仁卧牛司长官，前往成都府公干的。"

"哦！贵州铜仁……"

宣长岭翻着眼珠拍了拍后脑勺，努力地想了想，道："铜仁的大土司好像是姓张吧？你是张氏大土司麾下的土官？"

叶小天心中暗道："此间消息当真闭塞，铜仁府已经有了翻天覆地的变化，他竟也不知。"

不过转念一想，也就释然了，且不说此地交通不便，消息确实闭塞，纵非如此，这位守着盐井混吃等死的土官老爷也没必要打听贵州铜仁有什么变化。试问，广州番禺知县换了人，若既非同年又非同乡更不是亲戚，那么河北怀来知县会注意吗？

叶小天没告诉他张大胖子已经完蛋了，张氏族人也搬去贵阳效仿田氏做起了寓公，如今铜仁府大当家的就是区区不才在下我，而是淡淡一笑，颔首道："正是！"

马千乘大概很是陶醉于祖先创造的荣耀，所以更在乎一个人祖上曾经有过多么荣耀的历史，而他的舅舅宣盐使就现实得多，一听叶小天是现任的铜仁府一方土官，脸色就好看多了。

宣长岭把叶小天一行人以及他那倒霉外甥带回自己的寨子，马千乘立即拍着桌子叫嚣，要再度整顿兵马，去寻秦良玉的晦气。他有三个小表弟，分别是九岁、七岁、四岁，三个小胖子围着大表哥攥着小拳头呐喊助威、跃跃欲试，就连那还穿开裆裤的三胖子都一副要跟着大表哥去冲锋陷阵的模样。

宣长岭没理会那混账外甥，只请叶小天上座了，与他客气地攀谈，并询问到四川的来意。虽说铜仁距此地很远，交通也不便利，但宣土官守着盐井，生意却不仅仅是盐巴。

现在他早就变成了半个商人，他想与叶小天接触一下，如果真有什么财货可以互通有无，那无异于一条新财路。

叶小天也有意同本地土官打打交道，且不提来日一旦围剿杨应龙，四川方面必有朝廷兵马及征调的地方土军参战，届时很可能有所合作，就算是在战争之外，双方如果真能建立商业合作，也未尝不是一件互惠两利的事。大亨家现居铜仁，可分店都开到金陵、扬州、苏杭一带了，卧牛岭又岂能落于人后。

二人这一番攀谈，还真有不少地方可以进行合作，而且两家都有土官背景，沿途关隘哨卡所遭受的盘剥留难必然不多，一旦建立通畅的商贸线路，将是一条稳定的财源。

宣长岭大喜，只觉那个败家的外甥偶尔也能做点好事。双方建立了初步的联系，宣盐使便热情地张罗请叶小天一行人在自己寨子里暂住。

就在这时，府上管家忽然领着三名身着鸳鸯战袄的士卒走了进来。身穿这等战袄，那是朝廷的兵士而非某一位土官帐下的士兵了，宣长岭不知来者何意，连忙起身，脸上笑容已经微微敛去。

得管事指点，那几名军士已经知道这矮胖白净的中年人就是此地土官，为首一人忙上前叉手行了一礼，道："宣大人，总督令谕，征调各地士兵，前往松潘沿线助防备战！"

这军士说着，展开手中一份加盖了总督关防的公函，看了看道："贵属共计一千四百四十二户，八千八百五十九人，应征调士兵两百二十人，须于三日之内，往重庆府报到。"

各地土官除了纳贡，还有义务兵役，宁夏孛拜反了，总督亲至松潘防线巡视的消息已经传开，宣长岭亦有耳闻。听说是征兵，他松了口气，忙接过总督府的公文，道："宣某领命，三日内，必调精兵，前往重庆！"

那几名军士也不多留，点点头就要离开。马千乘却从椅子上跳了起来："阿舅要出兵吗？我石柱马家可也需要调兵？"

那军士有些好奇地看了他一眼，待问清他是马家少土司，那军士打开一份名单看了看，道："有的，石柱马军征调一千二百士兵，近两日也该往重庆去报到了。"

马千乘大喜，搓了搓手，红光满面地道："想我堂堂伏波将军后裔，终于等到大展身手的时候了。我身为马家少主，如此大事，岂有不身先士卒的道理？阿舅，你快些调兵，我要跟你的人一起去重庆！"

宣长岭一听这倒霉外甥肯离开他家，不再让他含着老泪一担一担地往外送盐巴，不禁大喜过望，登时积极万分地道："如此甚好！老舅这就去选调士兵，明天你就与他们一起上路！"

那尚未离开的军士闻言赞道:"宣大人、马少土司,忠君爱国,令人佩服!"

叶小天:"……"

宣长岭忙着选调士兵,以便尽快把他的败家外甥引走,丝毫不察舅父真意的马千乘兴高采烈地要帮着舅父去选兵,叶小天便由管事领着到了客舍。田彬霏、冬长老等人正坐在客舍里聊天,叶小天进来便道:"各位,只怕明日我们就得离开这里了。"

叶小天把李化龙征兵的事说了一遍,又道:"我们是马少土司的客人,马少土司离开,我们怕也不便再住下去了。"

田天佑、田文博听了露出喜色,既然宁夏孛拜造反,朝廷对播州杨应龙十有八九就得实行安抚政策,如此一来张时照、何恩等人的飞书告举之事,恐怕就要大事化小、小事化了了。

田天佑脱口道:"既然如此,我们不如快马加鞭赶往成都,尽快了结此事!"

叶小天和田彬霏对视了一眼,各自眸中都暗藏隐忧,他们怕的就是杨应龙的事无限期地拖下去,谁想那孛拜早不反晚不反,偏偏这时跳出来捣蛋。

田彬霏道:"不急于一时,你没听土司大人讲,李总督现在已经去了松潘吗?难不成我等再追去松潘?总督大人此时也未必有暇顾及此事吧!况且,孛拜反于宁夏,陕西、四川震动,或许朝廷已经放弃了对天王的诘难。我们……还是先到重庆,了解一下朝廷的动向再说吧!"

田天佑想了想,田彬霏说的也有道理,便勉强点头道:"也罢,那我们明天就和那马千乘同去重庆。"

与此同时,秦家寨也正在征调壮丁。秦葵秦老爷子并不是一方土官,只是有功名的地方士绅,本来没有兵役义务,但秦老爷子一向是"处江湖之远而忧其君",听闻消息,立即命令族人挑选丁壮,前往重庆随军效命。

不是冤家不聚头,虽是女儿身,却比许多男儿还要精于兵法、惯于战阵的秦姑娘,恰是这支民兵的统帅!

第十七章

意外重重

一

在马千乘甥舅俩同心协力之下,当天晚饭前他们就选定了赴重庆集结的人员。第二天上午,马千乘兴致勃勃地跟着舅舅家征调的士兵上路了,走了不过小半个时辰,便看见另一支人马从岔道上过来。

一瞧那白色的枪杆,就知道来者是什么人了,除了秦家寨,没人用这种漆都不刷的简陋长枪。不过,兵器虽然简陋,衣着也形形色色,可秦家那些丁壮却是行列整齐、步伐矫健,那精气神比正规的军队还要旺盛。

叶小天昨日已经听马千乘说过,秦家的人能有这样出色的表现,全是因为那日把他做了俘虏的秦良玉小姑娘,此时窥一斑而知全豹,不禁赞道:"厉害,虽是女子,便是男儿也罕有能及的!"

马千乘知道他在夸谁,有心反驳,可自己都当过人家四回俘虏了,底气实在不壮,便把脖子一梗,撇撇嘴故作不屑状。

秦姑娘果然来了,还是那样一身鲜丽的衣着,衬得人比花娇,跨鞍打浪的动作健美中犹透着婀娜。不过这一次有两个人与她并辔而行,并未错后半步,可见地位相当。

那两人叶小天也见过,他和马千乘一起"挂腊肠"的时候,这两人曾陪着宣长岭一起出现过。这两人一个身躯修长,约莫二十七八岁年纪。另一个棱角分明,刚毅硬朗,看相貌二十多岁,但一脸稚气,估计也就十七八岁。

马千乘冷哼道:"秦家老头儿还真舍得,不但把老姑娘打发上阵了,两个宝贝儿子也都派上了阵。"

叶小天道:"他们是秦老爷子家的公子?"

马千乘道:"大的那个,叫秦邦屏,是那母老虎的哥哥,小的那个叫秦民屏,是那母老虎的弟弟。"

叶小天看看秦良玉百媚千娇的模样，顶多十八岁，再看看那看着比她还要老上几岁的小弟，心道："还是估计大了，这小子顶多十六岁。"

这时，那兄妹三人也看见了他们，秦邦屏和秦民屏脸上立即露出一丝淡淡的带些嘲讽的笑容。

秦民屏提高嗓门，揶揄道："哟！这不是堂堂新息侯、伏波大将军后裔，威风不可一世的石柱马家少主吗？马少爷也听调去重庆了啊，这要字拜真的打进四川，他舅舅把盐井全当了赎金，怕也不够吧，哈哈……"

秦良玉"扑哧"一声笑，瞟了瞟气得脸皮发紫的马千乘，倒是没多说什么。秦邦屏咳嗽一声，强忍笑意，训斥弟弟道："别乱讲话！"说着向马千乘和宣家的带队头目拱了拱手，道："你们也是奉调去重庆的吧？咱们同里同乡的，这一去，若真有强敌来袭，彼此之间，还要多多照应啊。"

乡土情结严重的年代就是这样，别看他们彼此之间动辄大打出手，可是一旦到了外地，人地两生之境，那就亲得很了。两路人马将来很可能戍守同一地区，算是袍泽，确实要互相照应才行。

宣家大头目是宣长岭的堂弟，很稳重的一个人，马上含笑还礼，满口应承。他也是个明白事理的，这些子弟兵都是宣家寨子弟，如果可能，他也希望能一个不落的全都活着带回来，一支可以信得过的、配合默契的友军非常重要。

马千乘一如既往的感觉良好，下巴扬得高高的，傲然道："单打独斗，我或者算不得高明。可战阵之上，讲的却是调兵遣将。那才是我这等家学渊源者大展所长的地方。你们放心吧，到时候，我会照应你们的。"

秦邦屏本来只是一句客气话，听马千乘语气虽然高傲，毕竟算是答应了。自然不会出言反驳。

倒是秦民屏年轻气盛，撇一撇嘴道："好大的口气，到时候还指不定谁救谁呢。"

"嘿！小子，你还别不服气，到了战场上，你才知道我白马将军的厉害，我告诉你啊，就算你是万人敌，到了战场上也不济事，那根本不是单枪匹马逞英雄的地方！"

马千乘说完，又瞟了一眼英气勃勃、明眸皓齿的秦良玉，故意对叶小天道："叶兄，听说那字拜欺男霸女、杀人掠货，无恶不作呢，而且为了鼓励军心士气，纵容部下抢女人。有些女人哪，哪怕平时再凶，一旦落到这些禽兽手里，那就惨喽……"

叶小天知道他在吓唬秦良玉，他哪能和这长不大的马少爷一般幼稚，摸了摸鼻子，没说话，而且故意加快了速度，跟这货并排走在一起，有损他一司长官的身份。

马千乘见叶小天不理他，就绘声绘色地自语："听说啊，孛拜他们那边的人，平时都拿自己婆娘侍候客人的，如果有客人登门，晚上就让自己婆娘去陪宿，陪了一个又一个。他们平时都这样，战场上女人又少，这要有女人落到他们手里还能有好？我听说有被他们抓到的女人，一个要侍候七八个男人……"

秦良玉乜了马千乘一眼，似笑非笑地道："马少爷……"

马千乘把两只眼睛斜着瞟她："怎么？"

秦良玉突然把得胜钩上的白杆枪一提，只做了个姿势，马千乘便大叫一声，催马便跑。后边传来秦良玉咯咯的笑声，马千乘这才知道上当，却也不便再停下，又继续向前跑了几步，才一勒马缰放缓了速度，见叶小天正笑看着他，不禁老脸一红，清咳一声道："好男不跟女斗，嘿嘿……"

一路上并不见秦姑娘撩扯马千乘，马千乘却总是想方设法去找秦良玉的碴儿，所使用的手段幼稚得很，大抵和扯小姑娘辫子、拿虫子吓唬小姑娘的淘气男孩差不多。不过路上有了这对小冤家，众人倒是不嫌寂寞。

重庆，古称巴渝，北宋崇宁元年改称恭州，南宋淳熙十六年正月，孝宗之子赵惇受封恭王，二月份就即位成了皇帝，可谓"双重喜庆"，他的封地恭州就被命名为重庆，从此延用下来了。

各地士兵以重庆府为集结地，正纷纷向此汇聚，一路上他们又遇到好几支士兵队伍，及至进了重庆，类似的队伍就更多了。

四川地区的土司也不少，但相对于贵州地区，他们的独立性更弱一些，朝廷的影响力更大一些，从朝廷一声令下，各地土司便纷纷奉调出兵就可以看出来。类似的情景在当下的贵州，那是不可能的。

马千乘到了重庆府便去打听石柱马家派来的士兵驻地，这要打听倒也不难，问清了自家士兵驻地，又陪着舅舅家的士兵去指挥衙门报备，便往自家驻地去了。

而秦家那些士兵因为是"志愿"性质，指挥衙门对他们的到来很是欣慰，特意调拨了一批物资，不像其他士兵，是由其土司自行负责给养用度，不过驻扎地点也按所属区域在城外驻扎，这样就和宣家成了邻居。

叶小天等人到了重庆，便与马千乘暂时分开，在城中寻找客栈住了下来。随即，田彬霏便派人走通官府，打听播州方面的消息。

消息传递不是易事，只有重庆这样的大城大埠才有能力掌握比较及时的消息。而且，因为孛拜造反，往来于京城和重庆的信使快马也多了，这样的话，朝廷如果有什么动向，通过京城——重庆——成都这条线和京城——重庆——贵阳路线的可能更大，这也是叶小天和田彬霏特意在重庆停留的原因。

银钱开道，小鬼是很好打发的，很快他们就得到了朝廷方面最新的消息。这消息一传来，叶小天和田彬霏登时大吃一惊："这他娘的！明日之间，也开战了！"

日本太阁丰臣秀吉侵入朝鲜，势如破竹，连战连胜，朝鲜竟然不是一合之敌。仓皇之下，朝鲜国王急忙向他的宗主国大明求救，年轻的万历天子此刻正在调兵遣将平定西北孛拜之乱，接到朝鲜国王的奏表后，他居然毫不迟疑，立即派遣辽东总兵李成梁的长子李如松率兵入朝，抗日援朝了。

叶小天和田彬霏傻了眼，两面开战已是大忌，何况是三面开战，难不成让朝廷三面发兵？如果杨应龙此时造反，只怕朝廷还真不好弹压，有杨应龙在西南捣乱，孛拜在西北发疯，日本人在东北肆虐，只怕大明江山再无一块安宁之地了。

朝廷一定会竭力阻止杨应龙于此时造反的，说不定还会采取安抚的手段以拖延时间。鹰党对贵州再如何志在必得，这时也不会利令智昏，而叶小天，也断然不会为了解决卧牛之患，挑唆朝廷出兵，一旦弄到天下糜烂，他岂不就是一个千古罪人？

他是狱卒出身，不在乎君君臣臣那一套，从没把老朱家当成活祖宗，但他敬畏天地鬼神，如果万千黎庶因为他而生灵涂炭，他过不去良心这一关。

怎么办？似乎一切都脱离了控制，睿智如田彬霏、机警似叶小天，一时也茫然无措了。

第十八章

棋高一着

"田先生，你认为，朝廷会怎么做？"

只有两个人在的时候，叶小天对田彬霏道。现在田天佑已经不再戒备叶小天，他和田彬霏能私下接触的机会多了许多，不过他已经习惯以田先生称之，这时也不必刻意改为"舅兄"或者"大哥"了。

田彬霏蹙着眉头道："孛拜先发制人，宁夏大部落入其手，连灵武、花马池这等兵家要地也在他的掌握之中。朝廷围剿的兵马此时才刚刚进入宁夏，就算兵事顺利，恐也不是三两个月便能平息的。"

叶小天微微点头，田彬霏道："再说朝日那边，按邸报所言，日本太阁丰臣秀吉命加藤清正、小西行长等贼酋从对马攻占釜山，又渡临津江，进逼朝鲜王京，朝鲜王李昖先奔平壤，又奔义州，仓皇不可终日，朝鲜八道沦陷了七道，这也不是短时间可以收复的。"

叶小天又点了点头，田彬霏道："我朝以李如松为东征提督，宋应昌为经略，率四万大军赴朝，援朝逐倭之战刚刚打响。这种情况下，如果杨应龙反了，会怎么样？"

叶小天道："最坏的情况：朝廷无力三面作战，不但杨应龙趁势而起，孛拜和日本闻讯也会大受鼓舞，势必倾其全力，决死一战，三方遥相呼应，我大明就算胜了也是惨胜，付出的代价将十倍于现在。"

"所以……"二人阴郁的目光对视了一下，田彬霏道，"对杨应龙，朝廷必抚之！"

叶小天道："那我们怎么办？若任由那些内奸长期留在卧牛岭，那一座山都要被他们蛀空了，到时杨应龙又添助力，而我……则没有葬身之地了！"

田彬霏目光一闪，沉沉说道："且看朝廷是否如你我所料，如果……说不得也只好放弃更好的打击杨应龙的机会，先下手为强了！清洗卧牛岭，削其一部实力，对他也能有些震慑作用，教他不敢轻举妄动！"

·※·※·※·

"兵者，国之大事。死生之地，存亡之道，不可不慎！"内阁首辅赵志皋神色肃然。

朝廷里，阁臣们更换的速度快了点，自张居正之后，李四维、申时行、许国、王家屏等阁臣走马灯一般轮换，此时赵志皋刚刚由申时行举荐，和张位一起入阁，并成为内阁首辅，便迎来如此艰巨的考验。

用兵，打的不只是仗，动的不只是兵，里里外外牵涉的太多了，他这个大管家不容易。这么大的一份家当，权力大、责任也大，一想到年轻气盛的皇帝很可能三面开战，他的眼皮就一个劲儿地跳。

"皇上，臣以为，对杨应龙，当先抚之。此时西南不宜再举烽火！"兵部尚书乔翰文虽是鹰党领袖，可也知道三面开战的危险性实在太大，只好心不甘情不愿地出面表述自己的意见。他是兵部尚书，这时候必须得有一个明确意见，不能模棱两可。

"皇上，何恩、宋世臣等告变，很可能是播州内部派系之争，遂而诳构中伤，杨应龙并无反迹，不可贸然兴兵，尤其是现在西北、东北连连用兵，西南实不宜再兴刀兵，当驳回何恩等人奏章，对杨应龙善加安抚！"

万历皇帝早已经不上朝了，不过不上朝不代表不处理国事。虽然一些笔杆子在手的龌龊文人因为他不肯主持早朝仪式，把他黑化的似乎成了一个只顾着躲在深宫生孩子玩的昏君。

不过，想当年正德皇帝率领大军和蒙古小王子一场恶战，战况激烈时，重重拱卫之下的正德皇帝竟然因为敌军杀至面前，不得不拔刀亲自上阵，并手刃敌酋一员，此一战后足足三十多年，蒙古未敢再挑衅大明边境。

如此赫赫军功，在那些杀千刀的文人笔下，却成了皇帝率数十万大军与敌对峙，阵斩一人，遂返！这阵斩一人，并没说明是皇帝杀的。如果点明了是皇帝阵斩敌将一员，那战况该激烈到什么程度？这场仗究竟死了多少人，杀了多少敌人，战绩到底如何？那就不得不说个明白了。

他们不喜欢皇帝玩御驾亲征，又阻止不了，就用这种春秋笔法恶心正德。这么虚晃一笔，看起来就像是正德荒诞不经，率领数十万大军跑到边关，结果不过如此。

到了万历这里，文人们还是一般的流氓手段，万历在深宫里，对此未必知道。就算知道以他的身份也不会在意。即便在意，他还真奈何不了这些文人，枪杆子在他手里，笔杆子在文人手里，而这些文人都是不怕枪杆子的。

众大臣纷纷上前，几乎千篇一律，都认为此时不宜再对西南用兵，当以安抚为上策。旁边却有一个执笔庭录的年轻翰林一脸的若有所思，时不时欲言又止。

这翰林叫叶向高。他出生时正逢倭寇之祸，叶母逃到娘家，娘家人迷信，认为血光不吉利，把她轰了出去，叶母在路边茅坑里生下叶向高，因此叶向高小名就叫厕仔。就像南朝的范晔也是厕所里生的，小名就叫砖儿。

范母在家厕，叶母在路厕，各自生了一个儿子，却都是出类拔萃的好儿子。童年的苦难使叶向高刻苦读书，14岁中秀才，21岁中举人，25岁中进士。此时已被授职庶吉士，提升为编修。

庶吉士为皇帝近臣，负责起草诏书，为皇帝讲解经籍，是明内阁辅臣的重要来源之一。所以在朝堂上，他们也有谏议之权。不过，毕竟年轻识浅，当着这么多大佬，叶向高不敢轻易开口。

思量再三，叶向高终于鼓足勇气，拱手道："皇上，臣有一言，不知当不当讲？"

朱翊钧最开始只是悲哀于满口仁义道德、心中却各有算盘的文武大员互相推诿扯皮，把堂皇庄重的庙堂之地当成了他们博弈厮杀的名利场，再加上好不容易有了个令他心动的女人，却因为顾忌重重、约束多多，被叶小天这样一个臣子轻易击败，有些心灰意冷，这才负气不再上朝，托口身体不适。

每每有大臣劝谏，朱翊钧一概以"头昏眼花、心促气短、不良于行"等理由搪塞，反正朝会早就成了"面子工程"，除了一些礼仪性的事务，根本不会有什么朝廷大事是在所有五品以上官员云集的朝会上商议的，影响不到他朱明天下的根本。

可是不知是随着他用同样的病假理由对大臣们解释，形成了一种类似于催眠的心理暗示效果，还是仅仅碰巧了，他的身子骨真的开始不好起来。

此时大臣们的群议已经持续了一个多时辰，万历坐在那儿，只觉腰眼沉重，胸口憋闷，很不舒服。听叶向高一说，朱翊钧有些不耐烦地道："讲！"

这是内廷小议，不是朝堂，不用动不动就出班、长揖、捧笏而谈，叶向高只是原地站起，微微欠身道："皇上，臣以为，朝廷此时，确实不宜三面开战……"

万历老大不耐烦，把眉微微一挑，这都是老生常谈了，你站出来就为了再附和一遍？

不料叶向高话锋一转，又道："不过，抚有抚的方法。臣以为，杨应龙种种举动，未尝没有反意。他若有志于天下，则宁夏之乱，东瀛之战，也瞒不得他太久。此前何恩、宋世臣等飞书告反，又有贵阳叶巡抚、陈巡按弹劾他二十四条大罪，杨应龙惶惶不可终日，急急上书自辨，又遣人往成都理论。如果此时朝廷对这些都置之不理，一味好言安抚，那么杨应龙会怎么想？他是认为朝廷真的相信了他，还是认为朝廷畏惧三面开战，所以才对他用了缓兵之计？"

万历何等聪明的一个人，听到这里憬然而悟，身子不由坐直了些，也不觉得如先前一般疲惫了，沉声道："说下去！"

叶向高道："是！当然，臣之所言，都是建立在杨应龙确有反意的假设上。但，不怕一万，就怕万一，朝廷一举一动，便涉及万千黎庶，这一点不可不慎。是以，臣以为，朝廷在两面开战的情况下，对杨应龙宜抚不宜剿。但如何抚法，还当商榷。此其一！"

这时，首辅赵志皋也听进去了，忙道："其二呢？"

叶向高微微一笑，笑得有点阴险："这第二吗，杨应龙是否真有反意，尚待查勘。而何恩、宋世臣等人正秘密赴京，如果他们手中真的掌握杨应龙谋反的证据怎么办？皇上金口玉言，朝廷不能出尔反尔，今日安抚，赦其无罪，来日如何再行讨伐？"

兵部尚书乔翰文拊掌赞道："妙！此抚，当示之以强、示之以威，叫他摸不清朝廷的虚实，不敢轻举妄动，万万不能示之以弱，壮其野心。同时，此抚当预留线索，等宁夏孛拜伏法、东瀛倭寇退却，朝廷腾出手来，还有充分理由来收拾他！"

叶向高向乔翰文长长一揖，道："尚书大人所言甚是！此时朝廷越是示好示弱，杨应龙就越是胆大，本来不敢反，说不定也就反了。这个抚，要掌握好一个度才行。"

万历皇帝微笑起来，赞赏地看了叶向高一眼，道："叶卿所言有理。朕决定……"

众大臣纷纷起立，肃然听谕，朱翊钧道："兵部遣人，以钦差大臣身份坐镇贵州，叫叶梦熊调兵遣将，做出兵讨伐姿态。另谕四川总督李化龙，叫他上书为杨应龙陈情，朕再下诏，命杨应龙赴贵阳自辩听勘！"

阁臣张位道："皇上，不管杨应龙有无反心，此等情况下，他都不敢奉诏，前往贵阳听勘的。"

朱翊钧道："不去贵阳，便让他去成都！"

张位苦笑又道："恐怕成都他也不敢去的。"

朱翊钧懒洋洋地道："成都他也不敢去，那朕就派重庆知府往播州调查，叫他随从听勘！"

众大臣的眼睛都亮了，朝廷如此这般，那就做足了姿态，显得底气十足，杨应龙见了必然得思量再三，恐怕是不敢轻易扯旗造反了。而派遣地方大臣调查，可以迟迟不做结论，有了结论也可以说是地方官员调查有误，只要不是朝廷定的调子，这边一旦腾出手来，随时可以再度发难！

这个皇帝，翻手成云，覆手为雨，当真了得。只是……他怎么就是不肯上朝，仲裁众大臣的撕扯大战呢，弄得大家现在想吵都吵不起来，真是人无完人哪！

第十九章

大势已见

一

三月天，草长莺飞，春光灿烂。一队人马三百余骑，马都是高头大马，侍卫们骑在马上视野开阔，再加上前后左右皆有游骑巡弋，根本不可能有人潜行接近，所以这支队伍走得甚是悠然。

他们此行要说有危险也不会是路遇劫匪。钦差仪仗，三百余骑，装备精良，兵士骁勇，又都是久经战阵的老兵，真要是有马匪路盗，想冲阵杀人是根本不可能的，真正的凶险，在安稳城。

安稳城可是播州杨应龙的地盘，三百多人，就算人人都骁勇善战，一旦进了人家的地盘那也是龙困浅滩，只能任人宰割，但王士琦还是义无反顾地来了。

重庆知府王士琦，两榜进士出身，可文人并不代表柔弱。弱的只是他的体质，却不是他的精神。他知道杨应龙要反，也清楚朝廷在揣着明白装糊涂，他现在要做的事就是为朝廷争取时间。

他不清楚的是，杨应龙有没有决定现在就反。如果杨应龙已经决定现在就反，他此去安稳就是飞蛾扑火，他将成为杨应龙用以祭旗的牺牲。举事之日，以堂堂一方知府祭旗，对三军士气的帮助自然极大。可是，他还是来了，这个有些矮胖的中年文人，自有浩然正气酝养出来的一腔豪情。

安稳城外，道路已经平整过了，城门口还搭着彩棚，鼓乐师傅在道路两侧摆弄着乐器，时不时发出调弦调音的动静。杨兆龙站在最前面，带着安稳的头人吏目、地方豪绅，打扮得一身光鲜。

远处旌旗闪动，王士琦的人马到了，城头立即一片骚动。王士琦是重庆知府，但这一次他是奉朝廷之命前来安稳，那就是钦差。钦差是代天子巡视，这礼数上就不同一般了。

杨兆龙一见车马将至，马上整束衣冠，两旁的乐师们也屏息凝神，端起了架势。

眼看车马已经到了十丈开外，司仪抬手，朗声道："起乐！"

两旁乐师立即奏起了欢迎的礼乐。队伍停下，杨兆龙带领头人吏目、地方士绅举步迎上前去，队伍排头的八匹高头大马由马上的骑士一提缰，便避到了左右，亮出了中间那辆钦差的马车。

王士琦正襟危坐，手里捧着黄绫的圣旨。杨兆龙距车驾两丈远时，便停下脚步，一撩袍襟，跪了下去。身后众人立即像割麦子一般，纷纷跟着他跪倒。

"臣杨兆龙，恭迎天使！"

王士琦眉头一皱："杨兆龙？朝廷旨意，命杨应龙在此听勘，他人呢？"

杨兆龙又叩了个头，朗声道："回钦差大人，家兄久缚渠魁，待罪于松坎！"

王士琦捋了把胡须，厉声道："松坎？为何不来安稳？"

杨兆龙顿首道："播州有几位土司与土妇张氏亲近，家兄因土妇张氏不守妇道，将其斩杀。这几位土司常欲伺机刺杀家兄！故而家兄不敢远离根本，又闻天使驾到，是以到松坎相候。还祈使君于安稳小歇后，劳动尊驾移至松坎，家兄敬布腹心！"

王士琦听到这里，反而放下心来。如果杨应龙对他起了杀心，大可把他迎进安稳城，再来个瓮中捉鳖。如今杨应龙不来安稳，只到松坎相候，反而说明对方没有对他动杀机。

王士琦淡然一笑，道："松坎亦是朝廷所属！便是海龙屯，本钦差去上一次又如何？杨应龙既然不在这里，那本钦差就不进城了，立即安排本钦差去松坎！"

杨兆龙松了口气，马上顿首道："下官遵命！"

王士琦的人马只是停下来用了些茶水点心，马匹也喂了草料豆料，也不进城，立即打起仪仗，转奔松坎。这一回，杨兆龙自然亲自提兵陪同，与此同时他又暗中派人急赴松坎向大哥报告消息。

杨应龙得了杨兆龙的来信，微微一讶，道："这王士琦还真的敢来？"

大阿牧陈萧道："土司大人，据此看来，朝廷对李化龙、叶梦熊等人的弹劾并未全然采信啊。皇帝似乎确想证实大人您的本心用意，否则以王士琦的官身地位，朝廷是不会让他轻涉凶险的。"

"嗯……"

杨应龙沉吟了一下，微微点头："雌凤那边尚无消息回来，拖延以待时势，正合我的心意！陈萧，准备荆条等一应罪人应用之物！"

陈萧神色一动，试探地道："大人是想？"

杨应龙微微一笑："我要自缚道旁，负荆请罪！"

· ※ · ※ · ※ ·

田雌凤赶到播州东线的余庆司，此处已大军云集，对童家形成压卵之势。由此再往前去，翻过一座山就是童家的地盘，童家已陈兵山上，紧张戒备着。

如此形势下，大量兵马当然不可能在童家毫无察觉的情形下翻越山岭，进入石阡腹地，但是少数人却可以。因为童家也不可能沿其守界筑起一道完整的防线或者筑就一道长城，真正做到一个人也进不来。他们只能扼守要害，防止大队人马进入，至于探马斥候，双方都是无法禁绝的。

田雌凤秘密赶到余庆司，吩咐余庆司长官勘探路线，安排她和三十名死士秘密进入石阡，结果余庆司长官还没找到一条更加秘密、安全的路线，却有一个从石阡逃出来的人被送到了她的面前。

田雌凤看着田文博，田文博衣衫褴褛，一袭衣裳已经被丛林灌木刮得一条一条的，风一吹，浑身的布条飘动，仿佛傩节时扮鬼怪的戏子。他脚下一双原本质地不错的鞋子也张开了口，露出十个脏兮兮的脚趾头，其中一只鞋子的鞋面和鞋底已经脱离了，用还带着绿叶的藤条捆绑了起来。

一见田雌凤，田文博就悲鸣一声，扑到田雌凤的脚下："三夫人，我……我好惨哪……"

田雌凤一向好洁，这时却也顾不得他的肮脏，一弯腰就提着田文博的衣领把他揪了起来，急声问道："快说！卧牛岭发生了什么事？"

说到这里，田雌凤忽然警醒，把人带到她面前的余庆司士兵还在场，忙又挥了挥手，让他们退下。田文博一听田雌凤提起卧牛岭，登时就气不打一处来："田天佑那个王八蛋！叶小安那个王八蛋！这两个混蛋……"

田雌凤瞪大眼睛，几乎要一个耳光扇上去，田文博见她面色不善，这才意识到自己有些失控，忙压了压怒气，把事情从头到尾说了一遍：叶小安色胆包天，想冒充叶小天与田妙雯上床，因此被田妙雯识破身份。叶小安情急之下想杀人灭口，结果还没掐死田妙雯，恰好有人赶来报告消息，因而被擒。叶小安贪生怕死，招认了全部罪行，田家大小姐获悉真相后，决定继续让叶小安冒充叶小天以稳定卧牛岭，又假借叶小天的名义，清洗了播州打入卧牛岭的大批内奸。为了掩人耳目，田妙雯只留下了叶小安、田是非以及他和田天佑四人，时不时地拉出来像牵线木偶似的利用一下，以安定人心。

"田是非？田是非这些日子如何？"

田雌凤听他说完，不由心中一动。只有她才清楚，所谓的田是非只是她杜撰出来的一个人，此人实际上就是当初的田家大少爷田彬霏。而现在卧牛岭上的真正主事人却是田妙雯。

田彬霏一直以来的梦想就是恢复田氏门庭的荣耀，那么他会不会在妹妹已经接掌卧牛岭大权之后改变主意，向妹妹说明真相，兄妹俩共同利用卧牛岭，作为重振田氏的本钱？

田文博一呆，不明白为何田雌凤如此关心那个残废，想了一想才道："田先生吗？田先生自从被抓，就一直沉默不语。不过，田妙雯并没有特别提审他，他现在整日里沉默寡言，一副心事重重的样子。"

田雌凤想了想，稍觉释然："也对！田彬霏为何落得如此模样？是因为他想害死叶小天。后来杀死叶小天，让叶小安冒名顶替，他也发挥了大作用。如果对妹妹说明真相，田妙雯知道是他害死自己丈夫，能原谅他吗？再者说，世家豪门历经千年，都有它的生存之道。不走绝路、不孤注一掷，是他们一向的选择，除非是像天王这样决心问鼎天下，否则是不会不给自己留退路的。既然田妙雯已经控制了卧牛岭，田彬霏实无必要再暴露身份，他莫如死心塌地地跟着我，这样不管是田妙雯成了气候，还是杨天王得了天下，田氏家族总会有条出路！"

想到这里，田雌凤的心思安稳下来，可转念想起叶小安那个扶不起的阿斗，又不禁怒从中来："这个混蛋！就知道他性喜渔色，亏我还不惜屈尊降贵于他，没想到他最终还是栽在了一个'色'字上！"

田雌凤想到自己的莫大损失，不禁一阵肉痛。派往卧牛岭的人，可不仅仅是杨天王的人，她还挟带了不少私货，派了许多白泥田家的子弟，如今都因为叶小安管不住他的下半身，葬送在卧牛岭了。

可是，田雌凤虽然恨不得把叶小安千刀万剐，但要解开这个困局，却依旧离不了他！世间已无叶小天，叶小安就是叶小天！田妙雯没有揭穿叶小安的身份，这就是一柄双刃剑！

想象一下，如果她能救出叶小安，转而让他以叶小天的身份出面，控诉田妙雯软禁其身、篡其权柄，所以他被迫流亡播州，接受杨天王的庇护，那么一定可以令卧牛岭势力四分五裂，还能从中争取相当大的一股势力继续为己所用。

要知道，叶小天还有一层身份，蛊教的尊者！虽然叶小天生前在极力削弱教派的影响，可是至少在下一代山民成长起来之前，这种影响力都不会轻易消失。

"救他出来！不惜一切，也要救他出来！"田雌凤咬着银牙，恨恨地下了决心！

第二十章

会情郎

一

　　门无声无息地打开了，党腾辉站在外面，向叶小天悄悄打了个手势，叶小天会意地点点头，从榻上起来，蹑手蹑脚地走了出去。
　　党腾辉等叶小天出去，就走进房间关好门，躺在了叶小天的榻上。作为田家精心培养的谍报人员，他拥有很多平时看来除了博君一笑没什么其他用处的技能，比如——口技。
　　田天佑让田文博假死脱身给了田妙雯充分的理由把整个书房用木板隔成了三间。彼此不见人，这才给了他们演戏的机会，否则为了保险起见，田妙雯是不敢轻易让叶小天离开的。
　　门外还有人候着，叶小天一出来，那人便立即领着他向一道角门走去。这一路上并未遇到任何人，看来是田妙雯已经事先清了场。
　　叶小天被引到一个小院，这里是客舍，罗大亨与妞妞常常带着孩子上山来探望叶小天，每次都是住在这里。叶小天只道是罗大亨又来了，被引进一间开着房门的屋子后，立即扬声笑道："大亨！"
　　叶小天快步进去，却愕然发现房中娉娉婷婷地站着一个人，只有一个人：于珺婷。
　　如今的于珺婷，真似一枚熟透了的桃子，经过爱情的滋润，又有了自己的宝贝女儿，那肌肤白里透红，原本纤细的身材也稍稍丰盈了一点，骨肉停匀，女人味十足。
　　她黑白分明的一双杏眼只是那么乜着叶小天，万种风情就扑面而来："大亨？你眼里只有大亨就没有我们娘儿俩是吧？你们这么好，怎么不跟他过去！"
　　男人的醋也吃？大概只是借题发挥吧，谁叫自己没能给她们母女一个名分。虽然……是因为于珺婷自己不想要，她想让她的女儿继续她的家族，成为于家下一任女土司。不过，跟女人能讲理吗？

于是，叶小天只是笑笑，聪明地没接话题。他快步迎上去，一脸惊喜："哎呀！怎么是你，你忙嘛，铜仁那边全是你在操持，我哪会想到你竟会过来！"

叶小天涎着脸，在她颊上香了一下，于珺婷微羞，嗔道："注意着些，门还没关呢！"说着推开他，过去把门闩上，又姗姗地赶回来。

叶小天一搂她的小腰，让她很自然地坐到了自己的大腿上，嗅着她身上幽兰般好闻的香味，柔声道："宝贝女儿呢？"

于珺婷嘟了嘟嘴，道："被你家掌印夫人和哚妮借去玩了！"

叶小天脸色一僵："玩？"

于珺婷白了他一眼，道："不然呢？"

叶小天干笑两声，道："她们是稀罕孩子嘛。等她们自己有了孩子，就不会一见囡囡就如获至宝了。"

咦？这句安慰的话好像又说错了，于大将军的表情可不像是很开心，叶小天揉了揉鼻子，只好闭嘴。

于珺婷哼了一声，这个白痴！自从成了他的女人，他就变得笨口拙舌起来了，以前那张嘴巴就像灌了蜂蜜似的，不管说什么都又黏又甜，现在连哄人都不会了。

殊不知关系不同了，两人的感情也不同以往。没有人能一直保持恋爱状态，哪怕他们一直没有成婚。如果叶小天真拿当初那种口吻语气和她说话，她还未必适应呢。此时的娇嗔白眼，何尝不是打情骂俏。

于珺婷掠了掠鬓边的发丝，对叶小天道："今天来，是要告诉你一件事，并且得由你来拿个主意！"

叶小天目光一凝。身份地位不同了，所负的责任也多了，一听说有比较重要的事，他马上变得严肃起来，这也是成长必须付出的代价，由不得他自己。

于珺婷道："石柱马家出事了，李经历说，你和马家关系匪浅，所以我赶快过来，给你报个信，看你有没有插手的意思。"

叶小天回到卧牛岭就打算大干一场的，如果李向荣跟他回来，既然是受"叶小安"所器重的人，势必也要受到清洗，至少得先抓起来。所以叶小天考虑之后，把李向荣又安排回了铜仁。

他也知道李向荣与戴同知已反目成仇，所以特意叮嘱了于珺婷，把李向荣托付给了她。如今于珺婷提起李向荣，叶小天愕然道："李经历不是去马家送请柬了吗？马家出什么事？"

于珺婷便对叶小天述说了一番。今年七月初九，就是叶小天与展凝儿和夏莹莹大婚之期。许多土司人家早在去年末就已派发了请柬，而石柱马家因为是刚刚结纳的关系，便属于未曾通知的一批。

虽然叶小天此前已经和马千乘说过此事，但是总要有正式的请柬才显得尊重。由于田妙雯诸务缠身，叶小天又在监房里当甩手掌柜的，这些事自然就落到了于珺婷的身上。

于珺婷命李向荣去石柱马家送请柬，如今李向荣托庇在于珺婷羽翼之下，再往四川方面去，可与上次的狼狈大不相同。

李向荣到了忠州秦家寨，得知马家和秦家已经正式结了亲。原来，叶小天看马千乘和秦姑娘暗生情愫，便在重庆忙里偷闲，给马家老爷子马斗斛去了一封信，信中将秦姑娘的才貌武功夸得天花乱坠，劝马老爷子切莫错失良缘。马斗斛到忠州一带走访了一下，对叶小天极力推荐的这个儿媳妇甚为满意，他和儿子马千乘一个脾气，都是风风火火雷厉风行的人，既然满意，二话不说，立即便登门求亲了。

想那秦老夫子虽然是个读书人，可他既然能调教得出秦良玉这样的女儿，性情脾气又岂会迂腐？和这冒昧登门的马土司一番攀谈，秦老夫子对这个亲家也是甚为满意，这两个急性子的老头当即拍板，婚事就这么定下了。

等马千乘从重庆府赶到忠州，他的亲事已经由两个急性子老头安排妥了，就连成亲的黄道吉日都已选定，马千乘幸福得几乎晕倒。

马斗斛告别亲家，带着儿子回石柱筹备婚事。婚事虽在明年，可对他这样的大户人家来说，现在开始操办实是都嫌仓促了。而秦老夫子也马上派人去重庆，要女儿回来。

秦家被征调的这支队伍虽然实际上是由秦良玉在指挥，但名义上却是由她大哥秦邦屏统率，所以要把她调回来也容易。

李向荣到了马家，本打算奉上请柬，次日离开，结果次日马家就出了事：马斗斛和马千乘父子入狱了！

原来，石柱有铅矿，朝廷准许由马氏独家负责开采，但是马家每年要缴纳上等好铅五千一百三十斤给朝廷。

由于盗采者不断，马斗斛防不胜防，覃氏夫人就向他建议：堵不如疏，干脆任由土民开采，再向开采的土民收税，如此一来既可减少盗采者，还能足额上缴税赋，马家也能多获利益。

马斗斛于操持家政实无所长，听妻子所言在理，便答应了她。谁料这一土政实施才不过半个多月就出了许多事：先是因为马土司放开了政策，想利用采矿大发其财的人纷纷跑关系走门路拿到了马土司颁发的"开采证"，狂采乱挖，弄得到处都是坑洞，与当地居民械斗不断。继而又因他们并无采矿的能力，矿坑毫无安全保障，矿难死亡事故不断发生，死者家属跑到马家哭诉上告。此时马斗斛不在石柱，覃夫人不乱三七二十一，一概不理，结果这些苦主又跑去重庆府上告了。

重庆府推官亲自赶来过问此案,一查之下,发现当初朝廷只是给了马家专营之权,马家无权放开矿脉任由土民开采。马家私自放权不但惹出大量事故,而且造成朝廷矿产严重流失,马家需要因此向朝廷补偿性缴纳不只一倍的成品铅。

可马家经营不善,每年只缴五千多斤铅已经是捉襟见肘,所余无几,哪里还能再足额缴纳罚款,因此被重庆府捉拿问罪了。而马千乘那个愣头青因为阻止官兵抓捕其父,打伤捕头,也被抓到重庆府问罪去了。

依照朝廷制度,马斗斛要被发配口外,服役三年。马土司和长子双双被捕,覃夫人便以掌印夫人身份宣布代行土司职责,自立为石柱宣抚使、马家女土司。

其实按照土司的继承规矩,她这么干并没有错,丈夫和长子被抓,但还有回来的一天,没必要让小儿子继位,当然得由她这位掌印夫人替丈夫和儿子先守着江山。

当初叶小天被捕上京,紧急与田妙雯定下婚约,由其以掌印夫人身份代理卧牛岭事务,道理大抵相同。

但是李向荣是何许人也,惯于盗门打洞、探听小道消息。而且覃夫人自立为宣抚使,马邦聘、马斗霖等马家子弟都不服,各种消息甚嚣尘上,于是李向荣探听到了各种版本的八卦,综合采集、去芜存精之后的总结,距离事实真相也相去不远了:覃夫人与播州杨应龙有染,她那二儿子马千驷其实就是杨应龙的种。土司老爷和大少爷是被覃夫人设计陷害的,当时大少爷激愤出手,打伤捕头,就是覃夫人挑唆。覃夫人陷害土司和大少爷入狱,自立为宣抚使,是要带着马家投奔播州杨应龙。

李向荣得了这番消息,立即马不停蹄地赶回铜仁,禀报于珺婷。

于珺婷把前因后果对叶小天仔细述说完,道:"这些消息,人家也不知真假,你怎么看?"

叶小天睨了她一眼,道:"你素来狡黠……"

于珺婷白了他一眼,叶小天一笑改口道:"素来机警。就你现在所获的消息,你觉得是覃夫人设计的可能有多大?"

于珺婷微微眯起了妩媚的眼睛,道:"应该是覃夫人所为!"

叶小天道:"理由?"

于珺婷理直气壮地道:"直觉!"

叶小天呆了呆,苦笑道:"这个理由,真是无从反驳!"

于珺婷莞尔一笑,解释道:"平素打理马家内政的都是这位覃夫人,对吧?马土司不通内政,而从以往情况看,这位覃夫人却懂。何以这次却连出昏招呢?不合情理就是最大的疑点。再加上之前有关覃夫人和杨应龙有染的传言,那就更加可疑。还有,马土司不过判了三年口外服役,她以掌印夫人身份替夫执掌政权足矣,何必忙着自立宣抚使？

"另外，虽说四川那边的土司不比我贵州土司，但是以马土司的罪过，若是缴纳赎金、向朝廷恳求，在此多事之秋，朝廷未必就不肯以罚代罪。覃夫人根本没做任何援救的打算，反而急着料理后事，这是为人妻、为人母该有的反应？"

叶小天轻轻吁了口气，道："我也是这么想的。你这位女诸葛也这么判断，看来是真的了。"

于珺婷黛眉微蹙，道："杨应龙欲反，各路牛鬼蛇神、魑魅魍魉闻讯之后全都不安生了。"

叶小天轻轻摇头，道："我只是不明白，覃夫人究竟图什么。她就算跟了杨应龙，难道还能比现在做掌印夫人尊贵？她怎么就能狠下心害了丈夫和儿子，只求与奸夫苟合？"

于珺婷沉默片刻，幽幽地道："或许，因为她对杨应龙才是真心吧！"

叶小天苦笑道："男人和女人真是不一样！男人呢，就算喜欢了一个，也不会轻易就舍了另一个，更不会狠下心去加害。而女人呢，喜欢了一个男人，就会想着杀了碍事的，怪不得老话说呢，最毒妇人心！"

身为女子，于珺婷可不乐意听这话，黑白分明的一双杏眼乜着叶小天，道："比如说呢？"

叶小天突然警觉又说错了话，眼前这位娇滴滴的小娘子，可也是个女人呢。叶小天赶紧赔笑补救，道："比如说……潘金莲！"

于珺婷冷哼道："那不一样，你们男人不管喜欢了几个，女人也奈何不了他！他当然不用下毒手了。可女人不同，若是喜欢了另一个男人，一旦被她的男人发现，那就糟糕透顶了，不杀怎么办？"

叶小天微微眯起眼睛，捏着下巴，不怀好意地打量于珺婷："小娘子貌美如花，我又不能常在身边盯着，这要是喜欢了别的男人，我岂不是就要有生命危险？嗯……我应该……嘿嘿嘿嘿……"

于珺婷又羞又气，娇嗔道："混蛋！你当我是什么人啦？要杀我是不是，那本姑娘就先下手为强！"

于珺婷娇躯一扭，就向叶小天扑去……

过了好久，叶小天恢复了些精神，得意扬扬地道："你呢，武艺高强，十个我捆在一块，都不是你的对手。而且这种事，吃苦卖力的总是男人，为什么你会显得这么累？好像整个人都软了一样。"

于珺婷又气又羞，只说了一个字："滚！"

叶小天得意地笑了一阵，慢腾腾地爬起来，于珺婷睁开一双水汪汪的大眼睛，瞟着他懒洋洋地问道:"你干吗去?"

　　叶小天窸窸窣窣地穿衣:"马家这事,我得好好琢磨琢磨。不仅因为马千乘是我朋友,光是冲着咱们卧牛岭,我也得帮他。杨应龙每壮大一分,我们都要吃力一分。我们是外人,马家这事如果直接插手恐怕会弄巧成拙。要解决此事,得从马家子弟着手!"

第二十一章

兵行险招

一

松坎城头比之安稳却是另一幅景象：没有器乐，没有彩棚，也没有地方士绅夹道欢迎，只有松坎地区的土官们立于城头等候。

待见远处旗幡招展，钦差人马将至，立即有人冲进城门楼禀报，正在城门楼中吃茶的杨应龙放下茶盏，吩咐道："来吧！"

两个士兵先跪在地上向杨应龙叩了个头，以示谢罪，然后为他脱了靴子、袜子，这才起身为他宽衣解带。

一件滚金绣云纹的云罗轻衫解去，又去了内衣，露出一身结实壮硕的肌肉，再把他的衣袂下摆掖进腰带，露出两条裤腿。旁边便有人拿来一捆荆条，小心翼翼地斜挂在杨应龙身上。

杨应龙赤着双足举步下了城楼，众土官立即纷纷跪迎，照理说其中高阶的土官们对杨应龙本不该行此大礼，但杨应龙谋反在即，近日又或杀或逐或流贬了许多不肯拥之造反的土官，土官们对他的威仪日渐畏惧，双膝一屈而已，岂敢托大。

杨应龙踏着晒得发烫的青石板，走进城门洞，又在城外出现，沐浴在阳光之下，眯起眼睛看着越走越近的钦差车马，眼看那车马就到了眼前，杨应龙双膝一屈，"嗵"的一声就跪倒在尘埃里。

杨应龙身后的众土官、士兵们一见他跪了，哪还有人敢站着，不管是城头的士兵，还是站在城门口的，也都纷纷放下刀枪，双手据地，额头低伏，不敢抬起。

杨兆龙正骑马走在钦差队伍的最前边，一看大哥跪迎，赶紧滚鞍下马，立时避让于道旁跪下，高呼道："播州宣慰使杨应龙，跪迎钦差大人。"

王士琦在车中一直在紧张地思索着对付杨应龙的办法，他此来的表面目的是代表朝廷问罪于杨应龙，但内里真正的目的，却是打消杨应龙的疑虑，避免他立时发难，这个分寸可不好拿捏。

办得好，于国于民他就是大功一件，办得不好，杨应龙揭竿而起，西南生乱，朝廷三面应敌，一旦让杨应龙成了势，他就是千古罪人。王士琦虽不畏死，但事关重大，又岂能不万分谨慎。

这时听到杨兆龙的高呼，王士琦深深地吸了口气，打起精神，吩咐道："打帘儿！"

马车帘儿一掀，前方拱卫武士早已拨马闪到一旁，王士琦登时便看到一人负荆赤膊，跪于路上。之前杨应龙与四川方面的官员来往最为密切，王士琦也是与他打过交道的，所以王士琦一眼就认出，这正是杨应龙。

杨应龙膝行几步，叩首道："罪臣杨应龙，叩见天使！"

王士琦并不起身，沉声道："杨应龙，贵州巡抚告你二十四条大罪，播州土司何恩、宋世臣等人飞书告你意图谋反，如此种种，你可认罪！"

杨应龙伏地哽咽道："杨应龙有罪，但谋反实无其事，还望天使明察！"

王士琦冷笑道："既非谋反，为何心怀鬼胎，贵阳不敢去！成都也不敢去！便是安稳，你也推三阻四？"

杨应龙再度叩首，做足了姿态，高声道："应龙不敢赴指定地点自辩，非是心怀鬼胎，实是应龙所获罪名百死莫赎，惶恐之至！故而效仿安国亨旧例，在此待罪，还望天使明鉴！"

杨应龙说的安国亨乃是上一任水西安氏的家主，安氏大土司。这安国亨袭其表叔安万铨之职为宣慰使，以安万铨的长子安信为大阿牧。但后来却因故杀了安信，安信的弟弟安智伙同安效忠等人发兵攻打水西，飞书告变，说安国亨要谋反。

安氏部族同室操戈互相仇杀近十年，朝廷屡次调停不听，便命贵州巡抚阮文忠与御史郑国士率领兵马前往平定。安国亨畏惧朝廷兵威，却又不敢离开封地，也是在其封地内接受调查与制裁。所以杨应龙以安国亨为例，说明自己的苦衷。

王士琦听到"安国亨"三字，却是豁然开朗，心中拿捏不定的分寸登时有了主张。杨应龙既然自比安国亨，那正好以安国亨的处罚方式加诸杨应龙啊！

当初朝廷是如何处治安国亨的？查清他确无反迹后，仍因他擅兵仇杀予以制裁，革其官职，由其子代领其位，两年后因其悔过表现，又官复原职。此后安国亨洗心革面，对内注意发展农耕，对外协助朝廷平息叛，境内大治，人民安居乐业。

王士琦一路行来，最担心的就是若态度太软，会让杨应龙看破朝廷的虚实，即时造反，又怕态度太强硬，逼得杨应龙不得不铤而走险。如果能按照安国亨旧例处理，想必是最好的方案，不卑不亢，最为妥当。

想到这里，王士琦脸色稍霁，道："本钦差奉圣命，此来播州，正为查证此事！你若有罪，天网恢恢！你若无罪，本钦差也会明察秋毫！起来吧！"

杨应龙顿首道:"谢钦差大人!"

杨应龙爬起身来,王士琦从车上下来,走上前去,亲自为他解下荆条,又解下自己的外袍,披在他的身上。杨应龙一副感激涕零的样子,这两位影帝级的人物携手飚着戏,一同举步入城,行向驿馆。

·※·※·※·

此时,杨应龙的贤内助田雌凤已经悄然抵达铜仁城。在越过石阡,赶来铜仁之前,田雌凤已经派人把田文博送往松坎,她需要田文博把发生在卧牛岭的一切以及自己准备采取的方案告知杨应龙。

她很清楚,这是她唯一的选择,而杨应龙也没有任何理由反对。救出叶小安是反制卧牛岭的唯一手段,否则的话,只能彻底放弃对卧牛岭的企图,把它推到朝廷的一面。

杨应龙乃一代人杰,心机智谋实不可低估。奈何信息严重不对称,他对卧牛岭所有的判断都是建立在叶小安是真的这个基础上,从未想过这个叶小安居然是"真做假,假成真",又岂能不被叶小天牵着鼻子走。

田雌凤暂时还没有动作,这一次为了安全起见,她甚至没有入住她一直信任的七星观。田雌凤命人在清浪街上租下了一幢大宅,以商贾身份悄然入住,而她从播州带来的死士则以各种身份,护在左右。

田雌凤的人还在分批赶往铜仁,自从她确定了救出叶小安的计划之后,深感仅仅三十名死士不敷使用,所以又额外调拨了近两百人。这些人不知道三夫人住在何处,甚至不知道他们的指挥者是三夫人,更不知道此行的任务,唯知听命行事。

田雌凤刚刚入住租下的那幢大宅,便召集了几名心腹一块商量解救叶小安的具体计划。颜文煜、徐逸鹤、馥如儿、吕杰、左艺璇,三男两女,五个死士中的小头目。

馥如儿、左艺璇就和潜清清、白筱晓一样,都是杨应龙训练的女死士。以女子作为死士的家族极少,像田家,即便是分配给田妙雯这样一位大小姐的也是男性死士,只有杨应龙别出心裁,训练的死士中女性占了一半。

颜文煜道:"夫人,坊间都说,那于氏土司于珺婷乃是叶小天的外室,她的女儿就是叶小天的亲生女儿。这可是叶小天留在世间的唯一骨血,如果我们劫了于珺婷,把她的女儿控制在手中……"

馥如儿哧笑一声,道:"如果叶小天活着,把他的亲生骨肉掌握在手,要叶小天拿自己来换都没问题,可叶小天还活着吗?我们抓了叶小天的外室和外室所生的女儿,去威胁田妙雯交出假叶小天?你觉得她会答应?"

左艺璇帮腔道:"馥如儿说的对,田妙雯怎会在意叶小天的外室和外室的女儿?不厌烦就不错了。"

田雌凤缓缓点头:"此计不妥!女儿家的心思,还是女人更了解些。"

徐逸鹤转了转眼珠,道:"那么……想办法抓住叶小天的父母双亲呢?"

吕杰翻了翻眼皮,道:"抓住叶小天的父母双亲,向田妙雯要求交出'叶小天'?你以为那是田妙雯的亲生父母吗?况且叶小天的双亲现在卧牛岭,要抓他们并不容易,就算费尽周折把他们抓到手,威胁田妙雯的时候,只怕田妙雯还要效仿汉高祖,请你分她一杯肉羹了!"

徐逸鹤皱了皱眉,反嘲道:"那怎么办?咱们总不能直接冲上卧牛岭劫狱吧?如果咱们能冲上卧牛岭,于千军万马之中抢出叶小安,那又何必去救他,凭咱们就能平了卧牛岭了。"

吕杰瞪眼道:"我们这不是在商量办法吗?你跟我抬杠有意思吗?"

"好了!你们不要吵了!"田雌凤细细思索一阵,吩咐道,"颜文煜,你负责安排从卧牛岭下来,迅速离开的方法与通道!徐逸鹤,你负责安排沿路阻击追敌的人马,要配合颜文煜安排的逃离通道和方式进行!"

二人连忙立起,肃然点头,田雌凤道:"叶小天的好兄弟罗大亨就住在清浪街,开的店叫'大亨杂货铺'。吕杰,你去给我查查罗家的情况,要谨慎,不可引起罗家的警觉。"

吕杰疑惑地道:"夫人,如果抓住叶小天的女儿或者爹娘都不行,那……盯着这个罗大亨能有什么用?"

田雌凤冷冷一笑,仿佛一朵娇艳的曼陀罗:"成功与否,或许……就要着落在他的身上!"

第二十二章

刻不容缓

一

洪百川漫步在清浪街头，常常盘在他手上的念珠不见了，也不再走一步念一句"阿弥陀佛"，此刻他臂弯里坐着一个白白胖胖的小家伙，茶壶盖的发型，一双乌溜溜的大眼睛灵动得很。

开茶馆的李掌柜、卖胡饼的王三、绸缎庄的谢员外，看见洪百川都笑着打招呼："洪员外回来啦，可有日子没见啦！哟，你这小孙子，可是越长越招人稀罕了。"

一听人夸他孙子，洪员外登时就眉开眼笑。洪员外已经是半退休状态了，要不是近来播州有谋反迹象，朝廷出动了潜伏贵州的所有谍报人员侦伺消息，洪百川也不会亲自出马，以经商名义跑这一趟。此刻回来，自然要抱着他心爱的大孙子亲热亲热。

小家伙不怕生，跟谁都是自来熟，不管男人女人，谁想抱他，他就会撒开小手，咧开嘴巴主动迎上去。不过和爷爷相处这么融洽，却不是因为这个原因，虽说爷爷离开了足有大半个月时间，他还记得爷爷，爷孙俩亲密得很，一见爷爷，小家伙也欢喜得紧。

"哟！洪员外回来了，要不要杀上一盘！"

街东头开饭馆的霍掌柜是个棋迷，和洪员外是棋友，一见洪员外回来，马上兴奋地招呼。洪百川正在路边向一个小贩买棉花糖，刚递到宝贝孙子手里，听他招呼，便抱着小孙子笑眯眯地走过来，道："成！咱们杀一盘，看你棋艺有没有长进，哈哈哈……"

吕杰负着双手，在大街上随意地闲逛着，为了避免引人注目，他还买了一只锅盖、一尾鲜鱼，左右手各拎一件，慢悠悠地逛着。洪员外是昨天晚上回来的，他今天一早才见到。

洪员外富态的样子，平时瞧来就是一个慈眉善目的员外，吕杰可看不破他的虚实。按照田雌凤的吩咐，这两天吕杰一直在盯着罗家，但他始终不清楚，三夫人究竟是何打算,盯着罗家如何就能救出叶小安?

·※·※·※·

卧牛岭上,懂口技的党腾辉暂时替代了叶小天,叶小天又悄然离开监室,与田妙雯一同出现在西厢客房。为了保密,没有丫鬟伺候,为他们端茶递水的就是喋妮。

田妙雯和叶小天讲了一番近来的种种安排,这才转上她最关心的话题:"从时间上看,播州方面应该已经派人过来,调查发生在卧牛岭上的蹊跷事,而从我们故意暴露出来的一些蛛丝马迹,他们应该猜得到,'你已在我控制之中',我想他们除非对卧牛岭死了心,不然的话,近期必然会想办法救你离开。"

说到这里,一旁的喋妮不禁脸现忧色,悄然在叶小天另一边坐下来,关切地看着他。何止是她,田妙雯又何尝不担心。

叶小天认为自己的身份还没有暴露,想将计就计,被播州方面救出,再摆他们一道。这可是非常冒险的一个举动,如果有一丝破绽,引起播州方面对叶小天真实身份的怀疑,那他可就是自投罗网了。

叶小天见她们面现忧色,笑了笑道:"不必担心,整个计划我反复揣摩过,实无半点破绽。你们不要忘了,整个计划的起点,在于他们的'偷天换日',只要他们不怀疑当初换人时被做了手脚,就绝不可能怀疑我的身份。杨应龙再精明,也不可能在这种情况下识破我的身份,除非他能通鬼神!"

田妙雯叹了口气,道:"话虽这么说,可是……"

叶小天轻轻握住她的手,柔声道:"不用患得患失的,在我眼里,你可是巾帼不让须眉!"说着,叶小天另一只手悄悄探到喋妮身后,安抚地拍了拍她的后腰。

美人恩重,二女是如何担心他,他心里其实很清楚。可是杨应龙这么算计他,岂能不以彼之道还施彼身?能算计杨应龙的机会可不多,有些事明知有风险,还是必须要去做的。

"嗯!"

田妙雯低低地答应一声,道:"如果你轻易就被救出去,必然引起杨应龙的怀疑,可若对你'看守'太紧,让他们根本无法救你出去,那计划又无法实施,这个分寸如何把握,也令人烦恼。"

叶小天想了想道:"只要能把我掌握在手,卧牛岭对他们就仍有大用。而卧牛岭对他们而言,并不仅仅是多一支可资利用的人马那么简单,而是他们打开黔东的钥匙。所以,他们一定会不惜代价,不要小觑了他们的本事!"

田妙雯点点头。叶小天又道:"你最好找个理由离开卧牛岭几天。你不在,别人有些什么失误,也比较容易说得通。"

田妙雯离开卧牛岭很快就有了充分的理由：播州余庆司对石阡府发动了攻击！原因是播州好意调停展童两家争端，却被突然袭击，播州杨家要讨还公道。

石阡童家并没有乖乖任由卧牛岭摆布，童家不肯就此臣服于杨家，却也不愿在挟制之下归顺卧牛岭。如果他们不惜余力阻截播州兵马，必然损失惨重，那时又该如何自处？

所以在一场激烈的战斗之后，石阡童家放开了一条道路，你们打出的旗号不是要向展家和叶家问罪吗？我才不替他们顶锅，我借道于你，你们自己交涉去。

当然，石阡童家也担心播州会玩"假道于虞"的把戏，所以童家不仅在放开的这条通道两侧的主要据点陈以重兵，而且是在获悉钦差已经赶到松坎，估量播州在此时绝不敢向童家犯难后，才做出了大胆的决策。

播州余庆司骤然兴兵，其实是缘于田雌凤的要求。田雌凤要求余庆司向石阡方面施加压力，目的就是要"调虎离山"，把田妙雯引走。田妙雯主持卧牛岭内政外政，表现十分出色，田雌凤还真有些担心不能从她眼皮子底下成功救出叶小安，所以想把她调开。

殊不知田妙雯也正为如何合乎情理地离开卧牛岭给对方制造机会而发愁，一听说播州余庆司已对石阡府发动攻击，田妙雯大喜，马上大张旗鼓地宣布要亲自赶往肥鹅岭主持大局，务必阻敌于铜仁之外。

铜仁城那边，田雌凤本来还担心这一计也未必能调走田妙雯，获悉石阡童家主动让开了通道，田雌凤不由振奋地道："好！如此一来，田妙雯必然离开，我的计划距成功又近了一步！"

馥如儿奇道："夫人如何确定，田妙雯必然亲往肥鹅岭主持大局？"

田雌凤微微一笑，道："因为叶小天已经死了，现在的叶小天，只是被田妙雯偶尔摆出来撑一撑场面的花架子。如果任由我播州兵马长驱直入，打下肥鹅岭、打垮展家，直奔卧牛岭，土司叶小天却不肯出来主持大局，卧牛岭上下会怎么想？如果叶小天被拉出来主持大局，天天与众多部属接触，田妙雯还有把握控制住局面吗？况且，一旦我播州兵马占了原来曹家的地盘，征服了展家，那时童家也得臣服，如此一来，整个石阡就尽在我手，田妙雯能坐视这种情形出现吗？所以，无论如何，她都得离开卧牛岭，亲自赶往肥鹅岭主持大局！"

田雌凤兰花般的手指轻轻地点住了圆润小巧的下巴，脸上带着一抹兴致盎然的笑："田大小姐，我倒要看看，这一次你如何折在我的手上！"

田雌凤有些兴奋、有些期待，她是白泥田家的大小姐，自从田氏家族遭受朱元璋、朱棣父子重击没落之后，白泥田氏分裂出去已成自一脉，可是无论思州田氏如何的没落，始终是正统。而无论田雌凤在播州如何一人之下、万万人之上，一旦到了贵阳,一旦与田彬霏、田妙雯兄妹同席,都要矮人一头,只因人家才是田氏家族的代表。田雌凤招揽田彬霏为己所用,固然有着其他原因,可是恐怕连她自己也没有察觉:她要借此证明,她比田氏家族的嫡宗正房更加强大!

而今,有机会赢田妙雯一局,田雌凤不由自主地兴奋起来,已经收服了田彬霏,只要再打败田妙雯,她就是当之无愧的田氏家族第一人,她——才是田家的希望,田家的未来!

田雌凤伸出雀舌,轻轻舔了舔嘴唇,好像一只逮到了老鼠的猫:"艺璇,告诉吕杰,只要卧牛岭那边传出田妙雯赶赴肥鹅岭的消息,就马上动手:偷走罗大亨的宝贝儿子!记住,是偷,不是抢!"

左艺璇和馥如儿同时站了起来,只有她们两个才通盘了解田雌凤的计划。她们知道,动手的那一刻,就要来了!

第二十三章

正中下怀

一

田妙雯去了石阡肥鹅岭,同时还带走了一支主力。他们的敌人在西方,卧牛岭背靠大万山,面向铜仁府,除了来自西方的威胁,还真没有强大的敌人。当然,这要建立在于珺婷是自家人的基础上。

田妙雯走后,表面上卧牛岭是由叶小天主持的,对外也是这么宣布的,但实际情况呢?当然是由哚妮和李大状来主持。这件事只有极少数人才知道,但不管知不知道,向叶小天请示汇报的人罕有能直接见到他本人的,都是通过哚妮或李大状传达。

这一点很快被田雌凤的人侦知了,这倒是正合乎他们之前的判断。他们就知道,田妙雯走后,主持卧牛岭事务的一定另有其人,而绝非"叶小天",如今由哚妮和李大状主持事务,正称他们的意。

李大状当然是比较精明的一个人,但他事务繁忙,会有时间打理杂七杂八的事情吗?这些事必然要交给哚妮来管。而哚妮,那个山里妹子?呵呵……田雌凤报以一声冷笑。

……

吕杰接到动手的命令后,决定趁洪员外带小孙子时下手。老人嘛,耳目迟钝,动作迟缓,是最好的下手目标。不过,让吕杰没想到的是他迟迟没有等到合适的机会,因为尽管小家伙已经能蹒跚着自己走路,可是那死老头子只要带着小孙子,就须臾不肯离手。吕杰接到的命令又是必须秘密进行,不能硬抢,只好另谋他算。

这天下午,洪员外带着小孙子出去游玩一番,又抱着他回了家。花厅里,妞妞正帮丈夫盘账,一见公公回来,宝贝儿子趴在公公肩上打着瞌睡,连忙迎上前接过孩子,瞧儿子脸上黑一道白一道脏兮兮的,不禁笑道:"这孩子,又淘气了。"

洪百川笑眯眯地道："淘点儿好！男孩子嘛，这样才有出息。哪像大亨，从小就好吃不动，这孩子，比他爹有出息，哈哈哈……"

妞妞忍俊不禁，反正在公公眼里，这孩子怎么都好，就连他尿了炕，公公都赞不绝口："瞧瞧这小子，迷迷糊糊地一泡尿撒完，还知道挪着地方睡，精明得很呢！"

妞妞把孩子接过来，抱进花厅，拉过一件小花被盖上，又出来对洪百川道："爹，晚饭还得等一会儿，您老先沐浴一下。"洪百川点点头，奔了后边厢房的沐浴间。

旁边墙头，吕杰悄悄探出头来，恰好看见洪百川的身影消失在月亮门里。

妞妞继续算账，只拨了一下算盘珠子，忽然想到算盘珠子的响声可能会吵到儿子，便一手拿着账簿、一手端着已经布了数字的算盘，小心翼翼地走出花厅，转向旁边的小书房。

吕杰见她出来，连忙一缩头，再悄悄探出头来时，妞妞已不见了。吕杰谨慎地四下看看，立即飞鸟般掠进院子，三个箭步就跨过六七丈的距离，纵身跃入房中。

吕杰站定身子，飞快地四下一扫，见花厅中寂静无人，只有罗汉床上小家伙甜甜地睡着，吕杰立即快步上前，伸手将他抱起，同时右手放在他的嘴边，随时准备制止他的哭闹呼喊。

不料小家伙蒙蒙眬眬地睁开眼睛，只是看了他一眼，便又阖上了眼皮，还往他怀里蹭了蹭，找了个更舒服的姿势睡觉。吕杰心中一松，毫不迟疑，抱着孩子飞奔而去……

妞妞算好了账，起身离开小书房回到花厅，却见榻上空空，一张小被子掀开着。妞妞不禁笑着叹了口气，这个公公啊，和大亨就像上辈子的冤家，见了面就吹胡子瞪眼的，偏跟这小孙子亲得不得了，这才多大工夫，又黏糊上了。

妞妞还有不少事要忙，快到了饭时，才向后宅公公的住处赶去。

洪百川沐浴已毕，回了自己住处，叫人沏了壶茶，一边喝茶，一边把手头几份情报处理了。忽然听到外边有人叩门，洪百川答应一声，把情报锁进密匣，走去开了门。

妞妞道："爹，大亨快回来了，带孩子到前厅坐坐吧，一会儿就该开饭了。"

洪百川笑道："好！我那乖孙子睡醒了吧？"

妞妞一呆，道："孩子……不是被你抱过来了？"

洪百川一怔，愕然道："孩子正睡着，我抱他过来干吗？"

两人互相看看，忽然同时失色！

·※·※·※·

　　田雌凤等孩子一到手，立即就转移到了特别寻的一处藏匿所。
　　此番她真是下了功夫，这个藏匿所是一位富绅在城郊的一处别业。田雌凤让徐逸鹤租下的。这处别业因为那位富绅用到的机会不多，所以对外出租，但也是见过徐逸鹤一行人，瞧他们衣着打扮、谈吐举止不凡这才同意的。
　　田雌凤带着罗大亨的孩子去了城郊，但城里的房子并未退租，此时退租，很容易叫人联想到她的身上。
　　田雌凤去城郊不久，罗家就发现老太爷的命根子丢了。洪百川和妞妞问遍府中下人，并无一人曾抱过孩子。此时罗大亨也已从店铺回来，几乎要急疯了。
　　"都不要吵！"洪百川厉声制止了惊恐指责的大亨和泪流满面的妞妞，其实他比谁都心急，但身为锦衣秘谍多年，这点镇定功夫还是有的。洪百川缓缓在榻边坐下，大亨却注意到老爹的手在微微发抖。
　　洪百川道："让府里的人都出去寻找，大亨，你去一趟官府，请于大人封锁所有要道，搜查码头、客栈等处！"
　　大亨重重地应了一声，洪百川缓缓闭上眼睛，颤声道："希望孩子……不是被人贩子、小蟊贼偷走！"
　　大亨听到这话先是呆了一呆，但马上就明白了父亲的意思。人贩子、小蟊贼偷孩子，根本没有别的目的，唯一的目的就是把孩子卖掉。如果真是他们偷走的话，反而是最难找回孩子的，不管他罗家是如何的财雄势大，茫茫人海中寻找一个还不会说话的孩子，那无疑是大海捞针。但如果偷走孩子的人别有目的，不管是绑票勒索还是仇家寻仇，反而容易确定目标。
　　大亨擦了擦眼泪，重重地"嗯"了一声，转身就要离开。可他刚转身就和一个家丁撞了个满怀，那家丁一个趔趄险险摔倒，还没站稳，就急急说道："老爷、少爷、少夫人，有人来了，说他知道孩子在哪儿。"
　　家丁话音刚落，眼前一股劲风扑来，洪百川威严的身影已经出现在他面前，仿佛一头雄狮俯视着他，厉声喝道："他人在哪里？"
　　那家丁从未见过老爷如此可怕的模样，不禁吓了一跳，咽了一口唾沫，才哆哆嗦嗦地向外一指。
　　吕杰站在天井里，好整以暇地掸了掸衣衫，随即就见洪员外带着儿子、媳妇以及一大票家丁丫鬟从后院儿扑了出来。

吕杰微笑着拱起手："啊——在下见过洪员……"

他还没有说完，洪员外已经到面前，急声问道："尊驾知道我孙子在哪儿？快快讲来，老夫必有重谢！"

吕杰打个哈哈，道："重谢就不必了，我只是希望……大亨少爷能为我做一件事！"

这句话一出口，洪百川的脸色就变了。罗大亨的反应也快，冲上前一把揪住了他的衣领，怒吼道："是你抓了我儿子？"

吕杰夷然不惧，淡定地看着罗大亨，道："大亨少爷以为，我会不会怕你杀了我呢？"

洪百川迅速镇定下来，虽然他怒火中烧，但是既然有人主动找上门来，起码孩子有了着落，他那颗油煎一般的心反倒稍稍轻松下来。洪百川摆了摆手，沉声吩咐道："都散了吧！孩子的事，谁也不许张扬出去，都散了！"

吕杰微微一笑，道："还是老爷明白事理！"

罗大亨重重地哼了一声，松开他的衣领，洪百川眼中闪烁着凛凛令人不安的神采，口气却变得异常温和："尊驾，请厅中叙话！"

客厅中，吕杰跷着二郎腿，把他的目的说了出来：罗大亨和妞妞夫妻俩，要带人上一趟卧牛岭，拜访他的义兄叶小天。只要罗大亨能做到这一点，他的孩子就会安全地回来。

罗大亨呆住了，他是为数不多的知道叶小安假冒叶小天之事，又知道叶小天将计就计换出叶小安，现在的叶小天就是叶小天的人之一。他虽然不清楚吕杰的身份，却清楚卧牛岭近来的一系列事情：除了播州，还有人认定叶小天是叶小安吗？除了播州，还有人急于掌握叶小天吗？

他们认为小天哥是叶小安，现在卧牛岭反了他播州的水，他们认为是大嫂识破了叶小安的身份，所以想把叶小安救出去！而这，正是小天哥想让对方达到的目的。想到这里，罗大亨真不知自己是该哭还是该笑了。

吕杰见他呆在那里，只道他是挣扎于保儿子还是保义兄，便又微笑劝慰道："你放心，我并没有想对叶小天不利的打算。我可以用自家列祖列宗的名义向你发誓：此去卧牛岭，绝非对他不利！怎么样，为了你的儿子，肯答应吗？"

第二十四章

深入虎穴

一

吕杰挺胸昂头，傲然离开了。

洪百川只能眼睁睁地看着，饶他一向杀伐决断，此时也只能眼睁睁地看着，事涉他的宝贝孙子，他岂敢冒险。对方既敢登门而来，必然还有后手，拿下吕杰动用锦衣卫的手段拷问？如果吕杰一时三刻之内不曾走出去，对方的人伤害了他的孙子怎么办？就算把吕杰变成拆骨肉，也抵不上他小孙子的一根小手指啊。

在吕杰眼中，罗家人就是一群待宰的羔羊，任他指挥。他并不知道，眼前这个胖子的胖子爹是个要命的阎王，如果知道，虽说他控制着洪百川的心头肉、命根子，恐怕也不会走得如此潇洒。

妞妞担心地看着大亨，大亨刚刚"勉为其难"地答应了吕杰的要求。妞妞并没有伟大到能为了维护叶小天和卧牛岭的安危，放弃自己亲生骨肉，可哪怕还有一线可能，她也不愿伤害叶小天和他的亲人。作为一个女人、一个母亲，妞妞的心里无比纠结。

"妞妞啊，你先去休息一下。不用担心，他既然对我们有所求，就不会伤害孩子！"洪百川劝慰妞妞。妞妞抹着眼泪，抽泣道："可是……"

洪百川已经转向两个丫鬟："搀少夫人去休息！"

老爷发话，丫鬟不敢不从，搀了妞妞离开了，厅中只剩下洪百川和大亨两父子。

洪百川看了看儿子，说道："他们的目的，是为了救出叶小天？"

大亨默默地点了点头，苦笑道："应该就是如此了。只是没想到，他们想到的法子，居然是利用我。"

洪百川轻轻地吁了口气，道："难怪你答应得如此爽利！"

洪百川想了想，道："那么，你便依那吕杰的安排，明日带他们去卧牛岭吧。事先不必通知卧牛岭，他们一定会在暗中盯着咱们，不可轻举妄动。既然他们的目的是救叶小天出来，倒不必太过担心。"

罗大亨答应一声，瞧见父亲冷峻的脸色，不禁道："爹，你……打算干什么？"

洪百川微微眯起了眼睛，冷冷地道："当然是挖出他们的根！"

罗大亨吃惊地道："这……宝宝还在他们手中，会不会……"

洪百川乜了他一眼，冷哼道："不然呢？寄望于他们主动送回孩子？万一事成之后他们撕票怎么办？就算他们肯履行承诺……"洪百川脸上掠过一抹杀气，"我也不会轻饶了他们！既然敢打我洪百川的主意，就得有承担我洪阎王怒火的准备！"

洪百川掌下一紧，结实的梨木椅子扶手被他捏得粉碎，木屑簌簌而落。洪百川大步流星地走了出去，罗大亨张了张嘴，却没有喊出口。

洪百川转回自己的院落，老丁已经满面严肃地迎了上来，作为洪百川的心腹，他当然知道发生了什么。走到洪百川面前，老丁低声道："卑职已传下令去，'一窝蜂'的所有兄弟，明日傍晚前，全部赶到！"

洪百川点点头，冷声道："他们既然在打我罗家的主意，必然早已有备，要小心行事！你们负责调查清浪街上近一个月内所有往来人口！官府那边就不必惊动了，动用城狐社鼠，调查附近近来留宿租屋的客人！挖地三尺，也要给我把他们找出来！"

老丁沉声道："是！"

洪百川是锦衣秘谍，锦衣秘谍的人数有限，许多事情是不方便他们出手的。所以他们每到一地，都很注意拉拢或者控制当地的帮派势力。不要小看了那些地痞流氓，城狐社鼠这些活跃在下九流中的人物，耳目之灵通远超过其他人。

吕杰并未走远，他从罗家出来，就大摇大摆地回了一旁所租的豪宅。他留在这里，是对田雌凤的一种掩护。只要罗家那个小祖宗还掌握在他们手中，他的安全就不成问题。

翌日一早，罗大亨按照吕杰的吩咐备好了大车。每次去卧牛岭，他都会将他帮卧牛岭采办来的物资捎去一批。吕杰显然对他做过充分的了解，对此一清二楚。

所以大亨也没敢在这件事上动手脚，他如往常一样，做好了种种准备。过了不久吕杰便来了。吕杰这一次带来了二十多个人，其中有四个女人，四个女人中以馥如儿、左艺璇为首，俱都扮作丫鬟俏婢。

这些人完全替代了罗家的伙计和下人。吕杰检查了一下车上的货物，见并没做什么手脚，便跳下车，满意地对罗大亨和妞妞道："很好！只要你们听话，你们的儿子一定会活蹦乱跳地回来。"

眼见妞妞满面忧色，吕杰脸色微沉，道："罗夫人！如果你就这副样子上山，你儿子的性命很可能就会葬送在你的手里！"

妞妞吓了一跳，赶紧振作精神，强挤出一副笑脸来，抱着万一的希望道："往日我陪相公上山，都是带着孩子的。你看是不是……你放心，我是不会有所异动的，你的人不是还守在我们身边吗？"

吕杰翻了个白眼道："不必了！如果山上的人问起，就说你们家老爷子刚回来，不舍得小孙子，所以把他留下了不就行了？你说是不是啊，洪员外！"

吕杰转向站在廊下的洪百川，笑吟吟地问道。洪百川寒着面孔，重重地哼了一声。扫地不伤蝼蚁命的洪大善人杀起人来却是眼睛都不眨的，如今他只是投鼠忌器不敢动手，可是一旦他获悉孙儿下落呢？

·※·※·※·

卧牛岭自田妙雯离开后，紧张备战的状态一直没有放松。

这一次的对手可是播州的杨应龙，四大天王之一。卧牛岭从深山里出来，在这已有固定局势的山外世界强行插了一脚，硬生生地杀出一片天地。每一次的交手，无不是一番腥风血雨，但从来没有哪个对手像播州这般强大。

所以尽管有屡屡创造奇迹的叶小天坐镇卧牛岭稳定军心，但是那种紧张气氛依旧挥之不去。操练兵马的、制造军械的、巩固卧牛岭山寨的，整个卧牛岭都呈现着一种繁忙的气氛。

"大亨上山了？他来得正好，想必上次让他帮忙采办的那批箭镞到了！"

正忙得焦头烂额的李大状听说罗大亨来了，非常高兴。如果是其他来宾，可能他就替"叶小天"代劳了，但这是土司大人的义弟，没有理由不让"叶小天"出面，好在大亨也知道这个"叶小天"的真实身份，只需做戏给其他人看就好，李大状没有太担心。

他吩咐道："立即接大亨少爷上山，该接收的货物接收清点入库，请大亨少爷到后宅，由土司大人款待。"

"大亨少爷，少夫人……"馥如儿跟在二人身边，笑吟吟地低声提醒，"你们做得很好，只要你们沉住气，一会儿见了叶土司不要露出什么马脚，你们的宝贝儿子一定会完璧归赵的！"

对于馥如儿的话，妞妞只能报以苦笑。她并不清楚叶小天身份的变化，此刻难免感到愧疚，可是事涉自己亲生骨肉的性命，作为一个母亲，她又没得选择。

货物由采妮带人负责接收了，大亨夫妇被引进了后宅。男性随从不能跟入，吕杰等人便留在外面与采妮等人交接货物，而大亨和妞妞则带着馥如儿等四名侍婢进了后宅。有四人寸步不离地跟着，大亨夫妇即便想对卧牛岭的人有所暗示甚至递个眼色都不可能。

叶小天听说大亨来了很是开心，他迎候在客舍门口，一见大亨夫妇走来，马上笑着迎上前去。只不过，为了避免此情此景落在有心人眼中，党腾辉等人依旧寸步不离地跟着，仿佛正监视着他的举动。

叶小天和罗大亨这对难兄难弟，此刻都被人监视着，只不过一方只是做个样子，另一方却真是被全方位严密地监控着。

叶小天和罗大亨寒暄着，馥如儿却在机警地四下打量。按照田雌凤的命令，她们要尽量争取把叶小安、田彬霏和田天佑三人都救出来，如果力有不逮，则救人的顺序是叶小安——田彬霏——田天佑。三人之中，叶小安是无论如何也要救出来的人，哪怕此次执行任务的人全死光。

大亨虽然不担心叶小天被救走，因为这本就是叶小天的计划，但还是想向他有所透露，让他心中有备。奈何左艺璇等几个女人盯得太紧，为了儿子性命，他实在不敢表现得太明显。

而叶小天也不是神仙，压根儿没想到田雌凤竟然另辟蹊径，从罗大亨这里下手。负责"救"他离开的竟然是这四个看起来俏生生、娇滴滴的小姑娘。叶小天还向大亨挤了挤眼睛，打趣地笑道："大亨啊，你的生意真是越做越大了，就连府上的丫鬟也都换成姿色如此俏丽的一群姑娘，就不怕妞妞吃醋吗？"

大亨干笑两声，不知该如何回答。妞妞想到儿子系于人手，不敢敷衍，忙挤出一副笑容，道："他敢！他要是做了对不起我的事，我就带着孩子回娘家！"

叶小天注意到妞妞的神色略不自然，一时却还未想到她和大亨带来的四位姑娘居然是准备掳走他的，倒是心中一紧，暗想："大亨不会是真打算纳妾吧？妞妞的神色怎么这般难看？"

叶小天正想找个机会开导开导妞妞，馥如儿已经收回目光，在大亨背后用手指在他腰眼处轻轻点了两下，大亨得到指示，无奈之下只好按她先前所教的话行事。

罗大亨对叶小天道："大哥，田是非田先生呢，上次订的那批箭镞，可是他指定的，我费了好大的劲儿才搞到这批货，完全是军中的制式标准，要不要请他出来，咱们一块儿去验验货啊。"

"大亨明知我和田彬霏此刻的处境，怎么会？"叶小天听到这里，终于警觉到不对头了。他不动声色地看了大亨一眼，笑眯眯地点头道："好啊！来人，请田先生来一趟！"

第二十五章

疯狂的逃亡

一

叶小天下了令,党腾辉便派人去"请",片刻工夫,田彬霏和田天佑便在几个人陪同下走过来。一见叶小天身边四个唇红齿白的青衣俏婢,田天佑的双眸蓦地像灯花似的炸亮了一下!

他认得左艺璇和馥如儿,他曾在杨天王身边见到过这两个女子。田天佑马上就知道了这是播州方面派来搭救他们的人。田天佑强抑激动,好在他不是众人关注的重点,这刹那的神情波动并无人注意。

叶小天的土司府如同云贵地区大多数的土司府一样,背山而建,居高临下,可以把他的领地尽收眼底。居高临下既是一种军事安全上的考虑,同时视野开阔,地理位置高,本身就是地位的一种象征。

从山脚到山顶,笔直的一条大道,用巨石碾子滚压过无数次,夯土结实平滑得很。之所以没用阶石铺路,自然是为了方便车子上下。

土司府前同样有拴马桩、下马凳、石狮御门。宽大的土司府门上书四个大字"卧牛世族",门内门外是两个宽敞的广场,接着就是二道大门,三道大门,一共是六道门户。

每一进都有正房和左右厢房,第二进院落的左右房舍就是仓房、窖房、磨坊、酒坊、兵器库等,完全是一个物资储备仓库。

七八辆大车就停在第一进院落里,采妮带人正在点检验货。验好一车,就着人搬进二院大门,分门别类地储放到仓库中去。

叶小天等人从三进院落出来,二进院落里正有不少人一箱箱一袋袋地搬运着货物。他们穿过二进院落进入第一进大院,看到七八驾马车正停在这儿,已经搬空了大半。

正门的门楣对内的一侧也有牌匾和楹联。一进院正厅前上方挂着四个斗大的字

"黔东一柱"，门柱左右挂着楹联："学本良知望高北斗，政施自治绩著铜仁"。

左右又各有一棵高耸入云的柏树，这树至少经历数百年岁月了，可不是后移植过来的，而是请匠师建府设计时利用了此地的自然环境，特意保留的两棵大树。

门楣内外各有五级石阶，为了方便车子出入，及膝高的包铜门槛已经卸掉，内外石阶上也都铺了木板。叶小天等人到了马车前，大亨指点道："喏，这就是此番运来的箭镞。大哥，足有五车。"

采妮迎上来，笑盈盈地道："姐夫，箭镞快搬完了，我都验过了，果真是上等箭镞。大亨，你还真是好本事。"

大亨笑道："只要用钱就能解决的事，也算不了多大的事！"一边说着，一边眼珠子微转，有心给叶小天一个暗示，可是左右的青衣俏婢，就像他脸上有朵花似的，盯着他一瞬不瞬，他如何做得了手脚。

车上最后一箱箭镞搬了下来，采妮道："姐夫，这是最后一箱了，你要看看吗？"

叶小天点头之后，便有人过来，将钉得严实的箱子撬开，揭开上边的盖布，就见一枚枚箭头闪着乌沉沉的亮光。叶小天拿起一枚，假模假样地看着，那箭镞入手颇沉，三面的锋刃十分犀利，而且俱有倒钩，果然是真材实料。

这时，那辆搬空的马车被车夫驾驶着，从宽敞的大院里兜了半圈，绕到叶小天等人的另一侧，原本等在它后面的马车则向前移动了些，停在它原来的位置。

搬空的马车本该就此驶出大院，可是当它绕到叶小天等人身旁时，正抓着汗巾擦着额头的吕杰突然把汗巾像鞭子似的一甩，抽向两个正在搬运箱子的卧牛岭武士，同时厉喝道："动手！"

叶小天正弯腰把那枚箭镞放进箱子，站在他身侧的左艺璇和馥如儿突然动如脱兔，只向前掠出一步，恰好站到他的身侧，两条手臂一探，便扣住了叶小天的肩头。

叶小天只一愣，整个人就腾云驾雾似的倒飞起来，一头摔进了那辆空车里。紧跟着站在罗大亨身侧的另两名女子，却是飞快地倒退了一步，猛一转身，一扣一抛，将田彬霏也掷向车厢。

叶小天被摔了个七荤八素，晕头转向地刚刚爬起，田彬霏又倒飞进来，后背"扑"的一声撞在了他的脸上，痛得叶小天捂着鼻子又倒了下去，一时酸得泪水直流。

"冲出去！"

左艺璇等四女飞身上车，分别守住车子四角。同时往车顶四角处一抽，没想到那看似完整的一块厢顶木板，四角居然分别插有一柄长剑。四人横剑当胸，护住了车子。

那赶车的车把式疯了似的挥动大鞭，鞭花炸响，先抽退了反应敏捷立时逼近的几名卧牛岭武士，随即一鞭子抽在四匹马的背上，大声吆喝着，那四匹健马狂嘶一声，发足狂奔。

"还有我！"

早有准备的田天佑一个狗吃屎冲上去，姿势虽然难看，却迅速扑到了车厢后部，只是那车冲得太快，他本想一头冲上车去，等他赶至，车子已经启动，田天佑扑了个空，情急之下双手前探，屈指如虎爪，一把扣住了后车辕，被马车拖着向前冲去。

这时候，吕杰手中汗巾好像一条出水的蛟龙，"啪啪啪"一连抽翻了四五个猝不及防的卧牛岭武士，他的部下不管是赶车的、抬货的也都纷纷动手，牵制着采妮、党腾辉等人。

那辆马车疯也似的冲上铺在石阶上的踏板，穿过门廊，向前方冲去。田天佑被拖在车后面，像是拖曳着一具破风筝，身子忽起忽落，颠得眼冒金星，可他知道这是唯一的逃脱机会，使尽了吃奶的力气，就是不肯撒手。一个乔装的婢女瞅准机会把他拖上了车。

党腾辉骤历这一切，却是暗暗惊喜。他知道叶小天的计划，自然不会使出全力追赶，倒是他的部下和采妮等人不知底细，眼见土司被劫持，发了疯似的往外追，却被吕杰等人拦住。这些人本就是死士，活着的唯一目的就是有朝一日慷慨赴死，只要一息尚存，哪肯让开半步，一时竟然将卧牛岭的人死死挡住。

外面广场上和山口也有卧牛岭的人，但他们可不知道发生在大院里的事情，虽见一辆马车疯狂驶出，心生诧异，却没反应过来。

那马车奔到山口，车把式突然勒紧马缰，"吁——"那马车又向前冲出六七丈，终于停住。就见侧立于马车厢前的左艺璇和馥如儿伸手一拍厢壁，那厢壁竟"砰"的一声打开，原来里边还有夹层。

前边的马车夫弯下腰去，往左右用力一扳，车子探出的两条长杠竟从中而断，与此同时，左艺璇和馥如儿也把那夹层中的机关扳了出来，机关铿然落地，竟是两条带着短木臂的轮子。

马夫长鞭一挥，将前方拖着两条木杠的马儿赶到了一边，因为这里已是下坡路，前方又没有马制着车子，这辆骤然变化的四轮木车先是凭着本身的重量缓缓向前驶动，紧接着速度越来越快，轰轰隆隆地顺着平坦的大道向山下冲去。

车厢内，叶小天和田彬霏惊骇地互望了一眼，他们已经意识到发生了什么，可是……

他们正在不断地起伏，就像簸箕里面正被筛动的豆子，马车已经没有了马，可是这下坡的速度比有马的时候快了三倍不止，而且还在继续加速，这要等到了山下，他们岂非要摔个粉身碎骨？

两人互望了一眼，不约而同地去抓可以让他们固定住身子的地方，这个时候，叶小天居然胡思乱想起一个问题:"大舅哥没有腿,身体比我轻,应该会比我抓得牢。啊!对啊,我还有腿……"

于是,叶小天赶紧张开双腿,脚死死抵住了车厢地板。而车厢外,田天佑更是吓白了脸,惊声尖叫起来。

山脚下,十几辆平板牛车正从远方缓缓走来,距山脚最近的两辆是空车,其他车上都载着高高如山的柴草,每辆车上只有一个驾车人,而且距山道至少还有百十步距离,所以守山的侍卫并未对他们产生兴趣。

疯狂的四轮车从车上飞驰而下,幸亏这山道被卧牛岭的人夯得十分平整,否则那减震效果并不好的木轮早就把车颠成了碎木板。

眼看着一辆没有马拉着的车子风驰电掣而来,守山的侍卫也不禁惊呆了。他们眼睁睁地看着那辆车子从眼前一掠而过,明明隔的还远,却仿佛感觉到了劲风拂面,那车上居然还站着几位很淡定的姑娘……

"我不是在做梦吧?"

一个侍卫喃喃自语,目光追随着那辆疯狂的四轮车,眼看它冲下山去,山下那些平板牛车却忽然有的停下,有的急急赶上几步,组成了并排而立的长长的车阵。

从山上冲下来的这辆四轮车,比那平板牛车的高度只稍矮一筹,车子狠狠地撞上去,立即解体,变成了纷飞的碎片,车上飞出七八道身影,其中有两道身影是从车子里面飞出来的,这两道身影像抛石机砸出去的两枚石弹,深深地撞进了松软的柴草垛,又飞出去,插进了第二堆草垛。

至于原本站在车上的几个人,则被抛得更远,其中原本站在车厢最后面的一个家伙,更是手舞足蹈地在空中划出一条抛物线,堪堪砸在最后面一辆车的草垛上面,差一步就要摔个粉身碎骨。

第二十六章

狼奔豕突

一

"窸窸窣窣……"

左艺璇和馥如儿等四女刚刚稳下身子，立即扑向叶小天和田彬霏砸进的那辆柴草车，拼命地拨拉着草，扒拉出一个大草坑的时候，终于露出了叶小天的身影。

叶小天头下脚上，蜷卧在草坑中，仿佛正在孕育中的一个胎儿。这货当年在市井间练就的本事，很懂得什么姿势最能保护自己，什么姿势最能保护要害，此时自然而然地施展出来。他护住头面，被两个俏婢提着脚踝从草堆里拔出来时，脸上居然没有划伤，只是后颈有几道细微的擦痕。

至于田彬霏，可没有叶小天这样的保护意识，再加上缺了双腿，可供挣扎的余地不多，所以左艺璇等人又在草堆里扒拉半天，才在原本叶小天屁股的方向发现了田大先生。田大先生脸上的擦痕就多了，不过他本来就满脸伤痕如同一道道蜈蚣，也不怕再多几道。

一把二人救出来，搀到地上，左艺璇立即撮唇发出一声尖厉的呼哨。那些牛车接到呼哨，立即纷纷驱车迎向山脚。那牛受鞭子催促，短程内冲刺倒也蛮快，十几辆牛车冲到山脚，也不过须臾工夫。

此时，山上的人已经解决了吕杰等人，正纷纷冲下坡来。这坡势较陡，车马行人下山平时都要跑成"之"字，如今这样笔直地冲下来又要保持平衡，速度并不够快，好在这山也不算极高，此时他们已经跑了一半的路。

牛车车夫们望着山上冷冷一笑，不慌不忙地停住牛车，绕到车子后面，从怀中掏出了火折子……

等山上的人跑近时，车上的柴草已浓烟滚滚，烈焰焚天，受了惊的老黄牛拉着着火的车，疯狂地向山上冲去，骇得采妮等人只得避向左右路边。

烈焰浓烟一起，三里地外的扈家庄里立时冲出数十匹骏马，风驰电掣一般冲到卧牛岭山脚下。此时那些疯牛狂奔乱撞，把着火的柴草洒得到处都是，山上冲下来的人越来越多，可受阻于这些浓烟火焰，一时却下不了山。

那些健马共有四十余匹，其中有十匹空马。左艺璇等人接到马队，叶小天和田彬霏立即在他们的帮助下上了马，至于田天佑，只好自力更生，不用人说，自动自觉地爬上了一匹马。

田天佑摔到了最后一辆牛车上，柴草垫了一下，紧接着又滚落到地上，碰伤了额头，眉峰处撞开一道口子，此时右眼已经肿胀得像个鹅蛋，鲜血抹了一脸，说不出的狼狈，可逃出生天的喜悦却让他振奋不已。

"走！"

左艺璇一声令下，二十人骑马护着叶小天等人飞奔而去，而原地留下的人和驾驶牛车的人，纷纷守在了山下。

柴草烧得太快，他们要为逃走的人争取更多的时间。他们之中，只有不足十人是真正的死士，但是死士的存在，足以保证其他人不会临阵脱逃。而这些死士，注定将成为弃子，被抛弃在这里。

· ※ · ※ · ※ ·

一行二十余骑快马穿过扈家庄，再行四里多地，前方出现一个三岔路口，馥如儿持鞭向左一指，喝道："叶土司，这边！"

与此同时，左艺璇向右狂奔。田彬霏缺了双腿，双手全用来控制身体了，他的马缰绳是持在左艺璇手上的，自然也是随之向右了。

眼见许多侍卫分别跟着叶小天和田彬霏两人离去，田天佑急道："我呢？我呢？"

剩下的几人冲上来，对田天佑道："我们走中间！"

其实被卧牛岭主力选择追赶的可能，三条路都是一样的概率，但田天佑却有些愤愤不平。不是因为路的选择，而是因为他一下子就明白过来：叶小天所走的那条路，接下去的安排一定最缜密、最安全，而他走的这条路，很可能再没有其他任何隐蔽措施，他的作用，就是为了吸引追兵！

然则他没有选择，至少比起三岔路口留下来的人，以及正从荒野间闪现，加入阻击人群的那些人，他逃离的可能还要更大一些。

田彬霏缺了双腿，骑在马上不如说是颠在马上，只凭双手控制实在辛苦，但正在逃命当中，他也抱怨不得。这般辛苦、紧急的时候，他还有暇问道："此番救我等逃离，是谁的主意？"

左艺璇看了他一眼，道："是三夫人所安排！"

田彬霏点了点头，既然是三夫人安排，他相信尽管卧牛岭做戏做真，会真的全力追赶，逃离的可能还是相当大的，他从未低估过田雌凤的本事。

……

此时，铜仁府，清浪街。一条条消息通过罗府的家丁下人、看门老仆、买菜的厨子、做针线的婆娘，纷纷送到了洪百川的面前。

"老爷子，清浪街上的人我们已经彻查过了，在小少爷失踪前后离开的大约有七十人，其中与街上店铺早有生意往来的四十多人，此外多是游客、探亲，这些人的姓名身份、体貌特征，我们已经着人画影图形，全在这里！"

……

"老爷子，东城黑虎帮送来消息，在东山锦江之外的城郊，林员外家的一幢别业近日刚刚租出去，黑虎帮已派人接触过他们，并且把见过的人都画了形，正与近日迁离清浪街的人比对！"

……

"老爷子，有结果了！东山锦江外林家别业居住的那些人，清浪街上的人大多没有接触过。不过有个送菜的汉子在一户租住的人家见过五人，所绘图形中的两人，恰与黑虎帮在城郊林家别业所见的下人形貌相仿。我们已经带了那个送菜汉子去东郊亲自辨认！"

洪百川目中掠过一抹杀气，缓缓地站起身来，眼神向旁边的老丁一扫。

老丁会意，沉声道："一窝蜂随时候命出击！"

洪百川双拳慢慢攥紧，指节发出咔咔的响声："老夫亲自带队，救出老夫孙儿之前，任何人不得妄动！只要老夫救出孙儿，便全力狙杀，不得枉纵一人！"

老丁脸上也露出狠厉的神色，道："大哥放心，都是老兄弟，不劳叮嘱！"

※·※·※

叶小天在馥如儿等人的陪同下狂奔出数十里，到了一处河岸，立即下马，河边早有船只等候。船上下来一人，身体形貌与叶小天颇有几分神似，他飞快地与叶小天换了衣服，骑了叶小天的马带人又往别处驰去。而叶小天则被馥如儿带上船，船顺流而下，急急驶去。

与此同时，右路的田彬霏则已换了路边的一辆马车，驰至一座山前，又由滑竿抬着翻过山岭，换了一辆牛车，在山路上曲曲折折地走了十几里路，最后藏进了一个猎户家的地窖里。

说是地窖，其实是半倚山坡的一座山洞，透气窗子在披淋而下的一片藤蔓之中。

窗上设了木栅，防止野兽闯入。田彬霏坐在山洞里阴凉的大石上，望着从那一角小窗透进的斑斓的阳光，思索了一阵儿，唇角慢慢漾出一丝谜一样的微笑："田雌凤这样不遗余力地搭救我们出来，看来事情大有可为啊！"

中路，田天佑已经换了三次马，换了三次衣服。这一路狂奔，始终保持最快的速度，连续三次有人接应替他换马，所以马儿还承受得了，可马上的他却有些受不了啦。

田天佑两股酸软，颠得都快吐了，可是为了逃命，他只能继续狂奔。照理说，他跑得最快也最辛苦，应该是最安全的，可是眼看着他逃亡的路线越来越趋向石阡，田天佑都快哭了。

白痴也知道他们一旦被救出卧牛岭，肯定会想办法以最快的速度逃向播州啊，由此往西的路线必然层层设防，是最危险的，果然是用我来做吸引追兵的目标吗？

啊！终于转向了，不再向西了！太好……太……不向西也不能向东啊！背道而驰，这我还有逃回播州的一天吗？这分明就是拿我做诱饵，以便为叶小安和田是非制造逃脱机会啊！

……

"老爷子，确认了！"

洪百川换上了劲装，刚刚将刀挂在肩后，老丁就推门进来，兴冲冲地对他说了一句。洪百川目光一狞，张口吹熄了烛火，缓缓地把一具青面獠牙的厉鬼面具扣在了脸上！

……

夜色苍茫，叶小天走进了铜仁城，穿着草鞋，牵着一头驴子，身着两截衣，腰带上还掖着一条汗巾，看起来就是一个进城探亲的乡下汉子，而馥如儿穿着一身青花布的衫子，侧坐在驴子背上，怀里还抱着一口篮子，明明是个女杀手，却像一个腼腆的小媳妇儿。

面对田雌凤如此大胆的安排，叶小天也不能不暗赞一声了，谁会相信，他们不惜代价救出的人，最后却只安排了一个小女子在他身边，就这样大模大样地进了铜仁城？纵有追兵赶到这里，除非他认得叶土司本人模样，否则不会多瞧一眼吧。

一个十字街头，叶小天微微停顿了一下，骑在驴子上的馥如儿马上低声道："不要停，直走，到清平街，咱们去付氏香烛棺材铺！"

第二十七章

东郊乱

一

　　清平街，付氏香烛棺材铺。一进门，就传来檀香味道，院子里挑着一盏惨白色的气死风灯，灯下一个短衣汉子正在刨着木板，那是做棺材的材料。

　　看到叶小天牵着一头驴子，驴子上还坐着一位小娘子，那汉子放下刨子，咿咿呀呀地向他们比画了几下，便快步进了屋子。原来是一个聋哑人。

　　叶小天搭了把手，馥如儿从驴子上跳下来，这时候老掌柜匆匆迎出来，一见二人便急急一招手，低声道："后边！"

　　二人跟着老掌柜走到后边放着几具棺材的房间，屋子里还有淡淡的油漆味。走了一路的叶小天脚后跟生痛，一屁股就在一副棺材板上坐了下来。那老掌柜拉着馥如儿躲在角落里嘀咕了一阵儿，馥如儿点点头，便走回叶小天身边。

　　馥如儿道："叶土司，一会儿天再黑些，我就去见三夫人。"

　　叶小天道："三夫人在哪儿？"

　　看到馥如儿冷漠的眼神，叶小天摸了摸鼻子，讪讪一笑。馥如儿这才接口道："你先吃点点心，歇息一下。一会儿，听从付掌柜的安排，会把你转移到一个更安全的所在。"

　　叶小天忍不住道："这里还不够安全吗？我们一路过来，好像也没人注意啊！"

　　馥如儿没理他，扭头就向侧厢房间走去，老掌柜则端来一盘点心、一壶茶水。那茶水淡的已经快成了白水，至于点心也不知有多久没动过了，硬邦邦的。

　　叶小天确实饿了，一边就着茶水嚼着点心，一边暗暗思忖："这个老掌柜不知出于何故肯帮田雌凤的忙，或许他是播州安插在这里的暗桩。杨应龙能在我卧牛岭安插那么多暗桩，在铜仁城安排几个耳目眼线也不稀奇。不过，他知道的东西一定有限，可能都不清楚我的身份，也不知道这次行动是三夫人田雌凤所主持。理由嘛……"

叶小天又费劲地咬了一口那风干了似的硬邦邦的点心，轻轻叹了口气。

叶小天吃了三四块点心，灌了大半茶壶水，天色也就完全黑了下来。馥如儿从侧边房里走了出来。此时她已不再是民女村妇打扮，而是换了一身夜行衣，姣好体态毕露，为了方便行动，只在腰间插了一柄短剑。

叶小天站起身来，馥如儿道："叶土司，你听掌柜的安排吧！我这就去见夫人，快的话，明日一早，就会接你离开！"

叶小天点了点头，馥如儿走到前厅，叶小天和付掌柜陪着走过来，房门推开，院子里已漆黑一片，气死风灯已经熄了，那个聋哑木匠也不见了，馥如儿回头看了他们一眼，迈步走进了夜色之中。

付掌柜掩上了房门，声音有些暗哑："一会儿，会有人来取棺材，到时你就藏到棺材里，他们会送你去该去的地方。"

叶小天奇道："这么晚了取棺材？"

付掌柜呵呵地笑了两声，道："晚上阴气重，方便移尸啊！我不会问你犯了什么案子，你最好也不要多问我的事情，我收钱办事，事毕两讫。离开我这间棺材铺之后，你不认识我，我也不认识你，我们从此再无瓜葛！"

叶小天哑然。又过了小半个时辰，外边门扉被人拍响，付掌柜的出去开了门，与来人低语几句，又返回内室，推开一张棺材盖，对叶小天道："快进去！"

叶小天到棺材边探头看了一眼，见里边空空的，不由暗暗松了口气，方才听付掌柜的话，他还以为要跟死人挤在一副棺材里。虽说以他的历练，未必会觉得害怕，到底不甚舒服。

叶小天翻进棺材躺好，付掌柜又推上棺材盖板。叶小天躺在里边，就听有脚步声响起，好像进来几个人，接着就是"咚咚咚"的钉棺材钉的声音，叶小天不由得一阵紧张。

棺盖被钉死后，外边窸窸窣窣的似乎又绑了几条绳子，棺材就离了地，被人抬了出去。"这是去哪儿？不会是……坟地吧？"叶小天躺在棺材里，不由自主地胡思乱想起来。

· ※ · ※ · ※ ·

铜仁东郊，林家别业。

这幢别业傍山伴水，风景秀丽，确是一个休闲好去处。要说到房舍，实则却不多，庄园中以花草树木为主，亭阁楼轩掩映其间，因为只是用以度假野游的所在，所以相对简单。

茫茫夜色中，洪百川独自一人悄悄遁入了山庄。其实在他手下，至少有六个人无论性情之谨慎还是本领之高强，都是他完全信得过的。可这一遭要救的是他的命根子，他不敢冒一丝险，必得亲自去做，他才安心。

以洪百川的见识本领，要在这山庄中找人自然容易。他悄悄摸到高处，无声无息地贴着墙壁，仿佛一只壁虎爬到房顶，脊兽似的蹲在那儿，四下只扫视了一遍，就锁定了三幢主楼，那是最可能藏匿孩子的地点。

洪百川的体形很肥硕，虽然不像大亨那么夸张。他平时的动作很迟缓，真的像是怕走急了踩死蚂蚁。可此刻的洪百川却像一阵清风、一个幽灵，一个胖子竟有这样的轻身功夫，着实可怖。

洪百川锁定的第一幢小楼，被他无声无息地探查了一番，搜遍了每一个房间，住在这幢小楼里的一共有十四个人，四个守夜的，十个正在熟睡。

紧接着，洪百川开始搜索第二幢楼，这幢楼也被他搜遍了，还是没有。其实在搜索过程中，洪百川完全有机会捏死几个人。这幢楼的戒备更加森严，足有八个侍卫守夜，二楼主卧是一个女人，左右房间分别住着四个女人，一看就是以中间房间所居之人为主，这个女人很可能就是首领，但洪百川没有动手。

在找到他的宝贝孙子之前，他不敢冒一丝风险。如果有人垂死之际发出半点警讯，只怕他就要功败垂成。那个年纪还小、毫无反抗能力的小孙儿只要掌握在人家手中，他纵有通天本领，也只能任人挟制。

洪百川何等心性，泰山崩于前而色不变，麋鹿兴于左而目不瞬，天下已罕有事情能动其心、乱其静，可一连搜索两处都没有他的小孙儿，这心还是乱了，他试图离开转往第三处目标时，脚下不由便重了一些。

那声音非常轻微，恐怕老鼠悄悄走过的动静也不过如此，但是这幢楼里住在一层楼梯两侧房间里的人还是察觉到了，他们就是龙虎山二老。

这两位少年入道，中年脱道还俗的龙虎山高手，武功造诣实不寻常。一向喜欢招纳奇人异士的杨应龙能把他们两人专门派做他最宠爱的田雌凤的贴身侍卫，可见对他二人的欣赏。

当洪百川离开的时候，二人不约而同地张开了眼睛。听到声音渐去渐远，二人疑心顿起，如果有人起夜是不该离开小楼的。但二人也不清楚究系何人走出小楼，所以并未声张，只是飘然走出房间。

二人相视一看，虽然厅中没有掌灯，只能模糊看到轮廓，但自幼一起长大的兄弟，只瞧身形也知道是对方同样察觉了动静。二人相互打个手势，便一起闪出了小楼。

洪百川掠进第三幢小楼。这一次他是以飞檐走壁的功夫，从二层小楼的一扇窗子掠进去的，从上往下搜。他在二楼搜到第三个房间时，便看到了他的小孙子。

小家伙四仰八叉地躺在一张床上，双手抱头，蜷着双腿，好像一只正在晒着肚皮的小蛤蟆，被子也被他蹬到了一边。旁边还有一张床，睡着一个中年妇人，应该是负责照看他的仆妇。

洪百川看到孙子，一颗心顿时落到肚里。房间里还燃着一支蜡烛，灯光微微，洪百川俯身看看孙子，轻轻地呼出一口焦虑之气，眸中露出一丝心满意足的笑意："这个臭小子，跟他爹一样的没心没肺，被人偷走了，还能睡得这么踏实。"

洪百川俯身去抱孙子，这时尾随而至的龙虎山两大高手已经确定了他的来意。其中一人一声不吭，双腕一翻，就向洪百川的后心狠狠击来。

龙虎山这两大高手练的都是手上的功夫，铁袖功、麒麟臂，一双铁掌自然也是下过苦功的。他一出手，洪百川就已察觉，但洪百川不敢躲，万一对方收手不及，又或攻击方向不妥，伤了他的孙子怎么办？

但洪百川反应也是极快，他眉头一皱，背弯如弓，双手依旧稳稳地把孙子抱了起来，与此同时，拔地前扑。龙虎山高手这一对铁掌重重地打在了他的背上，但洪百川本就在向前扑出，所以至少卸去了四成力道。

饶是如此，洪百川依旧闷哼一声，一口鲜血逆冲到喉咙，虽被他硬生生压住，嘴角也沁出了些许。洪百川的身子并未停歇，向前一撞，那窗棂四分五裂，用一双铁臂护住了孙子的洪百川硬生生地撞了出去。

两个龙虎山高手反应也快，立即紧跟而出，洪百川尚在空中，后背就受了这两人铁袖功轮番四次打击，等他落地后终是忍不住，"哇"地喷出一口鲜血。

洪百川身为朝廷秘谍，不知干过多少不好见光的勾当，经历过多少匪夷所思的场面，应对的策略绝对理智。他身一落地，头都没回，立即展开八步赶蝉的轻功，向前飞掠而去：孙儿到手，他绝不会冒险，此时只想逃。

龙虎山两大高手立即追来，带着冷笑狂啸一声，向庄园中所有人示警。对方受了伤，用的又是短程极快、但也最耗体力绝难持久的功夫，他们根本不怕对方逃得了。

但是，田雌凤错估了罗家的底细，他们并不清楚罗大亨他爹，这位以经商为业的洪老爷子竟然是纵横黔地多年的"一窝蜂"大首领，他麾下高手如云！

洪百川奔走当中，右臂望空一扬，一支烟花便高高升起，"啪"的一声炸成了一朵怒绽的银菊，在夜色中看得异常清楚。随着这烟花绽放，从庄园的各个方向，早已蓄势以待的"一窝蜂"一窝蜂地冲了进来。

那些衣衫不整急急跑出来的田雌凤的部下被他们一见着便毫不留情的屠戮而亡。他们接到的命令就是："鸡犬不留！"

洪百川逃得快逾奔马，老丁和二当家等几名杰出高手冲得势若雷霆，他们从事先约定的方向猛冲过来，老远便看见老大的身影狂奔而来，立即长啸一声迎了上去，避过洪百川，猛虎下山般冲向龙虎山两大高手。

铜仁东郊，大战方起！

第二十八章

赶尽杀绝

一

田雌凤闻讯后匆匆起身，穿戴整齐赶到楼台，眺望各处虎跃龙腾，俏脸不由变色："难道是卧牛岭发现了我的踪迹？"

田雌凤此刻所畏者唯有卧牛岭。现在她可是在卧牛岭控制的地盘上，如果是田妙雯、李大状，又或者是铜仁的于珺婷发现了她，凭她手中的力量，绝难逃脱。

但田雌凤仅看片刻，心思便稍稍安定了下来。从山庄各处厮杀的场面来看，并不像是叶系势力大举出动。此时她又得知对方先行盗走被她掳为人质的洪百川长孙，便更加认定对方不是卧牛岭的人了。

"难道，竟是罗家请来的人？"

田雌凤喃喃自语，犹疑不定。在她看来，罗家无非有些家丁护院，即使重金聘请来几个江湖高手，也不可能跟她带来的人战到如此地步。龙虎山两大高手也在与人激战，一个商贾，何来这等实力？

田雌凤正沉吟间，只听猎猎风起，一道人影大鸟儿般直扑楼头。田雌凤身边八名女死士正按剑而立，其中四人立即迎上前去，四柄锋利的长剑斜斜指向来人，随时可以形成合围。

"是我！"一听来人说话，四女立即提剑后退，来人跃到楼头，一个踉跄，捂胸道："夫人，来犯之敌凶猛，速速离开！"

此人正是田雌凤倚为臂膀的龙虎山两大高手之一，田雌凤惊道："什么？连你们也不是对手？"

话犹未了，龙虎山另一高手也蹿上楼头，此人更加狼狈，一件长袍被削得七零八落，两只袖子都打没了，长袍成了坎肩。田雌凤一见如此情形，不及再问，当机立断道："走！"

当下，龙虎山两大高手和八名女死士护着田雌凤急急下楼，遁向庄园之外。而庄园中的播州人马在一窝蜂地打击之下，已经溃不成军。

这一窝蜂的主要成员实乃锦衣卫中一等一的高手，放到江湖上那也是有号的人物。只因锦衣卫指挥使宇无过也是鹰党一员，所以当初他们因一项秘密使命，被派遣到贵州，以巨盗身份秘密行事。

这十数年的历练，不知经过了多少腥风血雨，这些久历杀伐的锦衣卫高手更加厉害了。田雌凤带来的人也算是一时俊杰，可比起这些四五十岁，再有几年才会从鼎盛状态滑落的锦衣卫高手来说，不管是经验还是实力都要逊色一等，哪里是他们的对手。

田雌凤不会武功，走得不远便香汗淋漓，两个女死士见状，向她告一声罪，便上前架起了她，脚不沾地直奔东山密林。田雌凤选择林氏庄园做最终的落脚点也是出于这个缘故：易于逃脱。

但追兵还是近了，二当家和老丁都是洪百川多年的兄弟，洪百川的孙儿被掳，对他们来说无异于自己的至亲晚辈被掳，对田雌凤一行人他们恨之入骨，岂肯放过。

那随田雌凤逃走的八名女死士中除两人正架着田雌凤逃命，尚有六人，一见敌人死追不舍，六人娇喝一声，返身拔剑迎去。

若是换个二十出头的年轻人，瞧她们年轻貌美、体态窈窕，说不定还会动了怜香惜玉之心，可二当家和老丁都是什么人物，在他们眼中，红粉骷髅，一般无二，眼见六女迎来，二当家和老丁狞笑一声便冲了上去。

田雌凤越走越是骇然，这敌人人数虽不多，但是也太骁勇了些，恐怕天王麾下最精锐的侍卫也不过如此，这些究竟是什么人？如果说是卧牛岭的秘密力量，叶小安作为叶小天的亲大哥，难道就一点也不知道？如果不是卧牛岭的人，那么……还能有谁拥有如此强大的力量？

因为未知，所以可怕，这一路上，田雌凤胡思乱想了不知多久。她感觉后方渐渐没了声息，进入林中也深了，只道已经脱离危险，被人架着虽不用她出多少力，可也娇喘吁吁、芳心急跳了，便喘息道："歇……歇一歇吧，我走不动了。"

田雌凤还没说完，就听到不远处老丁和二当家一个持判官笔，一个持量天尺，已经气势汹汹地追了上来。

老丁和二当家快刀斩乱麻，用最短的时间杀死了六个女死士，又一路疾追，此刻也是体力消耗过巨，但是一瞧马上要追及，精神大振，速度竟是又快了许多。

龙虎山两高手的老大一见，沉声喝道："夫人，如此走也太慢了。若再有人追来，恐怕夫人便走不得了。请恕在下得罪！"

他说完便向前一闪，身形一矮，背对田雌凤。田雌凤先是一呆，马上就明白他是想背着自己走。田雌凤并非寻常女子，自也不会在意这等男女礼防，当下毫不犹豫地趴到了他的背上，伸手揽住他脖子。

那人双手一托田雌凤的膝弯，一把将她背起，拔足便走。另一人紧紧护住，并对那二女道："拦住他们！"

两个女死士拔出剑来，返身面对老丁和二当家，明知绝难幸免，仍是义无反顾地扑了上去……

· ※ · ※ · ※ ·

林家别业的战斗进入了扫尾阶段，一窝蜂的人当真凶悍，见人就杀，不留活口，田雌凤此番带来的人无一幸免。有那尚有气息的，他们清查现场时，也都毫不犹豫地干掉了。

一窝蜂的人已经不是第一次干这种事，手段狠辣，做事果决，哪会留下一个后患。他们别业内外清查一遍，确定再无活口，便把尸体纷纷丢进各处楼阁，开始堆砌柴薪，准备一把火烧了。

洪百川站在庄园外一角，周围有四个高手保护着，怀里一直抱着他的孙子，始终不曾放下。爱孙失而复得，洪百川此时惶恐的心情自然不难理解。

这时，林间小道上，馥如儿正着轻盈的步伐飞快地掠来。前方不远就是林家别业了，馥如儿心中一喜，加快了脚步。

庄园中掠出一道黑影，到了洪百川面前抱拳一礼，洪百川道："老二和老丁呢？"

那人道："回大当家，二当家和老丁追赶逃走的人去了。"

他们虽然是锦衣卫中人，但是冒充巨盗已经有十多年了，彼此已经习惯了这种称呼。

洪百川眉头一皱，隐隐有些不安。杀人泄愤固然是他所欲，不过他也担心两位老兄弟中了人家的手段。洪百川立即道："马上烧了庄子！"

只要这边火起，老丁和二当家看见，就会明白这是大当家要他们立即撤回，不要再死追不舍了。那人答应一声，转身刚要离开，洪百川忽然道："噤声！"

洪百川身边几人何等老辣，立即屏息凝神，提高了警觉。洪百川低头看看怀中孙儿，小家伙刚才在厮杀呐喊声中醒来一次，见是在爷爷怀里，欢喜地与他腻了一阵，因为困倦，又沉沉睡着了。

洪百川打了个手势，然后轻轻掩住孙儿嘴巴，鬼魅般地闪进了树林。其他几人一看，登时蹿高的蹿高，伏低的伏低，也迅速藏了。

片刻之后，馥如儿出现了，她拿眼往庄子里一看，见庄子里灯火处处，人影绰绰，不禁惊"咦"一声，迅速闪向旁边一棵大树，试图先藏住身子，再观察动静。

可她双脚刚在大树边落定,那大树上便无声无息地滑落一人,紧贴着她的后背站住了。馥如儿忽觉背心一紧,下意识地就要往前扑,但一只大手已经从她背后伸过来,一把扼住了她的咽喉。

馥如儿登时僵住了,她手中正提着剑,但是从对方大手扼她咽喉的角度,她就知道对方的站位十分严谨,就算她有机会反手刺出一剑,也伤不了人家,而扣在咽喉上的那只大手十分有力,她毫不怀疑,只要稍有异动,她的喉骨就会被捏碎。

洪百川抱着小孙子鬼魅般地出现了,冷冷地看她一眼,就像一头猛虎盯着它爪下的野兔:"带下去,问清楚!"

馥如儿背后那人答应一声,大手一扣,一把打落馥如儿手中的剑,便拖死狗似的把馥如儿拖向林中。

片刻之后,林中响起一阵凄惨的叫声,与此同时,林家别业处处火起,喷吐着焚天怒焰。

火光照耀下,一个络腮胡子、豹头环眼的中年汉子空着双手从林中走了出来:"大当家,她的嘴巴硬得狠,问不出话来!"

洪百川"嗯"了一声,又回头看了看已经化作火焰山的林家别业,沉声道:"走!"他没有问如何处理了馥如儿,"一窝蜂"出手,又岂会留下活口。

林中一座山峰上,老丁和二当家停住脚步,这是密林,又是深夜,他们结果了那两个女死士后,已经彻底把人追丢了。这时林家别业大火冲霄,二人扭头看见,知道大哥下了收兵令,只好怏怏赶回。

七星观内,一间静室。一双人儿云雨已毕,那胴体妖娆的妇人白羊似的俯卧在榻上,娇喘细细。男人则俯伏在她凹凸有致的身子上,随着她呼吸的起伏,懒洋洋地抚弄着她细腻光滑的肌肤。过了半晌,那男子才慢腾腾地爬起,披上一件袍子,迈走出了静室。

廊下有灯,照亮他的面容,正是长风道人。一见长风道人出来,明月小道便板着面孔,叩了叩房门,听见里边妇人应了一声,便推门进去。过了一阵,明月小道士牵了那妇人的手出来,那妇人眼睛上蒙着一条黑色的布带。

这是长风道人用绝食抗议向王宁讨来的福利。眼见王宁是不肯放过他这个傀儡了,一味地赚钱最后也未必能落到自己手上,长风道人便也讲起了享受:要酒、要肉、要女人!

王宁不想逼他太紧,但又怕坏了他好不容易才树立的活神仙形象,所以想了个两全之策:他允许长风道人找女人,但来者来去都得蒙了眼睛,长风用来媾和的这间静室内也没有任何标记。

长风道人虽然觉得这样少了很多情趣,可也只好接受,暗地里自我安慰,这是帝王才享有的待遇啊……

长风道人腿软脚软地回了自己的静室，跷着二郎腿躺着，正眯着眼回味方才的春宵之趣，房门忽然又被叩响了。长风道人不耐烦地道："谁啊，又有什么事了？"

房门一开，王宁出现在门口："快出来，有贵客到了！"

长风道人听得心头一惊，从王宁嘴里说出来的贵客，恐怕全都是麻烦。长风道人无暇多想，赶紧抓起一块毛巾，投湿了胡乱擦了把脸，把那胭脂唇印都抹净了，又抓过一条新浆洗过的道袍换好，急匆匆赶到客厅，抬眼一看，便暗叫一声苦也！

第二十九章

话不投机

一

厅里有四个人,清风站在一侧,椅上坐了三人。

最上首一人是田雌凤,那样美艳的一个女子,虽是钗横鬓乱,香汗津津,依旧不减风韵,略显狼狈的样子,少了几分高高在上的感觉,倒是让她更有女人味了。

接下来是龙虎山两大高手,一个赤膊,穿着一件不伦不类的长坎肩,肋下肩头几处血痕,他的功夫还没练到通体刀枪不入。

另一个倒是没有赤膊,但衣服刮扯出好几道口子,头上的发髻也歪了,眼看就要散了,松松垮垮的,看起来也好不到哪儿去。

一见长风,田雌凤便站起来,向他毕恭毕敬地行礼:"仙长,弟子冒昧打扰,还请恕罪。"

长风道人虽然暗暗叫苦,却已迅速进入了角色,云淡风轻地道:"无妨。既然来了,就在此小住些时日吧。清风,依旧把田施主安排在老地方。"

田雌凤讶然道:"仙长不问弟子遭遇何事吗?"

长风道人微微一笑,淡然道:"贫道掐指一算,已略知端倪,虽不能尽知详情,足矣!放心吧,你虽有波折,却无凶险,既然来了这里,贫道便可保你无恙。"

田雌凤听了更加恭敬,忙道:"多谢仙长。"

长风道人愈发地洒脱,又随意答对几句,便让清风引她和两个狼狈的部下去她住熟了的小院住下。田雌凤等人一走,王宁就道:"他们为何如此狼狈,做了什么?"

长风道人双手一摊,道:"你问我,我问谁去?"

王宁大怒,瞪起眼睛道:"你不知道?你不知道那你装的什么大尾巴狼?你为什么不问她?"

长风道人理直气壮地道:"我可是大元玄都灵霄上清广化宗教妙一飞玄……"

王宁翻个白眼儿,打断他的话:"滚蛋!"

长风道人悻悻地一甩袖子:"贫道与你,话不投机!"

……

田雌凤到了住处,清风小道士道:"夫人请稍候,小道马上为你送开水过来!"

"有劳师兄!"

田雌凤对长风真人崇信不已,对他身边的亲传弟子也非常礼敬。谢过了清风,眼看他出去,田雌凤的脸色迅速沉了下来,对两侍卫的老大道:"你连夜离开,去查一查徐逸鹤、馥如儿他们究竟如何了。"

那侍卫答应一声,迅速离开,田雌凤又对另一名侍卫说出一个地址,道:"你也连夜去一趟,如果顺利的话,叶小安此刻应已到了那里,把他给我带来!"

那侍卫犹豫道:"夫人,您身边不留一人,这……"

迷信于人,实无道理可讲。田雌凤如此睿智机警的一个人,偏偏被长风道人这个神棍忽悠得毫不生疑,她淡定地道:"长风仙长说我到了此地便再无凶险,还有什么好担心的,快去!"

那侍卫无奈,只好领命而去。虽然他担心田雌凤的安全,不过一来不敢抗命,二来他也明白,要把叶小安带来,此时是最恰当的时机。夜晚带人行走,虽容易引人注意,但以他的身手,却很容易避过更夫和巡夜的人。而若换作明日,东郊血案爆发,满城缉凶,反而不易把叶小安带来。

二人离开不久,清风道人也带了几个道人,担了几桶开水过来,又用清水混合了,调试好水温便纷纷离去。田雌凤此时形容狼狈,正欲沐浴清洁一番,便关好门窗,宽衣解带,沐浴起来。

王宁训斥了长风道人一番,却也无可奈何。此时明月送了那窑姐回来,王宁马上吩咐他悄悄离开七星观,前往清浪街洪百川处打听消息,他觉得田雌凤如此狼狈地出现在这里,或许大哥那里会有些消息,如果没有,也该让大哥知道此事。

明月离开不久,被田雌凤派去接叶小安的龙虎山高手已经把人顺利带来了。他架着叶小天掠过七星观后院的高墙,悄然来到田雌凤住处,轻轻叩了叩房门,里边却无人回答。

这人大惊,立即推门进去,沉声道:"夫人?"

木质屏风后面,田雌凤刚刚沐浴完毕,一道倩影,妖精般魅惑。此地已经成了她的专属居所,留置有一些衣物,否则的话今夜她逃得仓促,恐怕还得穿上那身已经被汗浸透的衣裳。

此时她刚取出一套睡衣,听到外间问话,赶紧穿上,道:"我在,叶小安可在那里?"

那名侍卫听她答话,松了口气,道:"在!我已把他带来了!"

田雌凤顿时也松了口气，叶小安获救，她此行便没有白辛苦，付出的那些牺牲也值得了。

田雌凤急急取过一条紫色腰带浅浅系在腰间，便趿了蒲草软鞋走出去。那侍卫一瞧夫人身着睡袍，裸露出大片雪白胸肌，玉沟深陷，异样惹火，连忙垂下眼睛，这一垂眼，又看见她小巧玲珑的脚，十趾如卧蚕，趾甲涂了蔻丹，窘得不知该看向何处了。

叶小天不曾被救出来时，田雌凤不知有多担心他，此刻见他就在眼前，想到因为他的愚蠢，害得天王损失两千精兵，害得自己深入虎穴，险些命丧东郊，又不由得心头火起。

田雌凤咬着牙，向侍卫吩咐道："你退下吧！"

那侍卫不敢怠慢，头也不抬地向她施了一礼，悄悄退了出去。

田雌凤慢慢走到叶小天身边，叶小天低下头，扮出一副惶恐模样，嗫嚅地张了张嘴，却没说话。

田雌凤心头火起，突然狠狠一掌，掴在他的脸上。叶小天下意识地想躲，又急急停住，受了她一掌，才故意向外一个趔趄，捂着脸吃惊地看着她。

田雌凤目欲喷火地瞪着叶小天，怒声道："你这摊扶不上墙的烂泥，上不了台盘的狗肉！愚蠢无比的废物！你可知罪！"

叶小天期期艾艾地道："我……我……夫人……"

田雌凤越想越怒，又是一掌掴来，叶小天又挨一掌，愤怒地道："你再动手，我可不客气了！"

田雌凤气笑了，冷声道："你不客气？那本夫人倒真要开开眼了！我倒要瞧瞧，你这样的废物，能如何不客气！"

田雌凤挥掌又要打，被叶小天一把抓住了纤细的手腕，田雌凤玉面含冰，冷声道："放手！"

叶小天道："不放！"

田雌凤怒极，抬腿就踢向他的裆下，叶小天也是火了，身子一歪，田雌凤一脚踢在他的膝盖上，因为穿得是蒲草软鞋，自己反而脚趾一疼，忍不住轻呼一声。

叶小天虽然扮作自己大哥，一直被播州方面当作可资利用的重要傀儡，虽然受人呼来喝去，却也不曾被如此羞辱。被田雌凤连掴两掌，也是真的火了，又见她要踢自己要害，更加恼怒，抬起手来，便给了她一巴掌。

"啪"的一记清脆的耳光，田雌凤呆住了，捂着脸庞惊讶地看着叶小天，有些不知所措。

她是白泥田氏的大小姐，白泥田氏是播州的一方土司，自幼在家族里那也是小公主一般的人物，不曾受过丝毫委屈。自从受宠于杨应龙，那更是一人之下，万人之上，从小到大，挨人耳光于她而言还是头一次。

田雌凤只觉"呼"地一下血气上涌，头皮都因为气愤而酥麻起来："你敢打我？"

叶小天一掌下去也呆了，此举确实大违自己大哥常性。不过，转念一想，老实人也有发火的时候，想要不引起她的疑心，此时只有继续扮下去。叶小天便用力憋红了脸，扮出一副恼羞成怒的模样来。

"打人不打脸！我一个大男人，你打我的脸？"叶小天气咻咻地说着，上前一把扑倒了田雌凤，田雌凤骇然道："你要干什么？"

要不是田雌凤一向要强，又确定赤手空拳的叶小安不可能轻易杀死她，此时就要大声呼救了。叶小天"气极败坏"地道："干什么？我要打回来！"

叶小天把她身子用力一扳，摁住她腰身，照着臀后便是一巴掌，这一巴掌可比田雌凤方才给他那一巴掌响亮得多。

"扮我兄弟，是我想做的吗？你们害我担负杀弟之名，你们逼我冒充土司！我每天都要担惊受怕，睡觉都不敢睡得踏实，生怕说梦话说出实情被人听到，你知不知道？我快被你们给逼疯了，现在你还要掌掴我，你以为我是你的奴隶吗？老子不干了，大不了一死，还能有什么了不起！"

叶小天一边说一边打，他倒不是诚心占田雌凤的便宜，只是除了第一掌因为愤怒打在她的脸上，之后恢复了理智，考虑对方毕竟是女人，打脸不合适，对她的身体饱以老拳又实在说不过去，臀部多肉，打几巴掌也无大碍，只好选择这里了。

田雌凤天之骄女，屁股被打得火辣辣的疼，心理上倒是产生了一种奇异的滋味。

她是那种喜欢刺激、喜欢冒险的女人，喜欢被比她强大的多的男人征服。叶小天这偶尔一冒的霸气，让她心理上不受控制地产生了一种新奇的滋味。

叶小天打着打着，见她停止了挣扎，手上的力道不由自主地也放轻了，再看田雌凤，胸口衣衫斜褪。

濡湿的秀发蓬散着，娇媚如花的容颜掩映其间，几绺乌黑的秀发黏在口唇颊畔，一双大眼睛晶莹湿润，水汪汪的好不诱人。叶小天呆了一呆，下意识地放开了她。

不料田雌凤突然扭身腿弯一曲，膝盖狠狠撞向叶小天的小腹，叶小天闷哼一声，捂着肚子倒在地上，

田雌凤慢慢坐了起来，明明很狼狈却依旧很女人，当她坐起来时，屁股又麻又疼，可她偏要摆出一副高傲优雅的模样，轻轻把散乱的秀发掠到耳后，乜视着叶小天道："很好！我只希望，你能一直这么男人！否则的话，你就没有任何用处！而一个没有用处的男人，却敢如此冒犯我……"

田雌凤缓缓俯身，压迫性地倾向叶小天："我会让你后悔曾经活在这个世上！"

她一低头，湿漉漉的长发便拂在了叶小天的脸上，那张面孔依旧是娇媚的，尤其是胸前的挺拔，因为这个姿势显得更加宏伟。

叶小天遇到过的女人，几乎每一个都非比常人，但是没有一个像田雌凤。她有比男人更强烈的野心，又懂得充分利用一个女人的长处，这样强势的女子，让叶小天油然升起一种征服的欲望。但是他的理智告诉他，这世上唯一能征服她的，或许只有权力。

第三十章

按兵不动

一

叶小天呼吸渐渐匀了，他双手扶着地面，迎着田雌凤的俏脸，慢慢地坐了起来："你放心！总有一天，我会让你见到我叶小安的本事！"

田雌凤媚笑道："好啊！我不怕你有本事，就怕你本事不够大！你若真够强大，就算要我臣服于你，也不是不可能！"

两人对答着，叶小天渐渐坐起，都快脸贴脸了，田雌凤只好后仰，一进一退间，雌豹变成了小猫，小猫又化成鼠，此时已变成田雌凤倒撑双手，仰着脸看着俯视下来的叶小天。

叶小天道："臣服？你要怎么臣服？"

田雌凤依旧媚笑："你想要我怎样臣服？一个女人对一个男人的臣服吗？"

田雌凤呵气如兰，纤腰已经拱成了一道登月的桥。

叶小天的目光变得愈发危险，田雌凤看到这样的目光，就知道自己在玩火。再懦弱的男人，终究也是男人，有时候他们是颇具攻击性的一种动物，癞皮狗也会在欲望之下变成雄狮。

但田雌凤夷然不惧，她纤长的颈子也挺了起来，挑衅地看着叶小天。

叶小天目光闪动："一个女人对男人的臣服？那么杨天王呢？"

田雌凤嫣然答道："如果你比他的力量更强大，他又怎配做我的男人？"

叶小天眼中掠过一丝鄙夷："如果我真拥有比杨天王更强大的力量，像你这样的女人……最多也就是我身边的一个通房大丫头！"

田雌凤咯咯地笑了起来："良禽择木而栖，一枝梧桐，胜过一树烂槐！"

叶小天面对这么一个没皮没脸，把一切都可以拿来利益交换的妇人，当真是没了辙，忍不住苦笑叹息道："我从来没有见过你这样离经叛道的女人，你算是一只什么鸟呢？"

田雌凤嫣然道："那就要看你了。你强如鹰隼，我就是金丝雀。你弱如鼠辈，那我就是翱翔于长空的海东青！"

叶小天怔了怔，慢慢地退回去，坐在地上，若有所思。

田雌凤缓缓站起，再狠狠的模样由她做来，似乎都是优雅动人、风情万种。她完全站定后，又成了那副高高在上、雍容华贵的美妇人形象："你这次犯了大错！给天王造成了很大损失！不要以为你对天王还有用，天王就一定不会把你怎么样。好好想一想自己的处境吧，如果你想活着，想逍遥自在地活着，就必须得挺起你的脊梁，否则，你会连一条丧家之犬都不如！"

田雌凤初见叶小天时是极为恼怒的，但现在反而对他有些满意了。这个家伙最欠缺的是什么？是自信与勇气！人的自信与勇气从何而来，来自他的欲望。

这个阿斗，一直就是个扶不起来的烂泥，可他现在已经有了野心、有了欲望。现在想来，他之所以在田妙雯面前暴露了身份，何尝不是因为他有了野心，试图占有田妙雯。

田雌凤觉得，正是因为之前她在海龙屯对叶小安的一再撩拨，才勾起了他的野心和欲望。虽然他暴露身份也是因为这个原因，但他有了欲望野心，今后就能发挥更大的更主动的作用，一条吃屎的狗经过她的调教，现在渐渐要变成一头吃肉的狼了，田雌凤很满意，也很得意。

只是，她没有觉察的是，她自以为的调教过程，其实她自己也正乐在其中。

· ※ · ※ · ※ ·

"土司大人被掳走了！"卧牛岭炸开了锅。

叶小天被掳，发生在众目睽睽之下，这件事瞒也瞒不过。

不过，叶小天既然决定再入虎穴，对此自然也早有考量。只要播州方面还没把叶小天带出去，就不敢公开让他露面，叶小天下落不明的状态，会让众人还有所期待，期待他会被救回，这段时间对卧牛岭来说，还是相对平稳的。

因此，李大状一面假惺惺地派人给主母大人送信，一面安排人到处搜捕、追缉。负责安排逃跑路线的颜文煜安排了明暗两条逃跑路线，两条逃跑路线又有多处重合，如此一来，足以混淆视线，对卧牛岭的追查造成极大障碍。

而明的一条线路，就是为了诱导卧牛岭方面进行错误追捕的，而这条线路上的田天佑则成了活靶子。他像牵线木偶似的，先被领向西，再被领向东，眼看快跑到大万山司了，又被领向西……

田天佑的这番奔波没有白费，卧牛岭派出的追兵大部被他所吸引，为叶小天和田彬霏的顺利脱逃提供了极好的机会，可他却逃不掉了。

最后，田天佑在铜仁小江和铜仁大江交汇处被卧牛岭的人马团团困住，负责保护他的七名死士全部战死，田天佑试图跳江逃生，可惜水性不好，被卷入了水底漩涡，三天之后，他的尸体才出现在江水下游，已被鱼鳖啃得不成样子。

颜文煜安排好明暗两条路线，便按照事先的安排从容撤走了。负责拦路堵截并制造诱饵的是徐逸鹤一行人。叶小天是狼狈不堪地逃进铜仁城的，等他进入铜仁城时，只牵着一头驴子，驴子上还骑着一个扮作小媳妇的馥如儿。

可是卧牛岭为了做戏做真，追的真是不遗余力。而且大批追兵都是不明真相的，可谓全力以赴。徐逸鹤这一方的人为了替他们堵截追兵，沿途层层设伏，死伤不计其数。

此时侥幸逃脱的只有颜文煜和左艺璇这两路人马。左艺璇保护着田彬霏，要等风声平息才会带着他辗转播州。因为他肢体不全，这是最明显的标志，只能藏于深山，静候事态平息。

而叶小天则到了七星观。叶小天进入七星观的消息，洪百川很快就知道了。王宁派人来向他说起田雌凤进入七星观不久，叶小天也到了七星观的消息就送到了。

幸运的是，洪百川是贵州地区锦衣卫秘谍的最高负责人，叶小天曾把自己的"鱼目混珠"计划详禀于贵州巡抚叶梦熊，以求得到朝廷的支持。而叶梦熊已把此事告诉了洪百川。

洪百川已经救回孙儿，林家别业被他一把火焚光，怒气也稍泄。想到再次打入播州内部，坑杨应龙一道，乃是鹰党与卧牛岭全盘计划的一环，便吩咐王宁：按兵不动，任其逃走！

此时，远地松坎的杨应龙已经见到了被田雌凤送来的田文博，听他说清了发生在卧牛岭的变故。杨应龙正与重庆知府王士琦虚与委蛇，等待着来自田雌凤的消息。

听田文博说清事变经过，得知卧牛岭之变并非朝廷策变叶小安对他发出的试探性攻击，而是因为叶小安不慎暴露身份，田妙雯激愤之下做出的举动，杨应龙顿时心安了。

他一直举棋不定，究竟要不要现在反？一方面，即时反，他准备还不充足，尤其是水西水东两位大土司态度极其暧昧，杨应龙不指望他们能来帮助自己，只求他们别扯后腿，而眼下的局面，这两位大土司显然不想坐视。

另一方面，他又觉得东瀛入侵朝鲜，孛拜在宁夏造反，这是千载难逢的机会，可以让他最大限度地减少来自朝廷镇压的压力。所以杨应龙一直摇摆不定，无法决定。

此时，得到田文博送来的准确消息，杨应龙终于下定了决心："暂且按兵不动！先打消朝廷疑心，救出叶小安，重新控制卧牛岭，解决来自水西安氏、水东宋氏之患,到时内部的准备也充分了,再振臂一呼,举旗造反!"

在杨应龙看来,那时候东瀛朝鲜之乱、宁夏孛拜之乱,未必就能平息,至少不能全部被平息,这样他依旧可以与之遥相呼应。

杨应龙打着如意算盘的时候,王士琦通过与他的接触也渐渐摸清了他的底细。这一日,杨应龙未与王士琦会晤,王士琦命人守住了客舍院门,把一名仪仗老军请进了客厅。

谁都以为,这仅仅只是一个军头,只有极少数的人才知道此人就是宇无过,如今锦衣卫的指挥使。

锦衣卫是天子耳目,它的责任可不只是留在京里四处刺探情报、抓人,它也是大明政权下的最大的谍报机构。

此时锦衣卫秘谍不仅出现在日本、朝鲜境内,也频频出现在宁夏、陕西、四川等地,为朝廷拟定战略提供着重要情报。而宇无过本人,则扮作一个仪仗老军,跟着王士琦,冒险到了播州。

王士琦道:"如今看来,杨应龙果然反迹明显,只是他似乎还未最终下定决心,拖了好多时日了,也不知道他最终如何决定。如果他决心即时就反,本官自无幸免。如果他还想蒙蔽朝廷,这也是朝廷的判断,我们还应该努力说服,打消他的疑虑。"

宇无过想了想道:"如果有机会刺杀杨应龙就好了,只要他一死,播州纵然反了,也不足为虑!"

王士琦动容道:"万万不可!杨应龙身边戒备重重,高手如云。他自己也是一身本领,岂是容易刺杀的。一旦失手,必然逼得他立即造反,朝廷三面平叛,顾此失彼啊!"

宇无过微微眯起了眼睛,道:"也未必就没有机会。大人可记得,杨应龙约你明日一同游猎?"

王士琦乜视着宇无过:"那时,我们有机会携带兵器到杨应龙身边,你想趁游猎时动手?可你也要知道,那时候杨应龙的防范必然也最严密。"

宇无过微微一笑,道:"王大人,你太谨慎了。你不要忘了,杨应龙的敌人多得很,何恩、宋世臣等人的家族都在盼着他死。"

王士琦道:"那又如何?只要我们一动手,他们难道还不明白是朝廷对他起了杀心?又如何将刺客误导到何恩、宋世臣等人身上去?"

宇无过微微眯起了眼睛,道:"本官查阅锦衣卫密档,曾见永乐年间夏浔大人留下的手札一部。"

王士琦怔道:"宇大人怎么忽然提起此事?"

宇无过道:"夏浔大人手札中,提过他曾经用过的几种杀人手段,甚是巧妙。其中一种正可用于游猎场中。"

王士琦探身道："什么办法？"

宇无过道："钢丝！"

王士琦茫然道："钢丝？"

宇无过道："不错！钢丝！钢丝柔韧，若以之系于大树两端，再有人纵马狂奔，从中冲过，则钢丝之锋利不亚于快刀。人马一过，身首分离！杨应龙嗜游猎，上次观他狩猎，常单枪匹马冲在最前，侍卫皆不敢与之争，这就是我们的机会。

"大人待我们做好手脚，便可借口腹疼提前离开，杨应龙之死便与我们全无干系了。届时我再预留些证据，祸水东引，不管杨应龙死不死得成，这个黑锅，何恩、宋世臣他们都背定了，如此一来，也可逼得何、宋诸人与杨氏再无回旋余地，只能死心塌地地为朝廷效力。更妙的是，何恩、宋世臣现在京城，这个黑锅他们背了，也不敢辩白！"

"嗯……"

王士琦抚须沉吟半晌，道："果真能做得巧妙，不致牵连到朝廷？"

宇无过肯定地道："我有把握！"

王士琦又挣扎半晌，一桩天大功劳近在咫尺不断向他招手，他实在无法抗拒这种诱惑，终于在椅子扶手上重重一拍，道："若无后患，那便做了！"

第三十一章

千钧一发

一

对七星观来说,这一天同往常有些不一样。因为久不亲自讲道的长风道人决定今日公开布道,所以七星观里的信徒聚集得越发多了,小商小贩们也闻风而至,争取小赚一笔。

长风道人在前观主持讲道,大多数人都聚集到了前面,包括纯为游玩而来的人,而叶小天、田雌凤等人也在乔装打扮之后混进了前观,现场人头攒动,根本没有人注意他们。

长风道人今天似乎有点心不在焉,状态并不太好。他坐在台上一边信口开河,一边游目四顾,想找到田雌凤和叶小天,但底下人山人海,哪里寻找得到,最后只好专注于讲道,并且暗暗祈祷,只愿这对灾星早早消失,省得他继续担惊受怕。

长风道人这次讲道的时间并不长,等他讲完回后观,信众纷纷散去的时候,叶小天和田雌凤一行人也混在人群中悄然离开了。

叶小天此时已经成了一个小丫鬟,亦步亦趋地跟在田雌凤身边。而龙虎山两大高手,一个扮成了车夫,一个扮成了随行的老家人。

关于如何乔扮叶小天,田雌凤是煞费了一番苦心的。

扮成富家公子,与他假扮夫妻离开铜仁?那他实在不会有太大变化,容易被人认出来。

让他扮成老车夫,贴上白眉白胡子,再套个白发套?他皮肤又太细致年轻,更是破绽。

叶小天眉目本就清秀,思来想去,只有扮成女人才更容易掩饰,扮成丫鬟,常常垂眉敛目的,也不虞喉结被人发现,而且如此一来,他就可以名正言顺地与田雌凤共入车内,轻易不必抛头露面。

叶小天打着车帘,侍候田雌凤上了车,自己也登上了车子,又放下了车帘。车子不大，田雌凤在铺着锦褥的座位上居中而坐，两边留出的空间都不足以坐下一人，叶小天左右看看，道："我坐哪儿？"

田雌凤睨了他一眼，指了指厢壁，厢壁上有块折叠的长木板，放下来就是座位，显然是给丫鬟侍婢预备的。作为下人，怎么能和主人并肩而坐。叶小天摸了摸鼻子，道："要赶远路的，这样侧坐着，很容易晕车。"

田雌凤又睨了他一眼，神色不善。自从被掌掴之后，田雌凤看他的神色一直不善。叶小天继续道："晕车倒也没有什么，但若呕吐在车内，又或不慎吐在夫人身上，那就罪莫大焉了。"

田雌凤笑了，比起那个畏首畏尾、胆小如鼠的怂包，她更愿意叶小安是此刻为了坐在她身边而没皮没脸的这个臭男人。不管怎么说，这都是一种进步。田雌凤挪了挪身子，纤手轻拍身边的位置。

叶小天一脸欣喜，赶紧道："多谢夫人！"

叶小天走过去，规规矩矩正襟危坐了，但田雌凤并未紧贴着一侧厢壁，所以两人的身体随着车子的颠动依旧若有若无地有些擦碰、接触。

田雌凤眉若远山，眸似秋水，近在咫尺处体香幽幽，侧面一瞧更显鼻如悬胆、肤似凝脂，就这么擦近着坐了，叶小天觉得实在是种很舒服的体验。

田雌凤居然还凑近了他的耳朵，饱满的酥胸轻轻贴着他的臂膀，叶小天刚刚心中一荡，田雌凤已低声道："这一次，你把事情办砸了，让天王损失惨重。而你自己，也身陷囹圄，如果不是本夫人不惜牺牲这么多人手救你，你的下场如何？"

叶小天脸色一变，突然从温柔乡里清醒过来。田雌凤道："天王一怒，多少豪杰都杀了。天王所倚仗者，也不是区区一个卧牛岭，卧牛岭于天王而言，只是锦上添花，你明白吗？"

叶小天神色凛凛："我……明白……"

田雌凤见他被吓住了，又是妩媚一笑，语气变得温柔起来："为了你自己，也得振作起来！你是男人，我希望从现在开始，你不要总是被人牵着走，如何掌握卧牛岭，如何建立你的势力，如何成为一方豪杰……这一路上，你不妨好好想一想！"

叶小天似乎被触动了，他深深地看了一眼田雌凤，不再露出那副心猿意马的模样，而是沉浸到了深深的思考当中。田雌凤满意地坐正了身姿，靠在椅背上，轻轻合上眼睛。

叶小天暗暗地思忖着："看来，杨应龙和田雌凤对我的身份毫无怀疑，这样，接下来的事情就好办了。这个狐媚子一直在怂恿我的野心，我适当做些变化，也不会引她怀疑。"

……

松江池畔，一片肥沃的土地里，几个农人正弯腰锄着垄间的野草。

他们都戴着竹笠，穿着汗衫、散腿裤，赤足。

脚底板都已磨出了硬茧，皮肤都晒得黧黑透红，动作之间那突起的肌肉，尽显健康、强壮与阳光的味道。

其中一个农人抬起头，擦了把流到腮边的汗水，看着那茁壮成长的粟米，沉甸甸的谷穗已经压弯了它们的腰，不禁露出喜悦、满足的笑容。

没错，他就是叶小安，此时的叶小安想要冒充叶小天有些困难了，因为他被日头晒得黑黑的。

他在松溪已经住了很久，这些日子一直待在于家的田庄里。除了于二爷于问舟和他的儿子，几乎没有人知道叶小安的真实身份和姓名，他现在已经脱胎换骨，成了一个不折不扣的庄稼人。

他开始喜欢那些泥土，像真正的农人一样迷恋着土地；他喜欢看着那些种子变成翠绿的小苗，在他的侍弄下一天天成长，最终结出壮硕果实……

那种满足的喜悦，比不上赌博时的刺激，但这种喜悦与满足却是长久的，让他一整天都处于愉悦之中，而且那种喜悦是踏实的，不用担心转眼之间就再度堕入绝望的深渊。

这种幸福是真实的、踏实的，想到再次出现在妻儿面前时，自己的变化会让家人为之喜悦，叶小安的心里更加欢喜。

他走到地头，捧起瓦罐喝了几口甜甜的松江水，又回首看着那一垄垄的庄稼，忽然有了想家的感觉。

看着手上的老茧，叶小安忽然一阵心酸："种庄稼都是如此的不易，何况打理那么大的一份家业。小二，真是苦了你，哥以前也不是那样的人啊，怎么就猪油蒙了心，变得那么混蛋？"

……

松坎城郊，杨应龙邀请钦差王士琦游猎。

既已决定要迷惑朝廷，暂且不反，杨应龙对王士琦的态度便更加热情。双方原本一直纠缠不定的几个问题，诸如为朝廷抓捕黄元、阿羔、阿苗等大盗，以四万两白银为自己赎罪，自动下野，由其长子杨朝栋以土舍身份代理土司职务，次子杨可栋到重庆府做"质子"，杨应龙都一口答应下来。

王士琦大喜，杨应龙有如此转变，一则朝廷可以专事东方、西方，而不必即时在西南用兵，二则今日行刺无论成功与否，他的嫌疑都能变得最小了，因为朝廷在杨应龙如此表态后还决定行刺的可能太小了，行刺之举看上去根本就是鹰党自作主张，但杨应龙怎会知道这一点？

杨应龙游猎自然不会像天子游猎一样，让侍卫事先合围，呼喊恫吓，把野兽圈向皇帝，再由皇帝去射，那样的游猎完全是一种嬉戏，杨应龙一身本领，他的游猎是真正的游猎。而松坎地区的山林草原上野生动物也确实多得很，不需要特意地圈兽。

大队人马撒开了，驰骋在草原上。杨应龙收获最多，这固然是因为他的部下不敢与他争锋，也是因为钦差这一方只有王士琦才配有弓箭，其他侍卫只是佩了普通刀剑，跟着四处游走。

王士琦是个文人，虽说在学舍时也学过射艺，可那种射艺毕竟简单，现在单只是马上的那种颠簸，就让他的箭大失准头，根本不能与杨应龙相比。王士琦干脆藏拙了。

杨应龙追着一头麋鹿，伸手从肩后抽箭，虎目炯炯。他没有察觉到，此时这头麋鹿逃走的方向是被宇无过等人刻意影响了的。这头麋鹿在众人穷追之下，本来是逃向东边一片草地的，却因为宇无过等人恰好提马过去，慌不择路地又向西逃了，直奔一片树林。宇无过等人正在通过影响动物逃走的方向来制造机会，将杨应龙渐渐诱向陷阱。

"大人！"

趁着杨应龙急追麋鹿，宇无过提马赶到了王士琦身边，一声似乎毫无意义的呼喊，加上递过去的眼神儿，提醒王士琦，他们已经部署好了陷阱，王士琦可以装病退场了。

但王士琦恍若未觉，虽然听到呼唤回头看了宇无过一眼，却对他的示意视若无睹。等到杨应龙的侍卫们也追上去，王士琦才缓了缓马，对宇无过道："我仔细想过，不能走！"

宇无过愕然道："这是为何？"

王士琦道："我走了，才会引人怀疑。我在，如果他死了，没人敢杀我。如果他没死，我的坦然也才不会引起他的疑心。"

宇无过急道："大人……"

王士琦一笑，道："你呀，就算我回城，难道走得了？为国捐躯，何所惧哉，走啦！"

王士琦打马一鞭，追着杨应龙去了，宇无过无奈，也只好纵马追上。

麋鹿在丛林间狂奔，杨应龙风驰电掣，紧紧追赶。前方丛林就是宇无过做过手脚的地方。麋鹿是不会钻进灌木丛的，它也会选择林木之间的空隙为道路逃跑，而宇无过就是在这样的地方做了手脚。

杨应龙骑在马上，要比麋鹿高出许多，宇无过对此做过精确测算。所以那细细的钢丝紧紧系在两棵树上，麋鹿经过丝毫无恙，而杨应龙则会……身首分离。

宇无过可以把麋鹿逼进树林，却无法决定它具体逃向哪条林间缝隙，所以他在前方几条可以通过的树间全都设了机关。
　　为了不让人生起疑心，王士琦飞快地追了上来。紧追而来的宇无过亲眼看着那头麋鹿从他设有机关的两棵大树间跑过，群鸟惊飞，紧接着杨应龙搭着箭，飞奔而去，一颗心立即激动地提到了嗓子眼儿上！

第三十二章

吉人天相

一

　　人如虎，马如龙。
　　杨应龙左手持弓，右手搭箭，紧紧盯着前方逃窜而去的麋鹿，其行之速，快似闪电。杨应龙的贴身侍卫们都在其后约三个马身之外，紧跟不舍。
　　宇无过热血直冲头顶，激动得头皮都有些麻酥酥的，他几乎已经看到杨应龙身首分离的一幕了。
　　令朝廷忌惮头痛的杨应龙如果不明不白地死在这里，他就是朝廷的大功臣！
　　马疾行，路旁刮碰的树叶枝条急动，杨应龙突然弃弓、扔箭，双腿撤离马镫，双手在马鞍上用力一推，那匹马背上一空，同时受他一推，以更快的速度向前奔去，而杨应龙则腾空向后跃去。
　　由于前冲的力道太猛，杨应龙推送马鞍的动作只是将他的身体扬向空中，并没有后跃太远，随后就笔直地坠落，杨应龙双腿一弯，稳稳地站在地上。
　　那匹马冲过去了，一连冲出十几丈，才嘶鸣一声，缓缓停住，扭过身来，似乎有些诧异于主人的举动。杨应龙的侍卫们纷纷赶过去，惊奇地道："大人？"
　　杨应龙向前一指，道："小心前进，搜索！"侍卫们一听就知道必有缘故，马上答应一声，纷纷抽刀拔剑，缓缓向前搜索，另外一些侍卫则紧紧护在了杨应龙四周。
　　宇无过的心一下子提了起来：怎么回事？杨应龙怎么可能察觉？那样细、那么柔韧的一根钢丝，事先又特意染过一层草汁，避免反射阳光，杨应龙怎么可能有所察觉？
　　王士琦也是心中一惊，但他的应变极其迅速。王士琦脚下不缓，奔到杨应龙身边，便扳鞍下马，走到杨应龙身边，惊奇地问道："杨大人，有何发现？"
　　杨应龙看了他一眼，眼神有些警惕，道："没什么，只是忽然觉得有些不妥，呵呵，只是直觉，我也不知为何会有这种感觉，且让人搜一搜看，小心无大错嘛！"

"哎哟！"杨应龙正说着，一个正在前方骑在马上，提着剑左顾右盼的侍卫便惊呼一声，身子后仰，一侧身就从马鞍上滚落下来。

"怎么回事？"

杨应龙问了一声，那侍卫仰起头来，指着空空如也的半空，道："大人快看，这里有东西！有东西！"

杨东龙见其他侍卫纷纷止步下马，持械戒备着，便大步向前赶去。王士琦头都没回一下，也马上跟着走了过去。

那名惊叫的侍卫颊上仿佛被一柄锋利的刀划过，有一道血痕，凝结了几粒殷红的血珠。杨应龙看了他一眼，又抬头向空中看去，眯起眼睛细细观察，终于发现一道隐隐约约的细线。

杨应龙纵身一跃，拔起半人多高，又落回地面，向左右一看，吩咐道："来人，从这两边树上，爬上去看看。"

两名侍卫矫健地爬上树去，片刻工夫，两边相继传出惊叫："大人，有人在树上系了一根细铁丝！"

杨应龙脸色铁青，沉声喝道："搜！"

杨应龙的人立即纷纷下马，提刀四下搜索起来。王士琦大概是书读多了，眼神儿不好，眯着眼睛抬头仰望了半天，什么都看不见。过了一会儿，两边爬在树上的人把钢丝解了下来，拿给杨应龙。

杨应龙接在手中，看着那一团钢丝，王士琦这时才看清，惊呼道："好阴险！杨土司，这要是你纵马奔过，那……那……"杨应龙想到其中凶险，也是暗暗惊出一身冷汗。

王士琦看着杨应龙，惊叹道："土司大人，这样细细的一根铁丝，却是如何发现的？当真是……当真是吉人天相啊！"

杨应龙："呵呵……"

杨应龙收起那团钢丝，沉声道："回城！"

杨应龙此时心情不好，众人不敢多说，立即簇拥着杨应龙回城。这回城路上，防范登时严密了十倍。杨应龙回到松坎城，便客客气气地把王士琦送回馆驿，自行离开了。

宇无过不待王士琦传唤，便赶到厅中，王士琦长长地吁了口气，在椅中坐下，纳罕地道："奇怪！策马驰骋中，那样一根细线，杨应龙如何会察觉？"

宇无过也纳闷儿，摇摇头道："我也想不出，照理说，绝不可能发现的。难不成，有鬼神庇佑于他？"

王士琦冷笑一声，道："子不语怪力乱神！"

正说到这里，一名侍卫长急急跑进来，道："大人，馆驿外突然出现一支人马，把咱们团团包围了。"

宇无过脸色一变，腾地一下站了起来。

王士琦镇定地道："不必惊慌！杨应龙遇刺，防范我等，乃应有之举！他没有证据，就不会动我们！除非，他是决意反了！"

宇无过道："那么，我们就默默忍着不成？"

王士琦摇摇头，道："那样岂非显得做贼心虚？我去见他！"

· ※ · ※ · ※ ·

杨应龙一回府邸，负责留守的杨兆龙就急急赶来："大哥，你遇刺了？"

杨兆龙声色变得很是惊恐，他是杨应龙的亲弟弟，大哥遇刺，虽说照理得由杨应龙的长子继位，可杨应龙一死，他的权力和威望必然更上层楼，夺取土司之位也不是没有可能，所以他也有嫌疑。

杨应龙倒丝毫没有怀疑他，因为就算他有心弑兄，也不会挑在这个内忧外患的时候，凭杨兆龙的能力，他担不起来。此时若是弑兄，种种困难，够他喝一壶的。

杨应龙点点头道："不错！"

杨应龙把事情经过对他说了一遍，杨兆龙后怕不已地道："幸亏大哥警醒，否则……大哥是如何发现如此隐秘的机关的？"

杨应龙淡淡一笑，道："这个说起来也太玄妙了些，连我也难信。当时就是心生警兆，不想竟然是真的。"

杨兆龙信以为真，欢喜道："大哥定是有上天相助，所以才能逃过此劫。"

杨应龙想到当时情景，也不由得半信半疑起来。他本来就迷信，不禁便想："若非我欲射那只麋鹿时，恰好看到一只惊飞的鸟悬空停下，又因我的马向它冲去，再度振翅飞起，料到空中有些蹊跷，恐怕此刻已身首异处。莫非那只鸟当真是上天向我警示？如此说来，我岂非就是天命所归？"

杨兆龙见他沉吟不语，便小心翼翼地问道："大哥，你觉得，凶手是谁？"

杨应龙回过神来，想了想道："王士琦，无疑是最大的嫌疑人。但也不能断言，毕竟我刚刚答应了朝廷的一系列条件……"

杨应龙在厅中踱了几步，道："我派人围了馆驿，试探试探他。不过不能把戒备只放在他这一边，你马上去，给我查一查所有参与围猎的人员……"

杨应龙刚说到这里，便有侍卫赶来禀报："大人，钦差王士琦驾到，要见大人！"

杨应龙呵呵一笑，对杨兆龙道："王士琦兴师问罪来了，如此看来，他的嫌疑倒小了，给我彻查参与过围猎的所有人！"

杨兆龙见大哥不怀疑自己，顿生感激涕零之感，连忙答应着去了。杨应龙整整衣衫，便去接王士琦。王士琦一见杨应龙，便怒道："杨土司，你派兵围了我的行辕，这是什么意思？难不成，你怀疑是本钦差行刺于你？"

杨应龙笑容可掬地迎上去，道："钦差大人误会了，本官遇刺，担心刺客也欲对钦差不利。一旦钦差大人有个什么闪失，本官如何向朝廷交代，所以才派兵加以保护！"

王士琦悻悻然道："既然土司大人如此好心，为何不说与本钦差知道？"

杨应龙叹道："哎呀，还不是杨某刚刚遇刺，正有诸般事情需要料理，疏忽了吗？钦差大人恕罪、恕罪！"

王士琦又发了一通牢骚，这才拂袖而去。杨应龙把王士琦送到门口，扭头回到府中，刚刚喝了两盏茶，杨兆龙就风风火火地跑了回来："大哥，大哥，有结果了！"

杨应龙缓缓地站起，望向杨兆龙。杨兆龙道："大哥，方才按你吩咐，我想逐一调查所有随行侍卫。不想竟然发现有两个人消失了。"

杨应龙目光一凝，道："他们是什么人？"

杨兆龙道："一个叫张生，一个叫夏末，都是随行的普通侍卫。不过，他们走得急促，许多东西都没带。我搜查他们遗下的物品，发现他们二人一直笃信天师教……"

杨应龙的嘴唇轻轻抿成了一道冷酷的弧线："是张时照的人吗？"

张时照就是龙虎山派驻在播州的传教人，杨应龙原配发妻张氏的亲叔父，在张氏被杀后也逃离播州了。

杨兆龙道："应该是了！"

杨应龙咬着牙道："给我搜！只要他们还没逃出播州地界，就一定抓得到！"

杨兆龙道："大哥放心，小弟已经传下令去，大搜播州了！"

王士琦面色不善地回到馆驿，一进馆驿的门，那副悻悻之色就恢复了从容。宇无过赶进来，王士琦道："不必担心，杨应龙对我们虽有疑心，但还没有确定是我们，不会妄下毒手的。对了，你的疑兵之计，不会出问题吧？"

"当然不会！"宇无过嘴边露出一丝诡谲的笑意，"他们绝对找不到那两个人！"

张生和夏末，确实是道人张时照的两个信徒。宇无过离开京城前特意向张时照问来名姓，原本打算关键时刻用他们为耳目。不过现在他们的作用则是替王士琦和宇无过背这大大的黑锅了。

宇无过笃定杨应龙绝对找不到他们，因为他们两个不是逃了，而是被宇无过杀了。锦衣卫想处理两具尸体，有一万种法子叫人绝对找不到。已经永远消失在人间的人，杨应龙纵有通天本领，又如何找得到？

第三十三章

做寓公

一

张时照怂恿信徒刺杀土司大人的消息迅速传播开来，杨应龙一面遣人抓捕两个不翼而飞的刺客，一面对他的亲信卫队进行彻底清查，但凡笃信道教甚或只是一般的信徒，全部清理出他的侍卫队，以防万一。

同时，对王士琦打消了疑虑的杨应龙与钦差频频接触，就他之前口头答应的一些让步进行更细致的谈判。眼看这边谈判接近尾声，田雌凤带着叶小天风尘仆仆地赶来了。

杨应龙刚刚满面春风地送王士琦回了驿馆，回身到了后宅见到叶小天，脸色立刻沉了下来。田雌凤向杨应龙福了一礼，道："妾身不辱使命！"

杨应龙上前握住她的手，瞧她风尘仆仆的样子，柔声道："夫人辛苦了，且去沐浴歇息一下！"

田雌凤向他嫣然一笑，温婉地点点头，扭身离开了。在远比她更强大的男人面前，这只雌凤永远都是一副温婉可人的模样，比小猫更加乖顺。杨应龙再度看向叶小天，脸色阴沉下来。

叶小天急忙趋身向前，很麻利地跪倒："土司大人，小安……有罪！"

叶小天是天牢狱卒里淘出来的宝贝，哪还有人比他还懂得能屈能伸的道理。在叶梦熊面前，叶小天能跪也不跪，越是倨傲，越能显出他的分量。此刻在杨应龙面前，就得扮出一副战战兢兢的模样。

杨应龙冷哼一声，在位子上坐了，端起茶盏来抹了抹茶叶，细细地呷了一口茶水，这才撩起眼皮，瞄了叶小天一眼，寒声道："依着杨某的脾气，像你这般废物，早就剁了喂狗了！"

叶小天一个激灵，赶紧顿首道："小……小安知罪了，求土司大人宽宥！"

杨应龙"哼"了一声，沉默少顷，又道："色欲攻心，竟然去招惹田妙雯，真是不知死活！罢了，杨某就饶恕你一次，既然已经与田妙雯撕破脸皮，你就留在播州吧……"

叶小天抬起头道："大人……"

杨应龙呵呵地笑了起来："怎么？你也知道，你留在播州的话，就连一条狗都不如？"

杨应龙脸色一沉，把茶盏重重地一顿，腾地一下站起身来："既然知道，那就把卧牛岭夺回来！"

杨应龙走到叶小天身边，弯下腰："这是你最后的一次机会，明白？"

叶小天的脸色慢慢变得坚毅起来，仿佛一个孤注一掷的赌徒，用力点了点头："我明白！"

杨应龙拍了拍他的肩膀，向一旁的管家道："带叶土司去休息吧。"

管家领了叶小天离开，杨应龙想了想，对杨兆龙道："明日宴请王士琦，到时把叶小安领来。"

杨兆龙道："大哥的意思是？"

杨应龙呵呵一笑，道："叶小天被土妇驱逐，投奔杨某，这件事，有钦差见证，岂非更好？"

杨兆龙会意，微笑起来。

朝廷对于土司这种高度自治的地方政权的管理有些特别，涉及税赋、徭役、出兵等国家层面的东西，要求是比较严的，但是对其内部政务却又给予了相当程度的自由。

像当初杨应龙的父亲和祖母驱逐了他的祖父杨相，杨相逃到水西；再比如现在石柱土司马斗斛与长子入狱，覃氏夫人掌权，马氏族人不满，围攻覃氏，这些事朝廷一概不予过问。

谁家老婆孩子赶走了老公，在朝廷而言是家事，家务事他们不管，只要继续执掌政权的人也是法定继承人，且依旧恭顺于朝廷，他们多一事不如少一事。

当然，这也看皇帝的性格是否强势，如果是朱元璋、朱棣那样的马上天子，就未必肯坐视了。强势如这两位帝王，眼睛里是揉不得半粒沙子的。

翌日，杨应龙设宴款待王士琦，此时双方已经就一应谈判细节商量妥当，即将签署约定，双方宴上便热络得紧。杨应龙与王士琦并肩而坐，正觥筹交错之际，杨兆龙按照事先的安排，匆匆进入大厅，向杨应龙一揖："大哥，卧牛司长官叶小天驾到，要见大哥。"

"嗯？"杨应龙停了酒杯，一副诧异模样，"叶长官，他怎么来了，快请！"

杨应龙掸一掸衣袖，站了起来。

王士琦看向杨应龙，杨应龙道："卧牛岭与我播州一向友好，前不久杨某曾在播州老宅宴请过叶长官。后来因为妻子不守妇道……怒而杀妻，引起朝廷误会，还曾请叶长官代为陈情……"

王士琦恍然道："哦……不错！你这一说，我倒想起来了。"

叶小天站在院子里，衣衫破烂，蓬头垢面，一副仓皇逃窜而来的狼狈模样。杨兆龙急急迎出来，对叶小天道："叶土司，请！"

叶小天跟着杨兆龙向大厅里走，到了廊下，恰见一人扶刀悠然而来，行至门廊左边，叶小天一看那人，不禁吓了一跳，脚下一缓，本来步伐急促的叶小天，因这一缓差点儿绊个跟头，结果急抢几步，一头扎进厅里去了。

杨兆龙不明就里，见此情景暗挑大拇指："这小子也不是一无是处嘛，这副仓皇模样，还真像极了一条丧家之犬。"

宇无过站在廊下也是吓了一跳，他没想到会在这里见到叶小天，幸亏杨兆龙没有注意他，宇无过呆了一呆，挎着刀又踱开了，却已开始关注厅中动静。

叶小天进了大厅，便是一声悲号："杨土司，你可千万要拉兄弟一把啊！"配着他狗吃屎的出场动作，当真是无比凄惨。

·※·※·※·

酒宴散后，王士琦回到驿馆，宇无过马上赶了来。王士琦把叶小天在席间所诉经过对宇无过说了一遍，宇无过沉吟道："叶小天究竟在搞什么鬼？"

王士琦道："我看，是他的胃口太大了，不愿就此暴露身份，想着再从杨应龙身上捞些好处。"

宇无过摇头苦笑道："孤身入虎穴，他的胆子的确是太大了。"

王士琦笑道："你还不是一样，此番原本无须你堂堂锦衣指挥使大人亲自来的。"

宇无过摇了摇头，道："杨应龙就像黑暗中的一把火炬，四面八方的飞虫全都被它吸引过来了。"

王士琦目光闪动，道："可惜！想熄灭它的居多，想加柴的太少！"

两人相视一笑。

杨应龙所居大宅的客舍里，杨应龙对叶小天今日的表现大加褒奖了一番，转身回到自己住的花厅，田雌凤一身轻裳迎了上来。

田雌凤软绵绵地偎着杨应龙坐下，端了杯茶侍候他喝了几口，问道："这叶小安何时让他公开亮相？一旦我们让他公开指责田妙雯篡位，想必卧牛岭登时就乱作一团！"

说到这里，田雌凤神采飞扬，眸中露出一丝得意的笑意。

杨应龙想了想道："不急！如果此时抬出叶小安与田妙雯打擂台，确实能让卧牛岭四分五裂，可我为了打消朝廷的戒心，已经决定下野并按受朝廷的一系列惩罚，如果此时出兵铜仁，如何解释？如果不能出兵，如何趁乱拿下卧牛岭？"

田雌凤道："那天王的意思是？"

杨应龙道："叶小安被我们救出来，最慌的就是田妙雯。而只要我们还没出手，她就不知道我们究竟要如何对付她。杀招，在没有出手之前，威慑力才是最大的！"

田雌凤担心地道："田妙雯非比常人，只怕拖延久了，她会有所应对。"

杨应龙淡淡一笑，道："可惜，叶小安这件事，对她而言是无解的。尤其是她尚无子嗣！再者说，现在叶小安对我的作用，仅仅是出师有名的一个理由，你以为，我下次对卧牛岭出手，还会用这样隐蔽的手段？我会……带兵去！"

杨应龙思索了一下，又道："我这里应付了王士琦，就得安排朝栋暂代我职、可栋前往重庆为质子的事了，一时脱不开身。雌凤，有件事你还得替我奔波一趟。"

田雌凤扬起眉，盯着杨应龙。

杨应龙道："石柱那边，马斗斛和马千乘父子双双入狱，覃氏暂代其职，可马氏族人不服，现正聚众围攻覃氏，覃氏有些招架不住了。我想……"

田雌凤酸溜溜地道："天王为韬光养晦，马上就要辞去土司之位了，却还在牵挂着石柱的那个狐媚子情人吗？咱们干涉石柱之事，就不怕引起朝廷戒备了？"

杨应龙揽过她的纤腰，笑道："你呷什么干醋，我最爱的始终是你。覃氏是咱们的儿女亲家嘛，你出面岂非天经地义，既帮了你亲家的忙，也为我分忧啊！"

田雌凤轻哼一声，嗔道："少来花言巧语，这儿女亲家是怎么回事，你还不清楚？人家只是担着这个名，闺女不是我的，女婿自然也不是我的，那个便宜亲家，与我没有半点干系。"

杨应龙揽住她的纤腰，在她臀上狠狠拍了一巴掌，瞪起眼睛道："张氏已死，我这掌印夫人的位子，早晚是你的。覃氏，连个名分都不会有，你担心些什么？"

田雌凤深知杨应龙对覃氏那个狐媚子确有些迷恋，仅从他刻意安排两家亲事，以打消马斗斛对覃氏的疑心这件事上就可以看出他对覃氏的特别，对别的女人，他可是事了拂衣去，从不加以关怀的。

所以田雌凤对覃氏很是忌惮，但是听杨应龙开口允诺这掌印之位必是她的，便转嗔为喜了，扭转娇躯道："那……你想让我怎么帮她？"

杨应龙道："上策，自然是帮她站住脚，一统石柱！"

田雌凤道："如果敌众我寡，此计不可行呢？"

杨应龙想了想道："那就帮她脱离石柱，入我播州。她若能来，必能携来一支亲信，总是有用的。来日我问鼎天下时，对于石柱，有她在，要征服也容易得多。"

田雌凤瞟视杨应龙，道："若是带她离开石柱亦不可得呢？"

杨应龙沉下脸道："雌凤！"

田雌凤媚笑道："好啦好啦，人家只是未虑胜，先虑败嘛！你放心，我会尽力帮你分忧的。"

田雌凤说着，却暗自想道："马千驷是你的亲生儿子，若我不救回来，必然惹你不快！但那个狐媚子……威胁虽小，也得扼杀于萌芽之中，我是绝不能把她带回播州的。"

田雌凤想了想，又道："既然天王不想即时对卧牛岭下手，那么叶小安就由妾身带上吧。"

杨应龙挑了挑眉毛，道："带上他做什么？那个阿斗，哼！"

田雌凤要带上叶小天，自然有她的私心。杨应龙还未问鼎天下，她已经开始谋划夺取天下后的事。大哥和二哥是她立足后宫，壮大田氏的根基力量，但还嫌不足。

卧牛岭不仅仅是一个卧牛岭，叶小天是十万大山中无数的山民共同的精神领袖，那是一座还未发掘干净的宝库，如果能把他彻底掌握在自己手中，将来他能影响的力量才会成为田氏的另外一股保证。

但这份用心，田雌凤当然不能告诉杨应龙，只得苦笑答道："正因他是个扶不起的阿斗，我才想带在身边，多多历练、调教一番，天王日理万机，哪有工夫理他，这事自然妾身代劳！"

杨应龙不疑有他，闻言大喜，在田雌凤颊上香了一记，赞道："你真是为夫的贤妻，来日我若得了天下，母仪天下的六宫之主，必是你了！"

第三十四章

竹海弈

一

石柱情形紧急，田雌凤不便在松坎多待，次日让叶小天又在钦差王士琦面前露了一面，田雌凤便带着他，踏上了前往石柱司的旅程。

由此往石柱司的地盘去并不是很远，因为松坎本就在贵州和四川的交界地区。石柱司并不比播州弱小多少，之所以声名不及播州杨应龙响亮，是因为受朝廷统治的程度深浅不同。

如果仅以地盘来说，石柱马家统治着九溪十八峒，九溪是秀山县的清溪、右溪、土溪、庙溪、哨溪、溶溪，酉阳的后溪，湖南花垣的叠溪，贵州松桃的满溪。

十八峒是秀山的上下宋龙峒、打妖峒、鲁必潭峒、俊倍峒、地隆箐峒、上济峒、南容峒、地寅峒、晚森峒、威平峒、容平峒，酉阳的息宁峒、巴息峒、酉酬峒、治酉峒，湖北来凤的九灵峒，贵州松桃的九江峒、云罗峒。

由此可见，石柱马家实际所辖的地盘，包括了四川、贵州、湖南、湖北的一部分，如此领域，当然称得上是四川数一数二的大土司。只是其自治之权虽重，受朝廷节制的程度也重，马斗斛因为擅改矿政就能被下狱、流放，同样的制裁放在贵州那边的大土司身上，很难做得到。

但即便如此，这片地区的统治权依旧属于马家，这也是马家不反的根本原因，不然的话，恐怕马斗斛是不会接受这样的处治的。然而马斗斛被流放口外后，马家却是风起云涌，内部大乱。

田雌凤等人从贵州松坎赶往松桃，路程并不远。而一进松桃，也就等于进了石柱司的地盘了，此地有三大溪主、峒主，分别统治着满溪、九江峒、云罗峒，这都是石柱司的下属地盘。

满溪、九江峒、云罗峒三地距石柱太远，没有参与此次对覃夫人的讨伐，一直保持着中立观望态度，所以这三地的气氛也不是特别紧张，田雌凤和叶小天得以从容由此穿过，渐渐进入石柱司的核心地盘。

石柱府东山上，绿竹林。

竹林深处，箓竹形成一片竹的海洋，漫山遍野，无边无际。竹林深处，小径尽头，一座简陋的就地取材建成的小厅仿佛一把小伞，静静地立在那儿，亭旁就是一汪碧潭绿水，其静如镜，此情此景，俨然就是一副神仙之境。

亭中坐着两个人，一男一女。

男的穿着毕兹卡族的传统服饰，琵琶襟的上衣，头缠青丝手帕。女的头裹刺花巾帕，衣裙刺绣花边，下着过膝的百褶裙，以布缠腿。

毕兹卡族属于古人所称的武陵蛮、五溪蛮，喜着五色衣，所谓五色衣，就是色彩斑斓的衣服。所以这一男一女，衣着都尽显鲜艳，男的俊俏、女的娇媚。

这样一双青年男女，徜徉在这仙境一般的竹海静湖之间，却没有相偎相依，你侬我侬，而是在弈棋。

这看起来灵秀妩媚，既有几分妇人的丰腴秀润、沁骨风情，又有几分少女的纤柔如水、明艳动人的女子，自然就是白泥田氏的大小姐、播州杨天王的三夫人田雌凤。而坐在她对面的是叶小天。

"罢了，不下了！"

田雌凤纤手一拂，把一盘的黑子白子都拂乱了，神色间竟似有几分输了棋不甘心的娇憨味道，叶小天的目光不由一凝。此女虽野心甚大不让须眉，可其美丽也当真丝毫不打折扣，而对于女人的美丽，又有几个男人能够不去喜欢？

田雌凤显然注意到了他的目光，不过并未生气。她早就适应了男人惊艳的眼光，对于叶小天这种带些侵略意味的目光，似乎也开始免疫了，或者说是——习惯了。

田雌凤慵懒地伸了个腰，道："你的棋艺蛮高明的嘛！"

叶小天一边拾着棋子，一边笑道："年少时在天牢里跟那些犯官们学的。"

叶小天说到这里，心中陡然一惊，如此美景、如此美人，他的戒心似乎也降到了最低，这句话很是有些问题，如果田雌凤对他兄弟俩了解足够多的话。

叶小天立即补救，手上一停，露出缅怀模样，伤感地道："我二弟的棋艺比我更高明些。那些犯官们常说，我二弟天分出众，将来必能出人头地。可惜……"

叶小天黯然低下头，田雌凤笑了笑道："他确实做到了啊。可惜，天妒英才，一个人有本事固然重要，可更重要的，是气运！一个气运加身的人，远比一个有本事的人，走得更远！"

田雌凤说到这里，忽然顿了一顿，道："你觉得，天王是不是一个有大气运加身的人？"

叶小天赔笑道："天王自然是有大气运的人，要不然，岂能贵为天王！"

田雌凤摇摇头，道："那是底蕴，无关气运。你能从一介狱卒，成为一方土司。赤手空拳，白手起家，这才叫气运。我不惜余力拉拢你为天王所用，这也是个原因……"

田雌凤的双眸变成了一双弯弯的弦月，异常勾人："有大气运的人，身边的得力臂膀，必然也都得有大气运。"

叶小天哑然，他没想到田雌凤拉拢他不仅仅是图他掌握的力量，还因为田雌凤迷信：她认为自己能有今天，是气运加身！这样命格强硬的人站在杨应龙身边，才能更加壮大杨应龙的气运。

田雌凤见他发怔，不禁嫣然一笑，伸手也捡起棋子来，刺绣花边的袖筒中因她一探手，露出一截的雪白匀亭皓腕："你觉得，天王有没有得天下的大气运？"

叶小天赔笑道："那是自然，天王他……"

田雌凤猛一扬眉，眉梢眼角藏着的尽是含而不露的锋芒："说你的真心话！"

叶小天身子一震，窒了一窒，这才讪讪地道："我……我觉得，朝廷坐拥四海，强大无比，不是那么容易对付的吧？"

田雌凤撇了撇嘴角，道："谁人的天下，不是在别人比他拥有更加广阔的地盘、更多的人口时夺下来的？刘邦项羽当初有什么？李渊也不过据有太原一地，赵匡胤不过是柴世宗麾下一将，本朝太祖更不用提了。都是你这样想法，现在天下还是大夏朝呢，连商周都不会存在！算了算了，我问你这些做什么！你所说的，无关气运，而是气魄、胆量！你的气魄胆量……"

田雌凤有些鄙夷地看着叶小天，叶小天似乎受不了一个美丽的女子如此鄙视，挺起胸膛道："我的气魄胆量又如何？谁天生就有问鼎天下的勇气？如果我也有杨天王那等雄厚的资本，哼！哼哼！"

田雌凤展颜一笑，道："你没有天王那样的资本，如今却有机会拥有卧牛岭。一旦你成功地替代你已死去的弟弟，那么你至少可以成为一方诸侯！我会帮你，但你自己，也要有这个勇气和决心！"

叶小天慢慢攥紧了双拳，沉声道："我会的！"

这些时日，叶小天正在渐渐改变以往的懦弱模样，田雌凤于不知不觉间也接受了他的这种转变。看到叶小天信心十足的模样，田雌凤满意地一笑，正要再给他打打气，远处忽然有人快步走来。

叶小天和田雌凤扭头望去，就见一个同样身着琵琶襟上衣的青年汉子，正健步如飞地向这边走来，惊起林中一些飞鸟。有些竹叶被飞鸟震落，飘摇到静寂如镜的湖面上，触起丝丝涟漪。

那人到了田雌凤面前，抱拳道："夫人，属下潜入石柱府，已经将一切情形探听明白……"

那人把他潜入石柱府打听到的情形对田雌凤说了一遍。覃氏夫人以为丈夫入了狱、长子也受了牵连,她就可以一家独大、独掌大权了,孰料她太高估自己了。

马家那些土舍、大头人们,平素乖得跟一只只小猫似的,其实完全是因为对她看不起的那个粗鲁莽夫的丈夫的恭顺。而长期以来,丈夫对她的言听计从,让居于幕后运筹帷幄的她产生了一种错觉:她以为这些人根本就是无能的,根本畏怯的就是她,她那个无能的、愚蠢的丈夫一直以来就只是她统治石柱的一个传话筒。直到马斗斛入狱,她才知道自己错了,大错特错。在她眼中狗屁不如的马斗斛,才是石柱众土舍、大头人真心服从的领袖,而她只不过是狐假虎威的一个角色罢了。

马邦聘、马斗霖等十余位马氏家族的土舍、大头人纷纷反对覃氏自立为女土司,先是发生激烈争执,继而众土舍诉诸武力,聚众围攻土司府所在地,双方大打出手。

覃氏夫人此时才发现她的号召力究竟有多小,只有直属于土司府的那些士兵才肯听从指挥,是以节节败退,如今九溪十八峒真正由她控制的地盘,不过是土司府所在之一地而已,各地纷纷自立,她只剩下了一个统属各方的名分。

田雌凤听那探子说罢,心中有些莫名的快意,微微一笑,评价道:"不自量力!就凭她这样愚蠢的女子,还想统驭群雄?"

叶小天坐在一边,暗想:"珺婷不错,按我授意,鼓动马氏诸头人造覃氏的反,果然把那个狐狸精逼上了绝路。"

叶小天咳嗽一声,做出一副惴惴不安的模样,道:"夫人,如今我们该怎么办?"

田雌凤眼珠转了转,暗想:"若我不作为,天王得知,必然不喜。虽然不能把她救出来,可这姿态还是要做一做的!"想到这里,田雌凤便道:"覃氏在石柱已经站不住了,救她回播州吧!"

第三十五章

二雌相争

一

　　田雌凤此来石柱，所带的人手并不多。毕竟石柱属于四川治下，杨应龙又暂时蛰伏，观望时政，这时大举派人前往石柱的话就太敏感了。而且此次石柱马氏内乱，他纵然多派许多人手用处也不大，除非直接派兵，而兵又是绝不能派的。
　　田雌凤这次过来，主要是了解石柱具体情形，代表杨应龙做出最合理的选择。毕竟她是最了解杨应龙心思的人。
　　但，杨应龙还是低估了田雌凤的嫉妒心。也许他是对于自己的掌控力太过自信，又或者是太相信自己对田雌凤的许诺会打消田雌凤的戒心。殊不知对田雌凤而言，后宫争宠无异于职场角逐，对于潜在威胁，一切可以打击、消灭的机会她都不会放过。杨应龙凭着高贵的地位、英俊的仪表、卓然的风度，可以令许多女子为之倾心，但他从来没有真正了解过女人。
　　田雌凤把人唤到身边，开始安排起来。叶小天在一旁静静地听着，细细地品味着田雌凤的每一步动作，表面上看来，她的整个安排绝对没有破绽，或者说，是最佳的选择：尽最大可能保全覃氏一派的实力，如事不可为，则搭救覃氏母子，逃至播州。
　　然而，已经对石柱情形十分了解的田雌凤应该明白，覃氏的力量已经仅限于石柱一地，四面八方都被马氏"叛军"所包围，覃氏是留还是走，应该马上做出决定，如果此时还抱着万一的希望继续负隅顽抗，那么当四围合拢成铁壁铜墙之时，再想走就晚了。可这一点似乎被田雌凤忽略了。
　　"夫人，我……能帮什么忙？"等到众部属按照田雌凤的吩咐纷纷散去时，叶小天鼓起勇气对田雌凤道。
　　田雌凤诧异地看了他一眼："你？"
　　叶小天点点头："我想……做点事情！"
　　田雌凤饶是一向狡黠，这时也有点摸不着头脑了："这件事里，你能做什么？"

叶小天沉稳地道："怎么不能？我与马斗斛、马千乘父子有旧，而且我是逃亡的卧牛司长官，不管凭着其中哪一样身份，若是落入马邦聘等人手中，他们都不敢伤害我，这就是我最大的保障了。"

田雌凤开始有兴趣了，点点头道："说下去！"

叶小天道："覃氏想取马斗斛而代之，我呢，则要取代已经死去的二弟，说起来……有些同病相怜。帮她，就是在帮我自己。如果我能成功地帮到她，我想……对于树立我自己的信心也有莫大帮助。"

"这……是一种修行？"

田雌凤若有所思地笑笑，转首望向平寂如静的碧湖，一片柳叶飘飘而下，落在水面上，仿佛一叶小舟。一尾小鱼忽然从水底冒出来，探头啄了一下，推得那片柳叶向前一荡。

田雌凤也是心中一动："在我的调教之下，这叶小安越来越像样子了。让他参与一下，不是坏事。不有所经历，他如何独当一面？而且有他参与，我就有了一个最有力的旁证，来日救不出覃氏，天王也怪我不得。"

田雌凤想到这里，点点头道："好，那么……救出覃氏的重任，我就交给你啦！"

· ※ · ※ · ※ ·

马氏一派的土司、土舍、头人们并没有试图阻止所有人进入石柱府，大路小路千万条，全部的阻截是任何人都做不到的事。他们只能阻止大队商贾和兵马的进入，对石柱府形成实际意义上的制裁与围困。

叶小天穿着那身毕兹卡族的传统服饰，在三四名同样装扮的侍卫陪同下进了石柱城。经过城郊的时候，见到许多已经被烧毁的残垣断壁，那都是之前马邦聘等人率兵杀至石柱城下时造成的战争创伤。

城门口戒备森严，虽然不禁出入，但盘查严了许多。此次田雌凤带到石柱来的人，也都是专门挑选过的。其中便有人上前答对，一口标准的当地土话，又塞了点钱，只说是族人逃避战乱，要进城去。那士兵对他们搜索了一番，未见携带兵器，便也挥手放行了。

因为战争，石柱府变得一片萧条。

街头的小商小贩稀稀落落，再不见往日繁荣。米店前簇拥着许多百姓，而那门扉大多只开了半扇，门口站着两个膀大腰圆的持棍伙计，一次只放一个人进去，门口竹牌子上的米价已翻了数倍不止。

叶小天一行人进了城，慢慢转悠到土司府左近，这里的防范更加森严。几人在四周转悠，因为他们年轻力壮，很快引起一队士兵的注意。

"你们是干什么的？"那士兵小头目冷冷地质问他们，满脸怀疑神色。

叶小天伸手拦住了欲上前答话的侍卫，挺身而出："我们要见覃夫人！"

那士兵小头目一惊，叶小天又道："你可以告诉夫人，我们从播州来！"

那士兵头目上下看了他们几眼，挥手道："看住他们！"便急急向土司府送信去。叶小天泰然而立，过了两盏茶的工夫，那士兵头目回来了，态度大改，一见叶小天，便毕恭毕敬地道："夫人有请！"

转朱阁，低绮户，土司府内雕梁画栋，华美奢靡，完全看不出处于战事之中。叶小天等人被带到一处院落，其他人都被留在院外，只有叶小天一人被带进去，穿过一条长长的藤萝葡萄的廊庑，来到一处天井中。

那士兵小头目止住了叶小天，径自入内禀报，随后叶小天就被引进了正厅。叶小天曾经来过这里，这里正是土司治理所属、统驭诸头人的所在，也就是民间所称的银安殿。

覃氏夫人一身靛青色的衣衫，坐在马斗斛曾经坐过的主位上，而掌印夫人的副位已经撤掉。上首本应有的两张椅子，此时变成了一张。

覃氏夫人坐在上首，麾下几个铁杆心腹以及她的儿子马千驷分坐左右。覃氏夫人本来故作沉稳，大概也是想在心上人的部属面前表现表现。

叶小天虽与马千乘夫妇有交情，但毕竟没有见过覃氏，所以覃氏并不认得他。覃夫人上下看了叶小天几眼，道："你……因何而来？"

叶小天左右扫了一眼，覃夫人摆摆手，众心腹便纷纷站起，向覃夫人抱拳一礼，鱼贯退下。叶小天注意到，这些人对她执的都是严谨的对土司之礼。

叶小天心中暗笑，丈夫只是被流放口外，又非杀了头，长子只是因为殴打官差暂且拘禁，恐怕连三个月的牢都坐不到，这覃氏就迫不及待地自立为土司了，难怪激得马氏诸头人不满。

众头人退下，但马千驷并未走，他起身走到覃夫人身边，一起看向叶小天。叶小天道："在下是受播州杨天王所托，前来石柱的。"

覃夫人微微失望："杨土司……他没有来吗？"

叶小天道："重庆知府王士琦正以钦差身份驻节于松坎，杨天王要亲自接待，离不开身。惊闻石柱之乱，杨天王非常牵挂。这一次不仅我来了，播州三夫人也来了，正在城外，伺机解救夫人！"

"田雌凤？"

覃夫人醋意顿生，但忽然意识到儿子就在身旁，忙又收敛道："我与她是儿女亲家，杨土司肯让三夫人亲身涉险，我感激不尽。却不知杨土司打算如何助我？"

叶小天道："四川之事，天王目前实在不宜插手过深。"叶小天说到这里，从袖中摸出田雌凤转交给他的杨应龙的亲笔信，双手呈上，道，"这是天王写给夫人的信！"

覃氏急忙接过，拆了火漆封印，抽出信纸，见儿子凑过头来，不禁瞪了他一眼，马千驷又缩回了头，有些不太高兴地嘟起了嘴巴。

杨应龙信中只稍提了几句亲昵问候的话，就说起了他目前的处境和无法亲身前往石柱帮她的苦衷，最后提出，如果可能，就尽量打败马氏诸头人，彻底统治石柱，作为他未来举事的一支强力外援；如果不能，便退而求其次，尽量拉出一支队伍，投奔播州；如果这一点也不能，那就只身逃出，确保自身的安全。

覃氏看了信心中一暖："应龙终究是牵挂我的。"再将信细看一遍，她也不甘心就此逃走，她若能让整个石柱为杨应龙所用，将来在杨应龙面前她和儿子的地位必大不相同。即便做不到，也该尽量拉出一支队伍，否则她拿什么和两个哥哥都做了兵马大总管的田雌凤争？只身逃出，实是下下之选，她是绝不愿采用的。

覃氏看完了信，细细思忖一番，道："田夫人希望本夫人怎么做？"

叶小天按照田雌凤的交代，毕恭毕敬地道："如今马氏诸头人纷纷反了石柱，仅靠石柱一地，实难维系，为夫人安全计，田夫人自然是希望夫人能尽快和二公子前往播州。"

覃氏暗暗冷笑一声，心道："田雌凤果然打得是这样的算盘！"

覃氏逆反心起，冷起俏脸道："石柱尚未失去一搏之力，此时放手，殊为可惜！叶长官，请你转告田夫人，覃氏是不会只身而走的，就算不能一统石柱，本夫人也能拉走一支人马！"

第三十六章

风起云涌

一

叶小天很快就出了城，回到山里，把覃夫人的想法对田雌凤说了一遍。田雌凤听了，正中下怀，心中暗笑，面上却是扼腕叹息，一副深为担忧的模样，最后决定：就在这山中暂住，静观时势，如覃夫人势不可为，再出面搭救。

田雌凤居于高山竹海之内，颇有坐山观虎斗之势。更准确地说，是观一虎斗群狼。覃氏是一头母虎，马邦聘等人则是群狼。田雌凤也是一头母虎，可她究竟是想助同类对付群狼，还是想借群狼耗尽那母虎气力趁机铲除异己，可就少有人知了。

覃夫人送走叶小天后，仔细思索了一阵。目前来说，她确实有众叛亲离之感，但她不甘心。她觉得，如果她能打赢一场，打个大胜仗，再挟大胜之威重金买通一些小土司、土舍、头人，就能分化瓦解马氏联军。

马氏联军只要一分化，就是一盘散沙，人虽众，不足为虑。可要打一场大胜仗，捏软柿子效果不大，那么最好的攻击目标就是马氏联军的领头人物——马邦聘。

马邦聘的领地在丰都一带，距石柱司最近；他是马斗斛的族叔，辈分也高；论实力，他的实力在马氏诸土舍中也最为强大，打败他就有立竿见影的效果。

一旦议定了主意，覃夫人立即紧锣密鼓地准备起来，她决心主动出兵，打一场大胜仗，由此扭转战局。

此时，马邦聘等人正按照叶小天的提示在一步步推进着他们的计划。不过替叶小天主持其事的却并非展凝儿，展凝儿在暗处，处于明处的是李向荣。

李向荣经叶小天引介，已经投靠到于珺婷门下。戴同知也是于珺婷的心腹大将，两人之间素有恩怨，但是对于珺婷来说，这并不是坏事，李向荣和戴同知越是水火不容，她越敢放心重用。

所以，李向荣已经成为于珺婷的左右手，铜仁内政由戴同知负责。士兵的控制由于海龙负责，外务则由李向荣负责。于家作为铜仁的大土司，和石柱马家也能套得上七拐八绕的亲戚关系，因此李向荣奉于珺婷之命，悄然赶赴丰都也就顺理成章了。

不过，虽然李向荣奉于珺婷之命而去，并没有直接打起叶小天的旗号，可卧牛岭实际上才是铜仁、石阡两地真正的统治者，这一点众所周知，所以李向荣藏了身份。

即使李向荣身份暴露，卧牛岭方面也准备好了说辞：由于叶小安的身份暴露，他已被播州救走，帮助石柱对付播州实则是田妙雯的主张。这样便让叶小天摆脱了干系，以免他有安全之虞。

让李向荣挑唆马邦聘等人造覃夫人的反，这是叶小天的第一步棋。

李向荣力推马氏造反时，马邦聘等人是颇为顾忌的。原因是马斗斛太宠爱覃氏了，当初覃氏红杏出墙的事，几乎闹得满城风雨，马斗斛居然装聋作哑地忍了下来。

如今覃氏自立土司的事在外人看来虽是绝不能忍的，但是对马斗斛来说，大权落于别家了吗？没有！一旦他来日重回石柱，而覃氏又肯将土司之位交还马斗斛，那她大可花言巧语，说她是为了马家的基业不致旁落才自立为女土司的，再哭诉一番、反告一状，自己倒成了欺负孤儿寡母的人。

而且马邦聘等人可不相信李向荣他们的影响力能大过马斗斛的这个枕边人。想做忠臣，却被人当了奸臣抄家灭族，那何苦来哉？

不过，深谙石柱内情的叶小天对此也早有预料，所以还准备了后手。他的后手就是：由马千乘继任土司。

妻子自立为土司，再还政于丈夫，这无可厚非。但儿子成了土司，父亲罕有再夺回其位的。父子之争？也太难看。

杨应龙决定下野，也是确立由他长子以土舍之位代行土司之权，这就是为自己重新得回大位预做安排。如果是由他的儿子正式继任土司之位，父亲再从儿子手里"继承"其位，这从伦理上就会沦为天下人的笑柄。

而如何才能让马千乘继任土司之位？必须制造情势危急，急需一个名正言顺的人出来主持大局的机会，而马斗斛又因发配口外，来不及赶回，这样马千乘就能顺理成章地成为土司。

口外，指的是长城以北的地区。口，指的就是长城的关口，如古北口，喜峰口等，石柱有变，马斗斛当然来不及赶回。

叶小天与田妙雯、田彬霏等精心设计，对每一步都充分考虑到了，现在诸头人对石柱已形成合围，正在试图逼覃氏公开投靠播州的意图。一旦覃氏露出叛石柱之意，不用他们提出请求，朝廷也会释放狱中的马千乘，并确立他为土司。

马邦聘召集了几位土舍、头人，刚刚议定再度发兵石柱府，向覃氏施压，就接到斥候禀报：石柱府那边大举出动，直奔丰都而来。马邦聘闻言大喜："天堂有路你不走，地狱无门你闯进来啊！哈哈哈哈……诸位，你们怎么说？"

马斗霖等人摩拳擦掌:"覃氏之前狐假虎威,我等给土司大人面子,她还真当我等好欺了,果然是个没见识的妇道人家,她既然敢来,我等就打她一个狠的!"

这些人来丰都,虽然少则只带了数十人,最多不超过两百人,但全集中起来,也有千八百人了。在这样的局部战争中,已经能发挥相当大的作用。

李向荣扮作马邦聘的幕僚站在他椅后,马斗霖等人并未怀疑过李向荣的身份。这时李向荣忽然想起他当初与还任葫县县丞的叶小天同住水银山调停诸部之乱的一幕,不由心中一动,连忙道:"东翁,且慢!"

马邦聘正要指挥人马冲出去,扭头看他一眼,道:"先生有何话说?"

李向荣从椅后绕到他身边,低低耳语几句,马邦聘双眼一亮,赞道:"妙计!"

马斗霖都是只会喊打喊杀的主儿,见他二人嘀咕一番,马邦聘便眉开眼笑,马斗霖忍不住问:"三叔,究竟有何妙计?"

马邦聘嘿嘿笑道:"一会儿你就明白了,咱们走!"

·※·※·※·

石柱这边风起云涌,朝廷忙于宁夏和东瀛战事,卧牛岭则忙于对内稳定军心,对外巩固肥鹅岭防线。而播州呢?

杨应龙签署协定,以五万两白银赎己罪。但这五万两白银不是交付现银,而是以当地深山大木抵价,分期分批运抵京师。同时,由其长子代理土司职务,次子随王士琦赴重庆做质子。

等这一切料理完毕,杨应龙马上赶回播州,他必须得摆平扯后腿的水西安氏、水东宋氏,才能集中力量图谋中原。

杨应龙先会晤了水西安老爷子,经过一番谈判,最终答应把水烟、天旺两地之权交给水西。当然,安老爷子在乎的不只是这两块地方,杨应龙也不会天真到相信只要送了这两块地方,安氏就会拥护他造反。但安老爷子虽未明说,也十分有诚意地答应了他的条件:他造他的反,安老爷子不需要支持他,但也不能扯他后腿,只管保持观望状态。如果他成功得了天下,就分封安氏为异姓王,并允许安氏的地盘向西、向北、向南继续扩充。

这样优渥的条件,杨应龙当然相信安老爷子是真心同意的。安家只要不想出兵,佯动应付朝廷轻而易举。所以杨应龙在交出水烟、天旺两地地图的时候,心里是极为愉悦的。

解决了水西安氏,水东宋氏的倚仗就少了,除非宋氏想拼个两败俱伤,否则也不会对播州不依不饶。所以杨应龙趁热打铁,马上又会见了水东宋氏的家主。

这一次，杨应龙就不会做出太多让步了。在他开出只要不扯后腿，等夺取天下后，水东以东的思南地区可以由宋家统治的远期支票以后，宋氏也同意了。他提出的解决当下两家争端的方案：以乌江为线，划分两家地盘，彻底平息之前因领地界限不分明造成的种种摩擦。

目前在乌江以南，主要由宋家控制，但有少量沿江部落属于杨家。而乌江以北主要归播州统治，但同样有少数地盘属于宋家。两家都让出各自在对岸的部落和地盘，对人口、土地等进行统计，相互抵消后，播州方面自然付出的较多。大概还要多给宋家七百余户山民，三百多亩山田。

杨应龙所图者天下也，也不计较这些瓶瓶罐罐了。因此当覃氏夫人孤注一掷，发兵攻打丰都的时候，宋杨两家的大交接也正式开始了……

第三十七章

围　城

一

丰都鬼城，又添新鬼。

覃氏集结全部精锐，突袭马邦聘。

实际上单就覃氏与马邦聘之间的实力较量，覃氏要强于马邦聘。她的兵马数量多于马邦聘，装备之精良更是远在其上。而且此时四面合围，谁也想不到她还敢主动出击，所以这一战出其不意，本应大胜。

奈何，天不假时，偏偏马邦聘正与诸部首领合议，偏偏马邦聘这个脑袋里塞满了亮肌肉，只知道硬打硬杀的家伙身边多了个蔫儿坏的李向荣，而李向荣灵机一动，忽然想起了当初水银山上的一幕，并且变造一番，用在了今日之战上。

其实，就凭各路土官带来的护卫，全加起来也不过千八百人，加上马邦聘本部的力量，也还要稍逊于覃氏此次亲自带出来的兵马。可是李向荣献计：兵分两路，打心理战，杀他个措手不及。

马邦聘率本部人马与覃夫人部作战，敌众我寡，装备上又逊色于覃氏，自然很快落了下风。马邦聘又故意存着落败的心思，败的就更快了。覃夫人大喜，正挥军猛追，斜刺里一道号炮响起，便杀出了马斗霖。

马斗霖率的人并不多，只是因为地形狭窄，又多障碍物，覃氏这边一时也辨不清他有多少人马，只是一见他杀出，瞧那旗帜，还以为对方早有埋伏。

覃氏这路兵马人数与装备都强于敌人，唯一欠缺的就是军心士气，见此情景自然大惊。而另一侧又是一阵战鼓隆隆，马斗宁也挥军杀出，声如霹雳："覃大嫂，束手就缚吧！"

马斗宁率领的人马其实也不多，问题是马斗霖和马斗宁这两个小叔子的身份可不是假的。他们突然出现在这里，覃氏慌了。此情此景下，她能冷静地分析出对方只是恰好到丰都与马邦聘议事，正在唱空城计虚张声势？

覃夫人没想到会被三面合围，也不敢冒险冲杀，她能做出的唯一选择就是：撤退！

然而，以她的通信条件和兵员素质，撤退是比进攻更加危险的一件事，放眼整个巴蜀，能做到有序撤退的，大概只有秦良玉亲手训练的白杆兵。

兵败如山倒，此一战，覃夫人折损了近千精锐士兵。更让人沮丧的是这近千精锐士兵中的六成不是在冲锋陷阵时战斗而死的，而是在逃跑的过程中被数量远逊于他们的追兵给斩杀的。

李向荣一战成名，被马邦聘当成了宝贝。这边打扫着战场，马邦聘就把李大宝贝搬了出来，问计道："李先生，接下来马某该怎么做？"

李向荣也受到胜利的鼓舞，头脑无比灵活，他一边在脑海中拼命搜刮着《三国演义》涉及军事的情节，一边缓缓答道："事不宜迟，兵贵神速。如果不想让覃夫人看出马土舍你是虚张声势，就得顺势进逼，再度围困石柱府！"

马邦聘从善如流，立即摩拳擦掌道："好！我这就去！"

李向荣忙道："土舍且慢，你需如此这般……"

李向荣咬着马邦聘的耳朵嘀咕一番，马邦聘全盘接受，立即领着一班来此议事的同宗叔伯、兄弟，浩浩荡荡杀奔石柱府去了。

东城、西城、北城，围三缺一，而这围城的三面也充分利用了地势，较宽阔的一面是真的大军压境，另外两面山多林多，就多扎草人掩映于林间充数，只有站在前面的才是真正的士兵。

在此过程中，马斗霖、马斗宁等人派出信差，迅速赶回本部提调兵马，只要覃夫人没有胆量主动出击，窥破他们的虚实，那么只要给他们一点时间，覃夫人再想出击时，就会发现她面对的确实是大量的围城兵马了。

围三缺一，既是因为马邦聘现在没有足够的人手，同时也是为了帮覃夫人制造出逃的机会。只有她叛逃播州，才会彻底暴露自己的意图，被马家彻底抛弃，也只有那时，朝廷才会改变态度，立即释放马千乘，并扶保他登上土司之位。

围城中，刚刚败退回来的覃氏夫人眼见城下旗幡招展，兵马如云，不由得焦躁起来。她本意是借此一战打击敌人士气，趁机分化瓦解马氏联盟，可惜大败，反弄得自己士气低迷。

究竟要不要走？覃夫人犹豫起来，就这么走，她不甘心，可是不走，她也明白，再想挽回败局的机会已经不大了。

南城外，高山竹海内，田雌凤也在紧张思索着对策。她不惜余力地想帮杨应龙壮大力量，可覃夫人一统石柱，又或带领一支人马叛逃播州，虽对杨应龙都是极为有利的事，田雌凤却实在不想看到。

眼下一切都在按照她的预料发展,甚至比她预想的还要理想:覃夫人已经穷途末路,能做出的选择,很可能就是率军叛逃了。如何……把她留下呢?

田雌凤垂下眼睑,急急分析着:"此时我再不出手,天王若获悉此间详细情况,必能猜破我的用心,从而迁怒于我。但……把覃夫人带回播州,我就是引狼入室!"

"救她出城,再让她丧命半途,如此一来,就是她时运不济,与我没有干系了。但要置她于死地……我带来的人里,田家心腹族人很可靠,不用担心,其他人尤其是天王派来的人,就得寻机支开……"

田雌凤思索良久,渐渐有了主意,回首对叶小天道:"叶长官,情况危急,看来还得麻烦你去一趟石柱城!"

叶小天道:"夫人尽管吩咐!"

田雌凤正色道:"石柱岌岌可危,再想挽回颓势已不可能。应该壮士解腕,尽快弃城而走。我希望你能说服覃夫人,叫她率领余部迅速突围!"

田雌凤道:"方才我观山下形势,马氏族人采取的是围三缺一之法,南面是能够突围的。你若说服覃氏,让她抛弃辎重,只带细软,由南面突围,我会在此接应,引她回播州去!"

叶小天爽快地道:"好!那我便再去一趟。"

叶小天先前已经对她分析过,即便自己被马氏族人抓住,因为他特殊的身份,也没有性命危险。再加上他正在逐步树立渐渐成长、坚强起来的形象,此时答应得爽快,田雌凤也不生疑,反倒欣慰于自己的一番苦心调教不曾白费。

此时石柱南城虽然没人围困,可寻常百姓自然也不会在此时进城了。南城门紧闭,吊桥高挂,戒备森严。叶小天带了几个人,还没到城下,就被人发现了。

叶小天带人在城头守军警告声中高举双手来到城下,亮出覃夫人此前送给他的腰牌,城头守军验过后,瞧瞧四下果然没有旁人,这才放下吊桥打开城门,让他们进去。

叶小天一路行去,情形与上次又有不同。街头一个行人都没有,就连那些一向挤满了百姓的粮米铺子,此时也是门窗紧闭,有的连做生意的幌子都摘了,街头只有巡弋的兵丁,而且一个个垂头丧气,士气全无。

叶小天因为有腰牌在身,很快就被领进土司府。这一次还是那些人聚集在大厅中,从神态上看一个个压抑得很。覃夫人这一次却没有高高坐在上首,见到叶小天时,她已经迎在厅中。

"叶长官!"

"覃夫人,这边的情形我们已经了解一些了。田夫人建议,覃夫人立即弃城,暂迁播州,再图后计!"叶小天也不拖延,马上说出了田雌凤的建议。

这一次，覃夫人没有计较如何与田雌凤争锋，她道："我正与诸位头人商议此事。"

叶小天扫了众人一眼，道："诸位头人怎么说？"

现场还是一片沉闷，覃夫人苦笑答道："有几位头人，不舍离去！"

叶小天又看了众人一眼，从表情也能看得出覃夫人说的是哪几个人。这些人都是土舍、头人，世居其地，乡土意识尤其浓厚，要他们背井离乡，的确不太容易。

叶小天道："诸位头人，你们想得岔了。想当初，楚霸王项羽何等威风了得。韩生劝他留驻关中可成就霸业，项羽及其部属却思念故乡，不肯答应，结果呢？不但霸业未成，故乡也沦为他人治下，自己身死功消，目光何其短浅。

"诸位今日留下，纵然不死，也必失去马氏信任，来日还有什么前程可言？播州杨天王乃一代人杰，你们与覃夫人暂避于播州，来日杨天王必会出兵助你们重返故土，那时荣归还是俯首，你们该如何选择？"

叶小天这番话果然说的众人意动，覃夫人见了忙趁热打铁道："杨天王与本夫人……乃儿女亲家。来日杨天王必会替千驷做主，派援军帮我们杀回石柱，诸位何必舍不得一时迁离？

"等我们再回石柱，本夫人绝不会忘了诸位追随之功，今日马邦聘等人的领地，一定会分赏于你们。如今敌军围城，再犹豫不决，这一切可都成了水月镜花，谈不上了！"

众头人互相看看，交头接耳一番，终于纷纷表态："我们愿意追随夫人，前往播州，就请夫人下令吧！"

叶小天微笑起来，他不仅想把马千乘扶上土司之位，而且要送给马千乘一个比较纯粹、干净的班底。这些怀有二心的土舍、头人们如果留下，介时说是误信夫人，已然悔悟，马千乘初登土司之位，能够悍然举起屠刀吗？还是把他们一股脑儿打扫干净吧！

第三十八章

叛　逃

一

李老石是个老实本分的石匠，他属鼠，做人也像一只小老鼠，什么东西都往家里划拉，有点抠门儿，却也从不占别人便宜，做生意也是本分得很，从不偷工减料，所以街坊们对他的评价还不错。

由于比较好说话，有时人家拿不出工钱来，能作价的东西他也接受。比如前不久他替人打了一个石碾子，雇主没钱支付，就送了他两袋山芋、一袋稻谷，还有一车麸子抵工钱，李老石也就欣然给人家打制了一个大石碾子。

此时，石碾子还没交货，就抵在门上。李家因为那两袋山芋、一袋稻谷还有一车麸子，也免了饿肚皮。当初因为他接了这单生意，把他骂得狗血喷头的婆娘，倒是大赞起他的运气来。

好运气的李老石撅着屁股扒着门缝，悄悄看着外面。婆娘走过来，小声地道："又怎么啦？"

李老石道："别吵，覃土司又要出兵打仗了。"

婆娘担心地咬着指甲："还要打啊，上一回去丰都，死了那么多人，这回还出兵，能打过人家吗？我听说……"

"咦？不是要打仗啊？"李老石的屁股撅得更高了，眼睛紧贴着门缝，"不是打仗！不是打仗！覃土司是要逃跑啦！好多箱笼，哪有抬着这么多箱笼去打仗的？"

街头，一些士兵抬着好多箱笼匆匆跟着大队人马，有些箱笼塞得太满，以致盖都盖不上了，绸缎、金银器皿都隐约可见。

"覃土司要跑啦？我看看？"婆娘一把将丈夫扒拉到一边，眼睛贴到门上。

李老石气得在老婆能占半张炕的大屁股上使劲拍了一下，讷讷自语："奇怪！覃土司能跑到哪儿去？输就输了呗，大不了请马土司回来嘛，两口子床头打架床尾和，还能咋地。"

婆娘扭头道："你懂个屁！土司家里的事，你当跟你家似的？那是过家家吗？"

婆娘站起来，歪着头想一想，斩钉截铁地道："覃土司一定是投播州杨土司去了。嘿！我就知道，他们果然有一腿！"

李老石的婆娘其实是不及经常与人做生意打交道的李老石有见识的，但是对于这种事，女人的直觉完全可以碾压男人的见识与智商，这婆娘一语中的：覃夫人就是投奸夫去了。

……

马邦聘等人围攻石柱城围得简单粗暴，既没有攻城工具，也没有吊斗望楼可以居高临下监视城中动静，所以覃夫人才可以这么大模大样地向南城集结，而不用担心被城外的人发觉。

大队人马集结在城下，把城门堵得严严实实，直到覃夫人和几名亲信头人赶来，士兵们才让开一条道路。

覃夫人登上城楼，小心翼翼地四下打量一番，又往山上望去。过了一会儿，忽见山上竹林之中飘起三道浓烟，滚滚向天，冲霄而起，覃夫人精神大振，道："讯号来了，速速出城！"

当下，城门洞开，吊桥放下，前头先锋部队冲出城去，左右扎下阵脚，提防马邦聘等人赶至冲阵，中军则护着覃夫人和众头人急急出城，向山上奔去。

"快快快！"

覃夫人一口气儿跑到半山腰。幸亏她不是小脚娇弱女子，虽然香汗津津，跑得倒也蛮快。眼看到半山腰了，她才停住脚步，稍稍宽心地回身望去，这一看不禁又是一呆。

石柱城并不很大，此时已能看到马邦聘等各路人马从左右两边向南城冲来，看距离最多还有一里半，片刻工夫就能追过来。而她的后路人马却络绎松散，根本不可能来得及上山。

覃夫人又惊又怒，道："怎么这么慢？"

这时她才发现，许多士兵磨磨蹭蹭，根本就是有意拖延。眼看两边马邦聘等人的人马将要赶至，那些来不及上山的士兵中不知谁一声大喊，登时众兵四散溃逃的溃逃，弃械回城的回城，作鸟兽散了。

更叫覃夫人几乎气昏的是：那些抬着细软的士兵都算是她最信任的人了，居然也有许多磨磨蹭蹭没有上山，此时把箱笼一翻，大家哄抢一番，揣满衣襟，便像一群兔子似的逃之夭夭了。

覃夫人有投奔播州的理由，头人们也有东山再起的机会，这些士兵们图什么？舍弃父母妻儿，跟着流亡播州？当然有机会就逃了。覃夫人气得娇躯乱颤，尖声喝道：

"给我杀了这些吃里爬外的畜生！"

"覃夫人，算了吧！现在你让谁下山，只怕正中他下怀呢。"

一个懒洋洋的声音忽然响起，覃夫人霍然回首，只见田雌凤正神态慵懒地站在旁边。这两人有些年头不曾相见了，可是只一眼就认出了对方，而且毫无陌生的感觉。

叶小天站在一旁，感受着二人之间无形的火花，再瞧瞧二人的风情韵致，也不得不承认，杨天王在搜罗女人方面眼光着实不差。尤其颇具难度的是，他勾搭的女人大多是不那么方便勾搭的。

遥遥的母亲是杨霖的妾室，哪来那么多私密场合让他施展手脚？覃夫人就更不用说了，身为掌印夫人，与他私相往来的机会更少，可他偏就能勾搭上手。

覃夫人迅速收敛了敌意，露出一副甜蜜的笑容："田夫人……"

"姐姐，那些细软和不够忠心的士兵，弃了便弃了吧，还是赶紧上路，迟恐不及。咱们姐妹有什么话，路上再说！"

田雌凤也笑得甜甜的，瞧她二人亲热的模样，实在叫人难以相信她二人竟是一对恨不得置对方于死地的冤家。

覃夫人又回头望了一眼，马邦聘的人马已经快要冲到城门处，只好恨恨地跺了跺脚，跟着田雌凤和叶小天向山上退却。

山下，李向荣骑着一匹瘦马，颠得屁股生疼，可还得抖着缰绳，拼命追赶杀疯了心的马邦聘："马土舍，马土舍，等等我，别追啦，等等我啊……"

马邦聘抡起大刀砍翻两个乱兵，勒缰回头："啊！李先生，你待在后面就好，你一个读书人，跑到这儿来做什么，何等危险！"

李向荣颠到他跟前，苦笑道："马土舍，你别杀了！快快指挥人马，占据全城，免得各路兵马一股脑儿杀进城去，烧杀抢掠起来，来日如何向马土司交代。"

马邦聘瞪起牛眼，用刀往山上一指，道："你看，只要我们加把力，就能追上了，这个机会，怎好错过！"

李向荣哭笑不得，道："追上去做什么？马土舍，追是要追的，但是千万不能追上啊。一旦你追上了，把人也抓住了，然后怎么办？"

马邦聘眨眨眼，一脸茫然。

李向荣道："马千乘啊！还能放出来吗？难不成，马土舍想做土司？"

马邦聘吓了一跳，自家事自己知，他凭着资历、辈分和地位，号召马氏族人反抗覃夫人，众人肯拥聚到他的旗下，可要说他想自立为土司，恐怕他马上就得变成覃夫人第二，招致众土舍、头人的讨伐了。

马邦聘恍然大悟道："我明白了！我明白了！来人，马上进城，控制各处，不许兵勇冲撞，违者杀无赦！"

马邦聘说完了，向李向荣请教道："李先生，那接下来呢，我该怎么做？"

李向荣道："上书重庆府啊！就说覃夫人带人逃了，要投奔播州！"

马邦聘一拍脑袋，道："有道理！对，就这么干！"

李向荣瞪着他，很是无语：这番道理，在丰都的时候我就说给你听了好吗？

田雌凤和覃夫人登到山顶，进竹林前又回首看了一眼，恰见马邦聘的人马乱哄哄地向城里涌去，后续赶到的人马也不知是该上山还是该进城，整个南城门外乱得仿佛菜市场似的。

田雌凤微微一笑，道："他们都想占据石柱城，这是我们的好机会！不过，他们应该很快就会派人来追了，抓紧时机，尽快离开！"

重庆城里，王士琦刚刚从松坎跋涉归来，一脸风尘。他吩咐了下人烧了热水，刚把身子浸进去，就有书吏禀报，石柱府送来消息，覃夫人叛逃播州去了。

王知府一听，赤条条地就从浴桶里蹦了起来，抓过一条大浴巾裹住身子，就从浴室里冲了出来。书吏赶紧把马邦聘的亲笔书信呈了上去。

这封书信，依照马邦聘的意思，本来是想让李向荣代拟的，不过李向荣看了马邦聘的字迹之后，觉得还是马邦聘自拟自书更具说服力。

于是，马邦聘足足用了十六张纸，所写不过三百余字，那些字有的大有的小，有的歪有的正，还有些地方涂涂抹抹，至于错别字就更不必说了。

王知府费了好大的劲儿，才读懂了马邦聘这封信，果然大为焦急。李向荣也是读书人，所以他的判断是正确的，像马邦聘这样的大老粗写的亲笔信，王知府反而更少起疑。

王知府攥着那厚厚一摞潦草混乱的信纸，裹着浴巾在厅中急急踱了四五个来回，断然吩咐道："马上提马千乘出狱，委任其为石柱土司，命他回石柱主持大局，戴罪立功！"

书吏提醒道："大人，委任土司，那是朝廷职责，我们……这是僭越啊！"

王知府沉声道："覃氏打着土司的名号，对石柱乃至整个四川都将大有影响，必须马上抬出一个合乎法理的土司来与她对抗，才能抵消她的影响。事急从权，顾不得那许多了。况且，对于石柱土司，本府本就有建议推举之权，而且本府作为钦差，负责播州之事，如今还未复旨，仍然代表着天子，这么做，也无可厚非！快去！"

第三十九章

逃亡路

一

大路小路田雌凤他们不敢冒险走，山林中虽然难走，却无疑是最安全的。而他们所走的山林，也大多是无人到过的原始森林。腐叶厚的地方足有两尺，脚陷进去每前近一步都很艰难。

林中还有蛇虫蚁兽，这些未曾见过人类的生物，对于侵入它们地盘的陌生物种并没有认知，所以大型野兽对于这些侵入者反而不会即时发动攻击，而在它们的隐匿与观察之时，这些人已经从他们的领地穿过去，也就避免了生死相搏，偏偏是那些虫蚁小兽，给他们制造了大麻烦。

藤萝密布，有的斑斓，有的翠绿，谁能辨识出那垂挂的长藤中竟有剧毒的蛇？脚下明明看着是平坦的土地，谁能想到一脚落下，便陷入半个身子，而那其中还有受惊的虫蚁乱窜乱咬。

为了避免无谓的伤害，他们全身几乎都裹得密不透风，就连脸上都缠上了细绸的面巾，如此一来却是弄得汗出如浆，每一个人都狼狈不堪。

每一次赶到有山泉的地方，他们来说都如同过一次狂欢的节日，因为只有此刻，他们才能重新像回个人样儿。

一条潺潺的溪流，半途有一块倾斜的布满绿苔的巨大岩石将水流拱开，以这块巨大岩石为界，上游是田雌凤、覃夫人沐浴的地方，下游则是那些男人的。

隔的并不远，虽然彼此看不见，但心理上还是会叫人觉得别扭。不过，一切都顾不上了，这山林中，危险随处可见，田雌凤和覃夫人并不愿走得太远。

下游那些汉子们一个个渴得喉咙冒烟，顾不得身上泥土和身扑进河水，狂饮不止。每个人都是饮饱了，这才脱下湿淋淋的衣服扔上岸去，开始洗澡。

叶小天和马千驷比起他们来稍显斯文些，却也不是有意保持风度。在这无尽的大山里跋涉上几天，再斯文的人也会变成野兽，眼下只是一些昔日的习惯还没这么快得到转化而已。

他们两人是最后下水的，而且没有像其他男人一样穷形恶相，又是最先上岸的。然后两个人就光着屁股蹲在岸边，开始洗衣服。

衣服不洗是不成的，上边汗臭、泥土、腐败树叶的味道，还有为了防虫蛇涂抹的草汁，各种味道交织在一起实在难闻。照理说他们都不需要洗，反正只要一踏上前程，用不了多久又得那副模样。

但是，一头沾满了松油和泥土的野猪，到了河边还知道冲进去撒撒欢儿洗个澡，何况是人。

衣服洗完是湿的，不过河边还有不少在经年累月河水冲刷之下比较平坦的石头，此刻被晒得滚烫，衣服铺上去用不了多久就能熨干，所以当那些士兵和头人终于心满意足地上岸洗衣服，河边蹲了一溜屁股时，叶小天和马千驷已经踱到了一旁林荫下。

马千驷的神情有些消沉，他明明是马家二少爷，将来至不济也是一位土舍，而且论远近，将是仅次于土司马千乘的大土舍。以马千乘的为人秉性，又绝不会欺压他这个兄弟，现在他却要去寄人篱下，怎么开心得起来？虽然他与杨应龙的"女儿"有婚约，可投到岳父门下，无异于入赘，哪有在自家地盘自在？

叶小天理解，但并不同情。他不是兼爱包容众生平等的圣人，自从他与马千乘交厚，把覃夫人母子当作潜在的敌人，就注定了他们之间是猎食者与被猎食者的关系，他不会浪费自己的怜悯心。

"千驷老弟，你不必过于担心，杨天王不会坐视你母子从此远离故乡，寄居他处的。来日，杨天王一定会借兵给你，重返石柱！"

马千驷有些沮丧地摇摇头，低声道："娘一直以为爹没什么用，可我知道，大家肯听她的话，全是因为爹。现在娘亲做了这样的事，爹一定不会原谅她。我们走了，只要阿爹或者阿兄回来，石柱上下必然拥戴。重返石柱？就算有我岳父出兵帮忙，也是……不可能了。"

叶小天心道："这小子，倒是一个明白人。可惜。昔年你母亲做了那么大的错事，马斗斛也原谅了你们，你们本来有机会过安稳日子的，但是你那不安分的母亲，终究还是把你领上了这条不归路……"

叶小天咳嗽一声，没有再说话。刚刚他本就是装腔作势，虽然覃氏母子是他算计的目标之一，但也不想引这无辜的小子往错路上多走几步。

这时，后边响起一个清冷严肃的声音："千驷，你以为娘愿意背井离乡？娘肯走，就是为了有一天扬眉吐气地回去，而娘所做的一切，还不是为了你？你怎么可以如此消沉！"

叶小天和马千驷回过头去，就见覃夫人正向他们走来，覃夫人沐浴已毕，衣服也蒸干了，虽然衣服显得有些破旧，面上也未涂抹胭脂，倒是显出丽质天生，素颜之美，别具韵味。

"娘……"马千驷唤了一声。覃夫人面寒如水，对马千驷道："千驷，你跟娘过来！"覃夫人当先向林中走去，马千驷诧异了一下，还是举步追了上去。

叶小天望着他们的背影，身旁一阵细碎的脚步声响，叶小天一扭头，就看见一朵天然去雕饰的清水芙蓉。

田雌凤一头乌黑油亮的秀发在脑后俏皮地挽成了个马尾，配着那张白嫩紧致的俏脸，看起来倒似一个未满双十的少女。

她负着双手，悠然踱到叶小天身边，叶小天的目光从她削肩处掠过去，看见草丛树荫外，隐隐还有一群光着屁股的汉子蹲在河边，不禁汗颜。

虽说覃夫人和田夫人是从林中直接过来的，但若换成中原女子，断然不敢在这种情况下走过来。

田雌凤在叶小天身边停住，只比他矮了半头的身材显得窈窕玲珑："你猜，覃夫人把她儿子唤去，想说些什么？"

叶小天悠然道："嗯……儿啊，有些事，娘也是该告诉你了。"

田雌凤"噗嗤"一声笑，睨了叶小天一眼，笑盈盈地道："你也知道此事？"

叶小天叹了口气，道："我想，整个石柱，大概就只有马千驷一人不知道！哦，也不对，马千乘应该也是不知道的，至于马土司，则是不确定。"

田雌凤的脸色阴沉了一下，又迅速变得明媚起来，风情撩人地敛了一下鬓边的发丝，道："还有几天，我们应该就能走出石家的地盘了！"说罢，扭转娇躯，袅袅娜娜地走开了。

田雌凤一路走，那看似轻盈的脚步落在地上，却是暗暗透了一股杀气："快要逃出石家的地盘了，可追兵一直追击不力，虽然一路上覃氏逃走了一些人，被虫蛇蚁兽咬伤咬死掉队了一些人，可她却还毫发无伤，得尽快动手了！"

· ※ · ※ · ※ ·

马邦聘一直有派人追击，追击的人虽是在山林中，但是每到一地都可以出山补充给养，而从石柱府传出的消息，也就可以及时送到他们手上，他们这里的情况，石柱那边也能及时获悉。

这一天，马邦聘终于收到重庆府的消息。马千乘被释放了，并且由重庆府派人护送着，正赶回石柱。紧接着，他又得到消息，忠州秦家寨也派出了白杆兵，由秦良玉带队，看来是要帮助她的未婚夫重整石柱。

马邦聘得到消息大喜过望，各路驻扎于石柱的土司头人中，也有些人曾经怀有异样心思，只是顾忌重重，不曾表现，这时接到消息也就彻底死了心。

李向荣听了消息，对马邦聘道："土舍，目的已达，我想……对覃夫人等人，可以加紧追击了。"

"那是自然！"马邦聘气昂昂地站了起来，大声道，"传令下去……"会议一散，马邦聘回转内厅，李向荣却又鬼鬼祟祟地凑了上去："土舍，你还需给亲信下一道密令。"

马邦聘惑然道："下什么密令？"

李向荣道："不要活覃氏，只要死夫人！就连马千驷，也要一并杀了！"

马邦聘吃了一惊，道："这是为何？"

李向荣道："土舍大人，你想啊，虽说覃夫人吃里爬外，做了那么多坏事，可她终究是新任马土司的生母。如果抓了活的回来，马土司能弑母吗？不能杀，那就得关着，天长日久，仇怨消尽，母子相认，那时大人您置自己于何地呀？"

马邦聘恍然大悟，一对牛眼珠子晃荡着，对李向荣翘起大指："先生大才！却不知铜仁于土司舍不舍得放人，马某是真想重金请先生留下来啊。"

李向荣抚着胡须怡然自得地一笑，心道："真要留下来，只怕用不了多久就黔驴技穷了。李某这主意，可是借鉴于建文皇帝。'勿使朕担负杀叔之名'，直接说'勿杀四叔'不就结了？明明就是不想要活的！马千乘虽然不是那样的伪君子，可覃夫人若真的活着擒回来，他做儿子的岂不为难？追捕途中，刀枪无眼，那就是天意喽，嘿嘿……"

第四十章

女人凶猛

一

马邦聘一声令下，追击立即变得更加凶猛了。这种变化是无形的，但逃亡中的每一个人都能清晰地感觉到。追兵越来越紧，手段越来越狠毒，他们甚至用上了淬毒的弓箭。

由于追杀和险恶的自然环境，逃亡队伍减员更加严重。在这样的环境中，像田雌凤、覃夫人和叶小天等人当然能受到最好的保护，可其他人却只能看个人造化，连追随覃夫人而来的头人们，也有几个在丛林中丧了命。

尤其令人沮丧的是，追随覃夫人背井离乡的人本就不大愿意，在这种情况下更是纷纷逃离，甚至有一个小头人，也趁夜带着他的人偷偷溜走了。覃夫人距希望近了，距绝望也近了。

田雌凤一路命人布下各种阻碍追兵的陷阱，实际上在这样的险恶环境下，根本不需要再加什么陷阱。

再接下来，追兵更近，甚至发生过几次短兵相接，田雌凤每次都壮士解腕，留下纠缠肉搏的部下，率领其他人迅速逃离。甚而在追兵迫近时，主动留人阻敌。

田雌凤留人阻敌时，会将两路人马搭配着来，她派出一定的人马，覃夫人那边也派出一定的人马，这样一来，覃夫人对她的用心毫无怀疑。而田雌凤却在这样的过程中，把并非心腹的播州人马一次次地分派了出去，覃夫人身边的护卫也越来越少。

此刻，他们来到了一片山谷。这片山谷乍一看很是平坦，走到近处却是坑坑洼洼，有些地方明明看着是绿草茵茵，一脚踏上去，不是积水就是泥潭，行路愈发艰难。

他们踏着一块块相距不远的草甸子，先用长木探抵确认是实地，然后才跳跃过去，好不容易过了这片山谷，已是筋疲力尽。

田雌凤回首看了看来时的路，又看了看瘫软如泥的覃夫人，果断地道："分兵走！叶长官，你和千驷从山脊上走！"

田雌凤指了指陡峭的山脊，对马千驷道："我和你母亲体力比不得你们，你们从山脊走吧，我们歇一会儿，从山谷中走。"

马千驷对这位准岳母倒是没有丝毫疑心，只是抛下母亲和岳母独自逃离，不免有些犹豫。

田雌凤道："追兵愈发近了，我们分兵两路，就算有一路被抓到，另一路也总还有逃离的机会。另外，看你娘现在的模样，再要上山只怕是不成了，我也……"田雌凤苦笑两声，"我知道你的孝心，可是不分兵不成了。分兵走，一则可以避免被人一网打尽。而且你们走在高处，尽可留下些线索吸引追兵，也可以帮我和你娘制造机会。"

田雌凤说着，体力不济地瘫坐在地上，继续道："等他们追上山，再看到我们时，想再返回山谷，又要耗费一段时间。我们马上就要逃出石柱地界了，说不定这就是我们的机会。"

覃夫人对田雌凤本来是很有戒心的，但是田雌凤这番话在情在理。而且田雌凤又是和自己走在一起，应该是没有抛下她们母子的打算，便道："田夫人所言有理，千驷，不要犹豫了，马上和叶长官上山！"

马千驷见母亲也这么说，想想也是有道理，便答应下来。

叶小天自然明白田雌凤与覃夫人合不来，不过他也绝对没有想过田雌凤会有什么过激的举动，在他看来，田雌凤趁乱抛下覃夫人的可能更大一些。然而如今已经到了这一步，一个不慎就可能连自己也栽进去，田夫人应该已经放弃了与覃夫人争风吃醋的打算，真心想要尽快脱离追捕，逃出石柱控制区吧。

对于某些女人的嫉妒心，叶小天显然还是估计不足。他和马千驷领着一些人上山了，那座山峰很难爬，最艰难处在于没有路，到处是低矮的灌木，他们要一路劈砍着登山。

当他们一身臭汗地登上山峰时，往山谷中一望，田雌凤和覃夫人已经歇匀了气儿，继续上路了。再扭头看向来时路，就见追兵已经踏上了草甸子，马千驷不禁松了口气。

谷口这边，前方依旧是丛林，置身其中，除非从高处观察，否则很难看见。而他们现在又在山峰上，追兵正向这里指指点点，岳母大人的分析是对的，这样果然可以吸引追兵。

既然已经被人看到，也就不必故意拖延了，叶小天道："千驷老弟，咱们快走。"

马千驷答应一声，立即与叶小天向林中掩去。在他想来，如果沿着山脊走，追兵上了山还是会看到谷中的另一路人马，但是迂回一下，绕到林中，引着追兵兜圈子，却可以帮母亲制造更好的逃离机会。

不得不说，马千驷的本性还是不坏的。自从他知道了自己的真实身份，一下子沉默了许多，仿佛一夜之间变得成熟了，不似当初一样轻浮、顽皮。

……

"还要多久……这片林子真密！"田夫人气喘吁吁，扯了扯领口，似乎林中的空气也让人窒息。

覃夫人向手下人低声询问了几句，走过去对田夫人道："快了，应该再有大半日的脚程就能走出去。那时我们就可以走山外的路了。其他土司，轻易是不会干涉石柱家族内务的。"

经过这一路逃亡，又不见田雌凤对她有什么带敌意的举动，虽然两人的关系天然难以融洽，但覃夫人对田雌凤的敌意至少也不是那么重了，说话温和了许多。

田夫人抬起手拭了把汗，苦笑道："以现在的速度吗？我们尽力而为吧！"田夫人说完，向身边的侍卫暗暗递了一个眼色。还有半日工夫就能逃出石柱辖区了？那么也就意味着，她必须要动手了。

在田夫人身边是两个中年男子，两人未着道袍，山中奔亡多日，同样一身狼狈，但是他们和普通侍卫是不同的，他们是龙虎山两大高手，论本领，现场其他侍卫绑在一块儿也不是他们的对手。

……

追兵上了山，循着叶小天和马千驷的足迹追了下去。

马千驷逃得苦不堪言："这……这些牲口，刚刚还隔得那么远，怎么跑得这么快！"

马二少毕竟是豪门少爷，攀山越岭哪有那些赤脚的泥腿子麻利。旁边叶小天比他也好不到哪儿去，汗流浃背，颊上还贴着两片草叶子，腮上有几道划痕。

"千驷老弟，咱们……目标还是太大了，分……分开走吧！"

叶小天上气不接下气地建议，马千驷看看后面，追随在他们后面的人只剩下二十多个了，好在母亲担心他的安危，派了不少人跟着，这二十多人中一多半是他们石柱的人。

他们上山时本来领的还有人，只是山路难行，拖拉出近里许，一时不在眼前。马千驷下定了决心，对叶小天道："咱们……人多势众，经过时的痕迹……实难消除。你……你说的对，咱们两个分开走！"

他抬头看了看高耸入云的杉树，阳光从缝隙间洒入。马千驷抬头看着阳光的方向，指点道："那边！咱们先绕开，然后到那边汇合，等咱们赶到那儿时，应该已经脱离石柱，追兵也不敢肆无忌惮了。"

"好！"叶小天答应一声，扭头道，"分开，一路跟着马二少爷，一路跟我走！快！"

那些士兵当然是从石柱带来的跟了马千驷，剩下七八人跟了叶小天。两人就此分手，各自逃成一个弧形，奔赴目标。

叶小天选择的方向等于是又绕回山谷边的山脊，不过林深树密，也不怕与追兵碰个正着，他呼哧带喘地绕回到山脊边时，脚下一软，当真一头扑在了地上。

后边追随而来的人也是一头栽倒，这时候，真就扑出一头猛虎来，只怕他们也没有力气逃命了。叶小天瘫在地上喘了许久，稍稍恢复了气力，这才爬起来到了山谷边，由此望下去，浓绿一片，人影儿却不见半个。

随从们也都跟上来，其中一人建议道："叶长官，我们从这儿下山吧，谷中好走一些。山上丛林太密，而且难说会遇上追兵。"

叶小天想想也是道理，便答应下来。这片山坡虽陡，倒也不是不能行走，七八个人揪着小树野草缓冲，有些地段干脆把头一抱，就势滚下去，等他们到了谷中时，已是遍体擦伤，不过看看谷中地形，实比山上好走十倍。

叶小天精神大振，道："走！"当即领着人向前赶去。

田雌凤行走之间，其手下侍卫渐渐得到命令，队形便悄悄散乱起来。本来他们大多是围在田雌凤身边，这时却各自盯准一个目标，以一个盯一个的方式，蹑在了覃夫人从石柱带来的人身边。

前边到了一块开阔地，还有流水声潺潺，此时听在他们耳中，无异于天籁。覃夫人兴奋地道："有水！"

田雌凤冷喝道："动手！"

随着她的一声令下，侍卫们纷纷动手。短匕长刀齐捅进那些石柱侍卫身体内时，他们脸上的狂喜还没有逝去。他们无论如何也想不出，为什么在即将逃出生天的时候，身边的同伴会给他们致命一击。

龙虎山两大高手杀的人就更多了，覃夫人的侍卫比起田雌凤的人，还是要多一些的，可是有这两大高手在，两对铁掌上下翻飞，顷刻间就拍烂了四五颗头颅，仿佛烂西瓜一般，红的白的散了一地。

"你……你们……"覃夫人刚奔出两步，异变陡生，覃夫人回首惊见此变，一张粉脸登时变得煞白。

田雌凤根本没有看覃夫人，她正扭头看着手下们行动，直到他们砍瓜切菜一般放倒了覃夫人最后一个侍卫，田雌凤才回过头来，甜笑着看了覃夫人一眼，洁白的牙齿，仿佛是锋利獠牙！

第四十一章

绝命杀

一

溪水就在前面,能听得到汩汩的流水声。拨开那过膝的野草,就看到了清亮的流水。

覃夫人走过去,脚蹚进溪水里,草丛中便蹦起许多小昆虫。她在溪水边蹲下,先掬了一捧清澈的山溪,小口小口地啜饮着,她的喉头在动,清亮的水从指隙间流出。

一捧水喝罢,冒烟的喉咙得到了舒缓,覃夫人拭了拭额头,又开始掬起溪水清洗脸庞。

水中有针尖大的小鱼,她的手入水,鱼便惊散游开,水中央有一条乌黑色的水蛇,懒洋洋地游过,没有多看她一眼,她也没有因为惊惧而尖叫着跳开,一人一蛇,相安无事。

她蹲在溪边,细腰圆臀,葫芦状,一个播州侍卫盯着她姣好迷人的背影,面含杀气地一拔腰刀,似乎想把那葫芦劈成瓢。"嚓"的一声,刀半出鞘,却被一只手按住了。

侍卫抬头,就见田雌凤看着覃夫人,轻轻摇了摇头,然后袅袅娜娜地走过去,拨开草丛,好似穿花拂柳,在覃夫人上游近一丈处停下,蹲下来,也开始洗脸。

女人哪怕洗个脸,通常都要很久很久,但今天她们两个洗得很快。经过这一路跋涉,手帕也早已皱巴巴的不便拭在那娇嫩的脸颊上,两人就这么站起来,妩媚容颜上带着晶莹的水珠。

"我一直搞不懂,你明明是一方掌印夫人,为什么宁愿抛弃丈夫和儿子,而去寄人篱下,你该知道,以你的身份,就算你到了天王身边,也无法拥有一个名分!"

田雌凤微微扬起下巴,眉梢眼角暗敛锋芒,那眉弯弯如弦月,锋利如吴钩。

覃夫人回答得很简洁:"宁为英雄妾,不为庸人妻!"

田雌凤眉梢轻扬,如吴钩出鞘:"何谓英雄?"

覃夫人沉默片刻,轻轻笑了,笑着摇头:"你不懂!你……根本配不上他!"

"哦?"

"他风流倜傥,他潇洒多情。他一句温柔的话,可以让人心里像吃了蜜糖……"

覃夫人的神情语调,就像一个沉醉在梦幻爱情中的少女温柔甜蜜的呢喃。"而另一个……"她的神情陡然憎恶起来,"你能记起的,永远都只是他猪一般恶心的呼噜!换作是你……"

覃夫人看向田雌凤:"你怎么选?"

田雌凤也笑了,同样笑着摇头:"这就是你的理由?覃夫人,我看……你是从小就被宠坏了,所以,你根本分不清好歹!"

覃夫人想要反驳,田雌凤却不给她机会:"你想要的,是有人把你像一朵花儿似的整天捧在手上,宠着,哄着。天王是怎么对张氏夫人的?马土司是怎么对你的?马土司不宠你吗?他只是笨拙,不懂得如何表达!"

田雌凤走出两步,轻轻摘下一朵不知名的野花,轻轻转在手中:"而你,不同于他的笨拙,却是愚蠢!世上就是因为像你一样愚蠢的女人太多,男人的真心实意你看不明白,甜言蜜语却奉若至宝,我们女人才会被男人玩弄于股掌之上!"

田雌凤拈着花,人比花娇:"你和天王在一起才多久?那短暂的时光,他当然不惜甜言蜜语,可谁会成年累月有数不清的甜言蜜语说给你听?纵然有,到时也听厌了。即便你跟了天王,你也会很快发现,一切将归于平淡,绚丽如烟花的,终将过去。那时你怎么办?如果你已这般年纪,还想不通揣不透,整天把自己当成一个含苞少女,是不是又要再投入另一个肯对你甜言蜜语的人的怀抱?"

"宁为英雄妾,不为庸人妻?"嘲弄地说着,花在田雌凤手中捻成了花泥,粉红色的汁液染红了她的手指,"可笑!长了一张会哄人的好嘴巴就是好男人?你从没懂过天王,也没懂与你夫妻多年的马土司,你不但蠢,而且瞎!"

田雌凤张开手,让那捻烂的花泥从掌间坠落,广袖皓腕,灵气充盈,她的另一只手也这样张着,似鸾飞天际,欲翔惊鸿:"又蠢又瞎的女人,还活着做什么?不如去死!"

田雌凤说得绝不狠毒,那轻描淡写的声音,就像一对闺中好友在讨论着刺绣的鸳鸯绣得是否鲜活。未及整理的蓬松发丝掩映着那水润的小脸,极是柔媚。如果她身畔有一盏灯,柔和的灯光映在她的脸上,那别样的风情定然更是妙不可言。

"不如去死!"随着她轻飘飘吐出这句话,龙虎山老大已经飘然落在了覃夫人的身后,右掌一扬,几乎毫无声息地一掌,轻飘飘地叩在了她的后心。

他的铁掌,可碎石开碑,但阳极阴生,也能由至刚化至柔。他可以隔着一块嫩豆腐一掌拍碎砖头,而豆腐上连个掌印都不留下。

这一掌，覃夫人的五脏六腑都被震成了肉糜，她几乎是立刻断了气，甚至连一口逆血都未来得及涌出嘴巴。

覃夫人只来得及睁大了眼睛，定定地看着田雌凤，身子慢慢歪倒，倒在溪水中。随着流水，她那美丽的面庞在水中半浮半沉，漂动了几下后，双脚在溪边划过一道浅浅的痕迹，整个人都飘向水中。

她的衣袍鼓着气，整个人浮在水面上，仿佛一只美丽的蝴蝶，静静地掠过清澈的天空，渐渐……远去……

田雌凤就站在河边，看着她倒下，看着她漂进水里，看着她从脚边轻轻漂过，漂向远方，轻轻吁一口气，手指撩上鬓边的发丝，然后突然就僵住了。

河对面的灌木丛中冒出七八个人，野人一般狼狈，正僵立在那儿，一副见鬼的表情，正是叶小天和七八个侍卫，田雌凤美丽的脸庞登时变得铁青。

龙虎山两大高手追随她日久，如何不知她的心意，当即大袖一拂，就像两只大鸟似的扑到了对岸。对岸六七名侍卫武功本就不及他们，刚刚又是狼狈赶路，体力不济，只是片刻工夫，六七个人就被屠杀殆尽，只剩下叶小天一人。

当龙虎山两大高手夹向叶小天的时候，叶大土司"扑通"一声就跪了下去，双手高举，大叫："三夫人，小安不能死！"

叶小天浑不吝得像头驴子，有些事他完全可以置身事外，可他偏就一头钻进去，不闹个天翻地覆绝不罢休，可有时候，他却能屈能伸得很，起码他是绝不会为了面子，而宁愿成为山野中一具腐烂的尸体。

"三夫人，小安不能死！"

说这句话，他还充分考虑到了田雌凤的心理。没错，田雌凤在杨应龙面前最受宠，可她是三夫人。掌印夫人张氏已死，二夫人向来不管事，但是论名分，她始终是三夫人。

如何名正言顺地成为掌印夫人，是田雌凤的一块心病，她努力建立属于自己的势力，也是为此。叶小天这么喊，也是在提醒她：我对你还有用！

而不说"我不能死"，而说"小安不能死"，也是再一次提醒她，自己可是她辛辛苦苦捧出来的土司，舍得就这样废了吗？同时也是提醒她，自己跟她利益攸关，不会坏她的事。

"住手！"

田雌凤果然娇斥一声，龙虎山两大高手本就知道叶小天身份特殊，所以才把他放到最后处理，而且在等着田雌凤下令，并未断然下手，听她这么说，立即停住了手。

田雌凤冷冷地道："没有旁人了？"

龙虎山二人答道："夫人放心，一个也未放过！"

田雌凤道："带他过来！"

二人提起叶小天，便蹚过小河来，叶小天被拖得衣襟都湿透了，田雌凤看看叶小天这副狼狈模样，沉吟道："方才之事……"

叶小天道："我刚从山上逃下来，侍卫为了掩护我，都死光了。咦？覃夫人呢？莫非她……"

叶小安东张西望着，好像完全不清楚覃夫人去了哪儿，田雌凤凝视着他，眼中慢慢浮起一抹笑意，她轻轻拍了拍叶小天的脸颊："小安，你越来越聪明了！"

叶小天赔笑道："夫人，我一向识趣。"

田雌凤眸波一转，道："方才叫三夫人，现在为何称夫人？"

叶小天道："有小安鼎力相助，三夫人早晚变夫人，早早称呼一声也不算什么。"

田雌凤的眼睛狐一般地眯了起来："你？有这个本事？"

叶小天没有说话，只是挺起了胸，但是在田雌凤灼热的眼神盯视下，又不安地塌了一下。

田雌凤笑了笑，没有再说话。她也反复分析过，权衡过，相信叶小安对她的倚赖更重，没有理由背叛她，至少现在没有。

虽然叶小安知道覃夫人死在她的手上，对她是一个潜在的威胁，但她现在确也不愿失去叶小安这股力量，权衡之下，只能先把这件事搁在一边。田雌凤对叶小天道："马千驷呢？"

叶小安道："追兵太紧，目标太大，我们俩分开走了。约定的汇合地点，就在这左近，不过我是往这边绕，他是往另一边绕，要回来，应该还需要一点时间。"

田雌凤轻轻吁了口气。覃夫人已经死了，她的威胁已经消失，她并不想再置马千驷于死地。而且，如果覃夫人和马千驷都死了，她在杨应龙面前也着实不好交代。

田雌凤回头吩咐道："所有人，尽快带上饮水，继续前行，我们很快就走出去了！"侍卫们听命涌向河边，田雌凤又瞄了神色有些不安的叶小天一眼，暗自忖度："看来，得想个法子，让这小子绝不敢背叛我才成……"

第四十二章

尘埃定

一

马千驷带着十多个人在丛林中兜了一个大圈子,再绕回去时,距原定地点超前了两三里地,这已经算是对方位相当精确的辨识了,多亏他的部下都是在大山里走惯了的人。

此处已经接近连绵山林的余脉,同时也是石柱马家控制区域的边缘,山脚下就有一个小村庄。马千驷逃出去后,立即注意到这一带有人生活的痕迹,紧跟着就找到了小村子,在这里见到了已稍做休整的田雌凤等人。

"我出来了!"马千驷兴冲冲地迎上去,目光一扫,便是一怔,"我娘呢?"

田雌凤迎上来,神色有些黯然:"千驷,你娘她……"

马千驷一下变得面无血色,颤声道:"岳母……"

田雌凤轻轻拍了拍他的肩膀:"千驷,节哀顺变!"

马千驷的眼泪唰地一下就流了下来,嘴唇颤抖着道:"我娘她……她是怎么死的?"

田雌凤哀婉地摇了摇头,用低哑的声音道:"我们眼看就要逃出生天了,结果……追兵越来越近,我们要翻过一片河边的岩石,你娘因为力竭,不慎跌落,被尖利的石头撞到后脑……"

马千驷双膝一软,跪到了地上,泪水滚滚地咆哮道:"为什么没人扶她一把?为什么!"

田雌凤泪光莹莹,悲戚地道:"我想抢回你娘的尸首,免得她曝尸荒野,可是……追兵利箭不断……千驷,别伤心了,你娘的血海深仇,要用敌人的血来偿还,你要振作起来!"

叶小天看着这样一幕,心头却是一阵阵生寒。或许,对于美丽的女人,人们总是下意识地把她和善与美联系起来,但实际上,皮相美丑,与心地实无干系,此情此景，令叶小天不寒而栗。

……

马千乘赶回石柱后，石柱秩序算是彻底恢复了正常。虽然老土司还没回来，但是继任土司是老土司的长子，土民们觉得，马氏天下算是彻底安定下来了，这地盘本来早晚就是马千乘的。

各路土司、头人、土舍们，俱都得到了马千乘的嘉奖和感谢。当然，这是在秦良玉的提醒之下，不然马千乘这个愣头青还真未必想得到。虽然即使马千乘没有这些表现，各路诸侯也不会说什么，可是有这番话尤其是马千乘执子侄礼来说，他们就觉得一番辛苦没有白费，欣慰得很。

其中本有些因为马土司府内乱而有了些异样心思的人，在马千乘归来后便打消了野心，又亲眼见到了秦家白杆兵的军威，更是深感敬畏。经此一乱，马家的地位不但丝毫没有受到影响，而且内部的分裂山头已经剥离出去，更加显得上下一心了。

等众土舍、土司们离开，石柱府就只剩下秦良玉和马邦聘两个人暂时帮衬着马千乘了。这一日，马邦聘收到一个让他大喜的消息：覃夫人，死了！

覃夫人的尸体是在山下一条小河边被人发现的。

当初田雌凤让龙虎山高手一掌击碎她的内腑，而没有伤了她的皮相，是因为覃夫人的身份地位终究不俗，田雌凤虽有杀她之心，却没有虐她之意，想着给她留个全尸。

不过，事后想来，田雌凤也不免有些后悔这一念之仁了，她对马千驷说的是覃夫人摔下岩石，撞中后脑而死，这要被人找到尸体，查出死因不符，那该怎么办？不过这份担心只是在她心头一掠而过，并未太过在意。

原因很简单：丛林中野兽众多，那尸体未必能得保全；就算没受野兽侵害，一路下去，磕磕碰碰的，尸体一样不得完整；再一个，这地方可少有剖尸检验的，覃夫人是在逃亡路上死的，哪会有仵作验尸？

再者说，尸体能不能被山外的人发现都不好说，什么时候发现同样不好说，说不定发现的时候早就无法辨认了。思来想去，被查出真相的可能实在是微乎其微，田雌凤自然不会整天为此担心。

覃夫人的尸体被发现的比较早，可是正如田雌凤所预料，真正死因实难查明了。她的尸体一路顺流而下，幸运地没有遇到食尸的野兽，但是水流有几处湍急，磕磕碰碰在所难免，尤其是中途还经过几个小瀑布，到得山外被人发现时，连模样都不大能认得出了。

要不是因为追兵就在左近，而且覃夫人身上有几件可以确认身份的物件，也不会这么快确定她的身份。至于死因，当然不会有人怀疑到辛苦救了她一路的田雌凤身上。

马邦聘收到消息的时候，尸体已经装敛，正在运回的路上。马邦聘最担心的就是覃夫人还活着，马土司在覃夫人面前是一物降一物，在新任的小马土司面前，她又是生身母亲的身份，只要她被活着抓回来，绝对死不了，那对他可是个威胁。

如今马邦聘心事放下，只是向马千乘报告这个消息的时候，却不好做出喜形于色的模样。马千乘听马邦聘向他说完情况，呆呆地坐了一阵儿，两行眼泪轻轻地滑过了脸颊……

母亲从小就不疼他，但那毕竟是自己的母亲，马千乘从无怨尤。母亲带着二弟背叛了父亲，陷害他入狱，得知这些的时候，他也伤心过、愤懑过，但他依旧没有想过要让母亲受到伤害。无论如何，那总是生身母亲，此时此刻，他的心中只有无尽的悲哀……

· ※ · ※ · ※ ·

走出大山之后，田雌凤一行人向南逃跑的过程变得轻松了些，至少他们可以买马、雇车，而不必穷于奔命到狼狈不堪，追兵碍于不是在自己辖区，多少也有了顾忌。

等他们过了大娄山一带，进入播州地区，追兵就彻底消失了，他们也得以有了喘息之机。消息迅速送上了海龙屯，他们则继续赶路，只是一路疲乏，这时难免要多歇息一下，每天最多只赶半天的路。

这一日，他们到了桐樟，桐樟素有"黔北门户""川黔锁钥"之称，过了桐樟关，这里有八位由播州宣慰司杨应龙委任的土官各治一域。他们当晚歇宿的区域由一位长官司长官统治，这位长官姓骆。

骆长官毕恭毕敬地把三夫人迎进了自己的府邸，把整个主卧区全都让了出来。本来，三夫人在播州地区就声威赫赫，自从张氏夫人死后，坊间更是传言，掌印夫人之位非她莫属，骆长官既有机会，岂有不竭尽巴结的道理。

逃入播州境内后，马千驷就带了孝，每日只吃粗茶淡饭，虽然没有太多的守孝条件，也是尽可能地尽到为人子的孝道。他的居处撤去了锦绣丝织之物，睡在硬板床上，倒枉费了骆长官一番美意。

田雌凤真像一位和蔼可亲的岳母，一路对马千驷的照顾无微不至，时常谈心开导，令马千驷感激不已。虽然他也清楚，既然自己是杨应龙的亲生儿子，那么他的妻子就绝不会是田夫人的亲生女儿，但还是把她当成了自己的岳母看待。

田雌凤晚上又开导马千驷一番，姗姗地离开他的住处，移眸一望，看到叶小天所住的楼舍有灯光射出，忽地想到了那桩心事，便玉步轻移，转向他的住处，但只走了两步，却又止步，转回了自己的住处……

叶小天沐浴已毕，回到花厅，下人沏的茶水温度正好，叶小天捧了一杯茶，坐在椅上怔忡出神。他这一番跟着走了一遭石柱，其实所起的作用不大，一应安排，早在他去播州之前就已经铺陈好了，只不过……他觉得跟在田雌凤身边，比在杨应龙身边更不容易暴露罢了。

如今回了播州，却不知他的卧底之路还要走多久，也不知道孛拜、东瀛在大明军队的面前还能支撑多久，更不知道杨应龙打算如何利用他这张牌。

叶小天思索良久，因为对于消息掌握得实在太少，揣度不出个可靠的结果，也只好叹了口气，不再庸人自扰。

"田彬霏现在应该正被接出铜仁吧？如果他到了，倒也有个人可以商量，现在我唯一能做的，就是扮演好我所扮演的角色，莫出差池罢了。"

叶小天想到这里，就听门扉轻轻叩响，叶小天抬头看了一眼，侍立在厅角的小丫鬟便快步走过去，打开了房门。

门口灯下，一位美人。

田雌凤负手而立，俏生生的，往厅中睨了一眼，展颜一笑，颊生双涡。她迈步进来，对那青衣小婢道："出去吧，本夫人有话与叶长官谈！"

那小婢福了一礼，闪身退了出去，田雌凤双臂一张，大袖如翼，将门一掩，款款走来，裙尾摆动似多情的湘水。

叶小天自从见识了田雌凤的狠辣手段，对这个女人便更加戒备，这时不由紧张地站起来，心道："这头狐狸，又要搞什么花样了？"

第四十三章

把柄与漏洞

一

　　田雌凤嫣然一笑，轻盈地向叶小天走过去，走出一路风情。那玉足，轻轻地踩在地上，就像缩起了爪子的一对猫爪，肉垫蹭在他手心上。一阵幽香，如麝如兰，迎面袭来，萦绕鼻间，极易荡人情思。
　　明明心怀戒备，可面对这样一个人间尤物，这样的风情韵味，这样的扑鼻芬芳，叶小天的心也不禁跳得快了起来。他虽努力让自己保持平静，但田雌凤还是感觉到了他不自然的反应，于是妩媚地一笑。娇慵的动作之中，那酥乳似乎微微地荡漾了一下。
　　"难道……她竟没有穿胸围子？"想到这里，叶小天的心跳得更快了，"她是一条美女蛇，心狠手辣之极！你又不是没有见过女人，不能碰、碰不得！"
　　叶小天不断地告诫着自己，但田雌凤早从他渐炽的眼神和他渐促的呼吸，感觉到了他的变化。
　　此时，不只她的肢体动作开始充满无声的诱惑，就连她的眼神和笑意，都焕发着一种难以言喻的味道。叶小天的目光不由自主地被她吸引着，仿佛他是一块铁片，她是一块磁石。
　　薄而露的大袖春衫，遮不住她姣好迷人的身段，灯光透过春衫，把她玲珑凹凸的胴体映得若隐若现，整个房间都好像变得燥热起来！
　　"难道……"
　　叶小天忽然意识到今晚将发生什么了。以前，田雌凤对他一副欲拒还迎的样子，他知道那是田雌凤在有意制造一种暧昧。她是凭着杨应龙的宠爱才带着白泥田氏飞黄腾达的，似乎她由此产生了一种认知：她的美色也是一种武器，而且是一种很锋利的武器。
　　不过，叶小天也能感觉到，那时的她只是戏弄，或许她也享受那种若即若离的暧昧愉悦，或许她只是为了彻底掌握他，但是现在……因为覃夫人？一定没错！

叶小天马上就想到了是什么使她发生了这种变化。覃夫人无疑是一个主要诱因：她不放心！她要彻底控制我！

用自己的把柄，弥补她的漏洞！共同拥有一个致命的秘密，从而保证双方互不背叛，共进共退！

这个女人为达目的是不择手段的，没有什么是她不能加以利用的，包括她自己。想到她杀死覃夫人时那种狠辣的手段，叶小天登时如同一瓢冷水由头浇下。

"睡了她，就会不忍心杀她。留下她，家宅不安，后患无穷！"叶小天想到可能的可怕后果，不断地告诫着自己。生理的变化他无法掌控，但心猿意马的念头渐渐冷却下来。

田雌凤有些意外于他的定力，她以为他在如此明白的暗示下，会控制不住地扑上来，撕开她的衣服。可是……这不符合叶小安一向的表现啊。但田雌凤也很快想到了最可能的原因："他被我处死覃夫人的手段吓着了。"

田雌凤"咯咯"娇笑着，娇躯轻扭，忽然坐到了叶小天的怀里，轻舒玉臂，揽住了他的脖子。

田雌凤轻轻靠向叶小天，粉嫩滑润的脸颊轻轻摩挲着他的脸颊，在他耳边呵气如兰地道："胆子为什么那么小？你可是男人呢……"

"这种女人，沾不得！可……严词拒绝，那不像我所扮角色的作风啊！顺水推舟？"叶小天的心荡漾了一下，赶紧收回来，"这种女人，沾上了就是后患无穷，我又不是提上裤子就不认人的主儿……"

叶小天的内心，欲望和理智在打着架，一个劝他将计就计，先享用了再说，另一个在劝他保持克制，不要一失足成千古恨。两股意念纠缠在一起，也不知谁最终能占了上风。

田雌凤感觉到他的身体有些僵硬，决定再加一把火，她的胸膛更加挺拔了，嫩滑香软，羊脂白玉般丰盈挺拔的双峰似要裂衫而出，那双明媚的眼睛湿得好像要滴出水来。她浑圆丰挺的翘臀开始技巧地厮磨，修长结实的大腿也轻轻地勾了起来。

"我是叶小安，我不能拒绝啊……"叶小天在心中哀鸣，双手开始一寸一寸地抬起，揽上了那令人销魂的小蛮腰。一个清脆的声音突然在屋外响起："三夫人，家政赵大人从海龙屯赶来了！"

室内顿时一定，无限春光静止在那儿。片刻之后，田雌凤微微俯首，伸出雀舌，在叶小天的耳垂上轻轻一舔，挑逗地宣示："早晚睡了你！"

· ※ · ※ · ※ ·

叶小天眼看着一个风骚妩媚的女人，变成端庄、雍容、高贵、优雅的三夫人，姗姗地走出门去，不禁长长地吁了口气，心里竟然很可耻地有点失望。

"我只是个凡夫俗子嘛……"叶小天如是安慰自己，其实也不无庆幸，因为他很清楚，这个女人，真的沾不得。

赵文远是星夜兼程从海龙屯赶来的，杨应龙、大阿牧陈萧、兵马大总管田一鹏、田飞鹏等人诸务缠身，实在走不开。

赵文远此行已经知道天王要他迎接的不仅仅是三夫人，还有天王的"姑爷"马千驷。杨应龙的风流韵事，在播州地区流传更广，赵文远也知道这个马千驷很可能姓杨，对于未来的掌印夫人和杨家小少爷，赵文远岂敢怠慢。

赵文远星夜兼程地赶到，马上求见田雌凤。田雌凤对于播州这些时日的情况也是十分关心，有关播州和水西、播州和水东、朝廷方面的动向，还有肥鹅岭上田妙雯的举动，一番细致了解持续了大半夜的时间。

直到这一切都了解清楚，赵文远才起身告辞，走到门口时忽然一拍额头，又想起一事，忙转过身来。田雌凤正蹙眉思索，消化着赵文远传来的消息，赵文远轻咳一声道："夫人……"

田雌凤抬起头来，赵文远道："田先生也回来了，现居于海龙屯上。"

田雌凤点点头，目送他离开，以手抚额，评估着水西、水东两大世家与播州交涉中的反应，总觉得杨应龙的交涉似乎太顺利了些。但是要说水西和水东另有目的，她又不能确定。

由汉至今，百年的皇帝，千年的土司。趋吉避凶，保家族长久，这是土司家族行事作风的惯例，王朝可以不断更迭变化，而土司家族始终屹立不倒，就是因为他们一切行为都是以本家族的利益为第一。在天王做出如此让步及许诺的情况下，安氏和宋氏确实没有理由和杨家死磕，应该没有问题。

她心中虽隐隐有些不安，却也找不出理由来质疑这两大家族的诚意。

"需要做的事，真的太多了啊……"田雌凤思索良久，不得不发此感慨，比起这些大事来，很多事都显得微不足道了，其中包括田彬霏。如果不是赵文远提起，她关心的问题里压根就没有田彬霏的影子。

至于她在铜仁遇袭，大亨家里突然展现出来的强大实力，她就更无暇顾及了。不过，这些问题她虽然无暇去细查，却也因此让一向谨慎的田雌凤有了隐隐不安的直觉。

比起田雌凤的谨慎，杨应龙就乐观得多，此时的杨应龙踌躇满志，就连覃夫人身故给他带来的伤感都淡了许多。

……

贵阳府，巡抚衙门后街毗邻的一幢宅院内，以经商为名义再度赶到这里的洪百川正秉烛办公，处理着公务。

朝廷在云贵川一带布下的锦衣卫秘密谍报网，在此时发挥了重要作用，成了三地军政大员接收准确情报、讯息的渠道保证。而作为锦衣卫外围组织的驿站，在这一任务中也同样肩负了重要使命。

唯一的区别是，作为谍报组织核心的锦衣卫是知其为而为，作为外围组织的驿站是不知其为而为，他们像一群蚂蚁似的往复奔波，传递着各种消息，但这些消息意味着什么，他们完全不清楚，他们只负责传递。

朝廷公开的消息渠道现在传递的所有消息都是真真假假、半真半假，包括直接从京师传出的邸报，都被他们做了手脚。只有最可靠的封疆大吏级别的官员，掌握的消息才是真实的。

而普通地方流官包括土官乃至民间流传的消息，无不是在锦衣卫南北两大镇抚司通力合作之下炮制、编撰、散布出来的。朝鲜战场、宁夏战场的真实情况，要做到这样的封锁和改编，只有以国家之力才能办到，任何一个民间机构或组织想达成这一效果都是痴心妄想。

西北孛拜起兵反叛已经有七个月了，现在是节节败退，曾经被他占领的地方纷纷被收复，孛拜已穷途末路，而在松潘地区，朝廷大军依然严密戒备，传出的一切消息都是时有胜负，双方胶着。

至于朝鲜战场，消息封锁得更好，李如松提督蓟、辽、保定、山东军务，其弟李如柏、李如梅为副总兵，率军七万东渡入朝，连番苦战，此时已然攻克平壤，杨应龙造反的最好时机，已经在不知不觉间被他错过了！

第四十四章

按下葫芦起来瓢

一

在海龙屯，叶小天明显感觉到了与上次来时的不同。

上一次来时，他能感觉得到海龙屯在加固、设防。而这一次，他还未到海龙屯，就发现平地出现了一道道险隘、沟壑，海龙屯前方两侧的山岭上也竖起了厚重的高墙。

叶小天还注意到，河水趋缓，水位下降。那是一条大河，河流湍急，如今既非冬天，又非旱季，水流为何会趋缓，水位为何会下降？叶小天不能不有所联想。

杨应龙没有迎下山，不过他在天王阁外等着田雌凤和马千驷等人。

马千驷登上石阶，一抬头，就看见杨应龙负手立于台阁之上，白衣如雪，玉树临风。

上一次见到杨应龙，还是他到海龙屯下聘之时，但那一次，在他心中，杨应龙只是他未来妻子的父亲，而这一次看到杨应龙，想到这就是自己的生父，马千驷心中滋味实难描述。

这是他的生身父亲，给予他骨肉、血脉、生命的男人，可又不曾养育他，甚至连父子名分都不能给他。马千驷看着他，说不出是爱、是恨。

田雌凤睨了他一眼，瞧见他复杂的神色，提醒道："千驷，还不上前拜见岳父大人！"

马千驷受她提醒，这才举步走到杨应龙面前，张了张嘴，垂首拜道："岳父！"

"千驷，起来！"杨应龙上前几步，伸手搀起了他。杨应龙知道这是自己的儿子，但并不清楚覃夫人在生前是否对马千驷交代过他的真正身世。不过他也不需要知道。知道了，杨应龙也不可能让他认祖归宗，即便有一天做了皇帝，也不需要如此。他还有不止一个儿子，不会因为这个儿子从小不在身边长大，就对他格外疼惜。

杨应龙见马千驷面带悲戚，不禁叹息了一声："你母亲的事，我已经知道了。你放心，总有一日，我会帮她讨还公道！你也不是外人，就在这山上住下吧。"

马千驷心下涩然，想道："那你知不知道，我已经知道了我是你的儿子？"可这句话，他终究没有问出口。马千驷低着头答应一声，缓缓地退到了一边。

田雌凤上前向杨应龙盈盈一礼，杨应龙向她展颜一笑，目光便投注在叶小天的身上。叶小天清了清嗓子，上前抱拳道："见过杨大人！"

杨应龙点点头："辛苦叶长官了。杨某前些日子诸务缠身，也来不及帮你讨还公道。如今稍稍清闲了些，你且在客舍住下吧，杨某会尽快帮你重掌卧牛岭！"

叶小天心中一动，脸上却是一副感激模样："多谢杨大人为叶某主持公道！"

· ※ · ※ · ※ ·

叶小天到了客舍，还是他以前住过的那座院落。刚刚入住，就有人来拜访了。

田彬霏由一个明眸皓齿、姿容秀丽，只是肤色稍黑的青衣俏婢推着四轮车出现在他的客厅。叶小天连忙迎上去，从那丫鬟手中接过扶手，推着田彬霏往里走："田先生，邀天之幸，你逃出来了！"

田彬霏道："是啊！你我福大命大，只是可惜了天佑……哎，苍天不佑啊！"

两个人不咸不淡地扯了几句，等侍候叶小天的丫鬟奉了茶，和那推车的小丫鬟一起退到廊下，坐到花圃边的栏杆上闲聊天去了，二人的神色才沉静下来。

叶小天道："我随田夫人去石柱，这些时日都是住在山里，也不知道山外情形如何了。"

田彬霏把杨应龙同水西、水东两方面打交道的事说了一遍，又道："天王向朝廷奉金赎罪，看来是与朝廷达成了协议。只是此时他既不宜再动刀兵，如何解决肥鹅岭之事？"

叶小天道："今日天王说，不日就会助我讨还公道，重掌卧牛岭，如此看来，不用武力就能解决吗？"

田彬霏想了一想，微微颔首道："我大概猜到天王打算怎么办了。"

叶小天神色一动："天王打算怎么办？"二人耳语起来。

杨应龙回到内宅，安慰田雌凤几句，又把两个嫡子唤了过来。长子杨朝栋、次子杨可栋，二人见过父亲，垂手而立。

杨应龙呷了口茶，慢条斯理地道："与水西、水东的纷争，经为父一番交涉，算是尘埃落定了。左右也没什么大事了，依照为父与朝廷的约定，为父也该挂印封金了。朝栋，从今日起，这播州，爹就交给你了！"

杨朝栋一听，"扑通"一声就跪到了地上，把头磕得咚咚直响："父亲不可！万万不可啊父亲！儿何德何能受此重任！父亲正当春秋鼎盛，这播州上下可离不了父亲您哪！"

杨朝栋说得慷慨激昂，可他说完了，却没听见父亲吱声，杨朝栋有些诧异，微微抬起头，向上瞄了一眼，就见杨应龙一手端着茶杯，一手托着茶盖，正乜着眼睛看他，眼神中略带嘲弄。

杨朝栋呆了一呆，有些不知所措了。

杨应龙冷哼一声，道："蠢货！"

杨朝栋一脸茫然，不明白父亲究系何意。

杨应龙道："从即刻起，你就以土舍身份，代行为父的土司之职了！"

杨朝栋："啊？"

杨应龙道："下去！"

杨朝栋还想跪辞，但是见了父亲脸色，终于只是讪讪地应了一声，茫然走了出去。

杨朝栋到了外面，站在阳光下想了一想，忽然想到父亲挂印封金、移交职务的过程也未免太草率了些，不但没有举行个仪式，甚至不是从一日之始开始，就这么随随便便确定由他代行其职了，这未免……

脑子慢了好几拍的杨朝栋突然面红耳赤："父亲这分明只是为了应付朝廷啊，亏我还当了真，在那里坚辞不受。"

杨应龙眼见那个蠢儿子退下，也不禁暗暗摇头，再看看相较长兄的木讷老实更为精明的二儿子杨可栋，神色稍霁："可栋啊，你回去准备一下，明日就去重庆做质子！"

杨可栋虽不情愿，却也知道这是自己必需的责任，只好垂首应了一声。

杨应龙又呷了一口茶，慢悠悠地道："此去重庆，你要多多观察那里的一切风吹草动，我会派人在你左右照应，有什么消息及时送回来。如果听到至关重要的大消息……"杨应龙目光一凝，盯向杨可栋，"诸如关乎我播州生死存亡的大事，那时就不必做什么质子了，寻找一切机会逃回来！"

杨可栋这才知道自己此去重庆竟还负有如此重任，登时精神一振。虽然一般来说土司之职传嫡传长，却也有长子实在不堪造就，为了家族的长久，由次子甚至不是嫡子的族人继承的例子。

当初杨应龙的爷爷要干的不就是这样的事吗？只可惜他没干成，结果反被他的正妻和嫡长子赶出播州了。但杨应龙是一个强腕土司，整个播州无人能与之抗衡，如果自己表现得更出色些，赢得父亲赏识，那要取大哥而代之也不是不可能啊！

杨可栋立即把这苦差当成了机会，兴奋地道："是！"

杨应龙点点头，挥一挥手，杨可栋兴冲冲地走了出去。杨应龙仰起头来闭目养神，过了半晌，一双温润的小手轻轻抚上了他的太阳穴，轻轻按揉起来。

杨应龙以为是田雌凤，伸手按住了那只素手，张开眼睛，却不由一愣。刚刚沐浴完毕的田雌凤正笑吟吟地站在面前，那身后是谁？杨应龙扭头看了一眼，却是一个碧罗衫子、梳双丫髻的及笄少女，臊眉答眼，脸蛋儿晕红着。

杨应龙哑然失笑，道："尔岚来啦！"

杨尔岚是田雌凤的"女儿"，被他们许配给马千驷的那个女儿，虽然这个女儿并非他们亲生，不过毕竟是从小抚养长大，与自己的亲生儿女倒也没有太大区别。

杨尔岚可不知道自己的亲生父母并非眼前这对夫妻，她听说自己的未婚夫来了海龙屯，一颗少女心又羞又喜，忙不迭就去见田雌凤，忸忸怩怩的样子，田雌凤如何不明白，便把她带了来。

"爹有些累了吧，女儿给你揉揉！"尔岚甜甜地笑着，殷勤地服侍着，杨应龙笑着按住了她的手，道："好啦！不就是想去看看千驷吗？嗯……照理说，你们尚未成亲，是不便相见的……"

尔岚的小脸登时垮了一下，杨应龙却是眉头一挑，又道："不过，这山上怕也没人敢嚼我杨应龙的舌头，去吧！"

尔岚大喜道："谢谢爹！"立即像只小兔般蹦蹦跳跳跑了开去。上一次马千驷来海龙屯下聘，杨尔岚曾暗中瞧过他一次，见他一表人才，便喜欢了他，如今夫婿来到，怎能不想马上见到。

杨应龙叹了口气，道："原来与尔岚说，等千驷一到，就让他们完婚的，现在千驷丧母，又要耽搁了。"

田雌凤不以为然道："她才十五，便等三年又如何？"

杨应龙道："你可是才十三就嫁了我。"

两人相视一笑，杨应龙敛了笑容道："千驷和尔岚的婚事可以等，卧牛岭那边却不能等了。朝廷这边我已敷衍过去，水西和水东暂时也不会再找麻烦了，趁此时机把卧牛岭这个麻烦彻底解决吧！"

第四十五章

行险一搏

一

以叶小安为筹码重新掌握卧牛岭，在不能动用武力的前提下，可以采用的方法并不多。

一是公开宣布田妙雯篡权，叶小天逃亡播州，接受杨应龙的庇护。由此叶小天另立山头，促成卧牛岭的分裂。这是最安全的办法，不过，杨应龙这么做，算是为谁辛苦为谁忙呢？

他这样做，作用仅仅是拖住卧牛岭，让卧牛岭忙于内乱，无暇他顾。然则如果杨应龙真的造反，卧牛岭能给他制造多少障碍？对杨应龙来说，可以忽略不计。

一个卧牛岭能造成的麻烦，他觉得都远不及水东和水西两大家族小有动作给他造成的困扰，那么他来这一手，见效慢、利益小，仅仅是为了让叶小安这个废物拥有一定的势力？他需要如此孤心苦诣地去栽培叶小安吗？

另一个办法，就是让叶小安利用他依旧无法被否认的土司身份，通过一场内斗，攫取卧牛岭的控制权。这样做，成则一劳永逸，卧牛岭顺利到手，并成为他打开或封闭东大门的钥匙。

败呢？败的话叶小安有可能会就此丧命，但是不管他是生还是死，依旧能够达到一个效果：卧牛岭的分裂。在如此分析之下，对喜欢冒险的杨应龙来说，他会如何选择，那还用猜测吗？

采取第二方案，富贵险中求！

当杨应龙对叶小天说出他的打算时，叶小天的脸色不出所料地绿了。叶小天结结巴巴地道："杨大人，我……我好不容易才逃出卧牛岭，你……你又要我回去？"

杨应龙就见不得他的怂包样儿，本来这次再见，觉得他比以往的畏缩懦弱似乎改变了不少，却不想一涉及生死，还是这般的无能。杨应龙强忍不快，和颜悦色地道："不错，乍一看，确实凶险……"

叶小天道："对啊对啊，我也觉得……"

杨应龙打断了他的话："不过，细细想来，你此番回去，却是有惊无险。"

叶小天茫然看着杨应龙，杨应龙耐心解释道："田妙雯已经知道你不是叶小天了，对吗？"

叶小天点点头，杨应龙又问："那她有没有杀了你呢？"

叶小天摇摇头，杨应龙展颜道："这就是了，那么她为什么不杀你呢？"

叶小天想了想，道："她想，继续利用我冒充我二弟，免得卧牛岭内部生乱。"

杨应龙就像一个循循善诱的老西席先生，耐心地引导着他心智愚钝的笨学生："这就是了。所以你的失踪，她也只能声称是土司被掳走，由她代行职权。卧牛岭上下肯定会要求她寻找你的下落，这足以令她身心俱疲，此时你若出现在卧牛岭，她敢悍然下令杀你吗？"

叶小天犹豫起来，但仍不放心地道："在下若是留在海龙屯，宣称被田妙雯篡位……"

杨应龙微笑道："那还不简单？如果我是田妙雯，只需说一句'土司被杨某人控制了，为了性命，不得不发此违心之语！'你说天下人是信她，还是信躲在海龙屯的你？"

"这……"叶小天舔了舔嘴唇，无言以对。

杨应龙和蔼可亲地继续鼓励："她不敢杀你，一旦杀了你，她就坐实了篡权弑夫之名。她唯一能做的，就是指出你的真正身份，可是在你指责她篡权夺位的前提下，有多少人会信她？信了她的人，还有多少会愿意留在卧牛岭？你成功与失败的机会，一半一半！"

杨应龙的大手搭在了叶小天的肩头，鼓励地拍了拍："比起成功后的富贵荣华，哪怕以小搏大只有两成机会甚至一成机会，都值得去冒险。何况你有五成的机会。叶土司，还需要犹豫吗？"

叶小天还是想犹豫的，因为他拖得越久越好，太早返回卧牛岭，对他而言最大的难处在于一旦"复辟成功"，如何处置田妙雯、李大状等人，偌大场面，想再重施故技，效仿田彬霏"李代桃僵"的戏码，只怕是大不易了。

可惜，杨应龙已经不给他犹豫的机会了。

·※·※·※·

洪百川的日子越来越不好过了，因为要封锁消息已经越来越难。

宁夏孛拜造反，彻底失败了。他造反初期占领的地盘被一步步蚕食、光复，最后只剩弹丸之地。他被围困在老巢里，重兵重重包围，眼看绝无逃脱的可能，绝望之中的字拜带全家自焚。

对于字拜造反，朝廷在消息应对上经历了以下三个阶段：第一阶段，是字拜造反之初，朝廷的宣传机器尚来不及启动。民间风闻猜测，渲染出来的消息惊心动魄：字拜打下花马池了，字拜打下武威了，字拜控制玉门关了，河套马上就要被字拜全打下来了，字拜要入陕了、要入川了……听得人心浮动。

等到朝廷反应过来，渐渐左右了消息渠道，急急逃离战乱区的商贾也渐渐绝迹于途时，百姓们最常听到的就是朝廷又出动了多少兵马，收复了多少地方。时不时还会传出字拜已经战死的消息，说现在依旧负隅顽抗的只是他的残部。

为了迷惑杨应龙，洪百川在云贵川上空努力织造着一张半真半假、真假难辨的消息网，向杨应龙传递着错误的情报。如今字拜已经战死，再想隐瞒消息难上加难，洪百川也只能拖一天是一天。不过紧跟着朝鲜方面送来的消息，让洪百川暗暗松了口气。

日本国一直有个梦想：入侵朝鲜和中土，为日本取得一块在大陆上的土地。早在古坟时代，日本神功皇后就曾挺着大肚子侵略朝鲜，并在被她征服的土地上宣称："高丽国大王，日本国之犬也！"

但对中土的觊觎却不甚顺利。大唐年间他们尝试了一次，还是从朝鲜着手，结果白村江一战，丢盔弃甲，败得一塌糊涂，从此偃旗息鼓，一直歇到元朝。元朝主动东征了两次，都因天灾功败垂成。

到了明万历年间，日本自觉恢复了元气，又开始尝试了。首选的试探目标自然还是朝鲜。朝鲜不堪一击，迅速向大明求援，大明起初派出的兵马不多，又因地理不熟，惨遭失败。

万历皇帝闻讯旋即派出名将李如松，集结四万大军再度入朝，这一次进展顺利，先克平壤，击败小西行长部，此后又赴开城，扭转战局。后又进逼王京，不过在距王京三十里的碧蹄馆因轻敌中伏，损失惨重，李如松险些阵亡。

大明旋即又派刘挺、陈璘率军支援，明军扼守临津、宝山等处，并断日军粮道，日军缺粮，不得不放弃王京，退缩至釜山等地，开始与明军谈判。

日军派人摇着白旗向明军提出议和的时候，大明在朝的锦衣卫已迅速把消息传回了国内，所以洪百川得到朝鲜战争进入议和阶段的消息，并不比朝廷晚多少。

朝鲜战事也要平息了，如今就算杨应龙获悉真相，也不怕他即时造反了，洪百川当然松了口气。洪百川不那么愁了，海龙屯上，客舍花园内，叶小天和田彬霏却在对坐发愁。

"我们这次冒险重返海龙屯，赢得了杨应龙的信任，殊为不易。可要就这么回去，我们此次冒险而来图个什么？"两个人抱着"贼不走空"的心思，牢骚满腹。

田彬霏叹了口气，道："是啊！本打算等杨应龙出兵的时候，于关键时刻反戈一击，谁料……"

田彬霏眼珠一转，忽然喜道："如果此回卧牛岭，我们继续扮下去呢？让妙雯承认她是意图弑夫篡权，将她'软禁'，你则重掌土司之权。如此一来，杨应龙必然以为卧牛岭已尽在掌握，不怕来日不能为他致命一击？"

叶小天想了想，摇头道："不妥！卧牛岭连番遭变，已经禁不起太多折腾了。再说，一旦杨应龙确认我已掌握了卧牛岭，你以为他不会再派人来分我之权？如果只能让他稍有折损，而我们却要元气大伤，太划不来了。"

叶小天叹了口气，道："不甘心，却也没办法。好歹我们已经遏制了杨应龙的立反之意，为朝廷争取了时间，也该知足的。"

叶小天知足了，田彬霏却仍不知足。思索良久，田彬霏道："杨应龙打算让你以叶小天的名义，通知红枫湖夏家和石阡展家同上卧牛岭？"

叶小天道："不错！红枫湖夏家和石阡展家，与我有婚约。我打的是被掌印夫人篡权驱逐的幌子，要是这两家出面声援，共同向妙雯施压，在杨应龙看来，妙雯也就更不敢擅下毒手了。"

田彬霏屈指轻叩，思索着道："那么，谁去主持其事呢？"

叶小天道："杨应龙打算派大阿牧陈萧护送我回去。"

田彬霏目光闪动，摇摇头道："不妥！在我看来，想再摆他一道，也不是没有可能。只是，需要把护送你回卧牛岭的人选换一下！"

叶小天奇道："换谁？"

田彬霏道："田雌凤！"

第四十六章

群雄会

一

"换成田雌凤？有何用处？"

叶小天想歪了，他已知道田彬霏的命是田雌凤所救，而田雌凤实际上也算是思州田氏的分支，莫非看在同族与救命恩人的分上，田彬霏有意把田雌凤拉出火坑？

田彬霏道："很简单，对杨应龙来说，田雌凤不仅是他的妻子，更是一个助手，一个极得力的臂膀，其作用要远远大于大阿牧陈萧。另外，田雌凤苦心经营多年，在杨应龙手下打造出了属于她的一股势力，举足轻重。"

叶小天的眼睛亮了，田彬霏继续道："如果能把田雌凤羁绊于铜仁，无异于断了杨应龙一臂。田雌凤一派的势力群龙无首，必然生乱。"

叶小天道："杨兆龙、陈萧、赵文远等人，恐怕也对田雌凤一手遮天早有不满吧？"

杨应龙微笑道："不错！所以，如果杨应龙这条手臂断了，一定会有很多人争着抢着要去做那条新的手臂。而且他们都会遮遮掩掩，避免被杨应龙发现自己的意图，这种内耗，甚于灭其一股精锐！"

叶小天会心一笑。

……

一座绚丽的花园。不同于江南园林，也不同于北方园林。江南园林精致，北方园林厚重，可是比起这里的园林，都要少了一分自然的大气。

这里没有流水，飞瀑就是流水；这里没有花圃，满山红的黄的蓝的绿的花与树就是天然花圃；这里没有假山，突兀而起，凌绝天下的奇峰怪石比假山更精妙，这里一座园林就是一座山。

叶小天与田雌凤就行走在这山一样的园林中。

"所以，小安希望……能由夫人陪同小安回卧牛岭。"

田雌凤听完了叶小天一堆杂七杂八的理由，站住脚步，妩媚的眉微微挑起，一如天边雨后的虹："陈萧是大阿牧，老于世故，天王选他陪你回去，不是没有原因的。你真的觉得，我比他更合适？"

叶小天的神态更加拘谨："是！一直以来，在铜仁一带活动的都是夫人您，若论对那地方的熟悉，一直专注于播州事务的陈大阿牧，恐怕还得从头开始。再一个，以往种种，全是在夫人您的暗授机宜之下，小安也相信……有夫人在，万事无忧。"

田雌凤似笑非笑地睨着他，道："这是你的心里话？"

叶小天忙欠身道："句句肺腑之言。"

田雌凤想了想，也不知道是想到了什么，脸色微微一晕，艳若桃李："你说的也有道理，那么本夫人便去天王面前说说。"

杨应龙当然同意，他本来就觉得以田雌凤的心思缜密，最适合做这件事，只是近来田雌凤各处奔波，他也有些过意不去了，如今既然是田雌凤主动要求，杨应龙自无不允。

杨家是打着受邀于叶小天的幌子赶去卧牛岭主持正义的，就算田妙雯成功反转，田雌凤也无大碍。这不比暗中较量，在公开的对抗中，很少伤及其他势力的主要人物。土司们可以在部下杀得不可开交的时候，坐在同一个酒席宴上谈笑风生，土司们打架就是如此的奇葩。如果说有特例，那就是叶小天了，在贵阳他曾一气儿连杀四个土司，饶是如此，锋芒展露后他也开始韬光养晦起来。之后抓了石阡杨家、展家和曹家的人，他就没有再举屠刀，而是在对方家族付出"赎金"后，将人释还了。

现在田雌凤的对手是田妙雯，她应该会很懂规矩。不管是为了卧牛岭还是为了她自己、为了田家，做事总会留一线的，那个驴性十足、不循规矩的叶小天已经死了，不会再有第二个叶小天。

· ※ · ※ · ※ ·

红枫湖，依旧美如天堂，这天堂里还住着一位美如仙子的待嫁新娘。眼看婚约将近，莹莹心花怒放。天知道这近一年来的时间，她努力克制自己不去给小天添麻烦，忍得有多辛苦。

从小就被家里人过度保护的莹莹在这段时间重新进入了消息闭塞状态，发生在卧牛岭的一切，夏家都对这个掌上明珠进行了消息封锁。叶小天也配合着时时写信过去，所以莹莹一无所知。

叶小天能配合，是因为莹莹的父亲和祖父了解所有的事情，这也算是叶小天送给老丈人的一份大礼，巴结上贵州巡抚叶梦熊，抱上朝廷这条大粗腿，夏家好处多多。

掐指头算着，距婚期还有不到两个月时间了，莹莹反而不舍起来。虽说嫁了人照样可以回娘家，可卧牛岭距红枫湖毕竟不是朝发夕至的近路程，而且做了人家媳妇，能想回家就回家吗？

于是，这段时间莹莹静下心来，陪太祖母织网，陪娘亲聊天，那副乖乖女形象，倒让大家有些不适应了。

这一日，莹莹正陪着太祖母坐在湖边晒着太阳，夏老爷子忽然从庄子里走来，先向太祖母毕恭毕敬地行了一礼："母亲！"

莹莹从马扎上跳起来，跑过去抱住他的胳膊："爷爷，你怎么有空来。人家正听老祖宗说你小时候的事呢，嘻嘻。你小时候真的有一次下水游泳险些淹死，回来后又被老祖宗给揍一顿吗？"

夏老爷子有些尴尬地看了太祖母一眼，讪讪地道："娘……"

老太太瞪了他一眼，道："这有什么不能说的，再说娘又不是说给外人听。"

人这年纪大了，性儿就有些像小孩子。夏老爷子的岁数也不小了，可是碰上比他更像老小孩的母亲，也只能甘拜下风。夏老爷子无可奈何，道："行，当然行。娘，我找莹莹有点事。"

太祖母摆手道："去吧去吧，我把那两张网子补起来。"

太祖母起身，蹒跚地走向沙滩上架起的两张渔网，夏老爷子带着莹莹走开了。

夏莹莹负着双手，蹦蹦跳跳地走了几步，乜一眼若有所思的祖父，道："爷爷，你要跟我说什么啊？"

"啊？哦！"

夏老爷子回过神儿来，咳嗽一声，道："莹莹啊，你一会儿收拾一下。明儿我带你去一趟卧牛岭。"

"去卧牛岭？"莹莹欢喜得一跳，随即满面狐疑，"为什么要去卧牛岭？我还有五十五天才成亲啊！"

说到这里，莹莹俏脸一红，显然对自己脱口而出的还有多少天有些难为情，但旋即就紧张起来，一把抓住夏老爷子的手："爷爷，小天哥不是出什么事了吧？"

夏老爷子摇头道："这小子，事儿没少出，麻烦一大堆。爷爷一直没告诉你，就是怕你担心……"

夏老爷子说一句，莹莹的脸色便白一分，说到后来，已是苍白如纸，莹莹眼泪在眼眶里打着转转，泣声道："爷爷，小天哥他怎么了，是不是……"

夏老爷子一瞧宝贝孙女那模样，不禁吓了一跳，赶紧道："哎呀！你别担心，爷爷不是那个意思，爷爷是说，叶小天这些时日又惹出了好些事端……"

夏莹莹破涕为笑："不惹是非，那还是小天哥吗？那爷爷是说，他没什么事了？"

夏老爷子道："他能有什么事？不过他惹出来的事实在是不少。你还记得他上次到贵阳觐见叶抚台的事吧，结果在回卧牛岭的路上，被人做了手脚，当场被活埋了。换了他的孪生哥哥叶小安顶替他的身份，结果……"

夏莹莹眼前一黑，差点儿一头栽倒，夏老爷子忙不迭解释道："哎呀！你听爷爷说完啊！我说过了，他没事！没事！爷爷就是卖个关子……"

夏老爷子还没说完，身后他儿子夏老大气咻咻地开口了："爹！你也真是为老不尊！你说你偌大年纪了，身为一方宣抚使，话都说不明白。你卖什么关子，你又不是说书的。"

夏老爷子怒视儿子，不过因为还搀着宝贝孙女，所以没有一脚踢出去，夏老大赶过来扶住女儿另一只手，赶紧把事情经过说了一遍。他可不敢再卖关子，先交代结果，然后才把过程说了一遍，听得夏莹莹又哭又笑，又喜又怕，恨恨地攥起小拳头，轻捶了爷爷一把，嗔道："爷爷吓死我了！"

夏老爷子干笑两声，讪然道："所以呢，爷爷想带你去卧牛岭一趟，小天在把播州的人引上卧牛岭、脱离播州控制之前还暴露不得，做戏得做真。事关他身份嘛，不带上你，恐播州那公母俩会起疑心。"

夏莹莹雀跃道："好啊好啊！那咱们什么时候启程？"

·※·※·※·

比起夏莹莹来，自始至终参与其中的展凝儿，安排起来就从容多了。

展家新任土司是由叶小天一手扶持起来的，而原展氏嫡房还有展龙等活着，新土司需要借助叶小天的力量，所以对卧牛岭一向俯首帖耳。

展家原来的嫡房大权旁落，可作为嫡房子孙的展凝儿却因为叶小天的关系，在展家拥有极超然的身份。

她不会威胁到现任土司的地位，现任土司又要借助她的婚姻与卧牛岭搭上更密切的关系，所以她在展家的影响力较她父亲在世时还要大得多，几乎等同于太上土司。

"这几天，我要去一趟卧牛岭。"

"好！"

"播州方面，杨应龙已经受罚退职，由他儿子代理土司职责，播州兵马也退了，暂时不会再生动荡。所以……家主可以陪我去一趟卧牛岭吧？"

"这个自然！不过……究竟发生了什么事，为什么要我……"

"家主不必担心，这件事与我展家没有任何关系，只是……需要有人做个见证，家主只要去了就好。"

"呃……那好吧！"

展氏家主一口答应下来，出了花厅便惴惴不安地想："姑娘这是想干什么？听说叶土司被人掳走，实际上是因为掌印夫人夺权，姑娘她不是想替叶土司讨还公道吧？那不是要打起来？"

第四十七章

骚　包

一

　　各路人马几乎不约而同地赶向卧牛岭，包括许多远方的客人。

　　不少人早已收到了卧牛岭发出的请柬，邀请他们参加叶小天的大婚之礼，其中最早收到请柬的人是在去年冬天。于是，出于对铜仁、石阡两府形势的担心，这些土司家族也是闻风而动，向卧牛岭赶来。

　　他们的公开理由是：参加婚礼！不是还有一个多月的时间吗？对啊，可是加上赶路的时间也差不多了，总要早几天到嘛，道路难行，谁知道路上会不会出什么差池。什么？卧牛岭出事了，土司被人掳走，婚礼无法如期举行？对不起，我们消息闭塞得很，对此完全不清楚。

　　还别说，虽然有些人是揣着明白装糊涂，比如大万山司的洪东知县之流，不过也真有些人对此一无所知。许多地方确实闭塞，除非本就在意，着人打听着，否则还真不容易及时了解消息。

　　总之这些人都有理由，卧牛岭难道能把人赶下山去？那一下子可就等于得罪了天下人，树敌无数了。及时赶回卧牛岭的田妙雯和李大状只好暂时抛开其他事情，全力招待贵宾。

　　一时间，整个卧牛岭，满坑满谷的尽是客人，卧牛岭收礼收到手软，当然为了招待这些客人，肉山酒海也是挥洒如土。

　　贵客们闲来无事，就凑到一块儿八卦一番——这一爱好，可是无论贫贱的。坊间百姓喜欢凑在一起七嘴八舌，这些贵人们也同样如此。

　　"哎，各位，我听说夏家夏老爷子亲自带着他的宝贝孙女来了，听说先到了铜仁府，马上就奔卧牛岭来了。"

　　"这有什么稀罕。我刚刚亲眼看见，展家大小姐展凝儿上山了，展土司亲自陪同，明显是兴师问罪来了啊。"

"这么说，难道掌印夫人篡权弑夫属实？那叶小天，可别是已经死了吧？"

"不会！听说叶小天带着人逃出去了，当日逃出卧牛岭，还在山上点燃了十几车柴草阻截追兵，虽然卧牛岭极力压制此事，不过外间还是传出了消息。"

"嘿！这位掌印夫人，真不是省油的灯啊。才嫁过来多久，娃儿都没生呢，先要杀夫了，估摸着在外边一定另有相好。"

"我说各位，叶抚台对叶小天可是十分青睐啊。他两人都姓叶，我一直寻思，没准两人还有什么亲戚关系。叶小天要是真逃出去了，别是投了叶抚台？"

"呵呵，叶抚台是流官，还真不大愿意掺和这土司的家事。我听说啊，叶小天是投奔水西安氏了。他和水西安大公子关系不错，有这位土司王出面为他撑腰，我看田妙雯……下场不太妙！"

"你可拉倒吧，这消息也太扯了！叶小天是投奔了播州杨应龙，在松坎，钦差王士琦亲眼看见的。"

"不会吧，我听说卧牛岭跟播州那边一向不对付啊，你这消息听谁说的？"

众人吃饱了喝足了，闲极无聊精力过剩，边晒着太阳喝着茶，东拉西扯地闲扯淡。大家正七嘴八舌地聊着，大万山司洪东知县突然从座位上站了起来，手搭凉棚向前望去，惊异道："这是什么人，莫非是朝廷兵马？"

众人立即纷纷望去，刚刚说叶小天和叶抚台有亲戚亲系的那个土司兴奋地道："我就说吧，叶小天和叶抚台是亲戚，看！叶抚台果然派兵来了！咦，不对啊！"

确实不对，他们刚刚远远看到，那支队伍横竖皆成一线，整齐划一，其徐如林，如此阵列气势，绝非士兵可比，只有训练有素的朝廷兵马才有可能，所以大家下意识地以为贵阳巡抚派了兵来。

但那支人马越走越近，看其服饰却都是毕兹卡士兵装束，这显然就不是朝廷官兵了。要说整齐，他们除了队列整齐，兵器也整齐。每个人都是腰间配短刀，手中持长枪，雪白的枪杆，如同密密匝匝的一片白桦树林。

洪东知县惊叹道："这是哪家的士兵，瞧这模样，恐怕不好对付。"

方才说叶小天投奔了播州的那位土司道："想来这就是川中赫赫有名的白杆军了。"

人群中有不知道的问道："什么白杆兵？"

那人道："这是忠州秦家寨秦姑娘亲手训练出来的人马。秦姑娘虽是女子，却熟读兵法，本领胜过许多男儿，她亲手训练出来的白杆兵，俱持白杆长枪，十分了得。听说这位秦姑娘已经许配给了石柱马土司，于是这白杆兵的战法也就传到了马家，马家本来就是巴蜀一带数一数二的大土司，这一下可是如虎添翼了。"

有人便道："石柱马家？我听说过，不过……这么远，他们跑来干什么？"

有人道:"你还不知道吗?石柱马土司的父亲还活着,为何他就继任了土司?这是因为……"

他把覃夫人陷害丈夫与长子,意图自立土司,又投奔播州的事说了一遍,眉飞色舞地道:"你们还不明白吗?马土司这是与叶土司同病相怜啊,所以千里迢迢赶来助拳。"

众人恍然大悟:"原来如此!"

马千乘和秦良玉还未正式成亲,但二人婚姻已定,名分上已经是夫妻了。二人由李大状接上山,游目四顾,只见到处都是贵人,秦良玉不禁笑道:"这阵势,好大!"

李大状笑了一下,心道:"只是不知这其中有多少人是真心关切卧牛岭前程,又有多少只是赶来看热闹的。"

李大状束手道:"两位请,两位的客舍已经安排好了,只是一下子来了这么多客人,于我卧牛岭而言,实是前所未有之事,若有招待不周之处,还请马土司和秦姑娘多多担待。"

马千乘道:"这个不是问题。李先生,我叶大哥现在何处?"

李大状支吾了一下,道:"马土司且请先住下。我家土司……行踪成谜,现在学生也是不知。不过,你放心,这一两日,我家土司必然归来!"

·※·※·※·

铜仁府,于家小姑娘趴在罗汉床上玩着满床的玩具,玩累了就坐在那儿,嘟着小嘴儿,张开双手让娘亲抱。于珺婷却不去抱她,欲上前收拾玩具的丫鬟也被她挥手赶开,对女儿道:"先把你的玩具收拾好。"

小丫头撒娇道:"宝宝困……"

于珺婷道:"自己的事情,自己做。先把玩具收好,娘亲再哄你睡觉,乖!"

小丫头噘了噘嘴,但也知道自己娘亲的脾气,只得笨拙地在床上爬来爬去,一件件捡起自己的玩具,放到一口箱子里。于珺婷回过头,对师爷文傲不以为然地道:"他搞这么大的阵仗做什么?"

文傲道:"呵呵,叶土司目前行动不便,老朽估计,这些阵仗,未必是他的主意。"

于珺婷眼珠一转,道:"田妙雯?"

文傲捻须道:"不错!想来,就是田妙雯的主意了。呵呵,这位女子,当真了得!"

于珺婷一听就有些不服气了,乜了自己师傅一眼,道:"她有什么了得的?"

文傲道："说实话，这一年多来，叶小天虽然把杨应龙坑得很苦，可他自己就全无损伤吗？杀人一千，自损八百啊，连番几次折腾，对卧牛岭来说，有利、有弊。虽然因此剔除了一些异己，让卧牛岭更加团结，可也消磨了卧牛岭的锐气，现在的卧牛岭与刚出山时相比，大不一样。"

于珺婷道："刚极易折，刚出山时的卧牛岭众人，较现在少几分圆滑，多几分锐气，却也未必全是好事。"

文傲道："不错，可是性情得到磨砺后，是就此圆滑下去，彻底没了锐气，还是能重振士气，只是更加沉稳，这要取决于重新归来的叶小天。叶小天并非神人，纵然他有办法重振卧牛岭士气，可终归要想一些办法，耗一些时间。如今田妙雯借此事招来天下英雄，当着如许多的人的面，挫败杨应龙的阴谋，迎叶小天回归，被这些人看在眼中，会如何看待卧牛岭和叶小天？卧牛岭的部众又该是何等得意与自豪？军心士气、威望名声，经此一举，唾手而得，还不了得吗？"

文傲又道："一方势力，想败落是很容易的，可是想站起来，却不知道要经历多少腥风血雨。叶小天之前开创卧牛岭势力，虽经波折，却已算是极其顺利了，而这一番，更是轻而易举，便借了杨应龙这块垫脚石，名扬于天下了。名声，有时就是实力！"

于珺婷其实心中也知道文傲说的在理，可她就是不服文傲把田妙雯夸得这般了得，道："我看未必！叶小天虽不在卧牛岭，必然有他的办法与卧牛岭联络声息，我看，他就是想借此操办一场别开生面的婚礼，迎娶夏莹莹和展凝儿。哼！骚包！"

于大将军酸气冲天，文老先生哪还能不识相，只是捋须一笑了事。倒是刚刚收拾完玩具的于家大小姐，听到这里撒开了小手，奶声奶气地叫起来："娘亲，娘亲，宝宝要'慈'（吃）骚包……"

于珺婷"扑哧"一笑，把女儿抱起来，抹去她下巴上的口水，喷笑道："行！娘带你去卧牛岭，'慈'（吃）那只大骚包！"

第四十八章

七　现

一

"赤溪南洞司桓大人到——"
"中林验洞司古大人到——"
"臻剖六洞横坡司祁大人到——"
"凯里安抚司方大人到——"

一位位参加叶小天婚礼的土司老爷相继赶来，而叶小天、田雌凤等人则乔装改扮，混在一些与播州暗中往来的土司老爷的随从队伍中进了卧牛岭。

叶小天扮成一个士兵，满脸络腮胡子，扛着高高的一摞丝绸，半遮着脸，若不细查，纵然认识他的人也看不出来。而且到来的客人这么多，人家又是登门参加婚礼的，也断无逐一细查的道理，所以他顺利地过了关。

在叶小天左右，就是龙虎山两大高手，两人也扮成士兵，保护叶小天，这种保护，使得叶小天暂时不敢有丝毫蠢动，只得继续扮叶小安，掩藏着自己的身份。

随着赶来卧牛岭参加婚礼的土司越来越多，叶小天已经被人掠走的消息便也传开了。叶小天一直没露面，当初被公然掠走的消息也就瞒不住了。虽然他是被掠走还是因为掌印夫人夺权而自行逃走，众人无法确定，但他不在卧牛岭，却是不争的事实了。

于是，土司老爷们先是私下攀谈、八卦，终于有一天他们赶到卧牛岭的聚义大厅，公然向田妙雯讨说法去了。

或有意、或无意，他们挑选的这个时间，恰恰是红枫湖夏老爷子带着小孙女夏莹莹登上卧牛岭的这一天，而展凝儿与展氏家主此前业已赶来。偌大一个聚义厅，平时颇显冷清的所在，此刻却是人满为患，熙熙攘攘。

"掌印夫人，我们来卧牛岭，是参加叶土司纳二夫人、三夫人之礼的。不过我们听说叶土司并不在卧牛岭，他已被人掠走？"

葛章葛商司土司裴英俊盯着田妙雯，代表众人问出了他们最关心的问题。

田妙雯迟疑了一下，答道："裴土司及诸位所关心的问题，实乃妾身心中之痛。不错，我们土司他……之前被歹人掳走了，我们正在加派人手，四处搜寻。婚期未到，我们一时也不确定能否在大婚之日前找他回来。总之，无论如何，我们届时一定会给大家一个交代的。"

凯里安抚司方大人淡淡一笑，道："可婚礼之期就是三天之后了，如今还没有叶土司的消息。我们都是为了叶土司而来，这可不免尴尬了。"

田妙雯涩然一笑，对众土司道："拙夫失踪，妾身心乱如麻，有些不周之处，还请诸位见谅。"

"如果，叶小天真是被歹人掳走了，自然无人去怪你。不过，老夫怎么听说，叶小天是因为有人觊觎土司之位，意图杀害，他才仓皇出逃呢？"

夏老爷子牵着孙女的手，从人群中踱了出来，目光炯炯，如同一头苍老而不失其威的猛虎，冷冷地瞪着田妙雯。

"哭啊！哭啊！"

夏莹莹努力地告诉自己，奈何知道叶小天没死，她就是哭不出来。不过她的担心却是真的，爷爷已经告诉过她，之所以这场戏还要演下去，就是因为叶小天还在对方手里，匹夫之怒，足以令他血溅五尺。在他现身，并且安全脱离播州掌控之前，自己必须得按照播州的想法，煞有介事地为难田妙雯。

所以，夏莹莹虽然哭不出来，不过那副楚楚可怜的小模样儿，倒是十分惹人生怜，这种本事倒不必费力，从小就惯会撒娇的她，早用这种本事把自己的老祖宗、爷爷、父亲、兄弟们全吃得死死的。

田妙雯也站了起来，脸色一沉："夏老爷子，您是长辈，您说什么，晚辈本不该指责，但是这种无稽之谈，却是晚辈不能承受的罪名！"

"可我怎么也听说，叶小天是因为某人野心勃勃，意图攫取卧牛岭势力，杀心暴露，他才寻隙逃走的？我还听说，那人名门世家，当初肯下嫁尚不值一提的叶小天，就是图的他所拥有的力量，试图以此中兴家族！"

众土司一阵骚动，展家展凝儿也出头了。

展凝儿按着剑，冷冷地瞪着田妙雯。她方才在人群中已经发现了叶小天，虽然叶小天加了伪装，但她还是从那熟悉的侧脸，甚至熟悉的眼神中认出了他。但展凝儿马上又发现叶小天左右两人渊停岳峙，气势不凡，显然是一等一的高手，所以不敢妄动。

田妙雯怒道："展凝儿，你我相交多年，难道你还不知我的为人？我岂会弑夫自立？小天他……的确是被人掳走，迄今下落不明。"

夏莹莹脱口道:"被谁掳走?"

夏老爷子道:"不错!被谁掳走,目的何在?为了赎金还是为了什么,难道人家费尽心机掳走叶小天,就此无声无息,没了下文?"

田妙雯迟疑道:"这个……歹人是谁,还未查清。歹人的目的,晚辈也正困惑。小天迄今下落不明,晚辈实也是忧心忡忡啊。"

秦良玉拐了马千乘一下,正拊掌叹息叶家三位夫人个个都不是省油灯的马千乘陡然明白过来,仰天狂笑一声,道:"田夫人,你这话说得可轻巧。我们是为了叶土司上山的,今天很想搞清楚,叶土司失踪,究竟是发生了什么。"

马千乘"啪"的一拍桌子,杀气腾腾地道:"马某最恨的就是吃里爬外、背主叛夫之辈,若要叫我晓得有人做出这种事来,断然不会放过她!"

重安司介于水东宋氏和播州杨氏之间,长官裘大有与播州走动一向密切,这时也出言帮腔道:"不错!我们本是为了叶长官的婚礼而来。若是叶长官为奸人所害,说不得我们诸位土司就得联起手来,为他讨还公道了。"

众土司齐齐声援:"不错!田夫人,叶长官究竟下落如何,今天必须得给大家一个交代!"

田雌凤上山时是扮作一个侍女的,此时却是一袭白衣,俨然一位玉树临风的翩翩公子,不过此时厅中混乱,也没人注意到她。眼见如此一幕,田雌凤娇媚的面庞上不禁露出一丝得意的微笑。

她早猜到必出乱子:夏家和展家为了叶小天的安危,是必然要出面犯难的。这两家她可都是带着叶小安秘密接洽过的,有叶小安以叶小天的身份控诉田妙雯篡权弑夫,不怕这两家不信。

而其他土司呢?像马千乘这样既有切身之痛又与叶小天相厚的人就不用说了,其他土司眼见卧牛岭步步登高,惮于卧牛岭势力,这才前来参加婚礼。如今有机会让卧牛岭分裂,削弱这股强大的势力,剪除一个威胁,他们不想抓住这个机会才怪。

田妙雯被众人咄咄相逼,脸色苍白,怒声道:"我卧牛岭家事,与外人无涉!"

夏老爷子牵着孙女的手上前一步,沉声道:"叶小天是老夫的孙女婿,老夫可不是外人。"

展凝儿看了一眼迟疑不决的展氏家主,展氏家主也硬起头皮,上前道:"叶小天是我展家姑娘的未婚夫,我展家也不是外人!"

马千乘再次拍案而起:"叶小天是我兄弟!"

一直不曾说话的于珺婷跷着二郎腿,慢条斯理地抹着茶:"叶长官呢,是小女的义父,说起来,我于家也不是外人呢。"

众土司齐齐扭头向她看去,瞧她一身四品武将官服,男装女相,尤其俊俏,唇红齿白，说不出的撩人。许多知道叶小天和于珺婷暧昧不明的土司老爷在心底里恶狠狠地骂了一句："呸！奸……夫淫妇！为什么我没这么好福气！"

眼见事情闹得差不多了，田雌凤明眸一转，向对面的叶小天递了个眼色。田妙雯为了维护卧牛岭的完整，绝不敢声张叶小天已死的事实；当着这么多人的面，她绝不敢杀死以叶小天身份出现的叶小安；当她情急之下，说破此叶小天实是叶小安的时候，还会有几人信她呢？当叶小安以叶小天的名义现身时，卧牛岭上还有多少人会听从田妙雯的命令呢？

田雌凤越想越得意，唇角不禁扬起一抹诱人的弧线："好戏，要登场了！"

叶小天咳嗽一声，迈步走了出去，龙虎山两大高手立即左右护卫，铁掌蓄势以待，冷冷瞪着四方。

叶小天沉声道："我没死！我也没有被掳走！我，就在这里！"

叶小天说着，站定身子，缓缓把络腮胡子揭了下来。现场登时一片哗然，不识叶小天面目的还在左顾右盼，急急打听他的身份，而知情者已经纷纷惊叫起来："叶长官！"

展凝儿心中一喜，夏莹莹更是忘形，雀跃叫道："小天哥！"

要不是爷爷还在紧紧拉着她的手，莹莹已经跑了过去，叶小天目光往她身上一落，神色一暖，道："莹莹！"

人群中，田雌凤目中露出一抹满意之色："这小子，经我调教，越来越像样子了，扮得神形兼备，不错！不错！"

田妙雯"大惊失色"，惶然叫道："你……你怎么……"

叶小天转向田妙雯，神色一冷，冷哼道："田妙雯，你没想到我敢重回卧牛岭吧？"

马千乘欢喜地叫道："叶大哥！"

叶小天向他点了点头，于珺婷的嘴角微微抽动了一下，心道："这个惯会做戏的大骗子！"接着却是面寒如霜，冷冷转向田妙雯："田夫人，此情此景，你怎么说？"

田妙雯似乎受惊不小，急急退了两步，突然指着叶小天向众人道："他……他的话不能信！他……他是被旁边那两个歹人挟持了，不敢不照他们的吩咐言语！"

叶小天冷笑道："事到如今，你还要花言巧语，诳骗众家大人吗？他们不是歹人，而是相助叶某的义士！而你，在我回来的这一刻，死期到了！"

叶小天说一句，大步向前行一步，龙虎山两大高手为了表示并非自己在挟持叶小天，稳稳地站在原地一动未动，叶小天连说八句，连行八步，已经彻底脱离了他们的控制。

异变，陡生！

第四十九章

叶小天 VS 叶小安

一

六个青衣小帽、端茶递水的小童率先出手，一个虎扑，抢到叶小天前面，组成一道防线，六柄弯月如钩的短刃亮在手中，随时准备击出。

与此同时，一个垂着眼睑，总是半睡不醒地靠在一根厅柱旁垂手而立的老仆也像一缕幽魂似的扑出来，抢在叶小天前面，布成了第二道防线。

第一道防线的六名小童实则就是华云飞亲手训练的死士，他们都是山中少年，悍不畏死。本就忠于尊者、忠于土司，再经过华云飞一再强化洗脑，已经形成了他们生而为人的最高信念：一切为了叶小天。

只要他们一息尚存，就不会容许有人伤害叶小天。

但是，龙虎山两大高手岂是这些修炼了几年武功的少年可比。他们一瞧这些少年有往无回的气势，就知道武功上他们稍逊一筹，但是除非能杀光他们，否则绝无可能从他们面前冲过去。

眼见叶小天背叛，又惊又怒的两人虎吼一声，老大腾空而起，老二铁掌一探，在他背上用了个推字诀，加快了他的速度，老大身形猛地又拔高了一截，跃起足有三丈之高。

也亏得这厅堂建得够宽敞、够宏大，才能让他如此纵跃腾挪，龙虎山老大这一跃几乎要触及厅顶的藻井承尘，他大喝一声，凌空扑下，越过六个死士少年，抓向叶小天。

与此同时，龙虎山老二双袖翻卷，如同两条狂龙疾舞，罩向六名少年，可是令他惊愕的是，六名少年居然只有两个人举弯刀迎上，另外四名少年明明在他的铁袖攻击之下，居然不管不顾，回身攻向龙虎山老大。

所谓死士，果然死士，他们已被训练得根本不在乎自己的生死。

"刺啦！"

在场众土司听着就像是铁爪篦刮到了锅底，发出一声令人牙酸的声音，那个总是半睡不醒的老仆竟然虎目圆睁，五指如箕，与龙虎山老大的铁掌硬碰了一记。

这一击竟然发出了金铁之声，龙虎山老大一对铁掌摧枯拉朽，何等了得，竟然被震得连退三步，而那老仆却也立足不稳，"噔噔噔"连退了三步。

除了叶小天在场诸人中再无一个认得这老仆的真实身份，他正是当初被叶小天逼得弃官挂印，意图逃命，却被捉入大牢的锦衣卫密谍，王宁王千户。

王千户的一对大力鹰爪无坚不摧，可是在龙虎山秘技面前却也讨不了便宜。两人功力半斤八两，龙虎山老大连退三步，堪堪进入那四名不要命的死士少年攻击的范围。

四柄弯刀横空掠至，这样近身搏斗的武器其威力不在于刺、击，而在于割。圆月弯刃以弧形劈切下来时，切金断玉，削铁如泥。

龙虎山老大刀枪不入的是一对铁掌和手臂，尚未练至全身境界。不过他正蓄积功力，照理说如果是剑刺或枪扎，猝然一击他也抗得住，可是架不住这弯刀是切割下来的，伤害面太大。

弯刀及体，最初只是切开了他的衣衫，并未伤及他的躯体，但是弯刀划过，他的硬气功却做不到连续地抵抗，闷哼一声，锋刃已经入骨，只一下他就受了重伤，这在他的生平经历中，实是前所未有之事。

不过，龙虎山老二这时亦已攻到，少年们的武功与他们比起来实是相去甚远，挺刀攻向龙虎山老二的两个少年虽然在他的铁袖上割开几道口子，却也被他的大袖撞飞了开去。

龙虎山老二旋即冲进里层的战斗，而四个少年正对龙虎山老大出手，根本没有对他做任何防御，他们四人重伤了龙虎山老大，却也被龙虎山老二一双铁袖、铁掌重重击在身上，"哇"的一声吐血跌开。

只一个回合，便鲜血淋漓，这就是死士之战，也是沙场战法，远非江湖好汉辗转腾挪、较技比武的手段可比。

龙虎山两兄弟反应很快，老大立即冲向王宁，而老二双手十指箕张，扣向叶小天。

叶小天就是关键，只要把他扣在手上，战局随时可以扭转。

龙虎山老二的双手堪堪触及叶小天的衣角，斜刺里一脚飞来，"噗"的一声正中他的肋下，龙虎山老二闷哼一声，便摔了出去。

就见于珺婷一条修长有力、曲线健美的大长腿还横在空中，笔直如枪。

于珺婷柳眉倒竖，凤目圆睁，就差傲娇地说一句："敢打我的男人？哼！"

龙虎山老二被这一脚踢得飞撞在一根粗大的厅柱上，他滑落在地，勉强站稳，这才觉得肋下一阵剧痛，低头一看，好大一个血窟窿，鲜血汩汩，染透重衣。

龙虎山老二惊愕地张大眼睛，这才发现于珺婷正缓缓收腿，而她的靴尖殷红一片，靴面因为猛烈的撞击而裂开，隐隐透出乌亮的铁尖，原来她的靴子竟是特制的铁靴。

文傲负手站在一边，他的武功比他青出于蓝的徒弟要弱上几分，再说人家急着救自己男人，这种机会他当然不会去抢，不过他的站位也很讲究，如果有人或暗器从一旁人群中射出，他保证可以第一时间蹿出去，救护叶小天。

这一切巨变只在电光石火之间，叶小天自从连踏八步，躲开龙虎山两兄弟的控制，便再也不曾停歇，径直向田妙雯走去。淡定、从容、猖狂……

田妙雯盈盈起身，向他姗姗福礼："土司！"

叶小天走过去，就在田妙雯刚刚让出的座位上坐下来，田妙雯就势退了一步，在他身畔站定。叶小天戟指如剑，向人群中一指，喝道："抓起来！"

事情突变，龙虎山两大高手一个没有与死士搏斗的经验，另一个忽视了楚楚动人的美少妇于珺婷，结果大意之下双双受伤，在此巨变之下，田雌凤虽然震惊，却还是迅速做出了最正确的反应，厉声喝道："抓人质！"

冲出去？开什么玩笑，在重兵云集的卧牛岭，得要多大的本事才能杀出重围？

叶小安为何反水，她不理解，但并不影响她做出最精确的判断：为今之计，只有抓人质！现场这么多土司，都是到卧牛岭做客的，随便抓住一个，卧牛岭都不能坐视他丧命，那就有了逃走的本钱。

龙虎山二老已经受伤，而且在众死士、高手的防备之下，已经起不得作用，但田雌凤在人群中还有部下。

一听田雌凤下令，这些部下立即行动，纷纷拔刀扑向左近的土司，但不等他们得手，斜刺里利箭呼啸，竟在如此混杂的现场中精确地找到了他们的位置。措手不及的播州众高手纷纷要害中箭，几乎毫无反抗之力，就被射杀当场。

华云飞持弓搭箭，出现在大厅一角高处，冷笑着喝道："田雌凤，不想死就不要妄动！"

与此同时，许多箭手都纷纷露面，他们年纪都不大，但都是华云飞亲手训练出来的主攻箭术的死士。

华云飞张弓搭箭，箭镞所向，就是田雌凤，田雌凤眼见她被利箭盯住，心头一寒，竟不敢再有动作。早有准备的死士们立即扑过来，将她那些不知所措的部下统统缴械。

这迟疑只是刹那，但周围的土司已经迅速闪开，这一下他们目标更加明显，利箭所向，更是不能妄动了。

田雌凤眼见如此一幕，忽然深吸一口气，指着端坐上首的叶小天，大喝道："他不是叶小天！他是叶小天的孪生兄弟叶小安！"

一言既出，满堂皆惊！

这个人究竟是叶小天还是叶小安，田雌凤现在也不能确定了。但这并不重要，这不是她研究叶小天究竟是不是叶小安的时候，哪怕他真是叶小天也不要紧，从没被人戏弄过的田雌凤此刻已恼羞成怒，她要做的就是扰乱卧牛岭军心，就算叶小天是真的，她也要把他变成假的，以泄心头之恨。

田雌凤笃定她这句话喊出口，对方就不敢射杀她，因为那样一来就等于在这么多土司面前证实了她的话。

田雌凤大声道："叶小天早就被我杀了！我是想用叶小安冒充叶小天，从而控制卧牛岭！可没想到，田妙雯棋高一着，她色诱叶小安，把这个好色之徒骗进了她的掌握，她恬不知……知……"

田妙雯虽然知道她是在胡说八道，可是被她指说自己色诱大伯子，还是气红了俏脸，但田雌凤说了一半便张口结舌，因为……

大厅门口又走进了四人，一个是铜仁硬功第一高手于海龙，一个是铜仁年轻一辈第一高手果基格龙，还有一个是年过半百的老人，在场的人罕有人认得的不大出世的于家二爷，而被这三人护在中间的那个，赫然又是一个叶小天！

叶小天是叶小安？

叶小安是叶小天？

当这一对双胞胎双双出现的时候，这个问题根本就不成问题了！

第五十章

越描越黑

一

　　一场大乱，就在突如其来的变故中迅速结束了。
　　叶小天亲自说明情况，安抚群雄，他旁边就杵着一个样貌憨厚，庄稼汉似的叶小安，二人肤色、神情不肖，但相貌确实一模一样，旁人还能有何疑问。
　　土司们既惊于叶小天把杨天王戏弄于股掌之上的手段，又恨于方才险些被田雌凤当作人质，对卧牛岭和叶小天敬畏之外便又多了几分亲近。
　　叶小天好不容易才把众土司打发出去，夏莹莹立即扑进了他的怀里，紧紧抱着他，甜甜唤道："小天哥……"
　　夏老爷子和本在暗中戒备的夏老参见状涌起好一番醋意："想当初，乖乖宝贝妮子也是这样扑进老夫怀里，叫得也是这般甜丝丝的，如今啊，只有这个臭小子才有这样福气了。唉！"
　　展凝儿早知叶小天真假，且与他时有来往，倒不似莹莹这般激动，她只是微笑着看着叶小天，没有打扰真情流露的夏莹莹。
　　田雌凤一行人都被带了下去，受了重伤的龙虎山两兄弟由王宁和文傲亲自下手锁了穴道，否则寻常绳索还真捆不住这对狠人。
　　华云飞收弓走到叶小天身边，叶小天刚刚搂着莹莹的香肩好一通安慰，后来也不知在她耳边说了什么，小妮子俏脸一红，这才瞪了他一眼，乖巧地退开。
　　叶小天对华云飞有些惋惜地道："方才在人群中，一时不能锁定她的位置吧？"
　　华云飞迟疑了一下，道："小弟看见她了！"
　　叶小天一呆，顿足道："那怎不一箭杀了她？我是怎么嘱咐你的？"
　　华云飞为难地道："大哥，杀一个手无寸铁的女人，小弟……真的做不到啊！"
　　叶小天瞪了他一眼，怒道："妇人之仁！你看为兄，眼里就只分敌我，不分男女！该下手时就下手，偏你许多规矩！"

于珺婷走过来，酸溜溜地道："怪云飞做什么？你要想杀，现在也能杀！"

叶小天叹道："哎！话虽如此说，方才干净利落地杀了她多好，刀枪无眼，怪得谁来。现在再把她明正典刑，终究会因为她的身份有诸多不便。不过……"

叶小天咬了咬牙，沉声道："这个女人虽然手无缚鸡之力，可一身本领实比许多男儿还要厉害。比起让她活着，还是死了更叫人安心！"

格龙一听这话，把粗如卧蚕的眉毛一扬，道："啰里巴唆，好不耐烦！要杀就杀，废话忒多！你想杀，我去杀了她就是了，杀鸡屠狗而已！"

说起来，叶小天虽然觉得田雌凤活着不如死了稳妥，可来往这么久，而且因为他扮着叶小安，与田雌凤并无打打杀杀，甚至有那么点小暧昧，他嘴里说得虽狠，实也有些下不去手。

如今有人代劳，叶小天求之不得，大喜道："有劳格龙兄！对了，你动手后就叫人声张一番，说他们试图暴动越狱，故而被杀！"

格龙白了他一眼道："你们这些人，难怪比我出息，一个比一个心黑！哼！"

格龙一扬头，大步流星地走了出去。

叶小天忙又上前向心里酸溜溜的夏老爷子、夏老爹问安问好，田妙雯始终微笑着看着他。天知道这些日子独自支撑卧牛岭，帮他隐瞒消息，还要牵挂他的安危，田大小姐吃了多少苦，受了多少罪，但这些话，她永远不会说出来。

叶小天又向夏氏父子、展氏家主、马千乘老弟等人一一问候。然后，很自然地牵起田妙雯的小手，道："来，咱们大家到花厅里坐吧，这儿实非叙话之所……"

他刚说到这里，就见格龙大步流星地赶了回来，叶小天看到他，想到田雌凤已然死在他的刀下，心中也是有些失落，那种心态，就似姜子牙斩妲己，关云长斩貂蝉，着实不落忍啊。

叶小天向他点点头，微带戚容地道："格龙兄，辛苦你了！"

格龙道："不用谢，我没杀她！"

叶小天又是一呆："啊？为何不杀？格龙兄可是不忍出手？"

格龙大声道："格龙眼中，只有该杀与不该杀之人，谁管她是公是母！该杀的，自然捉过来，咔嚓一声就切断她的脖子！"

叶小天奇道："你的意思……田雌凤不该杀？"

格龙："该不该杀，我也不知道！这得你来定了！"

叶小天顿时一脑子糨糊："我不是叫你去杀她了？"

格龙的嗓门儿更大了："是啊！可是她说，她可能有了你的孩子，你说，你说，我杀是不杀？"

"啊？！"

满堂都静了，所有人都将目光看向叶小天。

叶小天就像被雷劈了一样，手脚抽筋地站在那儿。

"怀了我的孩子？你的嗓门儿能不能小一点儿？你是要吼得全天下都知道吗？等等，等等，我为什么有点心虚？混蛋！我跟她有个毛的孩子，我碰过她吗？我碰过她吗？"

叶小天努力回想了一圈，脸红脖子粗地自辩起来："胡扯！我跟她，怎么可能有孩子？"

果基格龙双手一摊，大声道："我怎么晓得？哦！对了，她也没说一定怀了你的孩子，只是说有那个可能！说我要杀她不要紧，可要万一害了你叶家的后……所以我就回来了啊！"

叶小天一头黑线，跳着脚叫道："她放屁！我从来没沾过她一手指头，怎么生孩子？啊！你说，怎么生孩子？难道老子是天，她就是傲来国的那座山，日精月华也能受孕？"

夏莹莹小心翼翼地问道："小天哥，你真没碰过她一手指头？"

"我当然……"

叶小天的声音陡然低下来，一手指头……他当然是碰过的，不是一手指头，而是一对手掌，从那玲珑浮凸的胴体上……不过，叶小天的声音又提高起来："我绝没动她，我和她绝不可能有孩子！这个妖妇，她是为了活命，有意扯谎！"

于珺婷一双妩媚的大眼睛睨着他，道："真的？那为什么你见格龙回来的时候，一脸戚容？"

叶小天欲哭无泪，又怒火中烧，跳着脚道："我亲手去杀了她！"

"哎！"

田大小姐幽幽地叹了口气，对格龙道："把我堂姐单独看押，回头我去看她。"

叶小天都快哭了："妙雯，你要相信我，我和她真的没有半分关系！"

田妙雯温柔地道："我相信你！我当然相信你！好啦好啦，你也是一方土司，别像个小孩子似的，快带大家去花厅里坐坐，这样哪是待客之道。"

"不是，你听我说……哎，妙雯，你等等我……"

"珺婷，你别走啊……"

"凝儿……"

"我说凝儿，你别拉莹莹一起走啊！"

"夏老爷子、夏老爹……"

叶小天眼看着众人都像什么都没听到似的向花厅走去，真是死的心都有了。云飞刚才真该在大厅里就杀了她，那时为了杨应龙、也为了她自己的声誉，她一定宁可死都不会编出这样的谎话来。可是私下里为了活命，又有什么手段是她不敢用的？

叶小天现在就跟攥着毛笔在纸上作画似的，越描越黑、越描越黑。这种事，根本不是他想辩就能辩的，只要是扯上男女关系，他总是很难辩得清楚，哪怕他真的很无辜，别人通常也不会相信他的话。

马千乘走过来，拍了拍他的肩膀，把大拇哥一跷，赞美道："叶大哥，好样的！给杨应龙那狗贼戴一顶绿帽子，你也算是天下第一人了！"

叶小天欲哭无泪地道："马老弟，我不是……"

马千乘丢给他一个"大家都是男人嘛"的眼神，一脸意味深长的微笑："我懂！我懂！"

"你懂个屁！"叶小天恨恨地瞪他一眼，一咬牙，向外边走去。

果基格龙飞快地追上来，掏出一把锋利的短刀塞进他手里，叶小天瞪着他道："来，你陪我去做个见证！"

果基格龙温文尔雅地摇头："君子远庖厨！"

叶小天扭头就走，到了厅门口忽又站住，回过头来，奇怪地问道："你什么时候看始读书了？"

果基格龙潇洒地一甩头发，道："采妮喜欢我读书！"

叶小天没好气地吼道："用错地方啦！"

……

叶小天站到了田雌凤的面前。她是女人，又是杨应龙的三夫人，身份不一般，所以是独自看押的，她被看押的地方，就是先前关押叶小天的地方。

叶小天瞪着田雌凤，咬牙切齿："三夫人，你以为你用了这样的手段，我就不敢杀你？"

田雌凤坐在榻沿儿上，风情万种地撩着头发："你当然敢了，不过呢……"

田雌凤微微一笑："你信不信，你杀我，她们只会更加认定你我有奸情！"

叶小天呆立半晌，转身就走，还没等他走出门口，田雌凤嫣然又道："你信不信，你不敢杀我，她们还是会认定你我有一腿！"

叶小天慢慢转过身来，气急败坏地道："你究竟想怎么样啊？"

田雌凤瞪着他，一双妩媚的杏眼渐渐露出恨意："我要叫你也尝尝有苦难言的滋味！"

叶小天不屑："哼！就这手段？"

田雌凤幽幽地道："你是大英雄，我是小女子，自然使不出你那般手段。可你让我不开心，我也就叫你不痛快！你不痛快，我就会开心一些了，咯咯咯咯……"

叶小天的七窍要冒烟了……

第五十一章

筹备大婚

一

花厅里，众人你一句我一句，正心不在焉地聊着天，叶小天迈步走了进来，厅中登时鸦雀无声，一双双目光齐刷刷地向他看来。叶小天没事儿人似的走进去，在夏老爷子和夏老爹旁边一撩袍襟坐了下去，启齿一笑："呃……"

还没等他客套两声，他那小姨子采妮轻轻踢了格龙一脚，格龙马上瞪眼问道："你真把她给杀啦？"

叶小天一窒，讪讪地道："没杀！"

正目不转睛地看着他的田妙雯、展凝儿、于珺婷、采妮，不约而同地"哦"了一声，又齐刷刷地把头扭开。

叶小天顿时觉得浑身燥热，额头痒痒的，好像有汗水流下来。目光一转，唯独莹莹没有"哦"他，而是睁着一双乌溜溜的大眼睛，纯真地看着他，估计这位姑娘根本就没明白出了什么状况。

叶小天马上表忠心道："这妖女诡计多端，我怕杀了她更加跳进黄河也洗不清了！不过，我也不会轻饶了她，我已经盼咐下去了，严加看管，不许自由，还有……一日三餐，都不给肉吃！"

话说到这个分上，连一派大妇胸襟的田妙雯都忍不住了，翻了个白眼儿道："肉？我看她本来就不想吃吧！她就不怕身子走了形吗。"

于珺婷酸溜溜地道："就算她不吃，再过几个月只怕身子也要走形了。"

莹莹好奇地问道："为什么会走形？"

叶小天赶紧打岔道："莹莹啊，三天之后，可就是咱们的婚期了。"

莹莹俏脸一红，顿时有些害羞了，微微侧垂了头，羞羞答答地道："嗯……"

展凝儿忍不住睐了他一眼，叶小天当初可是说的同日迎娶她二人过门，凭什么只跟莹莹提起？

于珺婷眼神一扫,就晓得叶小天在岔话题兼分化盟军了。她心里明镜似的,不过……她才不会点出来呢,呷醋也是一种风情,但这个分寸必须得把握好,弄不好就要惹人嫌了。

叶小天牵住莹莹的手:"不如我们商量商量三天后成亲的事?"

莹莹开心地道:"好啊!"

夏老爷子和夏老爹眼睁睁地看着他们家宝贝儿被这么拙劣这么明显的计谋给骗了,但是看着她开心的样子,又不忍戳穿,只能安慰自己:"被骗一时叫骗,被骗一世,那能叫骗吗?"

叶小天牵着小可爱莹莹的手,溜溜达达地走了出去,展凝儿做贼似的看看田妙雯,再看看于珺婷,然后溜着边儿跟了出去,仿佛她学会了隐身术,屋里这几人根本看不见她似的。

田妙雯苦笑,叶小天这让人又爱又恨的本事啊……她只能苦笑,咳嗽一声,对夏老爷子和夏老爹道:"两位前辈,说到莹莹三日之后的婚事……"

夏老爷子矜持地道:"唔……原本此来可是为了引杨应龙上钩。成亲的事嘛,虽说早就定了婚期,可我们来得仓促,全无准备,依老夫看……"

"哎呀!糟啦!人家这次来,根本没带嫁妆啊!这可怎么办啊!"屋外突然传来夏莹莹一声惊呼,夏老爹不禁捂起了脸,他这张老脸是没法见人了,怎么就生出这么一个活宝啊!

旋即就听叶小天道:"没关系的,你爷爷和你爹这么疼你,还能赖了嫁妆不成?晚送几天也没什么。"

莹莹欢喜地道:"对啊!只要我在这里就行了啊,不耽误成亲就好!"

夏老爷子也把脸捂了起来……

这时又听展凝儿的声音道:"展家堡距此不远,嫁妆嘛,倒是来得及送到。"

夏老爷子和夏老爹老怀大慰,原来急嫁的不只他们家姑娘,这脸色就好看些了。田妙雯和于珺婷脸颊抽搐了几下,当着两位长辈实在不好笑出声来,忍得也着实辛苦。

·※·※·※·

百年修得同船渡,千年修得共枕眠。

叶小天和夏莹莹、展凝儿一定是在一千年前就相识、相爱了。

这个话题,他们三人在认真讨论过成亲以及嫁妆的问题后,专门讨论过。

一千年前是什么时候呢?隋朝末年!于是,在老陈醋于珺婷和青柠檬田妙雯相继加入讨论之后，最终她们确认了"叶小天究竟是什么变的"的问题。

大家一致同意：叶小天就是一千年前自尽而死的风流荒淫无道天子隋炀帝杨广！

《隋书》《南史》等史书中明确记载杨广喜欢过的女人有5个：萧后、崔氏女、陈婤、宣华夫人、容华夫人。其中对萧后是"宠敬"，对崔氏女是"爱幸"，对陈婤是"绝爱幸"，对姿貌无双的宣华夫人更是难以忘情。

于是，几人也自动对号入座，田妙雯就是萧后，夏莹莹就是宣华夫人，展凝儿就是崔氏女，于珺婷就是陈婤，哚妮则是容华夫人。然后……然后五个女人就开始深切"怀念"起自己的前世了。

本打算祭出星座算命大法，避免这些女人对自己继续穷追猛打的叶小天发现她们自动代入了隋炀帝诸宫妃爱嫔们的身份，津津乐道于她们昔年的宫斗戏码去了，便识相地住了口，趁她们讨论的热火朝天之际，悄悄溜之大吉。

三天之后，荒淫无道的"隋炀帝"要迎娶"宣华夫人"和"崔氏女"了。头一天，展家堡的嫁妆就络绎不绝地送上了山。不管是箱是笼，全都系着红绸，从山脚下到山顶，仿佛一条蜿蜒的红色长龙。

夏老爷子派了夏老爹亲自守在山口，点数展家的陪送。夏老爷子说了："我夏家这一辈一百多个男娃儿，姑娘可就这么一个，无论如何也不能委屈了她。你去给我数着，展家不管陪送多少，我们夏家，加倍！"

想当初石阡府曹瑞希成亲的时候，酒池肉林，威风八面。那米酒是倒在从山上一直延续到山下的石槽里，泉水一般流淌。全牛、全羊、全猪耗用不下千头，其规模实比皇帝大婚的宴席消耗还要大。

如今卧牛岭叶长官成婚，虽然不是娶掌印夫人，却是他头一次举行婚礼，而且这二夫人和三夫人，可不比掌印夫人的身份低多少，卧牛岭又岂能不大肆操办起来？

这是排场、是情意，也是实力的展示，你想免俗也不成。而这件事当然是交给了一直没有露面的大亨负责。大亨之所以没有露面，一方面是因为他不擅长那些打打杀杀的事，另一方面也是因为，他正忙于操持此事。

尽管风波未定，但是卧牛岭却以一种大捷、庆功的方式大肆操办着婚礼，这是宣示土司归来的庆典，这是土司大婚的庆典，这也是土司摆了杨天王一道的庆典。

叶小天虽然曾经做过那么多轰轰烈烈的大事，可没有哪一个对手能有杨天王这样的份量。这一仗赢得虽然不是那么明显，可他坑了杨应龙，还擒下了杨应龙的三夫人，这等结果，可是连水西安家、水东宋家都做不到。

除了少数与播州杨氏利益攸关、密切来往的土司之外，大部分赴会土司，此刻对叶小天是真心实意地诚服了。在这片土地上，他们只认拳头，只认手腕，谁拳头大、谁够凶，谁就能赢得他们的尊重。

叶小天做到了，所以不但赢得了他们的尊重，而且令整个卧牛岭的人都感到自豪，卧牛岭的士气空前高涨，凝聚力也达到了空前的程度。叶小天的婚礼，就在这样的气氛中开始了。

而这，也仅仅是一个开始……

第五十二章

好事多磨

一

一头乌黑如墨染的秀发,挽成了一个雍容不失俏美的牡丹髻。两粒虽然不大,但是乌黑透亮的黑珍珠的小巧耳坠,在小元宝般美丽的耳朵下面摇曳出无限风姿。

外衣是一件长至裙边的比甲,织花绣锦,领抹是银绫的,纤细的小腰肢上打着蝴蝶结的腰带,腰带右侧垂着一串紫红色的绦带,中间打成了八宝结,结与结之间缀着玉佩。

田妙雯这样一打扮,雍容高贵的气质登时显露出来,她缓缓站起身,一件华美的披帛便搭在了她的削肩上,接着一顶珍珠翡翠冠轻轻扣在了她的头上。

平民女子再有钱,最多也就是佩戴个金钗或玉簪,唯有具备官家身份的女子才有资格用这种特殊头饰的帽子。王妃、郡主与一般官家女子佩戴的珍珠翡翠冠的区别不在于珠饰翡翠的多少或贵贱,而在于上边插几支雉羽。

王妃、郡王妃、郡主所佩戴的珍珠冠可以插七支雉羽,郡王长子夫人那一级的官家女子则是戴五支雉羽,逐次减少。田妙雯戴的是七雉,论品级她当然是不够的,但她的男人是土司,土官是官员序列中的一个另类。

土司署理公务的所在俗称银安殿,每家土官在建筑规制上都有逾矩行为,谁太守规矩了反而显得与这个群体格格不入。叶小天现在是土官,不是流官了,而且现在是他在土官集团中"开山立派"的重要时刻,田妙雯这番举动都是充分思量过的。

小丫鬟小心地帮她把珍珠冠戴好,免得挤压了里边的发髻,一边佩戴,听着外边吹吹打打的声音,一边替自己主母打抱不平:"夫人为了卧牛岭何等辛苦,都没举行过如此盛大的婚礼呢,倒让她们捡了便宜。婢子真是替夫人不甘心。"

田妙雯对镜顾盼了一下,妙目盈盈向她一睨,脸色微微寒了下来:"掌嘴!"

小丫鬟俏脸一白,赶紧跪下,自己掌嘴。

田妙雯面寒如霜,道:"家宅若有不宁,都是因为你这般人物搬弄唇舌,挑拨是非！"

田妙雯凤目含威地向室中众丫鬟、侍婢、婆子们扫了一眼，淡淡地道："凝儿和莹莹与本夫人情同姊妹，你们须得记好了，绝对不可以摆出大妇院子里的做派，搞出种种别扭，若要叫我知道……"

众丫鬟婆子齐齐拜倒："婢妇们不敢！"

田妙雯轻轻地嗯了一声，举步向外走去，那自己掌嘴的小丫鬟赶紧以额触地，毕恭毕敬地送她出门。

田妙雯环佩叮当，仙妃一般地冉冉出了房门，唇角漾起一抹娇美的笑容。惩罚那负责头面首饰的丫鬟，是为了给自己院子里的人一个提醒，免得她们搬弄出许多鸡飞狗跳的事来。

而且如果她不加约束，这些人绝对会因为利益冲突、虚荣心或者仅仅是因为闲极无聊搞出很多事来。当然，她不在意这些，她是最晚与叶小天定情的，却在叶小天最危难的时候，帮他撑起最多。

那个男人心里有一杆秤，不会不记得这些，哪怕他不说出来。再说了，他欠她一个婚礼，会过意得去吗？二夫人、三夫人进门了，还能再给掌印夫人补办一个婚礼么？当然不能，既然不能，那就永远欠着她。

田大小姐，聪明着呢。

· ※ · ※ · ※ ·

叶小天的婚礼盛大而气派。大土司们纳的二夫人三夫人大多是大户人家出身，但像叶小天这样仅以一个长官司长官的身份，却同日迎娶二夫人三夫人，两人还都是大土司家的女儿，这就令人艳羡得很了。

叶老爹、叶母端坐上首，长子、长媳和二儿媳坐于其下，叶小天牵着两条系合欢结的大红丝绸，伴着两位美娇娘步入被布置成喜堂的聚义大厅，厅堂之上如云宾客登时发出一阵热烈的掌声与欢呼声。

叶老爹和叶母看着一身大红状元袍、面目英俊的儿子，笑得合不拢嘴。叶小天和夏莹莹、展凝儿举步上前，在司仪的指引下敬拜高堂。

夏莹莹不是那种能沉得住气的姑娘，头上蒙了红盖头，看不见外边的情况，如何忍得住。喜欢热闹的夏莹莹，听到外边那股子热闹劲儿，当真是心痒难搔，她时而歪歪头，时而仰仰下巴，再不然就鼓起腮帮子想吹起那盖头来，盖头外面的人当然不知道她在干什么，只是觉得这位新娘子……似乎太活泼了些。

夏老爷子和夏老爹深知这丫头的脾气秉性，只看得一头黑线，爷儿俩如坐针毡，只盼这仪式快点结束,要是这丫头当众出丑,当着这么多人,可实在是丢人哪。

好不容易听到司仪唱出了"送入洞房"这句话,爷儿俩才长呼一口气,这时才发现他们自己不知不觉间已经抬起了屁股,是端着马步虚坐在椅子上的。

爷儿俩露出庆幸的微笑,正要"欢送"夏大小姐入洞房,就听厅门口一声激动的欢呼,那是另一位司仪的声音。司仪说话本来都是扯着长音如吟如唱的,这时他也不唱了,扯开了大嗓门叫起来:"水东宋家长公子宋天刀,贺叶长官新婚大礼!"

厅中众人齐齐一静,那么多的人,顿时鸦雀无声。所有人都向门口望去。

没错,叶小天现在是很威风(在有些人眼里是跋扈),但他的职位毕竟只是一个七品的长官司长官,如果是铜仁府张胖子那样的资历、地位,宋家派出长公子来致礼道贺还正常,可一个小小的长官司长官,这也太纡尊降贵了吧?

宋天刀迈步进了大厅,后边跟着八个壮汉,抬着红绸缠裹的四个大箱笼,虽然看不出送的是什么,但水东宋家出手,又岂能是寻常礼物。最重要的是,这可是水东宋家啊,就算一份礼不送,人到了,那也是莫大的脸面。

叶小天正做新郎,不便上前,罗大亨忙拉起叶小安上前接迎贵客,宋天刀行一个罗圈揖,笑容满面:"宋某来晚了,失礼失礼,莫打扰了新郎新娘行大礼,宋某先观礼便是。"

宋天刀又上前在叶小安的引介下向叶老爹夫妇行了礼,便赶紧退过一边,自有人接了礼物送去礼房。眼见水东宋家大公子只把自己当成一个普通宾客,众土司不禁相互递着眼色,对叶小天的评估又高了一层。

宋天刀与叶小天目光一碰,含笑顿首致意。瞧见那两位穿着喜裙的新娘子,心中却是微微一黯,情不自禁地想到了自己的小妹子。同样都是花一样的少女,自己那妹子,实在是命苦啊。事过境迁,小妹子毕竟也年轻,现在已经开朗了许多,但愿她早日忘却田彬霏,重新寻找到属于她的幸福吧。

司仪见水东宋家来了人,也容光焕发,登时觉得自己的身价也提高了许多,他抖擞精神,高声唱礼道:"新郎新娘,送入洞房……"那声音嘹亮得仿佛洪钟大吕。

但是门口迎宾司仪马上以比他更加高亢嘹亮的声音大声疾呼起来:"水西安氏长公子安南天,贺叶长官新婚大礼!"

展凝儿按捺不住,唰地一下扯下了红盖头,露出一张弹了脸、敷了粉、比花解语的俏媚面庞。

安家与展家是姻亲,但是自从展伯雄与杨应龙搭上了线,安家与展家的关系就冷淡了许多。后来展龙上位,对展凝儿和她的母亲很不友善,她的母亲不肯搬回安家。安家得知此事后,与展家更是彻底断绝了来往。

虽然展家只有展凝儿和安家有联系,但如今安家来人,在外人眼里就意味着安家依旧承认与展家有交情，所以安家这个举动，绝不仅仅是安老爷子冲着外孙女才做的，这对展家意味非凡，以致展凝儿有些失态。

安大公子握着小扇，进门就作揖，一点土司长孙的架子都没有。

"叶兄，恭喜、恭喜呀！"

"哎哟！夏老爷子、夏大人，恭喜、恭喜呀！"

"哟！这就是叶老太爷、叶老夫人了吧，恭喜、恭喜！"

"表妹，恭喜、恭喜！"

"哈哈哈，洪东大哥，同喜、同喜……"

满堂土司老爷，一个个都用怪异的眼神看着这位"奇葩"的安家大少爷，只见他满面春风，就像一个长袖善舞的商贾似的，逐一问好个遍，这才献上安家的贺礼。

安家的贺礼由两个眉清目秀、唇红齿白的小童捧了上来，两口匣子，楠木所制，看着也无甚起眼，但是当安南天说出"千年老参"两株时，众人却不禁一阵骚动，人参易得，但上百年的老参就不易得了，五百年的老参已是有价难求，千年老参……

很显然，这份礼是送给叶小天的父母的，以叶小天和几位夫人的年纪，还远远不到用上这千年老参的地步，安家结纳之心显见是十分赤诚。叶老爹夫妇在铜仁居住了这许久，业已知道水西安氏是何等人家，一时间受宠若惊，笑得眼睛都快看不见了。

人家大喜的日子，安大公子也不便抢了风头，献上了贺礼，便摇摇摆摆地走去和宋天刀坐了个肩并肩，宋天刀侧目而视。对这个好出风头的安大公子，宋大公子一向是不太感冒的。

司仪本来是很开心有大人物来参加由他主持的婚礼的，但是这么一而再再而三地被打断，却也有些吃不消了，待安公子入座，司仪松了口气，眼见两位新娘中的一位还没进洞房，盖头都揭了，而另一个正在努力地想让盖头自己掉下来，赶紧扬声喊道："新郎新娘，送入洞房！"

他也不拖长音了，一句话说得干净利落，铿锵有力，叶小天正要与两位新娘入洞房，大门口的迎宾司仪突然又喊了起来。这回他喊的声音太大，以致都破了音，夏莹莹一听，唰地一下，也把盖头揭下来了。

第五十三章

枪挑盖头

一

迎宾司仪声嘶力竭地呐喊道："皇帝陛下遣使，贺叶长官大婚之礼！"

方才他一直说新婚，现在连皇帝都遣使道贺了，那还不大婚？必须得大！大得不能再大！迎宾司仪嘴里喊着，内里心花怒放！天使啊！从此以后，他就是迎接过天使的司仪，绝对的金牌司仪，那主持一场婚礼的价格，必须飙升数倍啊！

堂上司仪呆了一呆，却也反应神速，马上跟着号叫起来："恭迎天使！"

堂上大乱！

叶老爹、叶大娘是自幼在京城里长大的，每日听人挂在嘴边的就是"咱们皇爷"，可他们从来也不曾想过皇上家能跟他们家扯上关系。这时一听皇上遣使来贺，老两口登时慌了手脚。叶小安两口子也是又惊又喜，连忙跟着站起。

夏莹莹这可不是第一次在公众面前穿嫁服了，她上一次穿嫁服，是在满朝文武面前，当时可是狠狠地让皇帝丢了一大回脸，现在一听是皇帝遣使来贺，她如何不惊，真怕这皇帝来给她和小天哥捣乱。

至于满堂宾客，也是敬畏得一塌糊涂。他们不是敬畏皇帝，是敬畏叶小天。水西安家、水东宋家，不约而同地派出世孙来贺，皇帝竟也不远万里，遣使来贺。这其中任何一方显示出与叶家关系密切，都是令人敬羡的，何况是这几方都派来了使节？

这几方同时出现，就等于黑白两道总舵一起宣布："这个人，我罩的！"众家土司大人岂能不艳羡嫉妒、敬畏深重。

天大地大，皇帝最大。皇帝面前，那些习俗规矩都讲不得了，叶小天与田妙雯、夏莹莹、展凝儿等人搀着高堂父母，急急忙忙迎出门去，外面有两人正站在那儿，等着迎接。

其中一人一身二品大员的官服，貌相威严，神情肃穆，叶小天一看，认得，这位天使竟然是贵州巡抚叶梦熊！堂堂贵州巡抚，竟然亲自驾临。还用送什么礼，光是这个送礼人来刷刷脸就行了，他那张脸就是一份多少钱也买不来的大礼。

而另一个……另一个认识的人不多，但是叶小天、华云飞、罗大亨、夏莹莹，尤其是展凝儿，却是认识的，他是徐伯夷！徐……公公！

徐伯夷眼观鼻、鼻观心，一副六情不伤、八风不动的超然模样，很少有人看得出他内心的落寞与悲凉。在宫里这许多年，他早已学会了深深藏起自己的喜怒哀乐，可此时站在那里，他还是有些控制不住。

他是代表天子来宣旨、道贺的，他知道那婚礼大厅中的两位新娘，其中有一位就是曾经热烈追求过他的那位苗家姑娘，他的人生、他的命运、他的一切，就是从认识这位姑娘，并经由她认识了她的新郎之后……改变的。

当年，他是一个受人尊敬的秀才、前途似锦的秀才，后来他考中了举人，他成了葫县县丞……

如果发展到此结束，他的人生都不失完美，但是之后的一系列变化，简直是匪夷所思。他又成了逃犯、成了山贼、成了俘虏、净了身子做了太监……这是怎样的人生？

他残缺的已不仅仅是身体，还有他的尊严和人格。他曾经恨不得把叶小天挫骨扬灰，食其肉饮其血以解心头之恨，可现在他却得千里迢迢赶到婚礼现场，代表天子向叶小天表示祝贺，并送上礼物。

悲哀啊……

展凝儿也看到了徐伯夷，她也不禁一呆，种种往事，迅速浮上心头。而那回忆里，徐伯夷仅仅是一个代号、一个道具、一个路人甲。

她想起的更多的是叶小天，是在晃州时被他戏弄，在葫县时被他一再诳骗，是曾经痛殴他，用笑药吹箭对付他，是在黄大仙岭上被他扯去石榴裙，在雷神禁地他把自己托上悬崖，义无反顾地冲向食人蛊虫……

一切的一切，喜、怒、哀、乐，如今都化成了甜蜜的回忆，满满的，充溢了她的心房。展凝儿情不自禁地向叶小天看去，这一眼，爱意满满。

叶小天看到徐伯夷，也不禁向展凝儿看去，他担心徐伯夷的出现会让凝儿勾起伤心事，但是看到她温柔、满足地向自己望来的眼神，下意识地便伸出了手，轻轻牵住了她。

可这时，夏莹莹却是一身新嫁娘的红妆，凤冠霞帔着冲了上去，杏眼圆睁，瞪着徐伯夷道："皇帝要干什么？"

徐伯夷垂眉敛眉，仿佛高僧，他的心真的死了。虽然这一次他是传旨太监，原因却仅仅是他是从贵州出去的人，而不是他在御前如何受宠。他一次次地算计叶小天，结果却一次次地把叶小天捧得更高。他不甘心，可报复的心却越来越淡了。

当他觉得自己和叶小天还有一拼之力的时候，他才会想报复叶小天。当他觉得与叶小天已经是天壤之别，根本没有拼的机会的时候，他的报复心反而淡了。他的棱角，在那深渊大海般的宫廷里，磨得越来越平、越来越圆滑了。

徐伯夷淡淡地道："姑娘请谨言！"

叶梦熊咳嗽一声，道："夏姑娘，哦！该称你为叶夫人了，呵呵，本抚与徐公公是奉圣旨而来，贺你们新婚之喜，并送上天子心意的。"

夏莹莹呆了一呆，有些狐疑地看了徐伯夷一眼，倒也没有立即发作。叶小天赶上前来，向叶梦熊拱了拱手，今天他是新郎，不必大礼参拜。又向徐伯夷拱了拱了，略带警惕之色地道："抚台大人、徐公公，有劳两位了！"

徐伯夷还是不抬头，只是盯着自己的脚尖，木然道："叶大人准备好接旨了吗？"

叶小天还未答话，罗大亨已经指挥着人把一张香案抬了出来，面南背北，香案摆好，三缕青烟，徐伯夷往后一站，仿佛神仙……

徐伯夷宣读的圣旨是夏莹莹、展凝儿俱封诰命夫人，加上田妙雯，一门三诰命，这份荣光，前所未有。

皇帝还亲赐礼物一件，是一口极高大的箱子，由十六个大汉抬着，东西被叶小天收下，暂时单独储放在一间远离主宅的偏僻小屋里，着人马四下守着。

等这边终于行了入洞房之礼，趁着还没回前厅去陪客人们饮酒，叶小天先带着三位娇妻赶到了这处小屋，着人上前，小心拆开。叶小天虽估量堂堂天子不会有什么下作举动，但终究是小心无大错。

等那木箱拆开，里边一匹红缎，盖在一个直挺挺的东西上面，乍一看是个人形，叶小天不禁心中惴惴，他要过一把丈八的长枪，亲自上前，小心翼翼地将那红绸挑开，顿时呆住。

一个晶莹剔透的夏莹莹正站在那儿，顾盼生姿，栩栩如生。皇帝送的，竟然是一个玉美人，一个玉制的莹莹。

田妙雯和展凝儿都已知道夏莹莹在京城时被皇帝看中的事，这时一望，也不禁吃惊，看那玉像，面庞五官每一丝细节都刻画得精致无比，这要怎样的深情才做得到？想不到这大明天子，还真是一位情种。

·※·※·※·

重庆府里，杨应龙的次子杨成栋已经来此为质子半个月了。

杨应龙在重庆本就有一幢大宅子，自从确定了杨成栋来此做质子，又进行了一番修缮，大批情报人员也随之涌入，以此为中心，建立了杨家的暗势力圈子。

当杨成栋从播州姗姗而至的时候，一切都已准备妥当，杨成栋负有父命，自一赶到，便整日价呼朋唤友、迎来送往。

他来重庆是做质子的，这大家都清楚，但这层窗户纸谁也不会揭破，所以官府对他的控制也是暗中的，面子功夫还要做，不会弄得大家面上难看。对于杨成栋的交际、宴请，重庆府也是尽力配合，做出一副其乐融融的和睦假象。

但是没有监禁，杨成栋进出自由并可以接触外客，这就为杨成栋提供了许多机会，杨应龙撒在重庆的暗中力量，也收集了大量的情报。甚至触角已经远出重庆府，向陕甘方向延伸。

杨成栋渐渐搜集到了一些令他不安的消息，从他的人秘密侦缉到的情报看，孛拜的处境应该很不妙了。而朝鲜那边，朝廷似乎在吃了一次败仗后，也是节节胜利。

这时候，一个更准确的消息被他探听到了。

泄露消息的是甘肃兰州一带的鲁土司。鲁土司也是世袭土官，祖上名叫脱欢，是元世祖忽必烈的一个孙子。朱元璋得天下时，脱欢随元顺帝北逃，途中掉队，流落河西，率部降了大明，被安置于此。

鲁土司二世——脱欢之子巩卜世杰随永乐大帝前往漠北征讨阿鲁台时阵亡，三世、四世、五世、七世都曾为大明南征北战，立下大功。如今是八世，名叫鲁光祖。

鲁光祖曾任西宁参将，凉州副总兵，洮岷副总兵，此次在剿灭孛拜之乱中立下大功，被朝廷提拔为南京大教场总理提督，前往金陵上任，途径重庆。

杨成栋如今是只要能结交的就一定倾心结纳，转着弯地拉关系。而这鲁光祖对播州杨家的事所知有限，有人设美酒相邀，他便欣然赴宴。锦衣卫在消息封锁方面已经做得很好了，却实未料到一位迁转的官员居然会和杨成栋有了来往，等他们得知消息的时候，已经来不及做出防范。

这鲁土司又是一位嗜酒如命的豪爽大汉，饮了三坛子美酒后，便夸耀起自己在甘陕立下的大功，一番被锦衣卫封锁了好久的消息说出来，只惊得杨成栋面如土色！

第五十四章

画个圈圈诅咒你

一

鲁土司也是有意炫耀,大讲他在平叛过程中如何英明神武,如何战无不胜,似乎剿灭孛拜全是他一人之功。不过鲁土司确实参与了平叛,而且功勋卓著,所以虽然谈起来略有夸张,却也栩栩如生,令人大有身临其境之感。

杨成栋哪有心思听他讲故事,但鲁土司正在兴头儿上,杨成栋也不敢打断,以免引起他的警觉。杨成栋赔着笑,耐心地听着,好不容易鲁土司才告一段落,捧起酒坛子大口喝酒,杨成栋才插得进话去,道:"这么说,孛拜已经全家自尽了?这是什么时候的事?"

鲁土司抹了下嘴巴,又抄起一大块手抓羊肉,狠狠地咬了一口,满口流油地道:"唔……有一个月了吧!鲁某就是因为这桩大功劳,才被提拔到金陵锦绣之地为官的。嘿嘿,辛苦半生,也该享享清福啦!"

鲁土司说到这里,兴致又起,眉飞色舞地道:"本来呢,就凭鲁某这身本领,若是朝廷让我挂帅去征东瀛,保证能一战而定,打得那帮倭人哭爹喊娘,可皇上仁慈,思及鲁某戎马半生,有心犒赏,才未要我再去东征!"

鲁土司啃着肥嫩可口的羊肉,一脸不屑地道:"李如松那小子,使尽浑身解数,也只打得倭人举了白旗同咱们大明议和,若换了本将军去,保准打到倭人老家,一举占了他们的王宫!"

又是一个晴天霹雳,杨可栋再也忍不住了,颤声道:"将军是说,日本国已经向我大明议和了?"

鲁土司一副很是遗憾的样子,叹道:"是啊!"

他惋惜,是觉得日本败得太快了,这才不到一年的工夫,他刚从陕甘这边腾出手来,要是李如松败了该多好,那他就有机会挂帅出征,征讨日本国,开疆拓土,到时候何止是提拔到金陵做官,说不定还能凭功勋授封一个王侯。杨可栋却是面如死灰,心中的惊恐已经到了极致。

日本和孛拜在大明两路出兵作战之下，在不足一年的时间里双双落败，这个消息本身，已足令杨成栋感到震惊，但真正令他惊恐的是：朝廷在宁夏和朝鲜战场双双取得大捷都已不是近两日发生的事情，为什么播州方面完全没有收到消息？

这种大捷，是宣扬我大明武威的好机会，朝廷为什么没有邸报全国，反而严密封锁了消息？播州为何要到如今，从一方诸侯口中才得知这个消息？

鲁土司不仅仅是兰州附近的一位世袭土官，他还是朝廷的镇边武将，俨然一方诸侯，他的消息当然绝不会有错。

朝廷大捷，却严密封锁着消息，这个举动只有一种可能，就是朝廷要给某一方势力一个错误的判断，那么朝廷要针对的是谁？缅甸人，蒙古人，还是……

杨成栋想到又不敢承认的是播州，如果朝廷这番举动针对的是播州，那么就意味着朝廷早就对他们有了防范，之前种种都是施放烟雾，迷惑他们。杨成栋越想越怕，脸色难看之极。鲁土司醉眼蒙眬地一看，奇道："啊！杨家少爷，你看起来不怎么高兴啊？"

"啊？啊！是啊！是啊……"杨成栋随口答应一声，这才警觉自己的反应不对，赶紧胡乱应承道，"着实可惜了，我还想向朝廷请命，带我播州兵马替朝廷出兵讨倭呢，可惜了，这东瀛人真不禁打！"

鲁土司大乐，他是一方军事将领，最在意的就是不能被别人比下去。杨成栋说朝鲜大捷是因为日本人不禁打，而非李如松骁勇，这可正合他意。

鲁土司重重地一拍杨成栋的肩膀，大笑道："不错！说得有道理！不过，朝廷判断，东瀛人贼心不死，这一仗他们虽然输了，可未必就甘心从此俯首帖耳，过上两年缓缓元气，他们定要再度挑衅的。到时候本将军向朝廷请命出征，保举你做我的先锋，咱们一同踏平日本！"

杨成栋连忙挤出一副笑容向他道谢，杨成栋心神不宁地陪着鲁土司，鲁土司又喝了两坛子酒，叫亲兵扶着，东倒西歪地要走，杨成栋把他送出府去，鲁土司已经上不得马，杨成栋见状，忙又叫人赶出自己的车来送他回去。

下人去取车的时候，杨成栋忽然注意到府邸周围多了许多陌生面孔。这些人有行人、有摆摊算命的、有卖小商品的，杨成栋登时提高了警觉。

虽然这些人扮龙像龙、扮虎像虎，完全看不出一点异样，但杨成栋早在迁来重庆府之前，就已安排先行人马每日仔细观察过府邸周围情形，而洪百川调度秘谍过来，却晚了一步。所以早前很少，而现在骤然增加了商贾小贩，自然会令本就做贼心虚的杨成栋警惕。

杨成栋把鲁土司送上车，回到府里立即吩咐人马上赶回播州报信儿，自己这边则秘密安排准备潜逃。

杨成栋虽然算不上虎父虎子，但也心思缜密。他派了四人离开，其中一人只负责陪同同伴出城，一旦同伴顺利离开踏上归程，他即回来复命。但直到黄昏，杨成栋都没见他回来，杨成栋明白，出事了！

想来，他和鲁土司的接触，已经引起了重庆府的注意，说不定重庆府已经从鲁土司那儿打听到了他获得了哪些消息。现在表面上看起来他的府邸一切如常，但是暗里一定有很多朝廷密探，他派出城的那四个人定然已经落入朝廷手中。

如果朝廷对这四人严刑逼供，其中有人受刑不过，招出了真相……想到这里，杨成栋当机立断，吩咐道："马上准备，天再黑一些，便立即突围！"

本来按照计划，杨成栋是打算第二天利用拜会一位致仕京官的机会先离开府邸，再突然闯关出城，逃回播州的。但是他的人出了事，那就一刻也不能等了。

他们要从这里一路逃回播州，必须得做好充分准备。马匹是必备之物，而且还得一人双马，以备在朝廷兵马追击之下，用最快的速度逃得够远。

食物也得带充足了，这一路，大路官道是不能走的，荒郊野岭的不好补充食物。兵器也得俱备，各种长短兵器，是闯关杀敌、安全逃回的重要保障。

杨成栋的府邸里紧锣密鼓地准备着，天色渐渐黑了下来，门口挑起了气死风灯，表面看来一切都如往常，只是高高的院墙内，一匹匹健马已经配好了鞍鞯，马包已经打好放在马背上，所有的人都是一身骑装，只有火把尚未点燃。

为了保证府中拥有足够的马匹，杨成栋平日故作奢侈，府里备有四套大车，分别用以不同场合和不同的人，比如他的两个侍妾，就一人拥有一套专门的马车。

杨家的每套马车都是用四匹健马拉车，而非驽马，如此一来，卸了车子这马就是可骑乘的骏马。这些马匹再加上府里常备的骑乘马，足以保证他带着所有侍卫一同出逃。

"朝廷明显对我播州已经起了戒心，我们在重庆再多耽一天，便多一份凶险。今夜，我等便要闯关出城，逃回播州！"

杨成栋站在黑漆漆的廊庑下，沉声对院子里肃立的部下们训话。马都衔了环，防止它们嘶鸣。

杨成栋道："我们逃走的原因，方才已经详细对你说过，此去播州，困难重重，如果本少爷路途中出了什么意外，不能及时赶回播州，你们每一个人都要竭尽所能地逃回去！不管是谁，只要能赶回播州，及时把消息告诉我的父亲，便是大功一件，本少爷作主，封他个大头人！"

庭院夜色中顿时一阵骚动，每一个人的心思都热了起来。

杨成栋已成功激起了他们的斗志，大手一挥，喝道："冲出城去！"

"轰隆隆……"

杨府大门洞开，杨成栋一马当先，率先冲了出去。

"嘭嘭嘭嘭……"

一支支火把燃起，却不是杨成栋等人手中的。黑漆漆的大街两头燃起一支支火把，一支、十支、百支、千支……无数的火把仿佛繁星点点，整条大街就像是被点亮银河。

杨成栋猛地一勒马缰，战马人立而起，杨成栋惊呆在那里。

前方火把密集处响起一个声音："可惜！可惜呀！杨二少爷，你好好待在府里该有多好，你我这对宾主也能善始善终。为何你偏要做些令我为难的事呢？"

盾墙次第闪开，火把照耀下露出一身朱红色知府官服的王士琦来。

杨成栋大吃一惊："王士琦怎么可能一直等在这里？"

这时，杨成栋突然注意到，远处一座高塔，塔尖上一点灯光，还在向他画着圆圈。从那座塔上，是可以看到杨府全貌的，杨成栋依稀记得，那座塔就是杨家这处别业落成不久后建起来的。

第五十五章

一触即发

一

　　杨成栋紧张的神色一下子平静下来，焦灼是因为还有希望，绝望的时候反倒平静了。
　　他自以为在他的父亲答应王士琦派他到重庆府为人质前就早早派出暗线前来铺路，探察了解周围情况，这已经是先下手为强了，却没想到早在七八年前，杨家在重庆府造下这幢大宅的时候，朝廷就已经开始监视他们。
　　那座塔，如今想来，分明就是为了监视杨家而造的，既然如此，他今夜的出逃之举显然早已在王士琦的掌控之中。他还有可能逃得掉吗？王士琦之所以等在外面，而没有冲进府里拿人，就是等着他自己暴露行踪、授人把柄吧！
　　"回去吧！"
　　王士琦露出怜悯神色，对这个十八九岁的年轻人婉言相劝。前往松坎与杨应龙谈判的是他，他打消了杨应龙即时造反的决心，这是为了朝廷，也是为了黎民百姓，他做得坦荡。
　　但也因此，他弱了杀心，希望这个年轻人乖乖束手就缚，如果他肯配合，那么来日就算杨应龙反了，他也能保住性命，为杨家留下一线血脉。
　　但杨成栋并没有束手就缚的打算，他的人生、他的命运、他的前程是和杨家紧紧绑在一起的，失去了这一切，即便他还活着也没什么意义。
　　冲，还有一线希望！
　　一定有！
　　杨成栋的眼中渐渐漾起一丝光芒，他缓缓扬起了手中刀，厉声大吼："兄弟们，随我冲！"
　　杨成栋双腿一磕马镫，身子俯伏在马背上，双目像狼一样紧紧摄着王士琦，骏马四蹄蹬踏，仿佛离弦之箭，速度越来越快。侍卫们紧随其后，发起了绝望的冲锋。
　　王士琦叹了口气，一步步退却，他每退一步，身前便有两面大盾铿然合拢，形成一道铁壁铜墙,"墙缝"间探出一杆杆锋利的长矛。旋即,仿佛千万只蜜蜂突然倾巢而出,空中发出令人发怵的嗡鸣声,羽箭黑压压的,如倾盆大雨,向杨成栋等人倾泻过去。

杨府里,杨成栋的两个侍妾站在黑沉沉的阁楼上,眺望着大街,一脸惨淡。

她们随杨成栋来重庆府,本就是用来做掩护的,杨成栋要逃回播州,也不会带着她们两个累赘,但她们无法有任何怨言。这就是她们的命,能够成为杨成栋这样的土司家二少爷的侍妾,对她们来说,已经是极大的便宜。

如今眼看杨成栋被乱箭射成了马蜂窝,她们没有太多的哀伤,却有无尽的彷徨。她们还年轻,十五六岁,花一样的年纪,花一样的美貌,接下来,又该花落谁家呢?

·※·※·※·

杨应龙不曾想过,妻离子散这句话会用在他的身上。但他此刻的处境,用妻离子散来形容,却是再恰当不过。

田雌凤被卧牛岭给扣了,当场扣下!一直在他面前唯唯诺诺的叶小安居然就是叶小天本人,亏他还一直苦恼于叶小天扮的叶小天不像叶小天。

卧牛岭传来了消息。杨应龙怔愕半刻,便连忙派人打探,隐约又探听到田雌凤和叶小天似乎有些暧昧关系。据说田妙雯和夏莹莹、展凝儿三位诰命一致认为该处死屡屡给卧牛岭带来危机的田雌凤,反正卧牛岭已经和播州彻底撕破了脸,不必有什么顾忌,但叶小天居然只是把她软禁了起来。

一向喜欢给别人戴绿帽,却对自己戴绿帽深为痛恨的杨应龙,为此大动无名之火。

甚至他怀疑一直以来田雌凤就和叶小天有所勾结,所有的一切都是相互配合着在他面前做戏。否则田雌凤当初计划那般周详,究竟是如何被叶小天识破,并将计就计的。如今所谓的软禁也只是做给外人看的,实则是金屋藏娇。

至于说叶小天无法给她什么名分,这倒不足为虑,覃夫人是石柱马家的掌印夫人,还不是为了他抛夫弃子,舍命追随?不过说田雌凤真的背叛了他,那也说不通。

田雌凤如今拥有强大的力量,她的两位兄长更是在自己麾下担任着重要职务,如果她真从了叶小天,就算不利用这力量狠狠坑自己一把,至少也会把她的家族、她的亲人,和隶属于她的力量带走,归附卧牛岭,就像覃夫人做的那样,而断不会是如今这般状况。

所以,冷静下来后,对于陈萧、赵文远等人暗含杀机的进言,杨应龙根本不予采信。他正考虑派一队死士入铜仁,看看能否救出他的贤内助,重庆府又送来了消息:他的儿子杨成栋死了!

杨成栋之死是瞒不住的。深更半夜的，长街上一通厮杀，一条街的百姓都知道了，第二天一大早，经由这些人之口就能传遍全城。何况，王士琦能杀掉杨成栋，却不可能杀光杨府外围的暗桩。这些人每天都在关注杨府动态，并与府中用他们的独家暗号沟通消息。

王士琦倒是压根儿就没打算瞒，反正宇拜已死，日本正在求和，虽然朝廷也想缓口气儿，但杨应龙如果真要捣蛋，现在也不必怵他了。

不过，王士琦是不会承认诛杀了杨成栋的，他洋洋洒洒地写了一篇万字文，文辞修饰得花团锦簇，跟他当初考进士一般认真，然后加盖了重庆府的官印，派人送往播州，给杨应龙报丧。这么长的一封信，其核心内容只有一句话："令公子染病身故！"

儿子染病身故？杨应龙怎么可能相信，随后他派在重庆府的暗桩便把消息送了来，虽然坊间搜集的消息略有夸张，但主要内容还是准确的。杨应龙一代枭雄，虽没有因为儿子之死便方寸大乱，但是出现了这样的事情，意味着什么，他却很清楚。

他一直在试图掩饰造反意图，对朝廷虚与委蛇，他本以为已经瞒过了朝廷，可是那个叶小安居然就是叶小天！叶小天在他身边那么久，是很清楚他的谋划，叶小天会不密报朝廷吗？

虽然叶小天没有什么凭据，可朝廷对于谋反这种事绝不会等闲视之，必要的防范是一定的。而且在此之前，朝廷对他就早有戒心，再加上儿子的死，如果杨应龙还会做出误判，那他真的就要蠢到家了。

"天王！反了吧！"大阿牧陈萧壮怀激烈。

"反了吧！天王！"家政赵文远摩拳擦掌。

田飞鹏也是激动得脸庞涨红："天王，朝廷欺人太甚，咱们就此反了吧！某愿为先锋，直取重庆府，砍了王士琦的狗头，为二公子报仇！"

田一鹏也双手抱拳，凛然道："某愿领一支人马，杀向卧牛岭，生擒叶小天，交由天王处治！"

田一鹏和田飞鹏也是没办法，他们明知道陈萧、赵文远等人怂恿杨应龙立即造反，有断了田雌凤后路的私心掺杂其中，可是为了表示白泥田氏对杨家的忠诚，却也不能不随之表态。

杨应龙作为一代枭雄，本就有些多疑，造反这种事尤其敏感。没有相同经历的人或许会觉得此人性情不定，其实不过是巨大的心理压力放大了他性情中的某一方面。

最宠信也最被倚重的三夫人被扣在卧牛岭，亲生儿子杨成栋惨死在重庆府，只隐约察知宇拜情形渐趋不妙，还不确知西北和东西两个战场此时皆已熄灭了战火的杨应龙，一双铁拳渐渐攥紧。

一双拳头咯咯作响，杨应龙铁青着脸色，从牙缝里蹦出两个字："反了！"

· ※ · ※ · ※ ·

一般来说，土司大婚，整个婚礼会持续一个月的时间。那些新婚的土司白天操劳、晚上也要操劳，劳心劳力的，一个月下来，不死也得脱层皮。

不过鉴于西南形势微妙，宾客们不便久滞不归，叶小天这边也没有多加挽留，他的婚礼只持续了七天便结束了。但只这七天，他在诸来宾中的声望地位，已因为皇帝和水西、水东两大土司的捧场而到了前所未有的高度。

如今他的声望已经不在传统的八大金刚之下，甚而犹有过之。

原本八大金刚的展家和曹家，其实早已折在他的手里，但婚礼之前旁人并未认可他拥有了八大金刚的实力。

千百年的传承，金刚、天王，已经固化了人们对土司实力的衡量，而延续了祖上威名的那些土司即使实力已大不如前，本地的人提到具体的八大金刚时还是会提到那几个大姓氏。

就如人们一提四大土司人家，必然是安宋田杨，但其中田氏的实力早已不济，连和八大金刚比肩的实力都不具备，但是田家依旧占据着四大天王之一的名分，这是一份荣耀，也是一份重负。

但婚礼之后，叶氏已在本地有了一席之地。

叶小天在前山相送一批批陆续离开的贺客，后宅花园里边，夏莹莹却在和展凝儿聊着私房事，一双新嫁娘私房之中聊私事，只有身畔盛开的花朵和空中飞舞的蜜蜂，才听得到她们悄悄的低语……

杨应龙在获悉儿子死讯后，终于反了！

杨应龙亲笔撰写了一副对联："养马城中，百万雄兵擎日月；海龙屯上，半朝天子镇乾坤"。公开树起了反旗。

杨应龙把这副对联镌刻在天王阁上，又下令从即刻起，对总管、总领、军士以及运粮户、工匠夫役等准许进出海龙屯的人也要进行严格的稽查勘验，随即调动大军，出娄山关，气势汹汹杀入巴蜀。

此时，李化龙已被调去处理孛拜之乱留下的烂摊子，新任巡抚都御史王继光到任，正在重庆。这王继光是万历四年举人，万历五年丁丑科第三甲第五名的进士。

王继光威名赫赫，但他的威名不像叶梦熊、李化龙是靠剿匪平叛、治理地方的才干得来的，王继光言官出身，是靠扳倒了一溜儿权贵而扬名的。

万历十年张居正病逝，死前推荐潘晟继承相位，时任给事中的王继光就联合几位御史弹劾，结果潘晟未及上任就被罢免。

万历十一年，他又弹劾兵部侍郎贾应元，贾应元受罚。

万历十八年，他弹劾左都御史吴时来、副都御史詹仰庇，导致首辅申时行于次年辞职。

在一系列的成功弹劾之后，王继光也获步步高升，如今成了一方封疆大吏。听闻杨应龙造反，锐气正盛的王继光毫不胆怯，反而因觉得有机会揽一桩大战功而心中窃喜。王巡抚毫不犹豫，马上便派参将郭成为先锋，总兵刘承嗣为统帅，出兵迎敌！

·※·※·※·

杨应龙兵出娄山关，破九盘山，袭桐梓驿，夺三元坝，气势汹汹。朝廷大军则从清平、东溪、真州三地分别出兵，三路大军形成箭镞，直迎杨应龙的锋芒。

总兵刘承嗣、参将郭成自诩所驭兵马训练有素，土兵乃乌合之众，不堪一击，所以大胆进逼，主动迎战。一战之下，杨应龙果然败了个落花流水，先锋官田一鹏率先逃跑。

刘承嗣和郭成大喜，更加认定了土兵无用，于是一路穷追猛打，三元坝、桐梓驿、九盘山连连克夺，几乎不费吹灰之力。明军士气大振，军中上下一派乐观，纷纷放言：三五日之后，便在海龙囤上烤全"杨"！

紧跟着，播州重镇娄山关也和前几道关卡一样，被他们一举攻克，不想杨应龙竟是佯败，之前几关根本就是故意拱手相让，他们"夺"了娄山关，正紧追败兵不舍，后路便被杨应龙的伏兵给断了。

埋伏在娄山关附近的田飞鹏突然杀出，将娄山关重新夺回，关门打狗。赵文远和大阿牧陈萧各领兵马左右杀出，佯败的田一鹏也突然展开了猛烈的反击，中伏的朝廷大军顿时乱作一团。

一场大战，朝廷剿叛大军全军覆没，郭参将除袍免冠，披头散发，扮成逃军侥幸逃过一劫。刘总兵仓皇后退，辎重给养尽数便宜了杨应龙。

杨应龙随即长驱直入，派遣一万精锐，再度攻克先前故意丢给朝廷大军的几处失地，攻入四川，血洗綦江。綦江距重庆府不过二百里，一日一夜就能赶到。消息传开，四川大乱。

亏得当地土兵先行赶至，护住重庆府，王继光才来得及征调各地军队，杨应龙一战大捷，得了锐气，却也担心孤军深入，会重蹈郭参将覆辙，所以便停止前进，向左右扩张，试图先稳固占据的地盘，最后再拔掉重庆府这颗大钉子。

朝廷闻讯大怒，御史言官弹劾四川巡抚王继光的奏章雪片一般飞进大内，万历皇帝当机立断，罢免王继光之职，另委干吏谭希思为四川巡抚，让总兵刘承嗣戴罪立功，相机征剿。

刘承嗣已经被先前惨烈的一战吓破了胆,上书朝廷"乞骸骨",想告老还乡,把个年轻气盛的万历天子气得一佛出世,鼻孔冒烟。要不是临阵换将影响对三军调动,乃军中大忌,他早就祭出天子剑,斩了这个混蛋。

不过经此一事,万历也看出来了,想对付杨应龙,指望不了刘承嗣这个怂蛋,所以他先下旨斥责刘总兵,让他固守待援,同时派遣能征善战的名将,飞驰重庆府。

杨应龙分遣土官置阙据险,僭立巡警,搜戮仇民,劫掠屯堡,殆无虚日。但有殷实人家,财产尽数抄没,用以赏赐三军,于是一群土兵愈发凶残,甘心为杨应龙效死。

杨应龙又抓捕各地僧侣共千余名,齐聚重庆府城下为其子杨成栋招魂,大做法事,城头军民见其威势,愈发忌惮。

· ※ · ※ · ※ ·

杨应龙兵进四川,惊动的不仅是朝廷,贵州方面,也为之震动。

水西,安氏土司府,各色打扮的人进进出出,这些人都是水西安氏的探马斥候,不断把他们打探到的消息送来,供安老爷子分析判断。

安府如此忙碌,安老爷子坐在后花园里,却似安闲得很。一盏香茗捧在手上,香气扑鼻。厅院中花香茶香,彩蝶飞舞,头顶浓荫如盖,玉立亭亭。安南天在一旁调弄着一支檀香,香炉盖好,回身走到安老爷子身旁,垂手而立。

这时一名青衣小婢飞快地走来,将已经筛选整理过的一份情报递到安南天的手里,安南天展开看了看,脸色微微一变,摆手斥退小婢,对安老爷子低声道:"爷爷,杨应龙刨出了余庆土司毛承云的棺木,碟其尸首。之后又掠大阡、都坝,焚劫余庆、草堂二司,兴隆、偏镇、都匀各卫。其弟杨兆龙则攻占了黄平,戮尽重安司长官张熹全家。上个月,他又亲自率兵,劫掠了江津和南川两地,威势愈隆了!"

安老爷子轻轻转动着茶杯,听到这里微微一顿,但旋即便又从容地转起了茶杯。

安南天试探地道:"爷爷?"

安老爷子轻轻摇了摇头,道:"静观其变!"

安南天道:"杨应龙已经进了四川,后方空虚,我们安家要出手,正是时候啊!"

安老爷子看了他一眼,淡淡地道:"为什么要出兵?"

安南天一呆,迟疑道:"这个……我们不是……不是……"

安老爷子微微一笑,缓缓地道:"没错!贵州安定,才最符合我们安家的利益。"

"但……已经乱了啊!"

安老爷子叹息一声,轻轻呷了口茶,慢条斯理地道:"既然已经乱了,我们就更要看清楚了,才能出手。孙子兵法有云:兵者,国之大事,死生之地,存亡之道,不可不察!于国家而言,用兵尚且如此慎重,安家难道家底子比朝廷还要雄厚?"

安老爷子摇了摇头,道:"杨应龙真的放心我们安家和水东的宋家?他敢进川,一定留有后手,此其一;目前,杨应龙风头正劲,我们就算要出兵,难道该选在他气势如虹的时候,此其二;要出兵,也得师出有名,叶梦熊都还没出兵呢,朝廷也没对贵州下旨意,有的时候,做多莫如不做啊……"

安南天缓缓垂首,道:"是!孙儿受教!"

安老爷子轻轻吁了口气,悠悠地道:"朝廷,还未来得及出手,一旦朝廷重拳出击,谁能占上风呢?如果杨应龙真的能成事……百年的皇朝,千年的土司,你以为……是怎么来的?"

安南天霍然一惊。

·※·※·※·

小西天上,宋家家主正站在迎客松下,负手望着远方。

远方,乌江滚滚而去,江那边就是播州地界。

宋天刀站在父亲身边,轻轻禀报着:"宋世臣、罗承恩进京举告杨应龙谋反,杨应龙对他们一直恨之入骨。宋家和罗家的家人在他举旗造反之后,藏在偏桥卫城,现在也被杨应龙搜了出来。

杨应龙令部属当其父奸其女,面其夫淫其妻,最后又把他们赤身露体地赶到柴薪上面,射烧取乐,又或捉了蛇,炙烧蛇尾,迫使蛇虫挣扎咬人,最后烈火焚之,人蛇俱毙。这两家人的祖坟,也都被他掘了,这两家人的列祖列宗遗骸,被他焚烧灰飞蔽天……"

宋氏家主的脸颊轻轻抽搐了几下,缓缓地道:"自古得天下者,未见有残暴如此人者!"

宋天刀面有怒色,沉声道:"此人倒行逆施,不得人心!我觉得,该是我们宋家出手的时候了!"

他的父亲沉默了片刻,轻轻摇了摇头,目光又向西侧看去。小西天上望西天,唯有起伏如黛的山峦,其他的什么都看不见,但宋天刀知道父亲在看什么,他要看的是水西安氏。

望了许久许久,宋家主才缓缓地道:"等!等着看,安家怎么办!"

……

"杨应龙北上四川,对更容易得手的石阡、铜仁两地却放任不管,他是什么意思？"

卧牛岭叶家花厅里，此刻济济一堂。比起安家和宋家来，叶家民主了许多，此刻参与议事的人实在不算少。

格哚佬自以为是地道："石阡和铜仁归属贵州，他要是敢向这边派兵，贵州巡抚必然出兵，届时他就得两面作战，那小子有这个胆量吗？"

叶小天笑了笑，道："就算他不动石阡和铜仁，贵州巡抚早晚还是要出兵的，我们看的是一时一地，人家看的可是整个天下，整个天下，都是朝廷的！"

果基格龙瞪眼道："那你说，他为什么不动石阡、铜仁两府？"

叶小天悠然道："因为，之前他以为已经控制了我，所以石阡和铜仁两府他能轻而易举地吞掉，但现在不成了！而且，水西安家、水东宋家，都已向我示好，而杨应龙却刚刚安抚了他们，避免他们扯自己的后腿。这种情况下，他担心东进会捅了马蜂窝，就此陷住，所以北上就是最佳选择了。"

田妙雯道："不管出于他扩张的需要，还是与我们卧牛岭的私仇，他早晚还是要杀过来的，所以我们万万不可大意了。这段时间，我们正好募兵备战，以待时机！"

叶小天看了她一眼，道："夫人说对了一半！我们不能因为他暂时没有动我们的意思，就懈怠大意了。但募兵备战以待时机却不行！"

田妙雯黛眉微蹙，道："安家和宋家就是这么做的，暂且保存实力，静候最佳时机……"

叶小天打断了她的话，摇头道："安家和宋家地位超然，可进可退。所以他们可以等，但我们不能！如果杨应龙得了天下，不管当初和安家、宋家私底下有多少龃龉，为了天下的稳定他都得捏着鼻子忍下来，像每一个王朝的皇帝一样，只要安宋俯首称臣，就铸一颗大印送过去，继续让他们做土皇帝，而我们卧牛岭做不到！"

叶小天环顾众人，沉声道："杨应龙得势，卧牛岭必亡！所以，我们就是绑在朝廷这条大腿上的一只小蚱蜢，不管愿不愿意，都得跟着蹦跶！更何况……"

叶小天缓缓站了起来，睥睨之间，自有豪气："立足卧牛岭，我们就该知足了吗？诸位，欲与安宋比肩，这就是我们卧牛岭千载难逢的好机会！"

第五十六章

欲与天比高

一

与天齐,即为齐天大圣。水东、水西,安宋田杨四家,是西南四天王,叶小天娶田氏女为妻,灭播州杨氏,与安宋比肩……

也许,叶小天当初往靖州送信,陪伴水舞和遥遥一路向西,常以取经自娱时,就已预示了今日的结果,成就大圣!

一句与安宋比肩,暴露了叶小天的野心,听得满堂热血沸腾。

曾经,叶小天能辛苦一趟,跋涉千里,赚得五十两银子就心满意足了;曾经,能稳稳地做一任典史,衣锦还乡,他就满足了;曾经,能混个秀才功名,他就满足了;而今,他想的却是与安宋比肩。

人的欲望与野心,总是不断地随着自身的成长而成长,再往上还有没有期许?应该是有的,与安宋比肩不是尽头,如果有可能,他甚至可以凌驾于水西安氏之上,成就土司之王!

再往上呢,还有皇帝的宝座。不过对于皇帝的宝座,叶小天并没有野心。他来到贵州几年,已经深深感受到了土司制度对于家族传承来说,无疑是比做皇帝更加稳定而长远的一种选择。

做皇帝,成功的希望太渺茫,江山延续的时间太短暂,而且要夺天下,必得生灵涂炭,一旦功成,守江山又成了问题!以秦皇汉武、唐宗宋祖的雄才伟略,江山也不过数百年,一旦失去江山,后果不堪设想,因为……没有退路。

而做土司则不然,进可攻、退可守,不管如何改朝换代,不管谁坐了天下,他们始终是这儿的土皇帝。

其实,叶小天也没有那么大的野心,他欲取播州杨氏而代之,也是因为他只要跷跷脚,就有那个希望,而且播州杨应龙一旦坐了天下,绝对放不过他,他唯有奋起一战,所以,他才以与安宋比肩为目标。

水西安家在观望，水东宋家在观望，贵州大小百余位土司，以安宋两家马首是瞻，也在观望。而卧牛岭上的叶小天再度横空出世，做出了最搏眼球的一个决定。

叶小天并未即时起兵。他现在也有自己的一班从属土司，石阡杨家、展家、铜仁果基家、于家，以及再从属于这几家土司的小土司，全都需要出兵，而这些人马需要在出征前加以整合，叶小天可不想弄一堆乌合之众去丢人现眼。

这些土司，有些是心甘情愿随叶小天出征的，有的则是不得已，因为叶小天并不是邀请，而是半逼迫地下令，只有他们肯奉调出兵，他们和卧牛岭之间的关系才能更加稳定，从此与卧牛岭利益攸关，荣辱与共。

就在叶小天秣马厉兵、并不失时机地上书朝廷表忠心的时候，贵州方面已经出兵了。

都司杨国柱、指挥使李廷栋率两万大军入播州，与留守播州的杨朝栋与赶回播州的杨兆龙、何汉良等人迎战于飞练堡。这一次，杨朝栋重施先前对付川军的伎俩——佯败，居然再获成功。

是官军太蠢吗？不见得，可是官军也没有想到，同样的办法播州居然会用两次，而且，官军实际上是提了小心的，但是播州地形复杂，而播州兵马对此了如指掌，他们故意诈败，迂回逃跑的路线照理说是来不及再绕回来配合埋伏反击的，但是他们熟悉每一条小路，居然在朝廷兵马认为他们绝不可能来得及赶回来的地方，顺利实施了又一次的包围战。

官军在天邦屯中伏，都司杨国柱、指挥使李廷栋与经历潘汝资等将领全员战死。播州在北线节节胜利，南线又取得如此战功，一时间天下震动。万历闻讯，马上急调知兵马的李化龙重回四川，加兵部侍郎衔，节制川、湖、贵三省军务，赐尚方宝剑。

随后，朝廷又从蜀、贵、滇、湘、桂、陕、浙、甘、豫、鲁、宁、晋等省抽调官兵十七万人，直逼播州四境，加上当地正在作战的军队，总兵力二十四万有余。

杨应龙趁着各路兵马尚未赶到形成铁锁连江之势，亲率大军八万，一举攻克川东重镇重庆南大门綦江，继而退屯三溪，企图划界自治。

杨应龙也有谋士，他的谋士军师叫孙时泰，建议他乘官兵大军尚未集结之机，先破綦江，直捣成都，劫持蜀王为人质。四川一旦大乱，朝廷二十多万大军根本不够用的，要知道他可是流窜作乱，朝廷却有许多需要保护、维护的地方。

但杨应龙担心朝廷兵马倍于自己，而且朝廷还可以源源不断调兵平叛，已经渐渐打消了夺取中原天下的想法，他想固守西南，自立为帝，效仿当年的西夏国，也未尝不可青史留名。

孙时泰眼见如此上策，却不为杨应龙所采用，真有范增遇上楚霸王一般的感觉，心中极是郁闷。无奈之下，他又出中策，建议杨应龙不要到处分兵，既然总兵力不及朝廷，不如避强就弱，任你几路来，我只一路去，集中优势兵力专歼其一路，得手后再逐路破之。

这一招本是以弱对强时的绝好办法，成功夺得天下的帝王中，应用此法的可不只一人，奈何杨应龙已经打定了主意，要以现在地盘割据，自立为帝，所以依旧不予采纳。

杨应龙领军奔袭綦江，一气攻破县城，血屠全城，将参将房嘉宠、游击张良贤以及戍守綦江县城的三千官兵全部歼灭，随后屯兵三溪，立界石于三溪、母渡、东乡坝，扬言所占土地为杨氏"宣慰官庄"，做了割据称帝的准备。

此时，叶小天请旨出兵，协同平叛的奏章也送到了京城。凡事抢在头里的第一人未必是出力最多、功劳最大的，但是上位者记得住的一定是他，叶小天这可是土司之中第一个向朝廷示忠请战的人。

一时间，万历也顾不得这小子是不是有投机心理，对于叶小天的雪中送炭感激莫名。万历马上下旨，晋升叶小天为卧牛指挥使，节制铜仁、石阡、思州、思南、镇远、乌罗、新化、黎平八府兵马。

这八府，其实都还是土官治下，受朝廷辖制的范围有限，万历皇帝这是做了一个顺水人情，把本来就不受朝廷直接控制的八府交由叶小天控制，朝廷付出的只是一个"名分"，至于能否节制得了，就看叶小天自己的本事了。

这八府，恰是当年的田氏地盘，被朱元璋、朱棣父子俩一通算计，分割为八府，土流并治已百余年。田氏八百年江山，如今算是正式落入了叶小天的手中。

如此一来，叶小天事实上等于把这八府纳入了自己治下，全盘继承了田氏衣钵，他一兵未出，只凭一道奏章，就真的站到了与安宋比肩的高度。

不过，他不是宣慰使，也不是宣抚使，他是指挥使，对这八府也只是战时节制，也就是为了战争需要，临时设立的战区司令长官，一旦战争结束，这个职务是要撤销的。

那么，如何借着因播州杨应龙的威胁，以及卧牛岭现在的声威，他暂时节制八府的机会，使战后没有名义上的控制权，也能从事实上彻底控制这八府，就要看叶小天的手段了。

而这却并非没有手段可用的。上古年间，大禹治水，靠着治水过程中掌握全国的人力物力蓄力，就能在治水成功后逼舜帝下台，"禅让"江山，流放开去。叶小天只要擅用手段，同样可以在平叛过程中，掌握八府命脉，从此让他们乖乖俯首听命。

"阴谋算计，你不及我；堂皇阳谋，我不及你！田兄，如何整顿八府，在播州之乱后，依旧能把八府纳入我们治下，这事就拜托给你了！"

叶小天对田彬霏诚恳地说着，田彬霏点了点头，道："义不容辞！不过，你曾经答应我的……"

叶小天道:"放心,我已经给田家去了信,只要田家肯配合我,来日平叛首功,我让给田家!"

田彬霏满意地点了点头,叶小天对李大状道:"田兄行动不便,你来协助!"

叶小天又对田妙雯道:"我和云飞带兵出征,后勤辎重乃至卧牛岭上下,就要靠你打理了。"

田妙雯温柔地道:"你放心!"

叶小天又转向罗大亨,道:"大亨,你不是卧牛岭的人,不过咱们自己兄弟,我也不说见外的话了,你擅理财,你大嫂这儿,你得多帮衬一些。"

罗大亨拍着胸脯道:"大哥放心,凡事有我,绝不教大嫂劳心费力!"

田妙雯脸色微晕,含羞低头。夏莹莹雀跃地道:"那我呢?我能帮你什么?"

"你……"叶小天一脸凝重,"你就好好保重身体,给我叶家生个健康活泼的小宝宝出来,便是大功一件!"

莹莹顿时满面娇羞,轻啐一声,双颊霞飞。

这段时间,田妙雯和夏莹莹竟然相继有了身孕。本来嘛,结婚三年五载才有身孕也是寻常的事,所以田妙雯一直不曾有孕心里也不急,却不想夏莹莹最先受孕,也不知是不是受了她的气运影响,田妙雯竟也暗结珠胎,所以叶小天才叮嘱大亨,莫让田妙雯操劳过甚。

展凝儿急了,追问道:"那我干吗?"

叶小天贴着她的耳朵用很低很低的声音道:"今晚让你干我!"

展凝儿的一张俏脸登时成了大红布,叶小天很少这般轻狂,人常说权力是男人的催情药,骤然掌握了八府兵权的叶小天,也不禁说出了一句他以前绝对不会说出口的话。

田妙雯等人只看到叶小天附耳低语一句,展凝儿便面色如涂朱,不禁都向她投以好奇的眼神,展凝儿更是窘态可掬了。叶小天调戏成功,笑了笑道:"好了,都分头准备去吧,明日一早,我便率军开拔!"

叶小天说到这里,深深地吸了口气,眺望着天边的晚霞,微微眯起眼睛道:"临行之前,我要去见一个人,好好聊一聊!"

第五十七章

探　心

一

"夫人在这里，可还住得惯？"叶小天迈步进了小书房，微笑着向田雌凤问道。他启行之前要见的那个人，显然就是田雌凤了。

田雌凤恹恹的没精打采，好像生了病。她被关在这里很久了，不给肉吃当然只是叶小天逗两位娇妻开心的话，他对田雌凤一日三餐照应得还是很好的。但田雌凤不是金丝雀，这种困居斗室的幽禁生活，于她而言实比肉体上的折磨要更甚千百倍。

听了叶小天的话，她幽幽地瞟了叶小天一眼，一句话都没说。之前叶小天来探望她的时候，她曾经说过话的，有时是挑逗、有时是斥骂，但不管她是什么态度，都无法改变她被幽禁的事实，久而久之，她见了叶小天已经毫无反应了。

叶小天不以为意，径直到椅旁坐下来，环顾室内，微笑道："这儿曾经是圈禁我的地方，你可不要以为，那是我与妙雯合演的戏，就能得到什么优待。为了做戏做真，我可是实打实在这儿关了一两个月。"

田雌凤冷哼一声，道："一两个月？我在这儿已经关了七八个月了，就算是一株花草，久不见阳光，难道还能有精神？"

她负气地仰卧在榻上，将手枕着脑袋，因为这个动作，衣襟绷紧，她胸前的曼妙曲线显得更加挺拔。

叶小天的视线从那跌宕起伏处微微一扫，轻咳一声道："明儿一早，我就离开卧牛岭了！"

田雌凤懒洋洋地道："又到哪儿去坑蒙拐骗？"

叶小天道："播州。"

田雌凤"腾"地一下坐了起来，胸前顿时一阵颤动，看得叶小天一阵头晕眼花，不由自主地配合着她胸前的起伏在心里配着音："怦——怦——怦——"

田雌凤瞧他眼神，顿时明白过来，不由俏脸一红。

"你去播州做什么？难不成你关押了我，还敢去天王面前撒野？"

田雌凤红着脸质问，借此掩饰自己的羞窘。

叶小天轻轻摇头："这一次，不是坑蒙拐骗！"

田雌凤目光一亮："你要和天王讲断？"

叶小天轻轻一笑："天王倚重你处甚多，但要说他肯为了你跟我谈条件，我却不那么认为。"

"那是当然！"田雌凤有些黯然，理性上她认可杨应龙的做法，可作为一个女人，她又难免失望，"所以，你扣住我，是最愚蠢的办法！除了激怒天王，你什么都得不到！"

叶小天的眼睛微微眯了起来，田雌凤芳心一跳，忽然醒觉不该这么刺激他，当初叶小天可是想杀了她的。

田雌凤赶紧转而问道："那你去做什么？"

叶小天淡淡地道："我要带兵去，你说我想做什么？"

田雌凤一呆，瞪着叶小天，神情越来越古怪。

叶小天道："看什么，莫非我脸上长出了一朵花？"

田雌凤没理他的打趣，满面疑惑地道："天王一直不曾对你用兵，你反倒想主动去挑衅天王，你疯了？"

叶小天道："杨应龙的确没有对我用兵，他已兵出娄山关，奔四川去了！"

田雌凤从床头一跃而起，忘形地扑到叶小天面前，一把抓住他的手臂，激动地道："你说什么？你再说一遍，天王起事了？天王起事了！"

叶小天道："杨应龙造反已经小半年了，这事要从头说起可不是一句两句的事，夫人何不坐下，听我慢慢说！"

田雌凤这才发觉自己太过忘形了，她深吸一口气，迅速镇定下来，慢慢退到一旁椅上缓缓坐下，但身子仍紧紧地绷着。她被羁押这久，外界的一切消息全然不知，此时骤然获悉丈夫已经举事半年，心情激荡，实在难以言表。

叶小天把杨应龙自举事以来的种种作为对田雌凤从头到尾说了一遍，说到朝廷大军云集时，田雌凤紧张万分，说到杨应龙娄山关大捷时，田雌凤眉飞色舞，她的喜怒哀乐全被杨应龙的一举一动所影响着。

可惜现场没有他人，否则他们一定会大惑不解：叶小天对田雌凤为何如此坦诚？他对田雌凤所说的，没有半句谎言，完全是这半年来杨应龙南征北战所取得的硕硕战果。

然而，叶小天一面陈述，一双眼睛也在紧紧地盯着田雌凤，没有半刻放松。田雌凤听着他详尽的叙述，神色的每一丝变化，都被叶小天完全看在眼中。

叶小天要的就是田雌凤的反应,她是杨应龙的枕边人,要说对杨应龙的了解,这世上再无第二人敢说比田雌凤更多。田雌凤不仅最熟悉杨应龙,了解杨应龙的性情脾气,对杨应龙的优缺点必然也是最了解的,通过她的神情反应,叶小天就能估计出她对杨应龙的作为哪些是认可的、哪些是不认可的。

通过田雌凤的反应,叶小天将获得价值难以估量的重要情报。当然,这前提是田雌凤肯开诚布公地对他坦白自己的态度。

田雌凤当然不会主动对叶小天坦白,但是叶小天告诉她的消息实在是太惊人了,也实在是太至关重要了,田雌凤城府再深,也无法做到这种时候还依旧保持冷静。只要她心防失守,她的神情变化就是最真实的,不用她去说,叶小天会自己去挖掘、判断。

终于,叶小天说到了近来杨应龙开始收缩防守,试图依托现有占据的地盘划地自立的事,田雌凤的黛眉渐渐皱了起来,叶小天说得越多,她的眉就皱得越紧。

叶小天看到这里,渐渐肯定了自己的判断。田雌凤是杨应龙的知己,而且现在又处在旁观者清的位置,她的分析与判断会非常客观、合理,她此刻是如此态度,说明自己之前的判断是对的。

叶小天没有告诉田雌凤,其实是她"告诉"了自己正确的判断,叶小天微笑着,胸有成竹地道:"杨应龙起事之初,锐气如虹,不可一世。可惜,他眼下却走了昏着!"

田雌凤一惊,霍然抬头看向叶小天。

叶小天成竹在胸地道:"原本穷于防守的是朝廷,现在他要划地自治,收缩防御,穷于防守的人就换成了他。防守,比的是底蕴、是耐心、是时势,而这些方面,他家当再殷实,比得过朝廷?"

叶小天微笑着站起身,居高临下地看着花容失色的田雌凤:"陪我走一趟播州如何,我要你亲眼看着你的男人,跪倒在我的脚下!"

第五十八章

北　上

一

叶小天出征了！

卧牛岭本寨的土兵，再加上从大万山中临时募召来的山民丁勇，一共有八千之众，这算是叶小天的嫡系子弟兵。展家、石阡杨家、果基家、铜仁于家四家共出兵五千人。

此外，两州八府其他土司人家也奉命纷纷派人自带钱粮辎重赶赴卧牛岭听任调遣，这些土司派出的人马数量就不等了，最多的八百人，最少的不过几十人。

八府派人少的，有的确是因为该土司领地很小，最多相当于两三个镇子，能调动的全部土兵也就一二百人，他们既不可能像叶小天一样倾巢而出，就得留人保护大本营。但有些土司就是阳奉阴违，敷衍了事了。

对于这样敷衍的土司，李判官那儿自然记了一笔账。李判官就是李大状，叶小天做了土司后就有资格自己任命麾下官员了，不过由于长官司长官本身就不是多大的土官，可供任命的土官职务其实很少。

这次叶小天因为在最关键时刻上书皇帝表忠心，万历皇帝慷慨地把他的长官印换成了直径大了两寸的指挥使关防，叶小天麾下众文武自然也水涨船高，李大状也有了官身，一步到位，荣升从七品的判官。

李判官把这些人记下来，不仅是为了秋后算账，也是为了把这些土司列为重点"照顾对象"，另造一册，呈送给掌印夫人田妙雯。田妙雯拿了这份名单，自然也会对这些土司"另眼相待。"

届时，征调钱粮、补充兵马，都会对这些土司另行一套做法。他们派的人虽然不多，却也不希望把这些人丢在战场上做炮灰，这就是他们的软肋，掌印夫人自然会敲骨吸髓，利用战争把他们逐步拖下"叶小天的泥淖"！

到时候，不管他们愿不愿意，都再也下不了叶小天这驾战车，只能也得变成他的附庸。

终于，叶小天率部众一万八千人，浩浩荡荡踏上征程。此行，他只带了一个女人：田雌凤。

他没有必要把带她同行的原因宣告三军，可中军大帐里有个漂亮女人晃来晃去也是麻烦，所以田雌凤换了军士的衣服，行走中军帐内，俨然就是叶小天的书记官。

叶小天没有对她锁镣加身，因为中军大帐内外的士兵都是由华云飞亲手训练出来的死士，叶小天已经吩咐他们戒备田雌凤，田雌凤纵然肋插双翅，也休想飞出叶小天的中军。

叶小天也不担心田雌凤伤害他，以田雌凤如此聪明的一个女子，明知不可为的事，她不会做，所以予她一定范围内的自由，并不为害。

对于田雌凤为了自保，曾经说过的一番谎话，叶小天并没有每天追着娇妻解释，有些事解释太多反而不如不解释。而田妙雯、展凝儿等人对于他们之间的关系也始终是半信半疑。

"疑"那一半自然是因为田雌凤并没怀孕，怀上叶小天孩子的谎言不攻自破，而"信"的那一半倒未必是针对叶小天，而是针对男性这个群体。"天下乌鸦一般黑"，"哪个猫儿不吃腥"，这就是女人对男人的看法了，叶小天也是男人，自然而然地被认为田雌凤所言不是空穴来风。

不过，叶小天带上田雌凤，她们却相信不是因为贪图女色。一是叶小天知道此行的危险，断然不会在此时还耽于女色。二是田雌凤都是他的囊中之物了，有必要不依不舍，出兵打仗都要带着吗？所以她们相信了叶小天的说辞：带着田雌凤，有助于他对杨应龙做出更精准的判断。

· ※ · ※ · ※ ·

整个战局已经开始发生变化。朝廷在被打了一个措手不及后渐渐反应过来，一些无能之将、平庸之官也被撤换；而杨应龙面对二十多万明军的集结，也生起了畏惧之心，他此时占领的地盘已倍于播州，便失去了进取之心，有心守住现有地盘，自立称帝。攻守之势易位。

李化龙临危受命，再度赶回四川，节制川、湖、贵三省兵事，调东征朝鲜的名将刘綎、董一元等人回师相助，与此同时，又继续增调浙、闽、粤等省将士赴援。

此时，原本游弋于松潘防线，应对字拜的总兵万鏊也移师重庆，主持讨播兵事。叶小天率大军一万八千人，一路走一路拉练，以便整合三军，他沿石阡、思南、德江，一路北上，进入四川，赶赴重庆集结。

叶小天第一遭入川，是替公开杨应龙做人证；第二遭入川，是秘密帮杨应龙把他的情人覃夫人和私生子马千驷带回播州。这一次大张旗鼓公开入川,却是赶往重庆府,参与对杨应龙的讨伐。

叶小天不去贵州府,一方面是因为贵州高度自治的土官太多,叶梦熊虽然能干,此时能起的作用也不过就是稳定贵州诸土司不跟着生乱,他能动用的兵马远不及四川方面,稳定地方打配合是叶梦熊的第一要务。

另一方面,去贵阳叶小天就得西进,穿过石阡府。而在出石阡时,很容易被播州突袭。镇守这一线的是石阡童家,童家自保尚且有些困难,一旦遇袭想要他们支援,那是绝无可能的。

那样的话,叶小天近两万大军,就可能折戟沉沙,葬送在乌江畔,所以叶小天选择北上,从原田氏地盘的两州八府境内直接进入四川,聚拢到李化龙旗下,再协同作战。

两州八府是田氏旧地,现在叶小天既有个人威望,又有朝廷赋予的名分,更有一个田氏女为掌印夫人,是不用担心两州八府有人打他主意的,所以这是最安全的一条线路。

行行复行行,这一日叶小天终于赶到了重庆。而李总督和万总兵誓师出征大会,就在三日之后。

第五十九章

大战在即

一

此时的重庆，比之叶小天上一次来时更加热闹，城外驻满了兵马，除了当地征调的土兵，还有从各省调来赴援的官兵。各路兵马哪怕只派几个兵弁进城办差行走沟通消息，便满街都是大头兵了。

要知道上一次重庆府只是战区大后方，重兵云集处在松坎，防的是宇拜，这一次却是近在咫尺的杨应龙。杨应龙已经数度耀兵威于重庆城下，此时犹可看到坚固厚重的城墙上，有投石砸出的深坑和可穿重甲的利箭杆在那里。

叶小天领了一万八千名士兵，算是一支主力部队了，再加上他是从贵州赶过来的土兵，是土兵中唯一的一支外省力量，所以重庆军方也很重视，特意派了一个指挥同知前来接待。

蒯鹏作为叶小天的好友，更是给他开了小灶，划了一块极宽裕的地盘供其驻扎，又为他提供了辎重军需上的便利。

叶小天有了这几方面的因素，军士虽多，成分虽然复杂，却很快就安顿下来，军营中一切井井有条。叶小天安排妥当，便去城中拜见总兵万鏖。

叶小天到了万总兵府邸，派人持名刺进去，正等在门房里，忽有数骑快马联袂而来。叶小天刚扭过头去，就听那来人中一人欢呼叫道："叶大哥，早听说你要来，不想今日撞见，好巧！"

叶小天定睛一看，眼前一位气宇轩昂青年将军，银盔银甲，剑眉朗目，正是石柱土司马千乘，旁边一位少妇打扮的俏丽女子，面似银盆，杏眼桃腮，却是秦良玉。

这两人未成婚便整日腻在一起，秦老爷子虽然不比一般腐儒，却也担心青年男女干柴烈火的搞出什么事来，一旦大了肚子才成亲，未免被人取笑。所以上次自播州回来后，已经与尚在口外"服刑"的马斗斛取得了联系。

马斗斛目前尚在口外"服刑"，但儿子已然即位，土司即位某种程度上就和太子登基差不多，后宫不能无人。尽管马千乘的生身母亲刚死，可是以覃夫人的所作所为，马斗斛也实在没有必要把她视为己妻、视为儿子的母亲了。

所以，马斗斛亲自修书一封，命儿子尽快完婚，掌印有主，才能辅佐他治理好频经动荡的马家。因此，遵照父命，马千乘和秦良玉已经完婚，由于这段时间战事频仍，所以婚事从简，就连叶小天也无暇抽身前来赴喜宴，只着人送了一份厚礼。自马千乘和秦良玉小夫妻成亲，这还是他们第一次与叶小天相见。

战马到了叶小天面前停住，马千乘翻身下马，那一身银甲哗啦啦的，好在只是"面子工程"，不算十分沉重，丝毫不影响他的动作。马千乘到了叶小天面前，立即给他来了个热情的熊抱，秦良玉也走过来，微笑着，落落大大地唤道："叶大哥。"

叶小天笑道："你们夫妻新婚宴尔，怎么也来重庆了，莫非要与小兄联手去打播州？"

马千乘目露恨意，道："国仇家恨……就算朝廷不出兵，总有一天，我马千乘也要与那杨应龙做个了断的。如今既有这样机会，安能错过？"

叶小天拍了拍他的肩膀道："大丈夫快意恩仇，理应如此。只是，掌印夫人也同去，家里没人看顾，这样妥当吗？"

马千乘道："我本来就不想要小玉跟着的，是她不放心，非要跟我同行，我丈人不放心她，又派了小玉亲手训练的秦家白杆军五百人来，我能有什么办法，只好让她跟着喽。"

秦良玉白了他一眼，嗔道："看你不情不愿的样子。你打仗虽然勇猛，却从来只知向前，一向不知顾后，我不看着你点，你还不上天去？"

马千乘嘿嘿一笑，显然娇妻的体贴他是很受用的，只是大男人想法，嘴上总是不肯表现出来。

马千乘对叶小天道："不过小玉跟我来，也不算白来。我这次带了三千马家军，小玉又给我带来五百白杆兵，这五百兵不是朝廷征调的，而是秦家为解国难，自备军粮马匹出动的子弟兵。李总督很是欢喜呢，特意打造了一面银牌送与我家夫人。小玉？"

马千乘说着，回顾秦良玉，秦良玉嗔笑道："你呀，逮着个人就显摆一番。"终究拗不过丈夫，侧了身子，给叶小天看她小蛮腰间挂着一面精致银牌，那银牌巴掌大小，上镌四个大字"女中丈夫！"

叶小天叹道："如此评价，也只有你这样的女中豪杰才配得上。"

秦良玉笑道："叶大哥过誉了。依我看，你那掌印夫人还有凝儿姐姐，只是没有与我一般的机会，否则凭她们的聪明才智，建功立业，得一面皇帝御赐的金牌又有何难？"

这厢正说笑着，万总兵府的门子一溜烟儿地从里边跑出来，高声呼道："总兵大人有请叶指挥使！"

马千乘连忙道："还有我，还有我！"

看起来马千乘是此间常客了，而且与万总兵关系不错，因为那门子一见是他，就笑道："哟！原来是马土司来了，您请，您请！"

马千乘挽起叶小天的手臂，笑道："大哥，咱们走，一起去见万总兵。那万总兵我熟得很，以前他做参将的时候，常去我家蹭吃蹭喝，是家父的好友。后来升了官，摆起架子了，就不肯来了。"

秦良玉用胳膊肘拐了他一下，嗔道："又来胡说八道，人家万总兵明明是移驻松潘，路途遥远，又兼军务繁忙，无暇常常过府饮宴。"

马家和万总兵的关系看来当真亲密得很，听他胡言乱语着，那老门子也是笑嘻嘻的，丝毫不认为忤。

李化龙处理李拜造成的烂摊子，只治理到一半，八百里加急军书便到了宁夏，调他回四川主政。李化龙是文官，他知兵知将，却不可能以总督之身亲临战场，他的主要事情是居中安排，调兵遣将。而万总兵年纪已经大了，也很难亲临一线，如此一来，由谁担任先锋就成了问题。

李化龙逐一甄选各路主将，最终选定了一人——大刀刘挺！

刘挺是一名悍将，素有威名，其家丁良马，皆可决胜，然而刘挺与杨应龙素来亲近，交情颇厚，让他带兵，谁能放心得下？最佳人选是他，最叫人不放心的人选也是他，这成了朝廷和四川方面大员的一块心头病。

第六十章

一将难求

一

叶小天和马千乘夫妇一同入府,要拜会万总兵的时候,总督李化龙正在万总兵府上。

李化龙是总督,本就比万总兵位高,而且此时文尊武卑,地位更是悬殊,照理说有什么事,都应该万总兵过府议事,奈何这一遭为了刘挺,李化龙只好屈尊了。

李化龙对聚集于重庆府的各路将领的生平履历、性情为人、才干本领俱都了然于心。他知道杨应龙回缩防守虽然是走了一步臭棋,但如此一来兵力集中,据险而守,确也不易对付。

先前杨应龙主攻,连连获胜,之后明军反击,又连连中计,大锉朝廷锐气。一方面是因为杨应龙本人确实了得,另一方面也是因为巴蜀的将领久未经历过大的战事,太缺少战场经验,所以像刘挺这样的名将就变得更加不可或缺了。

战场形势瞬息万变,必须得有一个战阵经验丰富的名将临阵指挥才行,否则他李化龙坐镇重庆,鞭长莫及,再英明也是决定不了前线局势的。

可是刘挺与杨应龙交情一向不错,这不仅让朝廷对委刘挺以重任有所忌惮,也让刘挺本人颇感抵触。武人尤重义气,让刘挺去与知交好友交战,他很不情愿。所以他虽奉命赶到了重庆,却也是诸般推诿,希望能避免与杨应龙一战。

之前李化龙已经试探过他的心意,刘挺显然是想故意避战,讨价还价地向总督、向朝廷提了许多苛刻的条件。刘挺这样的老兵,根本不怕朝廷制裁,他先前就曾因纵容兵士,被朝廷罢免过一回职务了,这样一块滚刀肉,李总督拿他毫无办法。

刘挺的条件,索要军需辎重尚在其次,关键的一条:由他任讨逆总兵!

刘挺的原话是:"万鏖老矣,济得什么大事?我刘大刀上阵杀敌,还需要另委一个总兵,在我背后指手画脚吗?老子不干,除非委我专权,将讨逆的军权交给我。"

刘挺现在就是副总兵了,他军功赫赫,就算从此再无寸功,积攒资历也能升到武将最高一级的总兵,根本无需眼热万鏊的地位,他是故意给朝廷出难题,想逼朝廷把他调走。

奈何,李化龙认准了手头可用之将唯有刘挺,若是另调一员大将来,又得三五个月,二十多万大军屯扎在重庆府人吃马喂的消耗尚是小事,若因此给了杨应龙喘息之机,让他在新占领的地盘上遍设险隘,加固关卡,来日必然付出更大的牺牲。

于是,李化龙决定劝说万总兵让位。万总兵偌大的年纪,早就向明廷乞骸求归故乡了,奈何战事不断,一时没有合适的人选接替,所以还在任上。不过,他主动求归是他主动,有了刘挺的故意刁难,万总兵此时让位,说出去可不好听。

武将们谁肯服人,何况万总兵与刘挺的父亲广东总兵刘显是平辈,那是刘挺的长辈。李化龙不得已才屈尊万府,说服万鏊。

万鏊听了心里果然不太舒服,不过他也明白刘挺如此刁难,不是真的瞧不起他,而是不愿与老友杨应龙交战。万鏊便对李化龙道:"总督大人,要末将退位让贤,不难!难处在于,刘挺不想跟杨应龙交战,只怕末将退了,他依旧要找许多借口推诿。这还不是最可怕的,最可怕的是,他勉勉强强上了战场,却不能真心把杨应龙当成对手。杨应龙已然造反,胜则为王,败则丧命,根本没有退路的,届时必不肯手下留情,刘挺一旦瞻前顾后,恐怕害人害己!"

李化龙点点头,眉头深锁:"如今雄师三十万,战将百余人,奈何,中本督心意者,唯有一个刘大刀。若要朝廷再派一个可堪大用的将领来,怕不得又得耗上三五个月……"

他们正说着,万总兵的家将赶来禀报,说叶小天求见。万鏊突然喜动颜色,道:"叶小天?这小子机警多诈,智谋百出,总督大人,这桩难处说不定此人可以解决!"

作为一个风头正劲的土官,李化龙对叶小天也是有些了解的,但是只知道此人从一介草民,几年工夫成了在贵州举足轻重的一方大土司,也知道他是鹰党着力拉拢的一个人物,却不甚了解他的为人秉性。

听了万总兵的话,李化龙奇道:"万将军,那叶小天是贵州土官,你如何这般了解?"

万总兵笑道:"我有一位挚友,姓荆,在南镇抚司为官。他那儿子却在我麾下做事,如同子侄。这孩子常在我府上盘桓,曾经对我说起过这叶小天的生平之事。此人计策百出,狡诈得很,当初在金陵的时候,那可是三日之内走遍刑、礼、吏三部,弄得六部尚书也束手无策的一块滚刀肉,这样的一个人物,想必最清楚如何对付另一块滚刀肉!"

李化龙轻"啊"一声,道:"此事我也有耳闻,原来那个三天逛三部的官场奇人就是叶小天?传说此人乃狱卒出身,一日一部司,尚书束手无策,国舅退避三舍,还得拓枝宰相盛赞，当时本督听了，也是深以为奇。只是后来便没了他的消息，原来他竟由流官变成了土官，这经历当真是……"历数叶小天的稀奇事，李化龙也不知道该如何评价此人了。

万鏖笑道："可不就是此人！此人如何狡黠多智，毕竟只是传闻。但，他能从一介狱卒，不过而立之年便成了一方土司，起码这气运是无人能比的，总督大人觉得如何？"

李化龙抚着胡须点点头，深以为然，他做了一辈子官，太明白谋事在人，成事在天的道理了。如果有个大气运加身的人，那么他成事，当真是没有道理可讲的。

李化龙道："好！你且见见他，谈完了公事把他留下，本督再和他谈谈！"

万总兵答应一声，一边叫人请总督大人侧厢奉茶伺候着，另一边就叫人去传叶小天。万总兵正襟危坐，正等着叶小天，就听外面脚步声响，一个大大咧咧的声音道："伯父，伯父，小马带媳妇来看你来啦，你那坛藏了十八年的女儿红呢？该搬出来了吧！"

第六十一章

求 贤

一

万总兵眉头一皱,这个不知轻重缓急的小子怎么来了。万总兵起身,一见马千乘风风火火地进来,就露出笑容,道:"啊!千乘来了啊,这位就是侄媳了吧?哈哈哈,老夫听总督大人提到过你,女中豪杰,名不虚传、名不虚传哪!"

秦良玉落落大方地向他行了一礼,道:"良玉见过万总兵!"

万鏖虚扶一把,道:"免礼,免礼,老夫与马家素来亲近,千乘这小子,就像老夫的亲子侄一样,不必见外!"

万总兵只当旁边站的人是他们带来的随从,正琢磨怎么措辞,才好让这老友之子和侄媳妇暂且回避一下,容他先接见叶小天,叶小天已然举步上前,向他长揖道:"贵州卧牛岭叶小天,见过总兵大人!"

万鏖一呆,讶然道:"你就是叶小天?这……马贤侄,你和叶指挥……"

马千乘一搂叶小天的肩膀,道:"这是我大哥!我这媳妇,还是我大哥帮我撮合的呢!"

秦良玉心中暗羞,这个没出息的,怎么哪一句话都不落下自己娘子啊,只是当着长辈的面,还得扮足了贤妻的样子,不好白眼以待。

万总兵喜道:"原来如此,哈哈哈,你们既是熟识就好,那就坐吧,一起坐。"

双方分宾主落座,万总兵道:"千乘啊,你老子虽在口外服役,不过呢,你也清楚,他在那儿是吃不了苦的,所谓刑不上大夫,口外服役不过是做个样子,法总还是要执行的嘛。本来再过个半年一载,你以孝子身份上书朝廷代父求恳,你爹也就能回来了。这一次你奉调出兵,你这贤妻更是出动私兵五百,自备辎重钱粮,纾解国难,忠心可嘉。朝廷对此不会视若无睹的,相信令尊很快就会回来了。"

马千乘一拍大腿,笑道:"哈!伯父说的对啊!我娘子也是这么说的。"

万总兵和秦良玉同时一窘。万总兵赶紧咳嗽一声,又转向叶小天道:"叶指挥,你是贵州土官，此次却能主动出兵，赶赴四川从征平叛，本官甚是欣赏。来日平叛有功时，本官一定向朝廷为你请功，绝不埋没你的功勋。"

叶小天欠身道："杨应龙倒行逆施，背叛朝廷。身为朝廷臣工、子民，莫不切齿痛恨。况且小天深受国恩，自然义无反顾。"

万总兵心道："那边那位马夫人，出兵五百，便得了一面银牌。眼前这小子，一道奏章送上朝廷，便搏了个指挥使的职务，全因他们是土官哪。我们这些流官，可没这么好的待遇。"

万总兵心里有点酸溜溜的，不过对于叶小天的到来，尤其是带来了一万八千名适应当地环境的土兵，万总兵心中还是很欢喜的。万总兵向叶小天微笑点头："叶指挥忠心可嘉，你的兵马驻扎城外，如果有什么困难，只管向本官说来，本官自会帮你解决。"

叶小天道了声谢。万总兵本来还想说三日之后誓师出兵的事，不过转念一想，如果李化龙能够说服刘大刀，这挂帅的人还未必是自己，便把话又咽了回去，只对叶小天道："老夫有位老友很想见见你，他如今就在老夫府上，老夫替你们引介一下如何？"

叶小天微微有些惊讶，他今天来见万总兵，本来就是例行公事。下官觐见，上官慰勉一番，下官告退，仪式结束，仅此而已，他们两个并无从属关系亦无私交，有什么好谈的。

可是这样一个素昧平生的总兵，居然说有一位好友想认识自己，他那好友是谁，为何要见自己。叶小天心中纳罕，却也并未迟疑，马上起身道："自无不可，有劳大人！"

马千乘道："伯父，你别赶我大哥走啊，我与叶大哥确实私交甚笃。你那坛十八年的女儿红呢，你又没有女儿，留它干吗，快拿出来，让我和叶大哥一同品尝品尝。"

万总兵瞪了他一眼，道："闭上你的鸟嘴，聒噪什么。"

一句话说完，忽然省及今天不是这个便宜侄儿独自来的，还有侄媳妇在呢，不禁老脸一热，讪讪地道："啊！良玉啊，老夫……老夫只是……"

秦良玉莞尔一笑，道："伯父正好说出了侄媳想说的话，他呀，就是话多，而且都是废话！"

万总兵豁然大笑，只觉这个侄媳落落大方，非寻常女子可比，难怪她能有种种人所不能之举动，并得获总督亲赐的银牌。老友之子得此佳妇，万总兵也为之高兴。

万总兵暂且撇下马千乘小夫妻，带着叶小天去见李化龙，马千乘本来也想跟去瞧个热闹，亏得秦良玉轻轻咳嗽了一声，马千乘才悻悻地坐回椅上，一副抓耳挠腮的模样。

叶小天随着万总兵到了旁边小书房，万总兵直接推门进去，一位清癯老者正负着双手欣赏壁上字画，听见声音回过头来。

叶小天瞧他模样不过五旬上下，面容清瘦，头发黑中夹银，但梳理得一丝不乱，鬓角修剪得尤其整齐。他的唇角有微微的法令纹，这显然是个久居上位者，气度雍容而严肃，令人望而生畏。

叶小天上一次到四川，本来就是要见李化龙的，可惜半途而返，此时却是对而不识。叶小天看向万总兵，万总兵道："叶指挥，眼前这位，就是我四川总督李大人！"

叶小天微微一惊，注目看了李化龙一眼，连忙施礼："下官叶小天，见过总督大人！"脑海中却是急急思索："堂堂总督，藏在万总兵府上，鬼鬼祟祟地与我私相见面，他要做什么？"

第六十二章

说 客

一

李化龙当然知道叶小天满腹疑惑，即便叶小天现在是一方指挥使，是风云一时的大土司了，以他李总督的封疆大吏身份，与一位重要土官这样的私相接触仍旧是诡异的。

万总兵把叶小天引荐给了李化龙，便告罪一声，转回了前厅。李化龙在书案后坐了，抬眼一瞥，见叶小天笔直地站在那儿，眸中微微闪过一丝满意。叶小天与鹰党有着密切关系，仅此一条，就被李化龙视作半个同党了，再见他态度恭谨，李化龙对他观感更好了。

李化龙端起杯来，先呷了口茶，才把茶盏向前递了递，示意叶小天道："坐吧！"

"谢坐！"叶小天长揖一礼，撩袍襟正襟危坐，正视李化龙。李化龙微微一笑，道："叶指挥很诧异本督为何在要此与你相见吧？"

叶小天欠了欠身，作洗耳恭听状。这时一个青衣小婢姗姗上茶，李化龙道："素闻叶指挥计策百出，有黔中诸葛之称，本督近来有一难处，想请叶指挥为本督解惑。"

叶小天心道："黔中诸葛？我何时有过这样的绰号了，这便宜帽子送的，你送马少夫人一面银牌，到了我这里便只送一个绰号了，和皇帝老子一般的抠门儿啊！"

叶小天心中吐槽，面上却是恭恭敬敬，道："总督大人过奖了。却不知总督大人有何难处，下官但有能效力处，必定不遗余力！"

"好！"

李化龙放下茶杯，端正了身形，道："三日之后，本督就要誓师出征，讨伐叛贼杨应龙！可是箭在弦上，千钧一发之际，却缺少一员领兵大将啊！今各省大军云集重庆府，计有二十四万之众，战将百员，要选一个合适的统帅，却是……"

"啊？啊！不行不行不行不行……"

叶小天把脑袋摇得跟拨浪鼓似的："总督大人，不是下官跟您客套，也不是下官畏敌怯战。下官若是怕死,就不会和杨应龙杠上了,更不会亲率兵勇赶来重庆府。下官是有自知之明,下官的些许小聪明,用于战阵之上岂非儿戏?万万使不得,万万使不得啊……"

人贵自知,叶小天对自己就有很清醒的认识。他知道自己擅长什么,不擅长什么,能干什么,不能干什么,从未因为地位的提高便飘飘然忘乎所以。

他自幼在天牢里厮混,贪官污吏接触过许多,对官场门道也是了如指掌。但是行军打仗,调兵遣将,这可是很专业的事情,读了一辈子兵书的人也不敢就拍着胸脯说自己一定是个良将,叶小天岂敢认为自己能统兵驭将?

叶小天一面推脱,一面也在心中急想,倒是猛然想起个人选来:秦良玉!不过,名将也需锤炼,秦良玉虽然知兵善战,可她带过一千人以上的队伍没有?这可是几十万人啊,不要说打仗了,能把这么多的人马部署得井井有条,那就不是光看几本兵书就能掌握的,何况川黔一带地理情况特殊,这二十多万人马的成分又太复杂。

叶小天马上打消了这个念头,如果他把这份重任推在秦良玉身上,那可就害了人家姑娘了。不过……想必李总督也不会让一个女子挂帅吧,何况她也不是朝廷的武将。

李化龙被叶小天的急急撇清弄得哭笑不得,咳嗽一声,才道:"叶指挥以一介布衣,至有今日成就,必然是知兵善战的,叶指挥过谦了。不过,此番讨伐杨逆,本督心中另有人选,并非叶指挥。"

叶小天一听,登时放下心来。李化龙道:"此人想必叶指挥也是听说过的,他就是广州总兵、大将军都督刘显之子,万历三年武状元,当朝第一猛将,刘省吾。"

叶小天眨眨眼,根本不知道他说的是谁。不要说李化龙说的是刘挺的表字,就算说的是名字,他一时也未必想得起来。李化龙见他满面疑惑,便道:"刘大刀!"

叶小天恍然大悟:"哦!是他啊!久仰大名,久仰大名!刘将军威武,他若挂帅,下官信心倍增。"

李化龙干笑两声,道:"是啊,刘大刀平缅寇、平匀雄、平倭寇、平倮人,大小百余战,威名震海内,手中一口镔铁大刀,重一百二十斤,有关云长之勇,确是最佳人选。不过,他和杨应龙素来交厚……"

叶小天插嘴道:"总督大人,杨应龙反迹未显时广交朋友,不知多少朝廷大员与其有来往。杨应龙反迹一现,这些官员何尝不是马上与他划清了界限。正所谓疑人不用,用人不疑,下官以为,如果刘大刀忠心耿耿,他与杨应龙曾有来往的事,大可不必介意。"

李化龙叹道:"本督不介意,奈何刘挺介意啊。刘挺不愿与杨应龙为敌,是以百般推脱,提出诸多条件,刻意为难本督,本督……真的很为难啊!"

叶小天皱一皱眉，道："忠孝不能两全时，尚且就忠取义，何况只是朋友交情。刘将军这未免……未免……"

"是非不分！善恶不明！"

李化龙蹙着眉头，恨恨地评价一句，又露出些许无奈，道："奈何，千军易得，一将难求。若不用他，本督手上实无中意人选，若是用他，又恐他对杨应龙手下留情，那反而不如不用他了。"

叶小天听到这里，终于明白，试探地问道："莫非总督大人是想要下官说服刘将军？"

李化龙道："不错！本督已经劝过刘挺，奈何这个老兵痞，油盐不进。万总兵向本督推荐了你，却不知叶指挥能否助本官一臂之力，说服那头犟牛，让他忠心实意地为朝廷效力啊？"

叶小天摸着下巴想了想，他和刘大刀素不相识，如何了解这刘大刀的性情脾气？他只能从和李化龙短暂的交往中揣测李化龙说服刘挺的场面。这李总督虽是文人，却没有一般文人的酸腐气，可也仅就如此了。以他的出身和地位，与刘挺交谈，想来不过是忠君爱国、在大是大非之前要注意个人立场一类的官面话，这些话想说服刘挺那样的一个武将，恐怕并不容易，推心置腹，也得用对方能理解、接受的方式才行。

叶小天心想："我出面的话，应该会比李化龙更容易和刘挺沟通，能不能就此说服刘挺，我也不敢保证，但试一试又没什么损失，不答应就要得罪李总督。一旦说服刘挺，便能和他拉上关系。刘挺若是挂帅，对我的大计便有莫大帮助了……"

想到这里，叶小天霍然起身，对李化龙掷地有声地道："总督大人，下官愿为说客，劝得刘将军回心转意，全心为朝廷效力！"

第六十三章

数管齐下

一

　　叶小天、蒯鹏和马千乘,三人安静地坐在重庆府的一间茶楼里。这座茶馆的生意本来甚是兴隆,奈何杨应龙数度围城,几次大肆杀戮、烧杀掳掠的残忍行径把重庆城中的商贾百姓吓破了胆,所以杨应龙每次退兵后,都会有一批先前还犹豫不决的人在惊吓中逃走,茶馆的生意也变得日益惨淡。
　　小二也是要么请辞要么逃走了。那老掌柜的没有儿子,只有一个已经出嫁了的女儿,唯一的牵绊只有他经营半生的这座茶楼了,所以还没有走。
　　偌大一个茶楼上下三层只有他们三人,好像他们把茶楼给包下来似的。
　　冷冷清清的茶楼中,三个臭皮匠坐在三楼,从窗口看出去,街头是络绎不绝逃出城去的百姓。马千乘虽然不语,却是东张西望,无一刻安静,蒯鹏转着茶杯蹙眉沉思。
　　叶小天瞧瞧这个,再看看那个,开口问道:"两位,可想出了良策?"
　　马千乘扭过头来,不以为然地道:"总督大人也真是的,这有什么好纠结的,依我看,干脆抓了他全家老小,他若领兵出征还则罢了,如果不肯出征就杀他全家!"
　　叶小道:"逼他上阵的话,如果他不肯用心,吃了败仗呢?"
　　"杀他全家!"
　　"如此相迫,如果他干脆把心一横投了杨应龙呢?"
　　"杀他全家!"
　　叶小天苦笑道:"当我没问。"
　　蒯鹏沉吟道:"兄弟我也是个武将,对武将们的性情脾气还是颇为了解的。虽说这刘大刀乃武将世家,不是从寻常小卒一步步升起,可他久在军中,观其行为举止,军中习气还是颇为浓厚的。"
　　叶小天道:"为兄最不熟的,就是咱们大明军中的人。对这样的人,你认为该怎么办呢?"

蒯鹏摇头叹道："很难办啊，这种人，你和他讲大道理，那是根本讲不通的。"

叶小天道："大道理讲不通，总有可以讲通的道理吧？他若吃软不吃硬，那咱就晓之心情动之心理。他若吃硬不吃软，那就用千乘的法子。他若喜欢酒色财气，咱们也可以投其所好。"

蒯鹏道："此人重义气，因与杨应龙交厚，故不愿与之交手。至于说酒色财气，他爹是广州总兵，这些东西怕也是早就司空见惯了的，断然不至为此丢了义气，行不通。"

叶小天思索良久，目光微亮，道："武将世家，那也是世家啊。但凡有所传承的家族，最重视的是什么？"

这一点，马千乘倒是比蒯鹏更有发言权，所以马上开口道："家族的传承、延续啊！那可是比自己的性命还紧要的事。还有啊，不能损害了家族的利益啊，否则就是全族的罪人，永远也抬不起头来的。"

叶小天击掌道："那咱们何不从这方面着手呢？"

蒯鹏和马千乘面面相觑，同时转向叶小天。

蒯鹏道："计将安出？"

马千乘摩拳擦掌道："该怎么做？"

·※·※·※·

刘挺舞着一口大刀，呼啸生风，在后宅校场上习练，那一身偾张隆起的块垒肌肉，看着煞是吓人。

刘挺的大刀有一百二十斤重，其实这是习惯性地以汉斤来计，折合成后世的斤两应该是五十多斤。常人持一把三五斤重的大刀抡上几回也就乏力了，所以五十多斤的大刀已经相当骇人。

这口大刀主要是冲锋陷阵时作冲阵之用，一定程度上可以借马力，遇到重甲，都不必用刃破开，这刀可以当锤使，活活把那"铁皮罐头"砸扁。

然而如此沉重的一口大刀，刘挺这样自幼健身习武且天生勇力的武将，依旧可以举重若轻。

刘大刀舞刀如轮，在校场上闪转腾挪，杀得虎气腾腾，校场边木棚下，二十多个身着短打、体态健美、姿色俏美的女郎看得眉飞色舞，不时鼓掌娇呼，为他叫好。

这些女子都是刘大刀的姬妾，刘大刀好美色，有美姬二十多人，都是燕赵之地的女子。之所以多选此地女子，是因为江南女子娇怯，刘大刀选妾，不但要貌美，还要习过武才成。

所以他这些姬妾，个个都是擅走马持械的女中豪杰，哪一个单独拿出去，三五条大汉也休想近得了她们的身，她们一身武功虽不及刘挺威猛霸道，亦足以在军中称雄。

这时，府中管家吴二急急忙忙赶到校场，一见副总兵大人正练到兴头上，没敢上前打扰，他往棚下瞄了一眼，群雌中有一明眸皓齿、杏眼桃腮的姑娘，正是大人最喜欢的七夫人，马上便凑了过去。

吴二凑到七夫人身边，低声说了几句，七夫人俏脸登时变色，马上站起，往校场上喊了一声："老爷，且歇歇身子，妾身有话与你说。"

刘大刀又舞了几招，大刀往空中一扬，便空着双手向棚下走来，身后大刀自空中笔直坠落，"铿"的一声，插进坚硬的土中半尺，笔直地立在那里。

一个妾侍赶紧殷勤地迎上去，递过一方刚刚投过水的毛巾。刘大刀接在手中擦了擦脸颈和双手，又接过一杯茶一饮而尽，这才走到七夫人身边，笑问道："什么事与我说？"

七夫人沉着脸色对吴二道："吴管家，你来讲。"

吴二诚惶诚恐道："老爷，咱们府外多了许多行迹不明的人，鬼鬼祟祟得不像什么好人。"

刘大刀哑然失笑，笑骂道："你这怂货，我当是什么大事。咱这是哪儿，啊？难道你还怕有那不开眼的小蟊贼，闯到我的府上打劫不成？"

吴二道："若是江洋大盗，小的也是不怕。只是这些人……老爷，咱们府上的陈三儿去买菜的时候，隐约听到他们嘀咕说话，一口京城口音，似乎还有提到锦衣卫。"

"什么？"

刘大刀变色道："锦衣卫？他们隐藏行踪，监视我的府邸吗？"

七夫人忧心忡忡地道："老爷，会不会……是因为老爷不肯挂帅出征讨伐杨应龙，引起了朝廷猜忌？"

刘挺的脸色登时阴沉下来，除了这一点，他也实在想不出其他原因了。难道朝廷真的对我起了猜忌？我才刚刚抗倭归来，在朝鲜杀得倭人落花流水，于国有大功，朝廷不会如此绝情吧？

可转念一想，他对一个举旗造反的国贼，尚且念及旧情不肯出战，朝廷可真未必会念及他以往的功劳，刘挺心中又犹豫起来。

这时，刘挺一众姬妾都围上来，个个面露忧色。刘挺见状，朗声一笑，道："你们这是做什么？又不是你们男人要去死了？滚开！不要做出一副哭丧脸来惹得老子不高兴。"

刘挺一拍胸脯，傲然道："我爹是广州总兵，我是四川副总兵，一门忠烈，代代为国效忠，功勋卓著天下皆闻，谁敢动我？没事的……"

众姬妾还待说话，刘挺已经不耐烦地挥手道："行了行了，说了没事的，莫要聒噪，散了散了。"

众姬妾不敢多说，纷纷散去。等众姬妾一走，刘挺脸上不以为然的轻松表情顿时换作了一片阴郁。

最受宠的七夫人并未随众姬妾离开，此时走到他身边，将纤纤柔荑搭在他墙一般厚重结实的肩头，担忧地道："老爷，朝廷连锦衣卫都出动了，只怕真是对老爷起猜忌之心了。咱小胳膊拧不过大腿的。播州之患，在皇帝心中只怕比宁拜或倭人看得更重，这种时候，老爷您推三阻四不肯出兵，只怕……"

刘挺为难道："可……杨应龙一向与我交厚，朝廷这么大，兵马那么多，何必非要我去与他为敌？我……下不去手啊！"

刘挺不但好色，而且好财，曾经接受过杨应龙许多丰厚的馈赠，吃人嘴软，拿人手短，他又是挺重义气的人，大是大非和个人私情完全混淆，这立场便无法坚定了。

七夫人黛眉微蹙，道："可朝廷养兵千日，如今正是需要老爷你报效朝廷的时候，你却推诿不去，为私情而弃大义，朝廷会因为老爷往昔的功劳便宽宥了吗？须知，今日宽容了你，明日又如何指调其他将领？"

七夫人幽幽地道："一旦以叛逆同党论罪，恐怕不只老爷落难，老太爷和咱们整个刘家，都要……"

刘挺脸上的阴云越来越重。

刘府斜对面一座酒楼上，马千乘探头探脑地向外瞧着，不放心地道："我说老蒯，怎么里边没啥动静啊，别是他们根本没什么察觉吧？"

蒯鹏不屑地道："屁！难不成还叫人穿上飞鱼服，到刘家门口晃悠几圈？再说了，这飞鱼服现做也来不及啊。放心，我在锦衣卫里混了好多年了，知道怎么办事，我派的人也够机灵，准保叫他们认定了就是锦衣卫的探子。"

两人正说着，居高临下就见总兵府的仪门处刘挺一身戎装，急匆匆走出来，蒯鹏登时精神一振，道："来了！小马，接下来可看你的了。"

叶小天看向马千乘，微露歉意地道："千乘，为兄……"

马千乘神色乍现黯然，复又一笑，朝他重重一点头，道："你不必说，为了杀杨应龙，我什么都愿意做、什么都肯做！"

第六十四章

摧其心

一

刘大刀嘴上虽然浑不在意的样子,可是锦衣卫游弋于左右,他如何能真正做得到淡然处之?锦衣卫可不是轻易出动的,但凡他们出动,就是有涉及国家安全的重大事件。

于是,刘大刀决定以进为退,前往总督府探个虚实,就此屈服?光是面子上也过不去啊,但是多了解些实情,至少心里踏实些。刘挺带了二三十个亲兵家将,大门洞开,铁骑呼啸而出,直奔总督府。

刘挺一路呼啸如风,赶到总督府门前,忽见前方许多人马簇拥在那儿,猛一勒缰,站住了脚步。

四下里百姓已经不是很多了,有些还在街上的,也是匆匆而行,丝毫不敢留步,完全丧失了好奇心。就像虫蚁预感到了一场大天灾即将到来,数十万兵马的聚集让他们惊惶不安,急于逃离这场风暴漩涡。

所以,围观的多是各路兵马派来城中办事的军头儿,这些人有兵有将,松松垮垮地围拢在四周,中间也是一群兵将,中间一人额头束着白布,赤膊,持刀,慷慨激昂。

一名亲兵圈马走近,惊疑不定地对刘挺道:"大人,小的先上前探个究竟?"

刘挺一摆手,翻身下马,大步向前走去,腰刀在腰间嚓嚓地碰撞着他的刀环,铿锵有力。亲兵们见状忙也纷纷下马,两名亲兵抬着他的长柄环首大刀紧随其后。

额束白带,慷慨激昂者正是马千乘。马千乘高声喝道:"杨应龙不仁、不义、不忠、不孝,奸恶邪淫,丧心病狂,如今他利令智昏,竟悍然自立,举旗造反,这是自作死,这是天要亡他……"

刘挺听了有些不高兴了,你要说杨应龙野心勃勃,觊觎皇帝之位,那也就罢了,不仁不义不忠不孝,奸恶邪淫,丧心病狂……那杨应龙的朋友算是什么样的人?物以类聚、人以群分哪！

刘挺冷笑一声，道："这位是哪家的公子？大言不惭！"

马千乘瞪眼过来，道："本官石柱司宣抚使马千乘，你又是哪个，敢对本官如此说话？"

刘挺一听，宣抚使？官阶不比自己这个副总兵低啊，便道："本将军乃副总兵刘挺。马大人，那些一肚子弯弯绕的读书人才喜欢冠冕堂皇的把戏，要对付一个人，必要先让他黑得一塌糊涂。咱们武人，何必学那些腌臜文人。"

马千乘道："你这是什么意思？"

刘挺不屑地道："咱们都是武人，直白了说吧，杨应龙谋反，确是利欲熏心，说他不忠，确也不错。可是与不仁不义不孝有什么关系？你说他奸恶邪淫，丧心病狂，能把他说死不成？"

马千乘道："你以为我是学那文人，编排别人不是吗？我之所言，句句有据有实，杨应龙从里到外，就是一个无耻邪恶、丧心病狂之徒，还需要刻意编排吗？"

刘挺沉下脸色，道："那倒要请教了。马大人不妨说说看，他是如何的不仁不义、奸恶邪淫！"

马千乘道："杨应龙好人妇，此事刘副总兵可知晓？"

刘挺不以为然地道："男儿本'色'，不好妇人者几人？这也值得拿来指摘，真是小题大做。"

马千乘道："我说的是人妇，不是妇人！人妇已有丈夫，出门不易，如何勾搭？且寻常妇人，岂能入得了杨应龙的眼？杨应龙但有属意，便千方百计与那人妇的男人搭上关系，再伺机勾引，此中龌龊，不需我细言吧？"

刘挺为之一窒，忽然记起杨应龙曾酒后对他夸耀过在靖州偶见一美人，心动之下打听到她是靖州杨氏中人，而靖州杨氏恰是播州杨氏一个分支，遂寻上门去认亲，进而找到机会勾搭上手的事来。

而且眼前这马千乘的母亲覃夫人为了投奔杨应龙，陷夫害子的事曾经闹得沸沸扬扬，别人不知道，他作为四川一路副总兵，如何会不知道，覃夫人与杨应龙之间的风风雨雨，何尝不是源起于杨应龙结交马斗斛马土司。

马千乘道："杨应龙好美色，无可指摘，可他好人妇，难道不是道德败坏？为了勾搭人妇，先与其夫结交，既成朋友，再诱其妻，难道不是邪淫无行之辈？"

刘挺面红耳赤，脑海中倏然一闪念，忽然掠过一个奇怪的念头：我有娇妻美妾二三十人，俱都是女中丈夫，不比寻常美貌女子，杨应龙和我结交，应该不会是……不会不会，一定不会。

马千乘这番话质问出口，四下已然一片骚动，许多人交头接耳，看向马千乘的眼神都有些异样。他当众说出此事,难免叫人想到他的母亲,能当众说出这个话题来,是很需要勇气的。

马千乘又道:"杨应龙坐镇播州,世受国恩,不思报答,反生不臣之心,此非不忠耶?他与四川官吏交结,是认为川军久不经战,战力疲弱,欲谋大事,先取四川,为此结交许多四川官吏。四川官吏们对他真心以待,他却别有所图,陷友于不义,此非不义也?"

刘挺纳口不言。

马千乘又道:"杨应龙的父亲将水烟、天旺两地自水西安氏手中夺回,杨应龙为了结纳安家,又将两地割让,此非不孝耶?杨应龙狡诈多疑,好以杀立威,所辖五司七姓不堪其虐,此非不仁耶?"

刘挺的脸色愈发难看起来。

马千乘越说越来劲儿,又道:"余庆土吏毛氏,与杨家祖上也是姻亲。而杨应龙纵兵破余庆,只因毛氏不肯附逆,竟然劈毛承云之棺,磔其尸。杨应龙攻合江,逼其父索其子,于城下脔割之。杨应龙夺卫城,夺宋臣父、罗承恩等人家眷,若只是杀了也就罢了,居然还对父奸女,面夫淫妻。使之裸体坐木丛射而取乐,又生奇思,烧蛇使之撕咬,如此种种,难道不是丧心病狂,毫无人性?"

刘挺被他说得面如土色。

马千乘双臂张开,大声疾呼道:"自古未闻如此残暴不仁者,能主天下!今倭乱已平,西夏已定!有李总督持尚方剑节制川、黔、湖广军务,二十四万大军聚集于此,灭杨应龙,不过旦夕之事。可大军迟迟不动,在此空耗钱粮,所图为何?故而马某于此向总兵大人请命,迅即出兵,剿灭杨叛!"

刘挺这才明白,原来这个马千乘如此打扮,跑到总督府前来,是为了催促总兵出征的。李化龙也知兵贵神速,本就定了三日后誓师出征,只是此事尚未宣布,不仅马千乘不知道,刘挺因为对于出征讨逆态度暧昧,也不知此事。

刘挺对马千乘一番质问无言以对,悻悻然地哼了一声,挥手止住亲兵,独自向总督衙门走去,步履之间,腰畔佩刀缓磕挂环,神态踟蹰,已然不似先前勇毅了。

马千乘眯着眼睛看着刘挺背影,心道:"叶大哥,第三关,看你了!"

第六十五章

碰上粉丝了

一

刘挺这等身份,要见总督自然没有在门房候见的道理,总督府家人急忙把他客客气气地迎进门来,引着他往客厅走,一边走,那青衣下人还赔笑道:"门口吵闹的那人是石柱的土官,与杨应龙有害父辱母的大仇,因久不见总督出兵,焦灼之下赶来吵闹喧哗。总督大人念他一番孝心情有可原,是以未加驱赶,由他去吧。"

刘挺"嗯"了一声,态度消沉。锦衣卫谍影重重,马千乘句句诛心,先后两番遭遇,使得他心情大坏,脚步不觉也变得沉重起来。穿廊逾阁,进入正厅,家人止步,对刘挺道:"总兵大人请小坐片刻,小的这就去禀报总督大人!"

刘挺点点头,这总督府他也算是常客,并不拘谨,负着双手便慢悠悠地踱了进去。到了厅中,刘挺忽然发现厅中早已有人相候。刘挺目光一闪,便落在这人身上。

看年纪,未及而立,眉目英朗,一表人才。穿一身武将袍服,看那职阶标志,应该是个指挥。他正襟危坐,腰杆儿拔得笔直,双膝并拢,双手扶膝,目光前视,十分肃穆。

刘挺迈步进来,那个年轻将领不禁便微微转头,向他看了一看,陡见这人一身武将官袍,补子上绘有虎豹,不由吃了一惊,立即拔起身子,脚跟用力一碰,双腿并拢,行以军礼。

"末将叶小天,见过大人!"

现在的重庆府,光是朝廷正规军就有十多路,刘挺哪知道他是哪一路的人马,刘挺摆摆手,道:"嗯!这是总督府,不是我家,不必拘谨,坐你的吧!"

刘挺晃悠到叶小天对面上首的座位上大马金刀地一坐,叶小天看他坐定,这才退后一步,双腿依旧并拢着,直挺挺地坐了下去。刘挺很少看见这么懂规矩的兵,不禁咧嘴一笑,道:"本官刘挺,你,是谁的兵啊?"

"刘挺?"

叶小天就像屁股被火钎子烫了似的，一下子跳了起来，怪叫道："你说什么？你就是刘挺？不不不，你就是刘大刀？又说错了！"叶小天懊恼地一拍脑门儿，"您……您就是我朝第一虎将，勇武尤在武圣关羽之上的武神刘大将军？"

刘挺被叶小天一蹦三尺吓了一跳，险些失手摔了茶杯，虽然杯子无事，但热水还是溅到了手上，有些痛感，让他有些恼火，但叶小天亢奋的怪叫、兴奋欲狂的模样，却又让他发作不得。随后，叶小天不要钱地狂丢大帽子，倒是把刘挺有些吓住了。

刘挺被称为"晚明第一武将"，光看这名字也知道是后人的总结，明朝当时的人自然不可能知道大明气数将尽，把当今称为晚明。不过，因为刘挺战功赫赫，一时无两，也确实有人已经赞誉他为当朝第一武将。

但这当朝和我朝，区别可就大了。当朝，那就是万历这一朝，我朝……那是从大明开国迄今，从大明开国，那有多少赫赫武将，不管是朱洪武伐元还是永乐大帝靖难，都是名将辈出啊，把刘挺放到这些盖世名将中去，那就不够看了。

但叶小天却是一脸惊喜地称他为我朝第一名将，刘大刀虽然受之有愧，但真的开心！而叶小天的后一句就更加令得刘大刀心花怒放了。他的兵刃是一口大刀，武圣关羽用的也是大刀。关羽的刀重八十斤，他的刀重一百二十斤，所以人们一提到刘挺，就不免提到他的刀，一提到他的刀，就不免提到关羽。

如果总是有人把你和另一个人放到一起去比，哪怕这件事你一开始真的很不放在心上，到后来也难免非常介意了。

关羽经过历代王朝不断地褒奖赞誉，在民间地位越来越高，已然被封神了，但他在民间却是被称为武圣。神圣、神圣，叶小天把他刘大刀称为武神，这可比武圣排名还要靠前了，刘挺如何不喜？

一向狂傲不拘的刘挺得叶小天一赞，老脸居然微烫，连忙摆手道："哎！过誉了，过誉了。本将军戎马半生，虽然也算有些战绩功名，可哪里能与我朝前贤们相比啊！"

叶小天此刻那种疯狂的眼神儿、那种兴奋的语气、那种涨红的脸色、那种血脉偾张的模样，明显就是刘大刀的狂热崇拜者。刘大刀深受所部士兵爱戴，曾经从他的士兵身上看到过类似的模样，只不过他的兵毕竟与他朝夕相处，缺少神秘感，所以不致如此狂热。

对叶小天来说，他可见过更夸张的，前不久他回深山募兵时，那些山民听说尊者回山来看望他们了，扶老携幼，倾巢而出，有一个九十九岁的老汉，居然翻了十几座山头，连夜赶来。

那些山民见到他时，就是这样的一副模样，甚至尤有过之。比如声音不住地颤抖啊，号啕大哭啊，抱住他的大腿吻他的脚啊……叶小天还稍做了些收敛呢。

叶小天兴奋地道:"末将句句肺腑之言!万历初年,刘将军您任指挥使,讨伐九丝蛮,第一个冲上城头,生擒蛮人魁首阿大。万历十年,缅军犯我边境,刘将军您任游击将军,戍守腾冲。尤其是降岳凤、克蛮莫一战……"

叶小天手舞足蹈地把刘铤也极为自得的那场大战详细描述一番,对于刘铤生平每一桩战绩都如数家珍,刘铤一开始还只是笑眯眯地看着、听着,听到后来,自己少年从军、半生戎马的一切,恍惚便似重新浮现在了他的眼前。

曾经崇信不疑的理念、曾经坚定不移的想法、在许多年以后,或许另有一番认识、一番解读,少年轻狂时的种种作为,回味起来时,同样会别有一番滋味。

刘铤脸上的微笑渐渐变成了回忆,变成了沉思。他抚着斑白的两鬓,看着眉飞色舞的叶小天,仿佛看到了年轻时候的自己。

叶小天激动地道:"以刘大将军您的威望资历、无上战功,此番讨逆,必受总督大人倚重。末将不敢奢望能有大将军的百战之功,但求能追随大将军尾骥,建功于此役,虽不足以荣耀一生,却足可成为一生的荣耀!"

一件事不足以荣耀一生,但一件事……足以毁掉一生和一生的荣耀!

这个认知,让刘铤那坚强的心脏,好似被重锤狠狠地砸了一记,隐隐作痛。

第六十六章

誓师出征

一

总督府家人快步走到厅中，对刘挺施了一礼："总督大人有请刘总兵书房相见！"说完又向叶小天点点头，道："有劳叶指挥再候片刻！"

叶小天赶紧道："理应如此，理应如此！末将候得片刻不算什么，刘将军的事要紧，刘将军，您请！"

刘挺点了点头，迈步走向门口，到了门口忽然止步，又回头深深看了叶小天一眼，这才昂然离去。

刘挺到了书房门前，家人扬声道："老爷，刘将军到了！"又向刘挺延手道："总兵大人，请！"

刘挺举步进了书房，就见李化龙正微笑站起，看向他。

刘挺忙拱手为礼，道："下官刘挺，见过总督大人！"

"省吾不必客气，来，坐坐坐，看茶！"

李化龙客气地招呼刘挺入座，缓缓地道："省吾来见本督，可有什么事啊？"

刘挺犹豫了一下，鬼使神差地道："二十余万大军已毕集于重庆，士气高涨，锐气如虹，当此时也，正该一鼓作气，但总督大人运筹于帷幄之中，始终不见兵锋指向播州，末将有些不解，所以……冒昧求教！"

刘挺本来是想旁敲侧击地询问自家周围出现锦衣卫身影的事的，想打探揣摩一下朝廷对自己的态度，却不想事到临头，竟然说出了这样一番话。

李化龙听了他的话，面露愁容，长长叹了口气，道："本督何尝不明白兵贵神速的道理，奈何……缺一位总领啊！"

他说的这总领，字面意义是总领军事，实际上就是指总兵官。同样是总兵官，级别和职务也是不同的，比如说镇守总兵、协守总兵、分守总兵，这之间的差距就大得很。

李化龙道："万鏊年纪大了，戎马倥偬，精力不济。早前他就向朝廷乞骸骨了，如今若要他担任总领，恐怕他承担不起，本督也放心不下。屈指数遍其余诸将，本督唯一中意者，唯有将军你！"

刘挺霍然抬头，看向李化龙。李化龙犹豫道："只是，将军你刚从朝鲜回来，尚不曾歇息片刻，再把重担压在你的肩上，本督过意不去啊！"

这时候，就该刘挺表态了，可刘挺却陷入了沉默，李化龙暗暗紧张起来，生怕他一根筋，依旧断然拒绝。这可是总领三军，如果他心不甘情不愿，李化龙还真不敢强行把这个任务压给他。

刘挺回思与杨应龙交往种种，再思及眼下种种，终于长长地吁了口气，猛然起身，向李化龙重重地一抱拳，沉声道："承蒙总督大人看重，末将愿为总领，讨伐杨逆！"

李化龙大喜过望，立即站起，喜悦地道："犹记得，将军成名第一战，乃强攻九丝，擒其魁首。某愿将军，再破海龙屯，生擒杨应龙，成就不世之英名！"

刘挺想起先前的私心摇摆，愧然道："末将但求仰无愧于天，俯无愧于地，行无愧于人，止无愧于心，足矣！"

李化龙走上前来，握住他的手，用力摇了摇，笑道："做得到这四个无愧，便是大丈夫了！"

·※·※·※·

"击鼓聚将！"

李化龙一声令下，中军帐外的大鼓便轰轰隆隆地响起。各路将领早已顶盔挂甲，闻听击鼓，马上驰出本镇，赶赴中军。与此同时，各路将领麾下的兵马也纷纷赶向校场，排成阵列，等候检阅。

战马嘶鸣，战旗猎猎，整个重庆城外充作临时校场的所在，顷刻间便是一片肃然静穆，杀气充盈。轻装快马，数百雄壮剽悍的护卫簇拥着一身戎装的刘挺飞驰而至，至辕门下马。

此时，马蹄声急如骤雨，各路将领纷纷赶到，见了刘挺也无暇寒暄，众人皆一脸肃穆，直奔中军大帐。

中军大帐内，李化龙、万鏊，文官之总督、武将之总兵，并肩而立，李化龙沉声喝道："众将官听了，中军帐内点卯、升帐。"

"呜——"

号角声起，数十员战将盔甲齐整，大步而入，一时间甲叶铿锵。看起来，诸路兵马士气高涨，锐不可挡，可实际上他们有总兵、副将、参将、游击、指挥，土司，来路也是本省外省的大杂烩，一般来说，这样的军队一盘散沙，调度起来非常困难。

军中对于威望资历尤其看中，你不够资格，就算给了你帅印，也无法调动三军，就算底下人勉强从命了，拖拖拉拉阳奉阴违的，在瞬息万变的战场上，也是很要命的事情。

这也是李化龙必须要找到一位各路将领都能信服的大将才肯出兵的原因。如果仓促出兵，必然大败，与其如此，不如等上些时日，哪怕会因此空耗些钱粮、消磨些锐气。

中军大帐内诸将如枪林，却是一片静默，只有中军官低沉的嗓音在大帐中回荡。

"请尚方剑！"那口可以临机专断，先斩后奏的天子剑裹着黄绸，被人高高捧入大帐，供在帅案上，帐中气氛顿时更显肃穆。

中军官宣布："总督大人持尚方剑，主持讨逆全局，坐镇重庆。贵州巡抚坐镇贵阳、湖广巡抚移驻沅江，协同讨逆。我朝廷大军共分八路进剿，由四川副总兵刘挺总领全军，节制诸将！"

"刘挺，出列！"

"末将在！"

刘挺大步出列，抱拳肃立，李化龙道："万鏖将军年迈，有心杀敌，无力报国。故而推荐你代领总兵一职，节制三军，讨伐杨逆！愿将军此去斩将夺旗，马到功成！"

万鏖双手捧起他的总兵大印，郑重走向刘挺。

刘挺单膝跪倒，双手高举，沉甸甸的总兵大印落入掌中，刘挺立即振声道："末将领命！"

李化龙和万鏖左右一分，让出帅案，道："请刘总领部署军务！"

这时不是客套的时候，刘挺捧着帅印，大步走到帅案之后，先把帅印放好，扫视一眼帐中诸将，掣出一支令箭，高声道："总兵马礼英出列！"

"末将在！"

"本帅命你领所部官兵，出南川，攻播州！"

"末将遵命！"

马礼英上前接过令箭，又大步退回肃立，对刘大刀他当然是心悦诚服的。

刘挺又掣令箭一支，喝道："总兵吴广出列！"

"末将在！"

"本帅命你率所部官兵，出合江，伐播州！"

"末将遵命！"

"副总兵曹希彬出列！"

……

刘挺早有准备，一一吩咐，有条不紊，副总兵曹希彬出永宁，总兵童无镇出乌江，参江朱鹤龄出沙溪，总兵李应祥出兴隆卫，总兵陈璘出白泥，每路兵马均三万余人。

说到后来，刘挺一眼瞧见了站在后列的叶小天，同这么多的总兵相比，叶小天的指挥稍嫌小了点儿。其实照理来说此刻都轮不到一个指挥入帐，不过叶小天领的可是一万八千人，相当于半个总兵了，官小，实力可不弱，所以才有资格入帐。

刘挺对叶小天甚有好感，甚至说是感激。虽然他的思想转变，是经过了艞鹏的一吓、马千乘的一骂，随后才是叶小天的一赞而清醒过来，可在他意识里，是叶小天推了他一把，让他站进了如今的阵营。

刘挺眼神一暖，道："卧牛指挥叶小天出列！"

"末将在！"

"你随本总兵出綦江，担任主攻之先锋！"

"末将遵命！"

叶小天大步上前接令箭，刘挺微微一笑，道："本帅予你机会，为国讨逆，好好干！"

叶小天依旧一副超级狂热粉丝的模样，大声道："愿附大帅尾骥，为国尽忠效力！"

刘挺点点头，欣赏地看着他退回队列，把袍袖一拂，高声道："中军，公布整体部署！"

委任各路主将，得他这个主帅来，这是有象征意义的，至于具体的部署，虽然还是出自他手，而且是他和李化龙、万鏖三人联手制定，却只需中军宣布即可。

中军官立即上前，接替刘挺，公布具体的军事部署。其实各路将领依据自己的地位、能力，领军的方位，大致也能知道自己将要担任的任务，他们最在意的是如果万鏖无力出战，谁来挂帅。

现在是刘大刀挂帅，他们自问无人能比刘挺更加了得，对于一应安排，也就诚心接受，没有什么异议了。

接下来，断事官又宣布了一系列的军功赏赐的条文，并对此前各路兵马赶来集结的早晚、在重庆府驻扎时的军纪情况做了评价总结，对表现优异者进行了褒奖。

选帅、任将、部署、信赏……这一通忙碌下来，已经大半日了，接下来又是军纪军令的宣布，等到散帐离开的时候，叶小天脚后跟都站得生痛。

马千乘早在辕门外等着，探头探脑地往里边看，眼看着众将纷纷走出，最后才是脚步蹒跚的叶小天，马千乘迫不及待地迎上去，兴冲冲地道："大哥，我为你部先锋的事,可有了着落?"

叶小天摊手苦笑道:"承蒙总领大人青睐,选我做了他的先锋,先锋如何再任命一个先锋?"

马千乘听了脸立即垮下来,叶小天忙安慰道:"你也别气馁,我方才听中军公布部署,你应该是随总兵马孔英出南川,主攻邓坎一线,同样是先锋,建功立业,还怕没了机会?"

马千乘没精打采地道:"只可惜不能与大哥并肩作战。"

叶小天笑道:"这有什么,那咱们就比一比,谁先攻进海龙屯!"

马千乘一听这话又精神起来,道:"好啊!那我就和大哥打个赌,谁先攻下海龙屯,输了的人要请客摆酒!"

叶小天满口答应下来,马千乘立刻兴冲冲地告辞,去找娘子秦良玉商量如何赢这赌注的事去了。叶小天看着他的背影,心中暗道:"大哥所谋,不比你的单纯,我拿你当兄弟,才不想拿你当枪使啊!"

第六十七章

兵临城下

一

车辚辚，马萧萧，行人弓箭各在腰。

大军徐行，其势如林。

叶小天坐在马上，近两万大军浩浩荡荡，前不见尽头，后不见其尾。

田雌凤一身戎装，皓齿明眸，极尽妍丽。女儿家做男装打扮时便显嫩，此时的田雌凤瞧来恰如十七八许。

田雌凤策马而行，环顾左右，睨向叶小天道："我没想到，你竟真的倾巢出动。这是你的全部家底了吧？如果这一仗你再败了，可曾想过后果？那些此时臣伏于你的豺狼虎豹，到时就会群起而攻之，卧牛岭上，再无你立足之地了。"

叶小天没想到此时此刻她还不死心，依旧试图打消他的战意，不禁好笑，向她扮个鬼脸道："我的下场吗？不会如何惨的，实在不成，我退回山里做我的草头王便是了，你可知那山中逍遥，不比山外稍差呢？"

田雌凤见他上下打量自己，神情暧昧，不禁问道："你这么看我做什么？"

叶小天道："若是退回山中，我就只好继续做尊者。做尊者的话，身边要有神妃侍候，我看你姿容模样，倒也勉强够格！"

田雌凤气红了俏脸，道："三番五次戏我辱我，真当我是你予取予求的俘虏吗？"

叶小天一脸惊讶，道："啊呀！难道不是？"

田雌凤一窒，冷哼一声别过脸去，行了片刻，却又忍不住转回来，对叶小天道："为什么一旦退回山里，就得继续做尊者，而非土司？"

叶小天道："任何一种制度的形成，都不是凭空而来，都是因时因地形成的，最适合那里的情况。大万山中崇山峻岭，部落之间闭塞隔绝，上传下达并不容易，如果在那里实行土司制，便等于没有官治，大土司很难对各个地处偏远的部落实行有效统治，最终必然各自为政，一盘散沙。在那种地方立教，是最好的选择。"

田雌凤眸中异采一闪，又行片刻，道："想不到你竟有这般见解，实非庸碌之辈，何不臣服天王，来日天王夺得天下，你便是一人之下，万万人之上，远胜于在此间一隅称王。"

叶小天笑道："你还要劝我？人各有志，我在此间逍遥快活得很，为什么要称王称霸？很好玩吗？"

叶小天挺了挺腰杆，眺望前方，忽然振声唱道："我本是……四九城中的小家雀儿，何必要翱翔九天做鲲鹏，鲲鹏不知燕雀的好……燕雀的好……"

叶小天忽然收声，转向田雌凤，道："叶小天，素无大志！"

田雌凤抿起了嘴巴，叶小天瞄了一眼她革带板扎衬托出的娇美胸型，忽然道："我不明白，你一个女人家，为何如此热衷权势？"

田雌凤冷冷地睨了他一眼，道："女人为什么就不能热衷权势？"

叶小天摇摇头："道不同，不相为谋。不过，我还是要劝你一句，清醒些吧，杨应龙成不了大器。"

田雌凤冷笑："你凭什么做此论断？之前几战，天王都赢了。这一仗，你们看似来势汹汹，也未必便赢。"

叶小天继续摇头："就算这一仗输了，也无关结局，总有一天，杨应龙还是要输。他……没有帝王之气，坐不了天下的。"

田雌凤揶揄道："想不到你还懂得望气。"

"我不懂！"叶小天一本正经，"我会看星座，如果我没算错的话，你该是摩羯座吧，典型的权力女王！"

田雌凤哪知道他在胡诌些什么，还以为说的是观星术，田雌凤虽然崇信道法，相信玄异之术，对此却没什么研究，所以没接这话茬，继续追问："那你如何认为，天王成不了大事？"

"因为有我啊！"

叶小天嬉皮笑脸："我就是那条坏了一锅汤的臭鱼，有我搅和着，他成不了事。"

这番话半真半假的，说笑的成分居多，可是田雌凤想到叶小天的异军突起，倒真是相信他有气运加身，不觉更加惋惜："可惜了，你本可以成为天王最得力的臂助，来日共治天下，没想到你却对朝廷如此的愚忠！"

叶小天正色道："你错了！说句大逆不道的话吧，老朱家对我，谈不上如何恩重如山，我对老朱家，也谈不上如何忠诚。我无李督之忠，亦无应龙之恶，我只是一介凡人，希望我自己和我的家人、朋友活得更加逍遥自在的普通人！"

叶小天再次把头转向长龙般的大军前方，缓缓地道："本不是你的，图谋它做什么？杨应龙若真做了皇帝，难道你就快活了？恐怕那时的钩心斗角更多。"

田雌凤笑了，讥诮地道："说来说去，在你心中，女人就该只相夫教子，那才是好女人。"

叶小天怜悯地看了她一眼，连话都懒得说了。

·※·※·※·

八路大军，齐头并进。

行路途中，李化龙又传军令，刘綎阅罢传诸八路大军："关外且战且招降，多不可胜诛也。关内疾战勿受降，师不可久老，贼诈不可信也。"

李化龙这番话实是至理，之前之后，都有无数事例可证。而这番话传遍各路大军，也是在晓谕各军，朝廷平叛的坚决。

这时，玉垒山地区又发生了地震，山峰开裂，刘綎虽然彪悍英勇，却不是一根筋的直肠子，心思狡黠得很，马上利用此事大做文章，说他昔年随父平九丝，地龙曾数度翻身，此番玉垒山地震，乃是播州被平定的前兆，一时间士气更振。

八路大军进逼路线中，以綦江道最为重要，这条通道一旦被打通，大军就可以长驱直入，其他各路地势艰难，远不及綦江道的作用之大。

闻听刘綎挂帅，亲自指挥綦江道的战役，而先锋官便是他恨之入骨的叶小天，杨应龙立即调动重兵，把守綦江道各处要隘。

綦江道第一战，发生在丁山。杨应龙派驻守山的守将叫穆照，也是杨应龙的心腹之一。穆照立于雄关之上，居高临下，眼见大军云集，不禁惊叹："今番朝廷兵马，气势不比往常！"

丁山关下，叶小天的先锋大军就地扎营，伐木为具，准备攻城。田雌凤仰望雄关，对叶小天道："这一关，在我播州还算不得险要，可你要打下来，只怕也是损失惨重！真便叫你攻到海龙屯时，只怕你的家底也要消耗一空了，我倒要看你如何为朝廷做嫁衣！"

叶小天淡淡一笑，道："兵就是要打才练得出来，总也不打硬仗，如何百炼成金？三夫人，你且看我如何练兵！"

第六十八章

利　器

一

"善战者，先为不可胜，以待敌之可胜！"叶小天道，"我的士兵，善战！但那只是个人武勇的战法，成规模的大军团如何调配、如何协作、如何作战，我不在行，你们也不在行，所以，我们须得步步谨慎，先求不败，在战争中学习，继而求胜！"

叶小天帐下济济一堂，除了华云飞，俱非他最初的班底。叶小天知道自己的问题所在，所以敢于大胆起用新人。沈建煜、唐建成、罗敦、伍珍、高大宝等人，俱是他发现有军事方面的特长后予以提拔重用的。

这些年轻将领，要么从过军打过仗，要么就是熟读兵书，熟谙兵书战策，其中还有一个瘸子，叫丁跃，本是戚少保手下一名千户，随戚少保前往南方途中，因为腿伤终究落下了残疾，干脆就留下来定居在了南京。

一个瘸子，朝廷人才济济，不会用这样的人为官，但叶小天可是不拘一格，他在金陵本就布有眼线，在他有意识地想要培养自己的将领时，就重金把丁千户聘请了来，如今也是他帐下一员主将。

叶小天道："我的兵，擅长丛林战。可仅仅擅长丛林战远远不够！我们总要走出丛林的，野战、守城战、攻坚战、步战、马战、步马协同作战，都要会，都要演练，都要擅长！如今就是一个机会！"

丁跃咳嗽一声，道："大人说得对，打仗，是到了两军开战的时候才决定谁胜谁负的吗？有时候是，可绝大多数时候不是！事先做出几分深沉、缜密、稳重、精细的算计，就多几分胜算。当年戚少保打仗的时候，之所以战无不胜，就是这个原因，可不是到了战阵之上，专凭临阵之武勇！"

这时，一名亲兵快步进帐，对叶小天耳语几句，叶小天起身笑道："刘大刀对我真的很够意思，知我要攻坚，特意调来火炮八门！我去接收火炮，云飞、丁跃，你们继续商议！"

众将起身领命，叶小天快步出场，众人又坐下，丁跃道："步兵军团攻防作战与骑兵军团野战冲杀差别很大，城池攻坚与野战攻坚也各有不同。所以在人员配给、兵种构成、军械装备、辎重粮秣、战阵之法上面也各有学问。丁某之前想了几套编配方案，大家看一下！"

丁跃说着，取过一摞写满字的纸来，散发给众人，大家都低头看起来。华云飞看得尤其仔细。他知道，要想辅佐好大哥，仅凭一手好箭术起不了什么大作用，所以如饥似渴，滋滋汲取着一切知识。

丁跃欣然道："如今咱们有了火炮，攻城的把握就更大了。但是任何事物，有一利必有一弊，火炮攻坚乃是利器，但要携之上路，却很困难。丁山关只是咱们的第一关，一旦攻克，后面还有大把的仗要打，火炮沉重，若运输不力，就要拖了全军的后腿。得马上派人去准备骡马和车子，以备不时之需。"

华云飞起身道："我马上去办，还有什么注意事项，丁将军可详细说与大家知道。"

华云飞的职务比丁跃高，但他自知调兵遣将、行军打仗不及丁跃，所以对丁跃极是尊重，丁跃受他敬重，在军中大有如鱼得水之感。虽然他的腿残了，不能再亲自挺刀上阵，却依旧可以咤叱沙场，对这个老兵来说，没有比这更惬意的事了。

刘大刀送给叶小天的炮是虎蹲炮。叶小天知道刘挺贪财，以超级刀粉的名义送了他一笔极贵重的金玉珠宝，刘大刀自然投桃报李，拿出八门大炮馈赠。如今叶小天正扮着他的先锋，赠炮倒也合理合法，天公地道。

此时大明军中还没有红夷大炮。自从火药发明，它的燃烧和爆炸威力就已被人所认识，并迅速用于军中。南宋初年就有了火器雏开盘，南宋末年抗金名将虞允文在采石矶曾用"霹雳炮"大败金兵。

不过那时所谓的霹雳炮只能说是大号的霰弹炮，它是用竹筒装填火药和钢砂、瓷片而成，一炮轰出去形成扇面，杀伤面积大，但射程短，只能伤人，很难用以攻坚。

成吉思汗西征时，管形火器流入阿拉伯世界，因此进入西方。于是东方人发明，西方人完善，火炮此时在西方的发展更胜于东方了。

正德年间，明廷得到了佛郎机炮，那时的中国官员虽然蔑视西方的奇淫技巧，但是对接受战场武器倒是一点都不费力，绝对奉行"拿来主义"。他们照此研发，很快就造出了自己的大将军炮。

此时西方火炮的发展已经进入了一个新阶段，出现了后来被明人称为红夷大炮的重型火炮。这种火炮，长两丈，可洞裂石城，震数十里，只不过明人还没有见识到。还要再过十几年，明军才会领略到这种大炮的威力："第见青烟一缕，此几应手糜烂，无声迹可寻，徐徐扬帆去，不折一镞，而官军死者已无算。"

直到万历四十八年，东印度公司的"独角兽号"在广东沉没，明廷派人打捞，这才弄到二十二门红夷大炮，每门重三千斤，从此明廷的火炮又有了飞跃发展。

此时众人还没有见识过红夷大炮，刘挺送给叶小天的八门虎蹲炮就已是朝廷最先进的武器之一了。这虎蹲炮是戚少保改良的一种火炮，威力也是甚大，与后世的迫击炮比较相似，尤其适合山地作战。

所以，哪怕此时明军已经有了红夷大炮，考虑到贵州地区的地理形势，也未见得就比虎蹲炮更适合用于此地作战。叶小天去接收火炮，特意带了田雌凤，抚摸着那黑黝黝的炮管，叶小天喜不自胜。

叶小天军中没有会用火炮的士兵，刘挺也考虑到了这一点，特意拨了十八名炮手，留在叶小天军中，直到他队伍中培养出合格的炮手为止。叶小天叫刘大刀派来的炮手试射了一炮，声如惊雷，远处崖上腾起一团浓烟，大片山石哗然砸下，声势骇人。

叶小天拍了拍那发热的炮管，睨向田雌凤，得意地道："我有此物，杨应龙依然守得住吗？"

田雌凤也心惊于火炮的威力，却仍是不屑地仰起脸来，阳光晒照在她美丽不可方物的脸蛋上，灿烂明媚："天王守不住丁山关，可你……攻不克娄山关！"

"是吗？"叶小天看着田雌凤，眼中闪着奇异的光。他把田雌凤带在身边，可不是为了养眼，这句话，他记在了心里！

第六十九章

战丁山

一

丁山，群山横亘，诸峰跌宕，如剑似戟，直刺青天，起伏的山峦犬牙交错。如此险恶的地势，在播州却只是算不上险要的一处关隘。战鼓隆隆，号角呜呜，一场大战开始了。

想要以巧取胜在这种地方是不可能的，除非内有策应，里应外合，否则唯有凭真正的实力才能把这块硬骨头啃下来。而要练成一支铁军，这又是必需的过程。不经历浴血锤炼，怎么可能成就一支钢铁意志的百战雄师。

叶小天也知担任先锋损失必重，但他更清楚，这是他崛起必须要走的一步。哪怕这一万八千人最后打成了一千八百人，这一千八百名幸存下来的老兵也会为他的军队树立自己的战术风格、战斗意志，成就他的军魂。

哪怕这剩余的一千八百人日后每人只练出十个兵，也能给他带出一支一万八千人的战无不胜的劲旅！可若不经历血战，他的军队将始终难成气候，如何与黔地诸侯争霸？要知道，安宋杨这三大天王此前还从未向他亮出过真正的獠牙。

"轰！轰！轰！"震耳欲聋的炮声在群山之间荡起阵阵回音。虎蹲炮发威了，虽然这虎蹲炮不足以轰开以山壁为墙的关隘，可它能对关隘上的守军形成大面积的杀伤，它可以轰烂厚重的关卡大门。

随着炮声，关城上响起凄厉的号角声，守军猫着腰在城头疾走，开始奔赴各自的战位，展开反击。

关上的守军兵力其实并不算特别多，太多的话也摆布不开。关城上尚且如此狭窄，关下可想而知，道路险狭难行，洞屋鹅车、战车、抛石机都无法全力展开，倒是云梯和飞抓更加便利，攻击自然不够犀利。

在前列队推进的士兵以庞大的铁叶橹盾护体，形成一面移动的高大盾墙，击打在上面的矢石利箭几乎无法伤害到盾后的士兵分毫，尾随其后的则是铺了湿牛皮的鹅车，顶着关城上倾泻的矢石檑木逐步逼近。

叶小天坐镇中军，观望战场，看似平静，手心却已沁出汗来，这样大规模的战斗，于他而言也是头一次，在他的心理上，同样要经历一次新兵般的洗礼。

田雌凤虽然野心勃勃，可这样的大战场面于她而言又何尝不是第一次，如此一幕，惊得她也是花容失色。可不知怎的，她的心中却有一种血脉偾张的感觉，情不自禁地幻想，如果是她顶盔挂甲，指挥若定，又该是怎样一副场面。

她的血脉里，似乎天生就流动着不安分的血液，好战得很，也许她该投生为一个男人，这才更加符合她的性格。

火炮、弩箭、抛石机、鹅车、云梯轮番上阵，远程武器负责压制城头火力，攻城器械负责推进攻击，呐喊声此起彼伏，蚁附进攻的叶小天所部官兵不断有人受伤或死亡。

叶小天心如油煎，但他依旧咬牙忍着，慈不掌兵，这也是他磨砺成一方大将所必须要经历的一个考验。如果此时放弃，那就前功尽弃，他与安宋比肩的计划也将彻底破灭。

"一将功成万骨枯啊……这还只是一个小小的丁山关……"

叶小天喟然叹息，田雌凤讥诮地瞟了他一眼，道："怎么，你怕了？"

叶小天扫了她一眼，道："我是不忍，看到这么多人因为杨应龙的一己私欲而死去，我心中不忍，难道你毫无感觉？"

田雌凤向关前大战的惨烈战场上望去，目光寒冷如冰："我为什么要觉得不忍？人，分三六九等，有些人是人上人，他的一个想法、一个念头，就能驱策成千上万的人，为了实现他的愿望而前赴后继。冲在前面的人抛弃了性命，驱策他们的人何尝不是搭上了自己的一切？既已有所决定，婆婆妈妈、犹犹豫豫的，又于事何益？"

叶小天苦笑："我倒忘了，你就算没嫁杨应龙，也是白泥田氏家族里高高在上的大小姐，小民的生死，你怎会放在心上。"

田雌凤讥诮地道："我也忘了，你不过是个市井小民、天牢贱役出身。就算你如今贵为一方土司，骨子里也依旧是个升斗小民。想成为一个真正的人上人，也许你儿子可以，你是不用指望了。"

叶小天缓缓地道："我倒宁愿……我儿子和我一样，能把那些升斗小民当人看，而不是你这种天生的人上人。"

同田雌凤说了一会儿话，叶小天的心情缓和了许多，他呼出一口气，道："走吧，我们去帐中下一盘棋。"

田雌凤有些意外："你不想亲自督战了？"

"没必要！丁山，我一定能拿下来！"

叶小天语气坚决地说了一句，举步走向大帐，田雌凤犹豫了一下，还是返身跟上了。

……

"炮呢？炮怎么停了？"

华云飞快步赶到八门虎蹲炮的安置处，大声询问。丁跃一瘸一拐地走过来，道："炮膛太热了，得凉一凉，不然只怕会炸膛！"

华云飞焦急地回头看了看，少了炮火的压制，城头守军又嚣张起来，滚石擂木不要钱地砸下来。华云飞道："尽快降温，将士们需要炮火支援！"

丁跃拉了他一把，小声道："云飞，这炮是刘总兵送给咱们的，送的！"

华云飞茫然道："什么意思？"

丁跃道："这些火炮固然威力巨大，却是有使用次数的，次数一多就不堪大用了。要么射程降低，要么落弹偏差加大，要么就会炸膛。咱们军中还没有火炮呢，得省着点用啊！这才是第一仗……"

华云飞这才明白过来，大声道："用不着，在咱们大人眼中，人比炮值钱！"

"可是……"

华云飞道："用不着可是，照办就好。这炮……"

华云飞看了虎蹲炮一眼，道："只要人在，一切都在！来日想要炮，咱们大人会掏钱置办，要多少有多少，快些发炮！"

丁跃还不知道叶小天在大万山中有两座金矿一座银矿，听他偌大的口气，不免有些咋舌。不过华云飞轻易不对他说重话，这时语气坚决，丁跃倒不敢等闲视之了。

丁跃叫炮兵用了损伤大炮寿命的降温办法，片刻之后，大炮轰鸣声再起，弹药可劲儿地向关上倾泻，城头硝烟顿起，守军抱头鼠窜，四下寻找掩体躲避，城下大军士气大振，再度发出了震耳欲聋的呐喊冲锋声……

第七十章

成 长

一

残阳如血,本来绿意盎然充满生机的山峦,在夕照之下染上了一层秋的肃杀。叶小天站在山坡上,看着他的大军浩浩荡荡地前进。

丁山一战,他的军队阵亡八百多人,伤一千余人,其中重伤员已经送回后方治疗,轻伤员则不下火线。

丁山关在第三天上午被他们突破了,八门虎蹲炮至此已经毁损了一半。紧接着,叶小天一鼓作气,接连攻克铜鼓和严村两地。

这两地地势不及丁山险要,而且他的士兵经过丁山血战,迅速发生了脱胎换骨般的变化,战斗经验和军心士气较之先前有天壤之别,故而虽有减员,战斗力却比之前高出一倍不止。

当然,这种明显的战力提升,通常都只发生在第一次参加这种大战的军队中,就像一个初上战场的新兵,并不是一战之后他的战斗力提高了多少,而是之前因为张皇失措,战斗力无法完全发挥的问题。

叶小天的兵虽然不是第一次上战场,可是相比于此刻,之前的战斗虽不能说是村民械斗,却也比山贼火拼强不了多少,这才是真正的沙场,真正的死亡地狱。

铜鼓和严村两地连连攻克,此刻眼看着他的大军雄赳赳气昂昂地前行着,叶小天心中充满了自豪。讨伐杨应龙,对他而言无异于一场大练兵,这场战争结束后,他将拥有一支千锤百炼的铁军,那将是他最坚实的倚靠。

镇守丁山的播州守将穆照在破城之际弃关而逃了,他刚跑到铜鼓,才缓了口气,叶小天就追来了,迫不得已只得再逃,才逃到严村,叶小天的军旗又招摇而至,穆照马不停蹄地逃到楠木洞,这才稳住阵脚。

楠木洞、山羊洞、简台洞其实是三座山,三座山上各有一座大山洞,可以藏兵。这里的地势十分险要,可这里是进攻娄山关的必经之处,必须打下来,否则一旦被敌军在此切断后路，后果不堪设想。

穆照逃到楠木洞后，立即接管了这三洞的防务，他的残兵再加上此地的驻军，以及临时征召来的农夫百姓，不下数万人，连营扎寨，漫山遍野，气势非常骇人。

叶小天见状，知道凭他一路人马不能硬攻，便驻扎下来等候刘挺。刘挺率中军赶到，问清山上情况，立即兵分三路，同时向三洞开战，迫使他们不能彼此呼应，只能各自为战。

刘挺亲自督战，左手举着银子，右手举着大刀，高呼："卖命的有赏，不卖命的斩首！"赤裸裸的金钱利诱外加军法威慑，没有半句大道理，可当兵的还就听这一套，三军用命，奋勇杀敌，势不可挡。

刘挺不断地调兵遣将，不动声色地就把明军在混战中渐渐调到了上风口。眼见计谋得遂，刘挺突然下令纵火，大火熊熊，向播州军卷漫而去，播州军只得避入山洞防火。

却不想刘挺掩军杀至，在洞口堆了柴薪继续焚烧，大火虽然蔓延不到洞里去，可那浓烟滚滚，却是无孔不入。那山洞中其实另有通风口，奈何通风口太小，根本来不及散去烟气，远远看去，那三山之上的通风口好像三个大烟囱，播州军被堵在洞里活活熏死无数。

楠木、山羊、简台三洞一举被攻克，只是扑灭大火又很是费了一番精神，许多生长千年的珍贵木材因此付之一炬。洞中搬出许多尸体，逃至此处的穆照终于没得继续逃了，他被人从洞里拖出来，因为靠近通风口的原因，他还没死，只是脸熏得小鬼一般，同样只是晕厥过去的还有本地的守将吴尚华。

杨应龙得到丁山、楠木相继失守的消息不禁大惊失色，娄山关是播州大门，一旦洞开，大势去矣。

杨应龙不欲在娄山关倚险与敌决战，拼兵员消耗他哪有朝廷的底气。杨应龙想御敌于外，于是马上命令他的儿子杨朝栋、杨惟栋和他的族弟杨珠各领一路兵，分别由松坎、鱼渡、罗古池三路向刘挺发起进攻。

与此同时，他坐镇海龙屯，分遣兵力，迎战其他各路兵马，一时捉襟见肘，穷于应付。此时他才追悔莫及，感觉军师当初所言不假，不该收缩兵力，而是该主动出击，奈何此时醒悟却已晚了。

锦衣卫在黔地经营多年，岂是只干些偷鸡摸狗的事情？他们的暗线在此时发挥了重要作用。杨朝栋、杨惟栋和杨珠各领万余兵马，浩浩荡荡的出征，又岂能瞒得过。

锦衣卫的消息迅速传递到了刘挺的案头。叶小天因为和罗大亨的特殊关系，洪百川对他另眼相看，所以他也第一时间得到了情报。叶小天接到情报，马上就去见刘挺了。

刘挺帐中不少将领，不知正在议论什么，一见叶小天进来，刘挺向他点头一笑，示意他坐下参与议事，叶小天就在旁边板凳上坐了下来。

这些军将里头，叶小天职位最低，但论实力，仅次于总兵官刘挺，所以大家都认识他。大家也都知道他与刘总兵关系不错，这个先锋官，固然责任重大，何尝不是在送功劳与他，所以对他便又高看了几分。

刘挺接着先前的话题道："我军如今连战连胜，士气如虹。不过杨应龙先前曾几次诈败，施诱敌深入之法，继而利用他对地形的熟悉，包抄埋伏，反败为胜，不得不防！"

叶小天听到这里，还以为刘挺还不知道杨应龙分兵来攻的消息，因为接连取胜而生出了疑虑，生怕重蹈先前诸将大败的覆辙，便咳嗽一声，道："大人，末将刚刚得到消息，杨应龙兵分三路，由松坎、鱼渡、罗古池向我军包抄过来……"

刘挺笑道："本官已经知道此事！"

刘挺用手在沙盘上划拉了一下，上边五颜六色插着各色小旗，黑色的代表杨应龙，橙黄蓝绿等各种颜色代表其他七路大军，刘挺这一路兵马的旗帜颜色则是红色的。

刘挺道："你看，各路兵马进展并不顺利，尤其是贵州那边的两路兵马，受阻于乌江南岸，不得寸进！八路大军中，唯有我綦江道一路，长驱直入，再往前去就到石虎关了，只要破了石虎关，就是杨应龙的门户之地：娄山关！而此时……"

刘挺站起来，从一边的旗盒中抽出三面黑旗，分别插在松坎、鱼渡、罗古池，道："杨朝栋出松坎、杨惟栋出鱼渡、杨珠出罗古池，放眼全局去看，像不像又是一次诱敌深入，包抄埋伏？"

叶小天等诸将向沙盘上望去，即便是叶小天这样的半吊子将领，按照刘挺的提示，都看出了来犯之敌的暗藏杀机，不由得倒抽一口冷气。

第七十一章

赏罚令

一

本来，叶小天得到杨应龙兵分三路的消息之后，马上与华云飞、丁跃等人商量了一番，认为应该加速行军，抢先攻占石虎关，届时进可攻、退可守，就算杨应龙的三路大军来了，他们已经拿下险关，也足以坚守。

须知明军不只这一路，播州兵马虽占地利人和，却也未必能围困险关太久，可是如今听了刘挺的分析，叶小天却不得不想，如果这本来就是杨应龙希望他们做的呢？

石虎关能否如愿在杨朝栋等三路大军包抄过来之前就攻克？依照现在的计算，杨朝栋军与他们发生接触还需三天时间，可要是播州军另有不为人知的秘密通道，能够提前抵达呢？

之前明军几次被诱至深入继而全歼，是明军将领太蠢吗？即便第一次是忘乎所以，太过自大，那第二次总不会犯同样的错误吧？为何被杨应龙看似简单的一套办法再度全歼？

战阵之上，容不得丝毫假如，这种可致全军于死境的状况，哪怕只有一线可能，都应该全力避免。叶小天怵然心惊，虚心向刘挺求教道："那依总兵大人所见，我们该如何应对呢？"

刘挺摸着下巴，狡黠地一笑，道："杨应龙分兵，难道老子就不会分兵吗？"

刘挺拔下代表他此刻位置的红旗，从旗盒中又抽出三面红旗，在罗古插了一面，在其军营所在地插下一面，另外一面小旗拿在手中，思量半晌，在罗古和军营所在地之间的一处山坳中插下。

众将领纷纷围过来观看，刘挺抚着胡须，得意扬扬地瞟了他们一眼，道："看明白了吗？"

叶小天没看明白，没明白就问，他虚心得很："总兵大人，你这是……"

对自己的粉丝，刘大将军也很有耐心，指点道："你看，罗古地势险要，我们费了好大的力气才打下来。如果我们派一路兵马坚守于此，只需五千人，杨珠在三天之内就休想打下来。"

叶小天道："不错！大人是打算御敌于外了？"

刘挺摇头，道："罗古只需五千人坚守，但我派一万人去。松坎在这里，路途比罗古远，且要经过罗古，我派兵一万，五千守罗古，御杨珠于外，另外五千兵马埋伏在从松坎前往罗古的必经之路上，他可以打老子的埋伏，难道老子就不能打他的埋伏？"

叶小天看了一眼重新插回驻军营地的红旗，又看了不远处山坳藏兵的地图，恍然大悟道："总兵大人分兵于罗古，一面抵挡杨珠，一面牵制杨朝栋，把杨惟栋从鱼渡放进来，打他的反包围？"

刘挺赞许道："不错！军营中留下一路兵马继续攻打石虎关以迷惑敌军，以本将为饵，诱杨惟栋来攻，到时候……"

刘挺拔出山坳中那面红旗，用力插在通往鱼渡的路上。

一名将领蹙眉道："大刀，这是行险啊，如果罗古守不住，又或松坎过来的播州兵没有中伏……"

刘挺道："没错，的确是行险。所以，罗古的关防要加固，我们的营寨也得加固。多挖些战壕，布些拒马，以防万一！"

刘挺的眉头微微紧了起来，道："如果罗古真的失守，松坎方向也未能实施埋伏，则埋伏的人马立即照应罗古的守军返回大营，我们以大营和山坳相呼应，与敌决一死战！"

刘挺的豪迈之言发出去了，可这员虎将虽不畏死，终究不是跑来播州寻死的。这边调动安排着，那边他也对八路大军下达了促战令：约定了期限，号令各军必须在指定日期抵达娄山等既定关隘，违者军法从事！

有了这道军令，各路兵马就得加快行军步伐，而各路兵马一旦加强攻势，刘挺就算被围在石虎关前，杨应龙也抽调不出其他兵马前来支援，他一样可以死守。

刘挺的死战令迅速传达了下去，其中南川一路、乌江一路、偏桥一路感觉压力尤其大，因为他们这三路是进展最不顺利的。

南川路主将是总兵马礼英，虽然他与刘大刀俱为总兵，但此刻他是要受刘大刀节制的，想到刘大刀那一副凶相，马礼英可不敢保证他若未能如期赶至集结地点，刘挺能对他手下留情。

马礼英马上派人把马千乘和秦良玉两口子请了来。这对小夫妻一共只有三千五百兵，在马礼英的三万大军中只占十分之一，而且又是土兵，马总兵一开始并没把他们当回事。可一打起仗来，石柱马家这路兵马最给他长脸，不管是兵员素质，还是战阵战法，马家军的表现都是可圈可点。反倒是马礼英本阵的兵马不太让他满意，拖累了马家军，不然的话，马礼英这一路兵马也不至于迟迟没有漂亮表现。

马礼英请这对小夫妻入帐坐下，开门见山地道："两位，刘大刀下促战令了，命令我军务必在指定日期抵达娄山关与他汇合，可我们还被挡在金筑寨下寸步难行，若是误了集结之期，恐怕刘大刀不会给老夫留情面啊！"

马千乘与秦良玉对视了一眼，道："那总兵大人的意思是？"

马礼英有些难以启齿，一开始他太过藐视土兵，把马家军当成了后勤备兵，现如今要调人家去打头阵，实在有些说不出口。不过，他自己的兵马不争气，又能如何？

马总兵只好厚颜道："我观石柱土兵，惯于丛林作战。金筑七寨，仿佛连星，彼此呼应，易守难攻。我军已强行攻打多日，可惜不见效果。我想，若能破其一点，便可以点破面，却不知贤伉俪可有办法于七寨之中寻一突破？"

马千乘拍胸道："这有何难？只要总兵大人你……"

秦良玉在他足尖上一踩，马千乘马上住了口，扭头看向秦良玉。秦良玉端坐椅上，方才飞快地踩了丈夫一脚，身形却是一动不动。这时也未看向丈夫，只向马总兵浅浅一笑，道："我夫妻二人既然领兵来此，就是为了报效国家，若要我们去要头阵，不难。只是这些时日，妾身也注意到了，总兵大人麾下，军纪有些涣散啊……"

被一个小辈女子如此指责，马礼英不由老脸一红。可他的兵确实不太争气，又说不出反驳的话来。

秦良玉道："若是我马家军破了七星连寨，总兵大人这边却不能及时接应，使得我军陷身敌营，那时可就上天无路、入地无门了！"

马礼英咬了咬牙，道："那……马少夫人有何建议？"

秦良玉一字一句地道："我要诸将向总兵大人您立下军令状！只要我们夺其一寨，放出讯号，接应人马务必得在一时三刻之内攻上山去！埋伏不起者，斩！临阵退缩者，斩！逾时不至者，斩！"

马礼英颔首道："我答应你了！"

秦良玉道："兵者，手足也！令其畏惧，方知军法！但是有重罚，亦应有重赏！斩敌酋领者，赏银十两！冲在最前者，赏银五两！砍敌首级者，赏银二两！任何人不得抢功、不得冒功、不得贪墨其赏！"

马英礼竖食、中、无名三指向天，正色道："本总兵将亲自担任执法官，保证不折不扣地执行女将军这道赏罚令！"

秦良玉一笑起身，向他抱拳道："既如此，末将也向总兵大人立下军令状，我马家军，即便战至最后一人，也一定突破七星连寨，拿下我南川路讨逆第一功！"

第七十二章

夺金筑

一

飞梁架绝岭，栈道接危峦。以金筑寨为首的七座山寨，扼住了南川咽喉，马总兵想由此经过，必须得端了这七座山寨。

七座山寨，山险水急，上负千仞绝壁，下临激流深渊，山峰立于湍流之上，出没于云雾之中，实是易守难攻。

杨应龙敢以一隅之地造反，一方面固然是因为"先贤们"的成功案例，那些开国皇帝起家时资本比他还不如呢，另一方面也是觉得凭着重重险隘，至不济也能自保。

马千乘、秦良玉夫妇领了将令，便率领所部三千五百名士兵摸进了山。大山重重，不要说三千五百人，三万五千人往里头一扔，也就不见了踪影。

马总兵这边只管等着秦良玉与他约定的"举火为号"，一到晚上就命令士兵们枕戈待旦，衣不解甲，可是一连两晚，山上都没有丝毫消息，弄得马总兵疑神疑鬼，担心马千乘这一路兵马吹牛吹过了，一进山就被人包了饺子。

可是……马千乘这一路兵马如果真的出了意外，三千五百人总不会一个都没逃出来吧？他在山下，可是半点消息都没听到，也没见有一个溃兵逃出。

金筑寨守将名叫曹琳，本名曹琳琳，因为他出生时算命先生给他批了八字太轻，起个女娃儿名字，好养活。这跟中原百姓人家给儿子起名狗剩儿、拴柱子差不多。如今长大成人，又是一方土官，这才减去一字，叫作曹琳。

这一日，金筑寨守将曹琳接到后方家里捎来的消息，他的二小子出生了。曹琳大喜，又因官兵连日攻城，未见寸进，不免生了怠慢之心，便命人杀猪宰羊，搬出美酒，犒赏三军为贺。

寨上守军连日守寨，战得虽不激烈，却也不得安生，精神与身体俱都疲乏不堪了，如今将军犒赏三军，有酒有肉，谁不开怀畅饮？整个金筑寨里一片欢腾。

此时，马千乘和秦良玉率领他们的三千五百名军士，已然悄悄地转悠到了金筑寨后山。

马千乘和秦良玉进山之后，没有直接迎着这七座山寨去，而是绕了个弯，避进了深山坳里，然后派了近百名飞檐走壁的好手，细细考察这七座山寨地形，最终选定了金筑作为他们的突破口。

其实金筑从表面上看，绝不是七座山寨中容易攻破的。七座山寨中金筑最为有名，除了这座山寨所在的山峰最高、最大，也是因为它最易守难攻。

这座寨子，左侧是深渊峡谷、湍流飞瀑，右侧一道山脊，与其他寨子相连，如果从右侧进攻，很容易腹背受敌。山前道路是一条弯弯曲曲的小径，两侧灌木成林，枝繁叶茂，巨大石块掩映其间，难以容得大军通过，就算有什么攻坚武器费尽周折搬上山来，也难摆布得开。

至于寨子后山，缓缓向上到三分之二处，便是突兀直立而起的一壁悬石，高足有一百多丈，这个高度，根本无法爬上去。所以悬崖上头只派了一组游弋放哨的兵丁。

而就是这样险要难克的地形，恰恰被秦良玉相中了。金筑寨的后山对别人来说难以攀爬，但是对她而言却恰恰相反，因为她的兵是白杆兵。

白杆兵的兵器是她依据巴蜀一带的特殊地形而专门设计的，而巴蜀一带的山川地理与贵州地区相去不远，眼下这种地形，正好用得上。

白杆兵的枪极长，枪头下边还带刃钩，尾端又有铸铁圆环，这个可以当锤子砸人的圆环，如果和其他白杆枪的刃钩一杆杆地挂连起来，就会形成一条枪杆组成的"绳索"。

那峭壁自下望去固然平滑，其实有些仿佛斧凿的尖锐突起，如果是绳索，用不了几下也磨断了，可这又硬又韧的枪杆却磨不断。于是，秦良玉带人赶到了山下，悄悄隐藏了起来。

等到繁星满天的时候，秦良玉就派出了她的五百白杆兵，利用他们的特殊兵刃，开始悄悄攀爬起来。马千乘带来的兵现在也在习练并使用白杆长枪，不过时日尚短，不及秦家寨的兵熟练，所以秦良玉派了她亲手训练的五百子弟兵打头阵。

他们这些子弟，本就擅长攀山越岭，手中又有带刃钩的白杆枪，钩挂住崖壁上的一些小突起，攀爬起来比猴子还灵活。

后边的士兵也是蓄势以待，每一队人相距约一根枪杆的长度，次第往上攀爬。如果此时天光放亮，人们可以看到蔚为壮观的一幕，二三十列白杆兵，成批次地攀附在悬崖上，一点点向崖顶逼近。

每一个攀爬的士兵都用布条勒住了嘴巴，防的是一旦失手跌落，会情不自禁地惊叫出声，惊动悬崖顶上的守军。秦良玉手下这些兵丁，虽然都是攀岩爬壁的高手，可是夜中攀岩，黑灯瞎火，危险还是存在的。

攀爬过程中，有三名士兵不慎摔落，其中有两人是因为钩挂的岩石脱落，从悬崖上硬生生地摔了下来，另外一个则是倒霉，被其中一个摔下来的战友撞上了。

不过其中两人都是在较低的位置摔落的，虽然受了伤却未死，另外一个则摔得粉身碎骨，至死都没叫出一声。秦良玉噙着眼泪命人把死伤的族人搬开，这不是伤心难过的时候，只有夺了金筑寨，族人才不会白白牺牲。

将近三更的时候，白杆兵已经有一批人登上崖顶了，此时正是崖顶守军最为疲倦的时候，尤其是曹长官犒赏三军，大家多多少少都喝了些酒，直到白杆兵摸出短刀冲到面前，这队守军还在呼呼大睡。

他们确实大意了，但他们也实在没料到，居然有人能够爬上天险绝壁。白杆兵结果了这队守军，立即在悬顶布防，同时向悬崖下打出讯号，将白杆枪一杆杆地串连起来，下边的士兵抓着连接起来的枪杆，蹬踩着崖壁上一处处只容他们脚尖借力的凹凸之处，越来越多的士兵出现在崖顶。

五百人、一千人、一千五百人，蚂蚁一般攀爬而上的士兵密密匝匝地出现在山头上，当山顶汇集了两千余人的时候，已经过了四更天，天色隐隐泛出了白色。

"千乘，不能等咱们的人全上来了！"秦良玉看看天色，当机立断地对马千乘道，"等咱们的人全上来，天就放亮了。此时敌军毫无戒备，正是最佳时刻，得马上发讯号，杀进寨子！"

马千乘向崖壁下望望，还有一千余人正在陆续攀爬，马千乘想了一想，沉声道："你说得对！事不宜迟，立即进攻！来人！"

马千乘望着崖顶守军用来歇息避雨的小竹楼："堆上柴火，给我点了！"

第七十三章

虎口夺食

一

　　崖顶的两个箭楼同时被点燃，马千乘的部下还塞了不少柴火树枝进去。山巅上风又大，一时间风助火势，顷刻间就像在茫茫夜色中点燃了一支熊熊燃烧的火炬。
　　大火一起，马千乘和秦良玉立即率领已经登上悬崖的两千余精锐，呐喊着冲进寨子，见人就杀，见屋就烧。这里的房舍都是竹木结构，极易燃烧，寨子里登时处处火起。
　　外面的明军一如既往，趁着夜色潜到寨下，眼看已过三更，还是没有丝毫动静，只道今日如前几日一般还是要无功而返，有些士兵已经呵欠连天地打起了盹儿。
　　这时，负责瞭望的士卒突然惊喜地叫起来："发讯号了，山上发讯号了！"正赤膊窝在草棚里，同各种虫蚁奋力作战的祈千户一头从窝棚里钻出来，抬眼向山上一望，大喜道："击鼓！进攻！"
　　此时金筑寨里已是乱作一团，先是马千乘和秦良玉率人猝不及防地杀进寨子，仿佛从天而降，又烧又杀一番折腾，寨子里已人声鼎沸，混乱不堪。接着山下杀声四起，寨中土兵更是完全丧失了坚守之心。
　　其实光是马千乘和秦良玉率领两千虎贲杀进寨子，就足以造成混乱。此时天色将明未明，正是人最为困倦，反应也是最迟钝的时候，马千乘那些土兵在土司大人面前温驯得像小绵羊，可是在敌人面前，却足够凶残。他们见门就踹，见人就砍，砍完还要放上一把火，只此一举，就让整个山寨兵不知将、将不知兵，完全陷入群龙无首的状态。而此时山下厮杀呐喊声起，不过是压垮他们的最后一根稻草罢了。
　　但，七寨连环，中间道路险绝，无法设伏堵截，仅造成了金筑寨的混乱并不算成功，得在相邻两寨赴援之前把它彻底掌握在手中，那才能以点破面。如果外面的官兵不能及时进寨，这寨中足有五千播州土兵，一旦稳下阵脚，还是能把马千乘和秦良玉堵在里面的。

"快快快，攻下金筑寨！率先攻入山寨的，赏银十两！临阵后退者，斩！"

马总兵这一路进展实在不顺利而刘大刀又下了死命令，马总兵也是真急了，派至寨下潜伏的祈千户就是他的私兵家将出身，绝对的心腹，而且对祈千户，他也下了死命令。

执法队一字排开，虎视眈眈，但有临阵不前者，可以就地处决。这一威慑让官兵们鼓足了勇气，奋勇冲上前去。

此时，在高高的山梁两侧，可以各看到一条长长的火龙，正蜿蜒而来，显然是左右两寨赶来增援的。如今这个时候，谁先控制了金筑寨，谁就能取得决定性的胜利。

祈千户见状，从腰间解下酒葫芦，咚咚咚如饮马一般灌了一气，瞪着一双通红的眼睛，把双刀一提，吼道："来啊！跟老子一起冲！"

祈千户身边也有家将、部曲，这些私兵装备最好、日常训练也最多，比正规的朝廷军队战斗力要强上许多。祈千户情知今日若是错过了夺取金筑寨的好时机，马总兵必然得"挥泪斩马谡"，如何不急。

祈千户带着他的两三百名家将私兵，悍然杀入战团，仿佛一柄入肉的尖刀，朝廷士兵见状也是士气大振，寨墙和寨门几乎同时被突破，官兵潮水一般涌了进去。

金筑寨一破，连环七寨就失去了作用，未几便一一告破。马礼英大喜，乘胜追击，又取桑木关，总算是彻底打开了局面。当然，他取金筑寨以及桑木关诸地时，原本作为备军的白杆兵便成了他的先锋主力。

马礼英实在无法厚颜分人之功，只得依照前约，据实上报，马千乘、秦良玉两夫妻所率的白杆军，为南川路战功第一。

・※・※・※・

南川路大捷的时候，刘大刀针对罗古、松坎、鱼渡三路敌军的反埋伏计划也在实施着。叶小天麾下有一万八千人，被刘大刀安排在山坳里，作为他最后的机动力量。

叶小天进驻山坳后马上命人建立营寨，设下拒马、陷坑，巩固营墙，扼守险要。这些事，他都没瞒着田雌凤，田雌凤在外人眼中，俨然就是他的一个书记官，几乎形影不离的。

田雌凤见他种种准备，心下纳罕，道："你这路兵马只是伏兵，关键时刻用以杀出的，何必如此大费周章建造营垒，难道你还打算在这儿长久驻扎下去？"

叶小天道："行军打仗，我不懂。现在都是在按刘总兵的命令行事。我不知兵，所以更该谨慎，军士们藏匿于林中，等候期间本也无所事事，叫他们建造一下营垒，以防万一。万一刘总兵计划失败，我这里做了充分准备，也不至于被人一锅端了。"

田雌凤眼珠转了转，似笑非笑地道："如果我没记错的话，刘大刀是要以他的大营为饵，这样的话，一旦计划失败，你无论如何都要赶去与他一同死守大营的。可你却在这里做下防御的准备，叶大人，你和刘总兵，貌似不是一条心呢。"

"我们当然都有各自的计较，这不稀奇。不过，只要对上杨应龙这件事，我们有志一同，那就行了。田夫人，你也不必蓄意挑拨了，没用的。"

这时帐口一名小校报告一声，进来对他附耳说了几句什么，叶小天点点头道："叫他进来！"

片刻工夫，一个肩背褡裢、满面风尘的男子走进大帐，叶小天拉他到一边，悄声嘀咕了半天，那人又抱拳告辞。田雌凤佯装不在意，却一直竖着耳朵倾听，隐隐约约听见几个熟悉的词："白泥、草塘、黄平……"田雌凤有些沉不住气了。

俟那人一走，田雌凤便道："你如今身在北路军中，所虑者不该是綦江、娄山关吗？为何竟还分心于白泥、草塘？"

叶小天讶然看了她一眼，道："好耳力，你居然听见了。"

田雌凤本来就是在含糊地诈他，听他一口承认，不由心中一沉，忐忑地道："你……你琢磨白泥、草塘等地做什么？"

叶小天用一种有趣的眼神看着她。田雌凤激将道："我如今受困于你的军中，便是知悉了你全部的秘密也逃脱不得，你怕什么。"

叶小天笑笑，说道："告诉你也没什么打紧。我这次拿出了老本，可皇帝却只送了我一枚指挥使的官印。这东西既不当吃又不当穿，实在无甚用处，我琢磨着，皇帝抠门儿，我就从杨天王身上打主意。偌大一个播州，就算不给我吃肉，也得让我啖口汤吧。"

田雌凤瞪圆了一双杏眼，惊愕地看着叶小天，她本以为叶小天拿出老本儿参与其中，是为了抱皇帝的大腿，可万万没想到，他的胃口这么大，九省二十四万大军气势汹汹兵临播州，他还要从皇帝口中分一杯羹？

第七十四章

假道伐虢

一

时间回到叶小天率兵出征前，田妙雯的闺房之内。叶小天揽着田妙雯娇弱柔滑的身子，两人刚刚欢愉一番，气息还有些不稳。叶小天道："思南故地，你有把握控制吗？"

田妙雯道："你有朝廷令旨，逢此战时，可控制诸府人口、税赋、徭役、粮秣、牲力。我是田氏后人，田氏昔年待治下子民不薄，田氏被迫寓居贵阳后，此间又未见平定祥和过，故而思念旧主者更多。而且，我告诉过你，诸府土官中与我田家依旧保持密切往来的，不在少数，所以，绝无问题！不过……"

田妙雯黛眉微蹙："这些地方，不是通过武力夺取，恰因如此，人事上反而会产生诸多麻烦，要调理顺了，需要大量人手，而我们卧牛岭招纳的可以治理地方的人才，只怕远远不够。"

叶小天道："所以，我只要你控制思南四府！这四府，必须只用咱们家的人！"

叶小天微微侧了身，轻抚她如丝如缎的滑嫩肌肤，手掌贴着那跌宕起伏曼妙无比的曲线，仿佛荡漾在水浪之上的一艘小船："至于思州那边，我准备让你大哥过去，他手上没有人，但田家有！田家卧薪尝胆这么多年，一定不乏人才，足以帮助他控制思州！"

田妙雯腾地一下坐了起来，惊觉忘形，田妙雯又娇呼一声，掩了蒲衾躺下，侧着身子，一双水汪汪的大眼睛掩在散乱披下的秀发之间，无比秀媚。

"你……你要把思州，交由家兄控制？"

叶小天道："这是我对令兄承诺过的！思州四府，本属田氏。如今重归旧主，总好过一盘散沙，不过……名义上，思州四府还要属于我卧牛岭节制！"

田妙雯眼中闪烁着激动的泪花，她已把自己当成了叶家人，但对娘家总还是有深厚感情的。叶小天肯这么做，让她对娘家也有了交代，如何不感激涕零。

那可不是一亩三分地呀，这么大的地盘，说送就送了，相公对她的看重，何其厚也！

其实叶小天以大万山为界，把思州四府抛出去，除了因为他重承诺，也有很现实的考虑。思州思南两州八府，原本俱属田氏，但又分别拥有一位宣慰使，即思州宣慰使和思南宣慰使。

这其中有历史的原因，却也不乏客观条件的促成。思州、思南两地中间隔着一座大万山，这崇山峻岭，成了最难逾越的障碍，如果由一位统治者统一治理，很多事情是很难及时做出处理的。

这种情况下，就必须得放权，给予负责山那边事务的人许多便宜之权，久而久之，依然形同自治。与其如此，莫如慷慨一些，把思州那边丢给田彬霁去处理，他也不必在那块本来就很难掌握的土地上耗费太多心神。

叶小天属意的是，全面掌控思南，思南也包括四府，其中毗邻西境的是思南和石阡。石阡之东是铜仁，叶小天坐镇铜仁，探手西向，通过思南可与四川可接打交道，通过石阡，则可向播州探足。

杨应龙觊觎整个天下的时候，旁人何尝没有在觊觎着他的地盘。白泥、草塘、黄平三司，就是叶小天的目的……

这三司毗邻石阡，最方便控制，一旦据有其地，向北则有乌江天险，也容易向朝廷谈条件。至于水西和水东安宋两家，此地距水宋甚远，中间还隔着一个水西，而安家是不会打他主意的。

叶小天并不想远交近攻，但远交慑近却是可以的。他与安家保持密切联系，水东宋家想要对他有所行动的话，就必须得考虑到安家的态度。而且这三地只是水东宋家的东邻，并非水东宋家志在必得之地。

水东宋家与播州杨家这么多年为什么一直龃龉不断？就是因为水东宋家不想被大江锁住，宋家努力在乌江北岸立足，哪怕只占有一席之地，乌江天堑就不再是播州用来封锁宋家的锁链，宋家就能打开一条属于自己的贸易通道。

叶小天充分考虑了安家和宋家的利益，情知他们不会为自己制造障碍。但是在与抠门儿的万历皇爷撕扯一番之前，他还有两件事需要考虑：一是杨应龙究竟会不会败；二是，即便杨应龙败了，他要控制白泥、黄平、草塘三地，中间也还隔着一个石阡童家。

石阡童家，一直是左右逢源、首鼠两端。作为一个说大不大、说小不小的势力，又处于播州杨应龙这样的强者卧榻之侧，夹缝中求生存的滋味不好受。

所以，童家一直接受田氏暗中资助与帮助，以对抗播州杨氏的吞并。当叶小天崛起后，童家又迅速同叶小天亲近、靠拢，共同对付石阡展氏、曹氏，当曹氏覆灭、展氏附庸于叶小天之后，童家又迅速占领曹氏故地，同叶小天对峙起来。

杨应龙在直接控制卧牛岭，进而东向占据石阡、铜仁两府的计划失败后，决心向北通过四川打开他夺天下的第一条路，由此放松了对童家的逼迫，童家便与杨家又暗通款曲起来。

这样一个反复无常的势力，叶小天不敢信任，不彻底控制童家的地盘，黄平、草塘和白泥地区就是一块飞地，他占有了也无法实施统治，所以，童家就成了他必须要解决的一个问题。

叶小天在娄山关前驻足不前，陪着刘大刀玩埋伏圈的时候，铜仁这边也没闲着，主母田妙雯以田家大小姐、卧牛岭掌印夫人的身份，在思南四府故地大肆巡抚，接见地方官员，安抚民心军心。

李大状追随其后，穷尽手段，从财务、物力、人力上对四府实施各种羁绊，加强对他们的控制。

而铜仁于家的女土司，四品广威将军于珺婷于大小姐，也于此时顶盔挂甲，御兵三千，杀奔乌江，号称要协助朝廷，讨伐叛逆。她的必经之地，就是葛彰葛商司童家，再外面就是田雌凤的大本营，白泥田家了。

第七十五章

夺　城

一

　　于珺婷此番也是倾巢出动了，三千精兵俱是于家精锐，如果这三千精锐尽数葬送，卧牛岭也立不住了的话，于家绝对无法再站稳铜仁第一土司的位置，必然被人取代。

　　不过，时局到了如今这个时候已经完全失控，于珺婷就算想置身事外也不可能了。如果叶小天功败垂成，杨应龙得了大势，那么覆巢之下，铜仁于氏也难保全。不管是从私情还是从公利上考虑，于珺婷都只能背水一战。

　　是以，于珺婷也果决得很，她把女儿托付给二叔，自己带了文傲和于海龙两员心腹大将，亲率三千精锐，披盔挂甲，直奔葛彰葛商司。

　　葛彰葛商司童家目前的处境非常尴尬，让叶小天摆了一道之后，童家又与杨应龙苟且起来。杨应龙当时正忙于摆平水西安家和水东宋家，巴不得这边不要生事，所以也给了他几分好脸色，两家的关系算是暂时缓和下来。

　　童云正高兴抱上了一条大粗腿，杨应龙反了。这一下童云可头痛了，要他跟着杨应龙造反，他是没有这个胆量和决心的，朝廷这条大腿可是比杨应龙还要粗得多。

　　可要他站在朝廷一边，他同样没有胆量，他的地盘与播州毗邻，如果他摆正旗帜，声言讨逆，杨应龙掉过头来先把他灭了怎么办？万历这条大腿固然够粗，可是山高皇帝远啊。

　　结果童家弄得好不尴尬，朝廷这边数十万大军讨逆，打得风风火火，他捏着鼻子蹲在葛商渡屁也不敢放一个。杨应龙这边南征北讨，自称半朝天子，他也是恍若不知，仿佛一尊泥菩萨。

　　童老大想保持中立，奈何别人却不给他这个机会。叶小天出兵去四川，响应李化龙李总督号召，加入讨逆大军去了，走的不是他这条路，而今叶珺婷要参加贵州叶梦熊叶巡抚的讨逆大军，却是要经过他的地盘的，他该如何表态？

拒绝？那就摆明了是站在杨应龙一边了。贵州叶老熊也不是吃素的，一时之间收拾不了杨应龙，要收拾他姓童的，熊掌一拍，他就要粉身碎骨了。

答应？万一杨应龙挥兵与他来战，怎么办？白泥是播州田氏的地盘，与他可是毗邻的，兵马朝发夕至。万一杨应龙来日真得了天下怎么办？能有他童家的好日子过吗？

纠结半晌，实无计出。童云只好硬生生憋出一个主意，他随便找了一个未嫁的侄女，许给了葛山中的一个土司，而且一应婚仪程序从简，即刻完婚。这边婚礼一开，童老爷子就领着族中一应重要人物全体进山赶赴婚宴去了。

他掐着时间走的，合计于珺婷到了，他不在，族中重要的主事人物也都不在，底下人无所适从，又来不及请示，那就得客客气气接待于土司，继而再送她出关。

回头这事传开，于朝廷而言，他童云分明是表了态：我是忠于朝廷的！童家虽然力薄，不能勤王效忠，但也是尽了力所能及的本分。若是杨应龙这边发难，抑或杨应龙来日得了天下，他也可以求恳解释："老朽不在家，底下人不懂事，天王您大人不计小人过……"

童云打了一手如意算盘，带着族中一众重要人物进山吃自家侄女的喜酒去了，他前脚刚走，于珺婷带领大军，也浩浩荡荡地赶到了葛彰葛商司。三千大军，虽然不是为讨童家而来，童家还是紧张得很，城门紧闭，城头戒备森严。

文傲到城下交涉，言及铜仁于家召集子弟效忠朝廷，参加讨伐大军，并亮出卧牛岭叶指挥府的文书。如今名义上，两思八府地盘都在叶小天节制之下，葛彰葛商司属于石阡府，自然也在八府之列。

文傲便理直气壮地要童家解决粮食补给等问题。童云带领一班管事长辈进了山，留在葛商渡老城主持事务的是年轻一辈中一个老成持重的人物，名叫童继尧。

童继尧在童家长辈们眼中，的确是性情沉稳，办事老练。不过长辈们都在的时候，他顶多也就是在长辈们指示下做过事情，凡事依旧要请示，并没独自承担过如此重大的事情。

这种情形，就如田彬霏诈死，田妙雯出家，从田家新选出一个家主出来，能力他有，性格脾气也没多大缺陷，可一次重大历练都没有，乍然承担重任，难免手忙脚乱。

童继尧想着童老爷子临走的嘱咐，先故意拿乔拒绝帮忙，文傲这边声言厉色一通恐吓，他又手忙脚乱地开关请广威将军入城，至于提供粮秣帮助，自然也是满口答应下来，反正于珺婷持有叶指挥的文书，战后可向朝廷报账。

于珺婷的三千大军自然不能入城，这是犯忌的事，不要说于家童家分属两个自治的土司，就算都是流官治下，过境的朝廷大军也没有随意入城的道理，但于珺婷要带多少亲兵入城,这又成了问题。

于珺婷要带五百名亲兵入城,童继尧觉得多了一些,面露为难之色,暗示于珺婷入葛商司大可不必太过戒备,葛商司同样是忠于朝廷的土官,她只需带上三五十名侍卫伴护就行。

于珺婷那是怎样的威风做派?想当初可是连浑不吝的叶小天都被她威逼着下过跪,铜仁府镇守五百年的张家大当家被她气得吐血身亡。她那副高高在上的女王范儿,气场强大无比,哪是童继尧这样一个初履重任的后生小子能够承受的。

于珺婷一句话都没说,只是驱马上前,一身唐时于家传承下来的明光铠甲,一双杏眼透过威武的护面向他淡淡地看了他一眼,童继尧就结结巴巴地同意了于大将军率五百亲军入城的条件。

于珺婷被迎进土官府,依旧带搭不理地不说几句话,只由师爷文傲对他哼哼哈哈地交代了几句场面话:于大将军公忠体国,率兵出征,要出葛商司,伐白泥,配合叶巡抚讨伐杨逆。大军远来,今夜要宿在城外休整,明日过关。于大将军要在城中休息,还要童家杀猪宰羊,出城劳军。

童继尧只求快些送走这尊瘟神,对他的要求自无不应。这边客套几句,忙不迭便为于大将军安排住处。这时童继尧才发现,难怪于大将军要带五百侍卫进城,而且还大包小裹的,敢情这位于大将军有洁癖,他们童家的崭新被褥、茶具餐具,人家不用,都要用自己的。一队队男兵女兵出出入入,铺床叠被、放置器皿,忙得不亦乐乎。

童继尧看得眼晕,只觉就睡一晚,用得着这般折腾吗?女人家的事,实在是叫人想不明白。

这时候,被他派去劳军的人马已经抬着宰好的猪羊开了城门。城门外,那些等着接收犒赏的于家土兵一个个垂涎欲滴、两眼放光,看得童家人暗暗撇嘴。

却不料,他们抬着猪羊刚刚上了吊桥,城外那些于家土兵却突然发一声喊,就像一群疯牛似的向他们冲过来。童家劳军队伍目瞪口呆,至于馋成这样吗?这些土兵有多少年不知肉味了?

他们还没想明白,就发现这些于家土兵对他们理也不理,径直从他们身边冲过去,直奔城门!

第七十六章

易　帜

一

童继尧作为主人，客人这边还没安置妥当，自然不好失礼地离开。他耐着性子看于大将军摆排场。一个客舍被于珺婷的家仆侍女们搞得面目全非的时候，一个童家子弟上气不接下气地跑进来："三哥，大事不好……"

这"大事不好"仿佛就是一个讯号，两个俏生生的小侍女正捧着绫罗绸缎从童继尧身旁经过呢，一听这句话，突然就把手中的绸缎向那人一抛，矮身便向童继尧缠去。

"咔嚓！"

童继尧猝不及防，双腿登时被贴地靠近的两个侍女用她们的两双浑圆有力的大腿绞断，童继尧惨叫一声跌倒在地，两个小侍女娇躯一团，靠近了他身子，童继尧只觉鼻端一阵幽香扑鼻，后脑一软，紧接着头颅就被硬生生拧到了后背上，在极近的距离看到了人家小侍女那软绵绵、娇弹弹的一双酥峰突起，幽香更浓了……

那个报信的童家子弟手忙脚乱地撕扯开身上的绫罗，就见他三哥二目圆睁，已经以一个奇怪的姿势死在了地上，他呆了一呆，就见那些于将军的家仆侍女们仿佛一群猛虎，正向完全没有防备的童府家人大杀特杀。接着，他就感到自己的头越飞越高，居高临下，整个小院中屠戮的惨况尽收眼底。

童云在山里喝着喜酒，盘算着等家里送来信，候那于大将军离开了再回去。又犹豫于珺婷无论胜败，从白泥折返回来时，自己究竟接不接待，该以什么态度、什么立场对待，正自盘算着，家里送信来了。

葛商渡——陷落！

童云又惊又怒，马上向刚刚变成他侄女婿的那位山中土司借兵五百，急急忙忙赶回葛商渡。

五百人当然不够于珺婷杀的，可童云也是没办法。一旦失去根基，他就是没牙的老虎，那时还不任人宰割。先去交涉，不成便逃，有五百人护着，逃还是不成问题的，于珺婷一共三千兵，还要守城，不敢远追。届时再往童氏下辖的土官地区思量对策便是。

童云急急赶回葛商渡，城头大旗已经换了"于"字，就连渡口码头上停泊的船只，都变了"于"字旗号。童云按下兵马，派人向于珺婷交涉，却只等来于珺婷给他的两个选择：一，被彻底消灭；二，臣服卧牛岭，可效仿石阡杨氏，保全富贵。

童云听了好不纠结，一面幻想着纠集童氏旗下各路土官组一支联军重新夺回葛商渡，生擒于珺婷那个小贱人；一面又担心失去这个唯一的苟且机会，被那个心狠手辣、喜怒无常的女妖精断送了童家的前程。

不过，童云也没纠结多久，因为当天晚上他带来的五百山中土兵就哗变了。

五百土兵斗志昂扬，簇拥着两个人到了他的面前，其中一个矮墩墩、黑胖黑胖的，正是他那如花似玉的表侄女刚刚嫁了的那位山中土司。

另外一人穿一袭黑袍，半秃着脑袋，长一只硕大的鹰钩鼻子，眼睛眯眯着，好像有点雀蒙眼，连路都看不清的样子，得让人搀着。

到了天亮童云才知道，敢情他就是眼神不好，白天也看不清什么。结果就是这么一个半瞎老头儿，跑到他侄女婿的山寨，一番舌灿莲花，他那貌似忠厚的女婿就反水了。

童云这个山中女婿其实也不傻，叶小天正得势，朝廷宠信他，土司王安老爷子偏袒他，而且他还有个身份：蛊教尊者，神之仆人。

自己的地盘可就在大万山余脉中，虽然已经基本上脱离了蛊教的控制，可蛊教对部落的影响至少还有一半的余威。冬长老来此说降，先就有一半部属动摇了，再面对卧牛岭的强势，他岂有不为自己打算的道理。

童云做了人家俘虏，只好含恨答应于珺婷的要求，公开宣布，葛商司完全归顺卧牛岭，号令童氏旗下所有土官放弃抵抗，向于大将军投降。

于珺婷马上接收了童家的地盘，童云没想到她连官印都已铸好了，显然是有备而来。童云前脚下令，她后脚就派人分赴童氏辖区各地，收缴原由童氏委任的官印，颁发由卧牛司统一铸造的官印。

这可不仅仅是一个形式上的问题，它带有强烈的心理暗示，让各地土官晓得，他们的权力和地位丝毫不受影响，但前提条件是要忠于并服从卧牛岭，至于童家，那是过去式了。

童云本以为自己能落得和石阡杨家一样的待遇，被取消兵权，但依旧掌握地方政权和财权，得知这一消息又惊又怒，童云立即去向于珺婷诘难。

于珺婷已经占了葛商渡，而且鸠占鹊巢，把他的土司府当成了自己的将军府。清清雅雅一间书房，半月形的雕栏式内外隔窗，悬着鲛绡的帷幔。阳光从糊着高丽纸的窗棂透进去，映着紫红透亮的书案之上的梅瓶花觚和玉石盆景。童云见了心里便在滴血，这本是他心爱的书房啊！

脱去明光铠甲的英武女将军此刻却是另外一副模样，罗襦绣袂，外套一件素净的湖丝比甲，裙裾裁剪得体，比甲贴着腰腹曲线轻软柔顺地下垂过膝，体态纤妍，姿容清雅，仿佛精心养在温室里的一株素心兰，含苞欲放。

如今的于珺婷，气质较之当初的匣中藏剑，却是经历了男女之情、母女之爱的温养，与往昔大不相同了。童云见此美女，却如见蛇蝎，他强捺怒气，向于珺婷拱了拱手，道："于土司，前番你向老夫招降时说的明白，我童氏可比照石阡杨氏……"

他还没有说完，于珺婷伸皓腕，缓缓搁下紫毫，自案后盈盈站起，拈起一摞札本，甩到了他的面前。童云一呆，断了自己的话，讶异地道："这是……"

于珺婷没说话，只把下巴微微一挑，童云迟疑地拿起来，随手翻开一本，脸上顿时变色。还不等他反应过来，一道清冷的声音已在耳边响起："拿下！"

文傲文师爷领着两个半身皮甲的武士，笑吟吟地出现在了他的身后，把他拢双肩抹二臂，结结实实地绑了起来。童云惊恐地看着于珺婷，颤声道："你……你要干什么？"

于珺婷依旧不屑回答，只是姗姗地背转了娇躯，童云就被两个壮汉强行拖了出去。

于小妖女才不会全然按照叶小天的安排做事。

招安纳降？当初铜仁张氏先降后反的事她可不曾忘记过。未来时局还不知会发生怎样的变化，童氏更不会甘心就此拱手让出江山。童家的根基未伤，一旦趁着混乱再生是非那还得了？

最彻底的建设，是建立在最彻底的破坏之上的。如今恰好在童府搜到了童云与播州杨氏暗通款曲的书信，铁证在手，这还不杀更待何时？一时间，葛商渡血流成河。

第七十七章

层层推进

一

葛商渡易主，意味着在思南四府境内，大大小小一共近二十个土司官，已经没有一个是游离于卧牛岭之外的力量。

其他土官即便不是如展氏、石阡杨氏这样的全面依附，不是如果基格龙家和铜仁于家这样的全面合作，至少也没有任何一方敢不承认卧牛岭对他们的绝对统治。

于珺婷坐镇葛商渡，杀得一片血雨腥风。童家在当地也有三百多年历史了，家族势力何等庞大，于珺婷大杀特杀，毫不手软。一时慈悲，后患无穷，这就是于小妖的人生哲学。

而正巡走各地的田妙雯和李大状更是借此事造成的威慑，抓紧了对各地阳奉阴违、怠忽轻慢势力的控制。叶小天把自己置身于四川南路，协同讨逆，却把功夫放在题外，在葛商渡成功地下了一枚飞子儿。

此时他这边情况又如何呢？

杨朝栋出松坎，杨惟栋出鱼渡，杨珠出罗古，三路大军气势汹汹而来。杨珠到了罗古城，就被刘大刀的副将给堵住了。

杨应龙的罗古城建得着实雄骏，擅长攻城的朝廷大军当初夺下此城也费了好大一番功夫，五十门虎蹲炮齐刷刷放在城门前轰了整整一天，如今让领着一群土兵的杨珠如何夺城？

杨珠试探着攻了一遭，灰头土脸地败下阵来，留下一地尸体。马上安营扎寨做好防御，命人就地伐木，制造攻城器械。这边大木伐出深山，才拖到大营，枝枝杈杈都还没砍干净呢，那边杨朝栋已经出了松坎，奇袭刘大刀的大营去了。

出兵之前，三路大军约定了汇合时间，地点就是刘大刀的大营。至于其间联络，由于实在不便，每走一步都停下来等着和另一方通通消息根本不可能，所以其间如何行动，三路主将都有自主权。

杨朝栋不管是想先与杨珠汇合,还是想独自赶往刘大刀的大营,都得经过落雁峡,也就是刘大刀另一员副将设伏的地方,这是杨朝栋的必经之路。不过杨朝栋作为播州少主,未来的杨氏家族继承人,军事能力还是颇为出色的。

他明里暗里足足派出了八支探马,刘大刀的副将也有斥候反制,但一番较量之后,杨朝栋终究还是在一脚踏进埋伏圈之前发现了伏兵,埋伏战被迫变成了正面交锋。

朝廷一方用来打埋伏的兵马不及杨朝栋人多,而且山地作战本来就略逊一筹,一见不敌,副将便按原来的安排,迅速撤往罗古城。杨朝栋明知此地既有埋伏,说明刘大刀已经获悉他们的进攻计划,却还是得硬着头皮向刘大刀的营地进发,而且还加快了速度。

因为他若就此裹足不前,又无法及时通知杨惟栋和杨珠,这两人各领有一万兵马,在茫然不知的情况下赶到刘大刀营地,中伏被歼怎么办?

父亲的基业就是他的基业,两万大军,对播州来说,可不是一笔小数目,杨朝栋也舍不得糟蹋呀!于是杨朝栋打定主意,火速赶往刘大刀处,与杨惟栋和杨珠汇合,三路大军合作一处,虽然不能起到突袭作用了,却也有一战之力,毕竟他们三万多人,刘大刀的主力也不过三万余人。到时若是落了下风,就近逃进仍属于自己一方的关隘就是。

但杨朝栋没想到刘大刀那等直爽豪迈的一个汉子,他的副将竟然如此狡诈,逃进罗古城的那位副将稍事整顿,就又潜了出来,带着兵马自后追赶,他若停下作战,那副将就带人逃开,只要他一开拔,那副将就阴魂不散地出现了,气得杨朝栋一佛出世、二佛升天,偏偏奈何不了人家。

如此拖拖拉拉的,杨朝栋的行军速度大受影响,当他终于赶到集结地的时候,刘大刀正在打扫战场:

杨惟栋先于杨朝栋赶到了,结果一头撞上了刘大刀的铁板,刘大刀手头的可用兵力与杨惟栋相当,但平地作战,他所率领的明军可是参与过平孛拜、打日本的铁军,杨惟栋如何是他对手。

一连三场对决,杨惟栋大败,逃向娄山关的路也被刘大刀堵死了,只得仓皇而逃,却不想他的逃跑路线,居然也是被刘大刀设计好的,杨惟栋一头撞进了叶小天布网的山坳。

叶小天事先在此留了后手,把这山谷打造成了一处绝好的防御阵地,此时竟然派上了用场,杨惟栋的残兵败将被他轻轻松松一举歼灭,杨惟栋本人也被乱箭射死。

刘大刀在营中多布假人,迷惑娄山关叛军,自率主力出来,叫上叶小天,一起气势汹汹迎向杨朝栋,杨朝栋一战即溃,仓皇逃往山中密林,仅以身免,所部全部被歼。

灭了杨朝栋所部的刘叶大军浩浩荡荡地杀奔罗古城。罗古城外杨珠刚刚造好攻城工具，数十台攻城车一字排开，正大张旗鼓地攻城，城门突然洞开，守军主动出击了。

杨珠大喜，立即挥军上前鏖战，却不想那城门里的朝廷大军源源不绝，跟决了堤的洪水似的没完没了。刘大刀一路打的是运动战，此时他的人马可是全运动到这儿来了，足足三万五千余人，对上杨珠的一万大军，一场大战，杨珠全军覆没。

此时其他各路兵马在刘大刀的严令之下虽然伤亡惨重，却也连连告捷。乌江一路，叶梦熊亲临前线指挥，于十二日攻克乌江关；偏桥一路，夺取了天都、三百落诸屯。

不过杨应龙却也败而不馁，趁贵州明军渡江之际突然发起反击，大败官军童元镇部。童元镇麾下参将杨显、守备陈云龙、阮士奇、白明逵，指挥杨续芝等相继战死。

杨应龙一场奇袭反击战打得正得意，想一鼓作气，再把偏桥一路明军杀回去，杨朝栋狼狈不堪地逃了回来，向他哭诉败状。杨应龙听说三万大军尽数陷于刘大刀之手，只觉眼前一黑，差点儿没痛死过去。

三万大军，对朝廷来说，举手之间就能再度征召而来，可播州哪有那么多的可用之兵。杨应龙恨不得一刀砍了这个无用的儿子，只得立即赶回海龙屯，调兵遣将，准备应付娄山关大决战。

娄山关，万峰竞立，直插云天，莽莽丛林中，唯有一条宽仅数尺的小道可以通行。杨应龙曾与刘大刀为友，素知刘大刀的本事，但他相信，就算刘大刀真的摇身一变成了武圣关云长，也休想拿下娄山关！

第七十八章

有备而来

一

刘挺以埋伏战对埋伏战，以运动战打光了本来兵力与之相当的三万来犯之敌，随即翻过夜郎旧城，连克滴泪、三坡、瓦窑坪、石虎等关隘，直逼娄山关。

三万大军，确实是杨应龙很重要的一份家当。三万大军被歼，在八路明军的进攻下，一时调度有些捉襟见肘了，再加上这些关隘的守军斗志丧失，杨应龙决定集中兵力于恃为险要的娄山关，免得被各个击破。

娄山万峰竞立，直插云天，莽莽林草丛中，只有一条宽仅数尺的小道可通行。播州军又在这条小道上，择其险要处建立防御工事。一共十二道防御工事，所选之处两旁都是或人工或天然的深渊，险要异常。

山穷水险，林深草密，瘴烟千里，人迹罕见。除了山还是山，千峰万壑，绵绵无尽，或是奇峰陡立，高入云霄；或是峭壁千仞，渊深无际。抬头望，悠悠苍穹，苍鹰回翔；俯身瞰，麓谷雾锁，丛莽阴森。

广袤无垠的穷荒绝域，其中很多山岭丛林是千百年来都没有人真正深入过的神秘天地，那里并不太适宜人类长期生存和居住，只有禽兽虫蛇在其间生息繁衍，弱肉强食。

"娄山关，你打不下来！"

田雌凤看着叶小天，语气温婉平缓，仿佛她是叶小天的军师幕僚，正在苦口婆心地劝说东家："兵力之盛，在这里不足为恃；火炮利器，在这里同样不足为恃。我劝你，在朝廷方面，多少也算是立下些功劳了，不如见好就收，赶紧跳出这是非之地。不然的话……"

叶小天站在那里，正让身边有经验的小卒给他涂抹着草药汁，这种草药汁可以有效地防范虫蚁叮咬，不然诸多种类的虫蚁缠身，就算没有带剧毒的，不致丧命，也能把人折磨得发疯，不用打仗，没两天困也困死了。

因此一来，他只着一条犊鼻裤，露出日渐结实、线条分明的肌肉，旁边又有田雌凤这样一个百媚千娇的女人，阳刚与阴柔、男性美与女性美，在这野草搭就的山间帐篷里，别有味道。

"不然怎样？"

手下把药汁在叶小天脸上涂抹好，叶小天睁开眼睛，不过左眼也只能微微睁开一道缝隙，眼皮上红红肿肿好大一个疙瘩，看起来引人发笑，那是蚊虫叮的。最痒时，叶小天恨不得把眼珠子抠出来。

"不然的话……"

田雌凤姗姗地走到他身边，从那小兵手中拿过一把鲜草药，搓烂了，让药汁涂满手，便软绵绵地搭在了叶小天的身上，一边为他细心地涂抹着尚未涂到的位置，一边道："不然的话，娄山关下，久驻必败。到时候刘大刀丧命于此，你又何去何从呢？"

听她口气，幕僚军师又变成了温婉可人的小女子，好似添香红袖、枕畔玉人。她头微低着，鼻如腻脂，腮凝新荔，长长齐齐弯弯细密的睫毛，看起来说不出的诱人。

叶小天这一路行军打仗，足有三四个月不沾女人身子，阳气过盛，这时被她一撩拨，下身立即支起了极明显的一个大帐篷，比他此刻所住的帐篷还要明显。

田雌凤似乎浑不在意，依旧为他涂抹着药汁，手掌环到了他后腰眼处，这一来就等于是轻拥着他。虽然田雌凤装作不在意，但叶小天从上看下去，她的后耳根都微微泛起了玫瑰红。

叶小天没有动，依旧让自己保持着稳稳站立的姿态。这也是一种战争，男人和女人之间的意志之争，他无法控制自己生理的变化，但是能控制自己的意志，他倒要看看，这只妩媚天狐，还能玩出什么花样。

叶小天叹了口气，垂眼看着田雌凤，目光中微含怜悯，只是田雌凤并没看见。

叶小天轻轻地道："娄山关，守不住！"

田雌凤娇躯一颤，蓦然抬起头。叶小天看着她，郑重地道："你认为娄山关一定打不下来，杨应龙也是这么想的，播州的人都是这么想的，所以，它一定守不住！"

田雌凤微微蹙起了好看的蛾眉："为什么？因为我们都认为它一定无法攻克，所以会大意轻敌？"

叶小天摇头："不！守不住的未必是关前之敌，而是他们心中之贼！"

田雌凤眨了眨眼睛，问道："心中之贼？"

叶小天笑了笑，这场男人和女人之战，他开始占据上风了，他微微转过身，张开了双臂，用吩咐自己通房大丫头的口吻："后边也抹一抹，别有疏漏。"

这个"通房大丫头"，可是白泥田氏家的大小姐，播州杨天王的三夫人，何等尊贵的身份，可她居然也就乖乖地为他涂抹起了后背，直到后背药汁涂匀了，她才绕回叶小天正面，再度问道："心中之贼？"

叶小天眼神微微下垂，她虽然穿着一身明军的鸳鸯战袄，可依旧不掩婀娜，胸前双峰挺峙，沟壑幽深。叶小天的鼻息愈发平稳悠长，神色愈发冷静从容，似乎他超凡的意志，已经完全控制了生理上的欲望。

于是，叶小天愈发的傲然，颇有指点江山的意味："没错，心中之贼。正因为娄山关上的所有人，都坚信他们的关隘是不可攻破的。所以，只要让他们觉得娄山关已经被破，他们还有坚守的信心吗？他们会败的比任何时候都快。"

田雌凤俏脸微微变色，她也注意到叶小天已经迅速恢复了平静，一个数月不知肉味的男人，在她这样活色生香的撩拨下，居然这么快就完全守住了心防，本就令她产生了一阵失败感，而叶小天这句话所预示的危险，更加令她心慌。

田雌凤忍不住问道："如何让他们觉得娄山关已破？"

叶小天睨着她，微现警觉。

田雌凤揽着他的手臂，撒娇似的重施故技："说说嘛，反正我又走不掉。"

刚才涂药的小兵在田雌凤接手的时候就已出去，帐篷虽未关门，里边却只有孤男寡女。田雌凤软语央求着，叶小天虽不为所动，却还是透露了一些："还记得我刚刚带兵到四川时吗，你那时就说过，二十四万大军，也破不了娄山关，这句话，我记住了！"

田雌凤脸色微微发白，叶小天又道："所以，那时我就派出了人，开始打娄山关的主意。娄山关这一战，从四个月前就开始了，你说，我现在能不能打得下来？"

田雌凤终于明白叶小天为什么要带她赴四川了，她曾经以为叶小天是在觊觎她的美色，又以为叶小天是要向她炫耀自己的本领，直到此刻她恍然大悟，原来叶小天从一开始，就是在有意识地利用她。

这个男人……

田雌凤凝视着他，眼波柔媚，瞧起来无比诱惑。虽然她的眼神盯着的其实是叶小天的喉咙，她现在很想扑上去，狠狠一口咬开他的喉咙，喝光他的血，可恨意越深，所表现出来的钦佩与迷恋便越浓。

"我服了你了！"

田雌凤抱住了叶小天，她崇拜强者，能把她戏弄于股掌之上的，无疑是一个强大的男人："人家越来越好奇了，你究竟想怎么打娄山呢？"

她的娇躯向前一贴，却不小心突然在叶小天的腹部触到了什么，田雌凤也不禁下意识地一躲。一直表现淡定的叶小天老脸一红，急忙摆出一副老谋深算的样子道："很快，你就知道了！"

然后，叶小天就昂首阔步地从她身边走了过去，田雌凤吸了吸鼻子，神色糗糗的：真以为这小子坐怀不乱呢，原来……

　　不管如何，叶小天透露的信息都是很危险的，她本想坐观叶小天失败，在他穷途末路的时候，再劝他改旗易帜投靠天王。现在看来，她必须得想办法逃出去，向娄山关示警。可如何逃走呢？

　　她的智慧计谋在此时全然无用，不论她再花言巧语，叶小天总不可能蠢到放她离开吧。至于武功，她手无缚鸡之力，又不会飞檐走壁的功夫，所能倚靠的……

　　田雌凤轻轻抚了下她饱满的胸膛，眼神儿妖媚地微眯起来，杏眼桃腮，下巴尖尖，像极了一只成了精的狐狸。

第七十九章

箭在弦上

一

一道人影在蛮荒的原始丛林中飞快地掠进着,宛如一缕幽灵鬼魅。在幽深阴暗、藤蔓缠绕的丛林中,他时而腾跃、时而俯身,时而刀劈阻碍,时而猿猴般扯着藤蔓飞纵,速度飞快。

大森林中不好辨清方向,但他好像很清楚自己要往哪里去,行走的方向始终未变。其实即便身手很好,丛林中这么快地行进,来不及观察周围环境也是很危险的,毕竟密林中有各种各样的蛇虫猛兽。

这里可时蛇虫猛兽的地盘,一旦惊扰到它们,被它们错以为有人侵入了它们的领地,它们会不顾一切地发起攻击,但这人竟毫不在乎。

终于,他在一片草地边缘停住了。这里林木较稀疏,绿草茵茵,流泉飞瀑,还有几幢小木屋,木屋上已经爬了藤蔓和牵牛花,就像童话世界中精灵的居处。

小屋周围明里暗里有十几个卫士,他必须得放慢速度,大大方方走过去,要不然很容易被那些往地上一扑就和周围环境浑然一体的卫士们当成敌人干掉。

"你来了!"

前边一丛花草一阵晃动,竟站起一个人来,脸上抹得花花绿绿,头上也戴着自编的草帽。他似乎认识这来人,向来人招招手,返身便走,有他引着,来人很顺利地进入了这片仙境般的领地,钻进一处小屋。

童话小屋里住的通常不是可怕而丑陋的女巫,就是天真纯洁的林间仙女。这间小屋的主人却是两者的综合体。她有女巫一般可怕的手腕,又有林间仙子般的清丽容颜,一身翠绿衣裳,皓齿明眸。代韵溪,如今已贵为八大长老之一的代长老!

穿行于林如同黑豹的那个高手,光看面貌的话其实平庸得很,身材也不是很高大,如果剥去伪装,往人堆里一站是很难给人留下深刻印象的。一见代韵溪,他便抱拳施礼:"属下见过长老!"

"嗯！"代韵溪浅笑，手中捧着一杯香茗。杯子是用这山中大木削制的，颜色已经不是那么深，看起来她在这里已经住了不短的日子："尊者已经随刘大刀的大军兵至娄山关下，攻城在即。你们那边诸般准备如何了？"

那人道："长老放心，我等在关上苦心经营三个多月，各方面俱已准备妥当，只等长老一声令下！"

代韵溪又道："不是等我，而是等尊者下令。我叫你来，就是要确定一下你那边的情况。各方面都要准备妥当了，需要动手的时候，须得数管齐下，才容易奏效！"

代韵溪又道："山间十二座栅寨，只能靠朝廷大军步步为营，逐一清除。你等万万不可干预，只等大军兵临城下，到了娄山关下时，见尊者大营中夜生七星篝火，便即刻动手！"

那人恭应一声是，代韵溪便放下茶杯，起身走到一旁竹架上，轻轻取下一支竹筒，走回来慎重地递与那人，道："这就是本长老精心饲养的穿肠蛊，存活期最长三十天，三十天内，尊者应该会兵临娄山关下了！"

那人郑重地接过来，小心地藏在身上。代韵溪是蛊教长老，一身本事全在蛊上，要夺关自然少不了用蛊。不过蛊虫大多寿命并不长，越是像蜜蜂一样成群的蛊虫，威力越小，寿命也越短。

所以在确定朝廷大军赶到娄山关的时间前，她只负责培养这种蛊，而不能提前把它们交给已经打进娄山关的部下，现今基本确定了叶小天的行程进度，这才进行布置。

那人接过储有穿肠蛊的竹筒，向代韵溪告辞，匆匆踏上了归路。他此刻的身份，是极受守军信任的一个杂役头儿，偶尔离开，说是出去寻些野味，守军自会予他方便，但离开太久总是不妥的。

·※·※·※·

娄山关下，面对十二道倚险而建的栅寨雄关，刘大刀只能采取步步推进、逐一攻克的办法。战争，不可能总是奇计奇袭、投机取巧，很多时候只能硬碰硬，通过大量的牺牲来换取胜利。

播州守军倚险而守，以一当十，明军每攻克一道堡垒，都要付出惨重的代价。这也正是播州军明知只要朝廷不计牺牲，这些临时的关隘早晚被攻克，却依旧设兵于此的原因：他们不只要消耗朝廷的兵力，更是要消磨朝廷的耐心。尤其是当朝廷大军以这样的龟速杀到娄山关下，却又久攻不下时，后勤补给很可能出现问题，而这些，都可能左右这场战役的结局。

田雌凤自那日听叶小天说了一番之后，却是心神不宁起来。越是不能确定叶小天究竟对娄山关用了什么样的手段，她越是不安。娄山关可是播州的最后一道重要门户，如果这道门户被打开，整个播州就等于尽陷官兵之手，杨应龙只能躲上海龙屯，负隅顽抗。而一旦到了那一天，被剿灭仅仅是早或晚的问题，已经谈不上对抗。

所以，田雌凤为了套出叶小天心中的秘密，同时也想为自己争取逃脱的机会，这几天加紧了对叶小天的"骚扰"。以田狐媚子的手段本领，她要媚惑一个人时，自然不会让他明显地感觉到她在勾引，但她只要想，便可以"为所欲为"。

她可以通过自己的神情、相貌、身体、举止甚至声音，散发出强烈的魅惑，那种无时无刻不萦绕于左右前后的诱人的女人味，就像水滴石穿，任谁意志再如何坚定，也承受不住那无穷无尽的诱惑。

田雌凤也知道叶小天对她有戒心，她表现出来的心态已不再是想把他变成自己的裙下俘虏，而是一种对强者的崇拜，隐隐还透露着为了白泥田氏的未来，她是心悦诚服地想要臣服于这个强者。

对这样一个可以予取予求、活色生香的女人，叶小天如何能够抵抗得了？叶小天每日都被她声色诱惑，尤其是夜晚她总要来一番暧昧旖旎的戏码，叶小天时时承受着欲望的煎熬，那心理防线哪怕固似长堤，也快被田雌凤这一江春水给泡决堤了。

这一晚，她又来了。踮着足尖儿，轻盈曼妙仿佛一头狐精。古语有云，灯下看美人，愈增三分颜色。本来就是满分的绝色，灯下观之，又该如何？叶小天已经不想忍了，他瞪着一双绿幽幽的眼神，盯着这送上门的可口美食，恶狠狠地想："你还没完没了啦，老子就真把你干了，又能怎么着？大不了提起裤子我就不认人，他奶奶的！"

第八十章

诱　叶

一

没有锦帐绮幄，没有华灯彩烛，屋子是粗陋的大木和泛着清香味的野草，燃的是噼啪作响松脂飘香的火把，帐上有小窗，就在十数步外，有梅花状拱卫此间的戍卒寝帐。

此帐此光，风月其间是否别具野趣？喘息声稍大一些，就有无数人听得到，是不是更加刺激？田雌凤没有半点顾忌，叶小天矢志要攻克的是娄山关，她矢志要攻克的是叶小天，男人征服世界，女人征服男人，这是一场战争，慈不掌兵，容不得半点犹豫。

凹凸婀娜、修长曼妙的胴体半裎半掩的，只从衣带间露出修长雪白的大腿，那风光便很是旖旎了。火把的光侧映着她的脸，这是一张灵秀而妖媚的娇靥，剔透的肌肤惊人的白嫩，眸波流转着妖魅的光彩，像是蒙上一层清灵澄澈的水雾般莹润动人，一种沁入骨髓的诱惑魔力盈盈欲流。

"田夫人……"

"何不叫我雌凤？"

田雌凤俯压了一下身子，山中军营，没有烟罗大袖、没有绮红春装，可那跌宕雪白的乳丘幽壑于微敞的男性军装间隐隐入目，竟是别具意味。

"呵呵，你这么做，不觉得有失妇道吗？"

"妇道？"

田雌凤轻笑，柳腰轻折，竟然坐到了叶小天的大腿上，那浑圆丰盈翘挺柔韧之处，让叶小天愈发的难以自控。

田雌凤变本加厉，一双玉臂柔柔地搭到了他的肩上，呵气如兰："白泥田氏，地处播州，需要一个强大的靠山才能立足，所以，我十三岁就跟了他。但，这也仅仅是出于家族利益的需要，十三岁的我，你以为会懂得什么叫情爱？"

田雌凤饱满的胸膛挺得更高了。叶小天仰着头，迎着田雌凤女王般居高临下的目光。

叶小天道："现在，你觉得白泥田氏的未来，要依靠我了，所以自荐枕席？"

田雌凤微微皱了皱鼻子，带着一种少女般的娇憨："何必说得那么难听？杨应龙在外面如何捻花惹草，我又不是不知道。没错，白泥田氏的未来，是我的一个考虑……"

田雌凤的手臂蛇一般紧了紧，翘臀也技巧地轻轻碾磨着："而这其中，难道就没有个人的私心情意？"

她水汪汪的眼神火辣辣地睇着叶小天，柔荑轻轻抚上了他的脸庞："你比他年轻、比他英俊，比他有更强大的本事。如果他是你，绝不可能从一介白身，拼到今天这般地位。女人是水，要回绕高山；女人是藤，要依附大树，我不该臣服于你吗……"

"如果你以为，你和我有了什么关系，我就能对你白泥田氏如何照顾，那你就错了。造反，是要诛九族的，而我……顶多保你不死……"

叶小天的话已经透着动摇，他真的快要爆炸了，这风骚女人真会撩拨，他已经有些承受不住了。

意志在动摇，他已经在说服自己，屈从于他的欲望。这时候，帐外忽然响起一个士卒的声音："土司大人，有紧急军情！"

紧急军情，那就是片刻也不能耽搁的，叶小天被欲火烧昏的意志迅速一清。田雌凤不是寻常女人，又何尝不明白紧急军情送到，她的诱叶计划就必须得挪后，不过……她已经感受到了叶小天的动摇，只要叶小天心防一破，下一次她还会不成功吗？

于是，田雌凤柔柔一笑，忽地跳起了身子，迅速整理戎服。这一弹跳，那娇嫩丰盈、欺霜赛雪的堆玉双乳一阵起伏跌宕，叶小天看得差点儿蹿鼻血。

"我不贪心，要的不多！"

田雌凤弯着腰，在叶小天耳边呢喃了一句："而且，你能把天王逼到这个分上，你真的很强大！我……喜欢强者，喜欢被强者……征服！"

温热的雀舌，猫儿似的在他耳垂上飞快地一舔，逗引的叶小天一个机灵，然后……她就像一只猫似的离开了，走得那叫一个风情万种，姿态撩人。

"妖精！"

叶小天恶狠狠地骂了一句，与其说是在说田雌凤，莫如是在骂他自己不能超脱于肉体本能的影响。

小卒步入帅帐，低声禀报起来，叶小天听了立时矍然一振。军情是军情，但不是来自刘大刀的军令，而是卧牛岭来人了。对自己家里发生的事情，叶小天岂能不上心，马上命令道："带他来见我！"

片刻之后，一个青衣劲装、肩后裹剑的青年步姿矫健地走进了大帐。那青年面蒙青巾，头发也裹在布帕当中，微微低着头。叶小天挥手屏退侍卫，那人才抬起头来。

只看见那双眼睛，叶小天就认出来了，一个名字刚要叫出来，那人已拉下遮面巾，英眉俊眼、红唇似花瓣般鲜艳，可不正是他的三夫人展凝儿。

"小天哥！"

展凝儿欢喜地绽颜一笑，道："妙雯姐姐已顺利掌控葛商渡，她要我来……"

"别说话！"

叶小天的眼神很危险，声音更是有些嘶哑的味道，他一下子从青草的富有弹性的榻上跃起，快步走到了展凝儿的身边。

"怎么？"

展凝儿疑惑地看着他，叶小天的双手已经紧紧拥住她，叶小天激情慨叹："哪知无心云，解作及时雨！凝儿，你就是济人贫苦，周人之急，扶人之困的宋公明啊！你留在军中，千万不要走了，否则我一定会铸下大错！"

"啊？噢……"

第八十一章

都动起来

一

第二天早晨，晨雾袅袅，娄山关前重重山峦都笼罩在雾气当中，仿佛仙境的时候，叶小天的士兵忽然发现土司大人身边又多了一个眉目秀丽、唇红齿白的小师爷。

展凝儿是女人，虽然有点女汉子性格，可女人终究是女人，女人的直觉精准得可怕。她从叶小天昨夜急吼吼的模样，再加上他看向田雌凤的眼神，很容易就判断出，二人之间似乎有点什么暧昧不明的东西。再加上之前田雌凤为了自保曾经说过有了叶小天的骨肉的话，于是，前边刘大刀一座山、一道岭、一条沟地艰难前进着，后边叶大将军帐中宫斗大戏也开场了。

"展妃"酸溜溜地说："你领兵在外这么久，身边杵着这么一个百媚千娇的女人，就没发生点什么……啊？"

"当然没有！"为了以示清白，叶小天微微蹙眉，很不悦地瞪了她一眼。可惜"展妃"娘娘根本不怕。

"是吗？我也觉得，小天哥怎么会喜欢那种女人！""展妃"撇了撇嘴，一副厌弃不已的样子，实在看不出她此刻所说的女人和方才所说的那个百媚千娇的狐狸精是一个人。"既然这样，不如把她送回卧牛岭看管起来吧，我看她在军中也不起什么作用。"

"唔……"

"嗯？"

"咳！其实，她还是有点用的。"

"哦？"

"你什么眼神啊？我说她还有用，是说……"

叶小天趴着展凝儿的耳朵，低低细语一番，展凝儿一番半信半疑的模样："当真？你不是唬我？"

"我怎么会唬你？"

"才怪！打从刚刚认识，你就在唬我！"

"成亲之后没有吧？"

"没有？你说了，妙雯姐先嫁了，没办法的，这掌印夫人就得她当；莹莹先跟你定的亲，这第一诰命，就得她来。我怎么办来着？"

"怎么办？"叶小天翻着眼睛，真的想不起来了。男人有时候给出的承诺，即便当时很认真，也是很容易遗忘的。

"你说会让我先生孩子！你说会把长子长女留给我的！"展凝儿一边说，一边掐起了叶小天的肋下嫩肉，咬牙切齿，气急败坏，"可现在莹莹和妙雯姐都有了，就我没有！"

"这也怪我？欲加之罪何患无辞啊！谁叫你肚子不争气！哎哟，你别掐了，你还是用踢的吧……"

两夫妻正打闹着，"小答应"给展凝儿添堵来了。

田雌凤田三夫人就像一个受气小媳妇儿似的，捧着一碗香气扑鼻的汤，乖乖巧巧地走进来，声音娇滴滴怯生生的，仿佛浸在蜜罐子里一样甜："大人——"

余音绕梁。"这是刚炖的野鸡蘑菇汤，您尝尝鲜，补补身子。"

"补补身子？为什么要补身子？""展妃"恶狠狠地瞪过去，"小答应"脸上带着神秘的甜笑，羞羞答答的什么都没说，但是好像该说的都说了。

叶小天手搭凉棚，往高山上一望，神色肃穆："攻到第六座栅寨了？娄山关这块骨头，还真是难啃得很！我去找总兵大人询问一下军情！"

叶小天走得像是一只被狗撵着的兔子。真要打起来，展凝儿肯定完虐田雌凤，不过，这丫头刀子嘴豆腐心，叶小天相信她不会对田雌凤真动手，所以他甩一甩衣袖，不带走一片担心。

· ※ · ※ · ※ ·

刘大刀亲自督战之下，明军虽然付出惨重代价，可是毕竟正在一步步向前挺进，而且是稳定前进。

播州军明知这十二道栅寨关隘是阻不住明军的，但是为了挫其锐气，依旧顽强地抵抗着。他们就近抓壮丁，把附近村寨的男人包括十二三岁的孩子都抓了来，逼他们当炮灰，而精锐主力自然是集中在娄山关，以待决战。

第六栅、第七栅、第八栅……

刘大刀以一日拔一栅的速度缓慢推进着，而娄山关内，面对步步逼近的明军，播州军依旧保持着极其乐观的态度：

"朝廷的兵马攻得下哪里，也攻不下娄山关！"

"只要娄山关不破，咱们播州就依旧稳如泰山！"

"朝廷劳师远征，其势必不持久。只要守住娄山关，我播州就是最终的赢家！"

说这话的，有播州土官土兵，也有给自己壮胆或者向土官表忠心的附近山民。

娄山关中也有许多壮丁，这些壮丁承担的任务却不是当炮灰打仗，当然，如果真的战事吃紧，他们也难免会被送上这条路，但至少现在，他们主要是负责煮饭、铸造、加固城防等粗重简单的活。

这些壮丁都是从附近抓来的山民，包括因为战事吃紧被困在关内的行商伙计，这其中却混有叶小天的人，而且足有两百多人。

叶小天在前往重庆府的路上，听到田雌凤对娄山关的自负，就已上了心思，提前安排人手了。而那时候，刘大刀还未挂帅，李化龙还未出兵，娄山关这边又怎会想到，他们之中已被埋了钉子。

被抓了壮丁的人，总是牢骚满腹的；被困在关内不得离开的商贾伙计，自然也是没精打采。这些人中，但凡有几个表现积极一些、听话一些的，自然就会被守军赏识青睐，委以相对轻松一些、重要一些的职务，比如工头儿、厨头儿……

而这种人，无一例外，都是叶小天的人。当然，原本也不乏普通的山民或商贾，眼见摆脱不得，有意奉迎讨好一下，换得比较好的处境。可是他们要么被这些"有心钻营的"奸细坑上一把，要么比起人家的威望影响大有不如，又怎么可能竞争上岗。

"刚才我给乔吏目送饭，恰好听他说起，朝廷大军已攻到第十座栅隘了。"厨头儿刀疤翔系着油脂麻花已完全看不出底色的围裙，手握饭勺以加强语气。

工头儿段品繁坐在一块大石头上，偾张块垒的肌肉，使他看起来就像一座肉山："嗯！这样的话，我们也该采取行动了。"

原本是猎户身份的马勇目光一闪，道："已经过了大半个月了，我一直担心代长老交给我的那管竹筒出问题。目前看来，倒是赶得上！"

听那话音，这马勇就是当日悄悄出关，佯称打猎，实则赶去会晤藏于深山之内的代韵溪的那个劲装人。

穿着长袍，袍襟掖在腰间的老喷，公开身份是个行商，到了娄山关好死不死地被留了下来，成了一个扛包砌墙的力工，在这堆看起来正聚拢在一起闲扯解闷儿的人中间，他却是真正的主事人。

老喷在石头上敲着鞋底，倒着沙子，目光向四下警惕地一扫，沉声下了命令："都动起来，大军一到关下，当夜立即行动！"

"誓为尊者效死！"所有的人或坐或站，举止五花八门，没有做出任何引人注目的施礼动作，但是他们的语气和眼神，都透着一种莫名的狂热。

第八十二章

破　关

一

　　刘大刀以一日拔一栅的速度稳步推进着。他能一日拔一栅，倒不是有心计算，而是因为这些栅寨都设在极险要处，路径宽仅数尺，官兵这边固然无法发挥数量优势，守军一方实也无法安排更多人手。

　　同时，守军一方本就没想过能坚守住这些临时设下的栅寨，只是想用它来拖延明军的速度，锉一锉他们的锐气，所以用了大量的壮丁充当炮灰，这些人的战斗力也有限。

　　所以，刘大刀只要狠得下心用人命往上堆，就能一日拔一栅，稳定前进。

　　这一天，朝廷的大军终于杀至娄山关下，这娄山关倚山谷而建，两侧以悬崖为城墙，中间一道坚固厚重的关口。关前阵地虽比之前的栅寨宽敞许多，却也排布不开太多的军队，看那城关，须得仰望，城关之后，万峰插云，确实给人一种坚不可摧的感觉。

　　刘大刀不动声色，在关前扎下阵营，马上派人唤叶小天来。

　　这些天，攻坚战都是刘大刀的主力来执行，一方面，这是因为前期叶小天出了大力，死伤不少，需要休整，另一方面，也是按照他们的计划，这最险要的一关，是要靠叶小天来破的，这块钢要用在刀刃上，自然要好好休整一番。

　　叶小天率兵跟在后阵，一直优哉游哉的没什么事好做。可他却也一直没有闲着。通常只有一个进攻性极强的男人觊觎一个美女的时候，才会绞尽脑汁时时纠缠，而叶小天现在却享受了一把美女的待遇，被田雌凤时不时撩拨一番。

　　展凝儿就像一头护食的母老虎，盯得那叫一个严实。田雌凤不通武功，展凝儿斗嘴斗不过她，对一个弱女子动武又不是她的风格，只好把她从田雌凤那儿受来的窝囊气全撒在叶小天身上！

　　不过展凝儿恩威并施，一面凶巴巴的，一面又像宣示主权似的在男女之事上主动起来，倒是让叶小天如同一个荒淫的君王，享尽了艳福。至于田雌凤，那个狐媚子虽然始终尝不到鲜，但是这种暧昧倒也别有味道。只是二女唇枪舌剑时，未免叫人头痛。

这一日兵临娄山关，叶小天知道他出手的时候到了，神态顿时严肃起来。而田雌凤和展凝儿也不约而同地停止了争斗，望向他的目光，各怀深意。

展凝儿知道，这一关破是不破，对卧牛岭至关重要。如果明军折戟于娄山关前，那么讨逆之战势必要无限延长，说不得朝廷大军就得退却，蓄势再来。

而播州兵进四川吃了大亏，接下来也很可能以娄山关为防御点，变进攻为防守，把扩张目标转向东面，转向思南府，那时首当其冲的就是卧牛岭，叶小天将要独自承担巨大压力。

田雌凤同样清楚，娄山关的得与失，对杨应龙、对她一生的梦想意味着什么。本来她对娄山关是信心十足的，但叶小天之前那番话，成了她挥之不去的阴影，如今已至关键一战，叶小天全神贯注战事，已不可能被她引诱，她唯一能做的，只有等待……与祈祷。

· ※ · ※ · ※ ·

当明军攻至城下，还未扎下营寨的时候，关内那只被隐秘藏匿了半月之久的竹筒被人悄悄取出，拔下塞子弃入了山泉。

竹筒里藏的不是毒，而是蛊。这山泉是活水，如果投毒，怕是要几百上千斗毒药，源源不断地投下去，才能让饮水的士兵中毒，就算城里的士兵全是瞎子，代韵溪也制造不出那么多的毒药。

而这蛊则不然，这蛊是代韵溪荣膺长老之后，研究了本教的千年蛊受到启发，所研制的一种新型蛊毒。千年蛊太难制造，但代韵溪依据它的原理，自行创造了另一种蛊毒。

它的杀伤力连千年蛊的百分之一都达不到，它只能令人腹泻不止，周身无力。但它具备自我繁殖力，用后世科学来解释，它就是一种生化病毒。

竹筒中的蛊毒泻入山泉，因为它是活物，且可以迅速自我繁殖，所以不会因活水而减轻效力，反而因之扩大了感染范围。

城关中的守军都是土兵，少有烧开水喝的习惯，条件也不允许，于是这蛊毒便无声无息地进了许多人的肚子。而叶小天派进城中的人，则在此之前早早蓄了一葫芦饮水，即便没有蓄水，暂时忍一忍渴，也是绝不喝一口溪水。

当晚，渐渐有人出现症状，一开始还没有引起充分重视，只当是有些人吃了不洁的食物跑肚，但是到了两更天，腹泻的人越来越多，而且有些人一遍遍地不停方便，已是虚脱无力。

娄山关中卫生条件一般,这些土兵平时本来就是随地方便,这时身体极度不适,就更不讲究地方了,一时娄山关内臭气熏天。

此时,土官们才引起注意,找了郎中诊视。因为他们的病发症状以及如此大规模的发病太像霍乱,那郎中竟得出了瘟疫爆发的结论,一时间关内人心惶惶。

朝廷大军或许攻不破娄山关,但一场瘟疫却绝对可以毁了一座城。正在全城上下慌乱不堪之际,城外刘大刀又发起了攻击。

他步步为营地前进也有步步为营的好处,他留在第十二道栅寨处的匠作兵就地取材制作的大型攻城器械,此时已及时运抵城关之下。城中土官硬着头皮驱赶尚未中招的土兵上城防守,可是原本编配于一起的一组土兵,十不存一,需要补充相互并不熟悉的土兵上来,这战力就大打折扣了。

此时,关中忽然又处处火起,叶小天早已派在城中的奸细四处放火,城关中房舍俱为木制茅顶,树木也多,一时间火势汹汹,也不知道究竟多少处房舍被点燃。

与此同时,城中各处不断有人高呼官兵进城了。

城头正在鏖战,匆忙登城编制混乱的土兵手忙脚乱;城中"霍乱"爆发,臭气熏天,许多土兵还在提着裤子到处寻找可供下脚之处;火光四起,夜色下一时也不知道官兵究竟进了城没有,有多少人进了城。

而此时,叶小天又领着他那些惯于攀岩爬树的土兵,绕到娄山关侧面,趁着关中一片混乱,关前大战吸引了守军注意的机会,由侧后面的悬崖悄然攀登着。

关尚未破,关中守军的心防,破了。

第八十三章

摧　心

一

　　城关内的一切，太富有戏剧性了。

　　城关内所有的土官土兵都认为明军绝对无法攻陷娄山关，就算以倾国之力来攻，恐怕也得耗时数年才有那么一线可能。要知道播州地势之险，就连当年的大元铁骑也是望而却步的。

　　然而，现在那么多的土兵虚弱无力地躺在地上，虚汗淋漓。城关内四处火起，一片混乱。夜色中到处都有人惊呼官兵进了城，这还能有假吗？官兵才刚刚兵临城下啊！还没超过一天。

　　这一切，迅速摧毁了守军的斗志，没有谁有那么坚强的意志从容面对这一切，军心一乱，一发而不可收拾。而夜色再加上混乱，也为高级土官的指挥调度、安抚镇压增加了许多的困难，于是……这看似最不可攻克的天险，以最快的速度沦陷了。

　　当刘大刀还在城关前咋咋呼呼虚张声势的时候，叶小天的山民土兵悠荡着绳索，一个个从天而降踏上城关，假的成了真的。城头守军本来可以把他们迅速扑杀剿灭的，可这时的城头已经没有人能实施统一有效的指挥，土兵们要么各自为战，要么趁黑溜走，叶小天的人马，迅速站稳了脚跟。

　　接下来的一切就乏善可陈了，简而言之一句话：娄山关，易主！

　　这一战看似容易，其实能一举拿下娄山关，在幕后却是动用了许多不为人知的阴谋诡计，动用了许多人力物力，早在几个月前就花费大量心血铺陈准备。

　　就算是刘大刀在城关下佯攻，其实也是完全真实地投入战斗，箭矢如雨，兵员蚁附，不知折损了多少兵马，才把城关内土兵的注意力始终吸引在他们这里。

　　坐镇重庆府的李化龙很快收到捷报：二十九日，刘綎破九盘，夺娄山关。铜仁卧牛岭指挥使叶小天，首功！

　　李化龙大喜，但并未喜而忘形，娄山关是播州的终极门户，他知道娄山关一失，杨应龙必然会拼死夺关。娄山关对外是易守难攻，而其内侧却并没有这样的天险，能否抵受得住杨应龙的反扑，才能确定娄山关最终是否到手。

杨应龙集中兵力反扑娄山关，本来确有可能夺回娄山关的，但是这时马礼英马总兵率兵与刘大刀在娄山关率先会师了！

其实杨应龙也知道马礼英一部进展迅速，一旦让他们与刘大刀会师，将再不可撼动，所以他亲自率兵反扑娄山关，而他的儿子杨朝栋则领兵去阻拦马总兵前进的步伐。

可惜，马千乘和秦良玉这对小夫妻，已经被马总兵彻底定为先锋军，白杆兵在山地战中本就如鱼得水，又得到马总兵给养辎重的全面支持，战斗力自是发挥到十分。马礼英甚至以朝廷正规军做他们的配合部队，让秦良玉统一调配。

这一仗面对数倍之敌，白杆军大显神威，杀得播州军落花流水。杨朝栋先前三路大军奇袭刘大刀失败，只身逃回播州。这一遭再度大败，他也知道，纵然他是嫡长子，连番落败、损兵折将之下，也无颜面对父亲了，是以决死不退，结果竟被秦良玉生擒活捉。

刘大刀这边夺了娄山关后，并未忙着继续前进。之前明军讨逆几次失败，固然是因为中了播州军的埋伏，但何尝不是因为他们涉险冒进，首尾难以呼应，才被各个击破？

刘大刀素来骁勇善战，性如烈火，这时偏偏性情大变，改以步步为营、稳打稳扎的战法应敌，他在娄山关好生经营了一番，以逸待劳，大战杨应龙亲自率领的播州人马，这对昔日的"好兄弟"，此时却在战场上杀得难解难分。

这时候，杨朝栋兵败被俘的消息传来，杨应龙最后一线希望破灭。他正与刘大刀鏖战胶着，马礼英又击溃了儿子杨朝栋气势汹汹扑来，此时再不退，恐怕连他也要交代在这里。

杨应龙只能仰天长叹："这是天不佑我啊！"

杨应龙万般无奈，只得急急撤兵，虽然目前他仍控制着播州大部分的地盘，但他深知，娄山关一破，不仅明军可以长驱直入，后续兵马源源不断，其他七路大军也会更加振奋，现在不要说图谋天下，即便想保住播州一隅，也难如登天了。

娄山关上，田雌凤披着一件风衣，好像不胜清晨的苦寒风气似的。她寒的其实不是身体，而是她的心，她没想到，在她心中不可攻克的娄山关，竟在一天之内即告失守，而杨应龙的反扑，最终也以失败告终。

比杨应龙更热衷于造反的人，是她。是天性骨血中就喜欢冒险，抑或是不甘的信念怂恿了她，此时她也无从分析了。她很清楚的是：娄山关失守了，而且刘大刀守住了，除非出现奇迹，否则杨应龙的败亡，只是早晚间事。

这个论断对田雌凤的打击尤其严重。此刻的她立于城关之上，依旧是风华绝代，而且茕茕玉立的模样，更给人一种楚楚可怜的感觉。但于她自己而言，却只剩下一个躯壳了，她的理想、她的信念，全都随着娄山关的失守而烟消云散。

瞧着她可怜兮兮的模样，就连一向对她怀有敌意的展凝儿都不忍心再打击她。展凝儿轻轻叹了口气，对叶小天道："我走啦！"

播州战局从娄山关易手，就已决定了结局。正翘首等在葛商渡的于珺婷也该行动了，要不然等到大局砥定再想有所行动就迟了，那时可就白白为他人做了嫁衣。展凝儿需要马上赶去葛商渡，通知于珺婷，开始蚕食播州东南一隅。

叶小天点点头，缓步走上城关，晨雾袅袅，千山万壑，都朦胧于袅袅白雾之中。叶小天在一口箭箱上坐下，田雌凤已经注意到他的到来，可又过了许久，才走过来，也在箭箱一角坐下。

"叶大人，看来，你赢了！"

田雌凤少了几分妩媚的感觉，倒是别有一种端庄之美，她心中虽沮丧，可神态语气却淡然得很。骄傲如她，是不会把沮丧表露在叶小天面前的。

叶小天笑了笑，道："其实在拿下娄山关之前，我的心一直提着。虽然，你看我一副淡定从容的模样，还有心思看凝儿与你斗，也不过是苦中作乐罢了。"

田雌凤有些诧异地看向叶小天，叶小天道："我甚至曾经想过，如果朝廷败了，他们可以走，卧牛岭却是搬不走的，到时我该怎么办？你会不会看在我对你手下留情的分上，劝阻杨应龙，放我卧牛岭一马！"

田雌凤弦月般的眼睛微微地眯了眯。叶小天道："我甚至想，要不要将计就计，真的把你给'吃'了，虽无夫妻之名，有了夫妻之实，或者……我就会多一层保障吧！"

听到这么赤裸裸的话，田雌凤虽然此前不止一次想要诱惑他，一抹红晕还是胭脂般浮上了白玉的面颊。

叶小天道："幸好，我赢了！"

田雌凤眼神黯了一黯，忽然道："那么你呢，你赢了以后，能不能放我们一马？"

叶小天道："这个我们，指谁？"

田雌凤闭口不语，她当然清楚，她所指的我们范围太大，想要叶小天包庇，也太痴心妄想，他是不可能有这个能力的。

叶小天道："你现在在我军中，叛乱之举，你一直没有机会参与。要保你的命，我办得到。播州杨氏，你清楚，就连天子，都没可能赦免他们。白泥田氏，我可以再想些办法。"

"谢谢你！"

田雌凤真诚地向叶小天道了声谢，一直以来，两人身份、关系的错综复杂，让她很难完全把叶小天当成一个剑拔弩张的敌人，相信对叶小天来说亦如是。

田雌凤道一声谢，目光转向袅袅白雾中仙境一般的重峦叠嶂，黯然地想："我的丈夫、我的儿女、我的兄长、我的亲人，全都被我的野心欲望推上了绝路，我能抛下他们，苟且偷生吗？"

第八十四章

墙倒众人推

一

娄山关的失守，对播州的打击之重是显而易见的。海龙屯上，大有万马齐喑的感觉。杨应龙匆匆召开的这次军事会议上，人人面色布满阴霾，几乎不发一语。

杨应龙眼见众心腹如此情态，不由长叹一声，对他的军师孙时泰道："应龙悔不当初，没有听从先生兵进天府的建议，也没有听从先生集兵一路的主张，如今娄山关被破，我播州危在旦夕，却不知先生可有什么主意？"

孙时泰一根根地捻着胡须，几乎把胡子都揪光了。时势如此，就是诸葛孔明再世，又能有什么好办法？沉吟良久，孙时泰才缓缓地道："为今之计，学生说来，只恐惹得天王不悦！"

杨应龙忙道："先生只管说来，言者无罪！"

孙时泰苦笑一声，道："依学生看来，天王如今只有主动请降！"

此言一出，满堂皆惊，陈萧、赵文远等人都骇然看向孙时泰，不愧是军师，语不惊人死不休啊。田飞鹏、杨兆龙等人却是勃然大怒，杨兆龙拍案而起，厉声喝道："妖言惑众，乱我军心！"

杨应龙猛一抬手，制止了二弟训斥，双目炯炯地看向孙时泰："先生是说……诈降，徐图后计？"

孙时泰看了杨应龙一眼，心道："本以为他听了必然大怒，却不想他一派从容，真以为他也认可了我的建议，原来只是以为我想诈降。"

孙时泰黯然摇了摇头，道："天王也太小看朝堂诸公了，诈降、下野，此时使来已经没有用了，仗打到这个分上，朝廷是不会轻易罢手的了。如果此时乞降，天王的结局，最好不过如田氏！"

杨应龙脸色一沉，孙时泰还是硬着头皮说了下去："寓居贵阳，想东山再起，难矣！"

杨应龙沉声道："大丈夫不可一日无权！若想要我寓居贵阳，生不如死！"

孙时泰劝说道："至少可保全杨家，若此时不降，等朝廷兵临海龙屯时，便没有机会了。"

"先生不必再说了！"

杨应龙不悦地一拂袖子，转眼看向陈萧："大阿牧以为如何？"

陈萧飞快地瞟了孙时泰一眼，他的想法其实与孙时泰是一致的。但这种建议，孙时泰能说，他不能说。孙时泰是杨应龙的军师，杨应龙可以不采纳他的建议，却不会轻易对他动杀心。

而陈萧则不同，他是大阿牧，相当于杨应龙小朝廷的内阁首辅。而且他还是一方土司，拥有自己的领地和子民，如果他公开拥护孙时泰的主张，而杨应龙坚决不能接受，那么对他只怕就要产生异样心思了。

想到这里，陈萧犹豫了一下，道："我以为，或可据地坚守，打几场胜仗，届时再向朝廷提出议和，朝廷劳师远征，不堪重负，那时或可接受下野之结果。如果是那样的话，既可保全我播州，于天王而言，实际大权，也不会旁落。"

杨应龙盯着陈萧，直盯得陈萧心里发毛，这才缓缓收回目光。从陈萧的犹豫，他已经读出了陈萧的心思。心腹大将也作如此想，杨应龙真有些心灰意冷了。

这时，赵文远霍然站了起来，慷慨激昂地道："天王，人人都认定了娄山关不会失守，可它失守了！人人都认定，一旦娄山关失守，则播州便必败无疑，那就一定真的会败吗？"

杨应龙目光一亮，欣然向赵文远望去，赵文远道："朝廷八路大军，尚未形成合围。刘挺屯扎于娄山关，尚未向我播州开拔，属下以为，这就是我们的一个机会！"

赵文远大步走到沙盘前，用长棍向沙盘上指点着道："天王、诸位请看，我播州境内，沟壑纵横，山川叠覆，其间的各种小道，只有我播州土民才清楚。如果天王调一路敢死之士，借助这些不为人知的小道秘道，辗转各路大军之间，或骚扰、或奇袭、或埋伏，寻找战机，只需灭其一路兵马，则刘大刀布下的天罗地网便有了缝隙，我播州，也未必就不能反败为胜！"

杨应龙缓步走到沙盘前，众人都跟过来。杨应龙仔细看着地形，思量着赵文远的话，虽然他理智上并不是很肯定赵文远这番话，但是这时的他太需要肯定与鼓励了，思索良久，情绪还是压过了理智。

杨应龙缓缓点了点头，道："文远所言，未尝没有道理。"

赵文远抱拳道："属下愿领一路人马，担任奇兵，游弋于朝廷八路大军之间，寻找战机！"

杨应龙缓缓抬起手掌，重重压在赵文远的肩上，沉声道："好！如果我播州能因此出现转机，你就是我播州第一功臣！"

· ※ · ※ · ※ ·

水西，安氏老宅。

一向不大露面也不喜过问外事的安氏家主安疆臣也坐不住了，急匆匆往后宅去见老太爷。安老爷子正在后院池畔垂钓，瞧见年逾五旬的儿子急步走来，只瞟了他一眼，却未说话。

安疆臣道："爹，娄山关，被刘大刀给破了！"

安老爷子收了鱼竿，重新下饵，又往池中一甩，淡然道："破关第一功，是叶小天那小子。"

安疆臣诧异地道："爹已经知道了？爹，儿子觉得，咱们安家不能坐视了！虽说我安家纵然置身事外也无坏处。可若出兵，却有大大的好处啊！"

安老爷子微微一笑，道："大局已定，这时才出兵，好处也有限得很，哪来大大的好处。"

安老爷子喟然一叹："人老了，就保守了些，这大便宜，便让叶小天那小子捞了去。不过呢，我安氏家业也够大了，是该求稳，没必要兵行险着。"

他闭上眼睛沉吟片刻，道："锦上添花，虽比不得雪中送炭，总好过始终袖手。罢了，那就……出兵吧！"

安疆臣大喜："是！那儿子亲自带兵，为国讨逆！"

安老爷子斥道："咄！你也偌大年纪了，去赢这份功勋有甚用处？"

安疆臣一呆，安老爷子道："叫大郎去吧！"

安疆臣恍然，道："是！那儿子马上安排南天挂帅出征！"

眼见安老爷子再无指示，安疆臣立刻转身，喜滋滋地去了。

第八十五章

娃娃亲

一

杨应龙虽龟缩于海龙屯上，但仍旧控制着播州大部分地区。而驻扎于娄山关的刘大刀，等于一脚门里、一脚门外地站在他们家大门口，随时可以进来，但还不算进来。

杨家家大业大，一个门楼子也不算小了，于是，刘大刀就把杨家的门楼子当成了自己的屯军营所，辎重给养运至此处储管，伤兵病号集中于此救治，把这播州门户之地，当成了他的桥头堡。

刘大刀看似随意，其实不然。在娄山关之前，他一共安置了三位副将，各率本部兵马安营扎寨，杨应龙纵然想要反扑，也绝对绕不过这三路人马，达不到奇袭的效果。

叶小天的军队现在被刘大刀当尖刀使了。两军正面对垒，打阵地战消耗战时，他不用叶小天。叶小天麾下山民组成的这支队伍虽悍不畏死，可打仗不能只靠一股不怕死的精神，阵地战、消耗战，还是他的正规军更容易发挥。

而奇袭偷营、穿插迂回，丛林机动作战等等则让叶小天的土兵大展神威。如此一来，大军驻扎娄山关等候各路兵马陆续会合期间，叶小天的本部兵马基本没有承担警戒戍守方面的任务，而是留在娄山关山城之内休整。

自从娄山关被破，田雌凤便没了心思再对叶小天用美人计，哀莫大于心死。虽然田雌凤不愿意承认失败，暗暗地也在盼望着杨应龙能创造奇迹，但她知道，这种想法成功的希望太渺茫了，播州的结局几已注定，播州杨氏八百年江山，即将断送在杨应龙和她的手上。

没了田雌凤的纠缠，叶小天的日子便轻松了许多。趁此时机，他要求在一场场鏖战中磨炼出了大量经验的土兵们抓紧总结和训练，同时，也授意他们与驻扎城内的官兵多多联络，学些阵地战的经验。他可不希望自己的兵永远只擅长山地丛林作战。

这一日，叶小天正亲自巡阅本部兵马的操演，忽然听人传报，说马礼英马总兵的先锋部队已经抵达娄山关，马总兵的主力人马则最迟明天晌午便到。叶小天闻言大喜。

刘挺驻军于娄山关，目的就是等候其他各路大军汇合，现在马礼英到了，其他各路兵马来会师的时间应该也不会太长了，决战在即，叶小天自然由衷兴奋。

叶小天立刻离开军营，赶去刘总兵处，他要瞧一瞧这八路大军中率先赶来会师的究竟是谁。一进刘总兵的大帐叶小天就笑了，果不其然，马礼英这一路兵马中率先赶到的正是马千乘和秦良玉夫妇。早听说他们在马总兵帐下如鱼得水，风光得很，如今看来，是"小妾扶正"，风光大发了。

刘总兵这帅帐是把原娄山关守将所住的房子暂时充作帅帐的，说是帅帐，其实就是个会客厅。马千乘夫妇正坐在椅上，与端坐上首的刘大刀谈笑风生。一见叶小天进来，马千乘从椅子上一跃而起，欢喜地道："叶大哥！"

秦良玉也随之起身，向叶小天浅浅一笑。

叶小天先向刘大刀抱拳见礼，笑道："八路大军齐头并进。南两路，北六路，北六路兵马约定的会师地点就是这娄山关。可惜，直到娄山关被打下来，还不见其他几路人马的影儿，今日终于听说有人到了，末将好奇便来瞧瞧，想不到这先到者，果然是石柱千里驹。"

马千乘受叶小天一赞，顿时眉飞色舞，对秦良玉道："叶大哥这句话好彩头哇！你说要是咱们率先攻上海龙屯，咱儿子就叫马千里怎么样？"

秦良玉没好气地道："你叫马千乘，你儿子叫马千里？这是论的什么辈儿！"

马千乘一拍后脑勺，懊恼地道："确实不妥，这下子用不得千里之名了。"

叶小天听马千乘一说，下意识地就往秦良玉身上瞧去，秦良玉一身戎装，英姿勃勃，与往昔看来似乎并没有什么太大的区别。但叶小天以前就见过她穿戎装，那时绊甲丝绦系得紧扎，小蛮腰堪盈一握，而如今看，却似稍粗了些。

叶小天不由笑道："千乘，莫非弟妹……已经有了身孕？"

马千乘得意扬扬，道："那是自然！我马千乘何等本事，就算领兵挂帅行军打仗也不耽误我生儿子，嘿嘿。良玉已有身孕两月有余了，我请名医给她切过脉，说是个儿子，哈哈哈哈……"

叶小天揉了揉鼻子，心道："才两个月就能切脉辨出男女？这神医只怕是个神棍。"

秦良玉听丈夫口无遮拦的，不禁又羞又气，可她此来是拜见刘总兵的，又不能说走便走。刘大刀长于军中，对此却是毫不以意，反而兴致勃勃地凑热闹道："叶指挥，你不是两位娇妻都有了身孕吗？"

叶小天道："是！末将出征前，两位妻子刚刚有了身孕，如今算来，再有两个月，就该出生了。"

刘大刀笑道："叶指挥与马土司情同兄弟，何不亲上加亲，就此定个娃娃亲呢。"

叶小天听了顿时心中一动，石柱马家那可是从汉朝伏波将军就传承下来的古老悠久的土司人家，论资历与安家相比也并不稍逊。马千乘和秦良玉又是他极欣赏的一对年轻人，他们的子嗣，怎也不至于差了。

想到这里，叶小天望向马千乘，便有些意动起来。马千乘喜道："好啊好啊！如果都是男丁或都是女娃儿，叫他们结拜金兰，如果是一男一女，那就结为夫妻。"

刘大刀拊掌叹笑道："好叫人眼热，我老刘家的小九，也正怀着身孕。可惜了，她是个妾，生下了娃娃也是庶出，不然的话，我老刘倒想与你们一起凑个趣儿。"

叶小天忙道："小天当年也不过就是天牢一狱卒。身份贵贱不算什么，刘大将军将门世家，英雄辈出。虎父无犬子，九夫人的孩子定然也是出类拔萃的。如果总兵大人不嫌末将高攀的话，这娃娃亲咱们不妨一并定了。"

刘大刀的爹是总兵，刘大刀本人也是总兵，父子双双坐到了大明帝国武将最高职阶的宝座上。如此人家，以叶小天今日资历，仍嫌高攀了。

刘大刀大悦，如果和贵州、四川两位举足轻重的大土司联了姻，再加上他老爹在两广一带苦心经营一辈子打下的基业，整个东南、西南可就连成了一片，他刘家就算子孙不肖，至少也可以再保两百年富贵。

刘大刀正色道："既如此，我便答应你，小九一俟生了孩子，无论男女，立即交由本官的正室夫人亲自抚养，所有一切，俱与嫡子无二！"

三人虽各有所思各有所图，却也是一拍即合，他们不只门当户对，充分考虑了对方的家世、性格，尤其还考虑到了对方的人品，方能如此痛快。

很多很多年后，粤、桂、川、黔一带仍旧有一股极庞大的地方势力盘根错节、雄踞地方。关于这股庞大势力的构成与起源有种种说法，人们最不相信的就是某些非主流专家所说的简单、轻率、可笑的理由：它源于三个人一时兴起定下的娃娃亲。

第八十六章

间之区别

一

刘挺、叶小天、马千乘借着兴头儿，就此定下了姻亲之约。时人重承诺，虽然没有纸面文章，但是他们三人是何等身份，吐口唾沫就是个钉儿的人物，此事自然再无疑议。

虽然孩子尚未出处，不能确定男女，但哪怕都是同性，也是金兰之交。三人之间的感情自然亲近了许多，于是刘大刀吩咐厨下备酒，将二人和秦良玉延请入后宅款待。

酒席宴前，马千乘旧话重拾，道："刘大哥，叶二哥，小弟我最小，你们可得让着我点儿，这攻克海龙屯第一功，你们可不能跟我抢。"

刘大刀身为八路讨逆大军的总指挥，本就不可能去抢先锋官的活，反正他是正牌的总指挥使，不管谁立了功，都少不了他那一份。

不过，说是三家联姻，其实他和马千乘算是通过叶小天才挂上的亲戚关系，要说远近还得是叶小天近，再者叶小天是他本部先锋，有这样立下大功的机会，总要分个远近亲疏，所以便向叶小天看去。

叶小天明白他的意思，略微一想，道："你既叫我一声二哥，我怎么好与你抢，我不但不抢你的功劳，而且……我还会助你一臂之力。"

马千乘喜道："这哥哥真是没白认下，二哥打算如何助我？"

叶小天四下扫了一眼，刘挺会意，沉声道："统统退下，没我吩咐，擅自靠近者，杀无赦！"

刘大刀正在军中，他是正牌的朝廷将领，可比不了叶小天这样的土司老爷随意，身边不敢留有女侍，是以此时一旁端茶递水、斟酒侍候的都是兵弁。一听总兵大人如此吩咐，众人称喏一声，纷纷退下。

叶小天看看刘挺、马千乘和秦良玉，道："这里再没旁人了，我有一个打算，本就要与大哥商议的,此时正好和盘托出。"

叶小天略一沉吟,道:"其实,在我营中,一直藏着一个女人。"

马千乘指着叶小天道:"哈!早知二哥风流,果不其然。你不怕几个嫂子吃醋吗?"

叶小天白了他一眼,马千乘转向秦良玉,啧啧连声地道:"你看看人家。"

秦良玉笑吟吟地看着他,柔声道:"郎君若想纳妾或再娶几位夫人,奴家也无异议的。"

马千乘瞧见她甜美可爱的笑脸,却情不自禁打了个哆嗦。此乃诱敌深入之计,一旦中计,必被坑杀得片甲不留,不能上当。

刘挺皱了皱眉,对叶小天道:"这仗一打就是几个月,日日行军在外,你嫌乏味,身边留个女子侍奉,我这里睁一眼闭一眼,权当不知道也就算了。你却不必说出来,幸好此间没有外人,切记在别处可不要提起,否则我想偏袒你,也不好对诸将交代。"

叶小天揉了揉鼻子,颇为尴尬,尤其是迎着秦良玉既好奇又好笑的目光,叶小天心下更是无奈:"老子的名声就这么不好吗?明明从未干过欺男霸女之事,如今贵为一府土司,也不过只有四个夫人,烟花柳巷从不曾去过,除了几位夫人再不曾有过别的女人,连通房丫头都没占过一个,怎么人人都认定了我生性风流。"

叶小天咳嗽一声,道:"大哥、三弟,你们想岔了。我把这个女人留在军中,实是因为她的身份特殊!"

叶小天严肃起来,一字一句地道:"她是……杨应龙的三夫人,白泥田氏的大小姐,田雌凤!"

厅中寂然,不仅是刘大刀和马千乘,就连秦良玉都瞪大了一双杏眼,心里起了些不好启齿的念头:"这个二哥,也不知道是哄人的功夫厉害,还是榻上手段高明,怎么……连杨应龙的三夫人都拐走了。"

马千乘一拍大腿,道:"哎呀!我就说,当初在卧牛岭参加你的婚礼时,就隐约听说这位三夫人和你……哈哈,果然是空穴来风,未必无因啊!解恨!解恨!"

他的亲娘就是被杨应龙诱骗失节,甚而为此害夫陷子,试图投奔情夫的,如今杨应龙遭了现世报,被叶小天戴了一顶大大的绿帽子,马千乘心中实是快意无比。

刘大刀一拍大腿,道:"这种手段,忒也无耻!不过,想用来打击杨应龙,激他愤然出战,或者确有效果。只是……哪怕你是为了朝廷,二弟啊,那田雌凤可是谋逆主犯之妻,除非她肯帮你,主动效忠朝廷,不然恐怕逃不过诛族之罪。"

叶小天忍无可忍了,一拍酒案,恼羞成怒道:"够了!你们把我叶小天看成什么人了,我是那等好色无行之徒吗?"

刘挺正色道:"二弟,男儿本'色',谁说好色便无行了,大哥头一个不同意!你也不必多想,这等事情,便是承认了又有何妨?人不风流枉少年嘛!"

马千乘神秘兮兮地笑道:"我听说,二哥你在葫县时,便与花知县那貌美夫人有些不清不楚、不明不白,你要说无行,这不好说。要说好色嘛……"

秦良玉瞧着叶小天,眼神有些怪异起来,微微透着些嫌弃。先前要说播州三夫人,因为敌我关系,她勉强还能接受。可花知县夫人……这人怎么专门勾搭人妇啊。不成,平日里得让千乘少跟他来往,没得学了一身坏毛病。

叶小天怒目瞪向马千乘:"谁告诉你的?"

马千乘毫不犹豫地就把李向荣出卖了:"我去吃你喜酒时,听李经历说的。"

"这个杀材,待我回去,再找他算账!"叶小天恶狠狠骂了一句,才辩解道,"你们都想岔了,我虽把三夫人带在身边,但我们二人清清白白,可从不曾有过苟且之事!"

刘挺和马千乘看着叶小天,眼神中一副"你说怎样就怎样好啦,不要这么气急败坏"的神情。叶小天无奈,只好继续解释道:"我特意把她带在营中,原是有所考虑的。不然,你们以为娄山关,我如何一早就布下了伏兵?而这一次,我想再借她一回助力!"

叶小天把他的想法仔仔细细地说了一遍,刘挺和马千乘对视一眼,不约而同地拍了一记大腿:"好狠!"秦良玉看向叶小天的目光,也隐隐透着些不忍。

叶小天实在受不了这三个人嫌弃的眼神,忍不住道:"这一计,秦始皇用过,宋太祖用过,周公瑾用过,韩世忠用过,就连岳武穆都用过,我用一用,有什么打紧?"

刘大刀和马千乘异口同声道:"可他们间的都是男人,不是女人!你间的不但是个女人,而且还是一个美女!我可是一个怜花惜玉的好男人。"

叶小天怒发冲冠:"我呸!再要扯淡,老子就和你们绝交!"

第八十七章

钩心斗角

一

　　叶小天回到自己营中时，脚下虚浮，已经有了七分醉意。两个兵弁连忙上前搀扶。田雌凤闻声迎出帐来，瞧见叶小天模样，不禁嗔道："身在军中，尚还饮酒。"
　　叶小天借着七分酒意，睨着她道："军中禁酒，你当我不知道？只是能守此约者，自古几人？今日有大喜事，总兵大人尚且醉饮，何况是我。"
　　田雌凤目光一闪，道："大喜事？可是马礼英的先锋已然赶来汇合的事吗？"
　　叶小天摆手笑道："这算什么喜事，真正的大喜事，哈哈哈……"
　　田雌凤回身对两个兵弁道："快去为大人准备醒酒汤。"
　　田雌凤一直和叶小天厮磨在一起，前些日子更是打得火热，若不是展夫人驾到，还指不定二人要荒唐到何等地步。这些士兵只得了叶小天吩咐，严密监视此女，切勿令其离开，倒也不知她的身份，只当这是土司老爷新纳的女人，军中带了女人，自然要小心一些。
　　这时田雌凤一说，二人倒也不敢怠慢，马上便去准备醒酒汤。田雌凤扶着叶小天入帐坐下，轻轻为他按摩额头，柔声道："什么大喜事，让你这么高兴？"
　　叶小天得意扬扬地道："娄山关既破，海龙屯早晚也是我们的囊中之物。可要打下海龙屯，却不知要付出多少代价，所以刘总兵与我一直有些犹豫，主攻者固然功劳最大，可这损失……现在好了！"
　　叶小天沾沾自喜，顺手取过一盏凉茶一口干了下去："有人里应外合，欲破海龙屯，不费吹灰之力。这首功，是刘总兵的了。而刘总兵这里……"
　　叶小天伸手一指自己鼻尖："生擒杨应龙，立下播州讨逆第一大功者，非我莫属！"
　　田雌凤蓦然一惊，脱口道："是谁？何汉良吗？"
　　这何汉良是何恩的侄孙，何恩与宋世臣等人在掌印夫人张氏死后，飞速逃离播州，向朝廷告变，算是叛了杨应龙。杨应龙对这几家自然加以镇压。不过，这些小土司也都有自己治理管辖了多年的地盘，杨应龙造反在即，马上接手总难做到如臂使指，还需要保留这些家族做他的传声筒。

于是，杨应龙把何汉良降为吏目之后，便让他尽领本族土兵，随同杨应龙一起出战。在最惨烈的綦江之战中，杨应龙亲自督战，何汉良主攻，全歼守军三千人。

何汉良还在破城后执行了杨应龙的屠城命令。一时间浮尸蔽江，江水为赤，成了震惊全国的一桩大惨案。

何氏家族自此分裂，一支站在朝廷一边，一支却被迫上了贼船，欲罢不能。叶小天说到有人为内应，田雌凤率先想到的，就是这被迫投靠的何汉良。

叶小天不屑地道："何汉良？何汉良双手沾满鲜血，是皇帝下旨必须诛杀的奸恶之一，他岂会降？岂敢降！嘿嘿，你想不到的，绝对想不到……"

叶小天在田雌凤光滑粉润的下巴上轻轻勾了一把，有些轻佻。这时侍卫端了醒酒汤回来，侍奉叶小天服下，又搀他登榻，脱了靴子。田雌凤见状，便退了出去。

叶小天虽知田雌凤不会武，可就算她手无缚鸡之力，在人睡梦中杀人，却也不是难事。所以只要他睡下，无特别吩咐，帐中必然不留一人，且帐外会有兵弁守卫，是以田雌凤想留下趁他酒醉再多问一些也不成了。

海龙屯上出了内奸！

这个念头反复盘绕在田雌凤心里，让她越想越是恐惧。本来，自从娄山关失守，她对守住海龙屯的期望已经不大了。但人的心理就是这样，当她得知有一件事将发生，而这件事将促成海龙屯轻易易主后，就忽略掉即便没有这件事，整个时局其实也要朝这个方向发展，只是中间会多一些波折罢了。

她似乎觉得，解决了这桩危机，海龙屯就保住了。可要解决这件事，必须得由她这个知情人把消息迅速报与杨应龙知道，一定要让天王知道，一定要解决这个心腹大患！

整整一晚，田雌凤辗转反侧，始终无法入睡。

翌日天明，叶小天一身戎装，吩咐部属道："今日训练暂停了吧，我去迎候马总兵。大家养精蓄锐，多歇几天，马总兵到了，其他几路人马也就不会远了，早日攻克海龙屯，早日回返铜仁。"

众土兵久离家乡，一听此言，尽皆欢呼。

田雌凤一如既往，目光幽幽地看他离开，毫无异状。但叶小天离开不久，田雌凤就换了一身男装，急匆匆向外走去。

中军侍卫马上拦住了她，道："田姑娘，军营之中，请勿乱走。"

田雌凤道："我去关城里买点东西。"

中军侍卫道:"姑娘要买什么,我替你去。"

田雌凤顿时红了脸,顿足道:"你说的什么混账话,女人家用的东西,怎好要你个大男人去买?"

中军侍卫奇道:"什么应用之物,我买不得?啊……"

那中军侍卫突然想到了一样,若是这姑娘月事来了,一些必用之物倒真是不方便经男人之手。女人之事还是有许多要避讳的,比如夫妇同床时女人一定要睡在外边,以防晚上起夜从男人身上爬过去不吉利,更不要说去替女人买月事所用之物了,那是很晦气的。

一听田雌凤这么说,那中军侍卫顿时为难起来,迟疑半晌,才道:"土司大人有过吩咐,小的实在不敢违反。要不然……等土司老爷回来再做决断?"

田雌凤晕着脸儿怒道:"等你的大头鬼!我……我能等,可有些事,能等吗?"

说到这里,田雌凤一张俏脸变成了红苹果,说不出的可爱。一则,那中军侍卫误以为田雌凤是土司大人的女人,之所以限制她的行动,只是怕人知道军中携有女人,二来,也是因为田雌凤天生丽质,对于美丽的女子,男人总是难于坚持原则。

那中军侍卫迟疑了一下,道:"既如此,姑娘请稍待。我去请示一下上官。"中军侍卫急匆匆而去,他去请示的上官不是别人,正是华云飞。叶小天的中军大帐安全防卫工作,可是由他负责的。

华云飞听了侍卫禀报,便是微微一笑,心道:"大哥所说不错,这女人机警得很,果然想得到合理的借口。如果我们故意制造松懈,放她离开,只怕反而弄巧成拙,引她怀疑了。"

华云飞想了想,道:"可以,准备几套土服,不要穿着战袍去。不然叫商家看见,难免还是会有风言风语。"

那侍卫领命,回去对忐忑等待的田雌凤一说,田雌凤不禁大喜,换上便装,显然更方便她逃走。田雌凤一口答应下来,等那侍卫为她取了一套土服来换上,便在四个侍卫陪同下急急离开了大营。

第八十八章

此凤雌凤

一

有一件事，是男人最不喜欢做的，那就是陪女人逛街。哪怕这个女人千娇百媚，人比花娇。如果这个女人又是自己碰都碰不得的，那陪她逛街就更无聊了。

娄山关关城是进出播州的重要门户，这里的商业自然发达。虽说目前正处于战争之中，但是门户已经开了，而且驻守娄山关的是官兵，商贾们觉得安全多了。

商人逐利，是不怕风险的。一百个商贾中哪怕只有十个肯冒风险以逐重利，这关城来来往往的商贾便也如云了。所以这关城内的商业，竟是有些畸形的繁荣。

既然要逛街，买的东西当然就不只是"女人要用"的那点东西了，但凡女人感兴趣的东西可能都要买一点：胭脂水粉、首饰头面、鲜艳的布料，甚至一些街头小吃……

田雌凤穿着一身靛青色的略显中性的彝家服装，这儿看看、那儿瞧瞧，不一会儿就买了一堆乱七八糟的东西，由四个彝家汉子模样打扮的军士提着。走到一家卖女性用品的店铺时，田雌凤站住了身子，微现忸怩地道："你们等在这儿吧，我进去瞧瞧。"

四人也知她要买的东西恐怕不方便叫他们看见或听见，便在门口站住了。走了这一路，他们的提防之心本就淡了，再加上走这一路，真比打一场仗还要费神力，也是真没了力气。

这关城内的商业虽然繁荣，可是由于它是处于深山中的一个关隘，而且以往客商都只是由此经过，所以没有门面豪绰的大店，不管卖的东西贵贱，那店铺都曲曲折折，仿佛杂货铺子。

田雌凤侧着身子走进去，铺子里是一个四十多岁的妇人，黧黑的肤色，瞧见生意上门，便满脸堆笑地站起来。田雌凤随手捡看着东西，悄声对那妇人道："大婶，你救救我，我是被外面那四个男人掳来的。"

妇人一听大惊失色，马上向外面看了一眼，又骇然看向田雌凤。田雌凤做出一副楚楚可怜的样子，道："大婶，他们都是穷凶极恶的大恶人，我一个弱女子，落入他们手中，后果不堪设想。大婶找个借口，引我去后边，我从后边逃走，这里有些银两，算是对你的酬谢。"

田雌凤摊开手掌，露出一些散碎银子。那妇人低头看看银子，抬头看看田雌凤，扭头看看外面四个百无聊赖的汉子，眼神忽然一变。

田雌凤何等警觉，登时便知不妙，这妇人怕事，根本不想救她出火坑。田雌凤想也不想，顺手抄起案上一柄剪刀，死死抵在了那妇人小腹上。

她用的力大了些，这一下子就刺破了衣衫，刺伤了那妇人，但她动作太过果决，那妇人闷哼一声，瞧见她冷厉的眼神，竟然不敢作声。

田雌凤用威慑的眼神盯着她，直到她胆寒地低下头去，才扭头羞颜道："我……我已经有些不适了，大婶陪我去后边。"

田雌凤说完，顺手抓起几条布带，恰好遮住了那剪刀，抵着那妇人向后边走去。外面四个大男人目光涣散地蹲在那里，等二人进了后面，其中一人道："什么有些不适了？"

有个略懂的汉子道："来了月事了。"

先前那人唇上还只有一抹绒毛，显然不太明白："啥月事？"

先前那汉子不耐烦地道："二炎，这是妇人之事，你不懂。"

那二炎继续追问："那为啥要去后边？"

先前那汉子道："难不成当众脱给你看？"

田雌凤抵着那妇人到了后院，她就知道这些人家前后院必是相通的，一瞧后边果然有个小院儿，后院门儿是半掩着的。田雌凤冷冷地看向那妇人，那妇人战战兢兢地道："姑娘，你……你不要杀我。我一个孤苦无依的普通妇人，独自做点小生意过活，实在不敢招惹那些恶人哪！"

田雌凤冷笑一声道："所以，你就要推我下火坑？"

田雌凤手中剪刀一划，就划破了那妇人的脸，随即举起剪刀，刺向她的胸膛。那妇人吓得尖叫一声，撒腿就跑，田雌凤恨恨地一跺脚，也向后门逃去。

那妇人逃进房中，扭头一看，田雌凤正从后门出去，不禁松了口气，立即蹿到前边，捂着鲜血直流的面颊，喊道："兀那汉子，还傻蹲在那儿做什么，你们的女人，已经跑啦！"

四人一听，立即站了起来，把东西一扔，就往后院儿追去。后院儿外头，也是一条街巷，四通八达，一阵鸡飞狗跳，四人追得不见踪影了。

那妇人用布匆匆裹了颊上伤口，破口大骂着向左邻右舍诉苦一阵，见一时也做不得生意了，就打了烊，往房里走去，翻箱倒柜地想找点儿金疮药出来。正翻找着，忽然颈上一凉，那妇人扭头一看，眼珠子差点儿掉出来。站在她旁边，用剪刀抵着她脖子的，可不正是已经逃跑了的那位姑娘。

"你……你你……"

那妇人好像见了鬼，浑身哆嗦。

田雌凤微微一笑，道："没想到，我再回来吧？"

那妇人张口欲喊，田雌凤目光一厉，手中剪刀毫不犹豫地刺进了她的嘴巴，那妇人登时二目圆睁，却再也说不出一句话来。田雌凤把那剪刀从她嘴巴刺进去，一直捅进咽喉，握着柄使劲转了几圈，直到那妇人口鼻全是溢出的血液，活活被自己的血憋死，这才恶狠狠地松了手，任她软软倒下。

叶小天此时确实在迎接马总兵的官员行列中，他已经接了马总兵，赶到刘大刀处与之汇合。马总兵到了，刘挺自然更要设宴款待，叶小天作为陪客，一时也是不得离开。

正自觥筹交错间，华云飞派来的人到了他身边，叶小天扭头回顾一眼，淡淡问道："她如何了？"

那死士小声叙述起来，最后道："她佯做逃走，那妇人刚一逃回，她也跟着回了院子，就躲在院角鹅笼后面，引开追兵后杀了那经商的妇人，现在就藏身在那里。"

叶小天听到田雌凤的手段，也不禁微惊了一下，不过想到她陷害播州掌印张夫人的行径，似乎这也不算什么了。叶小天沉默了一下，才缓缓地道："装模作样地追搜一阵就是，不要大肆声张，至于她的吉凶祸福，由她去吧！"

第八十九章

人心散了

一

自马礼英马总兵率先赶到娄山关与刘大刀汇合以后,其他四路北方兵马也加快了行军速度,而此时杨应龙所采取的策略又太过保守,为了保留实力拱卫海龙屯,外线部队少有精锐,以至对各路明军少有阻击效果。

于是,四月十六日,北路共六支大军于娄山关汇合,一时声势大盛。简短的会师与誓师之后,刘大刀以早已赶到娄山关,充分得到休整的叶小天部和马千乘部为左右先锋,呈钳状向播州腹心进发,其他各路大军分别为这两路先锋部队侧翼或后翼接应。

他们避过险峻难攀的大楼山山区,马千乘沿洪江、仁江一路进发,叶小天则沿乐安水一线进发,从进攻路线上来看,两路先锋还是有主有次的,马千乘这一路走的是中线,明显是主攻,而叶小天则是他的侧翼,助攻策应。

这一日,叶小天行军至乐安里施家寨附近,前方探马忽然回报,眉潭方向似有一支播州兵马活动,叶小天立即吩咐放慢行军速度,戒备前行,并加派探马斥候了解情况。

华云飞作为先锋之先锋,率三千兵行于最前,他立即向眉潭方向小心靠拢,试图找出这支敌军。要知道,他们一路前行,最终目的地是海龙屯,如果外部有一支机动敌军不时骚扰,会产生极严重的影响。

叶小天的主力部队则就地驻扎下来,组织第二阵地,同时派人快马向后方正缓慢行军的刘大刀报讯。目前可是在敌占区,明军气势虽盛,依旧得稳扎稳打才行。

叶小天这里正就地设置营寨,安置拒马,斜刺里忽然出现一支兵马。此地已近海龙屯,要说对地理之熟悉,谁也比不得播州本地的土兵,那支先前曾稍露行踪的兵马,竟然在诱开华云飞的部队之后,从小道直接穿插到了叶小天的中军面前。

叶小天大惊失色,先前明军被播州几次杀败,大多都是被他们利用地形之利,打了个出其不意。难不成今日要旧况重演？叶小天立即命人抛下建了一半的工事，匆匆组织防御。

但是令他奇怪的是，来犯之敌并未利用他军中此时的混乱进攻，当他们突兀出现后，居然原地停下，也摆出了防御的阵势。

叶小天心中纳罕，不趁我立足不稳进发，却摆下阵势试图公平单挑，这是谁啊？莫非宋襄公转世？这仁义的……也太蠢了吧！

这时对方已基本立稳了跟脚，阵营层次稍见分明，叶小天登高远眺，瞧见对方军中挑出一面赵字大旗。叶小天手搭凉棚正自盘算播州一方有哪些姓赵的主将，就见对方阵营一开，八个大汉一人挑一面白旗，摇啊摇地向他这边走过来。

"咦？这是要和谈，还是要投降？"

叶小天又惊又奇，赶紧吩咐手下莫要放箭，让他们过来。

其实对方要想与他有所交涉，打起一面白旗足矣，不过面那位来使大概比较怕死，生怕这边没看清他的来意，一顿乱箭取了他的性命，所以居然打起了八面白旗。

八面白旗迎风招展，摇啊摇地就跟招魂幡儿差不多，后边则跟了三个人。叶小天眼见对方不过走来十一个人，想突营也是办不到的，这才放松了戒心，让军士闪开一条道路，引他们到中军来见自己。

八个打旗的到了叶小天的军中便被止住了。叶小天的兵，盘检了后边所跟几人，缴了他们的武器，只引着三人走向中军。

叶小天临时弄了个马扎，大马金刀地坐在那里，气势昂然地等那来使参见。那三位来使到了近前，还隔着五六丈远，其中一人便高呼一声："小天兄，久违啦！"

"嗯？这是谁与我称兄道弟？"

叶小天闪目一瞧，一下子就站了起来。

赵文远！

且不论当初是如何钩心斗角，也不论当初究竟谁想害了谁。不管怎样，赵文远那如花似玉的婆娘是死在他卧室壁柜里的，而赵文远他爹，居然是被死在他卧室壁柜里的婆娘给一箭射死的。所以叶小天见了赵文远，还真不好意思继续端架子。

赵文远大步流星地赶到叶小天面前，一把握住了他的手，神情激动，溢于言表。叶小天身边的护卫知道他们已经被搜过身，不可能携有武器，是以只是加强了戒备，并未阻止。

赵文远一把拉住叶小天的手，用力摇了摇，激动地道："小天兄，小弟无心从贼，奈何身在贼巢，实不由己啊！小弟一直思量寻机摆脱贼首杨应龙的控制，弃暗投明，可惜一直不得机会。直到最近，才伺机脱离，小弟游弋左右，翘首以待，终于……"

赵文远哽咽了一声："终于等到了你们！"

赵文远是来投诚的!

叶小天听到一半就明白了赵文远的来意,不由大喜,随即却是深深的惋惜:"可惜了,这赵文远要是魄力再大一些,既然有心投诚,暂且虚与委蛇,不离开海龙屯,只遣人与我联络,到时候里应外合,海龙屯岂不唾手可得?可惜!可惜!"

可惜赵文远比他想的还没志气,叶小天不知道的是,其实赵文远在外面打游击的这些天,就有机会直接投向明军。只是他担心被明军将领冒功给宰了。

要知道,恰好接收了一名降将,这可不算什么功劳。如果是阵斩敌将,歼其全军,这功劳就大了,真难保哪个黑了心的明军将领不会干出这种事来。而叶小天,他曾经与之为友,深知叶小天的为人,这种事,叶小天干不出来。

所以他这些日子到处流窜,游而不击,就是在等叶小天。娄山关?娄山关他不敢去,叶小天在娄山关内休整,山前还有三座军营呢,他不想冒险。

赵文远的胆魄本就不算十分大,自从他继承了家业,成了赵氏土司的家主,豪宅美妾,仆从如云,就更不想死了。

叶小天虽可惜于赵文远白白浪费了一个立功的大好机会,可转念一想,赵文远投诚这事,只要大肆宣扬一番,还是颇有作用的。这件事会打击播州守军的士气,同时,会增强他先前所设离间计的效果。

想到这里,叶小天便也堆满笑容,对赵文远道:"文远将军,你临阵反戈,深明大义,吾心甚慰!叶某马上报与刘总兵,为你接风、庆功!"

第九十章

有内奸

一

播州土官赵文远深明大义，心怀朝廷，临阵投诚，杨应龙已众叛亲离。

这是朝廷方面大肆宣传的主要内容。

赵文远反了，贪生怕死，背主求荣，不得好死！

这是海龙屯方面闻讯后做出的反应。

为了证明赵文远不得好死，杨应龙马上派出大军，气势汹汹去赵氏土司的地盘进行惩罚性报复。

可惜了，赵文远这厮根本不在乎，他在决意投诚之前，只把自己的生母偷偷藏了起来，那些兄弟、叔伯，他一个也没告诉，这些人完全被蒙在鼓里。

此时的杨应龙，如同一个输红了眼的赌徒。刚起事时，他对何家还能耐下心来分化瓦解，尽管何恩跑到皇帝那儿告他谋反，恨得他牙痒痒，他依旧宽赦了何恩侄孙何汉良的死罪，逼他绑在自己的战船上。这时候他却没有耐心对赵家也做同样的处理了。他需要杀戮来威慑手下各路大将，迫使他们不敢生出反心。

所以，尽管赵文远那些叔伯、兄弟不断地向他乞求、向他表忠心，愿意与赵文远划清界限，杨应龙还是把赵家杀了个血流成河。

赵文远在明军阵营中获悉此事，号啕大哭一番，披麻戴孝，血书控诉杨应龙的暴行。待他回到自己寝帐，却忍不住捂上被子，偷笑了半天。杀吧，都杀光了才好，这样老子引王师平叛之后，这些赵氏地盘，可都归我一人所有了。

此时，田雌凤已经离开了娄山关，进入了杨应龙的控制区。

田雌凤虽不会武，却胆大心细，她佯作逃走，实则依旧隐藏在那个小商贩妇人家中。那妇人因为伤了面颊，暂时歇业打烊，恰成了最好的掩护。田雌凤在那人家藏了一晚，翌日离开的时候，已经变成了一个瘦瘦小小肤色黧黑的汉子。

田雌凤倒不懂得乔装，不过一些简单的乔扮还是容易的，头上再戴一个斗笠，脸上擦了锅灰，就算有人觉得这人眉眼清秀了些，不等细看，她也就走过去了。

娄山关此时并不禁出入，只是对于来往的大队人马盘查较严，同时不允许北方来的商队继续前行，以免资敌，只允许他们在娄山关内做生意。这也是容许零散人员来往的主要原因，不然他们把生意做给谁？

因此一来，田雌凤便顺利出了关，但娄山关前还有三路明军屯守，一道道的关卡，万一在哪一道关卡被看出破绽呢？

其实正常情况下，田雌凤能顺利离开娄山关，就该怀疑叶小天别有所图了。她既失踪，叶小天岂有不大肆搜捕的道理？问题妙就妙在，她一直就知道，叶小天把她带在军中，是一件极隐秘的事。

既然如此，她逃走了，叶小天就未必敢声张。一旦声张开来，军中藏有女人，先是一桩大罪。这女人是杨应龙的三夫人，极力主张造反的主要谋划者之一，让她逃了，更是大罪一桩。

田雌凤才不相信叶小天这个滑头会自留把柄罪名给朝廷，尤其是在朝廷大胜在即，叶小天可以分得功劳占得好处的时候。而她潜逃出关的时候，发现人群中有些便衣模样的人东张西望的似乎在寻找什么人，就更证实了她的想法。

饶是如此，她也不想冒险连闯三关，所以一出娄山关就钻了林子，走野路。

走野路固然没了被发现身份的危险，但丛林中行走，却也不是那么轻松。田雌凤不会捕兽猎鸟，用了三天时间才走出大山，其间也不过是山泉就野果，勉强果腹。

好不容易出了山，才吃到一顿饱饭。这山外也不是什么大城大阜，只是一个小村镇。不过这种地方只要有钱弄点吃的还是容易的，田雌凤急于赶回海龙屯，在镇上吃了顿饱饭，买了些干粮，又花钱买了条驴子代步，马上便离开了。

这一路上因为近来官兵与播州兵打仗，山贼路匪倒是因此绝迹了，不然的话，她一个女子，又不懂得些防身功夫，后果还真是不堪设想。

又行了两日，到了一个更大的镇子，此处也是播州军的前沿阵地了，虽然戍守这里的只是一些走不掉的当地小土官吏目，心中也在彷徨朝廷大军一旦开到，是即刻举白旗投降还是坚持一下再说。

不管怎样，现在朝廷兵马还未到，此处还在杨应龙控制之下，之前赵氏家族被血腥屠戮的血淋淋事实又摆在那里，当田雌凤亮明身份之后，当地小土官吏目是不敢生出一点异心的。

他们唯一能做的，就是马上安排土兵，把这位姑奶奶恭恭敬敬地送走。

就这样，田雌凤回到了海龙屯。

海龙屯上，杨应龙近来的情绪一直不好，极大的精神压力让他整日都处于暴躁之中。

一直以来，杨应龙都觉得自己雄才大略，足可为一代人主。而他在贵州众土司中出类拔萃，更助长了他的信心。

但他却未想过，他是播州杨氏的家主，祖先传下的基业是何等的雄厚，许多事他能做成，只是因为他拥有雄厚的根基，并不见得是他如何天纵英明。

不错，安宋田杨四大家中，他已操控了田家，锋芒甚至在宋家之上，可田家的败落不是他的功劳，也不代表他的实力和才干已经超越了宋家。

直到真正起兵，倚仗地利人和，一连打了几个胜仗，他都认为这是理所当然的。以他的雄才大略，以他的天纵英明，这都是应有之事。他信心十足地准备着入主中原，却没想到最终迎来的却是死守海龙屯。

这时候，赵文远的背叛，更是在他心里狠狠地捅了一刀，因为这是第一个在他起兵后公然背叛的人。之前的何恩、宋世臣等人，毕竟是在他起兵之前就逃离的，而且诱因是他杀了掌印夫人张氏，而这些人与张氏关系密切。可赵文远却是他一手扶持起来的亲信啊！

这时候，他倚为臂助的田雌凤回来了。

杨应龙闻讯大喜过望，亲自下山迎接，却不料田雌凤上了山，马上告诉了他一个令他心情陡转之下的坏消息："海龙屯上有内奸！"

第九十一章

谁是内奸

一

"有内奸？"

杨应龙的脸色顿时阴沉下来。

其实在赵文远叛逃的消息传回之后，杨应龙就已经担心会有人起而效仿，所以他才会对赵氏家族失去理智地大肆屠戮，即使这么做对明廷明显更有利。在这样微妙的心理状态下，他最信任的田雌凤亲口说出的消息，无疑会让他绝对相信。

"是谁？"

杨应龙咬着牙，双手已经攥紧，就像扼住了叛徒的喉咙。

田雌凤轻轻摇了摇头："他没有说出来，他只是……"

田雌凤回想了一下，说道："那日，马礼英的先锋马千乘……"

说到这里，田雌凤飞快地看了杨应龙一眼，如果不是因为杨应龙勾引马千乘的母亲，害得马家遽生波澜，恐怕马家未必会成为讨伐杨应龙的急先锋，相反，因为马杨两家的关系，朝廷还得分兵防范马家，那结果未必就如今日一般了。

田雌凤继续道："因为马礼英的先锋官马千乘赶到娄山关，叶小天为他接风洗尘，大醉而归。酒醉之后得意忘形，才说出了这个秘密。他说，有此人为内应，破海龙屯易如反掌！"

杨应龙越听脸色越是阴沉，田雌凤忽又想到一事，道："对了，他还说，我们绝对想不到此人是谁？"

杨应龙的脸色更黑了。

"绝对想不到此人……"

杨应龙微微闭上眼睛，紧张地思索："那人既已投效朝廷，且答应里应外合，自然不会是主动领兵执行袭扰计划，实则游而不击，伺机投敌的赵文远，那会是谁？此人一旦里应外合，海龙屯绝对守不住？那么此人在我麾下，必然是身负要职了，而且必是统兵大将！我们绝对想不到此人是谁，那么他必然是我极信任的人，表现的极忠诚的人了！"

"田飞鹏、田一鹏？不可能！田家的利益与我杨应龙绑在一起，谁都可以叛，田家不会！"

"兆龙？也不会！他是我的胞弟！我的大业，他参与甚深，降了朝廷，也难取得朝廷信任，从中取利。"

"大阿牧陈萧？不会不会！陈萧对我忠心耿耿，前番清洗何恩、宋世臣家族，他出力甚巨。如果他降了，来日何恩和宋世臣绝不会饶他。"

"何汉良？他族叔祖降了朝廷，他若投降，恰有人接应。不过……綦江之战，他屠了全城，双手沾着近万百姓的鲜血。万历震怒，下旨将何汉良列为绝不受降的必杀之贼！皇帝金口玉言，岂会出尔反尔！"

将自己的心腹大将仔细想了一圈，杨应龙又绕了回来："田飞鹏和田一鹏也未必不可能啊！白泥田氏虽然站在我这一边，可铜仁田氏却是站在叶小天一边，听说叶小天投桃报李，已经把思州交给田家打理。如果有铜仁田家接纳，并代为向朝廷求恳，为了图谋我播州，朝廷难道真的不会受降？不对，如果是田飞鹏和田一鹏，那么叶小天就没必要瞒着雌凤，而是劝田雌凤一并投降了。"

"兆龙……大难临头，亲兄弟怕也靠不住啊。如果兆龙不求富贵荣华，只求保住性命与他这一脉，那么主动投敌，未必不可能啊……"

"陈萧……陈萧基于同样的理由，也有嫌疑。何恩和宋世臣纵然恨他入骨，可想要害他，终究无法借力于朝廷。而陈萧只要将功赎罪，不被朝廷追究罪责，从此安分守于陈家牧守之地，何、宋二人又能奈他何？"

"何汉良……屠了綦江全城，举国惊恨，绝难被赦免。虽然他的叔祖何恩正在朝廷一边，反而是最不可能投降的了。"

杨应龙想了一圈，悲哀地发现，他的亲兄弟杨兆龙和他的大管家陈萧本该是他最信任的人，反而有被他猜忌的理由。外戚田氏和被逼归顺的何汉良，反而最为可靠。

杨应龙思量许久，轻轻拍了拍手掌，一名身段轻盈姣好的女侍卫款款走了进来，这是杨应龙的死士，忠心绝无疑问。

杨应龙沉声道："加派人手，给我盯紧了杨兆龙和陈萧！他们有任何异常举动，都马上报与我知道！"

那死士轻轻点头，影子一般飘了出去。对于主人的命令，她只知服从，绝无疑问。死士自少年时选拔培养，灌输的就是绝对服从与绝对忠诚的理念，从某种意义上来说，他们已经不是正常的人类，而近乎一台机器了。

田雌凤看着她的男人有些疲惫的背影，柔声道："你怀疑是兆龙或陈萧？"

杨应龙疲惫地捏着眉心，道："他们嫌疑最大。"

田雌凤轻轻点了点头。

杨应龙回过头来，见田雌凤脸颊消瘦，下巴尖尖，怜惜地道："你受苦了，清减了许多。"

田雌凤起身上前，握住他的手，轻嗔道："看你说的，你我夫妻，还这么见外。"

杨应龙一笑，想要问及她在叶小天营中有无受苦，忽然想到她刚才所说，叶小天大醉而归，此时她从叶小天口中听到他得意之中卖弄的话来，心中忽地一紧。

酒为色之媒，叶小天大醉而归后，为何雌凤会在他身边？雌凤国色天姿，风情万种，是个男人就难抗拒她的魅力。那叶小天留她在身边那么久，对可以予取予求之俘虏，他会不会……

但田雌凤冒险逃出，千辛万苦才赶回来，他实在问不出这种话来。而且即便问出来又能如何，他与田雌凤这对夫妻才是志同道合的真知己，两人多年恩爱，又有共同的孩子，他对田雌凤才是绝对的信任。

他不信田雌凤会背叛他，就算田雌凤迫于形势，委身于贼，被那叶小天凌辱过，他也无法抛弃田雌凤或者加罪于她。至少在此时此刻，他的心境是这样的，男儿的独占欲也比不上此时这种相濡以沫的情感。

所以，话到嘴边，杨应龙又把话咽了下去。

但田雌凤何等精明，瞧他眼神变化，欲言又止的神情，就猜到了他心中所想。想到自己对叶小天的百般诱惑，如果不是叶小天尚能坚守本心，只怕两人真的早就同床共榻，抵死缠绵了。她脸上微微一烫，不过神色却是如常，说道："天王多疑了。叶小天私德操守上面，倒是无可挑剔！"

如果叶小天听到这句话，一定会感动得泪流满面。就连他的好兄弟大亨和华云飞都不相信他在两性关系上的操守品行，还是田三夫人最了解他呀！

田雌凤嫣然一笑，又道："再说，以我的身份，就算我肯从了他，他敢要吗？"

杨应龙一想也是，田雌凤可是他这个大贼首的女人，叶小天正是前程似锦的时候，如果和她有什么瓜葛，那可就把一切都毁了。朝廷一旦获悉这样的消息，绝对再难对他保持信任。

杨应龙顿时释然，对于自己忽然对如此忠心的妻子产生了怀疑，更是愧疚于心，便将她轻轻拥入怀中，柔声致歉道："雌凤，是我错了。应龙这一生，自诩风流。直到如今这般时刻，才知道，你是唯一值得我付予真情的女子。"

夫妻俩轻轻拥抱在一起，大殿上一双贴合在一起的人影，拖曳得好长、好长……

第九十二章

除　奸

一

　　杨应龙这边专心于部署防御，以应对很快将云集海龙屯下的朝廷大军。此时的海龙屯，已不比守娄山关时乐观自信。那般险峻难攻的娄山关一日告破，海龙屯虽更险于娄山关，却是处于重重包围之下，能坚持多久？

　　杨应龙的死卫办事效率还是很高的，几天里，有关杨兆龙和陈萧的消息陆续送到杨应龙案上：

　　"杨兆龙数日来，常独自喝闷酒。"

　　杨应龙冷然一笑："胆小如鼠！"

　　"陈萧前日新纳了两房小妾，都是十四五岁的小丫头！"

　　杨应龙微显鄙夷："醉生梦死！"

　　"杨兆龙曾连续两次召集心腹议事。"

　　杨应龙语气凌厉："查清他们究竟商议了些什么！"

　　"陈萧借纳妾之机，着人下山采办。却把自己两个幼子混在下人之中，悄悄送出了山。"

　　杨应龙的脸色顿时沉了下来："查清他们身在何处，统统给我抓回来！"

　　又过两日，杨应龙得到消息，明军先锋部队马千乘、秦良玉部已经赶至养马城，南川路、永宁路两路大军的先锋业已赶到，与之汇合。与此同时，叶小天部也在向海龙屯的东北面进发，隐隐与马千乘形成掎角之势。

　　叶小天这一路只有他自己的本部兵马，但足足有近两万人。旁人的队伍是越打越少，可叶小天一边打一边募兵，还招收降兵，所以他的军队反而在逐步壮大，因此他这一路兵马，其兵力与实力，还在养马城的马千乘等三路大军之上。

　　杨应龙正疲于应付，他的死卫又送来了最新消息：杨兆龙连续两次召集心腹，所议主要内容就是最近的局势。杨兆龙对海龙屯的未来不抱什么希望，但并未查到他有什么不轨举动，只是难免有些意气消沉。

杨应龙听了不免松了口气，如果杨兆龙真有什么不轨举动，那他是一定要杀的。可不管如何，杨兆龙总是他的胞弟，杀同胞兄弟，心里总是不太舒服的。

随即，有关陈萧的消息也再次送来，陈萧借去青蛇屯巡察之机，又把一个幼女和他的侧室夫人送下了山。

杨应龙勃然大怒，立即命人去抓。这边控制了陈萧，那边抓住了他的侧室夫人和幼女，杨应龙还未及审问，追查陈萧两个幼子下落的探子回报，陈萧的两个儿子已经在他忠心下属的护送下，进入思南。他们的踪迹消失在北去的驿道上，如果继续追查，恐要进入中原，需时太久。

杨应龙听到这里，顿时怒从心头起，恶向胆边生。当他的胞弟杨兆龙嫌疑渐去，他的疑心就已集中在陈萧身上，如今更是认定了陈萧就是那个内奸。

陈萧被带上了天王阁，脸色死灰，神情沮丧。一见杨应龙，"扑通"一声就跪倒在地，颤声道："天王，属下知罪了！还请天王看在属下多年来勤勤恳恳、忠贞不贰的分上，饶恕属下一次。"

杨应龙一脚将他踢翻在地，怒笑道："忠贞不贰？你私通朝廷，为了保住自家的性命前程，不惜背主求荣。还有脸说忠贞不贰？"

陈萧愕然看着杨应龙，眸中突然闪过一丝惊惧之色，他忽然明白过来，他本以为杨应龙是发现他在安排后事，将自己的后代骨肉偷偷送出海龙屯，却没想到杨应龙居然以为他投靠了朝廷。前一桩只是出于私心，后一桩却是不可赦的死罪了。

陈萧怪叫道："天王何出此言，属下只是一时糊涂，不忍家人与我玉石俱焚，所以起了私心杂念，把他们送出山去。属下受天王赏识，知遇之恩不敢忘却，自然是要与天王生死与共的，岂会做出降敌背主的事来！"

杨应龙仰天狂笑一声，瞪向陈萧，杀气腾腾："还敢花言巧语的来骗我！你把儿子女儿乃至你的婆娘，一一送出山去，只是为了替你陈家保留一线血脉？嘿嘿，只要再给你几天工夫，你那两个成年的儿子也会被你悄悄送走了吧？"

这时，陈萧的长子和次子也被绑进了大殿，不一会儿，他的兄弟、妻妾，乃至这一次被送出山去的侧室夫人和年仅六岁的小女儿，都被一一带了进来。

陈萧眼见全家被抓，心胆俱寒，哭诉哀求道："天王，你真的误会了呀！我那长子次子，属下早就对他们说过当下形势，要他们与属下一起，为天王效死尽忠，从未想过送他们离开海龙屯。"

陈萧的长子和次子点头如捣蒜："是啊，天王，家父的确是这么嘱咐我们的。"

杨应龙冷冷地道："现在你们当然这么说了。"

陈萧急了："天王，属下所言，句句属实啊！"

杨应龙张开五指，缓缓握紧剑柄，一寸寸将长剑拔出，冷冷地道："人心隔肚皮，杨某可辨不出你的善恶忠奸。你既然对我忠心耿耿，愿意为我而死，那现在就用死来证明你的忠吧！"

杨应龙信手一挥，长剑如一泓秋水，横空一闪，陈萧的一个侍妾便捂住咽喉，闷哼几声惊恐地看着杨应龙，喉间指缝鲜血止不住地喷涌出来。

尸体"扑通"一声倒在地上。那小女孩见母亲惨死，吓得"哇"的一声大哭起来，陈萧浑身发抖，泣不成声地道："天王，属下真的对您从无二心、从无二心哪！"

杨应龙不为所动，手中长剑又缓缓举起，这时一个小女孩的声音响起："阿爹！"

杨应龙剑势一顿，回首望去，就见一个七八岁明眸皓齿、眉目如画的小女孩快步跑进来，后边晚她一步，跟着一脸无奈的田雌凤，还有这小女孩的生身母亲，杨应龙的七夫人甜儿。

小姑娘叫杨花，杨应龙最小的女儿。杨应龙换了一副慈祥的笑脸，弯腰抱起女儿，道："花花，你来做什么？"

杨花气鼓鼓地对杨应龙道："阿爹，秀秀是我的好朋友，你干吗要杀了她娘啊。"

杨应龙垂了血淋淋的长剑，对杨花道："花花，你可知道，秀秀的阿爹和阿娘，背叛了咱们杨家？这个秀秀，刚刚被她爹爹送出海龙屯呢。你知道她爹爹要留下来干什么吗？他们要杀了你爹，杀了你娘，还要把你也杀掉。"

陈萧大声嘶吼道："我没有！我没有！我真的没有啊！"

那个叫秀秀的小女孩也眼泪汪汪地道："我爹真是送我和娘离开，说我还太小，不要留在山上陪他送死。阿爹从来没说过要对不起天王的话。"

花花听了回首看向杨应龙，杨应龙微笑看着女儿："花花，你是信阿爹的话，还是信他们的话？"

那杨花看看杨应龙，又看看泪流满面的秀秀，迟疑起来。

杨应龙对杨花柔声道："花花，这世上，谁都可能害你，唯有你的爹娘，不求任何回报，也要宠你、疼你，你说你该信谁？你的爹娘险些被人害死，包括你，你说你还该不该庇护她？想想看，如果不是爹发现了这一切，死在这里的就是咱们一家人。他们背叛了爹爹，依旧可以荣华富贵，秀秀依旧可以穿最好看的衣服，吃最好吃的美食，有她的爹娘宠她疼她，可那时你呢？"

杨花听父亲说着，渐渐露出愤怒的表情。

杨应龙把女儿缓缓放下，把剑柄塞到她的手里，又用自己的大手握住她的手，蹲下身子，在她耳边柔声道："花花，你是我杨应龙的女儿，不是寻常人家的女子，你要记得，你是不同寻常的。爱恨情仇，大是大非，你要比一个寻常男子还要分辨得清楚，还要担当得起来！"

杨应龙缓缓看了满脸泪水的秀秀一眼，声音渐冷："他们背叛爹爹，背叛杨家，就是咱们的大仇人。花花，秀秀是你的朋友，阿爹不杀她。你来杀！"

杨花小小的身子颤抖了一下，可是扭头看到父亲鼓励的眼神，稚嫩的小手却不由自主地握紧了那口剑。杨应龙握着女儿的手，缓缓举起了她手中的剑，对准了秀秀小小的身子。

"不要！花花，我们是好朋友啊，你不要杀我！"

秀秀惊恐地叫起来，想要往后退缩，但是侍卫的大手牢牢摁在她的肩上，让她动弹不得。

"花花……"

秀秀绝望地叫，花花毕竟还是一个七八岁的孩子，她害怕地闭上了眼睛，但是攥着剑的手，却始终不曾松开，任她的父亲握着，对着秀秀，狠狠地捅了下去。

"杨应龙啊！"

天王殿上一声鬼魂似的惨叫，陈萧双目充血，浑身筛糠似的抖："杨应龙，你没人性啊！你个丧尽天良的狗东西，我陈萧做鬼也不会放过你的。"

杨应龙展颜一笑，道："你做人都只是我的一条狗，做鬼，难道我就会怕了你？"

他从正呆呆发愣的女儿手中取回长剑，缓缓指向陈萧的次子，微笑着问道："眼看着全家人一一死在自己面前，那是什么感觉？你放心，你一定会死得比他们都惨，我保证！"

第九十三章

收获的季节

一

陈萧的被杀比赵文远的叛逃,给海龙屯带来的影响更大。

一则,陈萧的身份地位相当于播州小朝廷的内阁首辅大臣,是首相,远比赵文远这个播政家政大管家身份更为紧要,带来的冲击和影响自然也大有不同。

二则,陈萧和赵文远都是土官,都有自己的地盘和部属,而陈萧是陈氏土司家族的当家人,赵文远只是赵氏土司家族里在杨应龙面前最得宠的那一个,他并未能一统赵氏,坐上家主之座。赵文远叛逃,把亲信带走了。陈萧被杀,他的亲信部属却要经历一场大清洗,而这个过程中,执行者们难免公报私仇,难免会搞扩大化,结果闹得人人自危。

叶小天在假扮胞兄叶小安期间,也曾对卧牛岭搞过一次大清洗,但是那次大清洗的背景环境不同,而且他行雷霆手段大肆清洗的多为新近"加入"卧牛岭的人,这些人根基尚浅,原本很是郁闷了一阵子的"老臣子"们,反而扬眉吐气,这也使得卧牛岭的局势迅速稳定下来。

可海龙屯现在是个什么局面?外有大军压境,步步紧逼!前有赵文远叛逃,人心惶惶。此时大阿牧陈萧被杀,其部属亲信遭到大清洗,给海龙屯带来的震荡实是难以平复,而且杨应龙此时也顾不上去平息内部因此产生的骚动了。因为,马千乘兵行神速,在汇合了两路大军后,已经迅速开拔到了海龙屯下。

陈氏家族的主要成员都在山上,自从赵文远叛逃,杨应龙就下令所有亲信大将必须把他们的至亲嫡系全部带上山来,于是陈家人除此前送走的两个幼子无一漏网地被杨应龙干掉了。

陈氏家族的宗亲嫡系可以上山,可陈氏土司的领地和子民却是没法带上山的,所以陈萧在他们的地盘上自然也留了人打理。在获悉陈萧及家族嫡系子弟全部被杀后,留守家园的陈氏子弟二话不说,包袱都没打,直接打开寨门降了朝廷。

陈萧的领地在瓮水，瓮水东面就是湄潭。叶小天在湄潭收了赵文远，把赵文远的兵也收编到了自己旗下，斗志昂扬奔瓮水而来，正摩拳擦掌地打算大打一场，却不想陈家子弟直接开了城门，出城投降了。

于是，叶小天兵不血刃，又占了瓮水。

叶小天大喜，这真是天从人愿，他本来只想在征讨杨应龙的过程中，迅速整合思州四府，除掉石阡童家这个隐患，把白泥等三司据为己有。却不想杨应龙倒行逆施，接连把赵文远和陈氏家族推到了自己一边。

赵家在湄潭地区，毗邻余庆，余庆则毗邻已为叶小天所有的石阡。陈家呢？在瓮水，毗邻赵家的湄潭，如此一来，铜仁、石阡、余庆、湄潭、瓮水已经连成了一线。

而在这条线的下方是哪儿？就是白泥、草塘、黄平这三块叶小天本就准备要纳入囊中的领地！

所谓气运加身之人，就是种种的偶然与必然交织在一起，本来会有无数种可能的发展，可是他遭遇这些可能的时候，常常是好的结果。

这其中有运气的成分，而且常常被人放大其作用，而一些更为实际的潜层原因，却很少会引起注意。

比如赵文远游而不击，伺机投敌，为何专要等叶小天赶到？在别人而言，这就是叶小天的气运。在赵文远而言，则是因为他和叶小天早就打过交道，他了解叶小天的为人品性，他不担心叶小天会杀降冒功。

再比如此时的陈氏家族，他们既可以投向瓮水西南边的马千乘，也可以投向东北面赶过来的叶小天，两人的军队此时距瓮水的距离差不多。他们为什么选择了叶小天？

这里边有没有赵文远先投了叶小天并得到了公正的待遇的原因，有没有叶小天扮叶小安上海龙屯时，此时陈家的负责人陈东曾经与他有过一面之缘，一起喝过酒的原因？有没有杨应龙勾搭马千乘的母亲，马千乘对播州恨意较深的考虑？

或许这些都是有的，但在别人而言，却未必会考虑到，他们本能地认定，这就是叶小天的气运。一旦他们认定叶小天此人有大气运，那么会怎么样？

没人觉得自己有本事与天斗，与天意气运所钟的人斗。如果可能，他们希望自己能和有大气运加身的人站在一边。于是，赵文远和陈东对叶小天更加信服了，其他犹在观望的土官，也把准备投效的目标放在了叶小天身上。他们开始更加关注叶小天的一举一动，思量是否前往投效。

而叶小天也很会做人，在他忽然发现不只白泥、草塘、黄平三地，连瓮水、湄潭、余庆三司也有可能落入自己手中的时候，对赵文远和陈东就更是待若上宾了。

千金市马骨，图的是各方豪杰纷纷往赴。何况赵文远和陈东不是一堆枯骨，这两位都有一份丰厚的"嫁妆",叶小天这番表演,对正急于寻找新主子、寻找新出路的土官们来说,无疑是一道福音。

此时,白泥方向,于珺婷和展凝儿两人业已出兵,对白泥安抚司展开了进攻。她们攻击的进度并不快,步步为营,压力是一点点地施放在白泥田氏身上的。因为卧牛岭掌印夫人田妙雯的亲笔信,已经被她们分别送到了白泥田氏大小土官的手上……

其实呢,就是以田妙雯名义所写的一封公开信,印刷了数百上千份,用望楼吊斗在上风头撒了满城,田氏家族乃至白泥城的百姓几乎都看得见。在大军压境的情况下,这声来自白泥田氏同族之人的呼唤,相信会有许多人听进心里。

马千乘可没有叶小天那么好运,养马城,他是很费了一番周折,硬生生地打下来的。前面是龙爪屯,这一关,他还得打!龙爪屯的后面是青蛇屯,青蛇屯后面是海云屯,海云屯的后面才是海龙屯,险峻陡峭,飞鸟腾猿亦难翻越之地。

他们两人选择了不同的路,当叶小天踏上收获之路的时候,马老弟得过五关斩六将,一路打下去。

第九十四章

活脱脱一个天王

一

龙爪屯,马千乘打得辛苦无比。

夫妻俩并肩上阵,亲自督战,用了四天工夫才拿下龙爪屯,军士伤亡无数,大军疲惫不堪。好在此时刘大刀率领主力赶到,将他们撤下暂作休整,另派了其他军队担任攻坚任务。

此时,安大公子安南天业已率领安家土兵加入了贵州叶梦熊一方的讨逆大军。从贵州方向进逼播州的一共只有两路军马,在八路大军中只占了四分之一,安南天参加的是左路军。

安南天本着痛打落水狗的精神,甫一加入,便抢下了先锋官的活,在乌江之上架设浮桥,于十六日夺下落蒙关,攻至大水田,占领桃溪庄。

土兵的军纪大部分都是很糟糕的,哪怕他们出兵的目的是正义性的。烧杀抢掠自然不可避免,再加上安南天也不像秦良玉一般严厉约束子弟,所以安家土兵火焚了桃溪庄,这处世外桃源因为杨应龙的野心和安家兵的散漫,被夷为白地。

宋家一直关注着安家的动静,安家出兵,宋家也立即派了宋天刀,加入了贵州方面的西路军,并主动请缨成为先锋。

其实这两大世家实力绝对是有的,只要他们愿意,他们甚至可以用最快的速度征调出一支超过叶梦熊组织的朝廷军队的庞大军队。但是他们是千年世家,大势已成,进取心比起叶小天的孤注一掷就差了许多。

所以他们迟至此时才出兵,而且动用的军队数量于他们而言依旧是少数,是真正的协同剿叛。但求无过、不求有功的心理早已深入安宋两家的骨髓,这一点即便是以安宋两家的掌门人之雄才大略,也不能避免。

但是这两家人的加入,其作用并不在于他们自己能出动多少兵马,而在于政治意义。安宋两家这是明确表态站在朝廷一方了,对其他各方土司将产生什么影响可想而知。

附庸于播州杨应龙的小土司们因为安宋的明确立场，军心更加涣散，毫无斗志可言。而这些土司之间由古到今历经千年，多多少少总有些可追溯的亲戚关系，这时自然都拿出来用了。

前方战事打得火热，各方土司却是信使不断，串联的、商量的、接洽的、准备易帜的，哪怕是正面战场上打得你死我活的，私下里都在频繁进行着接触。

黄平安抚司眼见如此情形，也不得不考虑自己家族的未来了，黄平安抚司位于播州的最南端，本就与水东宋家接触极为频繁，此时自然想投奔宋家。

只是宋家投入战斗比较晚，此时还没渡江，黄平安抚司刚刚派人去与宋家接洽，于珺婷就派了信使来。

于珺婷一面对白泥安抚司实行武力征讨，一面大撒传单，利用田妙雯的身份进行攻心宣传。虽然白泥田氏早已自成体系，但是与铜仁田氏毕竟是共同的祖先，在形势岌岌可危时，这一点就成了他们倒向卧牛岭的关键因素。

眼见田雌凤与田飞鹏、田一鹏等白泥田氏嫡系都在海龙屯上，且带走了田家最精锐的兵马，如果硬抗必然会被于小妖女毫不留情地诛杀，留守白泥的田氏子弟把老祖宗请了出来。

白泥田氏这位老祖宗，论辈分是田妙雯的曾祖父，久已不问世事，但是值此非常时刻，白泥田氏家族的子弟既不想与杨应龙同归于尽，又不敢承担这个选择的权力，只好把这位老人家抬了出来，请他说话。

老头子是马上入土的人了，也不担心万一杨应龙还能绝地翻盘时，田雌凤等人对他清算，便代表白泥田氏，答应归附卧牛岭。如此一来，于珺婷便占领了白泥，与黄平宣抚司近在咫尺了。

于珺婷马上派人与黄平安抚司联系。第一位使者是她以卧牛岭的名义派出的，第一位使者还没回来，她又以白泥田氏的名义派了一个说客。

紧接着，她便移师黄平与白泥的接壤之地，做好了武力进逼的准备。黄平安抚司虽然更倾向于投奔水东宋家，可惜那边结果如何一时还不得而知，而叶小天的使者却是已经到了。

而且白泥田氏已经降了叶小天，叶小天的势力等于已经与他接壤，为长远计，这一点不能不予考虑。再加上白泥田氏与黄平安抚司也有姻亲关系，有白泥田氏派出的说客苦口婆心地劝说，结果当黄平安抚司派往水东宋家的人带了稳妥的回信儿以及宋家的使者兴冲冲地赶来时，于珺婷已经出现在黄平安抚司，代表卧牛岭与黄平安抚司正式签署协议，将黄平安抚司罗氏家族纳入了卧牛岭治下了。

事情发展顺利与否，往往取决于第一步。于珺婷智取石阡府童氏，劝降白泥田氏，招降黄平罗氏，这样一来，被他们半包围起来的草塘宣抚司宋氏可就着了慌。

草塘宋氏与水东宋氏并没有什么关系。草塘宋氏始祖本是元朝时靖江路总管宋居混，后来其子宋明学任草塘安抚使，再后来自其长孙宋钦开始，成了世袭草塘平夷宣抚司宣抚使，领贵竹等十个长官司，红边、陈湖等十二码头。

如今眼见北面的余庆、湄潭、瓮水被叶小天占领，南面的白泥、黄平也投了于珺婷，夹于其间的草塘别无选择，投靠卧牛岭已是他们唯一的出路。

至此，叶小天超额完成了任务，不但原本计划之中的白泥、草塘、黄平三地纳入囊中，还额外收获了余庆、湄潭、瓮水三地，占据了播州的半壁江山。

"人啊，得知足！太贪心的话，是要天打雷劈的！"

叶小天打着饱嗝儿对华云飞说："自打过了娄山关，咱们连打硬仗，减员严重啊！这样，你带伤兵去草塘，配合珺婷接收余庆、湄潭、瓮水、草塘、白泥、黄平六府，我带精锐主力前往海龙屯，汇合王师，做最后一战！"

华云飞问道："那么，大哥留多少人？"

叶小天想了一想，道："千乘老弟带出来三千五百人，现在连番征战，大概只剩两千五百人了吧？我卧牛岭，可比不得石柱马家本钱雄厚，我就留……两千人吧！兵在精而不在多嘛。"

华云飞恍惚了一下，光是彻底控制了整个思南，地盘和势力就不比石柱马家小了，现在又加上余庆、湄潭、瓮水、草塘、白泥、黄平……如今这地盘已经赶上原来的播州了，活脱脱又是一个天王。你叶天王说你比不得石柱马家本钱雄厚，你也不怕老天爷一个雷活劈了你！

第九十五章

决战海龙屯

一

叶小天原本拥有一万八千名兵卒，实际上在赶到海龙屯东线时，他的总兵力已经因为以战养战而超过了两万人。这样庞大的军力说走就走，只留下两千人，正常情况下是很冒险的。

不过，叶小天负责的是东线，东线至此已经被叶小天全部解决，他的任务已经圆满完成了。

而且，在兵出娄山关之前，叶小天已经和刘大刀打过招呼，由他独自解决播州东线，其他方面的任务不用他负责。

叶小天破綦江、破娄山关，都出过大力、立过大功，而且他是四川方面军中唯一来自贵州的外援，作为客军，自由度大，真要走刘大刀也不好太过约束。

何况叶小天与刘大刀还有了极密切的关系。痛打落水狗、抢最后一功的人又多，以至锋芒正盛的叶小天此时退出，可谓急流勇退，没有任何一路军的统帅或将领有所指摘，反而暗暗赞他识趣，不与自己抢功。

叶小天这一手八面玲珑、长袖善舞，里子面子都顾到了，还赚了偌大的便宜。后来罗大亨每每称道："人人都说我罗大亨会做生意，其实我大哥才是真的会做生意！跟他比起来，我这些手段，根本不上台面！"

叶小天顺风顺水地解决了东线，赚得盆满钵满，撑得放屁流油，这才姗姗地赶往海龙屯。而刘大刀率明军主力，此时已连破青蛇屯、海云屯，兵至海龙屯下。

由于叶小天上一次前往海龙屯时，已经注意到了水位下降的事，并及时告知了刘挺，刘大刀没有驻军于低洼山谷内，而是分兵驻扎于被他攻下的龙爪屯、青蛇屯和海云屯，一瞧就是一副打持久战的样子。

叶小天率兵赶到，马上赶去刘大刀屯兵驻扎的海云屯。这里与海龙屯面面相望，顺风的时候，高喊一声对面山上都听得一清二楚。但咫尺就是天涯，想要到对面山上去，却难如登天。

各路大军主将俱已到达，刘挺马上召开了各方面军的作战会议。马总兵道："海龙屯险峻陡峭，飞鸟难渡，灵猿难攀，如果正面进攻，伤亡难以估量！"

刘挺蹙眉思索良久，缓缓地道："正面进攻，绝不可取！"

吴广总兵道："若是我们围而不攻，耗尽山上米粮呢？"

这人是从内地调来的，不甚明白土官地区的情形。刘挺在广东时和他就是极熟稔的朋友，因此没有说话，只是白了他一眼。吴广大为不悦，粗声大气地道："嘿！我说老刘，你几个意思？"

叶小天代为解释道："土官，所有粮赋，均由自己收取。这杨应龙贵为播州第一土司，海龙屯上的粮食只怕吃上十年都吃不完。而且这山上有泉水有土地，若是开荒种地、养猪牧羊的话……"

吴广老脸一红，讪讪地道："原来如此！既然这样，这个法子也是绝不可用了。"

刘挺思量许久，道："放弃正面，马总兵，你从两翼寻找勉强可以攀爬处，修建栈道，铺设可以攀登至山上的路径！至于其他各路大军……"

刘挺缓缓站起，沉声道："集中攻其后屯，各路兵马一日一路，轮流作战，不让山上守军有片刻歇息！"

马千乘愕然道："放弃正面吗？如果杨应龙突围怎么办？"

刘挺瞟了他一眼，冷冷一笑："我还就怕他不突围。一旦离开海龙屯，天下之大，他又能逃去哪里？"

· ※ · ※ · ※ ·

"轰轰轰！"

一百二十门虎蹲炮，次第发出震耳欲聋的咆哮声。

刘大刀集合各路明军的大炮，共计四百余门，可是山前地势狭窄，排布不开，因此这大炮也分作四轮，人不停歇，炮也不歇，打算以车轮战，彻底打垮杨应龙。

因这后屯狭窄的地势，根本容不下二十余万大军，所以明军中要隔个七八天才轮到主攻的军队依旧驻扎于前屯，第二日接替的军队则驻扎于后屯山外，只有主攻部队才在后屯峡谷内活动。

海龙屯上，大炮每响一声，杨应龙心里就抽搐一下。尽管他不愿承认，也知道败局已定，再也不能反转了。

田雌凤站在他身边，默默地看着山间腾起的一团团烟雾，不知是不是火药熏的，眼睛也有些红了。

"一时半晌的,他们攻不上来!"杨应龙坚强了语气,"我们回吧!"

田雌凤没有动:"天王,我们该尽量拖延他们的时间。"

杨应龙站住了脚步,望向田雌凤。

田雌凤道:"每过一日,明军都得消耗数万两银子,拖得久了,朝廷吃不消,这大军不撤也得撤!"

杨应龙道:"那是自然!所以,我已下了死令,自山脚而上,层层设防,每一处险隘处的守军,只可战死,不可后退半步!这山险要无比,我倒要看看,他刘大刀拿多少人命来扛!"

田雌凤道:"这自然是应该的,却也不妨多些手段。"

杨应龙疑惑地道:"你的意思是?"

田雌凤道:"诈降!先派人诈降,继而派人袭营。他们想以疲兵之计胜我,我们也不能让他们轻松了。"

杨应龙思索一阵,缓缓点头:"使得!"

山涧间一泉飞瀑,化作银白色的一匹锦练,重重地砸进百丈深的峡谷。而在绝壁之上,一些土兵打扮的人正用凿子榔头敲打着岩壁,钉入大指粗细的铁钉,一块块地铺着栈道木板。

马总兵手搭凉棚,仰头望了望那高耸入云的石壁,回首对叶小天道:"叶大人,多亏了你啊!这山势太过险峻,亏得你的人善于攀缘,若要马某独自来做,只怕每日都得有摔进山涧,粉身碎骨的兵士!"

叶小天笑道:"马总兵客气了,为国尽忠,何分彼此。何况马总兵仁德宽厚,威望卓著,小天也早想攀交将军呢。今与将军并肩作战,不胜荣幸之至。"

马总兵被他拍马屁拍得浑身畅快,重重一拍叶小天的肩膀,道:"人常说,川黔地方的土司目高于顶,皇帝老大他老二,从不把我等流官放在眼中。你却与那等人大大不同,我很喜欢,你这个朋友,马某交定了!"

二人正说着,一个校尉急匆匆跑来,喜形于色地道:"总兵大人!大好消息,杨应龙自尽了,田三夫人派人向咱们投了降文!"

第九十六章

黑云压城城欲摧

一

一封田雌凤亲笔所写的降书，上边盖着播州宣慰使杨应龙的大印和田雌凤的私印，喻示着此方官印，已经落入田雌凤的掌握。

书上详述：杨应龙眼见大军压境，帝王梦破灭，竟而悬梁自尽。田雌凤一介女流，不敢与天兵对抗，因而向朝廷请降。接着就是她罗列的条件，杨应龙举兵反叛而死，她自然不敢要求更多，条件主要是要保障田氏和杨氏族人的性命安全。

马总兵哈哈大笑："杨应龙死了，哈哈哈！这下可省了老子好大气力！告诉兄弟们，不用搭栈桥了，哈哈，老子要马上派人把降书送去给刘大刀！"

叶小天道："杨应龙自尽？总兵大人，此言恐怕不可相信！"

马礼英一呆，睨他一眼，道："叶大人难道怀疑其中有诈？不用担心啦，如果杨应龙未死，田雌凤不是真心要降，这能瞒得了多久？最多三两日工夫，就得露馅儿！"

叶小天道："那可未必！刘总兵有权答应田雌凤投降的条件吗？他没有！如果要和谈，就得息战；把事情报到重庆府李总督那里。李总督有权赦免谋逆者的死罪吗？也没有！这案子就得再报上朝廷！这一来一回……试想，朝廷要耗费多少钱粮？其间，天知道又会有何变化？"

马总兵脸色一变，道："这个……"

叶小天是坚决不信杨应龙会在此时自尽的，杨应龙是不到黄河不死心的主儿，哪怕只还有一丝渺茫的希望，他也不会甘心放弃，怎么可能海龙屯尚稳如泰山，他就自尽呢？

按照这一推断，他越分析思路便越清楚。叶小天道："而且，你看时辰，现在已经暮色深沉，再有一会儿天就黑了。信今晚是送不到刘总兵那儿了，而大人您因为田雌凤递了降书，难免懈怠了警觉，如果海龙屯上派兵趁夜偷袭……"

马总兵怵然一惊，拧眉骂道："幸亏你提醒了我，险些上了那妖妇的恶当！"

马礼英上前两步，厉声喝道："那信使呢？"

校尉答道："正候着回信儿。"

马总兵狞笑一声："回信儿？给我斩了他！扔进山沟沟里喂狼！"

叶小天微微蹙眉，道："总兵大人，两军交战，不斩来使啊！"

马总兵道："一方叛逆，是我天兵征讨之贼，也配与我天兵并称为军？去！斩了！"说罢将那信撕得一团粉碎。

叶小天对他这急脾气也是无奈了。虽然叶小天认定了杨应龙不会在这种情况下自尽，可马总兵这做法……

马礼英见他不以为然，便道："总督大人早有令谕，不可受降。难道你忘了？宰了一个送信的而已，没什么事！"

马总兵倒是真信叶小天，只听他一分析，马上就做出了这样的决断。只是他们二人都未料到，田雌凤竟是前屯后屯，各派了一个信使，送了同样的一封信。

马礼英这边有叶小天提醒，没有上当，只过了不到一个时辰，天就黑了，马礼英这边反而加强了防范，而后山吴广那里却将信当了真。

吴广收到田雌凤的降书大喜过望，当即命令收兵，要命人把捷报送于刘大刀。不过，信送来时已是傍晚，山中夜色来得快，而黑夜之中赶山路太过危险，吴广只好决定明日再送信。

· ※ · ※ · ※ ·

却不想，田雌凤见前山没有回信，而后山有了回信，当夜便安排了一路兵马，悄悄潜下山来，试图偷营。

幸亏吴广是一位百战老将，虽然满心喜悦，也确实放松了警惕，但是必要的防范措施却没有减少。在他的军营外围，他不但挖了插满尖木的壕沟，同时还布了一道荆棘墙。

当夜，播州土兵准备夜袭军营，壕沟他们巧妙地度过了，可面对荆棘墙却没有太好的办法。火烧显然不行，那军营里会立刻发觉，只能想办法从底下掏一个洞，悄悄钻进去。

他们掏洞时虽然小心，可荆棘丛实在不好对付，一不小心就刮扯衣服、刮伤肌肤。而营里有一个巡夜的士兵偶然发现了荆棘墙的晃动，还以为刮住了什么猎物，兴冲冲地就是一箭射来，本巴望着射个野味尝尝鲜，却不想这一箭射出个百户！（战后叙功，这个小卒因为及时发现了播州兵的夜袭阴谋，被直接提拔任命为百户。）他一箭射去，便是一声惨叫，偷袭就此曝光。

于是，田雌凤的缓兵之计只拖延了明军不到半天的时间即告失败。次日一早，惊出一身冷汗的吴广恼羞成怒，赶走了前来替换准备打车轮战的另一支明军，又对海龙屯狂轰滥炸了一天。

而前屯的马礼英得到了吴广那边的情报之后，庆幸之余也是更加愤怒，加快了铺设栈道的行动。他这里铺设栈道并不容易，不仅要同险恶的自然环境做斗争，还得时时对付播州派来袭扰的人马，可是被惹恼了的马礼英，却仍是加快了进度。

海龙屯上，早已没有了往日的平和安静。每个人心里都莫名的烦躁，更感觉无尽的疲惫。刘大刀各路大军轮流攻山，不教山上一日清闲只是一方面的作用，更大的作用是：让山上每一个人都知道他们如今所做的挣扎都是徒劳的。

杨应龙觉得这山似乎已经拥挤不堪到了极点，他想享受片刻安宁都不可得。总有数不清的人，跑来向他禀报这事那事，而没有一件事是让人开心的。

即便没有人说话的时候，落入他眼中的那一张张面孔，令他感受到的也只有焦虑和惶恐。他本来觉得以山为后花园，这手笔大得不得了，此刻却只觉得这海龙屯像是囚禁他的牢笼。

没错，这海龙屯，此刻已经变成了囚禁他的牢笼，而勾决之期，却未必要等到秋后。

第九十七章

千里之堤，溃于蚁穴

一

海龙屯上，依据陡峭的山势，用巨大的条石垒砌了跑马道、雉堞、墩台、炮台、内外城、一字城、城门等等严密的城防设施，固若金汤，利于长期坚守，但要守得住，却取决于兵士死战的决心。在明知必败的情况下，这些士兵又哪来的钢铁意志？

刘大刀的车轮战法更是不断摧毁着守军的意志，哪怕是一道长堤，在洪水不断地侵蚀下，也会一点点被吞噬，除非不断地修缮巩固，可惜此时的海龙屯上已经没有人能做到这一点。恐惧、担心、颓废、沮丧的情绪倒像是一窝窝白蚁，在不断地啃噬着他们的心防。

海龙屯下的炮声每日不断，呐喊厮杀声不断，虽是仰攻山城，可气势倒比山上的守军更盛几分。

五月天气，尚不算热，到了五月末，忽然天降大雨，给明军的进攻带来了一定的困难。有不少将领劝说刘大刀暂且休战，但刘大刀不为所动，明军只得顶着倾盆大雨继续攻山。

山坡上野草成片，本来被雨水一浇也没什么，但是无数双脚踏上去，却很快就踩成了湿滑泥泞的泥淖，而战士们深一脚、浅一脚地趟行其中，竟也不曾耽搁了攻城。

刘大刀暴雨之中犹自攻城，虽然于攻城本身并未见进展，可是这种坚决的态度却令得守军本已动摇的心防更加崩坏，事已至此，谁还不明白朝廷的大军不惜一切代价，必夺海龙屯。

六月四日，接连数日的大雨忽然停住，云收雨住，天气放晴，一轮红日跃然长空。

这一日恰轮到刘大刀本部兵马攻山，叶小天为表关切，也从前山绕过来为他站脚助威。瞧见天气放晴，一轮红日当空，叶小天忽然想起曾经听过的一段书来。

但叶小天并不清楚他听来的这段故事是否真能应用于战争之中，小说家言，毕竟有太多夸张。所以私下找到刘大刀,试探道:"大哥,小弟曾听说,先以大水浸泡一座城池,再以大火焚之,可使城墙崩裂。这海龙屯地势险要,高高在上,想用大水浸之是很难的,但这一连几天的大雨,山岩泥土俱都湿透了,与用水泡效果也差不多,不知……"

刘大刀两眼放光,喜道:"不错!确是有这么一个法子。只是用到的机会不多,我竟忘记了!快!来人哪!"

刘大刀马上吩咐下去,数万兵马同时行动,就近砍伐树木,连枝带叶拖曳到城墙边。就算几万只蚂蚁搬运木屑,一天工夫也能搬运出极壮观的一座木屑堆,何况是几万兵士。

那山城下堆了无数的木料,周围方圆十里几乎被砍伐一空,旋即大火燃起。因为树木多是湿的,要浇了油才点得燃,结果是滚滚浓烟先冲上山去,熏得山上守军无处躲藏,最后只得弃了关口逃到风大的地方。

浓烟之后便是冲霄的大火,明军这边因为山上守军已经逃开,可以放心大胆地添薪加柴,火势熊熊,夜以继日,一直烧到次日上午。

此时,已有一位总兵率兵赶来准备接替刘大刀。刘大刀和叶小天站在山下,叶小天迟疑道:"这关口借了岩壁的地利,大段城墙就是天然的石壁,看这样子,怕是烧不开了吧?"

说来也巧,他这边刚刚说完,就听一声怪异的巨响,那乌沉沉的整片的石岩上陡然裂开一道大口子,山上堆砌了大量的石头,垒砌成了山墙,下半段就是这自然形成的岩壁。

岩壁一裂,那巨大的力量,登时把上半截人工垒成的山墙撕裂开来,大块大块的石头轰然砸下,幸亏下边的大火炙烤得人都要远远避开,不曾砸伤了人。

刘大刀正与来接替他的那位总兵说话,见此情景大喜过望,立即抄起自己沉重的大刀,大吼道:"兄弟们,建功立业,就在今日,冲啊!冲啊!"说完也不管别人了,健步如飞地就冲了上去。

那山岩裂隙一开,火苗子卷入,裂隙就更大了,上边一段山墙被彻底毁坏,山石不断落下,最终砸灭了大火,可原本无可攀登的壁立山墙,此时却成了一座石坡。

刘大刀身先士卒,举着大刀就冲了上去,三军士气大振,随之呐喊冲锋,纷纷抢在头里。

前来接替刘挺的那位总兵大人眼睛都红了:"你奶奶的,今天轮到老子攻城了啊!这破城第一功,你刘大刀好意思跟我抢?来人哪!来人哪!上山!上山!速速上山哪!"

那位总兵大人派了一个传令兵到山坳外去传他的人,眼见刘大刀的人像决了堤的洪水一般涌上山去，实在按捺不住了，便领了他身边几十个亲兵，也急不可耐地向山上奔去。

叶小天身边侍卫也都是好战分子，纷纷看向叶小天。叶小天沉吟道："咳！君子不立危墙之下……"

众侍卫顿时沮丧。叶小天见状，改口又道："不过……危墙已经倒了，老子也不是君子，咱们也上！"

众侍卫大喜，马上嗷嗷叫着簇拥着叶小天沿那崩坍的山墙向上冲去。

六月五日，土城告破。

守军意图退守第二道关隘，却被杨朝栋命令侍卫乱箭射回，命他们宁可战死在第一关上，也不许后退半步。众土兵无奈，只得反扑，意图夺回已经失陷的土城。

一番大战，一部分土兵被歼，一部分土兵弃械投降，海龙屯第一关——土城，彻底落入刘大刀之手。

正在前山修栈道的马总兵听说后山破关，抓心挠肝一般得难受，功劳啊！天大的功劳啊！可惜与他全不相干！

马总兵恨恨地骂了几句，依旧继续命人铺着栈道。破了第一关，不代表就能顺利破了第二关，刘大刀未下停止凿栈道的命令，这边就得继续干。

"土城不能有失！土城失陷，失陷的不是一座土城，而是我山上守军的斗志！"田雌凤强打精神，脸上却是掩饰不住的绝望，"天王，土城，无论如何也得夺回来！"

"我知道！"

杨应龙的声音空洞洞的，仿佛来自很遥远的地方。他唤过二弟杨兆龙，低沉地吩咐了几句，杨兆龙便返身而去。

杨应龙的宝库被打开了，片刻工夫，杨兆龙就带人从宝库中抬了十口大箱回到天王阁前，将箱盖一一打开，里边是银灿灿的元宝。

杨应龙沉声道："募集死士，夺回土城！"

第九十八章

我不贪，只要一半

一

"土城失陷，官兵就在我海龙屯站住了脚。须得把他们赶出去，夺回土城！"

杨应龙面对簇拥在天王阁前的大小土兵头目高声吆喝着，大步走到闪闪发亮的十口银箱前："谁能募征死士，为我夺回土城，这十箱白银，就都是他的！"

天王阁前一片死寂，只有山风阵阵。

财帛动人心，那十口大箱的银子，谁看了没感觉？可是银子也得有命花才叫钱。夺回土城？你知道土城之重要，难道刘大刀不知道？那可是刘大刀啊！

百十二斤的那口大刀，根本没有一合之敌。兵刃碰上他的大刀，不是被砍断，就是鸿飞冥冥不知去向，从他手里夺回土城，无异于虎口拔牙。虽然大家也清楚，一旦让刘大刀攻上山来，大家的结局还是不妙，可是哪怕能晚死一刻，也没人愿意当这个急先锋。

眼见众头目一言不发，杨应龙勃然大怒："怎么？便无一人替杨某分忧吗？"

"何汉良，我命你带兵夺回土城，如若不然，杀你全家！"杨应龙暴怒，开始直接点将了。

何汉良满脸苦色，单膝跪地道："天王，属下不是不肯为天王尽忠。只是，官兵众多，这些时日里攻城不断，属下的兵士疲惫不堪，已不敷大用。而刘大刀更以骁勇著称，属下只怕……"

杨应龙挥剑指向何汉良，何汉良先是一惊，继而却闭上双眼，仰起了下巴。他本是何氏子弟，族叔祖何恩叛离播州，投了朝廷，他却被迫从贼，更在綦江城中被逼大开杀戒，被震怒的万历皇帝列为不赦之罪。如今落得这步田地，何汉良也是心灰意冷了。

"天王！"

田雌凤及时出面唱红脸，拦住了杨应龙。

田雌凤转向默默肃立的众头目,道:"土城一失,与我播州大为不利。天王难免急躁了些。刘大刀善战,本夫人也知之甚详,如要夺回土城,确也急切不得,不能自乱阵脚。你等且先散去吧,如何夺回土城,我与天王再作商议!"

众头目暗暗松了口气,向杨应龙和田雌凤施了一礼,匆匆散去。待众人离开,杨应龙弃剑于地,恨声道:"这些狗杀才,平日里只管口口声声为我效死,如今却推三阻四,没有一个肯为我分忧的。"

田雌凤张了张嘴,话未出口,却忽然落下泪来,哽咽地道:"天王,都是贱妾不好,如果当初不曾劝说天王起事,我杨家世守播州,又岂会落得今日这般田地。"

杨应龙容色惨然地一笑,回首望去,夕照残红,满眼山河,忽然也有种想要落泪的感觉。

土城前,战场已打扫干净。尸体已经清理,伤员已经送出山去治疗,周围迅速进行了加固,加强了防御,刘大刀仰头看了看那高大的牌坊,上边一副龙飞凤舞的大字楹联:养马城中,百万雄兵擎日月;海龙屯上,半朝天子镇乾坤。

刘大刀冷冷一笑,忽然单手擎起了他的大刀,身形迅速一转、两转、三转,疾旋如风,已经转至那牌坊下,手中大刀轰然一声砍在那牌坊立柱上。

刘大刀顿身不动了,那牌坊晃了一晃,缓缓地倾斜了一下。

整个土城,无数士兵都肃立不动,盯着那座牌坊,一阵风来,那座已经倾斜了的牌坊缓缓、缓缓地倒了下去。

排山倒山般的欢呼声响彻山谷……

· ※ · ※ · ※ ·

夜色中的海龙屯静静地矗立着,山上山下却像两个世界。

四个死卫打着火把,前后护拥着杨应龙默默地巡视各处防御阵地,一路走下来,杨应龙越走心中越绝望。

虽然他所到之处,所有土官、土兵都一副精神抖擞、斗志昂扬的状态,可他如何看不出这些人强扮的模样。

十箱白银,有些羞刀难入鞘的感觉。它们如今依旧扔在天王阁前,仿佛是一堆破铜烂铁,那是他已无法挽回的军心。

杨应龙巡视了一半,就无法坚持下去了。他默默地转身,没有理会身边死卫诧异的目光,而是踽踽地回了天王阁。

天王阁中,灯火如昼,也许正守在天王阁上的田雌凤也害怕那无尽的黑暗,所以才点了无数的蜡烛,照得大殿通明。

看到杨应龙回来，田雌凤有些意外地迎上前去："天王，这么快？"

杨应龙摇了摇头，疲惫地坐回椅上，幽幽地道："不必巡视了，大势已去，人心已散。我播州杨氏，结局已经注定了。"

田雌凤默默地看着他，心思一阵恍惚，忽然飘到了娄山关上，依稀记起了叶小天曾经对她说过的话。叶小天此刻就在山下吧？也许……他是对的，但她真能割舍一切吗？死亡，究竟是个什么滋味儿？

土城之内，叶小天的营帐。

帐内一灯如豆，围在灯前的，是叶小天、华云飞，还有一个胖子，一个看起来很有眼缘、很可爱的胖子——罗大亨。

叶小天道："白泥、草塘、黄平已尽入我的囊中。余庆、湄潭、瓮水，更是意外之喜。可要彻底占有它们，总要朝廷认可，才能名正言顺。大亨，只能辛苦你跑一趟了。"

罗大亨点了点头，复又变成三层的下巴一阵晃荡："大哥放心，林侍郎、乔尚书那里，咱们一直打点着呢，李总督、叶巡抚、刘总兵这里关系处得又好，朝廷里有人说话，封疆大吏们给帮着腔，我要是还不能把这事办麻利了，我大亨俩字倒着写！"

华云飞白了他一眼道："大亨俩字倒着写有屁用！有本事你把姓倒着写！"

罗大亨挪动了一下磨盘大的屁股，哼哼唧唧地道："我倒是敢，就怕我爹揍我！"

营帐内，传出三兄弟吃吃的笑声。

过了半晌，营帐中才重又响起叶小天的声音："对朝廷而言，拿下海龙屯，这一仗就结束了。对我而言，这一仗才赢了一半。等战事一结束，我就亲自去拜访宋家和安家，这两家若是从中作梗，我这一仗，怕也赢不了！"

华云飞的声音："大哥，要怎样，你这一仗，才算是完胜？"

叶小天的声音："播州一分为二，天子一半，我一半！"

第九十九章

天王阁上葬天王

一

播州之役进行到了最后的阶段，结局虽已注定，过程却很漫长，仰山而战的进度并不快，但刘大刀也不急，他已经赢定了，剩下只是时间问题。他甚至连大捷的战报都写好了，只留了几个字的空缺，因为他还不确定能不能抓到活的杨应龙。

此时，闻听刘大刀攻至海龙屯下，甚至已经破了土城，尚在外线坚持抵抗明军的播州地方势力登时土崩瓦解。宋天刀和安南天两路大军顺利抵达海龙屯。由于这两路大军的加入，整个海龙屯更是被围得水泄不通。

刘大刀虽然悍勇，却不是只会蛮干的主儿，这时如何还不明白该用攻心之计。每日里，那传单雪片似的往山上撒，虽然他也知道大部分土兵根本就不识字，但是一百个人里哪怕只有一两个识字的，劝降的消息也会很快散布开来。

刘大刀的想法果然不错，很快就有山上的土兵潜下山来投诚。一开始是零零散散的，刘大刀把这些人充分利用起来，再让他们现身说法，向山上喊话，很快投诚的人就是呼朋唤友、三五成群了。

山上对于这种事自然也是防范着的，奈何眼下这种形势，打宣传战杨应龙毫无说服力，所以偷偷下山向明军投诚的人滚雪团一般越来越多，杨应龙却毫无办法。

叶小天这些天可是逍遥自在得很，宋天刀和安南天一到，叶小天就成了这二人营中的常客。这两个人可是水西安氏和水东宋氏的继承人，不管是从眼前利益还是长远利益，叶小天都有必要同他们搞好关系。

叶小天和这两个人本来关系就不错，如今又是有意结交，很快就打得一团火热，就差斩鸡头拜把子了。

战斗，终于到了最后的时刻，后加入的安南天和宋天刀急于表现，纷纷向刘大刀请战，加入了主攻阵营，这一日终于杀到了海龙屯的最后一关，杨应龙的后花园。

再往上看，只有那高高在上的天王阁，天王阁之上，便是茫茫青天了。到处都是呐喊，到处都是火光，安南天部、宋天刀部、马千乘部、吴广部争先恐后地往上冲，杀得血流成河。

打酱油的叶小天跟在刘大刀的帅旗之后，像个乖宝宝。这是终极一战，此时已无关胜负，无关牺牲，冲上去，抢的是功劳。叶小天捞的好处已经够多了，自然识趣让功，不会抢着往前冲。

杨应龙站在天王阁最高一层的石阶上，山风吹得他的箭袍猎猎发抖，仿佛高处不胜寒似的，他的脸色也变得铁青。

在下一级台阶上，站着田雌凤、周氏、何氏等诸妻妾和子女。再下一阶，挺剑站立着杨兆龙、杨朝栋、田飞鹏、田一鹏等绝对的心腹。

何汉良已经上了贼船，再无反水的可能，此刻仍在前面率领部众殊死挣扎，而杨应龙最心腹的人，却全集中在了天王阁。他们能够很清楚地听到前面的厮杀呐喊声，他们很清楚：最后的时刻到了。

所有的人都面色如土，脸上蒙了一层死气。

"大哥！"

杨兆龙眼中蓄着泪水，回首向杨应龙颤声唤道。

田雌凤也扭转身，看向杨应龙，目光中说不出是歉疚、依恋还是绝望。

杨应龙闭了闭眼睛，漠然地看了眼已可看得清楚的还在进行殊死决战的最后防线，目光从他的妻妾、子女、亲人们脸上一一掠过，长叹道："播州杨氏，传承已八百年，我杨应龙，就是绝了播州杨氏的大罪人啊！"

田雌凤再也忍不住，悲呼一声："天王！"

田雌凤扑倒在地，哀哀痛哭起来。杨兆龙等人也呼啦啦一起跪倒，伏地大哭。

杨应龙默立片刻，两行泪水终于缓缓滚落面颊，哽咽地道："杨应龙，罪大恶极，百死莫赎！今后……想要庇佑你们，也是不可能的了！"

杨应龙倒拖长剑，缓缓地走进天王阁。

阁门"砰"的一声关上了，众人伏在阶下，哭得更加悲伤。

忽然，一股浓烟汩汩而出，紧接着炽烈的火舌从窗棂中喷吐而出，杨朝栋骇然叫道："爹！"

田雌凤早在杨应龙拖剑入阁时，就知道他死意已决，这时倒不惊讶，只是那泪水模糊了双眼，眼前除了一片红，什么都看不见了。

她好悔、好恨，曾经她无限向往的，如今都成了一场空。回想起来，曾经被她鄙弃的日子，是多么难得，多么令人怀念。而眼下，怀念于她，都成了一种奢侈。

"相公！"

二夫人周氏、六夫人何氏眼见杨应龙自尽，痛呼一声，猛地跳起来，以袖掩面，撞进那扇阁门，二人刚一冲进去，迅猛的火舌就把她们彻底吞噬了。这么大的火，显然杨应龙早已做了安排。

人群中发出阵阵惊呼，田雌凤泪流满面，喃喃自语："死就死了吧，早晚都要死的，都要死的……"

天王阁化作了一团熊熊向天的火焰，安南天和宋天刀同样是土司世家出身，眼见杨应龙落得这步田地，不由得生起一丝悲狐之心，稍稍放缓了攻势。

吴广和马千乘却急红了眼，马千乘对杨应龙恨比天高，恨不得手刃了他，方消心头之恨，如何肯让他便宜死了。吴广更急，一个活的杨应龙，可比一个死的杨应龙功劳更大，如果能生擒杨应龙，拿至京城交由皇帝正法，功劳至少可大三成。

二人立即呼唤家将侍卫，发了疯地往里冲。眼见天王阁火起，天王已然自尽，那些死士也不禁呆了，拼死抵抗之心稍弱，被这二人硬生生地冲破了防线。

吴广率先冲到天王阁，杨朝栋、杨兆龙等人还提着武器，已被火舌逼到了阶下，呆呆地站在那里，看到吴广冲来，也不厮杀。

吴广大呼："快！快救火！快把杨应龙拖出来！"

士兵们眼见熊熊烈火滚滚而起，如何愿意冲进去送命。吴广捞功心切，心中一急，干脆抢过一面盾牌抵在面前，猛然冲进了火光熊熊的天王阁。

马千乘随后赶到，眼见如此大火，也是一呆，他虽恨杨应龙入骨，想要手刃于他，却也不愿如此冒险，比起抢功心切的吴广，不免逊色一筹。

"大哥！大哥！我是千驷啊！"

马千乘正在发愣，人群中突然抢出一人，连滚带爬地抢到他的面前，一把抱住他的大腿，仰起脸来苦苦央求："大哥，我无心造反哪！你可一定要救我呀！大哥……"

"马千驷！"

马千乘大喝一声，怒张双眼，猛然举起了手中染血的长剑，可那剑擎在空中，终究无法刺下。马千乘咬牙忍了一忍，猛地一脚踢开马千驷，喝道："给我滚开！"

马千驷被他踢得在地上打了个滚，还待扑上去央求马千乘时，天王阁中一声大喊，一个火人猛地跃了出来，就地滚了几滚，堪堪与他撞在一起，只是二人摔的位置不同，那人手舞足蹈，膝盖一挺，正撞在他的鼻梁上，"通"的一声，把他生生撞晕了过去。

第一〇〇章

风中残烛

一

撞晕马千驷的那人受烟气所冲，也晕厥过去。脸上烟熏的小鬼一般，胡须眉毛都蜷曲起来，稍稍一碰就变成了烟灰，依稀还能看出他的模样，正是吴广。这时赶到叶小天不禁无语："为了抢功，这也太拼了吧！"

此时熊熊大火中的天王阁"轰隆"一声倒塌下来，烟火四溅，众人不由自主地退开了去。

叶小天提着马千驷的脚脖子，把他拖出好远，抬头再看，倒塌的天王阁火势已经不那么凶猛，但着火的面积扩大了。等这大火消了，一座恢宏的天王阁，怕是什么都剩不下了。

一群军将冲上去又是掐人中又是灌水，急急解救吴广。马千驷这边就尴尬了，一只足踝还被叶小天提在手上，却根本没人理会他的死活，鼻子被撞歪了，鼻血长流，好不凄惨。

叶小天转目望去，正看见田雌凤幽幽的目光，不觉便丢下了马千驷的脚。他和田雌凤，恩恩怨怨，纠葛颇深。第一次在贵州赴安大公子宴会时，两人便结了仇，他在田雌凤的大腿上狠狠地刺了一刀。

此后几番较量，直到田雌凤意图杀了他，以叶小安行"李代桃僵"之计，两个人的接触就更多了。接触如此频繁，虽然曾是你死我活的敌人，现在也是，可感情上总有那么一丝的暧昧。

叶小天不想田雌凤死，如果叶小天落在田雌凤手中，恐怕田雌凤杀他之心也已淡到了若有若无。然则，此情此景，叶小天能说什么呢？

山风起，火光飞扬。

……

杨兆龙、杨朝栋、田雌凤乃至杨田两家一班族人亲信，尽皆落入刘大刀的控制之中。刘大刀曾与杨应龙为友，倒也没有难为他们，待火势稍小，还命人扑火，抢出了杨应龙的尸骸，盛棺装敛。

只是时已近夏，尸体不好保存，而且尸体也得运往京师，交由天子处置。所以还找了件作，将杨应龙剖腹，摘除内脏，塞以食盐，以防止尸体腐烂。一代枭雄，一番野心不但葬送了祖宗基业，竟连一具全尸也不可得。

刘大刀旋即将写好的捷报填上了杨应龙的结局，迅速报往重庆府。此番讨逆战役，共计一百一十四天，八路大军，共斩首级两万余，生擒除杨应龙外的一众贼首百余人，播州之战，至此结束。播州杨氏，至此而灭。

杨应龙的心腹部下及家人，被集中看管在一处宅院，此处正是当初叶小天冒充他大哥叶小安时曾住过的宅院。

想起当初曾有过两夕之缘的那个女孩儿，叶小天还叫人仔细寻找过一番，既已有过肌肤之亲，叶小天想尽可能地予之以照顾，妥善安置一下。只可惜一场混战后，整个海龙屯上一片混乱，那女孩儿早已不知去向，叶小天也只能徒呼奈何。

田雌凤被拘押在一处单独的房间里，窗户俱都用横七竖八的木头钉死，在解送京城前，连门也是不轻易开的。

囚禁其内的田雌凤披头散发，容颜憔悴，看见叶小天走来，她迅速地转过身去。此时的她，从未有过的狼狈，她不想让叶小天看见她如此狼狈的模样，或者，这也正是他们之间关系微妙的一种表现。

叶小天没有勉强她，他在牢房外站住了。

迟疑半晌，叶小天才轻轻一叹，道："当初，你何必要走！"

牢房内静默无声。

叶小天道："如果你在娄山关时不曾离开，那么从杨应龙举事时起，你就不在山上，说不定我一番运作，可以保你性命。可惜，你选择了离开，你走的那一天起，我就知道会有这么一天，只是没想到，它来得这么快！"

田雌凤身子一震，霍然转过身来："你说什么？你……你知道我要逃走？"

叶小天唇角露出一丝无奈的苦笑："不然呢？田雌凤，女中豪杰，心比天高。会为了保住自己性命，抑或是贪恋男女之欢，而以有夫之身，去主动勾引一个男人？"

叶小天轻轻地摇头："我知道，我当然知道。包括你藏身在那家杂货铺，我都一清二楚！"

田雌凤目芒一缩，惊恐地道："你知道？那么……"

叶小天缓缓地道："没错！海龙屯上有没有内奸，我不知道。那番话，我是故意说给你听的。之所以没有明确说出是谁，目的就是要你们自己排查。我知道，大难临头，就算有些人自己愿与杨应龙同死，也会对家人有所安排，这些……足以勾起他的疑心与……杀心！"

田雌凤喃喃地道："原来如此！原来如此！你在利用我！陈萧，是因我而死！是我，剪除了天王的一条臂膀……"

田雌凤愤怒地看向叶小天，叶小天轻轻摇头，道："我给了你机会，如果你不想走，我宁可这计划利用不上。可是……"

田雌凤眸光一暗，惨然道："没错！我怨不得别人，我的路，是我自己选的。"

她闭了闭眼睛，又缓缓张开，凝视着叶小天："白泥，已经属于你了吧？"

叶小天点了点头。

田雌凤道："请善待我的族人！"

叶小天道："我会的！"

田雌凤慢慢转过身去，幽幽地道："谢谢你！"

叶小天沉默片刻，道："没有别的需要我帮忙的事了吗？"

田雌凤轻声一笑，低声道："旁的事，谁能帮得上忙呢？"

叶小天默然，田雌凤缓缓走回空落落的房子中间，轻轻坐下去，背对着窗子，缓缓地道："伴随着落下的，必有升起的。我知道，你的崛起已不可阻挡……"

田雌凤微微扬起了头，从叶小天的角度，可以看到她披散长发下秀美的下巴。田雌凤轻轻地道："如果当初……"

她的语气顿了一顿，落寞地一笑："可惜一切是无法推翻重来的。祝福你！"

叶小天深深地吸了一口气，又缓缓地吐出去。他没有再说话，只是转身向外走去，脚下轻轻的，没有一点声音。

眼看将要走出关押一众人犯的所在，旁边一幢屋舍中突然有几个女人隔着钉着的栅板向他大呼："叶大人！叶大人！"

叶小天停住脚步，扭头望去，四个女人纷纷跪倒。叶小天叹了口气，一看这处屋舍，就知道关的不是什么重要人物，救几个小人物，他倒是有这个能力，但他救得下一个两个，能全救下来吗？

叶小天摇头欲走，却听那四个女人哭叫道："求大人援手，我等愿陪夫人前往京城！"

叶小天吃了一惊，顿时站住脚步。这些普通的侍婢婆子，是不必解往京城的，可由当地官员处置，一般来说，就是发卖或送与有功将领，而一旦解往京城，就是主犯，活命的希望极小，她们居然要陪主人去京城？

叶小天走过去，在门口站住，四女中三个不过二十出头，另有一个五旬上下，头发花白。叶小天道："你们侍奉的，是哪位夫人？"

四女急忙道："三夫人！"

叶小天沉吟道："田雌凤？"

他缓缓抬眼，道："你等可知，由刘总兵就地发落，你们或发配为奴，依旧干这侍奉人的活，要么会送与一些官兵将领为妾为婢，而一旦进京，则生死难料，总之，罪责是要重要十倍的，很可能会……"

"我们知道！"

一个姑娘抢着说道："大人，我们不在乎！我们一直就侍奉在夫人身边，夫人就算去了阴曹地府，身边也不能少了人侍候啊，我们情愿与夫人一起，无论生死！"

叶小天怔住了，他的目光从四女脸上一一掠过，四女都向他用力地点了点头，用殷切的目光望着他。

叶小天沉默半晌，轻叹道："杨家命运，如风中之烛，荧荧如豆。当此时候，还有你等生死与共，做人……也不算太失败！"

"大人……大人……"

眼见叶小天举步向外走去，四女焦急地呼喊起来："求大人成全！求大人成全啊！"

第一○一章

天心难测

一

播州大捷。

六月十六日，匪首杨应龙畏罪自尽的消息，很快传到了京城，万历皇帝闻讯大喜。

这位执拗的不肯上朝的皇帝，虽居于九重宫阙之内，却始终没有放弃过对这个庞大帝国的控制。在他的手中，这个庞大的国家机器依旧有条理地运转着，西北孛拜、东北日本、播州杨应龙，一连三场大战，均以全胜告终。

十二月，俘虏一行共计七十三人，连同杨应龙塞满了盐巴的干尸被送至北京城，刘大刀亲自主持，献俘于阙下。

万历皇帝高高在上，眼见一群群俘虏被押解于面前，喜上眉梢，而看见田雌凤时，不由得怦然心动了。虽然此时的田雌凤已经饱经折磨，容颜颇为憔悴，可是仍旧能够从她俏媚的容颜，看出她的美貌。

朱翊钧不由自主地想到了夏莹莹：夷狄之地出美女啊，朕身边本来也应该有这样一位比花解语的女孩儿的，可惜……

这一想，就不禁想到了叶小天那个令他又爱又恨的家伙。要说爱，杨应龙举旗造反，朱翊钧也暗自担心川黔云等地土司会起而效仿的时候，叶小天第一个跳出来向朝廷表示了忠心，帮他稳定了局面。

率先配合朝廷，在其治下交出司法权的也是叶小天，这些事对年纪轻轻甫登大宝，急于建功立业的万历天子来说，都是他忘不了的好处。可是想到叶小天身为他的臣子，竟不肯献出一个女人……

然则他又能如何呢？有些事，别人做得，他做不得。人常说九五至尊，可又有谁知道，九五至尊有着太多的不自由。他的一言一行、一举一动，每日里都不知有多少人在盯着，在等着弹劾他。

夏莹莹那个小辣椒，竟然敢穿着凤冠霞帔堵他的午门，面对这样一双男女，他堂堂天子，却也只能望而却步。

万历天子暗暗地叹了口气，目光一转，忽然又看到一个小姑娘。万历呆了一呆，向那小姑娘招了招手。

刘挺见状，连忙把那小姑娘带到万历面前。

万历看看那小姑娘，眉目如画，唇红齿白，虽然尚在稚龄，又受了牢狱之灾，却依旧看得出是个美人胚子。

万历挤出一个和善的笑脸，放缓了语气道："你叫什么名字？"

小姑娘稚声稚气地回答："杨花！"

万历微微皱了皱眉，心道："好俗气的名字。"心念一转，忽然想到她姓杨，不由又是一惊："那你父亲是……"

小姑娘骄傲地扬起了下巴："我爹是播州第一大土司，做女儿的，可不敢提及父亲的名讳！"

万历皇帝的脸色阴沉下来，缓缓地道："你跟谁一起来的？"

杨花回头看了一眼："跟我娘！"

万历道："你知不知道你来京城是做什么的？"

杨花道："知道！你是皇帝！你要杀我们，我们就来了！"

万历唇角微微一挑，勾起一抹笑意："那你怕吗？"

杨花大声道："不怕！"

万历微微有些意外，诧异地道："不怕？为什么？"

杨花道："有娘亲、哥哥、伯伯、叔叔一起死，杨花不怕！"

万历怔住。

杨花恨恨地看着万历皇帝，全无惧意。她还小，心中并无是非对错的观念，她只知道，她的爹爹是被这个皇帝逼死的，她的娘亲和兄长，也要被这个皇帝杀死，皇帝是她杨家的大仇人。如果可能，她真想杀了这个坏皇帝，替她的家人报仇。

刘挺被杨花一番话，吓得额头冒汗，在一旁尴尬地咳嗽一声，道："尔等贼逆，反心不改，统统都该斩首，以绝后患！"

万历摆了摆手，刘大刀赶紧避到一边。万历慢慢靠回龙椅上，淡淡地道："朕，会怕一个吃奶的娃娃？如果连这样一个黄毛丫头，都能成为我大明之患，那大明的气数，也确实该尽了！"

刘挺顿首，这话弄得他答也不是不答也不是，只好不吭声。

万历道："杨应龙的余党中之中，女子未嫁者，男子未及十五岁者，皆不予诛杀！"

刘挺这才应了一声："臣遵旨！"

万历看了看挺着小胸脯,气愤地看着自己的杨花,心中忽地起了一个奇妙的主意,便道:"小白,你说,这女娃,该如何发落?"

一旁徐伯夷赶紧弯腰道:"依奴婢之见,把她送往教坊司,好好调教一番,倒是一个色艺双绝的伶优名伎!"

万历摇了摇头,徐伯夷心道:"难不成皇上看中了这小姑娘?嗯,还别说,真是个美人胚子,再养个几年,也就能用了。"

徐伯夷自以为揣摩透了皇帝的心思,赶紧又道:"那么,不如让她做个宫女,服侍陛下!"

以俘虏为宫奴,这事自古就有先例,朝廷派兵平定叛乱后,常把俘虏中的一些人弄进宫中,男的做太监,女的做宫娥。

以本朝来说,当初广西瑶人作乱,就有一些男女被发配宫中为奴。其中有两个人大大地有了出息,名载史册,其中一个是明孝宗的母亲纪氏,从俘虏做到了皇太后,堪称逆袭之典范。另一个是男的,叫汪直,在大明史上,那也是相当有一号的大太监。

但万历皇帝又摇了摇头,唇角露出一丝耐人寻味的笑意:"铜仁指挥使叶小天,有功于社稷,朕已下旨,加封他为思南宣抚使。这女娃,一并赐与叶小天吧,算是朕的赏赐!"

"奴婢领旨!"

徐伯夷答应一声,飞快地瞟了杨花一眼,心道:"皇上这心思,可比我阴多啦!瞧这小女娃,已然记事,一旦到了叶小天身边,她会忘了父仇?天子所赐,又不能杀,够叶小天头痛的了。"

天子这边叫住俘虏问话,众俘虏便在阶下停住了。阶上这番对答,阶下众人都听在耳中,杨花的生母七夫人甜儿一时间激动得热泪直流。此番进京,她本以为女儿也要陪她一同赴死,就算不死,被打入教坊司,那也是她不能承受的耻辱。

如今天子将女儿赏与叶小天,虽然仍是奴婢的命运,可比起她预料的结果,那已是无法想象的好结局了。

田雌凤听到这里,却是目光一闪。

献俘结束,七十三名犯因分男女押入大牢,待女牢头一离开,田雌凤便道:"小花,你过来!"

"三夫人……"七夫人甜儿胆怯地看着田雌凤,她现在只想让女儿好好地活着,可不想让她一个女儿家承担起为父报仇的责任。田雌凤要把女儿唤去做什么?

可田雌凤积威仍在,虽然大家现在都是阶下囚,在田雌凤面前,她也没有胆子抗拒。瞧见她的模样,田雌凤淡淡一笑,感伤地道:"人之将死,其言也善。你以为,我田雌凤就全无心肝吗？"

她又看向杨花，道："小花，过来！"

杨花看看娘亲，大步走到田雌凤面前，田雌凤摸了摸她的头，压低了声音道："小花，三娘告诉你一件事，你须牢牢记在心里。在卧牛岭上，你有一个同父异母的姐姐……"

杨花年纪虽然不大，可田雌凤这番言语太惊人，还是听得她眼睛越睁越大。

田雌凤悄悄对她说完了，又宠溺地摸了摸她的头，柔声道："我不会教你做什么，女娃，八岁就不小了。三娘十三岁时，就已做了人妇呢。"

她向杨花笑了笑，道："这个秘密，你记在心里，如果将来你做了什么事，却又没有做成，危及自家性命时，这个秘密说出来，也许可以救你一命！"

杨花懵懂地点了点头，一时却是想不明白，什么事是她会去做，却又可能做不成，因而危及她性命的事。

田雌凤交代完这番话，就盘膝闭目，不再言语了，心中想，天王当日把遥遥放在叶小天身边，本是为了万一有用，可以牵制于他。可惜后来用了移花接木之计，这一计便没用了。谁想今日却用来给他另一个女儿保命，莫非，这也是冥冥之中自有天意？

第一〇二章

真正大赢家

一

万历二十九年元旦日，朱翊钧昭告天下：田雌凤、杨朝栋、杨兆龙、何汉良、田飞鹏、田一鹏、孙时泰、马千驷等首逆、从逆，于菜市口斩首。其余赦了死罪的人也是阉割为奴或发配教坊司，只侥幸逃脱了性命。

十恶不赦大罪中的第一大罪就是谋逆反叛，在此大罪之下，唯一落得较好结局的，是因为万历皇帝的恶趣味，而被赠送给叶小天的杨花"杨小萝莉"。

随后，朝廷将杨应龙及其一众党羽的首级做了防腐，旋即传示川黔云等地，这是对各方土司的一种威慑。

杨氏家族近八百年的播州基业毁于一旦，杨氏宗族几乎被斩尽杀绝，直到最后关头，依旧死守海龙屯的贼属五千五百余人，被流放闽广。

此役，朝廷斩杀贼众两万余人，处治贼属近六千人，先后俘虏或招降近十二万人，播州地方一团糜烂。

这一仗，朝廷赢了，可实际上却也是惨胜。为了这一仗，朝廷从十五个省抽调了军队，由李化龙亲自遴选全国各地"精明干练"的府、县知事百余人，调用十个省的兵器制造坊和兵器库的兵器装备。

仅仅是攻打海龙屯的最后一战，朝廷方面就阵亡军官七十八人，士兵四千六百余人，重伤近一千人，轻伤近两千五百人，加上土兵，总伤亡人数达到惊人的三万。

整个战役中，由于前期明军盲目冒进，屡屡中伏被全歼，所以全部的伤亡人数是播州方面的四到五倍，这还不是惨胜吗？

户部焦头烂额地算着账：此一战，朝廷耗费白银一百五十万两，铜钱十七万文，米三十二万石，干鱼七万斤，另有食盐、生姜、干蒜、蔬菜……

这还只是与吃用有关的，药材呢？抚恤呢？奖赏呢？战袍呢？火药呢？军械呢？战马呢？当万历皇帝从兴奋之中清醒过来后，他忽然发现，自己这个大赢家，其实也没赢来什么。

真要说有赢家,朱翊钧咬牙切齿地发现:真正的大赢家,居然是叶小天!

叶小天借着这一仗,已然是兵强马壮,如今整个思南已经彻底落入他的掌握,这还不算,播州的一半也落入他手中了。

余庆、湄潭、瓮水、白泥、草塘、黄平,整整六府之地,全在叶小天的掌握之中。

朱翊钧能拿回来吗?能!问题是,他拿回来之后,交给谁?

还有比叶小天更叫他放心的人吗?相对于那些几百年来世守其地的土司,叶小天这个面目可憎的家伙,居然是他虽然不想承认,却也只能捏着鼻子承认的最可信任的人。

几百年来追随杨氏的播州五司七姓,因这一战,也彻底打乱对播州的追从。那些上了杨氏贼船的,要么战死,要么被列入余党押赴京师问斩了。

未参与杨氏叛乱但也未向朝廷示忠,一味观望者,也被取消世袭官职。不过这种彻底的清算主要集中在北线,因为南线被叶小天提前全盘接收了,所以当地未曾遭逢太多的战乱。

南线这些地方是在杨应龙尚未垮台之时就向叶小天投诚的,所以那些土官属于临阵反正,与那些始终保持"中立"的一些土官不同,万历是皇帝,堂堂天子总不能不教而诛啊。

再说,万历就算想一口吃下来,也是办不到的。那里的地方势力实在是太雄厚了,根本不是他一道圣旨,说变成流治之地就能变成流治之地的。

南线尚保留着完整的土官建制的地区不说了,就说北线吧,万历虽然已经下定决心要在那里搞流官制度,也只能把知府、知州、知县换成朝廷的人,至于同知、县丞、判官、主簿等官职还是要靠大量任命当地土官,才能有效发布政令。

饶是如此,骤然接收了这么大一片领土,这些流官上任以后,能不能控制好这些地区也尚在两可之间,弄不好就是一大片的"葫县",成了朝廷的一个大负担。到那时又上哪儿去找那么多浑不吝的叶小天,做出些拨乱反正的事?

万历是真不甘心啊!本来把杨花赐予叶小天,他只是想给叶小天添点堵,倒没想过利用这杨花,真的干掉叶小天。毕竟叶小天知道杨花的身份,岂能没有防范?不过此时,他是真的恨不得让那小丫头把叶小天剁个稀巴烂,方解他心头之恨。

罗大亨跑到京城扮起了财神爷,金钱开道,上下运作,叶小天腆着脸皮上的请功奏章也到了,渐渐的,文武大臣中支持把播州一分为二,一半交由叶小天施行土官制度、一半纳入流官制度的官员多起来。

可朱翊钧还在死扛,虽然他明知道这是稳定朝廷统治的最好办法,可就是不想让叶小天这么轻易得手。

而叶小天显然也早猜到万历皇帝那里不会轻易松口，他已经因为战功彻底获得了整个思南的统治权，得到了宣抚使的官职，皇帝会马上把播州六府也划给他，提拔他成为土官中最高级别的宣慰使？

叶小天看了看一身青衣、案旁侍候的侍茶小婢花花，小丫头正瞪着一双大眼睛冲他运气，似乎想活活瞪死他。叶小天不禁暗暗摇头。怎么可能！就冲那个腹黑的家伙送给我这姑娘吧，他岂是那么容易就范的。

叶小天呷了口茶，微微地眯起了眼睛："时间也差不多了，该准备的都准备好了，播州六府也都基本理顺了，看来，我该到水西、水东走一遭了！"

"到水西？我陪你去！"展凝儿听了叶小天的打算，立即摩拳擦掌，跃跃欲试，"好久没见外公了，我正好去看望他老人家。"

"可别……"叶小天心惊肉跳，"你看看人家莹莹，你再看看人家妙雯，哪个有身孕了还像你似的上蹿下跳？你快坐下，挺着这么大个肚子……"

展凝儿哪里肯听，水西三虎中，就她一个会武的，如今挺着个大肚子也丝毫不觉累赘："我都说了没事嘛，我要跟你去！自打有了身孕，这也不许我去，那我不许我去，人家都快无聊死了！"

展凝儿开始撒娇诉苦，叶小天无奈，只好说道："凝儿，换作其他时候，你都可以和我一起去，但是这次……不成！"

展凝儿剑眉倒竖："这次为啥不成？"

叶小天道："这次我去，是找你外公坑蒙拐骗去的。你若去了，夹在你外公和我之间，如何做人？"

第一〇三章

坑蒙拐骗

一

自己男人要去自己外公家里坑蒙拐骗？

静极思动的凝儿顿时放弃了"带球跑"的打算，自己男人要去坑外公，她怎么好意思跟着。等外公吃了亏上了当，反应过来，她岂不是没脸再见亲人了？

所以，还是让她男人自己去吧，她对此"毫不知情"！

展凝儿压根就没想过她男人要去外公那里骗什么，怎么骗，更没想过要阻止。家业，当然越大越好，她可是已经有了身孕呢，生男得给他一份家当，生女得给她一份嫁妆，小天哥为了这个家操碎了心，很辛苦呢。

半个月后，叶小天出现在了水西安家老宅。

千年世家，你说不清楚宅子里有多少东西是千年之前的古物。

也许，墙角一棵不甚引人注目的柏树，就是千年前安氏祖先手植的。也许，壁上那盏小小的油灯，就是千年安氏家族延用下来的东西。

但也可能，那看着充满古韵的荷花大缸，其实是上个月刚刚烧制出来的，只是为了和这园中景致相匹配，所以故意做了旧。叶小天根本不懂古董，一个能把墓葬专用器物堂而皇之摆在自己书房里的人，干脆藏拙算了。

如今的叶小天已然不同往日，虽然他现在还只是一个宣抚使，比起安家依旧要逊色一等。安老爷子的长子安疆臣，如今可是水西安慰使呢，比他还要高一阶。

但是论实力，他现在只排在安、宋两家之后，如果再算上他十万大山中的隐势力，那么他要比水东宋家更具实力。西南人家，只相信实力，不相信名头，所以叶小天已经有足够的资格受安老爷子亲自接见。

"从朝廷方面来说，把播州一口吃掉，它没那么大的胃口，会脾胃虚弱，消化不良。把播州一分为二，半流半土，是它的最佳选择。皇上英明，对此一目了然……"

叶小天笑眯眯的，在安老爷子面前，毫无拘束感。安老爷子正在垂钓，叶小天坐在他旁边，拿着钓竿，也在垂钓，一边垂钓，一边与安老爷子说话，从容自若，淡定无比。

"如今，皇上已经授意一些心腹大臣，上书谏议了。不过老爷子你也清楚，朝堂上的诸公，总有些唱对台戏的。天下大局如何，他们根本不放在心上，总之就是，你反对的，我就赞成！你赞成的，我一定反对！唉！为了党争，无视社稷、无视黎庶，忒也可恼。但天子乃明君，又得虚心纳谏，不好乾纲独断，因此上，还得需要老爷子这样的国之柱石出面发话呀！"

安老爷子呵呵一笑，随手提了提钓竿，忽然道："你从铜仁来，路经小西天，按你行程，三天前就该到了，莫非去过小西天了？"

叶小天赶紧道："西南局势，自然得唯你老人家马首是瞻。只是路经小西天，过其门而不入，未免失礼，所以，小子确实上山拜望了一下宋氏家主。不过未来局势，究竟该如何演化，终究还是要你老人家拿主意的。"

安老爷子微微眯起了眼睛，看向叶小天："那么，宋家怎么说？"

叶小天轻咳一声，道："播州六府，已然在我掌握之中。宋家虽然眼热，却也不可能夺了去。顺水人情的事，他们自然是顺水推舟了。"

安老爷子道："这么说，宋家是赞成把播州六府划拨于你了？"

叶小天正色道："皇上其实也是这个意思。宋氏家主体察上意，已经上表了。"

"哦？"

安老爷子笑了笑，没有说话，只是一阵风来，吹得他颔下的白须，微微地抖动了几下。

·※·※·※·

"爹，你老人家同意支持叶小天了？"

小书房里，安疆臣给父亲敬了一杯茶，稍显急切地问。

安老爷子瞄了他一眼，淡淡地道："不然呢？"

安疆臣语塞，安南天看了父亲一眼，在父祖二人面前，不好表达自己的意见，只是垂手听着。

安老爷子叹息道："叶小天亲来拜会，是给我们安家面子！一切，已在他掌握之中，大势，不可逆啊！"

安疆臣不服，道："叶小天这小子爬得也太快了，十年，他都快把咱们安家一千年才走完的路都走到头了。儿子……实在是不服气。"

安老爷子笑笑，道："可这一千年来，有多少比我安家更风光、更强大的家族，都已灰飞烟灭，你怎么不说？在那些人家眼中，何尝不是对我安家不服气？"

安疆臣抿了抿嘴巴，没说话。

一个十四五岁、眉目如画的小丫头攥着粉拳，为安老爷子轻轻捶着肩。

安老爷子安闲地坐在长榻上，悠然道："你当为父就信了叶小天自吹自擂的话？信不信不要紧，问题在于，不管我们怎么做，都只能成全他，那么，这个顺水人情，为何不送于他？"

安南天有些茫然地看着祖父，安老爷子见状，指点道："叶小天所占那六府，与我水西中间隔着一个水东，是不可能成为我水西名下一块飞地的！"

"我们上书反对的话，那么这六府之地应该如何归属呢？归于朝廷，强行改土归流？"

安疆臣和安南天一起摇头，改土归流，对所有土司都是致命的，这是他们绝不愿意看见的一幕。

安老爷子又道："那么，把这六府推给水东宋家，让他们跨过乌江去？"

安疆臣和安南天又是一起摇头，水西和水东确实关系密切，在许多大事上也有一致的态度，但两者同时也是最大的竞争关系，安家怎么可能放任水东宋家做大。

安老爷子双手一摊，道："朝廷，不可以占有六府、改土归流！水东，不可以占有六府、壮其实力！我水西，不能跳过水东、攫取其地。那么，你们以为，我们还有更好的选择吗？"

安疆臣想了想，还真没有更好的选择。

安老爷子又叹了口气，道："在皇上眼里，叶小天可是比我们这些从汉唐时期就传承下来的土官更加可信。我们若是上书反对，也只能促使皇上下决心，把播州南六府，尽快划归叶小天的。"

安疆臣恨恨地道："这个小子，真会算计。既然如此，我们上书拥戴？"

安老爷子怡然一笑，道："不必！这小子，一个屁俩谎，你以为他说水东宋氏已经赞成他掌握播州六府的话是真的？不可能的！"

安老爷子轻笑："水东宋家才是真的垂涎那六府沃土的人家，一旦拥有播州六府，宋家就凌驾于我安氏之上了，他们会舍得不去争取一下？宋家，一定会上书反对，并邀功请赏，要求把六府划归宋氏，哪怕只争取到一府之地，对宋家来说，都是值得的。"

安南天疑惑地道："爷爷，那我们？"

安老爷子道："我们当然是跟宋家一样，上书反对，并要求把六府之地归给我们。叶小天是聪明人，他会明白，我们安家这是以进为退，成全他！这个情，他得承！"

第一〇四章

犯了"文青病"的女文青

一

"年轻人,鹏程万里。我这种土埋到脖子的老家伙,怎么会自不量力地去挡的路呢。呵呵,你放心吧,不日老夫就亲自上表,支持播州一分为二,由你掌控南六府!"

"多谢老爷子,安家对我叶小天的支持,叶小天没齿不忘!"

叶小天撩袍就要跪倒,安老爷子急忙搀扶,两人相视而笑。一旁安大公子不禁打了个冷战,仿佛看到一老一少两头成了精的狐狸正在龇牙咧嘴。

叶小天离开水西,先去了一趟红枫湖。别看红枫湖夏家位列土司世家的第二梯队,但是威望极高。且因为夏家没少帮其他土司人家的忙,却很少求人,因此各方土官不少都欠着夏家人情,这份助力,岂能不用?

叶小天在夏家住了三天,随即便踏上归途。但叶小天并未顺流而下,直返石阡,而是半途停下,登上了小西天。叶小天来的时候的确在小西天附近消失了三天,但他真的已经拜会过宋氏家主吗?

真真假假,假假真真,谁又说得清呢。

小西天上,宋氏核心族人此刻正在议事。

一个年过半百、花白头发的老者缓缓地道:"多年来,我宋家一直想着把势力探过江去。可惜有播州杨家挡在那里,始终不得前行。如今是极好的机会,不容错过!"

另一个满面皱纹的老者比他还要年长二十多岁,轻轻叹息一声,道:"可这次,我宋家动手太晚了,明明过了江就是机会,奈何却因观望安家动静,迟迟不予行动,错过了大好机会呀。如今南六府已尽在卧牛叶小天的掌握之中,如果我们打南六府的主意,只怕就要与叶小天起了冲突!"

"叶小天又如何,难道我们宋家会怕了他吗?"这是一个三十多岁,甫过而立之年的壮年人。

马上就有人反驳了："想过江？呵呵，没错，播州是完了，可水西那头老狐狸还盯着呢，他肯答应？叶小天那个小辈，能在短短时间内，跃至几与我宋家比肩的地位，又岂是易与之辈？朝廷那位年轻天子，城府极深，你以为他会答应让我宋家过江？"

这人也是三十多岁，两人在宋氏家族里，明显是处于竞争位置。任何场合，都不免要表现自己，打击对方的主张。

这时，一个侍卫轻步走进来，俯身在家主耳边低语了几句，宋家主皱了皱眉，道："暂且议到这里吧，大家回去再好好想想。我宋家此时该如何决断，好了！就此散了吧！"

宋家主离开大厅，脚步匆匆地转向后宅。没走多远，宋天刀就迎了上来，气急败坏地道："爹，我早就说，少让妹妹去庙里头走动，你偏说让她去散散心也好。这下可好，妹妹受了那老尼姑蛊惑，执意要出家，你看……"

"这个丫头！怎么就死心眼呢！田彬霏早就化作一团腐泥了，这丫头啊……唉！"

宋家主一提到那个让他头痛的闺女，眉心不禁紧紧地锁了起来。

宋晓语自从替田彬霏报了仇以后，因为本性就比较开朗，渐渐也就排遣了伤心，只是想再找个像田彬霏那么优秀的男子，取代她心中那个无比优秀、让她从小崇拜到大的男人，岂是那么容易的。

寂寞时候，宋晓语便常去尼庵道观一类的地方，谁想，一来二去，居然萌生了出家的念头，弄得宋家上下好生无奈。

宋家主急走一阵，堪堪走到女儿绣楼下，忽又站住，回首对宋天刀恶狠狠地道："那老尼姑，巴望着有我宋家的人入她庙里修行，倚仗我宋家势力，成就小西天第一山门呢！可恼！可恨！你想个办法，把她那三生庵给我拆了！哼！她想毁我的女儿，我就毁她的山门！"

宋天刀一呆，道："这……父亲，毁了寺庙，恐怕不妥吧！"

宋家主瞪眼道："有何不妥？常言道，宁拆十座庙，不毁一门亲！那老尼姑为了一己私欲，想要害了我女儿终身。便是佛祖也要憎她厌她。去！"

宋天刀咽了口唾沫，垂首道："是！"

此时，叶小天已经施施然地走到了宋家大宅的门口。这一路上，他真像游山玩水一般，见到好景致便瞧一瞧，见到庙宇便拜一拜，悠闲自若的，根本不想是要来宋家洽谈大事的模样。

后宅里，宋家主上了绣楼，苦口婆心地一通劝，可是宋晓语已经钻了牛角尖，眼见父亲说得无比伤心，倒不觉笑了。她挽住父亲的手臂，柔声道："阿爹，你别伤心呀。女儿就算出了家,也是在这小西天。阿爹要是想女儿了,随时可以去看我嘛。"

宋晓语轻轻叹了口气,倚在父亲肩上,有些出神地道:"爹,女儿不是伤心田大公子之死。都这么久了,人家哪能还一直活在伤心里?只是觉得,出家人的生活,很好!"

宋晓语一双弯弯如弦月的天生美丽笑眼轻轻地眯了起来,有些陶醉地道:"漫步在林荫下,带一卷佛经,坐在泉边石上,慢慢地翻看,旁边煎一炉茶,宁静、祥和……女儿喜欢那样的生活。"

好端端一个活泼、开朗的少女,居然向往起了禅寺生活,宋家主真的有点欲哭无泪了:"女儿啊,你才多大年纪,你去庵里偶尔一观,觉得那样的生活悠闲自在,其实呢,真要置身其中,你就会觉得无趣了。青灯古佛,白了秀发,那样的寂寞日子……"

宋家主还没说完,宋晓语便道:"才不会呢!清晨入古寺,初日照高林。曲径通幽处,禅房花木深。山光悦鸟性,潭影空人心。万籁此俱寂,但余钟磬音……多么诗意、多么优美……"

宋家主翻了个白眼,道:"写这诗的那个鸟诗人,却也不曾出家。"

宋晓语嘟起了嘴,娇嗔道:"爹……哎呀,人家不跟你说了,你呀,就是一个大俗人!"

宋家主哭笑不得,正要再与女儿辩论一番,门口忽然闪现一个侍女,福礼道:"老爷,卧牛岭叶小天求见!"

第一〇五章

家事国事

一

宋家主赶到前厅时,宋天刀正陪叶小天吃茶,两人谈笑风生,战场上打下的交情,自然是非比一般的深厚。一见父亲赶到,宋天刀连忙站了起来,叶小天也起身施礼:"伯父好!"

宋家主挤出一副笑脸,道:"坐!坐坐!不必客气。"

宋家主在上首坐下,微笑道:"贤侄在播州之役中,运筹帷幄,处处都能抢得先机。正所谓善战者无赫赫之功,善医者无皇皇之名,虽功名不显,却是……呵呵呵,老夫常教训犬子,该向你多多学习呢。"

宋家主这番话挟枪带棒的,暗讽叶小天趁机大发战争财,悄无声息地抢占了播州南六府。

叶小天听了微微一笑,欠身道:"伯父过奖了,其实小侄在播州战场上,看似潇洒,却是如履薄冰、如临深渊,毕竟是倾我所有,一个不慎,那就是倾家荡产,害的可不仅仅是小侄一人性命啊,敢不谨慎?"

宋家主听到这里不由一窒,不错!叶小天确实从播州之役中获取了最大的利益,可是人家舍得下本钱呐!一万八千兵丁,那是叶小天的全部本钱,如果播州之役打得不顺利呢?如果杨应龙赢了呢?

叶小天是把身家性命、把全部的基业都押上了。安家有这样的魄力吗?宋家有这样的魄力吗?尤其是宋家,播州南六府距宋家最近,如果宋家有心图谋,哪还有叶小天的事,为什么叫叶小天得了手?当时宋家的兵在哪儿?还没过江呢!

宋家主嘿嘿地笑了两声,不想再自取其辱,撇开这个话题,转而他顾道:"贤侄如今春风得意,不知有多少大事要处理,何故来我小西天呢?"

叶小天微笑道:"伯父明知故问了,小侄前来,自然是来求取真经的。"

宋家主看了他一眼,道:"大雷音寺不在小西天,贤侄只怕是拜错了佛祖、烧错了香吧!"

叶小天道:"若是伯父肯为小侄美言两句,小侄要取这真经,不知少了多少波折。小西天不是大雷音寺,可这乌江两岸,小西天的名头,比大雷音寺可要响亮许多。"

宋家主皱了皱眉,又慢慢舒展,道:"呵呵,老夫明白了。只是这样的事,老夫一人,可做不了主!"

叶小天微笑道:"小侄不急,伯父可以慢慢考虑。水西安氏,要过几日才会上书朝廷,其实朝廷那边亦有此意,只是朝堂上还有些贪心不足的人,总想着趁此机会,一举把整个播州都改土归流,皇上需要多听到一些反对的声音,才好'顺应民意'!"

叶小天一口气向他抛出三个重磅消息,一是水西安氏已经同意表态支持他,二是皇帝其实也属意于他,三是要是他不能顺利把播州南六府控制在手,那朝廷就会在这些地区改土归流!

说完这一切,叶小天看了看宋天刀,又看回宋家主,笑道:"小侄在贵府盘桓几日,伯父欢迎吗?"

· ※ · ※ · ※ ·

宋家主能说不欢迎吗?

叶小天于是就成了小西天的座上宾。

叶小天在小西天待了两天,宋家主在此期间召集族中重要人物匆忙集议了几回,最后发现除了表态支持叶小天,似乎宋家也没有更多的选择了。

反对?反对的话,这六府之地就会归宋家吗?恐怕朝廷宁可给叶小天。如果真让朝廷里的归流派占了上风,把播州彻底变成流官治地,那水东宋家可就直接与流官之地毗邻了。

水西安氏既然已经同意了,水东宋家就算想做恶人,怕也只能落个恶名,得不到丝毫好处。可是眼睁睁看着这块肥肉落到叶小天碗里,着实地令人心疼,如果还要宋家故作大方地主动把这碗肥肉推到叶小天面前,真的是不能忍啊。

这一日,会议终于定下宋家也表态支持的决定,这个决定当然要由家主亲自向叶小天表达。

宋天刀陪着父亲,向叶小天所居的客舍走去。正走着,一个小丫鬟急急忙忙地跑过来,一见家主,马上跪倒在地,焦急地道:"老爷,小姐她偷偷溜出府去,说要去三生庵剃度了。"

"什么?"宋家主大吃一惊,蓦然回身瞪向宋天刀,"混账,我不是说过,要你毁了那老尼姑的尼庵?"

宋天刀尴尬地道："可父亲也没说时限啊！儿子是想，找个由头，再……"

"找个屁的由头！你妹妹马上就要出家了！"宋家主拂袖便走，刚刚走出两步，忽又站住，眼珠一转，转身向叶小天所居的客舍大步赶去。

宋天刀莫名其妙，急忙跟上，道："爹！你不去阻止小妹，急着去见叶小天做什么？"

宋家主道："你那妹子，外柔内刚，何等的执拗，你又不是不知道。老子就算去了，就一定能把她劝回来？除非把她抓回来，可这丫头……要是被强抓回来，她岂肯善罢甘休？"

宋天刀讷讷地道："那……那咱们就听之任之吗？"

宋家主根本不理他，大步流星地赶到叶小天的居处，叶小天正坐着逍遥椅在树下吃茶，一见宋家主赶来，叶小天一挺腰杆儿就从椅上利落地站了起来，拱手道："伯父！"

宋家主道："你要老夫上书替你说话，成！"

叶小天大喜，脸上刚刚露出喜色，宋家主又道："不过，老夫有一个条件！"

叶小天一呆，迅速收敛了笑容，道："什么条件？"

宋家主好不懊恼地道："我那宝贝女儿受了三生庵老尼的蛊惑，执意要出家为尼。你若有本事劝得她回心转意，我就答应为你出头！"

"啊？"叶小天一脸茫然，看看宋家主，又看看宋天刀，惊笑道，"伯父你不是开玩笑吧？令爱要出家，你们这做父亲、做长兄的劝不了，我一个外人如何劝得了她？"

宋家主道："就是因为我们束手无策，才想到你小子向来刁钻，说不定兵出奇招，可以降服了她。"

叶小天讪讪地道："伯父，国家大事，和儿女私情，没必要有所瓜葛吧？"

宋家主瞪眼道："屁的国家大事，老夫这里，家事就是国事，国事就是家事！老夫就这么一个条件，你答不答应？"

叶小天挠了挠头，像含了一口黄连，道："那……我试试吧！"

第一〇六章

神拆庙

一

阻止宋晓语出家？想想这条件，叶小天就有点啼笑皆非。其实他也清楚，宋家主既然这么说，说明宋家已经有所决断，他即便真的拒绝帮忙，又或没能阻止，宋家主也不会因此改变主意。

不过，宋家肯表态支持，他总得有所表现吧。再者说，叶小天是个俗人，不觉得出家为尼、青灯古佛就比嫁人生子、为妻为母更幸福，如果真能做了这件善事，也是一桩功德。

不过，叶小天赶到三生庵时，还是没有贸然闯进去。他忽然想起，宋家主为何要把这件事托付给他？分明是宋家主自己真的没了办法。

那么，他就这么闯进庵去？该怎么做？对宋晓语晓之以理、动之以情？连自己老爹的话她都听不进去，会听叶小天扯淡吗？

叶小天眼珠一转，唤过侍卫长宝翁，低声耳语几句，宝翁点头，领着一群如狼似虎的侍卫冲进庵去。叶小天则转身，拉着不放心追上来的宋天刀，避到了一旁小树林里。

三生庵里，了尘老尼右手按在宋晓语头上，温和地道："你决定了么？这三千烦恼丝一剃，从此你就是我佛门中人，红尘世界，与你再无半点干系！"

宋晓语双手合十，语气虔诚："弟子心意已决，从此皈依我佛，请师傅为弟子剃度！"

"好！"

了尘老尼微微抬手，旁边立即有一个中年尼姑端了剃度托盘过来。了尘从盘中拿起一把锋利的剃刀，刀锋刚刚探向宋晓语的头皮，庵门"轰隆"一声，就被人踹开了。

一群五大三粗的汉子呼啦啦地冲进来，了尘骇然退了两步，惊愕地道："你们是什么人，为何闯入我三生庵？"

宝翁一看了尘，伸手向她一指："你，就是这里管事的？"

了尘颔首："贫尼就是此庵主持，不知施主是什么人，来我庵中何事？"

宝翁冷哼道："何事？老子是来踢馆的！"

了尘懵了，踢馆？我这儿开的又不是武馆，你踢的什么馆？

宋晓语跳起来怒道："岂有此理，你们是干什么的，竟然在我小西天闹事！"

她习惯性地一摸腰间，可惜今日出家，那佩剑未带。她目光一转，瞧见了尘老尼手中的剃刀，便一把抢在手中，向宝翁一指，道："滚出去！否则，别怪本姑娘不客气！"

宝翁看了看宋晓语，咧嘴笑道："啊哈！果然是一个极漂亮的姑娘！这么漂亮的姑娘，你出什么家呀，太可惜了！听我良言相劝，还是快快回家去吧，别跟爹娘闹别扭，早早找个如意郎君嫁了了事！"

宋晓语听他胡言乱语，只气得柳眉倒竖，杏眼圆睁，挥起剃刀便向他刺来，宝翁飞快地一闪，道："哎哟！这般泼辣！女孩儿家，这样可不好！"

宝翁一边说，一边与宋晓语缠斗起来。他武功不及宋晓语，但他并不应敌，只是四处躲闪，一时间宋晓语也奈何不了他。

宝翁这边动着手，同时便吩咐手下人动手，那些粗汉，哪管你是佛祖还是菩萨，他们敬的可是蛊神，立即在庵中打砸起来，一时弄得乌烟瘴气。

·※·※·※·

叶小天把宋天刀唤到林中，宋天刀奇道："小天，你不去阻止我妹子出家，把我唤来这里做什么？"

叶小天道："令妹为何出家，你们又用过什么办法，我一概不知，如何对症下药。你且与我说说，令妹究竟为何出家。"

宋天刀这才恍然，便把宋晓语想要出家的事情对叶小天从头到尾说了一遍。

叶小天听罢暗想："果不出我所料。我就琢磨，未必是因为田彬霏之'死'。田彬霏都'死'了那么久了，如果她是因为田彬霏才出家，那早就出家了。"

宋晓语和田彬霏之间并没有什么深厚情感，一直就是宋晓语单相思。田彬霏死了，她伤心欲绝，也因此不计后果地杀去贵阳替他报仇，确是情真意切。

但她绝不至于因为逝者便从此消沉，终日以泪洗面，这不是她的性格。应该是她因田彬霏之死，情绪低沉期间，找不到正常宣泄的渠道，常往佛道门中寻求精神寄托，结果被那些玄虚学说带了进去。

叶小天点了点头，道："我明白了。看来，道理你们都已讲过，我便是再讲，也不过是老生常谈,你那妹子,未必听得进去。"

宋天刀苦着脸道:"是啊!你素来主意多,可有办法劝得她回心转意?你说年轻轻的一个姑娘,莫名其妙地就要剃了光头做姑子去。来日方长呢,她以后可怎么过?"

叶小天摸着下巴,沉吟道:"正常的法子,只怕是不成了。嗯……想些另辟蹊径的法子吧。对了,我的人……"

叶小天抻着脖子听听三生庵中的咆哮声、尖叫声、吼喝声,道:"我的人这么闹腾,没事吧?"

宋天刀满不在乎地道:"没事,我爹还吩咐我把这三生庵给拆了呢。正好一客不烦二主,就请你这尊蛊教大神,帮我拆了她的庙吧!"

叶小天:"……"

·※·※·※·

"叶小天,我与你势不两立!"

宋晓语姑娘张牙舞爪地向叶小天扑去,结果叶小天退了一步,她绣房的门"砰"的一声就关上了。

宋晓语大怒:"哈!在我家里,你还想关住我!"

宋晓语从壁上抽出宝剑,便一个箭步冲向窗户。她刚打开窗子,外边便探来七八枝喷管儿,一缕缕白烟扑面而来,宋晓语猝不及防,吸了一口白烟,登时两眼发直,身子晃了一晃,倒退一步,晕倒在地。

宋家主和宋天刀站在院子里,从叶小天肩后鬼鬼祟祟地探看着。宋家主担心地道:"你用的什么毒,不会伤了她吧?"

宋天刀则道:"小妹向来执拗,你这法子,只怕不管用。"

叶小天道:"你们放心吧,我还能害了宋姑娘性命不成?不过……伯父,这可是你说的啊,只要我能让宋姑娘放弃出家的念头,用什么法子都行?"

宋家主连连点头:"没错!从现在起,晓语这孩子,老夫就交给你了。只要能阻止她出家,不管你用什么法子,老夫不闻、不问,只听结果!"

"行嘞!"

叶小天开始下逐客令了:"那你们马上离开,不要这也不忍那也担心的,去去去,全都出去,晓语姑娘就交给我了!我还就不信了,打从我出道,那么多英雄豪杰都栽在我手上了,我还治不了她一个小姑娘!"

叶小天一边说一边挽着袖子,雄赳赳气昂昂地就闯进了屋去。

第一〇七章

姑娘，你又犯嗔戒了

一

宋晓语悠悠醒来，见自己竟被绑在椅上，不由又惊又怒："叶小天！你好大的狗胆！这可是我宋家的地盘，你……竟然敢把我绑起来！"

"屁！"

坐在对面，跷着二郎腿的叶小天嗑着瓜子，不屑一顾地撇嘴："我说宋大小姐，你不是要出家吗？你不是要跳出三界外，不在五行中吗？口口声声地小西天啊！我宋家啊，别搬出你俗家的势力成吗？我鄙视你！"

"你……"

宋晓语被叶小天一席话气了个七荤八素，怒声道："我若顺利出家，哪里会与你这许多纠葛，明明是你阻止我出家！"

叶小天道："我阻止你出家，是受了你家人委托。宋姑娘，你究竟在搞什么？你明明是那么活泼开朗的一个性子，当初你为田大公子复仇，我也要跷起大拇哥，赞你一声了得！不过，如果说是因为田大公子死了，你便心灰意冷，矢志出家，我却是不信的。这都多久了，你要出家早就出家了，也不至于等到今天。"

"你看看，你看看……"叶小天放肆地伸手去勾宋晓语的下巴。宋晓语厌恶地一扭头摆脱了他，恨声道："别碰我！"

叶小天笑笑，道："你看看，肌肤如玉，白里透红，怎么看也不像是意志消沉，了无生趣的样子嘛。"

"滚你的蛋！"

宋晓语气得酥胸起伏，两年不见，她发育得可是愈发婀娜了，身材凹凸有致。

宋晓语道："田大公子……"

说到这里，宋晓语神色一黯，继而道："田大公子之死，我当然是伤心的。可逝者已矣，人活着，不能总沉浸在对逝者的回忆之中。至亲如父母，亲密如夫妻，死去一年半载，家人也不会日日以泪洗面了，本姑娘又岂是那等固执不化之人。"

叶小天赞道："对啊！我就说，姑娘你不是钻牛尖的人嘛！"

宋晓语神色转为向往，悠然道："我想出家，是仔细考虑过了的，我是真心喜欢无甚纷扰的修行日子。"

宋晓语一双美丽的杏眼又弯了起来，陶醉地道："远离尘嚣，身不胡作非为，口不胡言乱语，心不胡思乱想，抛除一切困惑烦恼，起心动念都与戒定慧相应，你知道那是一种怎样的感受吗？"

叶小天揉了揉鼻子，看着宋晓语渐渐狂热的眼神，仿佛回到蛊教神殿时，见到的那些虔诚的信徒。

宋晓语摇摇头，鄙视地看着叶小天："色不异空，空不异色；色即是空，空即是色！般若空慧，舍却一切凡夫俗子的杂念，那就是极乐世界。你一俗人，不懂！"

宋晓语微微扬起可爱的下巴，声音如痴如醉："禅是生命的自在，禅是生命的潇洒，禅是心念的空灵！在无我中证道解脱，净化身口意，无所求、无所欲、无人无我，无是无非，心空则境空，境空则不碍于心，人生就圆满了！"

叶小天目瞪口呆地看着宋晓语，心道："这孩子……魔怔了！"

宋晓语越说越兴奋："你能体会那恬淡幽静的自然生活吗？一袭缁衣、粗茶淡饭，只携一卷佛经，悠然林下、漫步泉边，宁静、祥和，曲径通幽，山光潭影，那意境……"

宋晓语轻轻叹了口气，再度把鄙视的目光投向叶小天："你就一俗人，怎么会懂？"

叶小天也叹了口气，这丫头口口声声不着执念，可她分明就是着了执念。她哪是真的有心向佛，分明是被禅院生活的一些表象给蒙蔽了。

叶小天什么话都没说，转身就向外面走去。

宋晓语先是淡定地鄙视着他，直到这个大俗人快走出绣楼了，才忽然醒悟过来，急叫道："喂！你解开我呀！辩不过我，你就要溜走吗？我告诉你，本姑娘禅心坚定，你是无法说服我的。"

叶小天没理她，挥一挥衣袖，很潇洒地离开了。

·※·※·※·

"怎么样，怎么样，我那女儿，听劝吗？"

"小天，我小妹可回心转意了？"

宋家主和宋天刀不知从哪儿又钻了出来，急吼吼地问叶小天，满脸殷切。

叶小天道："咳！晓语姑娘，病得不轻！"

宋家主和宋天刀面面相觑，担心地道："她病了？病得厉不厉害？这孩子，一定是气的，她的气性呀，也真是大！"

叶小天翻了个白眼，道："年轻轻的，好端端的，吃香的喝辣的，锦衣玉食事事无忧，闲极无聊非得出家，这还不算病了？"

宋家主这才恍然，苦笑道："难道你也没有办法？"

叶小天摸了摸下巴，道："办法吗，倒也不是没有，有多大效果，我就不知道了。"

宋天刀赞道："我就知道！我们都是方正不阿的君子，想不出别的门道！只有你这样的刁钻无耻之徒，才有办法治她！小天贤弟，这个忙，无论如何你得帮啊！"

叶小天没好气地道："我请你夸我来着？行了行了，都说了你们别来打扰，她要知道有你们撑腰，就更不肯服软了，你们快走，这座绣楼还有晓语姑娘，从现在起就由我接管了！"

宋晓语被绑在椅子上，根本没人理她，骂了一阵口干舌燥，她也就不说话了。不晓得什么时候，她就昏昏沉沉地睡了过去，等她再醒来时，发现已经是第二天一早。她竟躺在榻上，捆绑已经解开了。

宋晓语吃了一惊，赶紧检视身上，发现无甚异状，这才安心。

宋晓语揉了揉惺忪的睡眼，唤道："青芽、雪盏，我起床啦！"

外边一点动静也没有，宋晓语有些不高兴了，这两个丫头也来欺负我！宋晓语提高了声音，道："青芽，雪盏！我醒啦，快伺候我更衣、洗漱！"

门外还是没有声音，宋晓语气冲冲地跳下去，光着脚跑到门口，拉开大门，一双赤裸的小脚踩在廊下原色的地板上，阳光斜照，地板温暖，敢情都日上三竿了。

宋晓语双手叉腰，大叫道："青芽、雪盏，你们两个臭丫头，跑到哪儿去了？"

楼梯上施施然地踱上了叶小天，笑吟吟地道："宋姑娘！"

宋晓语瞪起眼睛道："又是你这个混蛋！你怎么还没走？"

叶小天摊手道："我上哪儿去？令尊大人交代过，我得能让你回心转意不再出家，他才肯帮我的忙！"

宋晓语傲然道："我意已决，你是无法说服我的！"

叶小天点点头，叹道："昨日听姑娘你一席话，我也觉得，姑娘禅心坚定，我是无法再说服你了。"

宋晓语一听，更加得意，叶小天话锋一转，又道："不过，令尊大人总觉得小孩子心性未定，一时的念头，未必就是她能坚持的想法。担心你今日剃度，来日后悔。"

宋晓语道："我才不会！我宋晓语有所决定，从不后悔！"

叶小天道："我也这么说啊！不过令尊不相信，所以我和令尊打了一个赌，也是和你打一个赌！"

宋晓语瞪大眼睛道："打什么赌？"

叶小天道："姑娘你且不妨就把你这绣楼当成禅院，先带发修行。如果这样清苦的修行生活你也能甘之若饴，那么令尊就不再阻止你出家。"

宋晓语闻言大喜："当真？"

叶小天道："当真！当然当真！你看，你的两个贴身丫鬟，已经被我赶走了。从现在起，你就把自己当成一个出家人。一个出家小尼，难道身边还会有人侍候？你就自己动手吧！"

叶小天说完，向她拱拱手，道："为了不打扰你清修，我也退出院子，不来打扰了，一日三餐，自会有人送来，姑娘也请不要走出院子，不然，就算你输了。"

"喂！喂！姓叶的，王八蛋！"

叶小天充耳不闻，甩开袖子向外走，到了门口，才悠然说了一句："姑娘，你犯了嗔戒喔！"

宋晓语气得眼前发黑，旋即她又发现，自己竟然是披头散发、赤着双足、穿着贴身小衣跟叶小天说了这么久，春衫薄露，阳光一照，那真是……

"王八蛋！"宋姑娘气得口不择言，继续大骂，直到叶小天消失已久，还酥胸起伏，久久不能平息。

"王八蛋！坑人的王八蛋！"

再度犯了嗔戒的宋晓语姑娘气咻咻地提着水桶。院子里有一口井，井边有辘轳，不过宋晓语姑娘虽然偶尔也见过丫鬟提水，真轮到她时，却还是弄不明白该怎么用。

这在平民家里不必人教，孩子从小司空见惯的都会用的东西。宋家大小姐……不会。不过这难不倒她，宋大小姐会武，提一桶水算什么？

她直接用绳子系着桶垂到水里，琢磨了很久，等那水桶无意中一歪，自己灌进并注满了水，她才欣喜若狂地提上来。

"这能难得倒我？"

宋姑娘当然知道这是叶小天故意给她出难题，她冷笑着提着水桶回了闺房，然后……

然后她才发现，她的被褥已经由锦缎的换成了粗布的，枕头也由那雕花饰玉的软枕换了一块硬邦邦的木头，难怪刚刚觉得脖子有点痛。

"好吧，修行嘛！本姑娘忍了！可是……可是……"

终于，宋晓语姑娘发现了一件叫她忍无可忍的事：她的首饰全没了，只给她留了一枝枣木钗！

更叫她感觉惊恐的是：她的胭脂水粉也全都不见了，真宝斋十两银子一盒的胭脂、冲雨轩八两银子一盒的水粉啊……

当宋晓语对着镜子打了半天"摆子",准备颓然接受这一现实之后,她又赫然发现,除了贴身小衣还是丝缎,就连她的衣服,都换成了粗布的。

宋大小姐再度犯了嗔戒。只是当她画着圈圈诅咒叶小天的时候,她还不知道,她的磨难,这还只是开始……

第一○八章

我跟你,不死不休!

一

宋家用了三十年的大厨王东满面难色:"要做好吃了,倒容易。做得难吃……"

宋天刀道:"这有什么难的,你少放油盐,自然难吃了。"

叶小天瞟了他一眼,这真是宋晓语的亲哥哥吗?

叶小天道:"王大厨,我只是要你做成素菜,不必刻意做得难吃。"

王大厨喜道:"只是做素菜吗?不需要刻意做得难吃?"

叶小天颔首道:"没错!"

他向宋天刀解释道:"你要她真正去体验她将要过的生活才行。如果刻意为难她,她只会认为这一切并非她将要去经历的,如何让她回心转意?"

叶小天笑了笑,道:"习惯,是很难改变的。骤然改变,会很难受。如果只是一个习惯突然改变了,或者还能受得了,真正叫人难受的,是所有的习惯一夜之间,全部变样!"

……

宋晓语看着身边的一切,欲哭无泪。

穿的是粗布衣裳,吃的是粗茶淡饭,胭脂水粉没有了,她喜欢的首饰没有了,就连镜子都没有了,她都不知道自己现在是副什么样子。井水太深,临水自照,她很难看清自己的模样。

每天都是素菜,还别说,那素菜做得很可口,头一回就着白饭吃的时候,她以为这一点上根本难不倒她。她也曾在尼庵里吃过斋饭,还没王大厨做得好吃呢。

不过三天之后,她就有些受不了啦。晓语姑娘其实挺爱吃肉的,一天两天不吃,她淡定自若。三天不见一点肉味,她哪怕是刚刚吃完饭,都会觉得胃里空空的,她馋肉了。

最可怕的还是寂寞。没错,叶小天没有刻意封闭她的生活,没有把她当囚犯看待。巡弋在小院周围的土兵，如果晓语姑娘和他们说话，他们也会礼貌地回答。

只是，这些人言语简单，表情木然，语调平缓，就像一群半死人，宋晓语和他们有什么好聊的？她的身边，连闲来解闷的话本儿也被收走了，只留了几卷佛经给她。

宋晓语姑娘握着经卷，坐在树下，听着风鸣鸟叫，有种要发疯的感觉。这不是一个未满双十的姑娘能够忍受的日子。

叶小天一直在思量，要不要把田彬霏没死的消息告诉宋晓语。田彬霏已经残疾，容颜也毁了，就算宋姑娘依旧肯接受他，宋家也不会把女儿嫁给他的。

但是，宋晓语动了出家的念头，虽然不是因为对田彬霏的思念，起因却在他。他们两人之间的事，要不要有一个结果呢？

叶小天派了人快马加鞭赶去了思州。

田彬霏在思州殚精竭虑地辅佐着他小妹田妙雯所选择的新的田氏家主。知道他真正身份的，只有田家极少数的几个核心成员。

田彬霏已经成了这个样子，不可能再成为田家的代表，所以新的家主根本不用担心他会夺走自己的位子，因此两人的配合极是默契。

思州四府如果各自为政，对叶小天来说并不是什么好事。由田家统一起来，田家为了确保他们的统治，重新建立田氏势力，就需要依仗如今无论实力还是名头都已在其上的卧牛岭，双方可以建立良好的合作关系。

田彬霏并不在意失去的家主之位，他心中一直以来最大的愿望，是家族的重新崛起。如今的田氏虽然还比不上一百多年前的田氏那般辉煌，但是比起之前的有名无实已经强了无数倍。

他很开心，甘居幕后，尽心辅佐着自己的堂兄田嘉鑫，直到叶小天派来的信使赶到。

"宋晓语？"

田彬霏呆了一呆，他一心扑在重建田氏基业上，根本不曾想起过与他有过婚约的那位姑娘。

此时经信使说起，想到宋晓语披麻戴孝为他复仇的事，想到如今这未及双十年华的少女要出家的事，心中也不免有些感动。

田彬霏思量许久，才对信使道："田某已是一介废人！在宋姑娘眼中，田某早已经死了，就让她一直认为我已死掉吧，相见莫如不见，我又何必再给她平添烦恼？"

田彬霏对那信使道："告诉叶土司，世上已无田彬霏！"

信使离去，帘幕后面悄然转出了田嘉鑫。

田嘉鑫轻轻叹了口气，刚想就田彬霏和宋晓语之间的事，感慨惋惜一番，田彬霏扭头看见他，马上兴致勃勃地道："十四哥，我已经想到如何对付平溪卫和清浪卫了！"

他推动轮椅,来到沙盘旁,道:"你看,平溪卫和清浪卫虽然设置在我思州境内,但是这两卫隶属湖广。"

田彬霏兴奋地道:"这是最大的问题!府卫分离,隶属两省,他们如何插手我思州事务?我们只要略施小计,在贵州巡抚和湖广巡抚之间制造点小麻烦,则这两卫,形同虚设!"

田彬霏兴致勃勃地说着他的构想,那位曾为他付出良多的姑娘,在他心中始终没有什么位置。最多,也只有方才刚刚听说时,偶然荡起的那一丝涟漪。

……

宋晓语被叶小天折磨得快崩溃了。

"你们把叶小天给我叫来,马上!"

宋姑娘差点儿就一头冲出小院,一只脚都迈出了门槛,险险还未落地,她突然又警醒过来,赶紧把脚收了回来。叶小天可是说过,只要出了这个院子,她就输了。

叶小天来了,招之即来。

不太会自己梳理头发的宋晓语姑娘,头上顶着两个包子似的松松垮垮的发髻,清汤挂面的一张素颜,带着因为"饥饿"和粗糙简陋的枕头被子而休息不好的黑眼圈,怒视叶小天。

"宋姑娘,有什么事吗?"

叶小天笑容可掬,没事人一般问道。

宋晓语一手叉腰,形同茶壶,怒气冲冲地道:"你究竟要折磨我到什么时候?"

叶小天惊讶地道:"我这怎么叫折磨你呢?我只是让你体验一下你想要的生活啊?"

叶小天一脸陶醉地扬起了下巴,用呻吟般的声音道:"禅是生命的自在,禅是生命的潇洒,禅是心念的空灵!在无我中证道解脱,净化身口意,无所求、无所欲,无人无我,无是无非,心空则境空,境空则不碍于心,人生……就圆满了!"

"叶小天!"

宋晓语俏脸飞红,咬牙切齿,气咻咻地道:"姓叶的,这个梁子咱们算是结定了!我跟你,不死不休!"

第一〇九章

那都不是事儿

一

宋姑娘沉不住气了!

叶小天要的就是她火冒三丈。这种时候,她的真情实感才能宣泄出来,否则,总是一副对禅院生活无比向往、油盐不进的状态,叶小天说什么,只怕也无济于事。

这个时候,叶小天觉得该主动发起进攻了。于是,他走进了宋晓语的闺房,开始了苦口婆心的劝说。

宋姑娘对他走进自己的闺房并没有感觉不适与反感,她实在是寂寞啊!人是群体动物,这么久近乎一个人的苦行生活,不是她这样天真烂漫的少女所能承受的。

她甚至有一点小羞涩,因为"家徒四壁",连一杯茶都欠奉。她不会烧水,自从连续三次被熏了一脸烟灰之后,她就放弃了烧茶。这些日子,宋家大小姐都是喝的凉井水。

"宋姑娘,你现在体会到了吧?出家是那么容易的事吗?你看你爹娘多疼你,你大哥多疼你,如果你的所谓出家,依旧需要锦衣玉食、依旧需要仆从如云,那又何必出家,让你的亲人为你伤心?"

"我知道阿爹阿娘和大哥都为我操碎了心。"宋姑娘伤感起来,人在脆弱的时候,总是更容易被打开心防。

宋姑娘幽幽地道:"我从小就很任性。我知道,虽然我和田家定了亲,可田大公子从来就没喜欢过我,他喜欢的是温柔知礼、贤淑通达的姑娘。我知道,阿爹和大哥也不喜欢我,阿爹那么忙,大哥总是东奔西走,我还给他们添麻烦!"

宋晓语姑娘越说越伤心,吸了吸鼻子,眼泪汪汪地道:"佛曰:无妄想时,一心是一佛国;有妄想时,一心是一地狱。众生造作妄想,以心生心,故常在地狱。我,就是地狱!"

叶小天"宝相庄严",正襟危坐:"所以,我来点化你了。我不入地狱,谁入地狱啊！"

这话很有禅意吧？

叶小天沾沾自喜地想。

宋晓语俏巧地白了他一眼，瞧他一副装模作样的德行，想笑，却又忍住，嗔道："狗屁！就你，还我不入地狱谁入……"

宋晓语的声音忽然顿住了，等等……我说我是地狱，他说"我不入地狱谁入……"

宋晓语的一双柳眉竖了起来，瞪着叶小天，咬牙切齿，俏脸飞红："姓叶的！"

叶小天扬眉、张眼、做大慈大悲状："嗯？"

……

片刻之后，宋晓语的闺房内一阵鸡飞狗跳，叶小天鼻青脸肿，抱头鼠窜："宋姑娘，你又犯了嗔戒啦！"

后边追着挽了袖子，露出两条白生生手臂的宋晓语："少废话！本姑娘还想犯杀戒呢！"

叶小天忙不迭逃跑，哭笑不得地道："我是口误！口误啊！"

叶小天一溜烟儿地逃出院去，宋晓语追到院门口，硬生生地刹住了脚下，指着叶小天道："口误？你进来！我保证不打死你！"

叶小天见她不敢出来，心中大定，得意扬扬地道："你叫我进去我就进去？有本事你出来！"

"你进来！"

"你出来！"

"是男人你就进来！"

"我是男人，我就是不进去！"

"我……我豁出去了！"

宋大小姐气得一佛出世，二佛升天，再也按捺不住，拔腿就冲了出去。

或许，为了她的美食、为了她的华衣、为了她的胭脂水粉，她早就忍不住了，如今正有一个最合理的理由！

叶小天没想到她真敢追出来，吓得撒腿就跑，宋大小姐随后就追。

"哈哈哈，这真是卤水点豆腐，一物降一物！"

躲在暗处观望的宋家主大喜过望，立即闪了出来，拦住女儿的去路："女儿，你输了！"

宋晓语一呆："爹？"她回头看看，已经从院子里跑出十多步外，再想回去，显然是不能了。

宋天刀也及时闪了出来："小妹，愿赌服输，你可不能出尔反尔啊！"

"我……行！我不反悔！不过你得把叶小天给我抓来，让我狠狠揍这混蛋一顿！"

宋家主沉下脸道："晓语，不要胡闹！叶土司煞费苦心，还不是为了你？人家是思南宣抚使，身份地位虽还不及你爹，却也相去不远了，怎么能让你动手殴之？"

宋天刀也劝道："是啊！小妹，不要不懂事。咱爹很快就要上书朝廷，支持由叶小天掌控播州南六府，到那时候，他就是一方宣慰使，和咱爹平起平坐了，怎能打得？"

宋晓语气道："他为了我？哈？你看看我穿的、我吃的、我用的，都多么凄惨！他还故意气我！我如今都破戒出院了，你们还不让我出这口气，我……"

宋晓语顿了顿脚，大声道："成！我也不难为你们！我不出家了，我出嫁！行不行？"

宋家主和宋天刀大吃一惊，异口同声道："出嫁？嫁谁？"

"嫁他！"

宋晓语往叶小天逃开处一指："我嫁他！嫁了他我就是叶家的人了，我要揍他，不关宋家的事了吧？我要折磨那个混蛋一辈子，不死不休！"

……

"爹……"

"儿子……"

父子俩在小书房里低头琢磨一阵，不约而同地抬头，又异口同声地道："你说！"

宋家主咳嗽一声，道："儿啊，我觉得，晓语嫁给叶小天的话，倒也不是一桩坏事。这孩子，没个降得住她的人，不行！再说，青年才俊里面，谁能比叶小天更强？"

宋天刀道："我也觉得，叶小天和小妹挺配的。再说叶小天马上就要做宣慰使的人了，那可就是叶天王！宋天王的女儿嫁叶天王，不算吃亏啊！"

宋家主道："那……咱们就这么着？"

……

很快，叶小天就被请进了小书房。

叶小天鬼鬼祟祟地溜进来，又探头向外边瞧了一眼，赶紧关上房门，拍胸庆幸道："好险没被你家大小姐看见！"

叶小天转身对宋家主笑容可掬地道："伯父，令爱已经跨出了小院，破了誓，不能出家了。小侄不辱使命，你看咱们之间的约定……"

宋家主满面春风地迎上来，拉着叶小天就座："贤侄，坐坐坐。哈哈哈，贤侄啊，为你上书以壮声势，那都不是事儿。不过呢，这个条件嘛，伯父想换一个……"

叶小天一听，腾地一下就站了起来，脸呱嗒一下就撂了下来："伯父，你可是小西天之主，堂堂一方天王。不说金口玉言吧，那也是吐口唾沫就是个钉的主，你可不能出尔反尔，说话不算数啊！"

宋家主火了，用力一拍桌子："我还没说完呢，你就跟我翻脸了？我告诉你，老夫今儿还就说话不算数了，你能怎么着吧！反正我就一个条件，要么你娶了我女儿，把那个小祖宗赶紧给我领走，要不然，你马上就走，想让我给你帮腔壮势，门儿都没有！"

第一一○章

子弹速度的爱情

一

诰命夫人,是红枫湖夏家的姑娘;

掌印夫人,是两思田家的姑娘;

三夫人,是石阡展家的姑娘;

四夫人,是护教七部第一大部的酋长格哚佬家的姑娘;

这五夫人嘛,如果是水东宋家的,对卧牛岭来说,有百利而无一害。

何况,宋姑娘丑吗?当然不丑!品行很糟糕吗?当然也没有。虽然说脾气似乎是大了点,其实和莹莹那种面上跋扈,实则极好调教的姑娘类似,至少比不上凝儿的霸道,叶小天可是被凝儿踢飞过不止一次。

于是,叶小天那台精密无比的超级大脑经过一番缜密仔细的计算,答应了宋家主的意见:娶宋姑娘,割乌江北岸草塘宣抚司的三镇作为聘礼!

宋家主大喜,女儿不用出家了,还嫁了一个令他无比满意的乘龙快婿,宋家也终于在乌江北岸开辟了一个桥头堡,皆大欢喜啊。

宋家主完成了女儿交代的任务,马上喜滋滋地到后院去向女儿报喜去了。

"女儿啊,你慢着点吃,哎哟!瞧瞧你这样子,还像是堂堂宋家的大小姐嘛!"

宋晓语的母亲轻轻拍着女儿的后背,怜爱地瞧着她狼吞虎咽的样子。宋晓语手里捧着一只烀得稀烂的蹄髈,经过王大厨的料理,这蹄髈肥而不腻,十分可口,吃得宋晓语两腮沾满了油。

"女儿啊,少吃些。你好多天不见油腥了,一下子吃太肥腻了,肠子挂不住油,会腹泻的。"

宋夫人哭笑不得地看着女儿狼吞虎咽,继续在旁边劝说。这时房门一开,宋家主兴冲冲地闯了进来:"女儿啊,成啦!"

宋晓语抬起头,一脸茫然地看着她爹,嘴上糊的都是富含蹄髈胶质的肉汁儿:

"啊？什么事成了？"

宋家主表功道："婚事啊！咱们宋家的姑娘，那是何等优秀。我只一提，他叶小天就求之不得地答应下来，哈哈！所以呢，这桩婚事，就这么定下来了。"

宋家主走到桌旁坐下，得意扬扬："我已经想好了，请叶巡抚做你的大媒人！不过呢，这桩喜事啊，暂且不必宣扬，等为父替他上书，得了朝廷的准信之后再说！"

宋晓语弱弱地道："爹，我……我是气头上随口说说，你怎么就当真啦？"

"什么？！"

宋晓语道："我只是气头上胡乱说的，没想嫁他呀！"

宋家主勃然大怒，"砰"地一拍桌子，吼道："婚姻大事，也能信口胡说的，啊？你爹是什么身份，能把说话当放屁？啊？你让你爹这张老脸往哪儿搁！啊？我怎么就生了你这么个不孝女！"

宋晓语被勃然大怒的宋家主骂得眼泪汪汪的，宋夫人大为不悦："你看你，这是怎么说话呢，有什么事，你就不能好好说？"

宋家主瞪着她道："女儿这么任性，就是你惯的！我不生气？我能不生气吗？啊？"

他又转向宋晓语，道："我低声下气，豁出了这张老脸，软语相求，威逼利诱，他叶小天才勉强答应下来，现在可好，你一句随口说说，什么都不作数了……"

宋晓语眨眨眼睛，迅速捕捉到了问题的关键："爹，你说……你说你向叶小天提亲，他还不答应。得要爹爹低声下气地求他，他才勉强答应？"

宋家主顿时老脸一红，支支唔唔地道："啊……这个……嗯……"

"啪！"

宋晓语恼了，啃了一半的蹄髈被她一下摔回了盘子。她柳眉倒竖，杏眼圆睁："好他个叶小天，本姑娘哪儿配不上他啦？他还不情不愿的！真是岂有此理！叶小天，我嫁定了！他敢不娶我，我要他的命！"

宋家主张口结舌地看着女儿。宋晓语没看他，抓起毛巾擦了擦手，又擦了擦嘴巴，满脸怒气地冲了出去，看样子是找叶小天兴师问罪去了。

宋家主呆了许久，才喃喃地道："这孩子真是我生的吗？别是接生婆抱错了吧……"

· ※ · ※ · ※ ·

"我要嫁给你，你服不服？"

宋大小姐真的冲去客舍，找到了叶小天。叶小天正提着笔，规划着播州南六府一旦到手，应当采取哪些办法迅速稳定他在那里的影响和统治，对宋大小姐的话，一时有些搞不清楚状况。

叶小天提着笔，呆呆地看着宋晓语，宋晓语见状误以为他依旧是不情不愿，心中更加气愤。她根本就没想过要做叶小天的女人，那日只是气昏了头，随口一说，不想老爹也不知道是不是急着把她送出门，居然真去提亲了。

宋晓语本来还想反对，可是听说叶小天不情不愿，居然要她父亲低声下气地央求，这才勉为其难地答应，可就不服气了。本姑娘要才有才，要貌有貌，哪儿配不上你了，你还不愿意？

这时一见叶小天的神情，宋大小姐更不高兴了，指着叶小天的鼻子道："本姑娘要嫁给你，是你的福气！你娶也得娶，不娶也得娶，由不得你不同意！"

叶小天隐约明白了点什么，脸上不禁露出好笑的神情。

宋晓语怒气冲冲："你还笑？哼！等我嫁给你，看你还笑不笑得出来！我要嫁给你，折磨你一辈子，怕了吧？"

"哈哈哈哈……"叶小天笑得打跌，这个丫头，"萌萌"的，还真和莹莹有点像呢。还别说，这丫头过门，妙雯和凝儿那里不敢说，和莹莹，俩人一定能聊到一块儿去。

"你真的要嫁给我？"

叶小天搁下笔，缓缓站起，走到宋晓语的面前。

宋晓语道："不错！"

叶小天继续往前走，逼得宋晓语一步步后退，直到后背挨到了墙。叶小天一只手撑在墙上，俯视着娇小的宋晓语，声音越来越低，嘴巴越凑越近："你要是嫁给了我，就要和我睡在同一张床上，要给我生儿育女，你问我怕不怕？我很想知道，你打算怎么折磨我呢？"

叶小天嘴巴的热气喷在宋晓语的耳朵上，弄得她痒痒的，心里更是慌慌的。她结结巴巴地道："你……你干吗凑那么近，走开啦！"

叶小天稍稍拉开了距离，微笑着看着她。宋晓语看着叶小天，忽然想起了田彬霏。与一个男人同床共枕，为他生儿育女，这些，她都有想过，但那是另一个男人。眼前这个男人，他们之间曾有过很愉快的交往，但她从未想过要做他的女人，这一切，似乎发展得太快了些……

宋晓语眸中那一抹怀念和忧伤，没有逃过叶小天的眼睛，叶小天目光一冷，忽然揽住了宋晓语的后脑。

"你干……唔……"

宋晓语张大眼睛，刚要问话，叶小天已经狠狠地吻了下去。

宋晓语懵了，一颗心如在云端。心跳加剧，快得让人喘不上气来，宋晓语下意识地闭上了眼睛,好奇、惊慌和……莫名的兴奋,让她整个人飘飘欲醉。

宋晓语只觉一个强劲湿热的东西叩关直入,从双唇间翻腾进来,一股不可思议的暖流顺着舌头闪电般传遍全身,不由一阵眩晕。唇舌交缠的刹那,叶小天听到一声轻轻的呻吟,稚嫩而妩媚。

许久许久,叶小天才放开了她的雀舌,眼前是一张如桃李般娇艳的小脸,宋晓语羞红着脸庞,酥胸起伏,鼻息急促:"你……你……"

叶小天舔了舔嘴唇,吃吃轻笑起来:"好香!"

宋晓语的脸蛋更红了,谁料叶小天马上又跟了一句:"好像蹄髈的味道。小师傅,你又破了一戒了!"

宋晓语羞愤欲绝,怒道:"要你管!"

叶小天道:"当然!以后,你的事,就归我管!连你爹娘都管不到!"

宋晓语心尖儿不由一颤,不知怎的,面对这么霸道的一句话,竟然感觉心里有种异样的甜丝丝的感觉。

"现在,我就给你定第一条规矩!"

叶小天乘胜追击,痛打落水的"小狗狗":"你既然愿意做我的女人!那么你就记住,心里只可以想着我,如果你敢想别的男人,我可不会轻饶了你!"

"我……哪有……"宋晓语有点心虚,居然忽略了叶小天宣示主权的蛮横,"你凭什么这么霸道?"

"因为我是你男人!"

叶小天理所当然地道,他把嘴巴再度凑到宋晓语的耳朵边,感觉她的脸蛋烫得厉害。叶小天小声地道:"我挺喜欢你说到禅院生活时的那种神情,你现在有时间,不妨好好想想今后为人妇、为人母的生活,我保证,那可比禅院生活有趣多了!"

"啊!"

叶小天的舌尖突然在宋晓语的耳垂上舔了一下,弄得宋晓语一激灵,不料香肩只是一缩,臀部又被叶小天轻薄地捏了一把,忙不迭再去双手掩臀时,叶小天已经哈哈大笑着回转桌后。

宋晓语恼羞成怒,一把抽出挂在壁上的装饰性长剑,向叶小天一指,气咻咻地道:"姓叶的,你……"

叶小天脸色一沉,凌厉地瞪了她一眼,宋晓语心头一颤,后面的话竟然说不出来。

叶小天缓缓拈起毛笔,沉声道:"我现在有正事要做,不许胡闹!你先出去!"

宋晓语拎着剑,迷迷瞪瞪地就出了书房,当她站在阳光下时,忽然清醒过来,不禁讷讷自问:"我……我做什么来了?"

第一一一章

群雌粥粥

叶小天赶回铜仁，妙雯和莹莹已然大腹便便，处于待产状态，是哚妮和于珺婷迎过了水银山，陪他一起回山。

哚妮是个小女人，一见叶小天便欢喜得很了。而于珺婷却是第一眼就投来一个带着问号的眼神。

叶小天笑笑，道："一切顺利！"

于珺婷顿时绽出妩媚的笑容。

叶小天把此行水西、水东的情况对她说了一遍，于珺婷蹙眉道："水东宋家要我们割让草塘的三个镇？这样一来，宋家的手，岂不就伸过江来了？你呀，根本不必答应他们这样的条件，宋家其实并没有太好的选择，除了站出来支持咱们，也没别的法子好想。"

叶小天看看她尖尖的下巴，道："你刚从南六府回来，操劳过甚，人都消瘦多了。"

于珺婷不以为然地白了他一眼，道："你别打岔，南六府是咱们家的，凭什么给他宋家。"

叶小天道："不过是三个镇，宋家只是在江北有了一个出口罢了，有什么打紧？我又不想造反，还怕掺点沙子进来？再说，多了一个宋家往里边掺和，皇帝那边才会更想把播州六府划拨于我。同时，有宋家帮我一起镇着，南六府还有哪个土官敢起异样心思？"

于珺婷嗔道："话是这么说，平白划出三个镇子，我心里总是舍不得。再说了，你如今风头正盛，宋家不会动什么脑筋。万一将来……"

叶小天打断她的话道："将来如何？呵呵，将来，大不了又是一座水银山。你想想，当初争夺水银山的那些人，如今都在何处？水银山，最终归了谁？"

于珺婷有些失神,那是她与叶小天第一次见面。那时的水银山上,有她于家、石阡杨家、石阡展家,还有凉月谷果基家,城头变换大王旗呀!如今呢?

她的于家,已经跃然成为铜仁第一土司,却也成了卧牛岭叶氏最大的支持者。石阡杨家名存实亡,石阡展家彻底沦为叶小天的附庸,而凉月谷果基家,也是唯叶小天马首是瞻。

昔日四方土司人家,分作五派争夺水银山,如今这水银山却落到了当日赶来调停的那个葫县小官手里。往昔种种,跃然心头,于珺婷一时有些痴了。

叶小天轻轻握住她的手,在她温润滑腻的大腿上轻轻拍了拍,柔声道:"别想着替子孙后人一劳永逸!没用的,你算计得再周全也没用,总要子孙自己争气才行!卧榻之旁,不容他人酣睡,可卧榻之旁要是毫无危险,人也就耽于安逸,丧失了警觉,别想太多了。"

于珺婷轻轻叹了口气,幽幽地道:"你都已经答应了人家,我就算不喜欢,又能怎么样?"

叶小天咳嗽一声,转向另一边幸福地偎在他肩膀上的哚妮:"哚妮,你怎么陪珺婷一起来了?"

哚妮甜甜笑道:"几位姐姐都在养胎,我一人无聊,便去铜仁寻遥遥散心。刚刚迎了珺婷姐姐回来,便听说你回来了,所以便与珺婷姐一块来接你。"

"遥遥……"

叶小天意外地道:"那丫头不是往金陵拜香光居士为师,学习书画去了吗,怎么,她回来了?"

哚妮道:"老爷去播州讨逆时,遥遥担心老爷有个什么意外,所以赶回来了。及至战事结束,这才重新返回金陵。"

叶小天责怪道:"这事你怎不早说与我知道,许久不见她了,若知她回了铜仁,上次回卧牛岭时,我便叫她回来一聚了。"

哚妮吐了吐舌头,道:"你那么忙,遥遥生怕打扰了你,不叫我说。"

叶小天道:"你呀,当初整治老毛时的手段哪里去了?"

说到老毛,叶小天神色黯了一黯,这才道:"如今一个黄毛丫头的话你也听。"

于珺婷若有深意地瞟了他一眼,为哚妮解围道:"遥遥自从寄住我府,你见过她几回?哚妮怎知你的心意如何,就不要责怪她了。"

叶小天道:"我倒不是责怪她。"

叶小天沉吟了一下,道:"妙雯莹莹她们都在养胎,你一人在山上确也寂寞。嗯……"

哚妮慌了,揽住他手臂道:"我不要一人回山,我要侍奉老爷!"

叶小天笑道:"谁说要送你回山了,我是想……给你找个姐妹陪你,可好?"

哚妮懵懂着还没听明白,一旁于珺婷已经狐一般地眯起了眼睛:"大老爷这狐狸尾巴藏得好深,才露出来呢。却不知,老爷说的这位好姐妹,是哪家的姑娘啊?"

叶小天清咳一声,讪讪地道:"那个……方才不是说了,要割草塘三镇给宋家吗,嘿嘿,那三镇,就是聘礼了。"

"喔……"

于珺婷意味深长地应了一声,三人共乘的这辆马车里,立刻像是打开了一坛子山西老陈醋,那股子酸溜溜的味儿……

及至回了卧牛岭,几位夫人都来见过相公,展凝儿习武之人身体强健,自然是第一个到的。展凝儿一进花厅,便兴冲冲地道:"相公,你这一趟出去,坑来了些什么回来?"

于珺婷二郎腿一跷,嗓音娇滴滴的绕梁三日:"你们家这位大老爷的习性,你还不晓得?沾个花、惹个草啊,除了这个,还能有什么?"

叶小天干咳一声,不待展凝儿明白过来,就急急迎了上去:"哎呀呀,你这都几个月的身怀了,怎么就不知道稳重呢?坐下,快坐下,可别累着了。"

可惜这时田妙雯和夏莹莹由小丫鬟扶着,已经双双走了进来,夏莹莹也就罢了,田妙雯哪是那么好糊弄的。只听于珺婷那酸溜溜的味道,她就明白必有蹊跷。

田妙雯一双妙目在自家相公脸上盈盈一转,笑吟吟地坐了,道:"相公此行辛苦了,却不知这一趟回来,摘了朵什么花回来,有没有刺呀?"

叶小天额头冒汗了。他这后宅里虽然还算和睦,其实却也不乏派系,人以群分嘛,只是没有足以伤了和气的争斗罢了。这派系,自然是水西三虎一派,而同样出身铜仁的哚妮和于珺婷,走得就近了些。如今这两派怎么有联手之势?

杨花给老爷递上投湿的毛巾,便捧着铜盆退到了墙角,眼见得如此一幕,小小心中不由陡然一动:"叶小天也是害死我爹的凶手之一,原来他很好色?娘说过,我是个美人胚子,长大了,应该会很美吧?"

小杨花的眼珠悄悄转动了一下,仇恨的火苗倏然一闪……

第一一二章

制衡策略

一

乾清宫里，万历皇帝瞟了一眼众大臣，内阁、六部，俱都在场。

内阁众阁老已经在他面前"撕"了很久。现在的内阁，没有张居正那种强势人物，众阁老撕扯许久，也没个定论，万历只好把六部也拉了进来，列席的还有都察院和锦衣卫。

吏部作为六部之上，天官大人率先发言，慷慨激昂："皇上，川黔云等地，土官自汉唐因循至今，无论哪一朝哪一代，江山可以变，而世牧其地的土官不变！太祖、成祖也曾想解决这个问题，只因后来北元作乱，无暇南顾，这件事便拖延下来。如今杨应龙伏诛，这是千载难逢之机，正好破而后立，在播州全境，实施流官制度！"

吏部负责官吏的考核、升迁与任命。每日里不知多少闲官散官候补官，挖门盗洞托亲靠友地等着有那告老还乡的、犯案罢黜的、突然猝死的官儿们腾个位置出来。

如果在播州全境实施流官制度，他就有大把的官位可以任命，想想都要飘飘欲仙。

户部尚书立刻跳出来反对："皇上！以太祖、成祖之雄才大略，难道只因北元作乱，就无暇南顾改土归流？成祖皇帝五扫漠北，北元望风披靡，怎至于牵扯成祖皇帝太多精力而无暇东顾？"

户部尚书上前，大声道："臣以为，这是太祖、成祖皇帝发现，凡事不可一蹴而就、操之过急，这才缓行归流之策。播州之地，杨氏统治八百余年，下属土官层层叠叠，不可计数。如果贸然归流，政令能上传下达吗？前有葫县，归流五年，朝廷年年贴补大笔钱粮。今贵州全省之赋税，尚不及江南一小县。播州之地一旦彻底归流，可以预料的是，至少在五十年之内，朝廷休想收上来一钱银子，而要贴补的赈济，则是朝廷不可承受之重。我大明先平西北，再战东瀛，又讨播州杨氏，国库日渐空虚，一个不慎，杨应龙没有毁了我大明江山，这无底洞却要彻底把我大明国力消耗一空了！"

户部管钱粮，一旦彻底施行改土归流政策，这钱花的……那就是天文数字，而且它还不是一笔，年年都得往这个大窟窿里填钱。一旦皇帝真的听了吏部尚书的话，户部尚书可以想象得到，自己将来的日子会有多么悲惨。

"死去元知万事空，但悲不见九州同。王师北定中原日，家祭无忘告乃翁。""山外青山楼外楼，西湖歌舞几时休？暖风熏得游人醉，直把杭州作汴州。"

这些牢骚，都是那些文人激扬文字时的感慨，南宋皇帝如果真有希望北伐成功，他不想北伐夺回失地吗？最大的阻力来自哪儿？不是来自皇帝，而是来自官绅、来自百姓！

宋朝富啊，直至亡国，大宋的民生都是列朝列代里最好的，百姓生活得最是逍遥自在。北伐？北伐一旦成功，朝廷就得拿出大笔的银钱，贴补糜烂不堪、经济落后的北方，就得拿南人的钱去救济北人，你以为他们愿意？

如今就是这种状况，吏部尚书和户部尚书屁股坐的位置不同，想问题的角度便不同，对吏部尚书举双手赞成的问题，户部尚书可是举双手双脚反对的。

刑部尚书马上跳出来道："大司徒老成谋国，臣附议！"

吏部天官雅称大冢宰，户部尚书则雅称大司徒。大司寇（刑部尚书）当然支持户部尚书，叶小天在铜仁府帮他大力营建基层司法衙门，成效显著。如果全换成流官，能取得这么大的成效？别搞笑了！

那些流官几年一轮换，定得下心来去搞需要很长时间、根本无法在其任内显现出政绩的事情？中原地区一直就是流官制度，官员还要大力倚仗地方士绅，一旦地方士绅们采取不合作态度，政令就难以施行，最终碌碌无为，何况是播州那种传承了几百上千年的土官地区。

万历皇帝瞧瞧其他三部尚书，道："你们以为如何？"

礼部是林侍郎的地盘，林侍郎是叶小天的盟友，自然也是站出来附议户部尚书的话。

工部尚书两边不得罪，皱着眉头捋着胡子，念念有词地讲了一堆技术性问题：交通啊、水利啊、建筑啊、制造啊……

在一番云里雾里不着边际的分析之后，工部尚书提出了一个天文数字的预算：一旦改土归流，对于现在播州的基础建设，就必须得进行大力改造，以配合流官的治理。他需要钱！

抠门儿的万历皇帝听得直皱眉头，缺钱的户部尚书听得心惊肉跳。

而兵部尚书一张嘴，还是要钱！

要在整个播州改土归流，必须得建立卫所镇守地方以取代土兵土官吧？这些事是上嘴皮一碰下嘴皮就能办得到的吗？没钱寸步难行啊！

万历皇帝一听又是要钱，顿觉肉痛。转眼再看看支持改土归流的吏部尚书，忽然想到，一旦全面施行流官制度，陡然增加那么多的官，这官衙、僚属、俸禄……得多大一笔开销？

万历皇帝眼中，铜钱越堆越高，像山一样，而这些钱是要扔进无底洞的，这可是要他命的事。

再想到阁老们的争执，想到水西安氏打着反对叶小天的幌子，其实也在觊觎播州这块肥肉，而水东宋氏则支持叶小天，试图联叶抗安，三足鼎立，他的决心终于定了下来。

水西安氏根基雄厚，比播州杨氏还要可怕，如果让安氏更加壮大，安知来日不会变成第二个杨应龙？水东宋氏虽弱于水西安氏，一旦把播州南六府划归宋氏，宋氏却会跃然安氏之上，同样后患无穷。

全部改土归流，不可行。若是效仿成祖，割六府而自治，对叶小天这等有功之臣有功而不赏，朝廷还如何面对天下人？水东宋氏与南六府近在咫尺，会不会趁机暗中网罗收买？

南六府若分而自治，播州北方各府改土归流会不会遭到南六府土官们的暗中作梗？唯有三足鼎立，让安宋叶三家互相牵制、制衡，朕的江山才更稳当。

想到这里，万历皇帝站了起来："朕以为，改土归流，乃大势所趋。但，求治过急则弊患更大，宜稳妥施行，逐步施行！故，朕谕：依思南宣抚使叶小天所请，播州南六府，划归叶小天治下，曰平越府，仍隶贵州。北线各府，改土归流，曰遵义，隶四川！北方各府知州、知府、知县类正印官，由朝廷派遣流官，其余正印官及佐杂官，由当地土官充任！钦此！"

第一一三章

大人物

一

数年之后……

贵阳，万箭楼。

万箭楼，本名八仙楼。早年间，叶小天曾在此宴请安家长公子安南天和贵州按察使王大人，被石阡曹家派土兵围攻，乱箭攒射。自其名声更噪，便改名万箭楼了，传承至今，倒成了贵阳城中一处极有文化内涵的所在。

依旧是三层的酒楼，酒楼上宾客如云，七嘴八舌，各有所言，不过议论最多的便是当前的战事。

今年，安南武德成督兵犯我边界，云南总兵沐叡出师，贵州方面亦有调拨人马助战。

这一桌人谈起战事，那一桌人听得有趣，便也侧耳倾听，时不时还要插一句嘴。临窗有一双男女，男的看起来只有三旬上下的样子，眉目清朗，顾盼之间，颇有威仪。

女的比他还要略小一些，成熟美妇人，正是蜜桃儿一般的年纪。那花容月貌，一颦一笑间都是无限的风情，时不时就会有人偷偷睃她一眼。

这时邻桌正有人谈着云南战事："沐老公爷自然是厉害的，世镇云南，安南人犯我大明边界，那就是侵犯了他老人家的地盘，他岂能善罢甘休？不过，咱们贵州，却也不乏好汉！"

他抹一把嘴巴上的酒渍："咱们叶天王，可是派了兵马大总管华云飞，统兵两万前往云南助战的。华大将军的厉害，你晓得吧？听说那安南猴子，被华大将军打得上蹿下跳呢！"

酒楼中一阵哄笑，坐在窗边的那个剑眉星目、气度雍容的中年男子微微一笑，缓缓呷了口酒。对面的美妇人，却是向他丢了个有趣的眼神。

这时又有人道："说到云南战事，对了，你们听说陈藩台家公子被斩首的事了吗？"

马上就有旁边一桌的人接口道："自然听说了，这陈藩台家公子，包揽了我贵州兵马赴云南作战的辎重、米粮生意。本来嘛，这里边油水甚足，够他赚的了，可他还贪心不足，采办的药材以假作真、输运的米粮以次充好，有的米袋子一打开，不是霉变就是糠，也太黑心，结果被按察使霍大人秉公执法，给斩了！"

先前那人道："嘿！你道他为何这么大胆？因为他是陈藩台家的公子。霍臬台比布政使还低了半阶，两人又是同僚，你道霍臬台为何这么不给陈藩台面子，偏要办个死罪？"

马上就有人道："怎么着，不是霍臬台铁面无私吗，这里边难道还有什么门道？"

先前那人得意扬扬地道："那是自然！不瞒你说，我那妹子，是巡抚衙门花晴风花老爷新纳的六夫人，花老爷是抚院大人第一亲信，故而我才知道这样隐秘的消息……"

他先卖弄了一番，吊足了众人胃口，才道："陈藩台就这么一个独生子啊，舍得他死吗？听说陈藩台拿了大笔的银子，去求霍臬台开恩呢！"

众人一阵骚动，那人道："你们想啊，陈藩台何等身份，霍臬台还能不送他这个人情？何况还有大把银子赚着。所以啊，霍臬台就出了个主意，叫陈藩台找一个替死的家人，把这事都兜揽下来，他这边运作运作，陈衙内也就能逃过这一劫！"

这货看来是没少喝，不然的话，事关本省排位前几的朝廷大员，这么隐秘的事，他又岂敢说出来。此时楼上鸦雀无声，众人都竖起耳朵听着，就连靠窗那对璧人都被他吸引了。

这人更加得意，提高了嗓门道："可是你们忘啦，咱们贵州派去云南打仗的是谁的兵？那是叶天王的兵！药材是假的，本来能救活的伤兵是要死的！米面是坏的，当兵的连肚子都吃不饱，能打胜仗吗？"

他顾盼众人，威风不可一世的样子，仿佛说书先生一般，用力一拍桌子："叶天王最是爱惜部属，这事，他能不为部属讨个公道？叶天王派了个侍卫，给霍臬台捎去一句话，就一句话：前方将士，不能枉死！陈家公子，必须偿命！"

"嘿嘿！就这一句话，陈公子，谁也救不得他了！"

他滋溜一口酒，又夹了一口菜，酒楼上众人喧哗议论了一番，有人问道："叶天王一句话，霍臬台就听了？那陈藩台就这么一个独子，得急成什么样？"

他听了便把眼睛一翻，道："你问着了，戏眼就在这里！"他一口把酒干了，兴致勃勃地道："陈藩台当然想救，你们不知道吧？为了救下儿子的性命，陈藩台都向霍臬台下跪了！"

酒楼上"轰"的一声，喧哗声又起。那人的声音也又提高了些："陈藩台为了儿子的性命，向比他低半阶的官下跪哪！结果如何，你们猜，你们猜猜！"

众酒客哪里还按捺得住，七嘴八舌便道："这位仁兄，你就别卖关子了。快说，结果如何？"

那人嘿嘿一笑，提起酒壶晃了晃，却已喝干了。旁边有人等不及，喊道："小二，给这位仁兄上一壶好酒，算我账上！"

那人顿时眉开眼笑，道："结果啊？结果自然是陈家公子依旧被正法了，这你们都是知道的。但你们不知道的是，霍臬台对陈藩台说了什么！他吸一口气，扮出一脸苦脸，拱了拱手道：'藩台大人，实在对不住了！您为了儿子都屈膝下跪了，只要能抬手，霍某敢不抬手？霍某也是没办法，那可是叶天王！谁的面子能比他大呀！'"

临窗那桌，美妇人向对面的男子扮个鬼脸儿，竟然有些少女的顽皮味道："嘻嘻，叶天王啊，好大的面子，好大的威风呢！"对面的男子瞪了她一眼，美妇人俏巧地吐了吐舌头。

酒楼上顿时热闹起来，众人七嘴八舌，议论纷纷。

一时间，这话题就从云南战事，转移到了如今在整个贵州风头最健的夜郎天子叶小天身上。对于风云人物，小民总是喜欢八卦一番的，这也是茶余饭后的一桩乐趣。

这时便有人道："要说这叶天王，那确实了得。我听说，前不久叶天王路经重安司，重安司长官远迎三十里，款待叶天王。重安司张长官家有一对双胞胎女儿，生得是千娇百媚，国色天香啊！叶天王到了张家，恰好张长官这对孪生女儿去上香回来，叶天王只是多看了一眼，那张长官就多心了，以为叶天王看上了他的女儿，要忍痛把二女儿送给叶天王做小妾！"

旁边有人奇怪道："为何是二女儿，不是大女儿？"

这人道："因为张家长女，已经和白泥司田家的一位少爷定了亲！"

众人恍然，道："原来如此！"

那人道："可是，人家叶天王不要。张长官还低声下气地求人家。叶天王实在是被纠缠得没办法了，就对张长官派来的媒人打趣说：'这双胞胎啊，可不能要。你想啊，一个和你老婆一模一样的女人，睡在别的男人身子下面，哎！算啦算啦！'"

酒楼中顿时一阵哄笑，那娇媚妇人白了对面的男人一眼，小声嗔道："流氓！"

那男人摸了摸鼻子，一脸无辜的模样："嘿嘿！道听途说，道听途说而已。"

说话那人又道："结果张长官听了媒人传话就更害怕了，以为叶天王是想要一修双好，把他家的这对姊妹花全都摘了去。反复想想，宁可与白泥田氏从此交恶，也不能得罪叶天王啊，于是，就要把一双姐妹全送给叶天王！"

有人急急问道："那后来呢？"

那人耸耸肩道:"后来?后来反正叶天王是真的没要他们家闺女,大概是真的不想要吧!"

众人七嘴八舌再度议论起来,临窗那桌,美妇人轻轻向前探了探身子,一双眼睛妩媚得像是钩子:"啧啧啧,姊妹花哦,叶家大老爷怎么就不要呢?"

对面的男子一脸正气:"叶天王谦谦君子,怎么会做以势迫娶,毁人婚姻的事!"

对面的美妇人眼珠溜溜儿一转,似笑非笑地道:"是吗?别是学了某些人的坏毛病,妻不如妾,妾不如偷吧?"

对面的男人忽然一脸坏笑,低声道:"那你让我偷吗?"

"想得美!"美妇人瞪起了眼睛,只是她即便瞪着眼睛,大眼睛水汪汪的,也不见气势,只有万种风情。

男人哈哈一笑,站起身来,那妇人见了便也盈盈站起,二人在众人热议声中下楼去了,自有一旁跟着的小厮童子前去结账。

· ※ · ※ · ※ ·

水西安氏在贵阳的别业,昆仑园。

此处,如今却是叶小天的临时下榻处。

方才在万箭楼的那对男女,自然就是叶小天和夏莹莹了。

叶小天此番到贵阳,是为了督办粮米辎重的事,陈家公子贪渎,把事办砸了。砍了他的脑袋只是为了给前线官兵一个交代,可这粮秣辎重还是得办啊,叶小天生怕再出纰漏,所以亲自赶了来。

贵阳距红枫湖很近了,而且半路还要经过水东,他既然要来,宋晓语和夏莹莹自然要跟着来,趁机回趟娘家。于是,家里那些孩子也都吵着要跟出来玩。

叶小天大手一挥,除了凝儿所生的最小的一个还在吃奶,无法跟出来,其他几个就都跟了来,为了照顾他们,哚妮便也跟着一起出行了。

叶小天进了昆仑园,还没走进花厅,就听一阵孩子的哇哇哭叫。叶小天迈步进了花厅,张眼望去,就见宋晓语给他生的那个年方两岁的儿子叶青灵光着腚坐在浴盆里哭天抹泪,宋晓语站在一旁"吹胡子瞪眼睛"的。

叶小天道:"怎么啦怎么啦这是,孩子还小,不懂事,你又揍他啦?"

宋晓语恨恨地白了他一眼道:"谁揍他啦!这浑小子异想天开,非要用盆把自己端起来,他坐在盆里,能把自己端起来吗?端不起来就哭,真是气死我了!"

"竟有此事?哈!儿子啊,你还真有想法!"

叶小天笑了,走过去在浴盆前蹲下。儿子见老爹回来了,便不再哭了,抽抽搭搭地看着他,之所以没说话,是因为他爹扭嘴歪唇,他都快要笑了。

宋晓语瞧他模样，奇道："你在干吗？"

叶小天道："我儿子想用盆把自己端起来，我试试能不能咬到自己耳朵嘛！"

宋晓语忍俊不禁，"扑哧"一声笑了出来，跺跺脚道："没大没小，一对活宝！"

叶青灵见父亲扮鬼脸有趣，忍不住咯咯地笑了起来。这时候，又是一对四五岁的男孩跑了进来，二人在抢一只蛤蟆，一追进花厅，便闹得鸡飞狗跳。

这两个孩子，一个是于珺婷所生的第二个孩子，叫于浩然。另一个是田妙雯所生的儿子，叫叶青衫。叶青衫抓着青蛙蹦来蹦去，于浩然抢不到，气得小脸通红，便叽里呱啦地说了一通。

叶青衫也不理他在说些什么，只管向他扮鬼脸，于浩然道："哈！你还笑，听不懂吧？"

叶青衫道："谁知道你在叽里呱啦地说什么！"

于浩然得意扬扬地道："我这是西洋番话，跟遥遥姨学的。我刚刚在骂你呢，听不懂了吧？大傻瓜！"

叶青衫撇撇嘴，那云淡风轻的模样，颇有乃母田妙雯的风范："我听不懂，你说再多，又有何用？"

叶小天抬起腿来，在于浩然穿开裆裤的小屁股上轻轻踢了一脚："混账小子，跟你哥说话，不许骂人！"

扭过头来，叶小天又问咪妮："哎，我说遥遥这些年都学了些什么东西啊，怎么连西洋番话都学？"

咪妮有点心虚，道："我哪知道呀！这丫头，谁知道呢，大概是觉得有趣才学的吧。"

叶小天皱了皱眉道："她还在金陵吗？这几年，一年顶多过年前后见一次，怎么越大跟咱们家越生分了，我也没把她当外人哪。下次她再回铜仁，你把她带回来。这也老大不小的人了，不想着嫁人，整天学些什么东西，我看她都快要学傻了。"

咪妮心道："学些什么东西？琴棋书画、烹饪女红、诗词歌赋、谈吐仪表，甚至……还学如何取悦男人呢。不想着嫁人？我看她呀，想嫁人都快想疯了！"

"扑通！"

叶小天这边只顾说话，宋晓语又是个不太会照顾儿子的撒手大掌柜，他那小儿子叶青灵竟然自己从盆里爬了出来，结果那盆一下子扣在了他的屁股上，一盆水洒了满地。

"哎哟！我的小祖宗，没事吧！"

咪妮赶紧抢过去把他抱起来，宋青灵被盆子扣在了身上，倒觉有趣，咧开嘴巴笑起来，还在四娘怀里一蹦一蹦的。他那亲娘不大会照顾人，这孩子倒是和四娘更亲近些。

·※·※·※·

铜仁，于府。

一个身材出挑，眉眼秀美，气质如白云出岫的大姑娘坐在椅上，足尖时不时轻轻挪动一下，显得心中很是不安。

不过，她的上身却是始终纹丝不动，颈项挺直，坐姿优雅。同样坐着，同样姿态，她就是有不易被人觉察的极细微处，但是就因为这些差异，她坐在那里，就像丹青大家笔下的画中美人一般，叫人越品越有滋味。

于珺婷呷了口茶，瞟她一眼，道："国朝规矩，女子十五，就当嫁人。你可超了不止一年两年啦，虽说咱们叶家，也不会有官府来过问这事，可你自己……还不考虑？"

美女两朵红云泛上桃腮："不急啦，人家……人家……"

她人家了半天，却也没人出个所以然来，于珺婷微微一笑，道："不急？真的不急？那我就不管啦！"

美人这下子脸蛋更红了，嗔怪地道："珺婷姐姐，你……你再这样，人家不理你啦！"

于珺婷嘿嘿一笑，道："你不理我？哎！遥遥啊，你的终身啊，可就只有我帮你想着呢！"

遥遥，原来这个气质出尘的玉人，就是当年那个天真烂漫的小丫头。遥遥被于珺婷一说，脸上红晕更盛，眼波流转，似有清泉在其中流动。

她垂了头，羞羞答答地道："人家，人家游学金陵时，倒也有些青年才俊对人家有些心意，只是……只是人家性喜恬静，对他们这些性情不够沉稳的公子，总是不太喜欢。却不知珺婷姐姐帮人家物色的，是怎样的男子？"

于珺婷道："你嫌那些愣头青不够稳重成熟啊？却不知卧牛岭上那个姓叶的家伙，你满不满意呢？"

遥遥"啊"的一声，身子就像触了电，倏地一弹，刚刚白净下来的鹅蛋脸唰地一下又变成了大红布，羞窘地道："珺婷姐姐，你……你别开我的玩笑……"

遥遥说着，拔足就要逃走，于珺婷道："你若走了，姐姐可真的不管了！"

遥遥都逃到门口了，因为这一句话，登时硬生生停在那里，仿佛生了根。

于珺婷经营于家的基业，与田妙雯等人自然没有太大的利害冲突。但是夺宠、固宠的心思还是有的。水西三虎成婚前就是金兰姊妹，感情最好，天然就形成了一个小团体。

于珺婷不在卧牛岭上住，她还巴望着把儿子养大成人，才正式嫁去叶家，可到那时只怕已是人老珠黄，虽说她保养有道，可万一被那三姐妹比下去可不是滋味。

叶小天身边，总要有几个向着她的人，那她来日进了叶家的门，才不会被人孤立起来。

于珺婷这番心思，也许只是因为自幼就提防戒备着亲叔父的明枪暗箭，养成的不安全心态，其实田妙雯、展凝儿、夏莹莹三人未必会有针对她的想法。

但这种不安全感，确实在影响着她。于是，她才和喋妮处得尤其亲近，宋晓语嫁进叶家之后，也成了她拉拢的对象。但她最大的王牌，却是遥遥。

遥遥离开卧牛岭，在铜仁求学，住在她的府上，后来赴金陵寻大师名家学习琴棋书画，哪一桩哪一件不是她亲手操办，两人亲如姊妹，无话不可谈，感情已然深厚到极点。

于珺婷姗姗起身，走到坐立不安的遥遥身后，柔声道："傻丫头，你的心思，我如何看不明白？你呀，你想要的，就得鼓起勇气去争取。青春年华能有几何，你还想蹉跎到什么时候？"

"珺婷姐姐……"

遥遥受她一说，鼻子一酸，忽然有万种的委屈，忍不住一转身扑进她的怀抱，嘤嘤地哭了起来。

·※·※·※·

叶小天的贵阳之行，仿佛举家远足，但直到他们离开，贵阳百姓才知道叶天王前几天刚刚来过这里。

带着大大小小好几个熊孩子，尽管有下人照料着，还是令人焦头烂额。好不容易回到家，叶小天总算松了口气，对几个刚被人从车上抱下来的孩子道："好啦！各回各家，各找各妈，都滚蛋吧！"

叶青衫大声嚷嚷道："我不！我还要听爹爹跟我讲'狼来了'的故事！"

于浩然几个人马上响应："我们要听'狼来了'的故事！"

可怜，一个"狼来了"的故事，叶小天绞尽脑汁地现编词，已经讲到第十八回狼来了，谁能想到堂堂的叶天王，也有在一群熊孩子面前束手无策的时候。

"还要听啊？后来怎么样，我也不知道啦！我还是听你们三娘给我讲的，去找你们三娘去！"一帮熊孩子听了，呼啸一声，便冲进大院，去找展凝儿了。

叶小天松了口气，刚要迈步进院，忽见旁边闪出一个美人，娉娉袅袅，如风摇柳，微微愣了一愣，大喜道："遥遥，你怎回来了！"

遥遥心头小鹿轻跳，向他抿嘴一笑，道："人家学业已成，自然回来了，难道小天哥不欢迎？"

"欢迎！自然欢迎！哈哈哈……"很自然的，遥遥便牵起了他的手，手一牵起，心头顿时一阵甜蜜温馨，仿佛回到小时候一样。

眉目如画的小杨花一身青衣，跟在丫鬟群中，眼神却已投注在她身上。杨花记得三娘田雌凤告诉过她的话——遥遥，是她同父异母的姐姐。

所以，遥遥每年回来只有有限的几天，旁的丫鬟与遥遥都不熟，唯有她，在刻意接近下，已经和遥遥建立了很亲密的关系。

……

"噗……"

叶小天一口茶喷了出去，呛得直咳嗽。

回到内宅，见到正与田雌凤说话的于珺婷，叶小天才知道她也来了。晚餐后，于珺婷要与他单独说话，叶小天还当是什么紧要的大事，忙把她领到小书房来，谁料……

"不行！你这是说的什么混账话！"

叶小天正言厉色："遥遥不懂事，你也跟着她胡闹！"

"胡闹？"于珺婷酥胸挺起，呈现出曼妙动人的曲线，"她马上就二十了，早就过了待嫁的年龄，她在等什么，难道你不明白？"

叶小天道："我明白什么？她故意躲着我，你以为我为什么一直也不找她？就是希望她在外面多走走，能够遇上一个可意的郎君。你呀，怎么还推波助澜、为虎作伥呢，早早息了她的念头，她自然会找到可意的男人！"

于珺婷摇头，道："不是我不明白，是你不明白！你以为她为什么要四处求学，远远地避开你？因为，她就是不想留在你身边，一直被你当成小妹子。她想离你远一些，来日回到你身边，你才好接受她……"

"什么？"叶小天有点懵，同样的一件事，为什么可以有这样不同的解读？

于珺婷道："她也老大不小的了，你想让她等到什么时候？你想让她幸福，陪伴在你身边就是她最大的幸福，你为什么还叫她骑驴找驴呢？"

"嗯？我只是有点驴性儿，谁是驴了？"

"你别打岔！人家姑娘现在可是回来了，水灵灵的一把小白菜，你要不掐，可就叫猪拱了！"

"什么话，什么叫让猪拱了？"

"因为遥遥说了，你要不要她，她就随便找个男人嫁了算了！什么贩夫走卒都无所谓！"

"胡闹！不行！我一直把她当妹妹的，我过不了自己这一关！"

· ※ · ※ · ※ ·

叶小天和于珺婷很久没有红过脸了，可这一晚，却是各执己见，很是大吵了一通。最后，于珺婷怒气冲冲拂袖而去："行了，你们的事，我不管了。回头遥遥想不开，给你找个脚夫当妹夫，你就开心了！"

"岂有此理嘛简直！我一直把遥遥当妹妹的，现在你要我做她的男人？那我岂不是成了禽兽！"

叶小天无可奈何地又追说了一句，恨恨地停住脚步。他本想去田妙雯房中睡的，因为这事心中烦恼，便回了自己单独的宿处。

叶小天吃了一盏燕窝羹，见杨花还站在一旁，便道："你去歇了吧，我要睡了。"

杨花应了一声，眼神飞快地向墙角屏风后面瞟了一眼，盈盈退下。

叶小天轻轻叹了口气，这杨花啊，堂堂播州杨天王之女，说起来原也是一位小公主似的娇贵人物，现在却做了奴婢，实也可怜。可是，谁让她爹做下那许多丧尽天良之事？造反谋逆、诛杀异己、屠戮百姓，双手染满血腥。

自己待杨花不薄，比起她那些被阉割了充作宫奴的兄弟、被贬入教坊司屈辱生存的姐妹，她的结局，总算是幸运得多。

但叶小天没有忘记，自己也是杨应龙的仇人，所以对这小杨花并非没有戒心。不过，一个手无缚鸡的豆蔻少女，她能奈何得了自己吗？这房子周围，明里暗里，可是不止一个死卫保护着呢。

这些死卫，可是他请了已经致仕退休的洪百川和王宁，帮他重新调教过的。现在他的死卫简直是神出鬼没，神通广大，谁想害他，便是派一群训练有素的刺客来，也未必能得手。

所以，叶小天戒心常备，却也并不阻止她在自己身边。这小女孩儿已经很不幸了，如果他再冷落了，必然受别的丫鬟奴婢欺负。

叶小天叹了口气，又取了茶来漱了口，这才宽衣解带，登榻睡觉。躺在榻上，只留一灯如豆，枕着手臂忽然又想起于珺婷对他说过的话，不由苦恼地蹙起了眉头。

他可以对于珺婷大吼大叫，可怎么对遥遥那丫头说重话？这丫头心思敏感细腻得很，只怕语气稍重了，她就要哭鼻子吧？忽然，叶小天若有所觉，不由怵然一惊，腾地一下坐了起来。

叶小天一抬手，就抽出了床头短剑，喝道："谁！"

榻边还有一道机关，只要他手一扳，就会连人带被褥沉下去，一道半尺厚的铁板会把他和刺客彻底隔绝，与此同时，警铃会响，他的死卫会在第一时间冲进来。

叶小天一手持剑，一手按住了榻旁的机关，但他随即就怔住了。

小声羞怯的一声喊:"别!别……是我!"

叶小天虽然不常见遥遥,可两人下午才刚聊了许久,自然听得出她的声音,顿时怔住:"遥遥?"

屏风后边传出细不可闻的一声低应:"嗯!是……是我!"

叶小天道:"你怎么在这里?你……躲在方便之处做什么,出来!"

屏风后面又静了一阵,一道身影慢慢地走出来,叶小天立即瞪大了眼睛,眼珠子差点没掉出来。

纤细窈窕的一道倩影,在昏黄的灯光下,浑身的肌肤都泛着润泽美丽的光。她……竟然未着寸缕!

叶小天急忙扭过头去,道:"你这丫头,搞什么鬼!快穿上衣服!"

"我不!"

遥遥咬了咬嘴唇,眼见他躲闪,反而有了勇气,赤裸的胸膛又挺拔了些。

叶小天虽然扭过了头,可是方才匆匆一瞥,那一幕春光却是深深印在了脑海中,再也挥之不去。

那凹凸有致的身材,那流畅优美的曲线,她整个人都沐浴在朦胧的光晕里,仿佛传说中的美丽狐仙,有种不真实的美感。

叶小天忽然有点口干舌燥,他又想喝水了。

"我……我喜欢你!你可以骂我下贱!但是,我告诉你,你别无选择!要么,你让我去死!要么,你就要了我!"

被于珺婷洗了脑的遥遥,大胆勇敢地表白。然后,叶小天就看到壁上,有一个被放大的身影,越来越近……他看到墙上那圆润的臀形,轻轻地扭动着,风情万种……

"喔——喔喔——"

公鸡啼鸣,天亮了。

昨夜那个胆大包天、逆推天王的小辣妞不见了,遥遥趴在被子里,埋着火烧云似的脸颊,死活不肯出去。叶小天费了吃奶的劲,才逼她着装打扮好了,牵着她的手,走出门去。可一到阳光之下,遥遥又变得羞不可抑了。

这时候,于珺婷忽然从前边竹林中走出来,款款而行,似笑非笑。叶小天本以为遥遥会马上羞得逃之夭夭了,只是他着实不明白女孩儿家的心思。遥遥看了一眼于珺婷那傲人的双峰,又看看自己倒扣胸前的玉碗,忽然对叶小天小声道:"小天哥,人家……人家的胸,是不是比较小?"

叶小天一窒,瞧瞧遥遥忧心的眼神,忙甜言蜜语道:"没关系,那会让我们的心贴得更近呢!"

"嗯……"遥遥甜甜一笑，竟有了一种新妇的妩媚。

"叶大土司……"于珺婷的声音甜丝丝的，可怎么听都有一种调侃的意味。

遥遥终于害羞了，赶紧道："珺婷姐姐，你……你们聊，我先走了！"

遥遥风摆柳枝般急急而逃。

于珺婷从遥遥款款扭摆的小腰身上收回目光，对叶小天揶揄地道："昨儿晚上，我可是等在外面，准备万一某位坐怀不乱的伪君子真把人家姑娘赶出来，害得她一时想不开去自尽呢，结果……"

她伸了个懒腰，道："结果一直等到日上三竿！我的叶大老爷，你终于肯做禽兽了啊？"

叶小天先是心中一虚，旋即瞪大了眼睛先发制人："废话！那时情景，我……我若不为所动，岂不是禽兽不如？咳！那般情况下我依旧不答应？那遥遥岂不是真的只有寻死一条路了？"

于珺婷忍俊不禁，跷起大指道："叶大老爷，您真伟大！"

遥遥急急逃走竹林，忽然想起昨夜风情，想起她终于达成凤愿，和她想了好多年的那个男人终成眷属，心中不由一阵甜蜜。她唇角刚刚漾起一抹甜蜜的微笑，忽见青衣一袭，从林中出现。

那纤腰一束盈盈欲折，葫芦腰旁却贴抱着一个汲泉水的坛子，布帕包头、明眸皓齿，正是杨花。杨花看见遥遥，立即福身一礼，甜甜地笑："见过大小姐！"

遥遥俏脸一红，还大小姐呢，待会儿小天哥向家里人都宣布了，大小姐就要变六夫人了，这一声大小姐，怎么叫得这么羞人呢。遥遥红着脸走上前去，牵住了她的手："花花妹子，昨晚……多亏你帮我照应！"

杨花道："大小姐待花花甚好，花花理应为大小姐效力！"

遥遥感动地道："好花花，你对我的好，我是不会忘记的。以后，以后我一定会对你好的。哦，对了！这次回来，我就不走了，我跟小天哥说一声，以后……你就留在我身边吧！"

"多谢大小姐！"

杨花很欢喜地放下水坛子，向遥遥跪下叩头。

遥遥赶紧搀扶，嗔怪道："以后不要这么多礼了，什么大小姐不大小姐的，我是拿你当妹子看待的。"

正跪在地上的杨花低着头，唇角却漾起一抹诡谲的微笑："做你的随身丫头，那就有更多私密机会接近那个大恶人了！遥遥，你还真是我的好姐姐呢！"

小杨花期盼着快快长大，叶天王的小船儿，会不会翻呢？